MICHEL BUSSI

# TAGE des ZORNS



aufbau taschenbuch

MICHEL BUSSI, geboren 1965, Politologe und Geograph, lehrt an der Universität in Rouen. Er ist einer der drei erfolgreichsten Autoren Frankreichs. Seine Romane wurden in zahlreiche Sprachen übersetzt und sind internationale Bestseller. Bei Rütten & Loening und im Aufbau Taschenbuch liegen seine Romane »Das Mädchen mit den blauen Augen«, »Die Frau mit dem roten Schal«, »Beim Leben meiner Tochter«, »Das verlorene Kind«, »Fremde Tochter« und »Nächte des Schweigens« vor.
Mehr zum Autor unter www.michel-bussi.fr

Eines Morgens wird François Valioni, Chef einer renommierten Flüchtlingsorganisation, tot aufgefunden, verblutet in einem Hotelzimmer, beobachtet von einer ganzen Reihe Überwachungskameras. Unmöglich, dass sein Mörder dies nicht gewusst hat. Oder war es etwa Absicht? Kommissar Petar Velika steht vor einem Rätsel, zumal alles darauf hindeutet, dass dieser brutale Mord von einer jungen Frau namens Bamby begangen wurde. Aber warum sollte sie ausgerechnet den Mann töten, der ihrer Mutter bei ihrer Flucht geholfen hat? Obwohl die Beweise erdrückend sind, kommen Velika Zweifel. Und dann überschlagen sich die Ereignisse in vier atemlosen Tagen und Nächten.

MICHEL BUSSI

# TAGE des ZORNS

THRILLER

Aus dem Französischen
von Eliane Hagedorn und Barbara Reitz

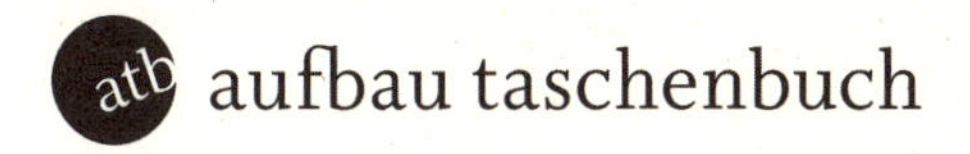

Die Originalausgabe unter dem Titel
*On la trouvait plutôt jolie*
erschien 2017 bei Presses de la Cité, Paris.

ISBN 978-3-7466-3856-0

Aufbau Taschenbuch ist eine Marke
der Aufbau Verlage GmbH & Co. KG

1. Auflage 2022
Vollständige Taschenbuchausgabe

Die deutsche Erstausgabe erschien 2020 bei Rütten & Loening,
einer Marke der Aufbau Verlage GmbH & Co. KG

Satz Greiner & Reichel, Köln
Umschlaggestaltung www.buerosued.de, München
unter Verwendung eines Bildes von © Vandegraff / Getty Images iStock
Druck und Binden CPI books GmbH, Leck, Germany
Printed in Germany

www.aufbau-verlage.de

Par les quatre horizons,
Qui crucifient le monde.
Über die vier Horizonte,
Die die Welt kreuzigen.

*La prière*, Georges BRASSENS
(Text von Francis JAMMES)
Frei übersetzt

Du kannst sagen, ich sei ein Träumer
Aber ich bin nicht der Einzige
Ich hoffe, eines Tages schließt du dich uns an
Und die Welt wird eins sein

nach *Imagine*, John LENNON

*Für die Geographen,*
*Freunde und Kollegen,*
*die die Welt erkunden.*

*»Was fehlt Ihnen denn, Leyli? Sie sind hübsch. Sie haben drei hübsche Kinder. Bamby, Alpha, Tidiane. Sie kommen doch ganz gut zurecht.«*

*»Gut zurecht? Allem Anschein nach, ja. Doch das sieht nur so aus. Nein, o nein, wir sind keine hübsche Familie. Uns fehlt etwas ganz Wesentliches.«*

*»Ein Papa.«*

*Leyli kicherte.*

*»Nein, nein. Auf einen Papa, oder auch mehrere, können wir vier ganz gut verzichten.«*

*»Was fehlt Ihnen dann?«*

*Leylis Augen öffneten sich wie die Lamellen einer Jalousie, durch die ein Sonnenstrahl in ein dunkles Zimmer fiel und den Staub funkeln ließ wie Sterne.*

*»Sie sind sehr indiskret, mein Herr. Wir kennen uns kaum, und Sie glauben, ich würde Ihnen mein größtes Geheimnis anvertrauen?«*

*Er erwiderte nichts. Die Jalousie vor Leylis Augen hatte sich schon wieder geschlossen, ließ den Alkoven erneut im Dunkel versinken. Sie wandte sich zum Meer, stieß den Rauch aus, wie um die Wolken zu verdüstern.*

*»Es ist mehr als ein Geheimnis, mein überaus neugieriger Herr. Es ist ein Fluch. Ich bin eine schlechte Mutter. Meine drei Kinder sind verdammt. Meine einzige Hoffnung ist, dass eins von ihnen, wenigstens eins, von diesem Bann verschont bleibt.«*

*Sie schloss die Augen. Er fragte noch:*

*»Wer hat sie verflucht?«*

*Hinter der heruntergelassenen Jalousie ihrer Lider zuckten Blitze.*

*»Sie. Ich. Die ganze Welt. In dieser Angelegenheit ist niemand ohne Schuld.«*

# TAG DES LEIDS

# 1

*6:48 Uhr*

Lautlos glitt der Lastkahn unter dem Autobus 22 hindurch.

Leyli, die Stirn ans Fenster gedrückt, saß zwei Reihen hinter dem Fahrer und beobachtete, wie sich die riesigen, auf dem flachen Kahn aufgetürmten Pyramiden aus weißem Sand entfernten. Sie stellte sich vor, dass man ihren Sand stahl. Nachdem man ihnen schon alles andere genommen hatte, nahmen sie ihnen auch noch den Strand, Sandkorn für Sandkorn.

Der Autobus 22 überquerte den Kanal, der von Arles nach Bouc führte, und fuhr nun die Avenue Maurice-Thorez hinauf. Leylis Gedanken dümpelten im Fahrwasser des Lastkahns dahin. Sie hatte diesen Kanal immer wie eine aufplatzende Naht empfunden, und die Stadt Port-de-Bouc wie ein Fleckchen Erde, das allmählich ins Meer abdriftete, heute vom Festland durch eine zwanzig Meter breite Meerenge getrennt. Und morgen durch einen Ozean.

Das ist idiotisch, rief sich Leyli zur Ordnung, während der Bus wieder auf die vierspurige Umgehungsstraße traf, deren steter Verkehrsstrom Port-de-Bouc viel mehr vom Rest der Welt trennte als der stille, baumbestandene Kanal, auf dem sich ein paar träge Lastkähne vorwärtsschoben. Es war noch nicht einmal sieben Uhr morgens. Der Tag war zwar angebrochen, hatte aber erst ein müdes Auge geöffnet. Das fahle Licht der Scheinwerfer huschte über ihr Spiegelbild im Busfenster. Dieses eine Mal fand Leyli sich hübsch. Sie hatte sich wirklich Mühe gegeben. Vor über einer Stunde war sie aufgestanden, um bunte Perlen in ihre Haarsträhnen zu flechten. So wie ihre Mutter es in Segu am Fluss gemacht hatte, in jenen Sommermonaten, in denen die Sonne alles verbrannte; in jenen Monaten, in denen man sie ihr vorenthalten hatte.

Sie wollte verführerisch sein. Das war wichtig. Patrice, eigentlich Monsieur Pellegrin, der Angestellte, der sich bei der FOS-IMMO um ihren Antrag kümmerte, war ihren Farben gegenüber nicht abgeneigt. Auch nicht ihrem Lächeln und ihrer Lebensfreude. Ihrer Abstammung von den westafrikanischen Fulbe. Ihrer Mischlingsfamilie.

Der Bus 22 fuhr die Avenue du Groupe-Manouchian entlang und an der Cité Agache vorbei.

*Ihre Familie*. Leyli schob die Sonnenbrille auf die Stirn und breitete vorsichtig Fotos auf ihrem Schoß aus. Um Patrice Pellegrin zu rühren, waren die Fotos eine genauso wichtige Waffe wie ihr Charme. Sie hatte sie sorgfältig ausgesucht, sowohl die von Tidiane, Alpha und Bamby als auch die Aufnahmen von ihrer Wohnung. War Patrice verheiratet? Hatte er Kinder? War er beeinflussbar? Und wenn ja, hatte er selbst Einfluss?

Sie näherte sich ihrem Ziel. Der Bus 22 fuhr durch das Gewerbegebiet, schlängelte sich zwischen einem riesigen Carrefour, einem Quick und einem Starbucks hindurch. Seit ihrem letzten Besuch bei der FOS-IMMO vor ein paar Monaten waren rund ein Dutzend neue Geschäfte entstanden. Lauter fast identische Wellblechwürfel, und dennoch auf den ersten Blick leicht zu erkennen: der Buffalo Grill an den weißen Hörnern, Jardiland an der orangenen Blume, das Red-Corner-Hotel am pyramidenförmigen Dach. Von einem Plakat an der Fassade eines Multiplex-Kinos aus Glas und Stahl starrte sie ein gigantischer Johnny Depp als Jack Sparrow an. Für einen Moment hatte sie den Eindruck, dass Johnnys mit Perlen durchflochtene Zöpfe ihren glichen.

Hier sah sich alles zum Verwechseln ähnlich, und alles sah aus wie anderswo auch.

Der Bus fuhr Richtung Canal de Caronte, der zwischen dem Mittelmeer und dem Lagunensee Étang de Berre, verlief. Anschließend bog der Bus in die Rue Urdy-Milou, wo sich die Geschäftsräume der FOS-IMMO befanden. Leyli betrachtete ein letztes Mal ihr Spiegelbild. Das zunehmende Tageslicht ließ allmählich ihren Widerschein im Fensterglas verschwinden. Sie musste Patrice Pellegrin vor allem davon überzeugen, dass sie anders war als all diese seelenlosen Orte im Überall und Nirgendwo, auch wenn sie im Grunde ebenso gut hierhin wie dorthin gehörte.

Sie musste, schlicht und ergreifend, Patrice davon überzeugen, dass sie einzigartig war. Übrigens, je länger sie darüber nachdachte, desto unsicherer wurde sie, ob der Typ von der FOS-IMMO tatsächlich Patrice mit Vornamen hieß.

## 2

*6:49 Uhr*

Bamby stand François gegenüber.

Die geschickt aufgehängten Spiegel im Zimmer Scheherazade des Red-Corner-Hotels vervielfältigten den Blickwinkel, so als würde sie rundherum von einem Dutzend Kameras gefilmt, die ihr Bild dann an die Wände und die Decke projizierten.

François hatte noch nie ein so hübsches Mädchen gesehen.

Zumindest nicht in den letzten zwanzig Jahren. Nicht, seit er aufgehört hatte, durch die Welt zu reisen und sich für ein paar Dollar eine thailändische oder nigerianische Prostituierte zu gönnen, die eine Miss World hätte werden können, wenn der Lauf des Lebens sie nicht zufällig zur Bordsteinschwalbe gemacht hätte. Nicht, seit er ein geregeltes Leben mit Solène, Hugo und Mélanie führte, sich ein Einfamilienhaus in Aubagne zugelegt hatte, sich jeden Morgen die Krawatte band, um anschließend die Konten von *Vogelzug* zu prüfen. Seitdem ging er höchstens zweimal pro Jahr auf Geschäftsreise. Und nie weiter als bis nach Marokko oder Tunesien.

François rechnete im Kopf rasch nach: Seit einem Jahr hatte er Solène nicht mehr betrogen. Fast ohne es zu merken, war er treu geworden. Bei *Vogelzug*, unter den leidenschaftlichen Kämpferinnen für die Sache der Flüchtlinge, waren selten Frauen, die sich freizügig kleideten, ihre Kurven betonten oder die Rundungen ihrer Brüste zur Schau stellten.

Und noch weniger hatte er Gelegenheit, sie zu berühren.

Das Mädchen, das sich vor ihm räkelte, hieß Bamby. Ein Name aus Mali. Sie war vierundzwanzig Jahre alt, besaß den Körper einer afrikanischen Prinzessin und schrieb im Fach Anthropologie gerade ihre Doktorarbeit über Flüchtlingsmigration. Sie hatte ihn zufällig kontaktiert, er gehörte zum Panel von fünfzig Fachleuten zum Thema Einwanderungsregulierung, das Bestandteil ihrer wissenschaftlichen Untersuchungen war. Fünfzig Stunden mit einem Diktiergerät aufgezeichnete Interviews … darunter seines, ein einstündiger Monolog mit Ausnahme einiger Unterbrechungen, wenn ihn die Arbeit in die *Vogelzug*-Büros rief.

Bamby schien von seinem Werdegang fasziniert gewesen zu sein. François hatte ihn ausgeschmückt, seine Überzeugungen, seine Tätigkeit geschildert und seine Gemütszustände ausgebreitet. Er hatte von der Unbekümmertheit seiner Anfänge und seinen Reisen ohne Gepäck erzählt, die mit den Jahren der Erfahrung, dem fortschreitenden Alter, dem Erfolg und anderen Verlockungen Platz gemacht hatten.

Sie hatte ihm seinen Text per Mail zur Freigabe geschickt, ehe sie sich zwei Wochen später wieder getroffen hatten, ein Abend mit angeregten Gesprächen, diesmal ohne Diktiergerät, an dessen Ende sie sich aber lange umarmt hatten, ehe sie sich trennten. *Rufen Sie mich an, wenn Sie wollen …*

Die hinreißende Doktorandin hatte ihn angerufen. Sie hatte unglaublich viel zu tun. Die Doktorarbeit, die Vorlesungen an der Fakultät, die sie vorbereiten musste, keine Zeit für eine Affäre, nicht im Moment, ihre Zeit war kostbar und durfte nicht vergeudet werden.

Das traf sich gut: François teilte diese Einstellung.

Keine Zeit vergeuden.

Warum nicht ein Treffen hier, im Red-Corner-Hotel in der Nähe?

Kaum waren sie im Zimmer, legte sich François aufs Bett und täuschte einen plötzlichen Anfall von Müdigkeit vor, den man den drei Fläschchen Wodka zuschreiben konnte, die er unten in der Bar getrunken hatte. Keine Zeit vergeuden? Die Schöne hatte immerhin Stunden gebraucht, bis sie zutraulich geworden war.

Bamby hockte sich neben ihn, ohne falsche Scham, aber mit entwaffnender Zärtlichkeit. Sie begnügte sich damit, ihn zu liebkosen, zwischen Nacken und Hals, da, wo die Haare einen Flaum bildeten. Ihr Körper war in ein afrikanisches sonnengelbes Baumwolltuch gehüllt, das ihr bis zu den Knöcheln reichte, aber den oberen Teil ihres Halses und die nackten braunen Schultern frei ließ. Ein kleiner silberner Anhänger verlor sich unter dem goldenen Stoff.

»Ist das ein Vogel?«

»Eine Eule. Wollen Sie mal sehen?«

Die hübsche Doktorandin ließ das afrikanische Tuch langsam hinabgleiten, wie einen Vorhang. Es hielt über ihren Brüsten einen Moment inne und fiel dann – völlig überraschend – bis auf die Taille herab.

Darunter trug sie nichts …

Ihr prachtvoller, fast schon unwirklich scheinender Busen prangte ihm entgegen. Die kleine Eule zitterte in der Mulde.

Das sonnengelbe Tuch umspielte ihre Lenden, kitzelte ihren Bauchnabel, blieb an ihren Hüften hängen. Bamby erhob sich, ließ ihren Finger an François' Hals entlanglaufen, am obersten Knopf seines Hemdes innehalten und langsam weiter nach unten gleiten, bis er schließlich am Hosenschlitz seiner Jeans ankam … Die Kleine war offensichtlich wild entschlossen, ihn verrückt zu machen!

Sie war wohl etwas jünger als seine Tochter. Das schockierte ihn nicht. François wusste, dass er mit seinem leicht ergrauten Haar noch attraktiv war und Sicherheit ausstrahlte. Und er wusste natürlich um die Anziehungskraft des Geldes.

Spielte Geld in diesem Fall eine Rolle?

Bamby räkelte sich sanft vor ihm, lächelte und spielte den Schmetterling, der schon im nächsten Augenblick davonfliegen könnte. François zwang sich, seinen Gedanken zu folgen, um sich zu beruhigen, um sich nicht zu rasch auf dieses Mädchen zu stürzen, sondern sein Tempo beizubehalten. Würde Bamby Geld annehmen? Nein, sicher nicht. Das Einfachste wäre, sie gelegentlich wiederzusehen. Sie wie eine Prinzessin zu behandeln. Hier und da ein Geschenk, ein Restaurantbesuch. Ein besseres Hotel als das Red Corner in der Vorstadt. Er bewunderte solche Mädchen, die über das Privileg verfügten, schön und intelligent zugleich zu sein. Ihm war aufgefallen, dass sie – allem Anschein zum Trotz – zugänglicher waren als die anderen, weil sie derart viel Neid erregten, dass sie sich verpflichtet fühlten, die untadelige gute Freundin zu werden, um nicht gesteinigt zu werden. Für sie war Bescheidenheit eine Überlebensstrategie.

Und nur wenige Männer hatten das Privileg, diese Engel zu berühren.

*Er hat eine sanfte Stimme und er redet gerne. Aber vor allem hört er sich gerne reden.*

*Seine Frau heißt Solène. Er hat eine einjährige Tochter. Mélanie.*

*Er hat eine kleine Narbe in Form eines Kommas unterhalb der linken Brustwarze.*

François' Erregtheit steigerte sich noch, als Bamby näherkam und ihre Finger unter sein Hemd gleiten ließ, zwei Knöpfe aufmachte und sich auf seine Brustwarzen konzentrierte. Sie streichelte ihn lange, und er durfte zum ersten Mal seine Hände auf ihre Brüste legen. Nur ein paar Sekunden, ehe sie zurückwich, als hätte die Berührung sie verbrannt.

Oder weil sie noch mit ihm spielen wollte, diese Interpretation war François lieber. Bamby hielt seinem Blick stand, wandte sich dann betont langsam von ihm ab.

»Ich hole mir ein Glas Wasser.«

François' Hände fühlten sich verwaist, aber dafür kamen seine Augen zum Zug. Immer mit der Ruhe, entschied er insgeheim, für jeden meiner Sinne ist genug da. Die Augen waren als Erstes an der Reihe. Während Bamby durchs Zimmer ging, ließ sie das sonnengelbe Tuch verführerisch ganz herabsinken.

Sie trug nichts darunter.

Weder oben noch unten.

Sie entfernte sich und kam dabei am bunten Glasfenster vorbei, was eine wahre Farbkaskade auf ihre Haut zauberte. Einen Augenblick später kehrte sie mit einem Glas Wasser in der Hand zurück und bot François eine atemberaubende Frontalansicht.

»Gefällt Ihnen, was Sie sehen?«, säuselte Bamby unschuldig.

Sich am Kopfkissen abstützend, richtete François sich auf. Das war sein Geheimnis bei den Frauen. Niemals den Eroberer spielen. Und das umso mehr, wenn er die Gewissheit hatte, gewonnen zu haben.

Mit einem Blick, aus dem Bewunderung sprach, fixierte er sie. So, wie man ein langersehntes Geschenk betrachtete und dabei so tat, als hätte man es nicht verdient.

»Meine Schöne, meine Wunderschöne, meine Schwalbe, was treibst du nur mit einem alten Mann wie mir?«

»Schweigen Sie, François.«

Bamby trat auf ihn zu. Sie trug nur noch das Kopftuch, das ihr Haar bedeckte. Schon bei ihrer ersten Begegnung hatte diese Tatsache François überrascht. Das Kopftuch wollte nicht so recht zur Persönlichkeit dieser emanzipierten Studentin passen. Dadurch konnte man sie noch weniger einordnen. Bamby hatte die Frage danach mit schallendem Gelächter abgetan.

»Finden Sie mich so nicht hübscher?«

Natürlich hatte diese göttliche Circe recht. Das Kopftuch verhüllte das Oval ihres Gesichts, warf einen Schatten auf ihre Wangenknochen, und wie ein Bilderrahmen hob es das Glanzstück dieses Gemäldes hervor, auf das sich der Betrachter konzentrieren konnte: zwei mandelförmige Augen, Booten aus Perlmutt gleich, die je eine schwarze Perle mit honigfarbenen Reflexen durch das tiefschwarze Schilf ihrer dichten Wimpern trugen.

Ein würziger Duft erfüllte das Zimmer, und aus unsichtbaren Lautsprechern erklangen orientalische Rhythmen. François fing an, sich Sorgen zu machen, dass es hier womöglich auch Kameras gab.

Zum Rhythmus der Musik wiegte sich Bamby langsam in den Hüften und weckte bei François die Illusion, er könnte, sobald sie es entschied, ihren nackten Körper zum Vibrieren bringen. Als wäre sie ein Instrument in seinen Händen, ein ganz außergewöhnliches Instrument, auf dem nur wenigen Virtuosen erlaubt war zu spielen.

»Sie lieben mich, weil ich schön bin.«

Bamby besaß eine fast kindliche Stimme. Keine raue wie diese Gospelsängerinnen.

»Ich kenne dich ja noch gar nicht.«

»Dann schließen Sie die Augen.«

François behielt seine Augen weit offen.

Langsam löste Bamby das Kopftuch aus ihren langen, schwarzen, geflochtenen Haaren.

»Ich möchte, dass Sie mich mit geschlossenen Augen lieben.«

Das junge Mädchen kletterte aufs Bett. Plötzlich ließ sie jedes Schamgefühl beiseite, legte ihre Schenkel um seinen Oberkörper und hob ihre Brüste vor seine Augen, dann ihr Geschlecht nur wenige Zentimeter vor seinen sprießenden Bart. Bambys ganzer Körper roch nach Wusulan, einer duftenden Tinktur, mit der die malischen Frauen ihre Kleidung sowie ihr Haar besprühten und mit der sie sich einrieben, um ihre Liebhaber zu betören.

»Ich möchte, dass Sie mich ertasten, wenn Sie mich lieben.«

François war bereit, sich auf dieses Spiel einzulassen. Es wäre nicht das erste Mal, dass er mit verbundenen Augen Liebe machte. Bei Solène und ihm war das am Anfang häufig vorgekommen. Dann nicht mehr. Diese Wollust fehlte nun in ihrer Beziehung. Dafür war er schließlich hier, und nur deswegen. Er schloss die Augen. Bamby verknotete sorgfältig das Tuch über seinen Augen, während François unbeholfen im Blindflug versuchte, ihre Brustwarzen mit seiner Zungenspitze zu erhaschen und ihren Busen mit seinen Händen abzuwiegen.

»Seien Sie vernünftig, Monsieur«, sagte Bamby mit ihrer unwiderstehlichen Kleinmädchenstimme.

Ihre zarten Finger umschlossen sein Handgelenk, so wie man es bei einem Lausbuben machte, dem man nicht erlaubte, ins Bonbonglas zu fassen.

*Klick.*

Zunächst verstand François nicht, was da mit ihm geschah. Im ersten Reflex wollte er das Tuch über seinen Augen wegziehen. Unmöglich, denn erst wurde sein rechtes, dann sein linkes Handgelenk daran gehindert. Und im Bruchteil einer Sekunde begriff er, dass Bamby ihm gleich nach der neckischen Nummer mit dem Tuch Handschellen angelegt hatte. Daraus schloss er, dass die Handschellen schon an den Streben des Bettes hinter dem Kopfkissen angebracht gewesen sein mussten, die ganze Sache also vorbereitet worden war.

Dieses Mädchen hatte alles ganz genau geplant. Verdammt … was wollte sie von ihm?

»Seien Sie vernünftig, mein Abenteurer«, fuhr Bamby fort, »das Spiel hat gerade erst begonnen.«

*Er träumt davon, in einem Haus oberhalb von Marseille zu leben, in Aubagne. Er hat ein Grundstück unterhalb des Parks von La Coueste entdeckt.*

*Er nennt seine Frauen gerne ›mein Schmetterling, meine Schwalbe, meine Libelle‹.*

*Er ist verrückt nach Wusulan, er weigert sich, mich zu berühren, wenn mein Körper nicht damit parfümiert ist.*

*Er ist fordernd, manchmal sogar grob.*

François hatte noch Hoffnung, als Bamby sein Hemd weiter aufknöpfte, als sie sich mit ihrem duftenden Körper an seinem rieb. Es war nur ein Spiel. Und außerdem noch viel erregender!

Was konnte die Kleine schon von ihm wollen? Er hatte sich nichts vorzuwerfen. Er hatte nicht mehr als zweihundert Euro bei sich. Ihn erpressen? Das konnte sie gerne versuchen! Jetzt, wo Mélanie und Hugo schon volljährig waren, würde ihm das sogar einen Vorwand liefern, um Solène zu verlassen. Er war fast so weit, sich wieder zu beruhigen, es zu genießen, diesem raffinierten Ding ausgeliefert zu sein. Mit neunundvierzig Jahren brachte er sich nicht mehr in Gefahr, er hatte dieses so beruhigende Stadium der Ausgeglichenheit erreicht … als er plötzlich den Schmerz in seinem Arm verspürte.

Ein Stich! In die Vene. Dieses kleine Miststück hatte ihm etwas gespritzt!

François geriet in Panik, zog an den Handschellen, wollte sogar um Hilfe schreien, obwohl er wusste, dass diese Scheißzimmer schallisoliert waren, damit die Liebenden sich sexuell ausleben konnten, ohne die Intensität ihrer Freuden mit denen der Zimmernachbarn vergleichen zu müssen. Und nach längerer Überlegung: Bamby hatte ihm nichts injiziert. Er hatte lediglich eine Art … Sog verspürt. Das Mädchen hatte ihm Blut abgenommen!

»Es wird nicht lange dauern«, murmelte Bambys ruhige Stimme. »Nur ein paar Augenblicke.«

François wartete. Lange.

»Bamby?«

Niemand antwortete ihm. Er glaubte, jemanden weinen zu hören.

»Bamby?«

Er verlor allmählich das Zeitempfinden. Wie lange lag er schon hier? War er allein im Zimmer? Jetzt musste er um Hilfe rufen, selbst schuld, wenn sie ihn so vorfanden. Selbst schuld, wenn ihm das peinlich war. Selbst schuld, wenn er das alles jetzt erklären musste. Selbst schuld, wenn er damit Solènes heile Welt zum Einsturz brachte. Selbst schuld, wenn Mélanie erfuhr, dass ihr Vater mit einem Mädchen in ihrem Alter schlief. Einem Mädchen, von dem er im Grunde rein gar nichts wusste. Vielleicht hatte sie ihn von Anfang an manipuliert mit ihrer Geschichte von der Doktorarbeit, dem Panel und dem Interview? Wenn man länger darüber nachdachte, war das Mädchen sowieso viel zu sexy, um an einer Doktorarbeit zu schreiben …

Er wollte gerade um Hilfe schreien, als er jemanden in seiner Nähe spürte.

Er versuchte sich zu konzentrieren, den Wusulan-Geruch von Bamby wieder wahrzunehmen, aber die würzigen Aromen des Raumdufts in diesem verdammten Scheherazade-Zimmer überdeckten einfach alles. Und egal, ob es das Geräusch von Schritten, ein Atmen, das Rascheln eines Anhängers auf nackter Haut war, alles wurde von diesem orientalischen Dauergedudel übertönt.

»Bamby?«

François verspürte lediglich einen kurzen Schmerz an den Handgelenken, wie einen kleinen Kratzer, der weniger schmerzte, als wenn man sich beim Rasieren schnitt. Er begriff es erst, als die warme Flüssigkeit an seinen Armen hinabrann.

Mit der Präzision eines Barbiers hatte man ihm die Venen aufgeschlitzt.

# 3

*8:30 Uhr*

Der lange Gang mit den vor den Türen aufgereihten Stühlen erinnerte Leyli an die unendlich langen Wartezeiten bei Elternsprechtagen, erst in der Grundschule, dann in der Mittelstufe. Oft vereinbarte sie den spätesten Termin und kam als Letzte, saß dann allein dort, oft über eine Stunde, bevor sie von Englisch- oder Mathelehrern in zwei Minuten abgefertigt wurde, weil sie endlich nach Hause wollten. Bei Bamby wie bei Alpha war es stets die gleiche Geschichte gewesen. Immer allein im Gang, genau wie heute Morgen.

Das Büro der FOS-IMMO würde erst in einer halben Stunde öffnen, doch man hatte sie hereingelassen, ohne weiter nachzufragen. In den gläsernen Kästen des Geschäftsviertels waren schwarze Frauen vor neun und nach achtzehn Uhr austauschbare Geister. Leyli wollte die Erste sein. Es war noch nicht einmal 8:30 Uhr, als sie Patrice Pellegrin aus der Fahrstuhltür kommen sah.

»Madame Maal?«

Der Berater der FOS-IMMO lief den Gang zu seinem Büro entlang, verwundert, als ginge er den Weg zum ersten Mal.

»Madame Maal? Aber ich mache doch erst in einer halben Stunde auf!«

Ihr Blick sagte ihm, dass es nicht schlimm war, dass sie alle Zeit der Welt hatte und dass er sich nicht zu entschuldigen brauchte.

Dennoch suchte Patrice Pellegrin nach Worten.

»Hm, tut mir leid. Ich komme sofort zurück. Ich hole mir nur schnell einen Kaffee.«

Mit ihrem bezauberndsten Lächeln fragte sie:

»Bringen Sie mir ein Croissant mit?«

Pellegrin kam zehn Minuten später mit einem voll beladenen Tablett zurück. Zwei Espressi, eine Tüte mit Frühstücksgebäck, zwei Flaschen Fruchtsaft und ein Korb mit frischem Brot, Butter und Konfitüre.

»Wenn Sie schon mal da sind, kommen Sie doch herein! Sie können mit mir frühstücken.«

Ganz offensichtlich hatten Leylis Lächeln, die warmen Farben ihrer afrikanischen Tunika sowie die Zöpfchen mit eingeflochtenen Perlen ihre Wirkung getan. Sie wagte nicht, Patrice zu gestehen, dass sie zwar literweise Tee trank, aber niemals Kaffee. Frechheit war eine Waffe, die man nur sparsam einsetzen durfte.

Sie tunkte ihr Croissant in das schwarze Gebräu und hoffte, der Teig würde es vollständig aufsaugen.

Durch die riesige Fensterfront des Büros hatte man einen großartigen Blick auf Port-de-Bouc, die auf der Halbinsel zusammengedrängten Wohnblocks und Einkaufszentren zum Festland hin sowie auf die wie Tentakel ins Meer ragenden Molen. Die Straßenlaternen erloschen, Ampeln blinkten, und hinter den Fenstern der Wohnungen gingen die Lichter an.

»Ich bin gern vor allen anderen auf«, murmelte Leyli. »Als ich nach Frankreich kam, habe ich jede Nacht in den oberen Stockwerken vom Hochhaus CMA CGM im Viertel Euroméditerranée geputzt. Das fand ich wundervoll. Ich hatte den Eindruck, auf die ganze Stadt aufzupassen, ihr beim Aufwachen zuzusehen, die ersten erhellten Fenster, die ersten Fußgänger, die ersten Autos, die ersten Passanten und die ersten Busse, all das erwachende Leben, während ich, im Gegensatz zu allen anderen, schlafen gehen würde.«

Pellegrin blickte eine Weile träumerisch auf das Panorama.

»Ich wohne auf der anderen Seite, in der Gegend von Martigues, in einem Bungalow. Von dort aus kann ich nur die Thujenhecke rund ums Haus sehen.«

»Aber Sie haben wenigstens einen Garten.«

»Ja ... Und um ihn genießen zu können, breche ich morgens früh auf, bevor in Marseille und Umgebung überall Staus sind. Ich komme zeitig, um in Ruhe die Akten zu studieren.«

»Außer, ein Mieter stört sie.«

»Leistet mir Gesellschaft!«

Patrice Pellegrin war um die vierzig, etwas dicklich und strahlte die Sicherheit eines verheirateten Mannes aus. Die Frau, die ihn sich geschnappt hatte, würde ihn wohl kaum wieder loslassen und hatte ihm wahrscheinlich rasch ein oder zwei Kinder geboren, um sicher zu sein, sich für alle Ewigkeit an ihn klammern zu können. Er war die Art von Mann, der freundlich zu Frauen sein konnte, ohne sie gleich anzumachen.

»Ich wohne dort«, sagte Leyli und deutete auf die acht weißen Wohnsilos mit Namen Aigues Douces, die wie Dominosteine aus Zucker direkt am Mittelmeer aufgereiht standen.

»Ich weiß«, antwortete der Berater.

Sie unterhielten sich noch ein paar Minuten und beendeten ihr Frühstück, bevor sich Pellegrin hinter seinen Schreibtisch setzte, eine Akte hervorholte und Leyli bat, ihm gegenüber Platz zu nehmen. Ein scheußlicher Schreibtisch aus heller, lackierter Fichte trennte sie nun. Die Erholungspause war vorüber.

»Nun, Madame Maal, was kann ich für Sie tun?«

Auch Leyli hatte sich vorbereitet. Sie breitete vor dem Mitarbeiter der FOS-IMMO eine Reihe Fotos von ihrer Wohnung aus und erklärte sie.

»Ich sage Ihnen da nichts Neues, Monsieur Pellegrin, Sie kennen die Einzimmerwohnungen so gut wie ich. Sie sind alle gleich, egal in welchem Block: fünfundzwanzig Quadratmeter, Wohnküche und ein Zimmer. Wie sollen wir zu viert darin leben?«

Sie hielt Pellegrin die Abbildung von ihrem Sofa vor die Nase, das sie jeden Abend in ein Bett umwandelte, dann ein Foto des Kinderzimmers, in dem Bamby, Alpha und Tidiane schliefen. Überall lag oder stapelte sich alles Mögliche, Kleidung, Schulhefte, Bücher und Spielzeug. Leyli hatte Stunden damit verbracht, die Fotos so zu gestalten, dass sie improvisiert wirkten. Sie sollten nach Chaos aussehen, um Patrice Pellegrin ihre Notsituation deutlich zu machen, gleichzeitig aber das Bild einer guten, durchorganisierten Mutter widerspiegeln, die Schulsachen sortierte, Kleidung ordentlich auftürmte und die Wohnung sauber hielt. Es gibt da nur ein Problem, Patrice, die Enge!

Patrice zeigte aufrichtige Anteilnahme.

Die Sonne hatte plötzlich die mächtige Silhouette des wellblechverkleideten Gebäudekomplexes passiert, und ihre Strahlen fielen durch das Fenster wie eine Sonnenuhr, die die Öffnungszeiten der Büros anzeigte. Leyli zog instinktiv eine Sonnenbrille aus ihrer Tasche. Eine Brille in Form eines Eulengesichts, zwei runde Gläser, verbunden durch einen orangenen Schnabel und mit zwei spitzen rosa Öhrchen. Patrice fand sie amüsant.

»Stört Sie die Sonne?«

Er ließ, ohne weitere Fragen oder Erklärungen, die Stores herab. Leyli war ihm dankbar dafür. Oft bemerkte sie, wie die Leute peinlich berührt waren – die Aggressiven hielten sie für eine Angeberin, die Depressiven für eine unglückliche Frau –, wenn sie auch bei wenig Sonne eine Brille aus ihrer Sammlung – fünf Euro pro Stück maximal – aufsetzte. Doch Leyli war nachsichtig. Wie hätten sie denn auch die Wahrheit erahnen sollen?

Pellegrin sah darin anscheinend nichts als eine liebenswerte Schrulle. Sobald das Büro wieder im Halbdunkel lag, schob Leyli ihre Brille auf die Stirn.

»Ich verstehe Sie ja, Madame Maal.«

Seine Augen richteten sich auf den hohen Stapel bunter Akten, die ausschließlich die Anträge für Sozialwohnungen enthielten.

»Aber Familien, die wie die Ihre warten, habe ich hier hundertfach.«

»Ich habe Arbeit gefunden«, sagte Leyli.

Patrice Pellegrin schien hocherfreut.

»Ein unbefristetes Anstellungsverhältnis im Ibis-Hotel von Port-de-Bouc«, erklärte sie. »Reinigung der Zimmer und des Speisesaals, alles, was ich mag! Ich fange heute Nachmittag an. Also könnte ich eine größere Wohnung bezahlen, wenn Sie eine für mich finden. Den Arbeitsvertrag habe ich dabei. Wollen Sie ihn sehen?«

Sie reichte ihm das Papier, Pellegrin verließ den Raum für ein paar Sekunden, machte eine Kopie und gab es ihr zurück.

»Ich bin nicht sicher, ob das ausreicht, Madame Maal. Das ist zwar ein zusätzlicher Pluspunkt, aber ...«, wieder betrachtete er den Aktenstapel, »ich ... ich schicke Ihnen eine Mail, wenn ich etwas Neues erfahre.«

»Das haben Sie mir schon beim letzten Mal gesagt. Und ich warte immer noch darauf!«

»Ich weiß ... hm ... Wie viele Quadratmeter bräuchten Sie denn im besten Fall?«

»Mindestens fünfzig ...«

Er notierte es auf einem Zettel, ohne die Stirn zu runzeln.

»In Aigues Douces?«

»Egal wo. Das ist mir gleichgültig. Hauptsache, die Wohnung ist größer.«

Pellegrin schrieb wieder etwas auf. Leyli konnte nicht erkennen, ob ihre Anfrage auf den Berater unrealistisch wirkte oder nicht. Er erinnerte sie an einen Papa, der gewissenhaft den verrückten Weihnachtswunschzettel seiner Kinder niederschrieb. Pellegrin hob den Blick.

»Nicht zu entsetzlich, Aigues Douces?«

»Wir haben den Strand, das Meer. Das hilft, den Rest zu ertragen.«

»Ich verstehe.«

Patrice schien aufrichtig berührt. Er zögerte, noch einmal den Aktenstapel zu begutachten, das wurde zum Tick. Vielleicht wiederholte er vor allen Mietern diese Geste. Und wenn nur weiße Blätter in den dummen Akten steckten?

Er verstand, er verstand ja alles. Als wäre er ein Abbild der Romanfigur Monsieur Malaussène, dem ewigen Sündenbock, den man in die Abteilung Sozialwohnungen versetzt hatte. Leyli wickelte die Perlenzöpfchen um ihre Finger.

»Danke, Sie sind ein guter Mensch, Patrice.«

»Hm … ich heiße Patrick. Aber macht nichts … Leyli, Sie sind …«

Sie ließ ihn nicht aussprechen.

»Sie sind nett, aber im Endeffekt wäre ich lieber an einen Dreckskerl geraten! Ich hätte ihm die gleiche Charme-Nummer serviert, hätte ihn aber dazu gebracht, meine Akte ganz oben auf den Stapel zu befördern, er hätte die Sekretärinnen aufgemischt und dem Chef die Stirn geboten. Aber Sie, Sie sind zu ehrlich. Im Grunde ist es blöd, dass ich ausgerechnet mit Ihnen zu tun habe.«

Leyli hatte ihre Worte mit einem charmanten Lächeln begleitet, das Pellegrin den Wind aus den Segeln nahm. Sein Stift schwebte so lange in der Luft, wie er sich fragte, ob sie Witze machte, dann brach er in Gelächter aus.

»Ich werde mein Möglichstes tun. Das verspreche ich Ihnen.«

Patrick schien ebenso ehrlich wie Patrice. Er erhob sich, und Leyli verstand, dass sie seinem Beispiel folgen sollte. Einen Augenblick lang musterte er die Eulenbrille auf der Stirn der Mieterin.

»Diese Eulenbrille ist genau wie Sie, Madame Maal. Sie kommen vor Sonnenaufgang. Sie hassen die Sonne. Sind Sie ein Nachtvogel?«

»Das war ich. Das war ich lange Zeit.«

Er sah, wie sich die Melancholie wie ein Schleier über ihre Augen legte. Als Patrick Pellegrin die Jalousie seiner Bürotür aufzog, um in der Mittelmeersonne die tägliche, lange Schlange von Mietern abzufertigen, setzte Leyli ihre Eulenbrille wieder auf die Nase und ging.

Als Patrick Pellegrin die Akte Leyli Maal schloss und auf den Stapel mit den über hundert anderen Akten legen wollte, die in den nächsten drei Tagen vom Vermittlungsausschuss geprüft werden würden, um das kleine Dutzend verfügbarer Wohnungen zuzuteilen, hielt er in seiner Bewegung inne.

Es würde sicher Monate dauern, bis Leyli Maals Akte positiv beschieden würde. Daran änderte auch das neue Arbeitsverhältnis nichts! Dennoch mochte Patrick sie nicht zu den anderen Akten legen. Das wäre, als würde er Leyli Maal in der Anonymität Hunderter alleinerziehender Mütter afrikanischer Herkunft verschwinden lassen, die hart kämpften, um ihre Kinder aufzuziehen, Arbeit zu finden, ein Dach über dem Kopf zu haben und über die Runden zu kommen.

Aber Leyli war einzigartig.

Nachdenklich starrte Patrick auf seine leere Kaffeetasse und auf Leylis, in der ein widerlicher grauer Schwamm aus Teig und aufgeweichten Krümeln schwamm.

Leyli Maal konnte man nicht einordnen.

Zunächst überlegte Patrick, ob Leyli Maal eigentlich schön war.

Ja, das war sie zweifellos. Sie war spritzig, lebendig, voller entwaffnender Phantasie, doch hinter den funkelnden Augen erahnte Patrick die Last vergangener Schicksalsschläge und unter der Tunika in Regenbogenfarben den müden Körper, den sie vor keinem Mann mehr entblößen würde.

Machte er sich etwas vor? Unmöglich, sich eine Meinung zu bilden, doch eine andere Frage spukte ihm durch den Kopf. *War Leyli Maal wirklich ehrlich?*

Durch das Fenster sah er sie an der Bushaltestelle Urdy-Milou stehen und nach ein paar Minuten in den Bus Nummer 22 steigen, der so vollgestopft war wie eine Legebatterie. Er folgte ihr mit den Augen, bis der Bus an der Ecke Boulevard Maritime verschwand. Der Widerstreit seiner Gefühle verwirrte ihn. Er spürte eine unerwartete Nähe zu dieser einfachen und natürlichen Frau. Ja, er könnte sich vielleicht sogar in sie verlieben, doch trotz allem, und ohne zu wissen, warum, war er überzeugt, dass Leyli ihm nicht die Wahrheit sagte.

Patrick beobachtete eine Weile, wie die Laster am Kanal Caronte entlangfuhren, dann klappte er die Akte Maal zu. Eine Akte, über der sich am Tagesende neunundneunzig weitere stapeln sollten.

# 4

*9:01 Uhr*

Polizeihauptkommissar Petar Velika betrachtete mit einer Mischung aus Betroffenheit und Ekel jedes Detail im Zimmer Scheherazade. Der fahle Körper des nackten Mannes auf dem blutroten Laken schien wie in Stein gehauen. Dazu die Teppiche mit den persischen Motiven und die schillernde Wandbespannung! Sein Blick fiel auf die Handschellen, mit denen das Opfer an die Streben des Baldachins gefesselt war.

»Mein Gott...«

Petar Velika hatte bereits etliche Tatorte gesehen, und noch mehr Verbrechen ohne Inszenierung.

Nachdem er mit fünfzehn aus Titos Jugoslawien geflüchtet war und die Hälfte seiner Familie in Bjelovar hatte zurücklassen müssen, besuchte er mit kaum zwanzig die Polizeischule und erlangte schon nach wenigen Monaten den Ruf, ein hartgesottener Kerl mit einer weißen Weste unter der schwarzen Lederjacke zu sein. Und auch dreißig Jahre später, die er zum großen Teil damit verbracht hatte, Leichen in allen Ecken der Metropole Marseille einzusammeln, hatte sich daran nichts geändert.

»Es hat über eine Stunde gedauert, bis er verblutet ist«, klärte ihn Julo auf, der neben ihm stand.

»Wie bitte?«

»Nach den Einschnitten an den Handgelenken zu urteilen, würde ich sagen, dass er fünfzig bis sechzig Milliliter Blut pro

Minute verloren hat. In einer Stunde hat er insgesamt somit dreitausendsechshundert Milliliter verloren, also etwa die Hälfte der gesamten Blutmenge in seinem Körper, und das ist der Moment, in dem die Organe, eins nach dem anderen, versagen.«

Velika lauschte seinem Assistenten, den man ihm aufgehalst hatte, nur mit halbem Ohr. Ein anständiger junger Mann, der frisch von der Polizeischule kam. Petar fragte sich, weshalb wohl dieser brillante Junge von dreiundzwanzig Jahren unbedingt der undankbaren Dienststelle hatte zugeteilt werden wollen, deren Leiter er war. Julo Flores. Ein Kommissaranwärter, freundlich, höflich, flink und von rascher Auffassungsgabe, der nichts übel nahm und zudem noch mit einigem Sinn für Humor ausgestattet war. Alles, was ihm auf die Nerven ging!

Zwar nickte er von Zeit zu Zeit seinem Assistenten zu, doch beobachtete Hauptkommissar Velika vor allem die beiden anderen Polizisten, die sich im Zimmer Scheherazade zu schaffen machten. Die Illusion, sich in einer anderen Welt zu befinden, war perfekt. Hier schien es sich um eine Art Ritualmord zu handeln, ausgeführt im Palast des Kalifen, als hätte man den Eunuchen bestraft, der sich an der Lieblingsfrau des Wesirs vergriffen hatte. Der würzige Geruch von Weihrauch stieg Petar in die Nase. Niemand war bisher auf die Idee gekommen, die orientalische Musik abzuschalten, die im Hintergrund aus unsichtbaren Lautsprechern drang. Mit ihren schmutzigen Stiefeln trampelten die Polizisten auf dem wollenen Teppich herum, ihre Leuchtstäbe warfen ein grelles Licht auf ein Porzellanbecken und Arganöl-Fläschchen. Das Zimmer Scheherazade trug seinen Namen zu Recht, man fühlte sich in einen Basar in Bagdad versetzt. Velika wandte sich an Mehdi und Ryan, die gerade Fingerabdrücke sicherten.

»Kann ich das Fenster aufmachen?«

»Ja sicher …«

Velika zog die Gardinen zurück und öffnete es.

Sofort verschwand die Magie.

Das Fenster ging auf einen betonierten Hof mit Müllcontainern hinaus, und mit einem Schlag übertönte das Geschrei der Möwen, das unaufhörliche Brummen der Laster und Busse auf der Nationalstraße die exotische Musik. Er sah zu den Läden neben dem Einkaufszentrum hinüber: ein Starbucks, ein Carrefour und ein Multiplex-Kino. Johnny Depp mit Dreadlocks starrte ihn von einem fünf mal vier Meter großen Plakat an. Der orientalische Zauber verflüchtigte sich mit den Abgasen. Gegenüber gab es keine Minarette, stattdessen Wohnblocks und Hafensilos. Der Palast des Kalifen war nichts weiter als ein Wellblechwürfel. Das Wunder der Moderne!

»Chef«, hörte er Julo leise hinter sich sagen, »das ist Serge Tisserant, der Hotelmanager.«

Vor dem Hauptkommissar stand ein etwa vierzigjähriger Mann mit Krawatte, der ebenso gut Sofas oder Kamine hätte verkaufen können, eine Art sprechender Katalog.

»Sie kommen gerade richtig«, sagte Petar und warf einen Blick in die Runde und auf die purpurroten Wandbehänge. »Erklären Sie mir doch bitte das Prinzip dieser Hotelkette, Red Corner. Anscheinend sprießen solche Etablissements ja seit einigen Jahren wie Pilze aus dem Boden.«

Der Hauptkommissar lächelte und warf einen Blick zu Julo hinüber, der im Hintergrund auf einem kleinen, ultraflachen Tablet – kaum größer als ein Taschenbuch – etwas notierte. Dieses Utensil sollte die Stapel Notizzettel ersetzen, die er für gewöhnlich überall deponierte.

»Das ist ein neues Hotelkonzept«, erklärte der Manager.

»Erzählen Sie mir mehr!«

»Es handelt sich um ein Franchise-System, das sich gerade weltweit ausbreitet. Es gibt eine Bar im Erdgeschoss und darüber Zimmer. Ein Selbstbedienungsprinzip, wenn Sie so wollen. Der Kunde braucht nur eine Kreditkarte, um die Tür zu seinem Zimmer zu öffnen, ebenso simpel wie bei einer Mautstation auf der Autobahn. Abgerechnet wird pro Viertelstunde, dann pro halber oder ganzer Stunde. Der Betrag wird abgebucht, wenn der Kunde das Hotel verlässt, wie bei einer Parkgarage. Danach kommt gleich eine Putzfrau und reinigt das Zimmer, das anschließend wieder zur Verfügung steht. Keine Reservierungen, keine Gästeliste, kein Zimmerservice! Ein Hotelzimmer im klassischen Sinn, aber viel praktischer.«

Petars Blick schweifte wieder über das orientalische Dekor des Raums.

»Gut ... Aber die Ausstattung Ihrer Zimmer ist nicht gerade mit der eines Low-Cost-Hotels vergleichbar!«

Tisserants Gesicht drückte zurückhaltenden professionellen Stolz aus.

»Das ist eine weitere Besonderheit der Red-Corner-Hotels! Jedes Zimmer hat ein besonderes Thema. Konnten Sie sich schon im Hotel umsehen? Wir haben Zimmer mit Themen wie Luxor, Taj Mahal, Montmartre, Karawanserei, Venedig La Serenissima ...«

Der Hoteldirektor schien die ganze Palette des Prospekts aufzählen zu wollen. Petar unterbrach ihn, Julo hatte inzwischen sicher alle Dokumente heruntergeladen.

»Individuelle Gestaltung? Findet man die gleichen Zimmer in allen Red-Corner-Hotels der Welt?

Herr Katalog warf sich nochmals in die Brust.

»Genau die gleichen! Gleiche Reise, gleicher Trip, egal wo Sie sich auf der Welt befinden.«

Das schien Julo zu amüsieren, wie Petar feststellte, er schien sich sogar dafür zu interessieren. Womöglich war das vielleicht das ideale Konzept für junge Romantiker mit Hungerlöhnen. Er selbst konnte über dieses Theaterdekor aus Pappmaschee nur staunen. Warum nicht gleich ein Vukovar-Zimmer? Die beiden anderen Polizisten arbeiteten immer noch fieberhaft. Ryan versuchte gerade, die Handschellen aufzusägen, um den Leichnam abtransportieren lassen zu können.

»Gibt es Kameras in den Zimmern?«

»Wo denken Sie hin? Natürlich nicht!«, betonte der Direktor, doch die Rolle des empörten Kleinunternehmers beherrschte er nicht so gut. »Bei uns bieten alle Zimmer absolute Anonymität, sind schallisoliert und sicher. Wir garantieren Vertraulichkeit …«

Aha, dachte Petar, er hat diese Manie, »bei uns« zu sagen, wie so manche Angestellte, die in weniger als sechs Monaten aus ihrer Firma entlassen werden.

»Und draußen?«

»Wir haben drei Kameras auf dem Parkplatz und eine vor der Tür, die rund um die Uhr aufnehmen.«

»Okay, das schauen wir uns an …«

Er blickte seinem Gesprächspartner in die Augen.

»Aber bitte stoppen Sie dieses entsetzliche Gedudel aus *Tausendundeiner Nacht!*«

»Ich will es versuchen«, stammelte Tisserant. »Hm … die musikalische Untermalung wird zentral gesteuert.«

»Na gut, dann rufen Sie doch einfach Sydney, Honolulu oder Tokio an, damit sie die Anlage abschalten!«

Schließlich hörte die Musik in den Zimmern auf, die Leiche war abtransportiert worden, das würzige Raumspray verflogen und die meisten Polizisten waren gegangen. Petar lehnte sich an das Fensterbrett, die einzige Möglichkeit, sich eventuell noch irgendwo hinzusetzen, abgesehen von der Matratze, die sich in einen blutgetränkten Schwamm verwandelt hatte. Der Hauptkommissar wandte sich an seinen Assistenten:

»Spuck's aus, Julo! Ich bin sicher, du hast schon alle Websites durchkämmt und weißt genau, wer der arme Teufel ist.«

Der Kommissaranwärter Flores begnügte sich mit einem Lächeln.

»Da haben Sie recht, Hauptkommissar! Das Opfer heißt François Valioni. Neunundvierzig Jahre alt. Verheiratet. Zwei Kinder. Hugo und Mélanie. Er wohnt in Aubagne, Chemin de la Coueste.«

Petar hatte sich eine Zigarette angezündet und stieß den Rauch aus dem Fenster in Richtung Einkaufszentrum.

»Du bist wirklich von der schnellen Truppe, Julo. Flink und präzise. Du wirst mich noch von den Vorzügen der verdammten Big Data überzeugen.«

Der Polizist wurde rot und zögerte eine Sekunde.

»Hm... Um ehrlich zu sein, Chef, ich habe vor allem die Brieftasche des Opfers in seinem Jackett gefunden.«

Petar lachte laut auf.

»Phantastisch! Gut. Rede weiter, was haben wir noch?«

»Ein sonderbares Detail. Ryan hat diesen Einstich im rechten Arm entdeckt, aber es ist kein beliebiger Einstich. Man... Man hat ihm Blut abgenommen!«

»Wie bitte?«

»Natürlich, als er noch welches hatte.« Petar mochte den unterschwelligen schwarzen Humor seines Assistenten. Nach und nach begann der Junge im Umgang mit ihm lockerer zu werden.

»Allem Anschein nach hat ihm sein Mörder das Blut mit einem Blutentnahme-Kit abgenommen, bevor er ihm die Pulsadern aufgeschnitten hat.«

Julo zeigte ihm einen transparenten Plastikbeutel mit einer Nadel, einem kleinen Reagenzglas und einem blutigen Wattestäbchen.

»So ein Ding kostet fünfzehn Euro, und wir haben es im Papierkorb gefunden. Damit kann man in weniger als sechs Minuten die Blutgruppe feststellen.«

Petar warf seine Kippe aus dem Fenster. Sie würde sich zu den Präservativen neben den Müllcontainern des Red Corner gesellen.

»Warte mal, Julo, wenn ich es richtig zusammenfasse, so ist dieser François Valioni freiwillig in das Zimmer Scheherazade gekommen, wahrscheinlich in Begleitung seines Mörders. Er lässt sich mit Handschellen ans Bett fesseln, der Mörder nimmt ihm Blut ab, wartet auf das Ergebnis, schneidet ihm dann die Pulsadern auf und geht.«

»So kann man es ausdrücken.«

»Verdammt ...«

Petar überlegte und fuhr dann ironisch fort:

»Wir haben es bei dem Mörder mit jemandem zu tun, der einen Blutspender sucht. Es ist dringend, eine Frage von Leben und Tod. Er testet einen potenziellen Spender, die Blutgruppe passt nicht, das nervt ihn und er bringt ihn um. Was für eine Blutgruppe hat Valioni?«

»Null Rhesus positiv«, antwortete Flores, »wie mehr als ein Drittel der französischen Bevölkerung. Oder es handelt sich hier um ein Remake von *Twilight*.«

Petar verdrehte verständnislos die Augen.

»Eine Vampirgeschichte«, erläuterte Julo.

»Ah, kannst du nicht wie alle anderen Leute von *Dracula* sprechen? Dann wollen wir mal die Außenkameras befragen, was sie gesehen haben. Die Person, die mit François Valioni dieses Zimmer betreten hat, ist mit Sicherheit eine Frau. Ich kann mir den braven Familienvater hier kaum mit einem kleinen Gespielen vorstellen.«

Julo Flores blieb vor seinem Chef stehen. Er zog zwei weitere transparente Beutelchen hervor.

»Wir haben auch das hier in Valionis Taschen gefunden.«

Petar beugte sich vor, um die Indizien aus der Nähe zu inspizieren. Er entdeckte zunächst ein rotes Plastikarmband, wie Gäste es in All-inclusive-Hotels am Handgelenk trugen. Länger hielt er sich bei dem zweiten Tütchen auf, das … sechs Muscheln enthielt. Sechs fast identische Muscheln, oval, weiß und wie Perlmutt schimmernd, circa drei Zentimeter lang, deren gewellte Ränder sich in der Mitte leicht öffneten.

»Solche Muscheln habe ich an den hiesigen Stränden noch nie gesehen!«, stellte der Hauptkommissar fest. »Mysterium Nummer zwei. Wo mag unser guter François diese Dinger wohl eingesammelt haben?«

»Auf Geschäftsreisen, Chef.«

»Hast du auch seinen Terminkalender gefunden?«

»Nein, aber in seiner Brieftasche stecken Visitenkarten. François Valioni leitet die Finanzabteilung eines Vereins, der Flüchtlingen hilft. *Vogelzug*.«

Aus der bisher gelangweilten Haltung Petar Velikas sprach plötzlich echtes Interesse.

»*Vogelzug!* Bist du sicher?«

»Ich kann Ihnen den Dienstausweis mit seinem Foto zeigen, und …«

»Schon gut …«

Petar Velikas Neugier war nun einer inneren Unruhe gewichen.

»Gib mir zwei Sekunden, ich muss nachdenken … Hol mir doch mal einen Kaffee aus dem Starbucks nebenan.«

Kommissaranwärter Julo Flores, zunächst überrascht, zögerte und verließ den Raum erst, als er begriffen hatte, dass sein Chef es ernst meinte.

Sobald sein Assistent außer Hörweite war, prüfte Petar Velika, ob er wirklich allein war und zückte sein Handy.

Er zitterte ein wenig.

*Vogelzug.*

Das konnte kein Zufall sein.

Er betrachtete noch einmal die Hochhäuser, den Hafen, das Gewerbegebiet und ganz in der Nähe, auf der anderen Seite, den Jachthafen. Eine fatale Mischung aus purer Not und protzigem Reichtum.

Der Ärger fing erst an.

## 5

*10:01 Uhr*

»Dürfen wir noch Cola haben, Opa?«

Jourdain Blanc-Martin nickte. Er würde seinen Enkeln nicht verbieten, sich Cola oder irgendetwas anderes zu nehmen, schon gar nicht an ihrem Geburtstag. Er saß, in einiger Entfernung von den spielenden Kindern, mit einem Espresso in der Hand auf der Veranda.

Letztlich lief alles bestens.

Es fiel ihm ein wenig schwer, sich einzugestehen, dass ihn die Organisation des Kindergeburtstags von Adam und Nathan, den Zwillingen seines Sohnes Geoffrey, mehr Kopfzerbrechen bereitet hatte als die Vorbereitung des *Frontex*-Symposiums, das in drei Tagen im Kongresspalast von Marseille stattfinden würde. Über tausend Teilnehmer aus dreiundvierzig Nationen. Staatschefs und Unternehmer … Als würde ihn die ganze Aufregung rund um das Flüchtlingsthema nicht mehr so recht interessieren. Es war zweifellos an der Zeit, die Verantwortung an Geoffrey, dem ältesten seiner drei Kinder, zu übergeben und, in einem Liegestuhl sitzend, den Sonnenuntergang über Port-de-Bouc zu genießen. Endlich einmal einen Kaffee zu trinken, der nicht von einer Sekretärin gebracht wurde, dem Lachen der Kinder zu lauschen, und zwar nicht über den Lautsprecher der Freisprechanlage eines Taxis!

Dieser Geburtstag lief bestens, aber das hatte natürlich auch seinen Preis. Fünf Animateure für vierzehn Kinder. Nur Klassenkameraden aus der Montessori-Schule Les Oliviers. Eltern, die man nicht gerade als unvermögend bezeichnen konnte, die er aber dennoch mit seiner Einladung an den Pool im fünften Stock seiner Villa La Lavéra mit Blick über den Golf von Fos beeindruckt hatte. *Bitte nichts mitbringen*, hatte auf der Einladung gestanden, *keine Geschenke, aber den Badeanzug nicht vergessen!*

Für die Kleinen gab es Limo-Brunnen, Bonbon-Pyramiden und Konfettiregen. Eine wahre Orgie für die Kinderschar!

Aus Jourdains rechter Tasche ertönte Violinenmusik, das *Adagio for Strings* von Samuel Barber: sein Handyklingelton. Er ging nicht ran. Nicht jetzt. Er erfreute sich am Einfallsreichtum der Animateure. Einer war als Peter Pan verkleidet, eine eher zierliche junge Frau als Tinkerbell, die dritte als Indianerin, und alle Kinder waren als Piraten kostümiert. Mitten im Pool war eine große, aufblasbare Insel vertäut, die von rund einem Dutzend Plastikkrokodilen bewacht wurde. Die Kinder paddelten auf Luftmatratzen zwischen den harmlosen Reptilien umher, um zu der mit Goldstücken gepflasterten Insel zu kommen und ihre Beute einzukassieren. Offensichtlich amüsierten sie sich hervorragend.

Für einen Moment wandte sich Jourdain von dem Getümmel im Pool ab und genoss die Aussicht von der Veranda. Im Süden erhob sich die Hochhaussiedlung des Problemviertels Aigues Douces, in dem er aufgewachsen war. Unterhalb seiner Villa, ein paar hundert Meter von den Wohnblöcken entfernt, erstreckte sich der Hafen Port Renaissance. Er hatte freien Blick auf seine Jacht *Escaillon* und auf die viel kleinere seiner Schwiegertochter, die *Maribor*.

Lediglich ein paar hundert Meter lagen zwischen diesen beiden Welten, die verschiedener nicht hätten sein können und die hermetisch voneinander getrennt waren. Er hatte fünfzig Jahre gebraucht, um es von der einen auf die andere Seite zu schaffen. Es war sein ganzer Stolz, kaum einen Kilometer von der Trabantensiedlung seiner Kindheit entfernt, zu Wohlstand gekommen zu sein. Ohne auswandern zu müssen hatte er alle Etappen des Aufstiegs gemeistert und konnte jetzt von hier oben auf die Wohnblocks hinabsehen, deren Schatten einst seine Kindheit erdrückt hatten. Wie ein Häftling, der sich ein Haus neben seinem ehemaligen Gefängnis gekauft hat, um seine Freiheit noch mehr genießen zu können.

»Dürfen wir noch Cola haben, Opa?«

»So viel du willst, mein Schatz.«

Nathan trank inzwischen seinen vierten Becher. Er ähnelte schon kaum mehr seinem Zwillingsbruder. Pro Jahr nahm er ein

Kilo zu. Eigentlich eine bequeme Möglichkeit, die beiden auseinanderzuhalten, doch Geoffrey verwechselte seine Söhne noch immer. Geoffrey reiste für *Vogelzug* durch die Welt und kam nur jeden dritten Sonntag mal nach Hause, um die Kinder zu umarmen und mit seiner Frau zu schlafen. Ivana, eine sehr schöne Slowenin, interessierte sich nicht so sehr für das Spielzeug ihrer Kinder wie für ihr eigenes: die kleine Luxusjacht und den Jaguar F-Type. Ivana würde seinen Sohn, den großen Einfaltspinsel, früher oder später betrügen, weil sie davon überzeugt war, dass er sich in den Hiltons und Sofitels dieser Welt schadlos hielt.

Als Jourdain 1975 seine Organisation gegründet hatte, gab es weltweit nicht einmal fünfzig Millionen Menschen, die mangels Arbeit, aufgrund von Kriegen oder Elend ihre Heimat verlassen mussten. Im Jahr 2000 waren es schon weit über hundertfünfzig Millionen, und die Kurve stieg weiter exponenziell an. Welcher Rohstoff, welche Energieform, welche Bodenschätze konnten sich rühmen, in den letzten fünfzig Jahren mit solcher Regelmäßigkeit angestiegen zu sein? Er hoffte inständig, dass der gute Geoffrey, auf dessen Schultern bald die Verantwortung der Organisation lasten würde, etwas Besseres zu tun hatte, als sich mit Prostituierten zu vergnügen.

Wieder ertönte das *Adagio* von Samuel Barber. Jourdain ging auf die Dachterrasse, um sich vom Kindergeschrei zu entfernen, das ihm allmählich auf die Nerven ging, und um das Gespräch schließlich doch anzunehmen. Peter Pan und Tinkerbell war es nicht gelungen, die kleinen sechsjährigen Monster länger als zwanzig Minuten mit ihrer Jagd nach dem Schatz im Wasser abzulenken. Die mit Montessori-Pädagogik genährten Kinder hatten ihre Aufgabe ernst genommen und sich gegenseitig mit Säbeln aus Schaumstoff niedergeschlagen. Im Wasser schwammen Haribo-Erdbeeren, die an Blutstropfen erinnerten, und die

Bonbonspieße dienten als Harpunen zum Abstechen der unschuldigen Krokodile oder um auf der Insel nach Goldstücken aus Schokolade zu angeln.

Jourdain schloss die Glastür der Veranda hinter sich und las den Namen auf dem Display.

*Petar Velika*

Was zum Teufel …

»Blanc-Martin?«

»Am Apparat.«

»Velika hier. Ich weiß, dass ich Sie nicht auf Ihrem privaten Handy anrufen soll, aber …«

»Aber?«

Jourdain betrachtete in der Ferne die Spitze der Halbinsel, die gegenüber von Fort de Bouc fast bis zum Ende der Hafenmole ins Meer ragte.

»Wir haben hier einen Toten. Das wird Ihnen nicht gefallen. Es handelt sich um einen leitenden Angestellten Ihrer Firma. François Valioni.«

Jourdain ließ sich auf einen Teakholz-Liegestuhl fallen, der dabei fast umkippte. Das Geschrei der Möwen vermischte sich mit dem durch die Scheibe gedämpften Gebrüll der Kinder.

»Fahren Sie fort.«

»Es war Mord. Man hat Valioni heute Morgen in einem Red-Corner-Hotelzimmer mit verbundenen Augen und in Handschellen vorgefunden, die Pulsadern aufgeschlitzt.«

Unwillkürlich blickte Jourdain in Richtung des Gewerbegebiets von Port-de-Bouc, auch wenn man es von seiner Dachterrasse aus nicht sehen konnte. Er hatte zehntausende Euros für die Aufforstung ausgegeben, um von seiner Villa aus in nördlicher Richtung nur Blick auf die Seekiefern zu haben, die den Kanal zwischen Arles und Bouc säumten.

»Haben Sie schon eine Spur?«, fragte er.

»Mehr als das. Man hat mir vorhin die Filme der Überwachungskameras gebracht.«

Am anderen Ende der Leitung kniff Petar Velika die Augen zusammen, um das verpixelte Bild besser sehen zu können: Ein Tuch verhüllte das Gesicht des Mädchens größtenteils, das in die Kamera vor der Tür des Hotels blickte, sich jedoch fast im gleichen Moment abwendete, so als wollte sie einen deutlichen, aber unzureichenden Hinweis hinterlassen.

Blanc-Martin gegenüber behauptete er jedoch:

»Man kann deutlich erkennen, wie Valioni das Hotel mit einem Mädchen betritt. Mit einem sehr schönen Mädchen.«

Blanc-Martin entfernte sich noch weiter vom Kindergeburtstag und vergewisserte sich, dass auch wirklich niemand in der Nähe war: weder Captain Hook noch Mr. Smee oder ein Indianerhäuptling.

»Na, dann identifizieren Sie sie doch! Anschließend finden Sie die Frau und sperren sie ein. Wenn Sie ein Bild von ihr haben, dürfte das doch nicht so schwer sein.«

Petar wurde deutlicher.

»Sie … sie trägt ein Tuch, ein seltsames Tuch mit Eulenmotiven …«

Die Betonbrüstung war über einen Meter hoch, aber Jourdain Blanc-Martin hatte mit einem Mal das Gefühl, in die Tiefe gezogen zu werden.

»Sind Sie sicher?«

»Was das angeht, ja.«

Jourdains Blick glitt über die einförmigen Wohnsilos von Aigues Douces, die wie die Türme einer weißen Festung am Mittelmeer wirkten, eine unfertige Zitadelle, deren Befestigungsmauern nie gebaut worden waren.

Ein mit Eulen bedrucktes Tuch, dachte Blanc-Martin. Die Augen verbunden, die Venen aufgeschlitzt.

Ein sehr schönes Mädchen …

Ihm schwante nichts Gutes. Das Mädchen würde erneut zuschlagen, töten und Blut vergießen.

So lange, bis sie bekommen hatte, wonach sie suchte.

## 6

*10:27 Uhr*

In ihrem Stockwerk angekommen, tastete Leyli nach dem Lichtschalter. Ihre Hand glitt über die abgeblätterte Farbe, bis sie ihn im Flur der siebenten Etage des Blocks H9 im Viertel Aigues Douces gefunden hatte.

Leyli verzog beim Anblick der gesprungenen Fliesen, des verrosteten Treppengeländers, der feuchten, aufgeworfenen Schimmelstellen an Wänden und Fußleisten das Gesicht. FOS-IMMO hatte im letzten Sommer die Fassaden der Wohnblocks streichen lassen, doch offenbar war die Farbe ausgegangen, bevor man auch die Hausflure hatte tünchen können. Oder aber, dachte Leyli beim Anblick der auf die Wände geschmierten Herzchen, Totenköpfe und Pimmel, die Stadtverwaltung hatte eine Kommission zur Erhaltung der Graffitis einberufen – schützenswerte Zeugnisse der Urban Art des frühen 21. Jahrhunderts. Worüber beklagte sie sich? In tausend Jahren würde man ihr Stockwerk wie heute die Grotte von Lascaux besichtigen. Leyli dachte gern positiv! Wer weiß, vielleicht hatte ihre Charme-Nummer ja gewirkt, und Patrick Pellegrin würde für sie die Traumwohnung auftun. Vielleicht wartete schon eine entsprechende Mail auf sie … fünfzig Quadratmeter … Erdgeschoss … Gärtchen … voll ausgestattete Kü…

»Madame Maal?«

Eine Stimme, eher ein Kreischen, dröhnte ihr aus der unteren Etage ans Ohr. Das Gesicht einer jungen Frau tauchte im Treppenhaus zwanzig Stufen tiefer auf. Kamila! Die hatte gerade noch gefehlt.

»Madame Maal«, wiederholte das Mädchen, »könnten Ihre Kinder die Musik leiser stellen? Hier im Haus gibt es Leute, die ernsthaft studieren. Mit dem Ziel, es irgendwann endlich verlassen zu können.«

Kamila Saadi. Die Nachbarin, die einen Stock unter ihr wohnte. Psychologiestudentin. Im sechsten Semester, wie Bamby. Übrigens machte Kamila alles genauso wie Bamby. Durch einen sonderbaren Zufall des Lebens war Kamila durch Vermittlung der FOS-IMMO vor zwei Jahren im Hochhaus eingezogen. Das hiesige Sozialamt versuchte, in Aigues Douces Studenten, Rentner, Arbeitslose und auch Bedürftige aus anderen Vierteln unterzubringen, die hier keine Wohnung ablehnen konnten, und gaukelte damit so etwas wie eine bunt gemischte Vielfalt vor. Bis die Leute daran kaputtgingen und wegzogen.

Kamila hatte ihre Nachbarin von oben, Bamby, unter den sechshundertfünfzig Studenten in den überfüllten Hörsälen der Psychologischen Fakultät an der Universität Aix-Marseille wiedererkannt. Ein Jahr lang waren die beiden gemeinsam mit dem Bus 22 gefahren, hatten für dieselben Kurse gebüffelt und ihre Kebabs geteilt. Kamila und Bamby hatten damals alles gemeinsam gemacht, wenn auch Kamila immer ein wenig schlechter abschnitt. Kamila und Bamby sahen sich ähnlich, das gleiche lange Haar, glatt und offen oder zu Zöpfen geflochten, die gleichen schwarzen, mandelförmigen Augen mit den hellen Sprenkeln, die gleiche dunkle Haut, nur dass Kamila nicht so hübsch war wie Bamby. Sie hatten ihre Examen zur gleichen Zeit bestanden, Bamby allerdings mit besseren Noten. Sie waren mit den gleichen Freunden ausgegangen, aber Bamby angelte sich immer die besseren Typen. Die schöne Freundschaft der beiden war nach und nach einer hässlichen Eifersucht gewichen. Dabei hatte Leyli zu Beginn dieser Freundschaft befürchtet, Bamby könne bei Kamila einziehen. »Keen'V«, zählte Kamila auf, »Canardo, Soprano. Es reicht, aus dem Alter bin ich raus!«

Und Gaël Faye, dachte Leyli. Bamby fand Gaël Faye super. Und dann Maître Gims, den Tidiane verehrte. Alpha mochte Seth Gueko und zuweilen Goldman, Balavoine und Renaud. Leyli hörte beim Bügeln gerne Radio Nostalgie. In ihrer Firma arbeitete sie mit Kopfhörern, aber zu Hause drehte sie die Musik voll auf! Wenn man auf fünfundzwanzig Quadratmetern wohnte, war das die einzige Möglichkeit, die Enge der Räume zu sprengen.

In Kamilas Stockwerk öffnete sich die Tür ihr gegenüber, und ein etwa fünfzigjähriger Mann trat heraus, den Leyli hin und wieder im Treppenhaus gesehen hatte. Er schien gerade aufgestanden zu sein und trug ein zerknittertes T-Shirt, so eines, wie man es morgens anzog, um arbeiten zu gehen, und anbehielt, wenn man nachmittags müde ins Bett fiel. Sein Gesicht war ebenso zerknittert wie sein T-Shirt, und seine sehr hellen blauen Augen schienen noch zu träumen. Ein Bart bedeckte Kinn und Hals, während sein schütteres graues Haar auf dem Kopf gegen eine beginnende Glatze ankämpfte. Das T-Shirt spannte über seinem Bauch.

»Ich habe nichts gehört«, meldete sich der Nachbar zu Wort und lächelte ihr verschwörerisch zu. Also wirklich, dachte Leyli und erinnerte sich an das Lächeln von Patrice Pellegrin, heute Morgen strahlten die Männer ja geradezu.

Der Nachbar bedachte Kamila mit dem gleichen Lächeln.

»Ich geh um 6 Uhr morgens zu meiner Schicht und schlafe hier den ganzen Nachmittag. Wenn die Musik zu laut wäre, meine Schöne, dann würde ich sie hören.«

Seine Stimme klang sonderbar heiser, als hätte er zu viel geschrien. Und deshalb hatte man keine große Lust, ihm zu widersprechen oder ihn etwas wiederholen zu lassen. Kamila zuckte mit den Achseln und knallte ihre Wohnungstür zu. Der Unbekannte stieg die Treppe hinauf zu Leyli und reichte ihr die Hand.

»Guy. Guy Lerat.«

Gleichzeitig nahm er ihr die beiden Einkaufstüten aus den Händen. Joghurt und Kuchen zum günstigsten Preis, Nutella-Ersatz und ähnliches Junkfood, das sie bei Lidl gekauft hatte, um den Kühlschrank aufzufüllen. Guy stand verlegen vor der Tür, während Leyli ihren Schlüssel herauskramte und die Tür aufschloss. Sie fand diesen großen schüchternen Mann rührend, der sich offensichtlich traute, in ihr Zuhause einzudringen.

»So kommen Sie doch herein!«

Er zögerte.

»Wenigstens bis zum Kühlschrank…«

Er setzte einen Fuß auf unbekannten Boden.

»Stimmt das?«, fragte Leyli und nahm ihm die Tüten ab. »Stört Sie die Musik wirklich nicht?«

»Keine Ahnung«, krächzte er, »ich schlafe mit Oropax.«

Guys Augen funkelten schalkhaft, und Leyli lachte beim Gedanken an Kamilas Wut laut auf. Aber dieses Miststück würde sicher einen Weg finden, sich zu rächen.

»Wissen Sie, ich arbeite an Maschinen, in der Raffinerie, im Ölhafen. Die haben gemessen, dass wir den ganzen Tag lang mehr als hundert Dezibel auf die Ohren kriegen. Auch mit Ohrenschützern müssen wir Kollegen schließlich mal miteinander sprechen. Wir alle haben kaputte Stimmen. Die sagen, das kommt vom Krach, und das glauben wir ihnen auch gern. Mit Asbest hätte das nichts zu tun, tja, bis sie noch was Fieseres finden, bevor wir in Rente gehen …«

Leyli nickte verständnisvoll, ging in die Küche und begann die Einkäufe wegzuräumen, während Guy sich in der Wohnung umsah. Zunächst warf er einen Blick in das kleine Schlafzimmer mit den vier Etagenbetten. Es wirkte, als hätte ein Kind alle fünf Jahre das Bett gewechselt und dabei die alten behalten. Auf dem ersten lagen Plüschtiere, ein Buzz Lightyear, ein Millennium Falcon, Comics, Fußball-Sammelalben und Bücher über griechische Mythologie. An den Wänden des Bettes darüber mit einer grün-gelb-roten Bettdecke klebten Poster von afrikanischen Reggae-Sängern, darauf lagen ein Paar Sneaker und eine Stange Zigaretten. Am Bett daneben hingen zwei Beutel, in denen man schemenhaft Spitze, pinke Tops und Schuhe mit Pailletten erkennen konnte. Im letzten Bett lag nur die Matratze, nicht einmal eine Bettdecke. Kahl und schmutzig. Als wäre das Bett für ein noch nicht geborenes Kind reserviert. Guy fragte sich, wie es kam, dass die drei Kinder in dieser Enge ihre Sachen nicht auch auf das vierte Bett verteilt hatten.

»Möchten Sie einen Tee?«, fragte Leyli.

Guy antwortete nicht, sondern wandte seinen Blick, wie ertappt, vom Zimmer ab.

»Achten Sie nicht auf die Unordnung«, fuhr Leyli fort. »Drei Kinder in dem kleinen Raum! Können Sie sich das vorstellen? Tidiane ist zehn – haben Sie die Bücher gesehen, die er jede Woche aus der Bibliothek anschleppt? Er ist das Gegenteil von seinem Bruder Alpha.«

Sie schaute auf das obere Bett.

»Die Schule und Alpha … eine komplizierte Geschichte … Ich wollte, dass er wenigstens bis sechzehn hingeht, aber seit zwei Jahren interessiert ihn nichts mehr, abgesehen von Musik, seinen Freunden und Sport … Aber ich sorge mich nicht um ihn, Alpha ist ein Schlaukopf, wissen Sie, er kommt immer irgendwie durch. Hauptsache, er gerät nicht auf die schiefe Bahn.«

Leyli schien tief bewegt, ihre Stimme wurde unsicher. Guy hörte zu.

»Was Bamby angeht, sie wird zweiundzwanzig. Sie hat gerade ihren Bachelor in Psychologie gemacht. Noch weiß sie nicht, ob sie sofort einen Job suchen oder weiterstudieren soll. Aber eine Arbeit als Psychologin zu finden … Jedenfalls greift sie mir hier und da mit kleinen Jobs unter die Arme.« Sie blickte auf ein Portrait der drei Kinder an der Wand der Wohnküche: Tidiane, der sich vor Lachen ausschüttete, Alpha, erheblich größer als die beiden anderen, und Bamby, die mit ihren Rehaugen in die Kamera sah. »Für sie ist es ein Leichtes, sich als Bedienung in einem der Strandcafés anheuern zu lassen. Nun, was ist mit dem Tee?«

Guy zögerte immer noch und wagte einen Schritt in die Wohnküche. Das Sofa sah ordentlich aufgeräumt aus, und er vermutete, dass Leyli es abends zum Schlafen ausklappte. Er sah einen kleinen Tisch, vier Stühle, einen Computer und einen Aschenbecher, doch vor allem fielen ihm zwei ungewöhnliche Gegenstände auf, die nicht zu übersehen waren. Zunächst ein großer Weidenkorb voller Sonnenbrillen in allen Farben und Formen. Dann jede Menge Figuren, Eulen, die überall über den Raum verteilt standen. Aus Holz, Glas oder Ton.

»Das ist meine kleine Privatsammlung«, sagte Leyli stolz, »Genau hundertneunundzwanzig!«

»Warum denn Eulen?«

»Interessiert Sie das? Sind Sie auch eine Nachteule?«

»Eher ein früher Vogel.«

Leyli lächelte und wandte sich dem dampfenden Wasserkocher zu.

»Also, einen Tee?«

»Ein anderes Mal.«

Guy ging zur Tür. Leyli spielte die Erboste.

»Wissen Sie, dass es eine Riesenbeleidigung ist, die Gastfreundschaft der Fulbe auszuschlagen? In der Wüste hat man wegen eines solchen kleinen Vergehens mit Macheten niedergemetzelte Forschungsreisende gefunden.«

Guy wand sich vor Verlegenheit. Er fühlte sich immer unwohler. Sein Blick heftete sich an einen Bilderrahmen über dem Computer. Ein Sonnenuntergang über einem Fluss. Die dunklen Schatten von Pirogen und Hütten deuteten darauf hin, dass es sich um ein afrikanisches Gewässer handelte.

»Das war ein Scherz«, lenkte Leyli ein. »Was stört Sie denn?«

»Nichts … Es ist nur … Ich bin nicht dran gewöhnt …«

»An was denn? An die Unordnung? An Kinder? An Eulen? Oder weil eine junge Frau, sexy und reich wie ich, Sie bedrängt und auf ein Glas Champagner in ihren Palast einlädt?«

»An Afrika«, erklärte Guy.

Er befand sich bereits auf der Schwelle und hob mit der Fußspitze nervös ein Stück lose Kachel hoch. Leyli stand immer noch mit dem Wasserkessel in der Hand da.

»Ach ja? Damit hatte ich nicht gerechnet. Könnten Sie bitte Klartext reden, lieber Herr Nachbar?«

Guy schien seinen gesamten Mut zusammenzunehmen, und seine Ausführungen klangen fast aggressiv.

»Ich sage Ihnen mal was: Ich bin zwischen Vitrolles und Gardanne groß geworden und seit dreißig Jahren Dockarbeiter in

Port-de-Bouc. Drei Viertel meiner Freunde sind aus Algerien vertriebene Franzosen oder deren Kinder, am Wochenende jagen wir am Étang de Berre Enten, und wir alle wählen die gleiche Partei, marineblau, also ultrarechts, verstehen Sie? So! … Sie scheinen nett zu sein, ich habe nichts gegen Sie und noch weniger gegen Ihre Kinder, aber verdammt, wie soll ich es Ihnen erklären … Ich gehöre nicht zu den Leuten, die mit Arabern verkehren.«

»Fulbe sind keine Araber.«

»Schwarze, Neger, Kanaken, Kameltreiber, Bärtige, wie auch immer.«

»Finden Sie, dass ich einen Bart habe? Jetzt setzen Sie sich gefälligst hier auf den Hocker und trinken eine Tasse mit mir. Passen Sie auf, dass Sie sich nicht verbrennen!«

Guy hob trotzig die Schultern, konnte sich aber gegen die kommunikative Energie von Leyli nicht wehren.

»Sie haben mich gegen diese grässliche Kamila verteidigt, da können Sie ein Tässchen Tee doch nicht ablehnen. Außerdem feiere ich meinen neuen Job. Mein erstes unbefristetes Anstellungsverhältnis seit drei Jahren. Heute Nachmittag fange ich an.«

Während Guy sich setzte, nahm Leyli das Bild mit dem Sonnenuntergang über dem Fluss von der Wand. Sie warf noch einmal einen kurzen Blick auf die Wohnküche und schaute länger in das Kinderzimmer. Sie war beruhigt.

Sie hatte kein Indiz herumliegen lassen, keinen Fehler begangen. Diese schreckliche Panik überkam sie jedes Mal, wenn sie jemanden in ihre Wohnung ließ. Ständig musste sie an alles denken, durfte kein Detail übersehen, nichts dem Zufall überlassen, alles genau so hinstellen, wie es sein musste. Einen Fremden einzuladen, erlaubte ihr zu überprüfen, ob man hier wirklich nichts Besonderes entdecken konnte. Offensichtlich hatte der scheue Nachbar, dieser dicke Teddy, der sich dafür entschuldigte, Rassist zu sein, nichts erraten.

Leyli zog einen Stuhl heran und setzte sich Guy gegenüber.

»Das ist Segu«, erklärte sie. »In Mali. Dort bin ich geboren worden. Hören Sie zu …«

## LEYLIS GESCHICHTE

*Erstes Kapitel*

Segu, ein Name, den Sie, mein lieber Nachbar, wahrscheinlich noch nie gehört haben, ist eine kleine Stadt, zweihundert Kilometer von Bamako entfernt, aber man braucht fünf Stunden mit dem Bus. Es gibt eine breite, geteerte Straße, die nie aus Bamako herauszuführen scheint. Es ist, als würde die Stadt schneller wachsen, als die Autos fahren können, auch wenn sie letztlich das Rennen gewinnen und dann in der Wüste verloren gehen. Aber Segu, das ist vor allem der Fluss, der mächtige Niger, fast breiter als die Stadt, nahezu ein Meer. Wir lebten in einer Hütte im Töpferviertel am Fluss. Mein Vater und meine Mutter stellten Töpfe, Vasen und Krüge aus der Tonerde des Flussufers her. Die verkauften wir an Touristen und in den Hotels. Aber vor der Revolution von 1991 gab es nicht viele Touristen, also mussten wir die Ware an Durchreisende verkaufen.

Das Wichtigste in Segu, Guy, das sind die Pirogen. Die der Fischer und die für die Transporte nach Mopti oder Koulikoro. Alle müssen durch Segu. Es gibt kaum Brücken über den Niger, keine einzige auf über tausend Kilometern! Deshalb lassen sich die Leute mit Nahrungsmitteln, Geld, Holz, Steinen, Ziegeln und

Tieren von einem Flussufer zum anderen übersetzen, besonders nach Segu, denn dort gibt es tagtäglich einen riesigen Markt mit Hunden und Eseln, wo die Leute so ziemlich alles verkaufen, sogar Kamele, wenn die Tuareg auftauchen. Dann scharen sich die Kinder um sie, als würden sie zum ersten Mal welche sehen.

Wenn eine Piroge ankommt, dann können die raschesten Verkäufer Schmuck, Töpferwaren, Zigaretten, Präservative oder sonst was anbieten …

Die Schnellste, die war ich! Die Jungs rannten vielleicht noch schneller mit einem Ball, aber ich stürzte mich in die Fluten und watete durch den Fluss, bis mir das Wasser bis zur Brust reichte. Den Sack mit den Waren hielt ich über dem Kopf, und ich lächelte, rief und lachte. Ja, Guy, ich war die Schnellste und die Mutigste. Ich verkaufte mehr Töpferwaren als alle meine Cousins zusammen. Die Flussschiffer kannten mich, und sie fanden es lustig, mich tauchen und durchs Wasser waten zu sehen. Es amüsierte sie, wie ich mich bedankte, wenn ich die mir zugeworfenen CFA-Francs auffing und in meine um den Hals hängende Börse stopfte. Zwischen sechs und elf Jahren war ich die kleine Strandprinzessin von Segu, der Liebling der Pirogenführer, das kleine Schätzchen der Fischer, weil ich ihnen frisches Wasser, Datteln und Kolanüsse brachte. Ich war ihr Sonnenschein, wie sie sagten, die kleine barfüßige Verkäuferin, schon im Wasser, wenn man glaubte, sie sei noch an Land, und bereits wieder am Ufer, während die anderen gerade erst knietief im Wasser standen. Ich war halb Mädchen, halb Fisch und unermüdlicher als die Gezeiten.

Eines Morgens, zwei Wochen vor meinem elften Geburtstag Mitte April, tauchten auf meiner Haut plötzlich die ersten Flecken auf. Zuerst hatte ich nur rote Pickelchen auf meinem Bauch bemerkt, wie Blutegel sie hinterlassen, doch dann wurden die

Flecken immer größer und zeigten sich überall, auf den Beinen, am Rücken, am Po, bis hinauf zu meinem gerade sprießenden Busen. Die Flecken verschwammen ineinander, wie wenn man Wasser auf Stoff sprenkelt. Mein Papa brachte mich in die nächste Krankenstation hinter der Kathedrale von Segu. Der Arzt, ein in Hose und Jacke aus Zeltstoff gekleideter Franzose, der seit dreißig Jahren hier lebte, sich aber anscheinend immer noch nicht an die Hitze gewöhnt hatte, begutachtete meine Haut und tröstete mich. Das sei nichts Schlimmes, nur eine einfache Allergie. Angesichts des Unrats, der im Fluss schwamm, wäre das gar nicht erstaunlich. Man solle Kindern verbieten, dort zu planschen, Frauen, ihre Wäsche darin zu waschen, und Tieren, in den Fluss zu pinkeln. Es sei eine simple Reaktion der Haut auf dieses verschmutzte, faulige Wasser. Aber der Arzt schickte mich vorsichtshalber doch lieber nach Bamako ins Krankenhaus Touré.

Dort untersuchte man mich eingehend, und eine Frau mit einem freundlichen Lächeln, das mir trotzdem Angst einflößte, kam in mein weißes Zimmer. Aus dem Fenster konnte ich gegenüber den Kuluba-Palast des Präsidenten und die Universität sehen, die ich nie besuchen würde. Nachdem die Frau lange mit meinem Vater gesprochen hatte, erklärte sie mir, dass ich mir eine Krankheit zugezogen hatte, weil ich zu oft im Niger badete, eine Hautkrankheit. Nichts Beängstigendes, sie lasse sich leicht heilen, die roten Flecken würden von alleine verschwinden, allerdings nur, wenn ich nicht mehr in den Fluss gehen und mich vor allem nicht mehr der Sonne aussetzen würde. Die Allergie hatte meine Haut geschädigt, ich litt unter akuter Nesselsucht, und wenn die Sonne zusätzlich darauf schien, konnten Narben zurückbleiben.

»Man braucht nur zu warten, bis die Haut von allein heilt«, sagte die Krankenschwester und reichte mir ein Blatt, auf das mit blauer Tinte Kästchen gemalt waren. »Mindestens drei Monate!« Dann drückte sie mir diesen kleinen Kalender und einen grauen Bleistift in die Hand, mit dem ich jeden Abend eines dieser Felder ausmalen sollte. Zu Anfang hatte ich nicht verstanden, wie lang drei Monate sein konnten, und noch weniger, was es hieß, »sich nicht mehr der Sonne auszusetzen«. Ich begriff es erst, als wir wieder zu unserer Hütte zurückkehrten. Mein Papa hatte auf dem ganzen Rückweg versucht, mich zum Lachen zu bringen und mich mit Baobab-Blättern gekitzelt, die Frauen an jeder Bushaltestelle verkauften. Da er zuvor nach Segu telefoniert hatte, konnten meine Mama und meine Cousins in der Zwischenzeit eine Hütte für mich allein bauen und sie mit Kissen, großen Tüchern und Möbeln aus Holzgeflecht versehen. Mein Vater hatte heimlich auf dem Markt von Bamako eine Puppe gekauft. Die schenkte er mir, als ich meine Hütte betrat, dazu von ihm selbst getöpfertes Puppengeschirr aus Ton.

»Du wirst hier fast hundert Tage bleiben müssen, meine kleine Prinzessin.«

Abgesehen von der Tür gab es nur eine Öffnung, ein rundes Fensterchen. Alle meine Spielsachen und Tücher lagen in einer Ecke. Im Schatten.

»Wir kümmern uns um dich, Leyli, wir werden uns alle um dich kümmern. Hundert Tage, die sind schnell vergangen. Dann kannst du wieder loslaufen, mit deinen Freundinnen Spaß haben und schneller rennen als eine Antilope.«

Sollte das bedeuten, dass ich eingesperrt sein würde?

Alle gingen irgendwann davon, und ich war allein in der Hütte, mit der Auflage, jeden Sonnenstrahl zu meiden, der durch das runde Fenster schien und einen Kreis auf dem Boden beschrieb. Ich schob meine Sachen langsam mit dem Lauf der brennenden Sonne in den Schatten.

Das war der erste Tag. Nach ein paar Stunden begann ich bereits, mich furchtbar zu langweilen.

Wie sollte ich mir vorstellen können, dass diese drei Monate in meinem aus Lehm gebauten Gefängnis die schönsten meines ganzen Lebens werden sollten?

Aber das Leben gibt nichts, ohne etwas dafür zu fordern. Wie konnte ich da ahnen, dass diese drei Monate auch die Ursache des den Rest meines Lebens währenden Unglücks sein sollten? Meines Unglücks und meines Fluchs, weil ich zu sehr dem Glück hinterhergelaufen bin.«

## 7

*10:29 Uhr*

»Was genau wollen Sie trinken, Chef?«

Kommissaranwärter Julo Flores stand mit dem Handy am Ohr in der Warteschlange bei Starbucks. Sein Chef Petar Velika reagierte mit einer Mischung aus Überraschung und Gereiztheit.

»Seit du weg bist, habe ich meine Meinung nicht geändert, mein Kleiner. Ich habe dir doch schon gesagt, dass du mir einen Kaffee mitbringen sollst.«

»Ja, Chef, aber das hilft mir hier echt nicht weiter.«

Peinliches Schweigen statt einer Antwort. Julo fühlte sich wie ein Lehrer, der soeben eine kinderleichte Frage gestellt hatte, die sein Schüler aber trotzdem nicht kapierte. So versuchte er es nun stattdessen mit Diplomatie.

»Ich bin bei Starbucks, Chef, die haben hier, wie soll ich sagen, eine große Auswahl. Möchten Sie einen Guatemala Antigua?

Oder lieber einen Bio-Kaffee aus Äthiopien? Einen Kati Blend oder lieber einen …«

Doch mit der Verständigung klappte es wohl nicht, denn der Hauptkommissar explodierte, noch bevor Flores seine Aufzählung beendet hatte.

»Sieh zu, wie du zurechtkommst! Du liebes bisschen, wenn ich Bock auf einen Kaffee habe, gehe ich in eine Bar und bestelle einen Espresso, ohne den Typen hinterm Tresen zu fragen, ob der Kaffee in Mosambik gepflückt oder in Nepal gemahlen wurde!«

»In Ordnung«, meinte Julo friedfertig, »ich werde mein Bestes tun!«, und legte auf.

Schon seit Jahren war er nicht mehr in einer Espressobar gewesen, aber er war ein leidenschaftlicher Starbucks-Fan und liebte diesen bunten Mix aus verschiedenen Generationen, die geduldig Schlange standen. Da waren die Studenten, die sich ein Essen nur auf einem Selbstbedienungstablett vorstellen konnten, dann die leitenden Angestellten mit Krawatte, die in einer Hand ihr Frühstück hielten, während sie mit der anderen am Handy herumspielten. Und schließlich die Großmütter, die sich äußerst bedächtig ihren Muffin und dazu eine Teesorte aussuchten. Die Schlange kam nur langsam voran. Julo studierte ausführlich die Liste der angebotenen Kaffees, ohne eine Idee zu haben, welche Sorte zu seinem Chef passen könnte. Petar Velika faszinierte ihn. Julo hatte sich schon immer mit Entscheidungen schwergetan, brauchte für alles Beweise und musste unzählige Daten sichten, ehe er überhaupt eine Hypothese aufstellte. Er fühlte sich wie ein leistungsstarker Computer, der allerdings nur zu programmierten Überlegungen fähig war.

Petar dagegen folgte seinem Instinkt, scherte sich nicht um gesicherte Befunde, sah aber sofort das richtige Indiz. Er mokierte sich über psychologische Theorien, und dennoch gelang es ihm, nach nur drei Worten die Persönlichkeit eines Verdächtigen zu durchschauen. Statt wie eine kleine, geschäftige Ameise herumzuwuseln, hätte Julo nur zu gerne Petars Fähigkeit besessen, eine Ermittlung dilettantisch und mürrisch anzupacken, nonchalant über ungelöste Rätsel hinwegzugehen, ohne mit der Wimper zu zucken auch mal total danebenzugreifen und böswillig Wahrheiten zu ignorieren, um trotz allem immer wieder auf die Füße zu fallen.

Endlich nahm eine junge Frau, deren Pferdeschwanz unter ihrem grünen Käppi hervorlugte, mit einem strahlenden Lächeln seine Bestellung entgegen.

*Stéphanie* stand auf ihrer Schürze über dem linken Busen.

»Gerade ist richtig viel los. Sie müssen sich etwas gedulden.«

Julo liebte nicht nur den Banana Nut Cake bei Starbucks, sondern auch die Kellnerinnen.

»Macht nichts, Stéphanie«, erwiderte er und schenkte ihr ebenfalls ein Lächeln.

Nirgendwo, außer bei Starbucks, wäre es Julo in den Sinn gekommen, eine Bedienung mit dem Vornamen anzusprechen. Eine Frage der Gegenseitigkeit. Und er wusste auch schon, welche rituelle Frage ihm das charmante Mädchen stellen würde, sobald sie seine Order aufgenommen hatte.

»Vorname?«

Während sie *Julo* und *Petar* auf die Becher schrieb, nahm der Beinahe-Kommissar auf einem der hohen Stühle in der Nähe Platz, schaltete sein Tablet 4G an und legte es auf seine Knie. Ein vergrößertes Foto mit Muscheln wurde als Vollbild sichtbar. Er betrachtete es mehrere Minuten lang ganz genau, ehe er begann, sich intensiv für das Leben der Weichtiere zu interessieren. Kurz darauf war er derart vertieft, dass er nicht mal den

Kopf hob, als Stéphanie mit lauter Stimme die Vornamen zweier Kunden rief.

»Bamby, Bamby und Alpha. Zwei Kaffee!«

»Der Typ mit dem Tablet ist nicht übel.«

Bamby starrte nicht länger zu dem jungen Mann hinüber, der auf dem hohen Stuhl in der Nähe der Kassen saß, sondern sah ihren Bruder an, als er die Kaffeebecher vor ihr abstellte.

»Das ist ein Bulle«, erwiderte Alpha.

Um sich setzen und seine Knie zwischen Hocker und Tisch zwängen zu können, musste er seinen riesigen Körper förmlich zusammenklappen. Alpha war über einen Meter neunzig groß und das schon, seit er fünfzehn war. Damals war er einfach nur lang und schlank wie eine hoch aufgeschossene Bohnenstange gewesen. Doch als Jugendlicher verbrachte er die meiste Zeit in Bodybuilding-Studios, schwamm im Meer und schleppte in allen Lagerhäusern der Nachbarschaft Kisten, und jetzt war aus dem schmächtigen Kerlchen ein Muskelmann geworden. Mission erfüllt. Mit nun siebzehn Jahren war Alpha beeindruckend athletisch gebaut, achtzig Kilo pure Muskelmasse. Seine kraftvollen Oberschenkel verbarg er unter weiten Jogginghosen, und sein Sixpack zeichnete sich unter dem engen Shirt ab.

»Woher willst du das wissen?«

»Ich weiß es eben, das ist alles. Und du solltest besser aufhören, ihn anzuschmachten.«

Bamby gehorchte. Ihr Bruder hatte recht, auch wenn sie den Polizisten süß fand. Der hatte nicht mal den Kopf gehoben, als ihre Namen aufgerufen worden waren. Sie drehte sich zu ihrem Bruder, ergriff seine Hände und sah ihm tief in die Augen.

Die Spannung löste sich.

Nach einem langen Moment der Stille ließ sie ihn los und griff nach dem Anhänger, den sie trug. Sie nahm ihn ab und legte das Dreieck aus schwarzem Ebenholz auf den Tisch. Die Spitze zeigte nach unten, ein Symbol, das bei den Fulbe für Weiblichkeit und Fruchtbarkeit stand. Auch Alpha nahm sein Schmuckstück vom Hals und legte es dazu. Es war identisch, doch in seinem Fall zeigte die Spitze des Dreiecks nach oben. Ein Sinnbild der Männlichkeit, das die beiden Testikel und den Phallus darstellte. Er schob sein schwarzes Dreieck so über das seiner Schwester, dass die beiden Anhänger einen sechseckigen Stern bildeten.

Ihr schwarzer Stern. Ihr geheiligter Zweck. Ihr einziges Ziel.

»Ich weiß nicht, ob ich es schaffe«, meinte Bamby. Nun umfing ihr Bruder mit seinen riesigen, vom Tragen der Kaffeebecher noch warmen Pranken die Hände seiner Schwester.

»Wir haben keine Wahl. Wir sind wie Federn. Der Wind trägt uns.«

Bamby zitterte. Alpha, das Schwergewicht, rückte näher und schloss sie, das Fliegengewicht, liebevoll in seine Arme. Dabei wusste er nur zu gut, dass seine ältere Schwester viel stärker war als er – und es immer gewesen war.

Bamby sah Alpha tief in die Augen.

»Natürlich können wir jetzt nicht mehr zurück, kleiner Bruder. Letzte Nacht haben wir die Bestie von der Leine gelassen. Aber … aber ich mache mir deinetwegen Sorgen.«

Mit der Fingerspitze verschob Alpha sein Dreieck leicht, damit es zusammen mit dem Anhänger seiner Schwester einen wirklich perfekten Stern bildete.

Er ließ sich Zeit und nahm erst einen Schluck Kaffee, ehe er sanft erwiderte:

»Wir haben jedes Detail besprochen und nichts dem Zufall überlassen, wie Astronauten, die eine Rakete in eine andere Galaxie schicken. Wir müssen einfach unseren Plan strikt befolgen.«

Alphas Arme umschlossen Bambys Schultern, er drückte das zierliche Mädchen an seinen breiten Brustkorb.

»Ich bin stolz auf dich, kleine Schwester.«

»Wir werden verflucht sein«, murmelte Bamby.

»Das sind wir doch schon.«

Nun griff Bamby nach ihrem Becher. Die heiße Flüssigkeit rann ihre Kehle hinab wie ein Lavastrom, der wild wuchernde Gräser auf einem brachliegenden Acker mit sich riss. Würde eine siedend heiße Dusche den gleichen Effekt auf ihre Haut haben? Sie rang sich ein Lächeln ab.

»Zwei kleine verdammte Federn? Zwei Sandkörnchen, die vom Wind, dem afrikanischen Harmattan, herumgewirbelt werden? Zwei Blütenpollen, die kurz durch die Luft fliegen, ehe sie vor ihrem eigenen Stängel wieder zu Boden sinken?«

Alpha meinte scherzhaft:

»Nicht immer, Bamby. Nicht immer. Manche Blütenpollen fliegen Hunderte von Kilometern, ehe sie ihre Blume finden. Sie scheren sich einen Dreck um Mauern, Meere und Grenzen.«

Bamby wusste, was jetzt kam. Gleich würde er den wissenschaftlichen Ausdruck für Windbestäubung verwenden: Anemogamie. Bamby hasste es, wenn ihr Bruder den Intellektuellen spielte, seine rebellische Haltung gegen jede schulische Autorität mit großen Theorien ausbügelte und seinen Mangel an Bildung kaschierte, indem er sein Wiki-Wissen wiedergab. Das war der Makel an zu gut aussehenden und gestählten Typen. Sie spielten gern die Oberschlauen. Alphas großer Fehler war es, sich für intelligenter als die anderen zu halten, wo er doch einfach nur stärker war. Sie gab einen kaum wahrnehmbaren Seufzer von sich, der ihrem Bruder jedoch nicht entging. Er hielt sich zurück, um nicht laut loszuprusten.

»Okay, meine Schöne, ich langweile dich mit meinen Geschichten. Aber gedulde dich noch ein paar Sekunden. Ich warte auf jemanden. Jemanden, der dir das alles sehr viel besser erklären kann als ich. Er wird gleich ...«

Er sah zu dem noch immer über sein Tablet gebeugten Polizisten hinüber, als wäre der Mann eine Bedrohung. Bamby folgte verständnislos seinem Blick. Sie fühlte sich müde. Ihr war schlecht von dem Kaffee. Mit einem Mal klang ihre Stimme streng.

»Und wenn unser Plan nicht funktioniert? Und wenn wir im Gefängnis landen oder das alles nicht überleben? Dann wäre Mama definitiv auf sich selbst gestellt.«

Sie legte die Hand auf ihr schwarzes Dreieck, als wollte sie den Stern zerstören. Alpha hielt sie zurück.

»Wir machen das alles doch für sie, kleine Schwester. Nur für sie. Vergiss das nicht.«

»Und Tidiane?«

»Ich werde es ihm erklären.«

Beide schwiegen, bis die Starbucks-Bedienung mit marktschreierischer Stimme, als hätte sie einen Hauptgewinn zu verkünden, die Stille durchbrach.

»Julo und Petar. Zwei Kaffee!«

Alpha drückte leicht die Hand seiner Schwester, damit sie nichts sagte, während der Polizist das Tablet einsteckte, die beiden Kaffeebecher nahm und auf den Ausgang zusteuerte. Als er an ihnen vorbeiging, wandte Bamby den Kopf ab, aber nur, um sich gleich wieder nach ihm umzudrehen, um einen Blick auf seinen hübschen Hintern zu werfen. Kaum war der Bulle gegangen, trat ein dunkelhäutiger Mann ein, der älter als Alpha, aber fast genauso groß war. Sein Schädel war kahl rasiert, bis auf einen grau melierten Flaum an den Schläfen.

»Bamby, das ist Savorgnan.«

Mit wenigen Worten erklärte Alpha, dass Savorgnan illegal hier war. Er kam aus Benin, einem winzigen französischsprachigen Staat in Westafrika, der an das riesige Nigeria grenzte. Benin, eines der ärmsten Länder der Welt, ohne Erdöl oder geteerte Straßen, nur mit einem Hafen im Süden des Landes, um übers Meer zu fliehen, und einem Wald im Norden, um sich zu verstecken, ehe man die Wüste durchquerte, um bis hierher zu gelangen. Savorgnan war vor zwei Monaten hergekommen, zusammen mit seinen Cousins aus Cotonou: mit Bola, einem Informatiker, Djimon, einem Architekten, Whisley, einem Musiker, und Zahérine, einem Agraringenieur. Die Umarmung zwischen Alpha und Savorgnan wollte kein Ende nehmen. Bamby fand, dass sie gezwungen aussah. Ihre Augen wanderten zu den beiden übereinandergelegten Dreiecken. Um zu ihrem Stern zu gelangen, musste auch Alpha zwischen Gut und Böse wählen, ein schmaler Grat, bei dem man seine Seele verlieren konnte.

»Savorgnan hat seine Frau und seine zwei Kinder zurückgelassen«, erläuterte Alpha, als hätte er damit eine besonders mutige Tat vollbracht. »Babila, Safy und Keyvann.«

Bamby sah Savorgnan durchdringend an und konnte sich eine Bemerkung nicht verkneifen.

»Du hast also deine Frau und deine Kinder im Stich gelassen, um illegal einzuwandern? Macht dich das etwa zum Helden?«

Aufgebracht bedeutete Alpha seiner Schwester, gefälligst den Mund zu halten, aber Savorgnan beschwichtigte ihn. Er wirkte wie ein sanftmütiger Marabu.

»Was ist dein Traum, meine Schöne?«

Bamby schwieg überrascht.

»Ähm …«

»Also, meiner sind Worte. Ich lese, ich schreibe. Den lieben langen Tag mache ich nichts anderes. Ich träume nicht nur davon, Journalist oder Verleger, Redakteur oder Romanautor zu werden. Nein, meine Schöne. Ich will der Beste sein. Den Prix Goncourt oder gar nichts!« Er lachte. »Whisley, der Gitarrist, will Elvis Presley oder Bob Marley werden. Schon wegen des Gleichklangs der Namen! Zahérine ist da viel rationaler, er will als Agraringenieur in die Forschung, um den Hunger in der Welt zu bekämpfen, oder wenigstens in Afrika, angefangen in Benin. Aber du hast mir nicht geantwortet. Was ist dein Traum, Prinzessin? Du hast doch sicher auch einen.«

Einen?, dachte Bamby. Tanz, Musik, Mode oder Kunst? Dem Traumprinzen begegnen? Millionärin werden und ihrer Mutter einen Palast schenken? Eine Weltreise machen?

»Ich habe … mehrere …«

Savorgnan setzte sich eine kleine viereckige Brille auf, die ihm erst recht das Aussehen eines gelehrten Professors verlieh.

»Jeder von uns hat Träume, Bamby. Und was zählt, ist nicht, dass wir sie in die Tat umsetzen, sondern nur, dass wir ganz fest an sie glauben. Dass es die Möglichkeit, eine winzig kleine Chance gibt, sie zu realisieren. Wenn du aus Benin stammst und dort bleibst, in Cotonou oder in Porto-Novo, begräbst du diesen Hoffnungsschimmer, machst ihn endgültig zunichte, indem du ihn im Meer ertränkst. Warum sollte es unter den zehn Millionen Einwohnern von Benin keine kleinen Zinedine Zidanes, keine kleinen Mozarts oder Einsteins geben? Warum sollte niemand aus unserer Bevölkerung mit einem großen Talent gesegnet sein? Aber kennst du einen Nobelpreisträger aus Benin?

Jemanden mit einer olympischen Medaille? Oder auch nur einen bekannten Schauspieler, der aus diesem Land stammt? Verstehst du, Bamby, wir wollen einfach nur an diesem Traum teilhaben!«

Bamby druckste herum:

»Sogar hier. Selbst in Frankreich ... Weißt du, solche Träume ...«

»Ich weiß, dass die wahren Träumer, die Goldsucher, die Hartnäckigen, die nicht aufgeben, oder die Narren, die an ein vorbestimmtes Schicksal glauben, rar sind. Aus meiner Heimatstadt Abomey haben sich fünf auf den Weg gemacht.« Er lachte wieder laut und trank einen Schluck von dem Kaffee, den Alpha ihm geholt hatte. »Der Westen glaubt, dass sich ohne unüberwindbare Grenzen ganz Afrika auf den Weg macht. Was für eine blödsinnige Angst! Der größte Teil der Bevölkerung will dort bleiben, wo er jetzt lebt, wo er herstammt, dort, wo er geboren wurde und wo seine Familie und Freunde sind. Voraussetzung ist jedoch, dass sie genug zum Überleben haben. Damit würden sie sich zufriedengeben. Es sind nur einige Verrückte, die das Abenteuer wagen. Zwischen einhundert- und zweihunderttausend Flüchtlinge versuchen alljährlich, das Mittelmeer zu überqueren, das ist weniger als ein Afrikaner von zehntausend Einwohnern, und da spricht man von einer Invasion?«

Alpha zog Savorgnan am Ärmel, um ihm zu bedeuten, dass sie es eilig hatten. Bambys Bruder hatte seine Sonnenbrille aufgesetzt und einen Lederblouson angezogen – ganz der Bandenchef. Der Mann aus Benin rührte sich nicht vom Fleck.

»Solche Verrückten wird es immer geben«, sagte er und ließ Bamby dabei nicht aus den Augen. »Solche, die bereit sind, alles zu riskieren, um herauszufinden, wie es auf der anderen Seite eines Meeres oder eines Gebirges aussieht. Verstehst du, was ich sagen will, Bamby? Denk mal an Odysseus, die Sage vom Goldenen Vlies oder an Christoph Kolumbus … Es wird immer Menschen geben, die auf der Suche nach etwas sind. Als Wissenschaftler vor ein paar Jahren Freiwillige für eine Reise zum Planeten Mars suchten – eine Reise, von der mit Sicherheit keiner der Beteiligten lebend zur Erde zurückkehren würde –, fanden sich trotzdem Tausende Kandidaten.«

Nun erhob sich Alpha. Aufmerksam beobachtete er dabei seine Umgebung, als hinge das Überleben der Gruppe nur von seiner Wachsamkeit ab. Von jemandem, der über alles Bescheid wusste, der vorausschauend und entschlussfreudig war. Bamby lächelte. Wieder einmal übertrieb es ihr Bruder.

»Nur noch eine kleine Sache, mein Freund. Ein letztes Wort.« Savorgnan sah Bamby direkt in die Augen. »Wenn man einem Flüchtling in Lumpen begegnet, heißt das entgegen der gängigen Meinung nicht, dass es die Ärmsten sind, die sich auf den Weg machen, diejenigen, die nichts mehr zu verlieren haben. Nein, es sind vielmehr die, die eine Chance haben, zu Gewinnern zu werden. Es sind die jeweils Besten der Familie, die Champions, die ausgesucht wurden, um als Sieger zurückzukehren.«

Alpha packte ihn am Arm.

»Gut«, meinte er. »Und dank eines Champions, eines Siegertypen wie dir werde ich gewinnen.«

Er wollte noch mehr sagen, aber Savorgnan hielt ihn zurück.

»Du erzählst mir später von deinem unfehlbaren Plan, mein Freund. Jetzt bin ich nicht mit ganzem Herzen dabei.«

Er kramte in seiner Tasche, ballte die Faust und legte ein zerschlissenes grünes Armband auf den Tisch.

»Die Bullen haben Bola und Djimon vor einer Stunde festgenommen. Die beiden werden wohl ausgewiesen. Vor allem

Djimon. Mit der Narbe im Gesicht kann man ihn leicht identifizieren. Sechs Monate lang haben sie sich abgemüht, täglich den Tod vor Augen gehabt, um dann schließlich wieder am Ausgangspunkt zu landen.«

Alpha nutzte die Gelegenheit, um erneut das Kommando zu übernehmen.

»Genau deshalb, Savorgnan, genau um das zu vermeiden, müssen wir beide uns besprechen.«

Nun erhob sich Savorgnan und Bamby sah, wie Alpha ihm den Arm um die Schultern legte. Ihr Bruder spielte schon wieder den zu selbstsicheren Chef. Das Gefühl von Überlegenheit ist immer ein schlechter Berater, dachte sie. Diese männliche Selbstüberschätzung führt dazu, dass sich solche Kraftmeier für die Drecksarbeit einspannen lassen, zu abgehalfterten Rittern werden, die an vorderster Front kämpfen, oder zu furchtlosen Möchtegernhelden, die man bei Himmelfahrtskommandos einsetzt.

Alpha legte sich das schwarze Dreieck wieder um den Hals, ebenso wie Bamby es mit zitternder Hand tat.

»Viel Glück, kleine Schwester.«

»Viel Glück, Alpha. Bis heute Abend. Mama darf auf keinen Fall etwas merken.«

»Keine Sorge, Mama legt viel Wert darauf, dass wir wie eine Bilderbuchfamilie wirken.«

Er lächelte sie zuversichtlich an.

»Sei vorsichtig, kleiner Bruder.«

»Du auch, Bamby.«

# 8

*10:47 Uhr*

»Ihr Kaffee, Chef.«

»Danke.«

Petar Velika streckte, ohne sich auch nur umzudrehen, seinen Arm nach dem Kaffee aus, den Kommissaranwärter Julo Flores ihm reichte. Außer ihnen befanden sich noch ein paar andere Polizisten im Erdgeschoss des Red-Corner-Hotels.

»Ich habe für Sie einen Kati Blend genommen«, erklärte Julo. »Kaffee der Saison. Er schmeckt nach Zitrone, Gewürzen und roten Früchten.«

Der Hauptkommissar stoppte den Becher ein paar Zentimeter vor seinen Lippen.

»Ernsthaft?«

»Der Kaffee kommt direkt aus Ostafrika. Er ist auf der Welt einmalig!«

Petar runzelte die Stirn und betrachtete konsterniert seinen Assistenten.

»Wollen Sie lieber meinen?«, schlug Julo vor. »Kaffee Verona. Ein Zusammenspiel von lateinamerikanischen und indonesischen Aromen mit einem italienischen Röst-Touch.«

Petar senkte den Blick auf das schwarze Gebräu.

»Der Kaffee der Verliebten«, fuhr Julo unbeirrt fort. »Er harmoniert sehr gut mit Schokolade und …«

Er unterbrach sich, als er bemerkte, dass die Finger des Hauptkommissars den Kaffeebrecher umklammerten, als würde er ernsthaft überlegen, ihn auf den riesigen Bildschirm oberhalb des Getränkeautomaten zu schleudern. Er ließ seinen Blick durch das Hotelzimmer schweifen. Alles im Red Corner schien automatisiert zu sein. Die Türen, die Kameras, die Automaten für Alkohol, Präservative, Massageöle. Petar Velika begnügte sich damit, den Becher auf dem Tisch abzustellen, ehe er sich an den nächststehenden Polizisten wandte.

»Ryan, machst du mal das Kino an?«

Der junge Polizist tippte etwas in die Tastatur seines Laptops, der mit dem riesigen Bildschirm verbunden war.

»Ich kann dir zwar nicht sagen, wie sie das angestellt haben«, erklärte er Julo, »aber den Jungs ist es gelungen, die Überwachungskameras direkt mit diesem Fernseher zu verbinden. Nimm Platz. Die Vorstellung fängt gleich an.«

Sie setzten sich in zwei rosa-gold-gestreifte Sessel, die um einen niedrigen Tisch aus lackiertem Holz standen. Kurz darauf wurden die von der Außenkamera gefilmten Videos auf den Bildschirm projiziert. Petar registrierte den exakten Zeitpunkt, zu dem François Valioni die Überwachungskamera passierte. 0:23 Uhr. Den Arm um die Taille einer jungen Frau gelegt, die etwas kleiner war als er, spazierte er entspannt auf den Eingang zu.

»Stopp, Ryan!«

Das Bild blieb stehen.

»Das ist der einzige Moment, in dem das Mädchen direkt in die Kamera sieht«, erklärte Petar.

Julo kniff die Augen leicht zusammen, während sein Chef das Gesicht zur Grimasse verzog, als seine Lippen den Becher berührten. War das etwa die einzige Aufnahme, um die Frau, die mit Valioni das Red Corner betreten hatte, zu identifizieren? Tja, blöd gelaufen, dachte der Kommissaranwärter. Die Kleine trug ein langes, weit und locker fallendes Tuch um den Kopf, dessen Faltenwurf ihr Gesicht teilweise verbarg, so dass man lediglich ihre dunklen Augen, die einen herausfordernd anzusehen schienen, stark geschminkte Lippen und ein zartes Kinn erkennen konnte. Der erste Gedanke, der Flores durch den Kopf schoss, war, dass dieses Mädchen mit dem Engelsgesicht unmöglich die Mörderin sein konnte! Er versuchte, diese idiotische Eingebung zu verscheuchen.

»Eigenartig, Chef, oder? Wie kann sie derart in die Kamera starren, wenn sie vorhatte, Valioni die Pulsadern aufzuschneiden?«

Der Hauptkommissar hatte noch immer keinen Schluck von seinem Kaffee getrunken. Er ließ Ryan nicht aus den Augen, der geschäftig zwischen den Sesseln hin- und herhuschte wie ein Kellner, der seinen Gästen die Cocktailkarte bringt.

»Dieser Blick dauert doch nicht länger als eine Viertelsekunde, Julo. Und dieses kleine Luder scheint ganz genau zu wissen, was es da mit seinem Tschador macht.«

»Das ist kein Tschador, Chef.«

Petars Blick ruhte auf dem Kopftuch.

»Na, dann eben ein Nikab, oder Hidschab, wenn dir das lieber ist. Nenn es, wie du willst, aber …«

»Sehen Sie genauer hin, Chef.«

Genervt drehte sich der Hauptkommissar zu seinem Assistenten um. Der Kleine war schnell, effizient und schlau, aber etwas zu impertinent.

»Das Tuch ist mit einem Motiv bedruckt«, erklärte Julo. »Es könnten Eulen sein. Dezente beige- und ockerfarbene Eulen.«

»Das ist mir auch aufgefallen. Na und?«

»Nun … Eulen auf einem religiösen Tuch, ich weiß nicht, ob das nicht zu …«

»Ob das den religiösen Vorschriften entspricht? Meinst du das?«

Petar drehte sich um und rief den Polizeibeamten El Fassi zu sich.

»Ryan? Ist es dem Koran nach erlaubt, dass das Kopftuch bedruckt ist? Mit Blümchen? Oder Tieren?«

El Fassi kam näher:

»Dazu kann ich rein gar nichts sagen! Meine letzten Korankurse hatte ich, als ich im Kindergarten war. Chef, nur weil Sie Kroate sind, bitte ich Sie ja auch nicht, mir die Namen der zwölf Apostel aufzusagen.«

Petar seufzte.

»Okay, Ryan, erspar uns deine Leier und streng dich ein bisschen an.«

»Wenn Sie darauf bestehen, würde ich eher behaupten, dass es nicht gestattet ist, aber …«

Der Polizist trat näher an den Bildschirm, um sich das Kopftuch ganz genau anzusehen:

»Das Muster ist sehr diskret. Wenn Micky Mäuse auf dem Tuch wären, würde ich sagen, das geht nicht. Aber das hier wirkt auf mich, ehrlich gesagt, nicht anstößig.«

»Deine theologische Kompetenz ist in der Tat verblüffend, Ryan! Das bringt uns ja echt weiter. Du machst mir Großaufnahmen von ihren Augen, ihren Lippen, ihrer Nase, ihrem Kinn, von allem, was irgendwie verwertbar ist. Mit etwas Glück reicht das, um unsere Gottesanbeterin zu identifizieren.«

Ein Detail störte Julo. Die Art, wie die junge Frau in die Kamera sah. Als ob alles geplant gewesen wäre, auch dieser winzige Moment, in dem die Kamera sie flüchtig festhalten konnte. Wenn sie nicht hätte gefilmt werden wollen, hätte es genügt, nicht nach oben zu sehen. Sie hätte einfach unter ihrem Kopftuch verborgen bleiben können. Die Unbekannte schien ihnen absichtlich einen Hinweis auf ihre Person geben zu wollen, eine winzige Spur, die aber zu vage und unscharf war, um sie zu identifizieren. Wie die Serienmörder in Krimis, dachte Julo, die der Polizei Briefe schickten, um sie an der Nase herumzuführen. Um ihr zu helfen, wenn sie überhaupt nicht vorankam. Oder um sie auf eine falsche Fährte zu locken.

»Selbst, wenn wir sie identifizieren«, meinte Julo, »bedeutet das nicht zwangsläufig, dass dieses Mädchen auch die Mörderin ist.«

Hauptkommissar Velika hatte sich gerade erneut über den Kaffeebecher gebeugt. Ehe er antwortete, schaute er auf.

»Sie betritt das Red Corner mit François Valioni. Sie gehen auf dasselbe Zimmer. Ein paar Stunden später wird Valioni gefesselt und verblutet auf dem Bett gefunden. Was willst du mehr?«

»Vielleicht war sie nur der Köder. Wir haben auf keiner der Überwachsungskameras einen Hinweis darauf gefunden, dass sie das Red Corner auch wieder verlassen hat. Vielleicht hat Valioni noch gelebt, als sie ging, und sein Mörder kam erst hinterher zu ihm.«

Petar lauschte amüsiert den Hypothesen seines Assistenten und brach dann unvermittelt in schallendes Gelächter aus.

»Du bist verliebt, mein Romeo! Ich bin hier normalerweise derjenige, der instinktiv ermittelt, und du derjenige, der wissenschaftlich fundiert vorgeht, und ausgerechnet du kommst jetzt allen Ernstes mit deiner windigen Theorie, weil dieses Mädchen große melancholische Augen und einen Schmollmund hat und ach so zart und zerbrechlich ist?«

Der Kommissaranwärter wurde rot. Dieser blöde Petar war definitiv der scharfsinnigste und gleichzeitig schwerfälligste von allen Bullen der Brigade. Er hüstelte und trank seinen Becher unter Petars spöttischem Blick aus.

Kaffee Verona. Der Kaffee der Verliebten …

Julo versuchte, seinen Kollegen abzulenken. Eine Frage lag ihm auf der Zunge.

»Statt weiter zu phantasieren, Chef, erzählen Sie mir doch lieber von diesem Verein, für den François Valioni gearbeitet hat, *Vogelzug*. Anscheinend wissen Sie da schon mehr als ich.«

Die Wirkung war verblüffend. Von einer Sekunde auf die andere kippte Velikas Gesichtsausdruck von vergnügt zu ernst, wie ein Smiley, dessen Mundstrich von freundlich zu traurig wechselte. Er wirkte plötzlich so verwirrt, dass er die Hälfte seines Kati Blend in einem Zug austrank, ohne das Gesicht zu verziehen. Er begnügte sich mit einer knappen Erklärung.

»*Vogelzug* ist einer der größten europäischen Vereine zum Schutz von Migranten. Mehrere hundert Angestellte in Europa und Afrika. Es scheint, dass pro Jahr mehr als fünf Milliarden Zugvögel das Mittelmeer überqueren, ohne dass irgendwer sie nach ihrem Pass oder einer Aufenthaltsgenehmigung fragt. Kapierst du die Symbolik? *Vogelzug* hat seinen Sitz in Marseille mit diversen Zweigstellen rund ums Mittelmeer. Sie arbeiten mit Zollbehörden, Polizisten und Politikern zusammen und haben offizielle Verträge mit *Frontex*, der europäischen Agentur für die Grenz- und Küstenwache. Alles klar, Romeo?«

»Perfekt, Chef! Ich werde versuchen herauszubekommen, was der Geschäftsführer mit alldem zu schaffen hat. Und glauben Sie ja nicht, Romeo hätte bei Starbucks tatenlos rumgesessen, während er auf seinen Kaffee Verona gewartet hat.«

Er schaltete sein Tablet ein und legte es auf den niedrigen Tisch vor ihnen. Auf dem Bildschirm erschien die Muschel, die man in François Valionis Jackett gefunden hatte.

»Ich habe eine Foto-Wiedererkennungssoftware eingesetzt. Ich dachte, sie würde Stunden brauchen, weil es Millionen Bilder von ähnlichen Mollusken gibt.«

»Und?«, fragte Petar ungeduldig.

»Überhaupt nicht. In ein paar Sekunden hatte ich die gesuchte Antwort. Ich habe Zwillingsgeschwister dieser Strandschnecke gefunden. Halten Sie sich fest, Chef, diese drei Zentimeter lange Porzellanschnecke ist ein weltweit überaus rarer Naturschatz. Er ist nur an einigen wenigen Orten auf der Welt zu finden.«

»Im Mittelmeerraum?«

»Weit gefehlt! Diese Muschelfamilie tummelt sich einzig und allein im Indischen Ozean, an den Stränden der Malediven. Nur dort! Es gibt keinen Zweifel, ich habe alles überprüft, Form, Öffnung, Färbung.«

»Was um alles in der Welt hatte Valioni dort zu suchen? Das geht sehr weit über den Aktionsradius von *Vogelzug* hinaus! Und bist du weitergekommen, was die Blutentnahme angeht?«

»Immer mit der Ruhe, Chef. Ich war nur ein paar Minuten bei Starbucks, so lange, wie eine charmante kleine Kellnerin eben braucht, um Ihnen diesen Liebestrank zu brauen.«

Petar grinste, wobei er auf seinen noch warmen, halb leeren Becher blickte.

»Aber ich habe da so meine kleine Theorie, die ich noch überprüfen muss. Nur zu diesem zerrissenen roten Armband fällt mir überhaupt nichts ein und …«

Sie wurden von lauten Stimmen am Hoteleingang unterbrochen. Ein Polizeitransporter hatte soeben mit quietschenden Reifen vor dem Red Corner gehalten.

»Petar, wir haben ein paar Überraschungsgäste für Sie dabei.«

Julo warf einen letzten Blick zum Bildschirm hinüber, auf das Mädchen mit dem Kopftuch, das ihn durch seinen Blick in den

Bann gezogen hatte, dann folgte er Petar zum Eingang. Ein Beamter deutete auf zwei Afrikaner, die hinten im Kastenwagen saßen. Der eine, ein alter Mann, wirkte resigniert. Der andere hatte eine lange Narbe, die sich von der Stirn bis zum Kinn zog, und drückte sein vor Wut verzerrtes Gesicht gegen die Wagentür.

»Zwei Illegale, die wir am Hafen aufgegriffen haben«, erklärte der Polizist. »Ohne Papiere. Sie betrachteten das Meer, als hätten sie Lust, es wieder zu überqueren.«

Petar fuhr sich durch sein struppiges Haar. Dann sanken seine Arme resigniert herab, als wollte er sagen, eigentlich habe er wirklich anderes zu tun.

»Okay«, lenkte er ein, »bringt sie auf die Wache. Wir werden versuchen herauszufinden, woher sie kommen… Um sie zurückschicken zu können.«

Der alte Mann wirkte gedankenverloren. Der andere, das Narbengesicht, hatte begonnen, gegen die gepanzerten Scheiben zu hämmern. Julo war nicht schockiert von der Wut des Mannes. Und auch nicht von der Gleichgültigkeit der Polzisten. Seit einem Jahr hatte er sich nach und nach daran gewöhnt, nicht mehr danach zu fragen, wo die Grenze zwischen Elend und Gewalt verlief.

Es war die plattgedrückte Faust am Fensterglas.

Die ebenholzfarbene Faust, die helle Handfläche.

Und das blaue Armband, das eng um das Handgelenk des Mannes mit der Narbe lag.

# 9

*11:53 Uhr*

Die Sonnenstrahlen bahnten sich ihren Weg durch die Zweige der Platanen am Quai de la Liberté. An diesem späten Vormittag fuhr der Bus 22 gemächlich am Platz mit den Boule-Spielern vorbei, an Familien, die gerade vom Markt kamen, und an den Angestellten des Arsenals, die ihr Bier auf einer Terrasse unter Palmen tranken. Sobald man die Wohnblocks von Aigues Douces hinter sich ließ, verwandelte sich Port-de-Bouc bei Sonnenschein in ein wahres provenzalisches Bilderbuch-Dorf. Leyli fuhr gern mit dem Bus durch die Stadt, am Handelshafen vorbei, bis man den Étang de Berre sehen konnte, dann die bunten Häuschen von Port de Martigues und schließlich das Gewerbegebiet erreichte. In weniger als zehn Minuten wäre sie am Ziel. Sie kam gern zu früh.

Leyli schob sich ihre Marienkäfer-Brille ins Haar, die perfekt zu ihrem roten Kleid mit den schwarzen Punkten passte, das sie nach Guys Aufbruch angezogen hatte. Nochmals las sie die Bewerbungszusage.

*Arbeitsbeginn*
*12:30 Uhr*
*Ibis-Port-de-Bouc*
*Allée des Bruyères*
*Gewerbegebiet Ecopolis*

Einen Teil des Vormittags mit dem Nachbarn zu verbringen, hatte Leyli davon abgelenkt, über ihre Festanstellung nachzudenken, von der so vieles abhing: die Erneuerung ihrer Arbeitserlaubnis und die Möglichkeit, eine größere Wohnung zu bekommen. Sie hatte diesen tapsigen Bären gern becirct, der anscheinend nur zwischen zwei ausgiebigen Schläfchen seine Höhle verließ. Ein gieriger Bär, der vom Geruch des Honigs magisch angezogen wurde, und selbst davon überrascht war, dass er instinktiv seine Nase hob und dem bunten Schmetterling folgte. Guy. Leyli konnte ihm einen gewissen Charme nicht absprechen. Sein Blick strahlte Wärme aus. Sie mochte seine starken Arme und die kindliche Art, ihren Geschichten zu lauschen. Würde er es wagen, wieder an ihre Tür zu klopfen? Als er in seine Wohnung zurückgegangen war, hatte er sein Feuerzeug und die Zigaretten liegen lassen. War das ein Versehen gewesen, ein fauler Trick oder einfach nur Schusseligkeit?

Haltestelle Ecopolis.

Leyli las nochmals ihre Bewerbungszusage. Die Angst, die sie plötzlich überkam, war kaum auszuhalten.

*Arbeitsbeginn*
*12:30 Uhr*

Sie fürchtet sich nicht vor der Arbeit. Was machte es für einen Unterschied, ob sie nun in einem Hotel, in den leeren Büros eines Gewerbegebiets oder in einer Schulkantine putzte? Ihre Furcht betraf ausschließlich ihren neuen Arbeitgeber. Fünf Jahre lang hatte sie mit befristeten Verträgen gejobbt, mal als Zeitarbeiterin oder als Aushilfskraft in Schwarzarbeit, manchmal nur eine Nacht. Dabei hatte sie eine Vielzahl von Chefs erlebt. Fast alle waren Angestellte von internationalen Firmen gewesen, die nach dem Prinzip der Matroschka-Puppen organsiert waren und ihren Hauptsitz am anderen Ende der Welt hatten. Ihre Anweisungen sausten wie Fallbeile auf die kleinen, von solchen Chefs gemanagten Reinigungsfirmen nieder. Leyli ordnete sie in vier Kategorien ein, vom Ungefährlichsten bis zum Gefährlichsten. Da waren die wirklich netten, freundlichen, honigsüßen Chefs, die mit besessenem Eifer die Betriebsregeln – selbst die schlimmsten – befolgten und einem dabei zu erklären versuchten, dass sie ja nichts dafür könnten. Die echt Fiesen, die genau deswegen eingestellt worden waren, machten keinen Hehl aus ihrer Gemeinheit. Dann gab es noch die falschen Netten, verständnisvoll, einlenkend und schleimig, die sich wie Kumpel aufführten, um ihre Inkompetenz besser zu kaschieren, und einen opferten, um sich selbst zu retten. Die Schlimmsten von allen aber waren die falschen Fiesen, die Unrecht übersahen, sich selbst sehr wichtig nahmen und sich dabei für gerecht und unparteiisch hielten. Sie waren wie kleine Götter-Lehrlinge, die jeden Morgen darauf hofften, dass man ihnen eine größere Galaxie anvertraute.

Die Bewerbungszusage war von einem gewissen Ruben Liberos unterzeichnet. Zu welcher Kategorie mochte der Direktor des Ibis-Hotels wohl gehören?

Sie stieg an der Haltestelle gleich neben der Zufahrt zum Gewerbegebiet aus. Das Hotel lag genau gegenüber. Es wirkte, als hätte man es einfach dort abgestellt und nicht extra gebaut. Gleich daneben befand sich ein kleiner asphaltierter Parkplatz.

Ruben Liberos stand vor der Tür. Das war er bestimmt.

Leyli sah eine große, schmale Gestalt in einem perfekt sitzenden grauen Anzug. Beim Näherkommen bemerkte sie die gut geputzten italienischen Schuhe und eine Hose mit scharfen Bügelfalten. Liberos' Gesicht war lang und seine Stirn hoch, von feinen, senkrechten Linien durchfurcht, so gerade, als wären sie an seinem grauen Haar befestigt, das straff nach hinten gekämmt war. Er sieht aus wie ein Tangotänzer, dachte Leyli. Seine Eleganz passte nicht zu diesem Hotel, in dem man für neunundfünfzig Euro die Nacht ein Zimmer bekam.

War er ein falscher Netter oder ein echter Fieser?

Wie weit würde sie bei ihren Kompromissen gehen müssen, um ihren Job zu behalten?

Leyli ging noch die paar Schritte über den fast leeren Parkplatz. In diesem Hotel blieb man nur für eine Nacht, reiste erst spät an und vor Mittag wieder ab. Als sie weniger als drei Meter von Liberos entfernt war, sah sie, wie er ihre Marienkäfer-Brille, die perlendurchflochtenen Zöpfe, ihr gepunktetes Kleid und die Sandaletten musterte. Würde er von ihr verlangen, sich wie eine Kammerzofe zu kleiden, mit schwarzer Strumpfhose und weißer Schürze? Leyli war vorsichtig und bereit, mit gesenktem Blick zu versprechen, ein Kopftuch, auch eine Hose zu tragen oder ihr Haar zu einem Knoten aufzustecken.

Ruben Liberos empfing sie mit weit geöffneten Armen.

»Willkommen in meinem Palast, Gnädigste!«

Leyli blieb überrascht stehen.

Ruben blickte in den Himmel, bevor er Leyli wieder anschaute.

»Ist es ein Gestirn am blauen Firmament, das Sie uns schickt, meine kleine Sonnenprinzessin? Ich hatte alles in meiner staubigen Hütte erwartet, aber keine Regenbogen-Fee. Treten Sie doch bitte ein, meine Schöne, ich bin gleich wieder für Sie da.«

Leyli dachte, der Hoteldirektor mache sich über sie lustig. Ein Kunde wartete an der Rezeption. Ein Handelsreisender, wie man an den Musterkoffern neben ihm erkennen konnte. Ruben Liberos ging hinter den Empfangsschalter und reichte dem Kunden mit großspuriger Geste die Rechnung.

»Gute Fahrt, werter Reisender! Möge Sie Ihr Weg irgendwann mal wieder in eine unserer Oasen führen.«

Hinter Ruben hing eine mit Reißzwecken befestigte Karte an der Wand, auf der alle auf dem Globus verteilten Ibis-Hotels verzeichnet waren.

»Weitere bescheidene und ergebene Gastgeber wie meine Wenigkeit erwarten Sie in allen Ecken der Welt.« Er flüsterte jetzt, aber laut genug, damit Leyli ihn verstehen konnte. »Ich will Ihnen etwas anvertrauen, mein Freund. Hinter dem diskreten Wappentier unseres Hauses verbirgt sich der Zugang zu 1823 absolut gleichen Herbergen. Sie schlafen in Port-de-Bouc ein und wachen in Kuala Lumpur auf. Sie gehen in Valparaiso im Saal frühstücken, und Sie finden Ihre Koffer in Tegucigalpa wieder.« Er zwinkerte dem sprachlosen Gast zu und drückte ihm einen Prospekt über die Ibis-Hotels in die Hand. »Das ist doch noch besser als das Flohpulver von Harry Potter, finden Sie nicht auch? Hier oder dort? Überall werden Sie sich wie zu Hause fühlen.«

Der Handelsreisende ging zum Parkplatz, überzeugt davon, dass diese Ansprache aus der Werbekampagne stammte, das sich die Marketingabteilung der Gruppe Accor ausgedacht hatte. Wenigstens waren die Leute in seiner eigenen Firma nicht ganz so durchgeknallt. Ruben Liberos wandte sich wieder Leyli zu.

»Verzeihen Sie, dass ich Sie habe warten lassen, charmanter Marienkäfer. Ich übertreibe es ein wenig mit der Werbung, da haben Sie recht, aber ist es nicht fabelhaft, sich auszumalen, wie dieser unscheinbare Betonklotz Millionen anderen Betonklötzen auf der Welt gleicht? Wenn sich der Nomadenmensch schon nicht überall hinbeamen lassen kann, so ist es ihm doch gelungen, seine Bleibe mitzunehmen.«

Leyli hätte ihm gern geantwortet, dass dies nicht gerade ihrer Auffassung des Nomadentums entsprach und noch weniger dem der Fulbe, die mit ihrem Vieh durch Afrika zogen. Vielleicht ergäbe sich ein anderes Mal die Gelegenheit, ihm die Sache zu erklären. Ruben legte sachte seine Hand an ihre Taille und schlug vor, das Hotel zu besichtigen.

Es war ein Hotel der unteren Kategorie, heruntergekommen und verwohnt. Das Linoleum löste sich ab, in den Decken waren Risse, die Spiegel halb blind.

»Sie werden sicher alles daransetzen, diese Spiegel zum Blitzen zu bringen«, sagte der Direktor in fast entschuldigendem Ton. »Und Sie werden diese Meisterwerke erstrahlen lassen, nicht wahr?« Libero blickte auf die an die Wände gepinnten Poster der Arenen von Arles und Notre-Dame-de-la-Garde. »Und …«

Ruben sprach nicht weiter. Eine andere Reinigungskraft kam ihnen auf dem schmalen Gang entgegen. Ein Mädchen im Alter von Bamby. Eine Mestizin wie sie.

»Ich stelle Ihnen Noura vor, mit der Sie gemeinsam Ihr Besen-Ballett tanzen werden. Es gibt nur die Kür, keine Pflichtfiguren.«

Noura ging scheinbar desinteressiert weiter. Leyli staunte, dass sie so gar nicht reagierte, doch als sie das Rauschen von leiser Techno-Musik hörte, begriff sie, dass das Mädchen mit In-Ear-Kopfhörern arbeitete. Leyli und der Hotelmanager besichtigten noch eine gute Viertelstunde lang das Hotel. Er verglich das hier, in einer Kühlkammer gelagerte und auf fertigen Tabletts servierte Frühstück, mit dem im Ibis von Borneo, wo man mit frischer Kokosmilch aufwartete. Dann wies er darauf hin, dass von den Zimmern 207 bis 213 der Étang de Berre zu sehen sei, während man im Ibis von Port-Vila Blick auf die Lagune von Vanuatu habe. Ruben Liberos musste schon mindestens hundert Jahre im Hotelfach arbeiten, rechnete man alle Hotels zusammen, die er angeblich weltweit geleitet hatte.

Leyli mochte diesen großen, eleganten, ungewöhnlichen und ziemlich verrückten Mann sofort. Die beiden unterhielten sich im Gang und gingen an den Zimmern vorbei, während Noura in der Eingangshalle staubsaugte. Doch als er Leyli fragte, ob sie bestimmte Arbeitszeiten bevorzuge, wurde sie misstrauisch. In ihrem Gehirn blinkte ohnehin das Warnlicht »falscher Netter«, seit sie diesen erstaunlichen Direktor kennengelernt hatte. Die Großzügigkeit von Chefs war nie gratis.

»Ich … Ich habe zwei fast erwachsene Kinder«, gab Leyli schließlich preis. »Alpha und Bamby. Mit den beiden, kein Problem. Sie kommen und gehen, wie sie wollen. Aber ich habe noch einen zehnjährigen Sohn, Tidiane. Wenn ich arbeite, kümmern sich meine Eltern um ihn, aber ich versuche, so gut es geht, meinen Tagesrhythmus seinem anzupassen. Vor allem abends.«

»Ich verspreche, mein Bestes zu tun – großes Galizier-, Haitianer- oder Phönizier-Ehrenwort. Alle Ehrenkodices der Menschen sind doch gleich viel wert, stimmt's?«

Leyli wollte Ruben vertrauen. Trotz ihres ausgewachsenen Argwohns und trotz der vielen Stunden mit Kolleginnen, die ihr gepredigt hatten, stets wachsam zu bleiben. Putzfrauen waren nun mal wie Gespenster und mussten das auch bleiben. Sie kamen wie die Heinzelmännchen bei Nacht und verschwanden am Morgen wieder.

Leyli wollte Ruben glauben!

Sie fühlte sich sicher, war von seinem Charme eingenommen und legte voller Enthusiasmus die Hand auf die Klinke einer Zimmertür. Bevor sie nachher nach Hause gehen würde, um das Abendessen vorzubereiten und Tidiane bei den Hausaufgaben zu helfen, hatte sie genügend Zeit, die Arbeitslast einzuschätzen und Noura noch ein bisschen zu unterstützen.

Doch Ruben hielt sie zurück, als sie die Tür öffnen wollte.

»Nicht so hastig, meine liebe Botschafterin aus den Tropen!«

Rubens Stimme war verändert, als würde er sich plötzlich

vor etwas fürchten. Er baute sich vor der Tür auf und versuchte, einen scherzhaften Ton anzuschlagen, der jedoch keinerlei Widerspruch duldete.

»Meine Schöne, dieser Raum ist ein Geheimzimmer, zu dem Sie noch keinen Zugang haben. Sie dürfen dieses Zimmer unter gar keinen Umständen betreten! Niemals, haben Sie gehört? Sie dürfen die Türen zu den Zimmern 17 bis 23 nicht öffnen.«

## 10

*14:25 Uhr*

Tidiane legte den Ball akkurat auf einen kleinen Kieselhaufen, hielt ihn kurz mit zwei Fingern fest, damit er nicht wegrollte, nahm zwei Schritte Anlauf, atmete tief durch, maß mit den Augen die Distanz zwischen dem Handschuh von Steve Mandanda und dem rechten Pfosten, tat so, als würde er zum linken Pfosten schielen, nur um den Torwart in die Irre zu führen, und schoss den Ball mit einem glatten und unerwarteten Tritt direkt ins Tor. Steve hatte sich nicht vom Fleck gerührt, er war von dem sauberen Schuss wie hypnotisiert.

Tidiane führte einen kleinen Freudentanz auf und feierte das Tor. Mit geschlossenen Augen hob er die Arme, so, dass sie einen Kreis bildeten, in den er die Sonne einschloss wie in einen Käfig. Auf diese Weise würden Millionen Spieler auf der ganzen Welt Tore feiern, wenn sie erst einmal die Gesten von Pogba, Benzema oder Usain Bolt vergessen hatten. Er grüßte die Menge, während der Ball auf die andere Seite des Platzes rollte. Weit konnte er nicht rollen. Das Spielfeld, in Wirklichkeit ein quadratischer Hof, war von vier Mauern umschlossen. Die eine führte entlang der Avenue Jean-Jaurès, eine weitere grenzte an die Avenue Pasteur, die dritte an einen Anbau der Universität und die vierte an sein Wohnhaus. Zumindest war es das Haus, in dem Opa Moussa und Oma Marème wohnten.

Der Wohnblock Poseidon.

Meistens beobachtete Opa Moussa ihn vom Balkon im zweiten Stock aus. Tidiane wusste nicht viel über das Viertel, nur dass es sich Cité de l'Olympe nannte und dass jeder Hauseingang nach einem griechischen Gott benannt war: Apollo, Zeus, Hermes, Ares, all die sonderbaren Götter, von denen Opa ihm immer erzählte. Die wahren Götter des Olymps aber, das waren die, die jemand auf die Mauern in der Avenue Jean-Jaurès gemalt hatte. Selbstverständlich Mandanda, aber auch die Fußballer, die Tidiane zwar nie hatte spielen sehen, von denen er aber viel gehört hatte: Jean-Pierre Papin, Basile Boli, Marius Trésor, Chris Waddle … und dann natürlich sein Lieblingsspieler Zizou, auch wenn dieser nie das Trikot von Olympique Marseille getragen hatte.

Tidiane holte den Ball von der anderen Hofseite und legte ihn wieder auf den Kieselhaufen. Bevor er nochmals schoss, zupfte er an seinem Abdelaziz-Barrada-Trikot. Gut, Barrada war noch nicht auf der Mauer verewigt worden, und er hatte den Fußballclub in Marseille verlassen, um in Dubai zu spielen, aber seinem Trainer zufolge war er ein besserer Schütze als Cristiano Ronaldo. Außerdem war er während der beiden Jahre in Marseille verletzt gewesen. Wie auch immer, es blieb unerklärlich, nach welchen Kriterien man sich seinen Lieblingsspieler aussuchte. Für Tidiane war Barrada der Größte.

»Kommst du rauf? Es ist Zeit für den Nachmittagskuchen, Tidy!«

Opa Moussa rief ihn vom Balkon aus.

Tidiane hätte gern noch einen Freistoß hingelegt. Schließlich aber hörte er auf seinen Opa und nahm behutsam den Ball mit dem Löwenkopf unter den Arm. *Marokko. Der Afrika-Cup 2015!* Alpha hatte ihm den Ball geschenkt. Sein großer Bruder war gewitzt, der Schlaueste überhaupt. Immer fand er einen Weg, um Dinge aufzutun, an die man eigentlich nicht herankam, wie diesen unglaublichen Fußball. Es gab nur zehn Personen auf der Welt, die den gleichen hatten, zumindest behauptete Alpha das. Marokko hätte den Afrika-Cup 2015 austragen sollen, aber wegen des Ebola-Virus ließ man keine Spieler aus anderen Ländern einreisen. Deshalb ging die Austragung des Turniers an ein anderes Land, Guinea irgendwas, es gab viele Guineas in Afrika, und alles, was Marokko bis dahin für den Cup vorbereitete hatte, taugte nur noch für die Mülltonne: Poster, T-Shirts, Schals, Abzeichen … und auch die Fußbälle! Seit dem Marokko-Afrika-Cup 2015 war der Ball mit dem Löwenkopf Tidys Glücksbringer, sein Schmuseball, wie Mama sagte. Er spielte nicht nur mit ihm, sondern behielt ihn auch zum Schlafen und beim Essen bei sich.

»Kommst du, Tidy?«

»Bin schon auf dem Weg, Opa.«

Der Hof der Cité de l'Olympe war perfekt zum Trainieren und man konnte sogar Spiele mit ein paar Freunden aus dem Viertel organisieren. Er war nicht zu groß und geschlossen wie ein kleines Stadion. Die Mauern waren hoch genug, dass der Ball nur selten darüber flog. Es gab allerdings zwei Nachteile.

Der Hof, sogar der ganze Gebäudekomplex, war auf Keller und Tiefgaragen gebaut, so riesig wie das Labyrinth des Minotaurus, sagte Opa. Wenn man Pech hatte und ein Gullygitter offen stand, oder wenn man mit einem zu kleinen Ball spielte, so konnte das fatal enden. Fiel der Ball ins Loch, so war er unwiederbringlich verloren. Glücklicherweise passierte das fast nie.

Doch das Hauptproblem beim Fußballspielen war der mitten auf den Hof gepflanzte Baum. Ein Orangenbaum. Deshalb nannten manche Leute den Komplex auch das Orangenbaumviertel, als wären Häuser, Straßen und Schulen rund um Orangenbäume gebaut worden. Der auf diesem Hof war fast zehn Meter hoch. Aber Tidiane durfte nur bis auf vier Meter klettern, exakt auf die Höhe des Balkons seiner Großeltern. Opa Moussa hatte dort oben mit ein paar Holzlatten und einem Netz eine kleine Hütte gebaut. Ein Seil verband den nächstgelegenen Ast mit dem Balkon. Genau dort verspeiste Tidiane meistens seinen Nachmittagskuchen, den Oma Marème in einen Korb packte und den Opa ihm rüberreichte. Opa rauchte auf dem Balkon, während Tidiane genüsslich seine Prinzenrolle aß.

Manchmal, wenn es zu heiß war und die Sonne schier den Asphalt zum Schmelzen brachte, blieb Tidiane im Schatten seines Baumhäuschens und Opa erzählte ihm Geschichten.

So wie heute.

»Opa, erzählst du mir die Geschichte von der Sonne?«

»Die Sage vom Sonnengott? Die habe ich dir doch schon tausend Mal erzählt, Tidy.«

Tidiane blickte zum Fenster rechts vom Balkon, hinter dem sein Zimmer bei Opa und Oma lag. Früher war es Mamas Zimmer gewesen.

»Nein, die nicht, Opa! Ich möchte … die Geschichte von Mama hören.«

Opa überlegte eine Weile. Diese Geschichte hatte er seinem Enkel bereits ein- oder zweimal erzählt. Tidiane war ein kleiner Schlauberger, er hatte von den Cousins, den Nachbarn und Freunden einiges gehört. Die Wahrheiten, die man sich auf dem

Schulhof erzählte, waren oft schmerzlicher als die Familiengeheimnisse. Tidiane wusste von dieser Geschichte, der zufolge seine Mutter einen Schatz gefunden, ihn gestohlen und versteckt hatte. Aber es war ein verfluchter Schatz, und die Vergeltung kam, noch bevor Mama die Tat überhaupt begangen hatte. Seine Mutter war im Voraus bestraft worden, von einem Gott, der alles sehen konnte, sogar die Zukunft. Vom Sonnengott!

»Schon wieder, Tidiane?«

»Ja bitte, Opa!«

Tidiane wusste, dass Opa Moussa jedes Mal, wenn er die Geschichte erzählte, neue Einzelheiten hinzufügte. Auch wenn er nicht so recht an die Geschichte glauben konnte, die sich in einem Dorf abgespielt hatte, das er nicht kannte, und von einem kleinen Mädchen handelte, das er auch nicht kannte, das aber seine Mutter sein sollte. Dennoch war es seine Lieblingsgeschichte. Weil sie traurig, so unglaublich traurig war und seine Mama betraf, bevor sie den Schatz fand und gerettet wurde. Diesen Schatz würde auch er eines Tages finden.

Er öffnete seine Augen weit und ließ sich von Opa Moussas Stimme in eine andere Welt versetzen.

## LEYLIS GESCHICHTE
### *Zweites Kapitel*

Weißt du noch, Tidiane? Deine Mama lebte in Segu, einer kleinen Stadt am mächtigen Fluss Niger, fünf Busstunden von Bamako entfernt, in einer Hütte, so wie die meisten Leute dort. Eigentlich waren es ganz normale Häuser, aber mit Dächern aus

Wellblech, mit Sandboden und Lehmwänden, einem Gemisch aus Erde, Wasser, Haaren und Stroh. Das ist ein sehr haltbares Material, aber nur, solange es nicht regnet. Und weißt du, in Segu regnet es nie. Aber die Sonne, die verdammte Sonne brennt ewig.

Tidiane, du musst wissen, dass deine Mama damals ungefähr so alt war wie du jetzt. Sie war dickköpfig, fast noch dickköpfiger als du! Weil sie ständig im Fluss badete, war sie krank geworden, und ihre Hautkrankheit zwang sie, sich drei Monate lang vor der Sonne zu schützen. Deine Oma und ich brachten sie in einer eigenen Hütte unter. Sie war nicht groß, aber wir hatten an alles gedacht, damit sich deine Mama so wenig wie möglich langweilte. Ich habe ihr damals mit Hirse und Sorghum ausgestopfte Puppen gebastelt, dazu Tiere aus Ton und kleine Häuschen aus geflochtenen Bananenblättern. Marème nähte Kleidung für sie. Aber schon nach einer Woche hielt es Leyli, deine Mutter, nicht mehr aus. Sie war eine Antilope und lebte eigentlich nur, um barfuß so schnell zu rennen, dass sie Staubwolken aufwirbelte. Oma und ich wussten nicht mehr, was wir anstellen sollten. Wir hatten den Eindruck, einen Piapiac in einen Käfig zu sperren. Das ist ein Vogel, dessen Federkleid verbleicht, wenn man ihn einsperrt, der dann nicht mehr singen kann und sogar verlernt zu fliegen.

Nun trug es sich zu, dass die Männer des Dorfs ein paar Tage später nach Bamako fahren wollten, um ihre Beschwerden bei dem für Segu verantwortlichen Abgeordneten vorzutragen, der nie zu uns kam. Ich bin mit ihnen gefahren. Aber ich hatte etwas anderes vor. In Bamako trennte ich mich von der Gruppe und ging ins französische Kulturzentrum.

Ich wollte Bücher holen.

Deine Mama konnte lesen, Tidy, sie war eine gute Schülerin und interessierte sich für alles, auch wenn sie tausend Mal lieber auf den Feldern hinter Schmetterlingen herlief, als in der Schule auf einem Stuhl zu hocken. Es gab viele Bücher im französischen Institut, aber man wollte sie mir wegen der Entfernung nicht ausleihen. Nach langem Palaver durfte ich dann doch ein Buch mitnehmen, ein einziges!

*Sagen und Legenden der griechischen Mythologie.*

Ich hatte noch nie von Herkules, Odysseus oder Zeus gehört und ahnte nicht im Geringsten, dass ich eines Tages in einem Wohnblock mit Namen Poseidon in einem Viertel namens Olymp wohnen würde. Aber siehst du, Tidiane, es gibt keine Zufälle. Alles ist vorherbestimmt. Ich bin mit dem dicken weißen Buch nach Segu zurückgefahren. Leyli schmollte und wollte es gar nicht erst aufschlagen. Also habe ich ihr jeden Morgen, jeden Mittag und jeden Abend, bevor die Nacht anbrach, Geschichten daraus vorgelesen. Insgesamt waren es etwa fünfzehn Sagen, und in nicht einmal einer Woche hatten wir alle durch. Nach einem Monat kannte Leyli die Erzählungen auswendig.

Ihre Lieblingsgeschichte war die von Herkules' elfter Aufgabe, für die er sich den Wagen des Sonnengotts Helios ausleiht, um an das westliche Ende der Welt zu reisen. Dort stiehlt er die goldenen Früchte aus dem Garten der Hesperiden, direkt vor der Nase von Atlas, dem Titanen, der die Welt auf seinen Schultern trägt. Es heißt, Tidiane, dass die goldenen Früchte Orangen sind, Früchte, die den Griechen unbekannt waren. Das große Gebirge in Marokko ist deshalb nach Atlas benannt, und Herakles ist bis nach Gibraltar – zwischen Europa und Afrika – gesegelt, wo noch heute die nach ihm benannten Säulen stehen.

Nach ein paar Wochen bin ich wieder nach Bamako gefahren. Dort konnte ich im französischen Kulturinstitut neue Bücher ausleihen, die ich in einem kleinen Regal neben Leylis Bett untergebracht habe. Und deine Mama hat richtig zu lesen begonnen.

Auf einmal! Und sie hat viel gelesen. Heute sagt sie oft, dass diese beiden Monate, in denen sie oft mehrere Bücher am Tag las, die schönsten ihres Lebens waren. Ab jetzt wussten alle Nachbarn Bescheid und halfen mit, ihr Bücher aus Bamako zu beschaffen. Französische Entwicklungshelfer, die Lehrerin und Touristen auf dem Weg ins Land der Dogon, alle ließen ihr etwas zum Lesen da. Damals konnten Franzosen noch frei durch Mali reisen, doch dann verbot es ihr Präsident aus Angst vor Entführungen.

Alles ging gut, Tidiane, deine Mama hatte den besten Weg gefunden, sich in den unendlich langen Tagen, die sie in ihrer Käfighütte verbringen musste, zu beschäftigen. Sie ging dank ihrer Bücher in Gedanken auf Reisen. Selbst ich hätte das nicht für möglich gehalten. Wie konnte sich eine Springmaus in eine Leseratte verwandeln? Aber dann begriff ich, dass es die gleiche Neugier war, die Leyli erst hatte rennen lassen, die sie jetzt lesen ließ, der gleiche Durst, der gleiche Hunger, die gleiche Flamme. Aber du bist noch zu jung, um das zu begreifen, Tidiane.

Leyli verschlang den lieben langen Tag Bücher, dennoch las sie jeden Morgen als Erstes noch einmal die Sage aus dem ersten Buch, das ich ihr mitgebracht hatte: die elfte Heldentat des Herkules. Der Raub der goldenen Früchte aus dem Garten der Hesperiden. Die Geschichte von Helios und seinem von zehn sagenhaften Rössern gezogenen Sonnenwagen hatte es ihr besonders angetan. Jener Sonnenwagen, mit dem Helios von Ost nach West ans Ende der bekannten Welt zog und den sich Herkules auslieh. In solchen Legenden liegt immer ein Körnchen Wahrheit, Tidy, zumindest glaubte deine Mama daran.

Allein in ihrer Hütte, ohne jedes andere Fenster als das runde Loch in der Mauer aus Stroh und Lehm, versuchte Leyli, sobald sie ein Buch aus der Hand legte, das Geheimnis der Sonne zu ergründen, den Weg des Sonnenwagens nachzuverfolgen und die ihn ziehenden Pferde auszumachen. Seine Reise führte täglich von Eos, der Göttin der Morgenröte im Osten, zu Selene, der Mondgöttin im Westen. Viele nächtliche Gestirne zeugen von den Geschichten über Atlas und Herkules, von den Hesperiden und allen Verwandten der Götter. Jeden Tag notierte sie anhand der einfallenden Sonnenstrahlen die genaue Position des Sonnenwagens und hielt sie mit kleinen Markierungen fest, die sie mit den Fingernägeln in die Lehmwand ritzte.

An einem Morgen, es war einer der ersten des dritten Monats, sah ich deine Mama auf ihrer Matratze liegen, ohne ein Buch in der Hand und ohne, dass sie auf das kleine Fenster starrte. Ihre Augen waren auf die Zeichen gerichtet, die sie in die schattige Wand geritzt hatte.

Sie sagte nur:

»Meine Augen sind müde, Papa.«

Daraufhin habe ich ihre Arme, Schultern und Beine mit Tüchern vor der Sonne geschützt und sie wieder in die Krankenstation gebracht. Ich Idiot! Das Unglück war schon geschehen, es war bereits eingetreten. Die Sonne hatte sich hereingestohlen, gut getarnt, genauso wie der Teufel, der sich als Griot, einen Geschichtenerzähler, verkleidet. Ich hatte meine kleine Tochter nicht genügend beschützt. Schlimmer noch, mit diesem Sagenbuch hatte ich dem Dämon Zutritt zu ihrem Zimmer verschafft.

Der Arzt in der Krankenstation brauchte lange, bis er mich unter vier Augen überzeugen konnte:

»Sie hat zu lange in die Sonne geschaut.«

Ich verstand es nicht. Alle Kinder der Welt, alle Männer und Frauen schauen in den Himmel ohne Furcht, die Sonne könnte ihren Augen schaden. Der Arzt schlug ein medizinisches Buch auf und erklärte mir, wie ein Auge funktioniert.

»Die Zellen des Sehnervs sind besonders empfindlich gegen Sonneneinstrahlung. Die Linse wirkt wie ein Vergrößerungsglas, aber die Retina ist schmerzunempfindlich. Also spürt man nichts, wenn man sich die Augen verbrennt. Das ist wie bei einem Sonnenbrand, man bemerkt ihn nicht sofort, aber die Zellen sind bereits zerstört.«

Ich verstand es immer noch nicht. Wenn die Sonne so gefährlich war, dann mussten doch viele Leute davon betroffen sein. Alle, die bei helllichtem Tage hinausgehen. Alle, die keine Sonnenbrille tragen, und niemand in Afrika trägt eine Sonnenbrille.

»Was tun Sie, Monsieur Maal, wenn Ihre Augen zufällig von einem Sonnenstrahl getroffen werden?«

Ich antwortete nicht. Ich wusste auch gar nicht, was ich dem Doktor hätte sagen sollen, Tidy. Ich habe mich um deine Mama gesorgt, vorläufig war ich nur besorgt, aber noch nicht verzweifelt.

»Sie schließen reflexartig die Augen, Monsieur Maal, weil die Sonne Sie blendet. Deshalb haben wir Lider. Es ist, als würden unsere Augen automatisch die Türen dichtmachen. Aber …«

Ich hatte Angst vor dem, was er mir nun sagen würde.

»Ihre Tochter wollte die Lider nicht schließen. Ich weiß zwar nicht, warum, aber sie hat mit eisernem Willen die Augen offen gehalten und sich oft blenden lassen, sehr oft sogar und dauerhaft.«

»Und, Herr Doktor? Wird es lange dauern? Kann sie bald wieder lesen?«

Ich zählte ängstlich die dreißig Tage, die Leyli noch in der Hütte ausharren musste, und wusste, dass sie in dieser Zeit weder würde lesen noch schreiben können. Der Arzt schaute mich an, als wäre ich der hinterletzte Dummkopf, als gehörte ich zur Gattung Mensch, die unabsichtlich Katastrophen heraufbeschwört und nichts begreift, bevor man sie nicht auf die Tatsachen stößt.

»Haben Sie mir nicht zugehört, Monsieur Maal? Ihre Tochter hat keinerlei Schmerzen verspürt, aber die Zellen sind abgestorben. Der Prozess ist schon im Gange, und nichts kann ihn aufhalten.«

»Was kann nicht mehr aufgehalten werden?«

»Dass sich ihr Sehvermögen weiter verschlechtert!«

Auch dieser Ausdruck sagte mir nichts, Tidy. Der Doktor muss es bemerkt haben, und vielleicht hatte er in diesem Moment auch ein wenig Mitleid. Also hat er es anders ausgedrückt:

»Ihre Tochter wird blind, Monsieur Maal. Daran ist nichts mehr zu ändern.«

## 11

*16:17 Uhr*

Als der Hauptkommissar damals seinen Dienst hier angetreten hatte, war ihm das ganze Jahr über Sonne versprochen worden, Blick aufs Meer, kleine Betrüger und große Mafia-Bosse, um sich zu beschäftigen, und als Sahnehäubchen obendrauf ein vierzig Quadratmeter großes Büro. Kaum drei Jahre später hatte ihn das Ministerium gebeten – aufgrund einer mysteriösen Entscheidung, deren Hintergrund nur der französische Amtsschimmel kannte –, sein Büro mit einem Assistenten zu teilen. Die Anzahl der Angestellten zu verringern und gleichzeitig die Beengung der Räumlichkeiten in den Polizeidienststellen zu erhöhen, war eine große Glanzleistung, auf die Finanz- und Innenministerium dank ihres reibungslosen Zusammenspiels wirklich stolz sein konnten.

Seit einem Jahr also saßen sich nun Petar und Julo gegenüber, jeder über seinen Schreibtisch gebeugt, genau wie in jedem anderen Großraumbüro, ob in der Postabteilung oder der Buchhaltung einer x-beliebigen Firma. Petar dachte, dass solche Büros speziell für Frauen erfunden worden waren, die auf diese Weise den ganzen Tag lang schwatzen konnten. Männer hingegen brauchten Privatsphäre, und ganz besonders heute Morgen!

Vor Hauptkommissar Velika lagen Dutzende Fotos von mehr oder minder bekleideten Frauen auf dem Schreibtisch. Eher minder als mehr. Zu oft sehr junge Mädchen. Nicht unbedingt hübsch, manchmal rührend, aber immer aufreizend. Der Hauptkommissar holte diese Fotos aus einem dicken schwarzen Ordner: der komplette Katalog aller Prostituierten dieser Stadt. Von der Gelegenheitsstricherin bis zur professionellen Hure, von der illegalen Einwanderin aus dem Niger bis zum unabhängigen Luxus-Callgirl. Diese Kartei war die Frucht von endlosen Beobachtungen und stundenlangen Recherchen im Internet. Eine Datenbank, die Petar mit unermüdlicher Dienstbeflissenheit ständig auf dem neuesten Stand hielt.

»Kommen Sie voran, Chef?«, fragte Julo, halb hinter dem Bildschirm seines Computers verborgen, aus der anderen Zimmerecke.

Hauptkommissar Velika sah den belustigten Ausdruck in den Augen seines Assistenten. Kommissaranwärter Flores schien nicht gerade viel von der etwas altertümlichen Methode seines Chefs zu halten, der das Mädchen mit dem Kopftuch aus dem Red Corner anhand dieser Fotos identifizieren wollte. *Mach dich ruhig über mich lustig,* dachte Petar, *aber wer weiß* schon, *was für Bilder du dir auf deinem Bildschirm ansiehst?* Neben den Fotos der

Freudenmädchen lag die vergrößerte Aufnahme aus dem Video der Überwachungskamera vor ihm. In der Hauptsache Augen, Mund und Kinn. Petar wusste um sein physiognomisches Gespür und war sicher, dass er die junge Frau, die François Valioni ins Red Corner gelockt hatte, wiedererkennen würde, sollte sie in seinem Ordner erfasst sein. Schließlich hob er den Kopf, um seinem Assistenten zu antworten.

»Es geht voran, Kleiner … Ich sag dir Bescheid, sobald ich die Tarife deiner Liebsten herausgefunden habe.«

Julos runder Kopf tauchte aus seinem Versteck hinter dem Bildschirm auf.

»Hören Sie lieber damit auf, Chef. Woher wollen Sie überhaupt wissen, dass dieses Mädchen eine Prostituierte ist?«

»Siehst du, ich habe recht. Schon verteidigst du sie!«

»Ich bin jedenfalls um einiges weitergekommen, während Sie da drüben Stielaugen machen.«

»Sag mal, Kleiner«, entgegnete Petar und blätterte eine weitere Seite des schwarzen Ordners um, »reiß bloß keine Witzchen über dieses heilige Buch! Weißt du überhaupt, dass mehrere Generationen Polizisten sich an diesem Zauberbuch ausgelassen haben? Es war ihr einziger treuer Freund an den Abenden, an denen sie alleine Dienst schieben mussten, in langen, schlaflosen Nächten und während wochenlanger Überwachungen, in denen sie ihre Frauen nicht zu Gesicht bekamen. Ein wenig Respekt, wenn ich bitten darf!«

Kommissaranwärter Flores hielt sich zurück, um nicht laut loszuprusten. Würde auch er eines Tages derartig über den Dingen stehen wie sein Vorgesetzter? Diese Lockerheit an den Tag legen? Diese Fähigkeit entwickeln, etwas in die Wege zu leiten, ohne viele Fragen zu stellen, und den Horror mancher Ermittlungen mit Selbstironie zu überspielen?

»Nun, Bill Gates, was hast du herausgefunden?«

»Ich habe den Computer von François Valioni durchstöbert. Ein Kinderspiel, denn er benutzte nicht mal einen Nickname, wenn er in den sozialen Netzwerken unterwegs war. Aber das Interessanteste ist seine private Facebook-Seite. Vor sechs Monaten hat ihn eine junge Frau angeschrieben, eine Doktorandin in Anthropologie mit Schwerpunkt Flüchtlingsmigration. Der Austausch war zunächst absolut seriös, aber nach ihrem ersten Treffen scheint die Doktorandin Geschmack an Valioni gefunden zu haben. Plötzlich war sie nicht mehr so zurückhaltend und hat sich auf Zweideutigkeiten einerseits und auf eindeutige Emojis andererseits verlegt.«

»Auf was?«

»Smileys, kleine Bildchen, wenn Sie so wollen, ein Lächeln, ein Augenzwinkern, klopfende Herzen, rote Lippen, die Küsschen verschicken...«

Petar seufzte. Offenbar regten Zeichnungen dieser Art nicht gerade seine Fantasie an.

»Und dieses Mädchen hat zuerst Kontakt mit Valioni aufgenommen?«

»Ja. Sonderbar ist auch, dass sie viel über ihn zu wissen scheint. Als hätte sie ihn ausspioniert. Mehr als das, sie kennt seine Vorlieben, seine Familie, seinen Job und seine Vergangenheit. Liest man den gesamten Chat, so könnte man auf die Idee kommen, dass Valioni in eine Falle getappt ist. Er ist nicht zufällig ausgewählt worden. Das Mädchen mit dem Kopftuch hat speziell nach ihm gesucht, er war ihre Zielperson, und sie hat ihn mit einem akribisch geplanten Timing verführt.«

Hauptkommissar Velikas Blick ruhte auf dem Foto einer großen Blonden, die an einem Laternenpfahl lehnte. Sie trug einen dicken Pelzmantel, der nur die Hälfte ihrer nackten Schenkel bedeckte. Schwer zu sagen, in welcher Jahreszeit dieses Foto aufgenommen worden war.

»Das erscheint mir doch ein wenig zu simpel, mein Junge. Wenn der Plan so genau ausgeklügelt war, warum hat sie dann so viele Spuren hinterlassen, dass der erstbeste Nerd sie identifizieren kann?«

»Sie ist keine Doktorandin, Chef. Alles erstunken und erlogen: der Titel ihrer Doktorarbeit, die Recherchen und ihre Immatrikulation an der Universität.«

»Hast du wenigstens ihren Namen herausgefunden?«

»Nur ihr Pseudonym. Also so gut wie nichts.«

»Sag es trotzdem!«

»Bambi13.«

Petar schloss seine schwarze Bibel, nachdem er mit großer Sorgfalt die Bilder aller Mädchen wieder einsortiert hatte. Wenn das stimmte, was Julo herausgefunden hatte, handelte es sich nicht um ein Callgirl, das man für einen fiesen und schnellen Racheakt angeheuert hatte, um François Valioni in ein abgeschiedenes Hotel zu locken. Petar kannte solche Fälle zuhauf, seit er diesen Posten innehatte. Hauptkommissar Velika schnappte sich einen Stuhl und setzte sich neben seinen Assistenten vor den Bildschirm.

»Keine Fotos auf dem Profil von Bambi13, vermute ich mal, oder?«

»Doch. Jede Menge. Aber auf keinem kann man sie erkennen. Auf ihrer Facebook-Seite hat sie nur Fotos von hinten, von ihren Füßen, Armen oder ihrem Haar gepostet, als hätte sie alles darangesetzt, ihr Gesicht zu verbergen. Das ist bei Facebook nicht selten. Frauen, und insbesondere die hübschen, haben keine Lust, angemacht zu werden.«

»Hm … Aber sie war doch diejenige, die ihn angemacht hat.«

»Die Aufnahmen waren wahrscheinlich ein Teil des Plans, um Valioni zu ködern. Vermutlich ist Bambi13 jung, hochgewachsen und feingliedrig und hat die dunkle Haut einer Mestizin. Wenn sie die von der Überwachungskamera gefilmte Frau ist, so kann ich mir nicht vorstellen, dass sie im Burkini badet. Die Hälfte der Fotos sind an Stränden aufgenommen worden, wo sie im Bikini oder auf dem Bauch liegend ohne Oberteil posiert.«

Petar betrachtete aufmerksam die Abbildungen ihres Facebook-Profils.

»War Valioni wirklich so bescheuert? Diese Falle ist ein wenig zu leicht zu durchschauen, findest du nicht? Ein echt toll aussehendes Mädchen im Alter seiner Tochter, das nie sein Gesicht zeigt, sich aber so gut wie nackt in allen paradiesischen Ecken der Welt präsentiert.«

»Nicht unbedingt«, warf Julo ein, »das passt ganz gut zu ihrem Profil als Forscherin im Bereich internationaler Migrationen. Offensichtlich sind die Fotos auf Sizilien, in der Türkei, auf den Kanaren und in der Dominikanischen Republik geschossen worden, in Mayotte und so ziemlich in allen warmen Gegenden, die illegale Migranten anlaufen. Ich suche weiter, Chef. Vielleicht hat sie ein Detail übersehen, das uns auf ihre Spur führt, aber … aber es gibt noch etwas viel Erstaunlicheres auf Valionis Facebook-Profil.«

Zum großen Bedauern von Petar schloss Julo die Seite von Bambi13, um die von François Valioni zu öffnen. Ein Familienfoto des leitenden *Vogelzug*-Angestellten erschien auf dem Bildschirm und zeigte ihn – seine Frau und seine beiden Kinder in den Armen – vor den Calanques in Cassis.

»Verdammt«, kommentierte Petar, »mit diesem Social-Media-Kram werden Polizeiermittlungen bald durch Internet-Suchmaschinen ersetzt. Man füttert uns dauernd mit RoboCop-Geschichten, aber die Polizei der Zukunft ist dann nur noch eine Software, die Verdächtige per Chat befragt, sie über einen Tweet vorübergehend festnimmt und sie verhaftet, indem sie einfach ihre blöden Internet-Anschlüsse sperrt. Gefängnisse werden überflüssig!«

»Sehen Sie mal, Chef«, ließ Julo verlauten, der den Monolog seines Chefs kaum zur Kenntnis genommen hatte, »auf seiner Facebook-Seite hat François Valioni gestern um 16:11 Uhr dieses Foto gepostet.«

Petar beugte sich vor. Sofort erkannte er die blauen Fischerboote, die im kleinen quadratischen Hafen vertäut lagen, die weiße Kasbah und die alte Festung im Hintergrund.

»Essaouira in Marokko? Was hatte er in Gottes Namen dort zu suchen? Weniger als acht Stunden später ist er im Red Corner verblutet.«

»Chef, da haben Sie den Hauptpreis der Tombola gewonnen! Das ist Essaouira, ohne Zweifel. Ich habe die Entfernungen zwischen Essaouira und den nächsten marokkanischen Orten mit internationalen Flughäfen recherchiert, Casablanca, Marrakesch und Rabat. Man braucht drei bis vier Stunden zuzüglich zwei Stunden Flug von oder nach Marseille. Wir wissen, dass François Valioni das *Vogelzug*-Büro um 10:00 Uhr verlassen hat. Um diese Zeit haben ihn Zeugen das letzte Mal lebend gesehen. Also hatte er vierzehn Stunden Zeit, bis er um Mitternacht vor der Überwachungskamera des Red Corner auftauchte. Das passt ... Ziemlich knapp für eine Tour nach Essaouira, aber es haut hin.«

Petar untersuchte das Bild mit den blauen Kähnen im Hafen bei Ebbe.

»Was zum Teufel hat er da gemacht?«

»Vielleicht war er wegen seines Jobs dort, Chef. Ein Geschäftstermin, für den ihm die Firma ein Business-Class-Ticket bezahlt hat. Man braucht nur bei *Vogelzug* anzufragen. Bloß für ein Stelldichein mit seiner Verliebten ist das ein wenig zu umständlich.«

»Das sehen wir noch, Romeo … Das sehen wir später. Wenn man das Gesicht von der Überwachungskamera auf den traumhaften Körper dieser Möchtegernstudentin klebt, reichten ihre Reize vielleicht aus, um den Globetrotter Valioni davon zu überzeugen, sie bis ans Ende der Welt mitzunehmen.«

Julo Flores ging nicht auf dieses Argument ein. Offenbar war der Hauptkommissar nicht willens, der Spur *Vogelzug* nachzugehen.

»Vielleicht wollte er sie beispielsweise auf die Malediven mitnehmen«, setzte Petar hinzu, »dahin, woher diese komischen Muscheln stammen, die er in seiner Tasche hatte.«

»Es gibt in seinem Terminkalender innerhalb der letzten zehn Monate keinen Hinweis auf eine Reise dorthin. Entschuldigen Sie, Chef, ich kann mich leider nicht um alles gleichzeitig kümmern. Diese exotischen Meerestiere gehe ich später an. Momentan ist Ryan an der Sache dran. Nicht zu vergessen die Geschichte mit der Blutentnahme.«

Velika erhob sich. Er starrte auf den Bilderrahmen vor ihm an der Wand, ein eher unscharfes Poster, ein Mittelding zwischen impressionistischem Gemälde und Fotografie mit Hunderten von rosa Flamingos, die durch den Étang de Vaccarès stelzten, mitten in der Camargue, ein paar Kilometer vom Étang de Berre entfernt.

»Die Blutentnahme. Ja richtig. Mein kleines Genie, hast du dafür auch eine Theorie parat?«

»Ja schon … Aber ich habe mich geirrt.«

»Was hast du denn gedacht? Wie du weißt, haben wir die Spur mit den Vampiren ausgeschlossen.«

»Viel einfacher als das, Chef. Ich hatte einen Test vermutet.«

»Was für einen Test?«

»Einen Vaterschaftstest!«

Der Hauptkommissar schwieg so lange, bis er den Altersunterschied zwischen François und seiner mutmaßlichen Mörderin errechnet hatte. Julo fuhr fort.

»Ich dachte, dass man anhand der Blutgruppe von zwei Individuen Rückschlüsse auf eine Familienverbindung ziehen kann. Aber nach meiner Recherche im Internet weiß ich jetzt, dass das nicht geht. Das ist nur anhand eines DNA-Tests möglich.«

»Such weiter«, sagte Petar, ohne die rosa Flamingos aus den Augen zu lassen, »die Idee, dass François Valioni im Flüchtlingslager Kinder gezeugt hat, bevor er nach Aubagne zog, gefällt mir ganz gut.«

Ryan und Mehdi gingen durch den Flur. Plötzlich wurden Stimmen am Empfang laut. Man schrie auf Arabisch, nach dem, was Julo verstehen konnte. Das kam häufig vor. Die zweisprachigen Polizisten hatten doppelt so viel zu tun wie ihre Kollegen.

»Noch etwas, Chef, haben die beiden von den Kollegen aufgegriffenen Illegalen schon ausgesagt?«

Petar schien vor dem Poster mit den Flamingos im See schier einzuschlafen. Auf einem Bein. Jetzt erwachte er wie aus einer Trance.

»Sie sind stumm wie Koi-Karpfen. Glücklicherweise verfügen die Konsulate über Karteien – wie das schwarze Buch von unseren Freundinnen – mit Kopien der Pässe und Visa-Anträge. Wenn du es genau wissen willst, unsere beiden Freunde heißen Bola und Djimon. Bola ist der ruhige Typ, Djimon, der mit dem Narbengesicht, der Hitzkopf. Sie sind Beniner aus Abomey im Norden von Cotonou. Das haben die Kollegen in der Botschaft uns gesagt.«

»Werden sie dahin zurückgeschickt?«

»Ja … Das ist das Prinzip, mein Kleiner. Sie brauchen Wochen und Monate, alle möglichen Tricks und ungeheuer viel Energie – mehr als man sich vorstellen kann –, um bis hierher zu kommen. Und haben sie es geschafft, fliegt man sie mit der nächsten Chartermaschine zurück. Fünf Stunden Flug, und sie sind wieder zu Hause. Deshalb haben die Migranten keine Chance, gegen die abgeschotteten Länder anzukommen. Es ist ein endloser und zermürbender Kampf. Selbst wenn sie zahlreich in Lastern und zu Hunderten in Schiffen zusammengepfercht den langen Weg bewältigen, geht der Rücktransport tausendmal schneller als der beschwerliche Herweg. Wie die Ameisen, die immer wieder in einen Schrank mit Keksen krabbeln. Man wischt sie hin und wieder kurz mit dem Schwamm weg und vergisst sie. Aber Achtung, ich spreche von den Migranten, nicht von Flüchtlingen.

»Wo ist da der Unterschied, Chef?«

Petar sah seinen Assistenten belustigt an. Julo ahnte, dass sein Vorgesetzter darüber oft auf Caféterrassen diskutiert und schon lange seine Argumente parat hatte.

»Nichts einfacher als das, mein Kleiner! Die Flüchtlinge sind die Guten. Sie versuchen, dem Krieg in ihrem Land zu entkommen, und mit ihnen müssen wir Mitleid haben. Wir haben die moralische Pflicht, sie aufzunehmen, und Frankreich ist ein Asylland! Die Migranten, das sind die Bösen. Sie wollen bei uns einfallen. Sie sind lediglich arm, und Arme haben wir schon selbst zur Genüge. Verstehst du?«

»Also lässt man die Flüchtlinge herein, aber nicht die Migranten?«

»Immer langsam, junger Mann! Frankreichs Pflicht ist es, Flüchtlinge aufzunehmen, aber die Parole lautet, niemanden reinzulassen! Zumindest diejenigen nicht, die keine Papiere haben, und da es eher selten ist, dass Diktatoren Visa abstempeln, und da die Flüchtlinge kaum ein funktionierendes Kopiergerät in den Trümmern ihrer bombardierten Städte finden dürften, versuchen sie, um ihre Haut zu retten, illegal irgendwo einzureisen. Haben sie erst einmal den Fuß auf unseren Boden gesetzt, sind sie gerettet.«

»Und man kann sie nicht ausweisen?«

»Theoretisch nicht. Aber das hängt von ihrem Ursprungsland ab. Man schickt sie nur zurück, wenn sie aus einem sogenannten *sicheren Herkunftsland* kommen und nicht gefoltert werden, sobald sie in ihrem Land aus dem Flugzeug steigen.«

»Wenn ich es richtig verstanden habe, so schickt man Sudanesen solange nicht zurück, wie bei ihnen Krieg ist, aber alle Beniner werden ausgewiesen.«

»Genau! Diese armen Schlucker müssen das Glück haben, aus einem Kriegsgebiet zu kommen, wenn sie bei uns bleiben wollen. Politische Flüchtlinge dürfen das, aber die Wirtschaftsflüchtlinge werden abgeschoben. Und frag mich nicht, warum wir die Pflicht haben, jene Leute aufzunehmen, die vor Angst, aber nicht die, die vor Hunger sterben.«

Kommissaranwärter Flores hätte gern gewusst, bis zu welchem Punkt sein Vorgesetzter wirklich betroffen war. Oder war er einfach nur desillusioniert? Nachdenklich schwieg Julo eine Weile und stellte seine Frage erst, als Petar Velika bereits die Bürotür geöffnet hatte.

»Und die Armbänder, Chef! Die blauen Armbänder an ihren Handgelenken?«

Sein Chef war bereits gegangen.

Ohne zu antworten.

Er hatte die Frage nicht gehört. Das zumindest glaubte Julo Flores.

# NACHT
# DER EULE

# 12

*19:33 Uhr*

Nachdem sie an der Haltestelle Littoral vor den Wohnblocks von Aigues Douces aus dem Bus gestiegen war, rannte Leyli so schnell sie konnte nach Hause. Sie lief über den menschenleeren Spielplatz und die mit rosa Kies bedeckte Esplanade, an den von der Stadtverwaltung im letzten Sommer gepflanzten mickrigen Bäumchen vorbei und hetzte außer Atem die sieben Etagen im Gebäude H9 zu ihrer Wohnung hinauf, wobei das Baguette, das sie sich unter den Arm geklemmt hatte, auf jeder Stufe ein paar Krümel verlor. Endlich schloss sie ihre Wohnungstür auf.

Alpha, Bamby und Tidiane saßen bereits am gedeckten Tisch. Leyli warf ihre Handtasche auf das nächstbeste Regal und legte das Brot etwas zu heftig ab. Die drei Kinder betrachteten sie regungslos. Leyli war genervt. Nicht wegen ihres neuen Chefs, Ruben Liberos. Der war perfekt, erstaunlicher, überraschender und anscheinend freundlicher, als sie es erwartet hatte, aber auch verwirrend, vor allem, was das Mysterium der geheimnisvollen Zimmer betraf, die sie nicht putzen durfte. Nein, Leyli war nur deshalb gereizt, weil sie so spät nach Hause kam. Schuld waren die Staus, die sie nicht einkalkuliert hatte, der Bus, der durch einen Bezirk fuhr, in welchem alle Büros gleichzeitig schlossen, als müssten die Menschen nicht nur in den gleichen riesigen Orten leben und arbeiten, sondern auch noch alle zur selben Stunde nach Hause fahren.

Bamby blickte demonstrativ auf die Uhr über der Anrichte.

*19:37 Uhr.*

Leylis Tochter sah man die schlechte Laune gleich an. Ein »Guten Tag« kam ihr nicht über die Lippen. Und natürlich auch kein Lächeln. Ihre Miene war so kalt wie die einer Lehrerin, deren Schüler nach der Pause mit einer Minute Verspätung in die Klasse hastete.

»Tut mir leid, ich musste arbeiten«, entschuldigte sich Leyli.

Sie warf ihre Sonnenbrille in den Korb, setzte sich an den Tisch und goss Wasser in ihr Glas. Die Gläser ihrer Kinder waren bereits gefüllt.

»Tut mir wirklich leid«, wiederholte sie. »Heute war mein erster Arbeitstag. Ab 18 Uhr ist alles verstopft. Morgen rechne ich die Staus mit ein und gehe früher, mein Boss ist damit einverstanden.«

»Macht ja nichts«, sagte Alpha und brach gut ein Drittel vom Baguette ab.

Bamby allerdings blieb verschlossen. So ein hübsches Mädchen, dachte Leyli belustigt. Der Traum eines jeden Mannes. Und dennoch, sie bedauerte bereits den armen Jungen, der ihre Tochter, diesen niedlichen kleinen Drachen, letztlich verführen würde. Der hätte jedes Interesse daran, pünktlich zu sein … und vor allem dürfte er auf keinen Fall das Brot vergessen!

Leyli nahm sich von der Tajine mit Hühnchen und Couscous. Wie erwartet hatten die Kinder mit dem Essen schon angefangen, doch ihre Teller kaum angerührt. Genau genommen hatte Bamby nicht unrecht, auf ihre Mutter böse zu sein. Immerhin hatte Leyli dieses Ritual ins Leben gerufen und daraus eine unumstößliche Familientradition gemacht: Um Punkt 19:30 Uhr wurde gemeinsam zu Abend gegessen. Und zwar ohne, dass dabei der Fernseher oder das Radio lief.

Leyli hatte jeden Abend mit den beiden Großen kämpfen müssen, die immer etwas anderes vorhatten. Entweder mussten sie Hausaufgaben machen oder Freunde treffen. »Macht nichts, Mama, ich esse später und nehme mir aus dem Kühlschrank, was da ist.« Sie hatten geschimpft, Bamby noch mehr als Alpha, sie seien keine Babys mehr, auf eine Minute komme es doch wohl nicht an, es gebe ja schließlich auch unvorhergesehene Situationen, aber Leyli war standhaft geblieben und hatte die Oberhand behalten. Solange die Kinder nicht ihre eigenen Familien gründeten, traf sie als Mutter die Entscheidungen. Tagsüber konnten sie tun und lassen, was sie wollten, spät aufstehen, auch am Abend noch ausgehen, aber das gemeinsame Abendessen war Pflicht. Leyli kannte diese Familien zur Genüge, die sich nur noch zwischen Tür und Angel oder im Hausflur trafen, die nebeneinanderher lebten und nichts mehr teilten. Auch in Familien, in denen ein Papa anwesend war. Also meckert ruhig, meine Kinder, meckert jeden Abend, aber wir essen gemeinsam um 19:30 Uhr, weil Tidiane am nächsten Morgen früh zur Schule muss.

Ja, Leyli hatte nicht nachgegeben und gewonnen. Sie warf einen Blick über Tidianes Schulter in das Zimmer. Die Kleidung der drei lag überall herum. Tidianes Fußball war von einem Regal gefallen und unter das Fenster gerollt, das war sicher ein Windstoß gewesen, der auch den Blumentopf mit dem Ficus umgeworfen hatte. Natürlich hatte niemand den Dreck weggefegt. Leyli war in vielen Bereichen nachgiebig, vielleicht in zu vielen, doch hier hatte sie gesiegt: Die Familie Maal aß allabendlich zusammen, diskutierte, lachte und erzählte.

Doch heute war eher Schweigen angesagt.

Alpha kippelte auf seinem knarrenden Stuhl. Bamby stand wortlos auf und füllte den Wasserkrug.

Als hätte die Verspätung ihrer Mutter jegliche Fröhlichkeit zunichtegemacht. Eine fast ungesunde Ernsthaftigkeit war eingezogen. Und das alles wegen sieben Minuten? Leyli wagte kaum daran zu denken, wie ärgerlich sie auf noch kleinere Verspätungen der Kinder reagiert hatte. Sie allein hielt das Gespräch in Gang und erzählte von ihrem Tag. Familienessen wiesen eben deshalb diese magische Stimmung auf, weil es immer irgendetwas zu erzählen gab. Alpha sah sorgenvoll aus. Bamby wirkte müde, auch wenn sich nach und nach ihre Miene aufhellte. Was Leyli von Ruben Liberos berichtete, schien ihr zu gefallen.

»Und hat er dich wirklich ›kleine Sonnenprinzessin‹ genannt?«, fragte sie zwischen zwei Bissen. »Mama, das denkst du dir doch aus!«

Sie schien erstaunt, dass es derart viele Ibis-Hotels auf der Welt gab, dass man so einfach von einem gleichartigen Hotel zum nächsten reisen konnte, um dort zu übernachten, oder um es zu leiten. Mehrmals bemerkte Leyli, dass Bamby und Alpha sich ansahen. Daran war man bei den beiden Unzertrennlichen gewöhnt. Aber heute Abend lag noch mehr Komplizenschaft in ihren Blicken, so, als hätten sie ein gemeinsames Geheimnis. Oder als wäre ihre Verspätung nur ein Vorwand für Bambys Schmollen. Leyli war mit den Großen so beschäftigt, dass sie sich kaum an Tidiane wandte. Im Gegensatz zu seinen Geschwistern hatte er seinen Teller überhaupt nicht angerührt. Ein weiterer Punkt bei einem Familienessen war, dass alle das Gleiche aßen. Auch da war Leyli kompromisslos, vor allem, wenn das Gericht, vor dem Tidiane appetitlos saß, eine Hühnchen-Tajine war, die Oma Marème gekocht hatte. Tidiane stocherte mit der Gabel im bereits erkalteten Couscous, passte aber auf, nichts davon über den Tellerrand zu befördern, um seine Mutter nicht zu verärgern, doch er zeigte deutlich, dass die Grießkörner seiner Meinung nach genauso appetitlich waren wie Sandkörner.

»Tidiane, iss gefälligst deinen Teller leer! Oma hat den ganzen Nachmittag für dich gekocht.«

Leyli erzählte weiter, auch vom Vormittag und ihrem Besuch bei der FOS-IMMO und ihrer Hoffnung, dank des sympathischen Patrick oder Patrice – wie hieß er noch gleich? – eine größere Wohnung zu finden.

»Also wirklich, Mama, heute hast du tatsächlich nur hilfreiche Samariter getroffen«, meinte Alpha.

Bamby schaute an die Decke und betrachtete dann das Zimmer mit den vier Betten hinter ihrer Mutter, als wollte sie nochmals darauf hinweisen, dass sich an ihrer Misere nichts geändert hatte.

»Das Essen ist kalt, Mama.«

Tidianes Gabel war ihm ausgerutscht, und ein wahrer Sternenhimmel von Grießkörnchen hatte sich auf dem dunklen Tisch ausgebreitet. Das Hühnchen schwamm in einer Soße mit Rüben und Zucchini. In diesem Augenblick hatte Leyli gute Lust, Tidiane zu ohrfeigen. Immer der gleiche Zirkus bei jedem dritten Essen. Aber sie besann sich. Ihr Kind ohrfeigen? Das war völlig ausgeschlossen. Sie musste sich geduldig zeigen, immer wieder. Das war doch die Höhe! Warum mussten überlastete Mütter mehr Geduld haben als andere? Tidiane hatte sein Hühnchen noch nicht einmal angerührt, während Bamby bereits zum Nachtisch griff. Sie aß einen Naturjoghurt. Erst jetzt bemerkte Leyli, dass ihre Tochter ziemlich stark geschminkt war. Sie schien es auch viel eiliger als sonst zu haben, und im Nachhinein konnte sich Leyli die schlechte Laune ihrer Tochter wegen ihres Zuspätkommens erklären.

»Gehst du heute Abend aus?«

»Ja, ich bin mit Chérine verabredet. Wir gehen ins Happy Days. Dort machen die Pharmaziestudenten ein Fest.«

Bamby war eher brav gekleidet. Sie trug einen Rock im Westernlook, der ihr bis zur Wade reichte, und eine weiße, leicht dekolletierte Bluse, die ihre gebräunte Haut zur Geltung brachte, dazu ein Bandana in den Haaren und ihr Ebenholzdreieck um den Hals. Auch wenn sie vielleicht ein wenig zu stark geschminkt war, so würde ihre natürliche Schönheit sicherlich eine ganze Reihe von angehenden Pharmazeutinnen vor Neid erblassen lassen.

Sie beendeten ihr Abendessen kurz nach 20:00 Uhr. Bamby erhob sich sofort vom Tisch. Leyli entschuldigte sich bei Alpha. Sie hatte es aufgegeben, die Kinder zum Essen zu zwingen, und auch Tidiane erlaubt, aufzustehen.

»Ich bringe deinen Bruder ins Bett.«

»Okay, Mama, lass dir Zeit.«

Und das tat sie. Der zehnjährige Tidiane brauchte abends immer noch dieselbe Zeremonie wie ein Sechsjähriger, eine Minute zum Zähneputzen, aber zehn für eine Geschichte, zwei, um mit seinem Ball zu schmusen, bevor er ihn neben sich ins Bett packte, und noch eine schier unendliche Minute, um Küsschen und Gute-Nacht-Wünsche auszutauschen, auf die dann folgte: Mama, ich muss dir noch etwas sagen und Mama, ich habe etwas in meiner Schultasche für morgen vergessen oder Mama, komm doch noch mal zurück, bitte, nur ein einziges Mal.

Als Leyli das Zimmer eine gute Viertelstunde später verließ, war auch Alpha gegangen. Er hatte nicht einmal sein Gedeck abgeräumt. Nur noch ein leerer Teller, ein volles Glas und ein paar Brotkrumen waren an seinem Platz übrig.

Auf einmal fühlte sich Leyli einsam. Unendlich einsam! Sie spürte eine fast panische Angst.

Zum ersten Mal breitete sich an diesem Abend Stille in ihrer Wohnung aus. Sie schob die schlechten Vorahnungen beiseite.

Diese Vorahnungen quälten sie täglich, doch nie so stark wie heute Abend. Dieses Essen war das letzte gewesen. Das letzte, das sie mit all ihren Kindern eingenommen hatte.

Sie hätte gern das Radio eingeschaltet, um die Stille zu vertreiben. Doch dazu hatte sie keine Zeit.

War es Zufall? Von unten hörte sie Raï-Musik. Kamila! Die neidische Nachbarin aus dem sechsten Stock hatte die Anlage aufgedreht, sobald Alpha und Bamby das Haus verlassen hatten. Sie musste wohl ihre kleinliche Rache üben, als sie dachte, es sei nun Schlafenszeit für Tidiane.

Leyli zögerte, ob sie bei ihr klopfen, mit dem Fuß aufstampfen oder besser gar nichts tun sollte.

Nein, sie würde überhaupt nicht reagieren, so! Außerdem mochte sie Raï, und so laut war die Musik in ihrer Wohnung auch wieder nicht, während sie einem bei Kamila vermutlich das Trommelfell zerriss.

Sie wollte die Erde des Ficus aufkehren, bevor sie den Abwasch machte, als es an der Tür klopfte. Sofort blickte sie sich in der Wohnung um. Das Spülbecken voller Geschirr. Prospekte auf dem Wohnzimmertisch. Die unter der Bücherlast gebogenen Regale. Ihre Brillensammlung. Die Eulensammlung. Das Zimmer. Die herumliegenden Kleidungsstücke. Hastig suchte sie nach einem Detail, das sie vielleicht vergessen hatte, ein winziges Indiz, das sie verraten könnte.

Wer da klopfte, das wusste sie nicht. Es war auch egal.

Jedes Mal, wenn jemand bei ihr vorbeischaute, ergriff nur ein Gedanke, nur eine Furcht, nur eine zwanghafte Vorstellung von ihr Besitz.

Sie musste unter allen Umständen ihr Geheimnis wahren.

# 13

*20:31 Uhr*

Kommissaranwärter Julo Flores beobachtete, wie die Wellen, die vor seinen nackten Füssen im Sand versickerten, den rund dreißig Zentimeter entfernt stehenden Mokassins bedrohlich nah kamen. Der Abend war lau, der Sand kaum feucht, und der Mond leuchtete nur schwach. Er ließ sich von der Ruhe der beginnenden Nacht einhüllen. Am liebsten arbeitete er am späten Abend. Er verließ die Wache immer als Letzter, und das nie vor 19 Uhr. Petar hingegen war dann schon seit zwei Stunden fort und bei Nadège, seiner Lieblingsfriseurin, einer hübschen weißblonden Frau von etwa fünfzig Jahren. Julo hatte nach dem Dienst auf dem Weg zum Strand noch ein wenig getrödelt und war die endlos langen Avenuen des 11-Janvier und des 2-Mars entlanggelaufen, um einen Kebab aufzutreiben. Diese Straßennamen mit Gedenkdaten an ihm unbekannte Ereignisse hatten ihn schon immer verwirrt, ebenso wie die mit den Namen anonymer Helden, vergessener Minister, erschossener Widerstandskämpfer oder aus der Mode gekommener Schriftsteller. Danach war er der Mauer längs der Avenue de la Résistance bis zum Meer gefolgt. Dort hatte er sich, schon im Dunkeln, an den Strand gesetzt und die Aussicht auf die Festung genossen, die der Lichtstrahl des Leuchtturms mit der Regelmäßigkeit eines Metronoms erhellte.

Julo liebte diese leicht melancholischen Augenblicke der Einsamkeit. Eine Einsamkeit, die nicht ganz der eines gedankenversunkenen Poeten oder eines Gärtners glich, eher einer Mischung aus beiden – das Herz des Künstlers und die Geschicklichkeit des Handwerkers. Julo war gern allein, aber er musste etwas zu tun haben. Er sonderte sich ab, um innerlich zur Ruhe zu kommen, besser zu überlegen, Theorien aufzustellen und seinen Gedanken freien Lauf lassen zu können.

Nachdem er den Kebab aufgegessen, die fettige Verpackung in die nächste Mülltonne geworfen und eine Wasserflasche zwischen die Knie geklemmt hatte, fuhr er sein Tablet hoch.

Am Strand herrschte Stille. Julo hatte immer davon geträumt, die Frau fürs Leben so kennenzulernen: bei einbrechender Dunkelheit auf einer Parkbank, mit einem Buch in der Hand. An egal welchem abgeschiedenen Ort. Wie er wäre auch sie ein Einzelgänger. Eine Frau, die etwas von einem späten Mädchen hätte, mit einer ganzen Reihe eher charmanter Marotten, die ihm vor allem garantierten, dass sie seine Junggesellengewohnheiten – wie zum Beispiel beim Frühstück, Mittag- und Abendessen den Laptop auf den Knien zu haben – ebenso akzeptierte wie er ihre Eigenheiten.

Ob es solche Frauen überhaupt gab?

Diese eine Besondere jedenfalls bestimmt nicht!

Auf dem Bildschirm tauchte das Facebook-Profil von Bambi13 auf. Julo nahm sich Zeit, nochmals jedes einzelne der circa dreißig Fotos zu studieren, die in den letzten Monaten gepostet worden waren. Die meisten stammten aus der Zeit, bevor sie mit François Valioni Kontakt aufgenommen hatte. Selbst nach sorgfältiger Betrachtung kam er nicht hinter das Geheimnis der Doktorandin. Er fand keinerlei Anhaltspunkte, weder an der Kleidung noch beim Schmuck, und sie hatte keine Tattoos oder sonstige Erkennungsmerkmale.

Als er zum ersten Mal *Bambi* in den Suchlauf eingegeben hatte, war er auf Tausende Ergebnisse gestoßen und Hunderte von

Facebook-Seiten, manchmal auch Bamby geschrieben. Allein im Departement Bouches-du-Rhône gab es Dutzende von Webadressen für Bambi oder Bamby. Insbesondere waren es die Namen von Haustieren, aber auch von Mädchen, Künstlern und Firmen. Was konnte er aus diesem Pseudonym ableiten, das vielleicht absichtlich auf eine falsche Spur führen sollte?

Am Strand zeichnete sich im Mondschein eine Gruppe Jugendlicher ab, die sich lachend und einen Fußball kickend näherte. Zumindest die Jungs. Aber der Fußball war nur ein Vorwand, um mit den Mädchen zu flirten und sie zu umgarnen.

Eine falsche Fährte?, fragte sich Julo und betrachtete weiterhin die Fotos von Bambi, eines aufreizender als das nächste. Er versuchte nachzudenken, ohne sich von der wie Karamell schimmernden Haut der Mestizin ablenken zu lassen. Vergebliche Liebesmüh! Sein Blick blieb an Bambi13 hängen. Auf dem Bauch ausgestreckt, das Gesicht unter einem Strohhut verborgen, bot sie die hübsche Rundung ihres Nackens und ihre perfekten Körperformen dar. Schnell ein anderes Foto … In Gedanken stürzte sich Julo in den Pool eines Superhotels: ein Mojito im Vordergrund, die Lehnen eines Liegestuhls im Hintergrund und zwei nackte, gebräunte Beine, die in dieser Perspektive unendlich lang erschienen. Und noch ein Foto! Julo betrachtete die Kurven einer feingliedrigen Gestalt, die sich wie ein Schattenbild am Strand abzeichnete. Die Hände zu einer Schale geformt, schien sie den ins Meer stürzenden brennenden Sonnenball am Horizont aufzufangen.

Je mehr er die Bilder anstarrte, umso unkonzentrierter wurde er. Aber die Ursache war nicht dieses Mädchen, sondern eher das Drumherum. Irgendetwas stimmte mit diesen Fotos nicht.

# 14

*20:33 Uhr*

»Ich muss jetzt leider aufhören, mein Liebes.«

Skype zu schließen war fast noch schwieriger, als einen Telefonhörer aufzulegen. Wer wagte es, als Erster die Kamera abzuschalten, sich vorzubeugen und den Gesprächspartner gegen einen schwarzen Bildschirm einzutauschen?

Jean-Lou überließ Blandine diesen Part. Als wollte er ihr die Last der Stille und die Verantwortung für die Entfernung aufbürden. Jean-Lou hatte instinktiv die Geschenke unter den Couchtisch geschoben, damit seine Frau sie nicht über die Webcam sehen konnte. Zwei große Tüten mit hochwertigen Produkten von L'Occitane aus der Provence. Gesichtspflegeprodukte, ein Parfum und Raumdüfte. Blandine liebte insbesondere die Aromen von Lavendel und Angelikakraut. Seit fast zwanzig Jahren lebten sie nun schon in Straßburg, aber Blandine trauerte noch immer ihren Jahren in Marseille nach, als Jean-Lou dort für *Vogelzug* gearbeitet hatte. Es war die Zeit gewesen, in der er um die ganze Welt gereist war. Die Zeit vor Jonathans Geburt.

Seit er bei *SoliC@re* angestellt war, hatte Jean-Lou kaum noch Gelegenheit, nach Marseille zurückzukehren. Er lehnte nach Möglichkeit alle Reisen ab, die seine Position als Verkaufsdirektor eigentlich verlangte, er verschob, delegierte und kommunizierte stattdessen lieber per Mail oder Chat. Doch diesmal hatte er den Kongress der Firmenleiter nicht umgehen können. Deshalb würde er mit Koffern voller Geschenke aus der Provence nach Straßburg zurückkehren. Für Jonathan hatte Jean-Lou ein Miniatur-Flugzeug ausgesucht, ein Modell des A380. Jonathan war einundzwanzig. Er liebte diese Art Spielzeug. Jonathan hatte das Down-Syndrom. Blandine und er waren sich damals nicht einig gewesen, ob sie das Kind behalten sollten. Blandine war gegen eine Abtreibung gewesen, und ihre ganze stockkatholische Familie hatte hinter ihr gestanden. Jean-Lou war dafür gewesen, denn er wusste, dass es mit einem kranken Kind unmöglich war, ihr komfortables und unkonventionelles Leben so weiterzuführen. Sie waren bis dahin ein ungebundenes Liebespaar gewesen.

Zwanzig Jahre später konnte Jean-Lou sich nicht einmal mehr vorstellen, wie ihr Leben vorher gewesen war, in den Hotels und während der feuchtfröhlichen Abende mit den Kollegen von *Vogelzug*. Jonathan hatte ihn vollständig umgekrempelt. Als wäre das ganze Elend der Welt in diesem unschuldigen jungen Mann vereint, der fünfzig Kilo wog und für den Jean-Lou die ganze Verantwortung trug. Die Zeiten, als er durch die Welt gereist und irgendwelchen Träumen nachgejagt war, waren vorbei. Man brauchte ihn. Jeden Abend. So einfach war das. Jonathan war sein ganzes Leben. Ebenso wie sich Jonathans Leben ausschließlich auf Blandine und ihn konzentrierte.

Jean-Lou starrte noch eine Weile auf den schwarzen Bildschirm und hob dann den Blick. Die Fenster des großen Salons des Radisson Blu gingen direkt aufs Meer hinaus. Das war das einzig Originelle an diesem anonymen Hotel mit seinem kalten Luxus, in dem er zwei Nächte verbringen musste. Für eine Weile betrachtete er die Schiffe, die im alten Hafen kreuzten. Blandine anzurufen und zu sehen, mit Jonathan zu sprechen, hatte ihm wirklich gutgetan. Eine Pause, um frischen Mut zu tanken und sich nicht selbst zu verlieren. Er war nur knapp an der größten Dummheit seines Lebens vorbeigeschlittert.

*Sein Sohn heißt Jonathan.*

*Er hat das Down-Syndrom. Das hat er gerade erfahren.*

*Jean-Lou ist nett, viel netter als die anderen. Weicher, zärtlicher. Anders.*

*Aber er zahlt, wie die anderen auch. Wie alle anderen hat auch er eine Frau. Das verheimlicht er, und er vergewaltigt mich – wie die anderen.*

*Er ist hinterhältiger. Noch feiger als die anderen. Er liebt mich nur, weil ich ihn nicht sehen kann.*

*Weil ich ihn nie wiedererkennen könnte.*

Vom anderen Ende des Salons aus schenkte ihm ein Mädchen, das an einem Drink nippte, ein komplizenhaftes Lächeln. Sie trug einen engen Rock und eine hochgeschlossene Bluse, die tiefschwarzen Haare waren zu einem Knoten aufgesteckt.

Sie stieg von ihrem Barhocker, nahm ein zweites Glas und den Sektkühler, bevor sie sich Jean-Lou selbstbewusst näherte.

Das musste Faline sein.

Hübsch, sehr hübsch.

Feingliedrig, rassig, kess.

Sehr viel weniger schüchtern, als es die Mails, die sie seit einigen Wochen austauschten, vermuten ließen. Faline war im fünften Monat schwanger. In der neunten Schwangerschaftswoche hatte man bei ihrem Fötus das Down-Syndrom festgestellt. Jean-Lou war der Präsident des französischen Hilfswerks für Down-Syndrom-Kinder: *T21*. Faline hatte ihn über seine private E-Mail-Adresse kontaktiert. Es folgte ein reger Austausch. Ein kleiner Flirt ohne Konsequenzen, bis ihm Faline ein Treffen vorgeschlagen hatte. Endlich. Tatsächlich …

Sein Aufenthalt im Radisson Blu war die erste Geschäftsreise, die er seit Monaten unternahm. Er hatte Faline gefragt, ob sie sich dort mit ihm treffen wolle, und die Einladung sofort bedauert. Doch dann hatte er sich beruhigt. Es würde ja nichts weiter passieren, sie würden nur gemeinsam ein Glas trinken. Es war ein Test. Ein Test, um sich seine Liebe zu Blandine zu beweisen, ebenso wie die Unüberwindbarkeit der Mauer, die Blandine und er um Jonathan errichtet hatten.

Er sog den Duft des Parfums Arlésienne von L'Occitane ein und konnte Blandine fast spüren. Doch der Patschuli-Geruch von Faline übertönte das Bukett der Provence mit einer Penetranz, die ihm missfiel.

»Ich habe, wie abgemacht, eine Flasche Champagner und zwei Gläser geordert.«

Sie stellte alles auf den Tisch und setzte sich in den niedrigen Sessel ihm gegenüber. Sie schlug die Beine übereinander. High Heels. Seidige Schenkel. Was hatte ihn nur dazu bewogen, diese dreißig Jahre jüngere Frau einzuladen? Wie wurde er sie bloß wieder los? Betrachtete er sie eingehender, so war sie doch nicht so hübsch. Viel zu stark geschminkt. Zu selbstsicher. Wahrscheinlich war sie daran gewöhnt, Jungen in ihrem Alter mit ihrer engen, sexy Kleidung den Kopf zu verdrehen.

»Alles in Ordnung?«, fragte Faline.

»Ja ...«

Jean-Lou war nett, das sah man ihm gleich an. Das sagte jeder. Als würde keiner bemerken, dass diese Nettigkeit nichts als höfliche Heuchelei war.

Sie tauschten ein paar Belanglosigkeiten aus und tranken nach und nach und mit langen Gesprächspausen ihre Gläser aus.

»Tut mir leid«, gestand Jean-Lou, »ich bin in Wahrheit nicht so gesprächig wie per Mail. Ich fürchte, mich ein wenig zu weit aus dem Fenster gelehnt zu haben und ...«

Faline legte einen Finger auf seine Lippen.

»Still. Sagen Sie nichts. Lassen Sie uns nicht über die Vergangenheit sprechen, sondern lieber über die Zukunft.«

»Die Zukunft?«

»Soll ich sie Ihnen vorhersagen?«

Jean-Lou stellte überrascht sein Glas ab, während Faline einen kleinen Stoffbeutel aus ihrer Tasche zog, der zehn Muscheln enthielt.

»Meine Mutter hat mir das Weissagen beigebracht. Das ist eine Tradition in Mali.«

Sie warf die Muscheln wie Würfel auf den Tisch. Alle hatten die gleiche, abgerundete Form mit einem Durchmesser von weniger als drei Zentimetern und waren in der Mitte geschlitzt wie eine aufgeschnittene Aprikose. Manche waren weiß und perlmuttglänzend, die anderen schillerten kaum merklich rosa, bläulich und grünlich. Aus diesen kaum wahrnehmbaren Farbnuancen schien Faline die Zukunft ablesen zu können.

Sie wollte Jean-Lous Hand nehmen, aber er zog sie weg.

»Ich sehe«, begann sie, »eine Arbeit, die Sie immer weniger interessiert. Routine. Langeweile. Immer mehr Verantwortung. Es ist, als hätten Sie große Verantwortung, die sich vor ihnen auftürmt, wie ein Stapel ungeöffneter Briefe …«

»Reden Sie nur weiter«, sagte er etwas spöttisch. »Sie müssen sich schon mehr einfallen lassen, wenn Sie mich beeindrucken wollen.«

Faline lächelte.

»Geben Sie mir Ihre Hand, Jean-Lou!«

»Nein …«

»Dann fällt die Weissagung nicht sehr präzise aus.«

»Woher wissen Sie denn, dass ich das möchte?«

Sie zwinkerte ihm zu, was er vulgär fand, dann trank sie ihr Glas Champagner aus und fuhr fort.

»Ich sehe auch eine Frau. Ihre Frau. Sie lieben sie. Das ist offensichtlich.« Faline betrachtete die anderen vor ihr liegenden rosa Muscheln. »Sie sind eng verbunden, sehr eng. Nie waren Sie einander näher. Und dennoch …«

Sie schwieg eine Weile. Jean-Lou hielt sich mit Mühe zurück, ihr die Hand hinzustrecken, die sie gern ergriffen hätte. Er wartete ab, während sich ihr Blick auf eine grünliche Muschel richtete.

»Und dennoch, Jean-Lou, Sie erwarten etwas. Irgendetwas Zufälliges, das mit Ihrer Vergangenheit zu tun hat und allem, was Sie hinter sich gelassen haben. Ein Faden, der Sie mit gestern verbindet, ohne Ihr aktuelles Leben infrage zu stellen, etwas, das Sie zu einem ausgeglichenen Mann macht. Sie wollen nicht mehr derjenige sein, der sich ständig opfert.«

Nun trank auch Jean-Lou sein Glas in einem Zug aus, und er hätte am liebsten geklatscht.

»Gut gemacht. Hut ab. Wirklich gut.«

Mit den Fingerspitzen schob er die Muscheln durcheinander und ließ dann seine Hand auf dem Tisch liegen. Faline ergriff sie wie ein fürstliches Trinkgeld.

»Ganz ausgezeichnet, Faline. Sie haben auf ganzer Linie recht. Aber ich will Ihnen gegenüber ehrlich sein. Über die Brücke, die Sie mir bauen, werde ich nicht gehen, und den Faden werde ich nicht ergreifen.«

In Falines Augen spiegelte sich Verwirrung wider. War sie beleidigt?

Je eingehender Jean-Lou sie betrachtete, umso weniger erkannte er das junge, schwangere, furchtsame und verletzliche Mädchen wieder, mit dem er korrespondiert hatte. Keine Spur von Verzweiflung. In ihren Gesten lag nichts Hilfesuchendes. Da war nur Stolz auf hohen Hacken.

»Jetzt werde ich etwas tun, was gar nicht meine Art ist. Ich will mal ganz ehrlich sein. Direkt, vielleicht sogar grausam. Heute Abend schlafe ich allein. Auch morgen Abend. Ich betrüge meine Frau nicht. Wenn unser schriftlicher Austausch zweideutig war, so tut es mir leid. Aber ich habe überhaupt keine Lust auf Abenteuer. Das hat nichts mit Ihnen zu tun, Faline.«

Belustigt sah Faline ihn an. Jede Spur von Enttäuschung schien augenblicklich verschwunden.

»Bravo, Jean-Lou. Bravo! Sie haben den ersten Test mit Bravour bestanden. Aber … aber ich bin nicht Faline.«

»Wie bitte?«

Die junge Frau drückte Jean-Lous Hand und richtete sie auf eine Ecke des Salons, in der ein in ein Buch vertieftes Mädchen saß. Sie trug einen langen Westernrock und eine weiße Spitzenbluse. Der einzige Schmuck bestand aus einem schwarzen Dreieck um ihren Hals. Ihr Haar war unter einem eleganten Tuch in Herbstfarben verborgen.

»Ich … Ich bin nur ihre Freundin … Faline ist sehr scheu. Sie hat kein Selbstvertrauen. Und vor allem hatte sie Angst, Sie könnten ein ausgemachter Aufreißer sein.«

Sie ließ Jean-Lous Hand los, die nun in der Luft schwebte und weiterhin in die Richtung der jungen Frau mit dem Kopftuch wies. Sie wandte ihm den Kopf zu und schaute ihn über die Schulter hinweg an. Es war nicht nur die Kopfhaltung, die Jean-Lou sofort an das Mädchen mit dem Perlenohrring erinnerte, und auch nicht das Tuch, das ihr Haar verdeckte. Es waren ihre Augen. Riesige, glühende Augen.

Das ganze Elend der Welt lag in diesem flehenden Blick.

# 15

*20:45 Uhr*

Julo brauchte eine Weile, um zu verstehen, was ihn an den Fotos auf der Facebook-Seite von Bambi13 störte. Er ließ sich vom Geräusch der Wellen einlullen und den Sand durch seine Finger rieseln. Dann klopfte er sich ausgiebig die Hände ab und wandte sich wieder seinem Laptop zu.

Es gab da eine Auffälligkeit, die ihn irritierte.

Auf den meisten ihrer Fotos war unten angegeben, wo die Bilder aufgenommen worden waren. Bodrum in der Türkei. Auf der Kanareninsel Lanzarote. Santo Domingo in der Dominikanischen Republik. Lampedusa bei Sizilien. Ngapali in Myanmar. In der Hauptsache schier unerschwingliche Reiseziele. Doch alle diese paradiesischen Orte für reiche Touristen befanden sich in der Nähe der größten Flüchtlingslager der Welt. Zufall oder eine raffiniert ausgetüftelte Falle? Bambi13 hatte sich als Studentin und Fürstreiterin der Menschenrechte ausgegeben, als militante Weltenbummlerin, die sich über die schreckliche Armut der Familien in diesen Todeslagern entrüstete … Und dennoch zeigten die Bilder eine gedankenlose Jetsetterin. Waren diese beiden Rollen miteinander vereinbar?, fragte sich Julo. Empathie für die Misere der Welt auf der einen Seite und unbekümmerter Urlaub auf der anderen? Sicherlich. Eigentlich war dies die allgemeine Haltung aller Touristen auf der Suche nach Sonnenschein und Exotik.

Julo streckte seine Beine im Sand aus und versuchte sich zu konzentrieren. Bei näherer Betrachtung war es nicht wirklich dieser Gegensatz, der ihn an den Fotos störte. Seine Fragestellung war viel konkreter, als diese philosophischen Betrachtungen vermuten ließen. Bambi13 war keine Doktorandin der Anthropologie!

Sie hatte François Valioni gegenüber behauptet, diese Reisen seien im Rahmen ihrer Doktorarbeit von ihrem Forschungslabor bezahlt, und sie sei von internationalen Universitäten eingeladen worden. Doch das waren Hirngespinste! Bambi13 stammte aus einer Immigrantenfamilie. Wie also hätte sich eine junge Frau in ihrem Alter innerhalb von nur sechs Monaten so viele und so teure Reisen leisten können?

In Julos Augen war Bambi13 kein superreiches, von einem Ölmagnaten-Papa verwöhntes Mädchen. War die Zahl 13 hinter ihrem Pseudonym Grund für seine Iritation? Was sagte diese Zahl aus? 13 war die Nummer des Departements Bouches-du-Rhône. Ihm fiel Marseille ein und die Töchter von afrikanischen Immigranten, die eher zum Putzen als zum Übernachten in die Luxushotels kamen. Vielleicht konnte er sich des Eindrucks nur aufgrund ihres Blicks in die Überwachungskamera nicht erwehren. Er spiegelte Herausforderung und Resignation wider und deutete auf eine Frau hin, die entschlossen einen Weg fortsetzte, den sie gar nicht gewählt hatte. Und er hatte sich tief in sein Herz gegraben. Dieser Blödmann von Petar Velika hatte mit seiner Friseursalon-Psychologie ganz recht. Ihr Augenausdruck hatte ihm weit mehr imponiert als die Kurven des gebräunten Körpers der Unbekannten ohne Gesicht. Nicht zu vergessen das Tuch mit den diskreten Eulenmotiven, die so gar nicht zu einem islamischen Kopftuch passten.

Das Meer verschlang noch ein paar Zentimeter Strand. Julo rückte weiter nach hinten, ohne den Bildschirm aus den Augen zu lassen. Jetzt öffnete er eine weitere Webseite. Vor dem Verlassen der Wache hatte er schnell noch über Eulen recherchiert. Die Vielschichtigkeit der Symbolik dieser Raubvögel hatte ihn erstaunt. Je nach Interpretation war die Eule entweder ein Glücks- oder ein Unheilbringer. Sie galt als Symbol für Weisheit und war in der griechischen Mythologie der Göttin Athene zugeordnet. Intelligent, hellsichtig, scharfsinnig und schlau. Doch wurde die Eule auch Dämonen und Hexen zugeordnet und war die Verkünderin des Todes. Aber vor allem war sie ein Nachttier. Am Tage verborgen und blind, flog sie erst bei Einbruch der Nacht aus, um Beute zu jagen. Sie überraschte ihre in der Dunkelheit verlorenen Opfer, in der sie als Einzige sehen, riechen und hören konnte. Die Eule tötete ihre Feinde in der Finsternis. Es hieß, ihr Schrei kündige den Tod eines schlafenden Familienmitglieds an. Ein weiterer Zufall? Die Parallele zum Mord an Valioni war offensichtlich. Zu offensichtlich?

In einiger Entfernung hatten die jungen Leute ihre Kleidung abgelegt, um schwimmen zu gehen. Ihr Kreischen hatte nichts Unheilbringendes, aber es störte Julo beim Nachdenken. Fast immer, ärgerte er sich, mussen Teenager Krach machen, ob in der Disco oder anderswo. Sie mussten pfeifen, hupen und zu laut lachen. Bei seinem Bedürfnis nach Ruhe würde er wohl nie eine Freundin finden!

Oder gab es für ihn nur eine alte Nachteule mit Brille?

Das genaue Gegenteil von Bambi.

Als er über sie nachdachte, vergaß er ganz, die Zahl 13 hinzuzufügen. Es war schon sonderbar, aber dieser Name, Bambi, war ihm irgendwie so vertraut, als hätte er ihn erst kürzlich irgendwo gehört. Sogar vor sehr kurzer Zeit!

Das war doch albern. Er verscheuchte diesen Gedanken, und während er den Computer zuklappte, dachte er an das, was sein Chef vorhin im Büro gesagt hatte. ›Wenn man das Gesicht von der

Überwachungskamera auf den traumhaften Körper dieser Möchtegernstudentin klebt, reichten ihre Reize vielleicht aus, um den Globetrotter Valioni davon zu überzeugen, sie bis ans Ende der Welt mitzunehmen.‹

Petar hatte es richtig erkannt.

Auch Julo war, wie Valioni, dem Charme dieses sonderbaren Mädchens erlegen.

Auch wenn alles darauf hinwies, dass sie eine Mörderin war.

Und schlimmer noch! Auf einmal hatte Julo diese merkwürdige Eingebung:

Sie würde weiter morden.

Der Kommissaranwärter erhob sich und warf einen letzten Blick auf die Jugendlichen. Ein wenig weiter entfernt, hinter dem Leuchtturm und der Festung, bewegte sich ein kleiner roter Punkt. Sicher ein Fischerboot, das in den Hafen einlief.

## 16

*21:13 Uhr*

Alpha verfolgte den roten Lichtpunkt mit den Augen, bis er immer größer wurde und sich in sieben kleine rote Lichter teilte, Lampen, die an der Reling eines Fischerboots befestigt waren. Er wartete noch gute zehn Minuten, bis die Schaluppe vor der Mole auftauchte und sich zum Anlegen bereitmachte. Eine lange, selbst gedrehte Zigarette zwischen den Lippen steuerte der Fischer das Boot mit einer Hand. Der Mann warf Alpha, der wie angewurzelt am Anlegesteg stand, das Tau zu.

»Da Allah dich für mich hierher bestellt hat, mach mal die Leine fest!«

Alpha hob das Tau an und fand es extrem schwer. Dann richtete er sich auf und las den Namen des Boots auf dem Rumpf.

*Arax.*

Es war das Schiff, das er suchte.

Der Fischer hatte sich an die verrostete Kabinentür gelehnt und schien den Augenblick zu genießen, in dem er den Zigarettenrauch ausstoßen konnte, ohne ihn gleich wieder ins Gesicht zu bekommen. Auf eine Diskussion schien er erst einmal nicht erpicht. Alpha analysierte die wenigen Details, die er im Dämmerlicht der einzigen Laterne am Kai ausmachen konnte. Auf dem rechten Arm des Rauchers meinte er das Tattoo einer Taube zu erkennen. Am Bug und der Kabine sah er ein aufgemaltes Schiff in Schräglage über einem Gebirge. Sonderbar. Vielleicht die Arche Noah?

»Kommen Sie aus Armenien?«, fragte Alpha.

Der Fischer sah ihn unfreundlich an und spuckte seine Kippe mit erstaunlichem Geschick in die wenigen Zentimeter, die den Schiffsrumpf von der Anlegestelle trennten.

»Es verrotten schon einige auf dem Grund des Kaspischen Meeres, die mich Harmloseres gefragt haben. Ich bin Kurde, mein Kleiner, sieht man das nicht?«

Er öffnete sein Hemd, unter dem zwischen der Brustbehaarung das Tattoo einer Fatima-Hand sichtbar wurde.

»Wir sind am Fuß des Bergs Ararat geboren und daher alle Nachfahren Noahs! Deshalb leben wir im Exil. Damit sich die Menschheit auf Erden vermehre, fruchtbar sei und sich ausbreite. Ich sage dir das, um mein verdammtes Hin- und Herfahren auf diesem verflixten Meer zu erklären.«

Während des Monologs des Fischers zog Alpha das Seil noch

fester und ließ dabei herausfordernd seine Muskeln spielen. Dann richtete er sich zu seiner vollen Größe auf. Sein Kopf reichte bis zur Kabine.

»Savorgnan schickt mich.«

Der Kurde hatte sich bereits die nächste Zigarette angezündet. Offenbar hatte er sich auf See eine ganze Reihe im Voraus gedreht.

»Kenne ich nicht.«

»Eine Gruppe von Beninern. Die haben Sie vor zwei Monaten mitgenommen. Einen Musiker, einen geschwätzigen Agraringenieur und einen Typen mit fetter Narbe ...«

Der Fischer blickte sich im menschenleeren Hafen um, als fürchtete er, dass ein indiskreter Zuhörer diese Aufzählung mitbekommen könnte.

»Okay, okay, ich erinnere mich an diese Kreuzfahrt. Wer hat dir von meiner Arche erzählt?«

»Dieselben ... und noch andere Freunde.«

»Und was haben sie über mich gesagt?«

»Dass Sie zuverlässig sind.«

Gerührt nahm der Kurde einen langen Zug von seiner Zigarette.

»So ist das halt ... Wenn man jemandem einen Gefallen tun kann ... Ich bin zu spät geboren worden, um im Krieg als Schlepper zu arbeiten. Verstehst du, so wie diese Schäfer, die den Zigeunern oder Juden geholfen haben, in die Schweiz zu entkommen. Also tue ich eben jetzt, was ich kann.« Er schlug mit der Faust gegen die verrostete Kabinentür, um die Stabilität des Boots unter Beweis zu stellen. »Jedenfalls sind die Flüchtlinge auf der *Arax* sicherer als auf einer schwimmenden Luftmatratze.«

Savorgnan hatte Alpha den Preis für eine Überfahrt mit der *Arax* genannt. Zwischen zweitausend und fünftausend Euro. Etwa so viel wie für einen Flug in der Business-Class mit Emirates, doch hütete Alpha sich, diesen kleinlichen Vergleich anzubringen.

»Das finde ich auch«, meinte er. »Unseren Brüdern bei der Ausreise zu helfen, ist eine Pflicht, kein Verbrechen.«

Der Kurde lächelte misstrauisch.

»Deine Brüder, deine Brüder! Okay, du bist schwärzer als ich, aber ich kenne ein paar von deinen Brüdern, die skrupellos ihre kleinen Brüder im Süden der Sahara verdursten lassen.«

Alpha schüttelte bedächtig den Kopf, um zu zeigen, dass er ihm nach reiflicher Überlegung beipflichtete.

»Ich habe einen Plan«, fuhr Alpha schließlich fort, »ein Hilfs-Netzwerk für unsere Brüder. Ein ganz simpler und sicherer Plan. Ich weiß von zu vielen, die umgekommen sind, und ...«

Der Bootsführer ließ ihn nicht ausreden.

»Mach dir keine Mühe, ich kenne das Lied, ›mit mir kommst du sicher im richtigen Hafen an‹. Das ist der Spruch aller Schlepper. Also erspare mir dein Gefasel. Zerbrich dir darüber nicht den Kopf, wir sind nichts weiter als Skipper. Wir sind nicht verantwortlich, weder für diejenigen, die krepieren, noch für die Überlebenden. Wir sind weder Helden noch Schweine. Wir machen einfach nur unseren Job.«

Bevor er weitersprach, kicherte er, um zu verstehen zu geben, dass er den Witz öfters brachte:

»Ich bin nicht sicher, ob man dem Lokführer vom Zug nach Auschwitz den Prozess gemacht hat.«

Noch vor einer Minute war der Mann ein Widerstandskämpfer gewesen. Daraus schloss Alpha, dass der Kurde in Geschichte nicht gerade bewandert war. Der Fischer schwieg und räumte die Fischkisten auf.

»So ist es«, beharrte Alpha. »Ich will deinen Chef sprechen, den, der deine Ladungen organisiert.«

Der Nachfahre Noahs streute Eis und Salz auf die Goldbrassen und Sardinen.

»Ich habe ihm einen Plan zu unterbreiten«, insistierte Alpha. »Damit kann man eine Menge Geld verdienen. Viel mehr als mit deiner Nussschale. Ich habe ein ganzes Netzwerk im Süden der Sahara, jede Menge Verbindungen und vor allem eine Idee, die noch niemand zuvor hatte.«

Alpha richtete sich auf und verdeckte den Lichtstrahl der Laterne. Der Kurde stand im Schatten, ängstlich wie ein Raubtier bei einer Sonnenfinsternis.

»Weißt du was, Junge«, versuchte er ihn abzuwimmeln, »es gibt schon jede Menge Netzwerke. Und vor allem, da sind ein paar Monopole, an denen man besser nicht rührt.«

Alpha richtete seine Zwei-Meter-Gestalt noch höher auf, so dass er einen noch größeren Schatten auf die vertäute *Arax* warf und das Bild der Arche so verdeckte, dass die tätowierte Taube glatt Gänsehaut bekam.

»Lass mal die Konkurrenz meine Sorge sein. Du sollst nur deinen Verantwortlichen für die Ladungen, deinen Logistikdirektor oder Lagerverwalter – wie immer du ihn nennst – anrufen und ihm sagen, dass ich ihn morgen treffen will. Mittags.« Alpha machte eine Pause. »Cité de l'Olympe, am Fuß des Orangenbaums, Ecke Avenue Pasteur und Avenue Jaurès. Er kann sich nicht vertun. Ein dickes Geschäft. Wenn er auch etwas davon abhaben will …«

Der Kurde ging vorsichtshalber zu gleichgültigem Schweigen über. Er sortierte die halb toten Fische in den Kisten. Paarweise. Wie ein etwas dümmlicher Noah, der auch noch sämtliche Fische retten wollte.

»Okay«, lenkte er dann ein, »ich rufe ihn an. Letztendlich sollte man Berufungen unterstützen.« Er musterte Alpha und spuckte seine Kippe in die Algen, die an Deck herumlagen. »Außerdem, alles, was ich riskiere ist, dich – zusammengeschnürt wie eine Wurst – irgendwann vom Meeresboden zu hieven. Das gefundene Fressen für die Drachenkopffische.«

## 17

*21:24 Uhr*

Tidiane schreckte schweißgebadet hoch. Sein Herz klopfte wie wild. Er war überrascht, Licht hinter den Fensterläden zu sehen.

Einen Augenblick zuvor war er noch blind gewesen, war mit vorgestreckten Händen durch ein Labyrinth voller Sackgassen geirrt und hatte sich nur dann orientieren können, wenn er mit Schienbein, Fingern oder dem Kopf gegen Mauern gestoßen war. Anfangs hatte er eigentlich nur seinem Marokko-Afrika-Cup-2015-Ball bis zum Gully nachlaufen wollen, hätte ihn fast erwischt, war ihm dann aber gleich hinterher in das schwarze Loch des Abwasserkanals gestürzt.

Aber er lebte. Er konnte sehen.

Ein Licht am Ende des Tunnels zog ihn magisch an.

Die goldenen Früchte!

Hier also lag der Schatz, hier also befanden sich die goldenen Früchte, die dem Riesen Atlas gehörten. Am Himmel zogen zehn Rösser den Sonnenwagen, so beladen wie ein Mercedes-Benz am Markttag. Mit Kisten voller goldener Früchte. Tausende von Sonnen. Er wollte nach einer Frucht greifen. Sein Finger berührte sie sogar, zumindest glaubte er das.

Und plötzlich versank alles in Finsternis.

Er riss die Augen auf, konnte aber nichts mehr sehen. Dann rannte er los, durch nicht enden wollende Gänge. Vielleicht war er gar nicht blind. Vielleicht schien draußen noch die Sonne. Vielleicht war gleich hinter der Tür Licht. Vielleicht würde er sich bald nicht mehr stoßen, nicht mehr leiden, weinen und das Blut, seine Wärme und seinen Geschmack spüren, wobei er nicht einmal wusste, ob es rot war.

Vielleicht.

Dann hatte er den Ruf der Eule gehört.

Tidianes Herz schlug jetzt nicht mehr ganz so wild. Den Ruf hatte er wirklich gehört, nicht nur in seinem Traum. Da war er sich ganz sicher.

Unter seinem Fenster. Dieser Ruf hatte ihn geweckt. Und gerettet!

Tidiane blieb lange regungslos auf dem Bett sitzen und drückte seinen Fußball an sich.

Alles war nur ein Traum gewesen, nichts als ein Traum. Sein Fußball war ja noch da!

Am liebsten hätte er »Mama« geschrien, aber er hielt sich zurück.

Schließlich war er jetzt schon groß.

Im Wohnzimmer nebenan hörte er Musik und Erwachsene, die sich unterhielten.

Hatte Mama Besuch bekommen?

Die Eule war davongeflogen. Vielleicht hatte jemand sie verscheucht? Oder musste sie noch andere Kinder retten?

Beruhigt schlief Tidiane wieder ein.

# 18

*21:28 Uhr*

Julo kniete auf dem Deich und wischte sorgfältig die Sandkörner von seinen Füssen, Knöcheln und Zehen, bevor er seine Mokassins wieder anzog. Wie ein eingefleischter Junggeselle! Drei Joggerinnen liefen die Promenade entlang, die sich bestimmt weder um Schweiß, noch um die salzige Gischt oder die Steinchen unter ihren Schuhsohlen scherten.

Er sah ihnen nach. Doch seine Gedanken waren woanders. Soeben hatte er eine SMS erhalten, die einen wichtigen Termin für den nächsten Morgen bestätigte. Ein kleiner Sieg für ihn. Noch zögerte er, die SMS an Petar weiterzuleiten, und ließ es schließlich bleiben. Er wollte seinen Chef überraschen. Spätestens um 10 Uhr würde er wieder auf dem Revier sein. Dabei war es nicht einmal sicher, dass der Chef dann schon da sein würde. Außerdem zog Julo es vor, hinsichtlich der Blutentnahme vorläufig im Alleingang zu ermitteln. Während er in seine Schuhe schlüpfte, betrachtete er die Wohnblocks vor ihm.

Und wenn der ganze Fall unter Ausschluss der Öffentlichkeit behandelt werden sollte?

Immer wieder musste er an die Zahl 13 hinter dem Nickname Bambi denken … Das Departement Nummer 13, Bouches-du-Rhône, zählte fast ebenso viele Einwohner wie Slowenien, Jamaika oder Katar. Ein weitläufiges Gebiet, doch alles schien sich auf Port-de-Bouc zu konzentrieren, insbesondere auf den Sitz des Vereins *Vogelzug*, für den François Valioni gearbeitet hatte. Petar blieb bei diesem Thema ausweichend. Er schlängelte sich durch Marseille wie ein Aal durch den See und kannte aufgrund seiner langjährigen Erfahrung den Kodex der Stadt, ebenso wie die Machtverhältnisse und Verbindungen.

Er, Julo, gerade aus seiner Heimat, dem Baskenland, hergekommen, fühlte sich hier fremd. Es war, als würde ihn eine unsichtbare Wand von der Wirklichkeit trennen, der Wirklichkeit von Port-de-Bouc, wo sich alle Wege kreuzten, wo man sich bespitzelte und Rollen spielte, deren Texte nur den Mitspielern bekannt waren. Er war nur ein Zuschauer, der nicht in der Lage war, das Schweigen, die unterschwelligen Andeutungen, die Inszenierungen, die Verbindungen unter den verschiedenen Bewohnern, Nachbarn und Blutsverwandten zu durchschauen.

Er lief auf dem Deich bis zu einem Kinderspielplatz. *Blutsverwandtschaft* ... Damit würde er sich morgen befassen.

Julo warf einen letzten Blick auf die Wohnblocks mit Sozialwohnungen, ein Dutzend verwahrloste weiße Würfel mit einem wunderbaren Blick auf das Meer. Dieses Viertel erinnerte ihn an eine satirische Zeichnung, die er vor ein paar Monaten in einer Zeitung gesehen hatte. Das Bild zeigte einen Makler, der einer armen Familie in der Hausruine eines Elendsviertels eine Mietwohnung anzudrehen versuchte. Das Haus lag – nur durch einen riesigen Graben getrennt – genau gegenüber von einem wunderschönen, komfortablen Wohnkomplex. Der Makler warb mit einem einfachen Argument für die Bruchbude: *»Sie haben Glück, die Aussicht ist hier weit schöner als gegenüber!«*

Da hatte er recht!

Ein unwiderlegbares Argument!

Nur, dachte Julo, es kommt immer der Moment, an dem man sich nicht mehr allein mit der Aussicht zufriedengibt.

# 19

*21:33 Uhr*

Leyli hatte sich die Zeit genommen, mit Guy eine Zigarette auf dem Balkon zu rauchen, bevor sie ihn in der Wohnküche allein Eulen, Brillen oder Teedosen zählen ließ. Währenddessen hatte sie ihr Marienkäferkleid gegen eine knöchellange rote Dschellaba mit einem kleinen, artigen, runden Halsausschnitt getauscht. Sie stellte vorsichtig das Tablett auf den Tisch, so als könnten die Schallwellen von Kamilas dröhnender Raï-Musik den heißen Tee in den Tassen zum Überlaufen bringen.

Guy saß auf einem Stuhl. Beunruhigt musterte er das Bild von Segu, die Dogon-Masken an den Wänden, den nicht abgeräumten Esstisch, Tidianes Fußball und die verschüttete Erde. Er schien sich zu fragen, was er in diesem Saustall zu suchen hatte, in dem er aus Angst, etwas durcheinanderzubringen, nichts anzufassen wagte. Als Leyli ihrem Nachbarn vor etwa einer Stunde die Tür geöffnet hatte, war sie von seinem Gestammel, dem eines schüchternen Jungen, der seine Ausflüchte selbst nicht zu glauben schien, gerührt gewesen.

»Ich … ich glaube, ich habe meine Zigaretten bei Ihnen vergessen«, hatte er mit der Stimme eines Rauchers auf Entzug gekrächzt.

Leyli hatte ihn grinsend hereingelassen, ihm erklärt, Bamby und Alpha seien gerade aus dem Haus gegangen, Tidiane liege schon im Bett, und er könne ein wenig bleiben, wenn er wolle. Sie könne ihm gern die Tajine aufwärmen oder einen Tee kochen. Während sie sich umziehe, weil ihre Sachen nach Staub und Chlor riechen, solle er ruhig am Fenster rauchen und nicht weiter auf die Unordnung achten.

Als sie in ihrer Dschellaba zurückkam, bemerkte sie, wie Guy sie diskret von oben bis unten musterte. Ihr Gewand war weit genug, damit sich ihre Formen darunter nicht abzeichneten, aber es betonte ihre schmale, hochgewachsene Gestalt. Leyli trug das Kleidungsstück mit einem gewissen Stolz, denn es fiel immer noch so locker wie vor zwanzig Jahren. Bei ihrem Nachbarn dagegen spannte das in die Hose gestopfte Karohemd bedenklich über seinem Bauch. Leyli saß auf dem Sofa, während Guy am Fenster stand, dann hockte er sich ihr gegenüber auf einen Stuhl.

»Sind Sie hergekommen, um zu hören, wie die Geschichte weitergeht?«, fragte sie und sah ihn direkt an.

Sie fühlte sich sicher. Das Schlimmste lag hinter ihr. Für heute Abend war ihr Geheimnis gut behütet.

»Von Ihnen weiß ich so gar nichts«, fügte sie hinzu.

Guy knetete nervös seine Finger.

»Och … Von mir gibt es nicht viel zu erzählen. Ich bin in Martigues geboren worden und nach fünfzig Jahren hier, nicht mal zehn Kilometer entfernt, gelandet. Seit dreißig Jahren arbeite ich für die gleiche Firma. Zwanzig Jahre lang hatte ich die gleiche Frau. Aber die ist gegangen, weil sie die Nase voll davon hatte, mir Essen zu kochen, mit sich selbst zu reden und den lieben langen Tag den Sportsender zu ertragen. Ich habe eine andere gesucht, die ihr möglichst ähnlich sein sollte, aber keine gefunden. Mit dem Alter werden Frauen misstrauisch. Sehen Sie, ich bin jemand, der Veränderungen nicht gerade mag.«

»Was machen Sie dann hier?«

»Weiß ich auch nicht …«

»Soll ich Ihnen die Tajine aufwärmen?«

»Und dann führen Sie Selbstgespräche? Wenn Sie jetzt den Fernseher anmachen und auch noch Kanal Sport 21 einstellen, heirate ich Sie sofort!«

Leyli lachte lauthals. Sie mochte seinen trockenen Humor.

»Obwohl ich schwarz bin?«

Die Dschellaba war über die Schulter und der Saum am Bein ein wenig höher gerutscht. Hübscher Kontrast von Kirschrot und Schokoladenbraun! Guy ließ seinen Blick auf ihr ruhen.

»Bei Ihnen ist das etwas anderes … Wie lange sind Sie schon hier? Vier oder fünf Jahre? Sie wirken irgendwie kindlich. Kindern kann man nicht böse sein, nur den Eltern. Wissen Sie, warum es so viele Ausländer in Port-de-Bouc gibt?«

»Nein.«

Sie trug das Essen zur Küchenzeile.

»Als ich klein war, in den siebziger Jahren, und die Werften geschlossen wurden, haben die gesagt, dass man hier, am See, in Fos, das größte Industriegebiet von ganz Frankreich bauen würde. Das allergrößte! Ein Riesending mit Tausenden und Abertausenden Angestellten in der Stahlindustrie am Wasser. Was ganz Neues! Und weil in Port-de-Bouc noch viel Platz war, haben sie dort die Wohnblöcke gebaut und Leute aus allen Ecken Europas und vor allem aus Afrika hergeholt. Mehr als zehntausend Arbeiter sind eingezogen und haben auf einen Job gewartet. Nur hat dann irgendein Typ in Paris den Bau der Fabriken annulliert. Der Plan vom Industriegebiet in Fos wurde beerdigt, aber die Ausländer waren nun mal da und sind auch geblieben. So, das ist die ganze Geschichte. Seitdem ist hier Aïd-el-Kebir der Nationalfeiertag.«

Er lachte laut und hörte sich an wie eine zerkratzte Schallplatte. Leyli kam mit der aufgewärmten Tajine zurück.

»Das hier ist Hühnchen, kein Schaf«, erklärte sie und sah ihn nachsichtig an.

Irgendetwas an diesem Mann rührte sie, ohne dass sie wusste, was genau. Seine Augen? Seine Stimme? Seine ungeschickte Art?

Guy hielt ihrem Blick stand.

»Sie finden mich bescheuert, was? Rassistisch? Macho?«

»Alle drei Begriffe treffen auf Sie zu, Herr Kapitän!«

»Trotzdem reden Sie mit mir?«

Sie stellte das Essen auf den Tisch.

»Nein, ich erziehe Sie. Jetzt hören Sie zu!«

## LEYLIS GESCHICHTE
### *Drittes Kapitel*

Mit dreizehn Jahren wurde ich blind.

Sie werden es kaum glauben, aber davon ist nur eine gewisse Empfindlichkeit der Augen geblieben, weshalb ich eine Sonnenbrille tragen muss. Ich sammle die Brillen nicht nur aus Koketterie, Guy, sie sind auch die Erinnerung an eine lange Zeitspanne in meinem Leben. Meine schwarze Periode, so wie Picasso seine rosa und blaue Periode hatte. Wie ich mein Augenlicht zurückerhalten habe? Das ist eine andere Geschichte, die ich Ihnen später anvertrauen werde. Sie ist noch viel unglaublicher als die, die ich Ihnen jetzt erzählen will. Aber beginnen wir mit dem Anfang.

Auch heute noch bin ich mir nicht sicher. Ich wusste, dass ich blind werden würde, wie es der Arzt in der Krankenstation meinem Papa kühl angekündigt und dieser es mir unter Tränen wiederholt hatte. Es war das einzige Mal, dass ich meinen Vater habe weinen sehen. War dieses Erblinden Segen oder Fluch? Sicherlich ein wenig von beidem. Natürlich war die Vorstellung zum Verzweifeln. Ungewöhnlich war, dass ich mich darauf vorbereiten konnte. Von elf bis dreizehn Jahren, mehr als dreißig Monate lang, musste ich mit dieser Gewissheit leben. Mit jedem Monat wurden die Tage kürzer, die Morgen und Abende dunkler. Die Zeilen in meinen Heften verschwammen immer mehr, die Buchstaben bekamen erst Spinnenbeinchen und wurden bald zu unförmigen Klecksen, dann zu einem Tintenmeer. Ich konnte mich noch so sehr anstrengen, ich versank in der endlosen Nacht. Glauben sie mir, es ist ein sonderbares Gefühl, die Welt nach und nach ins Nichts stürzen zu sehen, zu wissen, dass sie irgendwann ganz verschwinden wird, obwohl man noch da ist. Denkt man ernsthaft darüber nach, so kann man es auch wie das Gegenteil vom Tod, wie ein neues Leben betrachten. Auf diese Weise machte ich mir Mut und übte mich im Kim-Spiel, verband mir die Augen und versuchte, mich an alles zu erinnern. Leute, die von Geburt an blind sind, sind mehr zu bedauern als ich, sie kennen die tausend Farbnuancen, die Eleganz fliegender Schmetterlinge oder die Schönheit eines Lächelns nicht. Ich ging es schlau an, meine Blindheit war mehr ein Konzentrationsspiel als eine Behinderung. Ich brauchte nur meine anderen vier Sinne zu schulen, und mein Gedächtnis würde die Lücken füllen. Ich hörte das Miauen einer Katze, und schon konnte ich ihren Schritten folgen. Kaum roch ich Sheabutter, nahm ich sogleich an den fröhlichen Pflege-Ritualen der im Dorf versammelten vergnügten Frauen teil. In diesen dreißig Monaten wurde ich zu einer Kamera, die alles aufnahm und registrierte. Ich überfraß mich schier an Bildern, Landschaften, Fotos und Filmen, allen Zeitschriften, die mein Vater finden konnte, und an allen Reportagen, die im Fernseher des Hotels Djoliba liefen, in das ich gehen konnte, so oft ich wollte. Meine Lehrerin, Madame Fané, sagte, ich würde intelligenter als die anderen Kinder werden, weil ich die Muskeln meines Gehirns trainierte wie die Jungs ihre Beinmuskeln beim Fußballspielen, und das sei mein Glück. Auch war Madame Fané die Erste, die mir den Spitznamen Eule gab, denn Eulen sehen nur in der Nacht. Zudem war die Eule, Symbol der Weisheit, das Lieblingstier der Göttin Athene. Athene, die Göttin der Weisheit und des Krieges.

Eines Tages, ich war dreizehn Jahre, sieben Monate und elf Tage alt, wurde alles schwarz. Definitiv! Ich war am Vorabend eingeschlafen und hatte zuvor noch vage die Sterne am Abendhimmel wahrnehmen können. Doch am nächsten Morgen ging die Sonne nicht auf. Schwarze Nacht, auch wenn ich jede Konstellation der Sterne präzise im Kopf hatte. Seither habe ich sie vergessen, Guy, und könnte Ihnen nicht mehr sagen, wo sich die Sternbilder Orion, Vega oder das Einhorn befinden. Aber als ich dreizehn war, hatte ich mir die Himmelskarte, ebenso wie viele andere Karten, eingeprägt.

Seltsamerweise begannen an dem Tag, als ich blind wurde, alle um mich herum zu sagen, ich sei schön. Zunächst dachte ich, man wolle mich trösten. Aber meine Mutter nahm meine Hand, damit ich meine Beine ertasten konnte, die immer länger wurden, meine Brüste, die wuchsen, und die Wölbung meiner Taille. Die Vorbilder aus den Zeitschriften waren die Models Naomi Campbell und vor allem Katoucha Niane. Meine Mama zeichnete mir eine Art Phantombild und sagte, ich sei halb Löwin wie Tina Turner, halb Antilope wie Whitney Houston. Ich konnte es nicht so recht glauben und vermute sogar, dass ich es nie geglaubt habe, oder aber ich war nicht mehr so hübsch, als ich wieder sehen konnte. In Segu machte man keine Fotos. Man sagte, ich sei schön und intelligent. Und blind. Vielleicht schützte mich die Blindheit vor der Eifersucht der Mädchen in meinem Alter, und sie schützte mich vor ihrem Mitleid. Man findet immer

Argumente gegen ein unabwendbares Schicksal. Ich war nicht unglücklicher als andere. Es kann auch sein, dass ich es nicht wahrhaben wollte. Schon damals war ich recht überheblich.

Die Zeit verging. Jahrelang hielten sich Gerüchte und wurden immer lauter. Ich war etwas über siebzehn Jahre alt, als sie sich konkretisierten. Ein Dutzend Männer und Frauen aus dem Dorf hatten sich entschlossen, das Land zu verlassen. Es waren sieben Männer und fünf Frauen, die alle Ersparnisse der meisten Familien am Fluss zusammengetragen hatten. Sie waren die Stärksten, Entschlossensten und Jüngsten. Zunächst würden sie die Wüste Richtung Norden durchqueren, um nach Tunesien zu gelangen. In Tabarka konnten sie mit dem Schiff nach Europa übersetzen.

Ich sagte meinen Eltern, dass ich mich der Gruppe anschließen würde. Dreiundzwanzig Tage brauchte ich, um sie zu überzeugen. Unter denen, die aufbrachen, waren auch meine Cousins. Ihnen konnte ich vertrauen. Sie würden meine Augen, Arme und Beine sein.

Meine Führer.

Ich hingegen wäre ihr Verstand, ihre Übersetzerin – ich sprach besser Französisch als sie, dazu ein wenig Englisch und Spanisch – und ihr Geograph, denn ich kannte alle Städte, die zu durchqueren waren, ihre Entfernungen voneinander, den Verlauf der Routen und die Koordinaten der Wasserstellen. All das hatte ich in meinem Gehirn gespeichert.

Ihre Führerin.

Wir brauchten elf Tage, um die Wüste zu durchqueren. Kaum in Tabarka angekommen, schifften wir uns auf einem Fischerboot nach Europa ein. Damals überwachte man die Grenzen noch nicht so wie heute. Zumindest nicht bei der Ausreise.

Am nächsten Morgen trafen wir früh in Mazara del Vallo auf Sizilien ein. Ich wusste nicht viel über Sizilien, kannte nur den

Film *Der Pate*, ein Foto des Ätna und einen alten Stich von Syrakus aus der Zeit von Archimedes. Was den Rest anging, wie Palermo, Marsala, die Ruinen von Agrigent und Selinunt, die Insel Ortigia oder die Terrassen von Taormina, so konnte ich sie mir nur vorstellen. Während der letzten Kilometer unserer Überfahrt wurden wir von drei Zollschiffen begleitet, und in Mazara angelangt, erwarteten uns dort schon die Carabinieri. Man pferchte uns dreizehn Personen in eine Art Lager, zusammen mit anderen Migranten aus allen Ländern Afrikas. Dort sollten wir warten, bis unsere Akten bearbeitet waren. Am nächsten Tag machten wir uns aus dem Staub. Wir kamen nicht weit. Alle Cousins aus Segu wurden geschnappt, einer nach dem anderen. Sie hatten wenig Talent, Verstecken zu spielen.

Ich dagegen großes.

So hockte ich reglos in einer dunklen Ecke. Nur so kann man beim Verstecken gewinnen. Man darf sich nicht bewegen, nicht sprechen, am besten nicht einmal atmen. Die Waghalsigen werden immer als Erste entdeckt. Fatia, die Nichte meiner Mutter, brachte mir täglich Essen und Trinken, sie klaute zusammen, was sie konnte. Wie die anderen wurde auch sie schließlich aufgegriffen.

Ich blieb.

Allein in meiner Höhle. In einer leer stehenden Wohnung oberhalb der Altstadt von Agrigent. Ein Zimmer und eine Toilette. Ständig der Geruch von verbranntem Metall und Schwefel aus einer Keramikfabrik im Tal. Ich wusste, dass mir nur zwei Möglichkeiten blieben. Mich auch schnappen zu lassen, oder hier in meinem Versteck zu verhungern.

Ich zögerte. Ich glaube, ich habe, so lange ich konnte, ausgeharrt, bis ich mich für die erste Lösung entschied. Wahrscheinlich hoffte ich auf ein Wunder.

Und genau dieses Wunder geschah. Glauben Sie es oder nicht, Guy, aber das Wunder stellte sich tatsächlich ein.

Eines Tages ging die Tür zu meinem Versteck auf.

Ich dachte, es seien die Carabinieri. Oder vielleicht ein Vergewaltiger? Man hatte mir schließlich oft genug gesagt, ich würde den Männern gefallen. Oder war es ein Dieb? Was hätte er mir schon stehlen können? Oder jemand, der mich umbringen wollte?

Wenn die Person mich töten wollte, würde ich nur eines bedauern: Nie wieder seine Stimme zu hören. Diese Stimme, samtweich und singend, eine fast weibliche Stimme.

Ich spürte, wie sich eine Hand auf meine legte.

*Sie brauchen keine Angst mehr zu haben, Mademoiselle.*

Eine Stimme und Worte, denen man gern Glauben schenkte.

Und ich habe sie geglaubt, oh, wie sehr habe ich alles geglaubt!

Oh, wie sehr wollte ich an dieses Wunder glauben.

# TAG
# DES BLUTS

# 20

*6:52 Uhr*

Auf seiner Teakholzterrasse oberhalb des Jachthafens Renaissance von Port-de-Bouc schickte sich Jourdain Blanc-Martin gerade an, mit akribischer Sorgfalt seine allmorgendlichen Rituale beim Frühstück zu genießen, das ihm seine Hausperle Safietou – seit fast zwanzig Jahren in seinen Diensten – zubereitetet hatte. Seine Kaffeetasse stand auf einem Tischset aus Leinen, und seine Serviette sowie die Tageszeitung *Libération* waren zu zwei makellosen Rechtecken gefaltet. Dazu ein Schälchen mit roter Feigenmarmelade und drei längs aufgeschnittene Sesambrötchen.

Jourdain Blanc-Martin beobachtete den morgendlichen Fischmarkt von Port-de-Bouc aus der Ferne, der sich langsam leerte. Kühllaster machten sich bereits auf den Weg nach Marseille, während immer noch Fischerboote in den Hafen einliefen und einige Jachten aufs offene Meer hinausfuhren. Ein sehr heißer Tag begann. Einer von diesen Hundstagen, die dem Mistral vorausgingen, der morgen durch die Stadt pfeifen sollte.

Er schaute auf sein Handy, während Safietou ein gekochtes Ei vor ihn hinstellte. Genau 2 Minuten und 53 Sekunden hatte es im siedenden Wasser gelegen, zuzüglich der sieben Sekunden, die Safietou von der Küche bis zur Terrasse brauchte. Er wartete, bis sie wieder gegangen war, um die zuletzt eingegangene SMS nochmals zu lesen, dann wählte er eine Nummer.

»Kommissar Velika?«

Eine atemlose Stimme antwortete:

»Ja?«

»Jourdain Blanc-Martin hier.«

Petars Stimme klang bei dieser Namensnennung aufgeschreckt, so, als hätte ihn der Wecker nach einer zu kurzen Nacht aus dem Schlaf gerissen.

»Ich wollte Sie gerade informieren. Wir kommen mit dem Mord an François Valioni weiter, sehr gut sogar, aber sagen wir …«

Mit dem Löffel in der linken Hand schlug Blanc-Martin ein wenig zu heftig gegen sein gekochtes Ei. Die unterwürfige Art solcher unbedeutenden Chefs regte ihn auf. Petar gehörte zu dieser Sorte Mensch, aber man baute nun mal kein Imperium ohne die Hilfe gutwilliger und treuer Diener auf.

»Ich rufe Sie aus einem anderen Grund an, Velika. Vertrauenswürdige Freunde haben mich heute Nacht in Kenntnis gesetzt, dass ein kleiner Strolch sie kontaktiert hat. Er scheint ein Netzwerk für illegale Einwanderer schaffen zu wollen. Momentan ist es scheinbar Mode, sich dazu berufen zu fühlen, und bald werden die Jungs aus den Vororten lieber Schlepper als Dealer. Jedes Gör mit Verbindungen zur Subsahara glaubt, das dicke Geld machen zu können, wenn es in ein Schlauchboot investiert.«

»Und was soll ich da machen?«, erkundigte sich Velika beunruhigt.

»Der Junge hat eine Verabredung im nördlichen Viertel. Ich kenne Ort und Zeitpunkt. Sie nehmen ihn fest, machen ihm ordentlich Angst und sorgen dafür, dass ihm die Lust an solchen Sachen vergeht. Im Großen und Ganzen sorgen Sie vor.«

»Das ist nicht so einfach, Monsieur Blanc-Martin. Wir können ihn nicht einfach festnehmen, wenn wir keine handfesten Beweise haben.«

Der Elfenbeinlöffel bohrte sich durch die gewölbte Spitze des Eis. Zu schnell. Ein paar Schalensplitter fielen auf das glibberige Eiweiß, während der weiche Dotter langsam den Eierbecher hinabfloss. Blanc-Martin hasste das. Er hätte den Polizisten allein wegen dieses kleinen Missgeschicks am liebsten erwürgt. Das perfekte Aufschlagen seines morgendlichen Frühstückseis war für ihn wie eine Yogaübung. Locker von der Hand gehende Gesten, äußerste Präzision und das raffinierte Spiel der Sinne. Er versuchte zu relativieren und entfernte einen Schalensplitter nach dem anderen. Er wollte schließlich nicht zur Karikatur eines Schlossherren werden, der seinen Tag versaut sah, nur weil das Ei nicht korrekt aufgeschlagen war.

Er doch nicht!

»Sie kommen schon irgendwie klar, Velika. Finden Sie irgendeinen Vorwand. Zu wenig Luft in den Reifen seines Motorrollers oder ein Gesicht, das nicht dem Ausweisfoto entspricht. Egal was. Irgendein Vorwand wird Ihnen schon einfallen, und Sie halten ihm eine ordentliche Standpauke.«

»Das ist aber nicht legal, Monsieur Blanc-Martin, wenn wir weder Zeugen noch Beweise haben.«

Der gute, untertänige Diener lehnte sich auf! Petar Velika schien nichts davon zu halten, den Erzieher in seinem Viertel zu spielen. Es war offensichtlich, dass Blanc-Martin ihn störte. Was konnte dieser Bulle am frühen Morgen schon Besseres zu tun haben? Blanc-Martin führte den warmen Dotter an seine Lippen, nahm sich Zeit und lutschte an dem Löffel, bis er sauber glänzte.

»Mein lieber Velika, ich glaube, bis jetzt hatten Sie noch keinen Grund, sich über meine Verbindungen zu beklagen. *Vogelzug* arbeitet zufriedenstellend mit der Polizei zusammen, nicht wahr? Wie viele Netzwerke dieser Verbrecher hätten Sie ohne mich schon zerschlagen können?«

»Gewiss, Monsieur Blanc-Martin. Ohne Sie würden die illegalen Einwanderer auf der Straße herumlungern und mit allen Mitteln versuchen zu überleben, aber …«

»Ich bitte Sie sogar, noch einen Schritt weiter zu gehen«, unterbrach ihn Blanc-Martin. »Sie buchten mir diesen Jungen ein, nur für eine Nacht. Ich sorge dafür, dass ihm dort ein paar einsichtige ›große Brüder‹ eine Lektion erteilen.«

»Ich schau mal, was ich machen kann«, brummte Petar.

Er schien verärgert. Blanc-Martin hörte ein Geräusch neben seinem Gesprächspartner, der wirklich nicht der Typ war, seiner Gnädigsten das Frühstück ans Bett zu bringen oder mit seinen Kindern auf dem Schoß Croissants zu verspeisen.

»Ich verlasse mich auf Sie. Das nenne ich Prävention, Velika! Vergessen Sie das nicht. Man sollte alles in die Vorsorge investieren. Das Unkraut muss mit der Wurzel ausgerissen werden, bevor es weiter wachsen kann. Eine Nacht im Knast bewahrt den Jungen vielleicht vor lebenslangem Gefängnis.«

Er schwieg, während er das Eiweiß säuberlich aus der Schale kratzte. Dies tat er mit einem spitzen Löffel aus Elfenbein, weil Silber den Geschmack verfälschte. Er drehte sich um und betrachtete durch die Scheiben der Veranda den Pool. Seine linke Hand zog bereits am Gürtel des Bademantels, während die rechte noch das Handy ans Ohr drückte. Blanc-Martin schwamm jeden Morgen gern ein paar Runden, ehe er sich an die Arbeit machte.

»Velika, ich beende jetzt das Gespräch. Das *Frontex*-Symposium beginnt in drei Tagen, und ich muss eine der Eröffnungsreden halten, also machen Sie Ihren Job, und verschonen Sie mich mit Einzelheiten! Und nehmen Sie dieses Mädchen fest, das François umgebracht hat, bevor Schlimmeres passiert! Sie haben ihr Foto, also kann es doch wohl nicht so schwierig sein, sie zu finden.«

# 21

*8:22 Uhr*

Die Schule lag am Ende einer langen, geraden Straße und war wohlbedacht so mit Olivenbäumen bepflanzt, dass deren subtiles Schattenspiel hier und da Schutz vor der Morgensonne bot. Doch Tidiane war das egal. Er hatte keine Lust, von einem Schatten zum nächsten zu hüpfen. Er schwitzte in seinem Hemd und den Shorts, dribbelte aber, den Ranzen auf dem Rücken, mit seinem Fußball den Weg entlang, ohne das Tempo zu verringern.

Okay, ein Olivenbaum, auch wenn er nicht hundert Jahre alt war, ließ sich leichter überlisten als ein Varane oder ein Kanté, aber trotzdem konnte man sich mit seinem Hemd an einem tiefer hängenden Ast verfangen. Tidiane versuchte, den letzten Verteidiger auszuschalten, aber der Ball entglitt ihm und rollte ein paar Meter weiter.

Den Blick auf seine Turnschuhe gerichtet, sah Tidiane plötzlich ein anderes Paar.

Nike.

Rot und mit schwarzem Komma.

Riesig, mindestens Größe 47. Ein linker Fuß jonglierte spielerisch mit dem Marokko-Afrika-Cup-2015-Ball.

Tidiane hob den Blick.

»Alpha!«

Der kleine Junge stürzte in die Arme seines großen Bruders. Der Riese schwang ihn zwei Meter hoch in die Luft.

»Das ist eine Überraschung, was, mein Kleiner? Sag, ist das nicht zufällig mein Ball?«

Er stellte Tidiane wieder auf den Boden und hielt den Ball unter seinen Arm geklemmt wie ein Lehrer, der ein Spielzeug konfiszierte.

»Du weißt, dass das ein Sammlerstück ist?«

»Natürlich weiß ich das, Alpha … Ich trenne mich nie von ihm. Alle sind neidisch.«

»Lass ihn dir nicht klauen, Tidy! Wenn dich jemand ärgert, sagst du mir Bescheid.«

Tidiane wusste, dass er nie so groß wie sein Bruder werden würde, auch nicht so stark. Und er würde nie diesen Mut besitzen. Das war sein Pech. Sie waren zwar Brüder, hatten aber nicht den gleichen Vater. Tidy war das Kind eines kleinen Lehrers mit Brille. Er hatte ihn nie gesehen, aber nach dem, was Opa Moussa und Oma Marème ihm erzählt hatten, konnte er ihn sich gut vorstellen. Mama allerdings sprach nie über ihn.

»Ich kann mich gut selbst verteidigen, weißt du!«

»Klar, das kann ich mir denken, mein kleiner Bazillus. Übrigens, ich brauche dich.«

Tidianes Augen leuchteten. Sein großer Bruder brauchte ihn?

»Nach der Schule, sofort nach der Schule, Tidy, rennst du zur Cité de l'Olympe und kletterst auf den Orangenbaum.«

»Bis zur Wohnung von Opa und Oma?«

»Noch höher, Tidy, viel höher. Du musst so hoch wie möglich klettern, damit du den Häuserblock überblicken kannst. Du musst mein Adler sein, alles im Viertel beobachten und mich warnen, wenn Gefahr droht.«

Plötzlich bekam es Tidiane mit der Angst zu tun. Er war noch nie höher als vier Meter im Orangenbaum geklettert. Er wusste auch gar nicht, ob er schwindelfrei war. Und wenn ihn Opa

Moussa oder Oma erwischten? Aber er wagte nicht, Protest anzumelden. Also begnügte er sich damit, zu fragen und nach Möglichkeit nicht zu zittern.

»Was für eine Gefahr?«

»Polizisten. Komische Kerle. Irgendetwas, das nicht normal ist.«

Tidiane fragte sich, wie er Polizisten von anderen Leuten unterscheiden sollte, wenn sie in Zivil und in einem als Privatwagen getarnten Auto aufkreuzten. Und woran sollte er einen komischen Kerl erkennen? Solche Gestalten gab es im Viertel zu Hauf. Plötzlich kam ihm instinktiv ein Gedanke, und seine Kühnheit überraschte ihn selbst. Vielleicht hatte auch er im Grunde das Zeug zu einem Anführer. War das Mamas Erbe?

»Und was kriege ich dafür?«

Alpha musterte ihn erstaunt, aber Tidiane las Bewunderung im Blick seines großen Bruders. Ihm war, als wäre er auf einen Schlag fünf Zentimeter gewachsen, zwar immer noch nicht groß genug, um den Ball unter Alphas Arm zu erreichen, aber doch genug, um seinen Bruder zu beeindrucken.

»Respekt, Tidy! … Ein von Barrada signiertes Fußballshirt?«

Tidiane schien nicht überzeugt.

»Dafür musst du nach Dubai fliegen. Und was springt für dich bei der Sache raus?«

»Geld, Tidy. Viel Geld.«

»Das brauchen wir nicht, wir haben doch schon Mamas Schatz.«

»Weißt du, wo der ist?«

»Fast … Ich suche weiter. Aber ich habe da so meine kleine Idee.«

Diesmal leuchteten Alphas Augen.

»Das ist prima, Tidy, wirklich super.«

Er warf ihm den Ball zu.

»Pass gut auf ihn auf. Es gibt nur drei davon auf der ganzen Welt. Die beiden anderen gehören Messi und Ronaldo. Ich hänge noch mehr an ihm als an dir.«

Im nächsten Augenblick war Alpha verschwunden.

Tidiane nahm sich vor, später einmal so wie Alpha zu werden.

## 22

*9:07 Uhr*

»Wissen Sie, meine zauberhaften Sterne am Firmament des stillen Morgens, ich kenne Seoul sehr gut.«

Ruben standen sechs koreanische Studentinnen gegenüber, alle in der Uniform der Universität Kyungpook, und warteten höflich, bis der Hoteldirektor seine Erinnerungen zu Ende erzählt hatte, denn sie wollten ihre Zimmer bezahlen. Ruben kauderwelschte in einem Gemisch aus Französisch und Englisch, aber die Studentinnen schienen ihn wunderbar zu verstehen. Sie lauschten ihm gebannt.

»Seinerzeit leitete ich das Grand Hotel Myeong-dong. Sechsunddreißig Etagen, tausendfünfhundert Zimmer, darunter die Suite des Präsidenten, in der Park Chung-hee regelmäßig und immer mit einer anderen seiner dreiundzwanzig Mätressen übernachtete.«

Die Studentinnen lachten. Hinter ihnen wartete Leyli – den Staubsauger in der Hand –, dass die Asiatinnen ihre Schlüssel abgaben. Nicht ungeduldig, eher belustigt. Um neun Uhr hatte sie zu arbeiten angefangen. Bis Mittag mussten alle Zimmer fertig sein.

»Seien Sie nicht schockiert, meine kleinen Prinzessinnen der Morgenröte. Ich selbst wurde der Liebhaber der Frau des Präsidenten. Sie wollte Taekwondo lernen, und ich – Wink des Schicksals – war von General Choi Hong-hi höchstpersönlich in diesem noblen Kampfsport ausgebildet worden. Eine erste Begegnung zog das nächste Treffen nach sich, und ich musste widerstrebend der ersten Dame Ihres herrlichen Landes zu Willen sein. Deren Appetit überstieg wahrscheinlich den aller dreiundzwanzig Mätressen ihres Ehemanns zusammen.«

Die koreanischen Studentinnen, die ihrem Badge nach zu urteilen hier waren, um die Hafenanlage von Port-Saint-Louis-du-Rhône zu besichtigen, sahen einander an und erröteten kichernd. Leyli versuchte, Ruben zu unterbrechen. Sie brauchte die Schlüssel, doch der Redefluss des Hoteldirektors wollte nicht versiegen.

»Sicher langweile ich Sie mit meinen alten Bettgeschichten. Kommen wir jetzt zu ernsthafteren Dingen, meine Naschkatzen! Ich muss Ihnen die indiskrete Frage stellen, die meinen Kollegen auf der ganzen Welt peinlich ist.« Er ließ ein beängstigendes Schweigen folgen. »Haben Sie die Minibar leer gemacht? Champagner Deutz, Wodka Absolut? Cognac Otard? Hm, meine Süßen, warum hätten Sie auch darauf verzichten sollen?« Er zwinkerte ihnen verschwörerisch zu. »Ich drücke beide Augen zu, und Sie erzählen meine heiße Liebesgeschichte mit Ihrer First Lady nicht weiter.«

Leyli konnte sich ein Lächeln nicht verkneifen. Selbstredend gab es überhaupt keine Minibars in den Standardzimmern des Hotels Ibis. Nicht mal einen Kugelschreiber oder Shampoo-Fläschchen. Sie schlängelte sich vorsichtig zwischen den Koreanerinnen hindurch an den Empfangsschalter.

»Auch wenn unsere Liebelei stadtbekannt war … Sie sind zu jung, um sich an die Schlagzeilen zu erinnern, meine grazilen Gazellen – aber ein taktloser Journalist der *Korea Daily News* brachte diese Neuigkeit mit einer Abbildung auf der Titelseite des Blatts. Ein Foto von mir, Ihrem ergebenen Diener – die Hosen auf Knöchelhöhe –, und der First Lady, die an meinem schwarzen Gürtel nestelte. Heute bekäme ein solches Foto eine Milliarde Klicks bei Twitter, aber damals begnügte sich das Blatt *Korea Daily News* mit einer Auflage von 6,7 Millionen Exemplaren. Der arme Park Chung-hee musste öffentlich die Ehre seiner offiziellen Gattin verteidigen und zog sich das Donnerwetter seiner dreiundzwanzig beleidigten Konkubinen zu. Also forderte er mich zu einem Haidong-Gumdo-Duell im Drachengebirge heraus. Meine Fechtkenntnisse beschränkten sich auf die Lektüre der *Drei Musketiere*, also habe ich lieber das Weite gesucht … Leider fehlt die Zeit, Ihnen mehr davon zu erzählen.«

Hinter Ruben spuckte der Drucker endlich die Rechnungen aus. Die Studentinnen schienen das Hotel mit Bedauern zu verlassen. Als wollte er sie trösten, drückte er jeder von ihnen einen Prospekt in die Hand.

»Da Sie die größten Häfen der Welt besichtigen, kehren Sie bei Gelegenheit im Ibis von Las Tablas in Panama ein. Mein Kollege Esteban Rodriguez erzählt Ihnen dann sicher gern, wie wir gemeinsam und in Begleitung von dreißig Massai-Jungfrauen in einem Container nach New York gereist sind. Man hatte sie wegen ihrer Schönheit ausgesucht, in ganz Abessinien. Während der Reise mussten sie unbedingt Englisch lernen, denn sie sollten an der Wahl der Miss Black Amerika im New Yorker Grand Hyatt teilnehmen.«

Leyli gab es auf, Rubens Redefluss unterbrechen zu wollen, und griff nach den Schlüsseln auf dem Empfangsschalter. Sie machte sich davon, ohne Rubens nächste Anekdote zu hören, die schallendes Gelächter der Südkoreanerinnen nach sich zog.

Zimmer 11.

Offen.

Zimmer 13.

Offen.

Zimmer 15.

Offen.

Leyli ging energisch und mit Methode vor, schob ihren Wagen von Zimmer zu Zimmer, um Bettwäsche und Handtücher einzusammeln, und ließ die Türen hinter sich sperrangelweit offen stehen.

Zimmer 17.

Off…

Leyli hörte die eiligen Schritte und das Keuchen Rubens zu spät. Erst in diesem Moment fiel ihr wieder ein, dass Zimmer 17 zu denen gehörte, die sie nicht betreten durfte. Sie hatte den Schlüssel zusammen mit den anderen ergriffen, was Ruben nicht sofort aufgefallen war.

Der Schlüssel steckte bereits im Schloss, die Klinke war heruntergedrückt und die Tür halb geöffnet. Vielleicht hätte Leyli sie schnell wieder zuziehen oder zumindest keinen Blick ins Zimmer werfen können.

Ja, sicher hätte sie vermeiden können, Mitwisserin zu werden. Sie hätte alles übersehen können. Aber ihr waren die Stimmen im Raum nicht entgangen. Und jetzt konnte sie nichts mehr davon abhalten, die Tür zu öffnen und das Zimmer 17 zu betreten, zumal sie nun das Geheimnis kannte.

## 23

*9:22 Uhr*

»Ist Julo noch nicht da?«

Hauptkommissar Velika hängte mürrisch seine Lederjacke an den Garderobenständer, der einen Moment lang hin- und herschwankte, bevor er in letzter Sekunde sein Gleichgewicht wiedererlangte, als wollte er den Chef nicht noch mehr verärgern. Die anderen Polizisten im Büro rührten sich kaum mehr als der Garderobenständer. Der Hauptkommissar war heute besonders schlecht gelaunt.

Sonst war Julo der Letzte, der nach Hause ging … und der Erste, der morgens kam.

Das war günstig, denn so konnte Petar sich noch ein Schäferstündchen mit Nadège leisten, und war, wenn er dann im Büro erschien, so aufgeräumt wie andere, wenn sie abends nach Hause in die Arme ihrer Liebsten eilten. Alle Rollos waren schon hochgezogen, der Kaffee dampfte und die Computer schnurrten leise vor sich hin. Nur hatte ihn heute Morgen Jourdain Blanc-Martin angerufen, gerade als er Nadège noch einmal hatte lieben wollen. Das reichte, um ihm den Tag zu verderben. Was fiel ihm eigentlich ein, diesem Jourdain Blanc-Martin, da oben in der Villa La Lavera, dem makellosen Elfenbeinturm mit seinen Bodygards. Jeden illegalen Flüchtling der Welt behandelte er mit Wohlwollen, kämpfte gegen Schlepper, verängstigte solche, die es werden wollten, und versuchte nebenbei auch noch, den Mörder des Geschäftsführers von *Vogelzug* zu finden.

»Wo steckt der Bengel bloß?«, erkundigte sich Petar.

Ryan antwortete schließlich:

»Er hat gesagt, dass er ins Krankenhaus muss.«

»Ins Krankenhaus?«, fragte Petar.

*Verflixt und zugenäht!*

Es fehlte gerade noch, dass sein Assistent ausgerechnet jetzt ausfiel.

Kommissaranwärter Julo Flores spazierte langsam durch den weitläufigen, mit Jasmin und Stechäpfeln bepflanzten Park des Krankenhauses Avicenne, neben ihm der angesehenste Hämatologe des Klinikums, Professor Waqnine, den er um Haupteslänge überragte. Der Professor war Chefarzt, Spezialist für Tropenkrankheiten und Immunologie, zudem Dozent an mehreren Universitäten. Ein ruhiger und kultivierter Mann, bald alt genug, um in Rente zu gehen, wozu er mit Sicherheit keinerlei Lust verspürte. Er sprach ebenso langsam, wie er lief. Ein Pädagoge, der gelernt hatte, sein Wissen Laien, ängstlichen Patienten und in Hörsälen zusammengepferchten Studenten nahezubringen. Die Art von Mann, der für die Dauer einer Sprechstunde seine Zuhörerschaft fesselte, sie im Hörsaal jedoch einschläferte.

Waqnine war bereit gewesen, Julo zwischen zwei Terminen zu empfangen, und hatte vorgeschlagen, fünf Minuten lang durch die Grünanlagen zu streifen, um die strahlende Sonne zu genießen. Er trug zwar einen kleinen Strohhut, verließ jedoch nicht die schattigen Wege des baumbestandenen Parks.

»Verehrtester, bevor ich Ihnen den Zusammenhang zwischen Blut und Abstammung erkläre, muss ich Sie auf etwas Wichtiges hinweisen. Die verschiedenen Blutgruppen oder, wenn Sie so wollen, die Gruppen A, B und Null, sind weltweit nicht gleichmäßig vertreten. Diese Blutgruppen haben ihren Ursprung in den ersten Wechselwirkungen zwischen dem Menschen und seiner Umgebung. Seinem Biotop, um genau zu sein. Insbesondere geht es dabei um die Ernährung beziehungsweise die Widerstandskräfte gegen Krankheiten in seinem Umfeld. Zu Beginn – ich spreche von der prähistorischen Zeit – hatten alle Menschen die Blutgruppe Null. Die Gruppen A und B sind erst zwischen 15 000 und 10 000 vor Christus in Asien, im Mittleren Orient und im Himalaya aufgetaucht. Es folgten die Völkerwanderungen Richtung Europa, und es entstand die Blutgruppe AB, die seltenste, und zwar vor weniger als zwölf Jahrhunderten.«

Julo wagte nicht, den Professor zu unterbrechen, und fragte sich, warum man auf eine so einfache Frage wie »Kann man aufgrund einer Blutprobe eine Vaterschaft feststellen?« bis ins Jura zurückgehen musste.

»Auch heute noch sind, trotz der Völkervermischungen, die Blutgruppen weiterhin ungleich auf der Welt verteilt. So wiesen beispielsweise die Indianer Amerikas ursprünglich die Gruppe Null auf, während man in China so gut wie keine Träger der Blutgruppe Null negativ findet. Hingegen trifft man in Afrika auf eine weit größere biologische Vielfalt. Ein Beispiel: Bei den Fulbe hat man im Vergleich zu den Nachbarvölkern mit den vorwiegenden Blutgruppen Null oder B weit mehr Vertreter der Gruppe A festgestellt.«

Julo dachte über die Konsequenzen der Worte des Professors nach.

»Soll das bedeuten, dass man anhand einer Blutprobe die geographische Abstammung eines Individuums ermitteln kann?«

Der Professor sah ihn konsterniert an. Julo hatte den Eindruck, ein Verrückter zu sein, der nicht begriff, dass das Gespräch mit dem Mann im weißen Kittel, der ihn durch die Gärten eines Klinikums begleitete, ihn selbst betraf. Der sarkastische Ton des Professors Waqnine beruhigte ihn auch nicht gerade.

»Nein, mein Bester! Was für eine abwegige Idee! Wissen Sie, seit grauer Vorzeit gibt es ein buntes Völkergemisch. Grenzen sind eine relativ junge Erfindung. Auch wenn sich die am weitesten entwickelten Erdenbürger heutzutage in erster Linie mit Hamburgern, Kebabs und Pizza vollstopfen, bedeutet das nicht, dass sich deren Blutgruppe der neuen Ernährung anpasst.«

Er genoss den Effekt seines offenbar wohlerprobten Scherzes, wurde jedoch gleich wieder ernst.

»Sehen Sie, die biologische Vielfalt an den Knotenpunkten der Völkerwanderungen ist sogar eine der wichtigsten gesundheitlichen Herausforderungen, mit denen wir umgehen müssen. In den Großstädten der Welt findet man heutzutage zwar Männer und Frauen aller Blutgruppen, aber mit Blutspenden verhält es sich anders. Denn die ist an psychologische, soziale und ja sogar religiöse Parameter gebunden. Das bedeutet im Klartext, es fehlen uns bestimmte Spendergruppen in Marseille. Das gleiche gilt für Paris und alle anderen Metropolen der Welt. Wir geben ein Vermögen aus, um mit Informationskampagnen bestimmte Bevölkerungsgruppen anzusprechen.«

Professor Waqnine verlangsamte seinen Schritt noch und schien vor einem blühenden Bougainvillea-Strauch schier in Verzückung zu geraten. Die Suche nach einer bestimmten seltenen Blutgruppe, dachte Julo. Das war eine weitere Spur, um die Blutentnahme bei François Valioni zu erklären, bevor ihm sein Mörder die Pulsadern aufgeschlitzt hatte. Dennoch kam Julo auf seine erste Hypothese zurück.

»Professor, ich möchte meine erste Frage noch einmal aufgreifen: Also, wenn man anhand einer Blutuntersuchung eine Vaterschaft nicht beweisen kann, kann man sie denn damit widerlegen?«

»Genau. Ich habe Ihnen etwas mitgebracht, damit die Sache für Sie leichter verständlich wird.«

Professor Waqnine zog ein Blatt aus seiner Umhängetasche.

»Die komplette Aufstellung der nicht möglichen Verbindungen. Die können Sie sich später in aller Ruhe durchlesen. Sie werden sehen, es ist gar nicht so kompliziert. Selbst der Dümmste meiner Studenten kommt damit im Allgemeinen gut zurecht.«

Er ließ sich auf einem Brunnenrand aus grauem Stein nieder und lud Julo ein, sich neben ihn zu setzen.

»Sehen Sie, es handelt sich um eine einfache Tabelle mit acht Spalten und acht Reihen. Alle Blutgruppen – A, B, Null und AB, positiv und negativ –, sind verzeichnet, hier die Spalte mit der Blutgruppe des Vaters und der Mutter, dort die mit den für ihre Kinder ausgeschlossenen Blutgruppen. Haben beispielsweise beide Elternteile die Blutgruppe A positiv, was einem Drittel der Weltbevölkerung entspricht, so können die Kinder weder der Gruppe AB noch B angehören. Eltern der Gruppe Null positiv können nur Kinder der Gruppe Null in die Welt setzen. Noch deutlicher wird das bei seltenen Blutgruppen. Zwei Eltern der Gruppe AB positiv, also drei Prozent der Weltbevölkerung, können keine Kinder der Gruppe Null zeugen. Faktisch sind die Fälle, in denen die Kombination der elterlichen Blutgruppen eine Vererbung aller Blutgruppen an ihre Kinder möglich macht, extrem selten.

Julo betrachtete die Tabelle aufmerksam.

»Professor, könnte man zusammenfassend Folgendes behaupten: Ich kenne meine Blutgruppe und die meiner Mutter. Ist es dann möglich, Rückschlüsse zu ziehen, welcher eventuelle Vater nicht mein Vater sein kann?«

Der Professor bedachte ihn mit einem bewundernden Blick. Dem ersten! Sicher sollte dies eher die pädagogischen Fähigkeiten des Arztes belegen als die intellektuellen seines Schülers.

»Bravo, Sie haben alles begriffen. Sie können mit wissenschaftlicher Sicherheit eine Vaterschaft ausschließen, wenn Sie anhand dieser Tabelle auf eine Unvereinbarkeit stoßen. Aber Sie würden auf diesem Weg nie eine Vaterschaft nachweisen können. Unmöglich herauszufinden, wer der Vater unter den Millionen anderer Männer dieser Welt mit der gleichen Blutgruppe ist!«

Julo erreichte die Polizeiwache kurz nach 10 Uhr. Auf den Gängen traf er ein paar andere Polizisten, darunter auch Ryan und Mehdi. Kommissaranwärter Flores legte die Fotokopie der Tabelle mit den ausgeschlossenen Blutgruppenverbindungen auf seinen Schreibtisch und wandte sich an Petar.

»Ich bin mit der mysteriösen Blutentnahme einen Schritt weitergekommen. Und Sie?«

»Nichts. Ich hänge mit der Migrantengeschichte fest. Das frisst meine ganze Zeit auf. Während du einen auf Sherlock Holmes machst, sitze ich hier und spiele Sekretärin für das Innen- und Außenministerium, fünfzehn Konsulate und ein Dutzend Vereine.«

Julo ging zum Schreibtisch seines Vorgesetzten.

»Das Einzige, was ich heute Morgen im Fall Valioni erreicht habe«, brummte Petar, »ist, dass ein ständiger Wachposten vor dem Red Corner abgestellt wird.«

Julo setzte sich auf die Schreibtischkante und sah seinen Chef erstaunt an.

»Denken Sie, es könnten weitere Morde folgen?«

»Allerdings …«

»Warum?«

»Eine Vorahnung, mein Junge. Diese ganze Inszenierung! Dieses Mädchen, das so herausfordernd in die Überwachungskamera blickt, wird übers Internet wieder einen Kerl anlocken und scheint sich dabei die Zielperson genau auszusuchen. Ich kann mir deine kleine Freundin gut als Gottesanbeterin vorstellen. Bist du nicht meiner Meinung?«

Kommissaranwärter Flores überlegte. Velika beeindruckte ihn. Julo hatte gleich zu Beginn des Falls ebenfalls diese Eingebung gehabt, jedoch nicht gewagt, sie auszusprechen.

»Doch«, gestand er. »Aber wozu einen Mann vor dem Red Corner postieren? Wenn Bambi13 einen weiteren Mord begeht, wird sie wohl kaum das Risiko eingehen, dorthin zurückzukehren, oder?«

Petar hämmerte nervös auf der Tastatur seines Computers herum.

»Du stellst vielleicht Fragen, Junge! Wenn eine Bombe in einer Mülltonne explodiert, stellt man eine Woche lang einen Polizisten dort ab. Dabei wird selbst der dusseligste Terrorist die gleiche Tonne nicht zweimal hochgehen lassen.«

»Vielleicht weil es als die hinterletzte Inkompetenz gewertet würde, wenn ein komplett verblödeter Terrorist seine Tat genau dort wiederholt und die Mülltonne unbewacht gewesen wäre? Das ist menschlich, Chef. Besser, man wird der Pflichtversessenheit angeklagt als der Nachlässigkeit. Das ist die Ironie des Prinzips der Vorsorge. Je mehr sich unsere Wahnvorstellungen auf absurde Risiken konzentrieren, umso mehr Normen schaffen wir, damit solche Fälle gar nicht erst auftreten können.«

Petar musterte seinen Assistenten verblüfft.

»Du verflixtes kleines Genie! Weißt du, dass ich seit Jahren über die Geschichte mit der Mülltonne vergeblich nachdenke, und jetzt kommst du daher und erklärst es mir wie einem Erstklässler?«

Julo nahm das Kompliment mit gleichgültigem Achselzucken hin.

»Elementar, mein lieber Watson. Ich würde gern mehr über diese komischen Armbänder, über Valionis Aufenthalt in Essaouira und über die Muscheln von den Malediven erfahren.«

»Das kann warten, Sherlock.«

Julo war gerade dabei, seine Jacke auszuziehen, und hielt inne, als Petar vorschlug:

»Was hältst du davon, dir ein wenig die Beine zu vertreten?«

Kommissaranwärter Flores wurde den dringenden Verdacht nicht los, dass sein Chef das Thema wechselte, sobald es um *Vogelzug* ging. War es purer Zufall? Er begutachtete Petars Bauch, der fast aus den Nähten seines blauen Hemds platzte.

»Wollen Sie mit mir am Strand joggen?«

Petar sprang auf.

»Viel besser als das. Wir werden einen Jungen verhaften, der als Flüchtlingsschlepper Karriere und das dicke Geld machen will.«

»Was hat der Junge verbrochen?«

»Nichts!«

»Was heißt nichts?«

Der Hauptkommissar streifte seinen Blouson über.

»Versuch gar nicht erst, es zu verstehen, es ist eine Präventivmaßnahme.« Er blickte zum blau-weiß-roten Wimpel oberhalb des Deckenbalkens. »Eine Art Cousin ersten Grades des Prinzips der Vorsorge.«

Julo zögerte, seinem Vorgesetzten zu folgen, auch wenn Petar ihm offensichtlich keine Wahl ließ. Seit er heute aufgewacht war, reihten sich genau die Aufgaben aneinander, die er an diesem Beruf so hasste. Den ganzen Morgen über Blut zu reden und –

mit gezogener Waffe – jemanden zu verhaften. Fehlte nur noch eine kleine Autopsie am Abend, dann wäre die Serie komplett! Instinktiv blickte er auf den Bildschirm des Computers seines Chefs. Dort sah er die Aufnahme einer afrikanischen Stadt in Großformat. Eine staubige Stadt mit niedrigen Bauten, die auf Sand gebaut schien, ohne Beton oder Asphalt.

»Wo ist das, Chef?«

»Das ist Cotonou in Benin. Da kommen die meisten Typen her, die wir gestern aufgegriffen haben. Das Konsulat nervt uns wegen der Papiere und…«

»Kann ich das mal sehen?«

Julo beugte sich über den Bildschirm.

»Willst du da Urlaub machen?«

Flores antwortete nicht. Ein Detail erregte seine Aufmerksamkeit. Ein geradezu surrealistisches Detail. Er hatte schon gedacht, Opfer einer Halluzination zu sein. Cotonou bestand praktisch nur aus ebenerdigen Hütten mit Wellblechdächern und ein paar eingerüsteten mehrstöckigen Häusern, hatte aber einen Wolkenkratzer, einen einzigen, der die ganze Stadt beherrschte. Julo wandte sich an Ryan, der zwei blaue Kevlar-Westen herbeitrug.

»Was ist das für ein Gebäude, Ryan?«

Der Polizist warf einen kurzen Blick auf den Monitor.

»Das ist das Gebäude der BCEAO, glaube ich.«

»Der was?«

»Der Banque Centrale des Etats d'Afrique de l'Ouest. Die Zentralbank des CFA-Franc, der offiziellen Währung der westafrikanischen Staaten. Acht Länder, Millionen Kunden, die Euro-Zone von Westafrika, wenn Sie so wollen … Die Gebäude der BCEAO sind ihre Kathedralen und jeweils die einzigen Wolkenkratzer in den Hauptstädten. Sie ragen weit über die Stadtbilder von Dakar, Abidjan, Ouagadougou, Bamako und Lomé hinaus, damit die Hungerleider ja nicht die Macht des Geldes vergessen.«

Der Hauptkommissar unterbrach Ryan El Fassi und wandte sich ärgerlich an Julo.

»Was ist jetzt schon wieder los, Junge? Deine neueste Marotte?«

Julo hob nicht einmal den Kopf. Immer noch über den Computer gebeugt, vergrößerte er mit der Maus das Bild. Das Hochhaus von Cotonou erschien im Großformat.

»Sehen Sie sich das an, Chef!«

Petar und auch Ryan starrten auf das Foto.

*Lieber Himmel!*

Die Ermittler rissen ungläubig die Augen auf. Entlang des Gebäudes erstreckten sich vier senkrechte weiße Streifen.

Julo zoomte weiter.

Diesmal konnte man die dekorativen Elemente der weißen Linien, die das siebzehnstöckige Gebäude aus Beton zierten, genau erkennen. Viermal dreizehn gigantische Muscheln, genau identisch mit denen, die man in François Valionis Tasche gefunden hatte.

Jeder Zweifel war ausgeschlossen. Diese zentimeterkleinen Muscheln, die man eigentlich nur auf den Malediven finden konnte, waren hier als ein Meter große Skulpturen in fünfzigfacher Ausführung nachgestaltet worden und von überall aus in ganz Cotonou sichtbar.

»Mist«, schimpfte Petar und wandte sich an den Polizisten. »Was ist das jetzt wieder für ein Scheiß?«

»Keine Ahnung«, antwortete Ryan und warf den beiden die kugelsicheren Westen zu. Wenn wir nicht gleich ins Olympe-Viertel fahren, kommen wir zu spät zum Rendezvous.«

# 24

*9:29 Uhr*

Ruben Liberos legte seine Hand auf Leylis Schulter.

Zu spät.

Die Tür zu Zimmer 17 im Ibis-Hotel von Port-de-Bouc war schon einen Spaltbreit geöffnet. Sechs Augenpaare starrten Leyli verblüfft an.

Zwölf weit aufgerissene Augen.

Vier Männer, eine Frau und ein Teenager. Ein Mann kam gerade mit nacktem Oberkörper aus der Dusche, ein weiterer sah von seiner Gitarre auf, die zwei anderen von ihren Büchern. Der Jugendliche wandte ihr den Rücken zu, die Frau frisierte seine Dreadlooks. Leyli erkannte Noura.

Afrikaner, allesamt aus der Subsahara. Eine dampfende Teekanne stand auf dem Nachttisch.

»Meine Wüstenprinzessin«, sagte Ruben hinter ihr, »ich danke dem Schicksal, dass ausgerechnet *Sie* meine Schützlinge entdeckt haben.«

Leyli trat ein. Sie warf Noura ein schüchternes Lächeln zu, aber diese reagierte nicht.

»Setzen Sie sich doch, schönes Kind.«

Auf einem der beiden Betten machte man ihr Platz. Unterdessen erklärte Ruben:

»Die Auslastung meines Palastes liegt bei durchschnittlich 58 Prozent. Diese äußerst zuverlässigen Zahlen wurden von den Schatzmeistern des Konzerns Accor erhoben. Im Sommer liegen wir bei 87 Prozent und sinken im Winter auf unter 30 Prozent. Das macht im Schnitt siebenundzwanzig Betten in dreizehn Zimmern, die jede Nacht leer stehen. Ein Tropfen auf den heißen Stein bei den insgesamt fünfhunderttausend Zimmern, die weltweit in unserer Hotelkette zur Verfügung stehen. Nun, meine Schöne, Sie glauben doch nicht im Ernst, dass Ruben Liberos seine Türen verschließen könnte, wenn draußen Hunderte von Reisenden die Nacht ohne ein Dach über den Kopf verbringen? Ich öffne jeden Abend meine leer stehenden Zimmer für die Menschen, die der Wind an unsere Küste geweht hat. Unentgeltlich und ohne jede Verpflichtung. Für einen Abend. Eine Woche. Genauso, wie man sein üppiges Mahl mit einem hungrigen Nachbarn teilen würde.«

Leyli betrachtete Ruben, seinen dunkelgrauen Anzug, die schwarze Krawatte und das straff nach hinten gekämmte graue Haar. Wer hätte ahnen können, dass dieser elegante, gut gekleidete Mann das Zeug zu einem Widerstandskämpfer hatte? Bestimmt wussten seine Vorgesetzten bei Accor nichts davon, soviel war sicher! Der Hoteldirektor redete weiter. Leyli begriff, dass er mit seiner Fabulierkunst und Geschwätzigkeit eigentlich seine Schüchternheit, aber auch seine wahre Natur kaschierte. Er war ein Held des Alltags. Es war einfacher, die Wahrheit in einem Meer von Lügen zu ertränken.

»Bitte, Leyli, schauen Sie mich nicht so mit Ihren Gazellenaugen an, oder ich sehe mich gezwungen, auf der Stelle all unsere Freunde vor die Tür zu setzen, um nur mit Ihnen meinen Palast der tausendundeins Zimmer zu teilen. Ihr Diener tut lediglich seine Fron, wobei er stets auf den Ruf des Unternehmens, bei dem er in Lohn und Brot steht, bedacht ist. Es gilt, Männer und Frauen, die ein Dach über dem Kopf brauchen, überall auf der Welt zu beherbergen, selbst wenn niemand von meinen …

kleinen Arrangements weiß. 1978 habe ich einen Monat lang dreiundfünfzig kambodschanische Familien im Ibis-Hotel von Hanoi untergebracht. 1993, im Ibis von Kigali, habe ich hundertsiebenundzwanzig Tutsi gerettet, die …«

Ein kleiner Mann in einer viel zu großen beigen Leinenhose unterbrach seinen Redefluss. Er war älter als alle anderen und trug eine Brille mit dicken Gläsern.

»Es hat nie ein Ibis-Hotel in Kigali gegeben, mein Bruder.«

Ruben lachte laut auf.

»Zahérine, alter, undankbarer Kerl! Ich beherberge dich hier und riskiere damit meinen guten Ruf, und du strafst mich dafür vor den zwei schönsten Frauen des afrikanischen Kontinents als Lügenmaul.«

Leyli und Noura schmunzelten.

Ruben erklärte, er gewähre den Migranten im Rahmen seiner Möglichkeiten Gastfreundschaft, wisse allerdings immer erst am Abend, wie viele freie Zimmer es gebe. Nie pferche er die Illegalen auf engstem Raum zusammen. Ein Zimmer pro Familie, ein Bett pro Person. Auch wenn es zu später Stunde häufig vorkomme, dass sich Geschwister oder erweiterte Familien in einem einzigen Zimmer oder in der Hotellobby versammelten, um sich zu unterhalten, zu singen oder Musik zu machen.

»Oder um einfach den endlosen Geschichten von Ruben Liberos zu lauschen«, sagte der Mann mit der Brille, dessen Augen vor Schalk blitzten. »Dieser verrückte Alte nimmt uns nur auf, um jeden Abend Publikum zu haben!«

Ruben lachte wieder laut.

»Jetzt verstehe ich, warum Präsident Kérékou zehnmal versucht hat, dich umzubringen, du unverwüstliches Unkraut.«

Er wandte sich an Leyli:

»Sie kennen ja bereits die schöne Noura, die sich mit Ihnen

die Verantwortung teilt, dieses Schloss zum Strahlen zu bringen.« Noura bedachte sie mit einem eisigen Blick. »Als Nächstes möchte ich Ihnen meinen treuen Freund vorstellen, Savorgnan Azannaï.«

Savorgnan erhob sich. Seine blau-schwarzen Augen wirkten weise, und von seinen geschmeidigen, fast femininen Bewegungen ging etwas Katzenhaftes aus. Seine außergewöhnliche Ausstrahlung erinnerte an große Persönlichkeiten wie Mandela oder Obama.

»Du bist Leyli?«, fragte Savorgnan. »Leyli Maal?«

»Ja«, erwiderte sie überrascht.

»Ich habe gestern deine Tochter kennengelernt. Bamby. Von dir hat sie also ihre Schönheit geerbt.«

Savorgnan hielt Leylis Blick stand. Er war rein freundschaftlich und in keiner Weise zweideutig. Brüderlich. Aber gleichzeitig spürte sie auch, wie sich Nouras eifersüchtige Blicke in ihren Rücken bohrten. Die junge Frau war in Savorgnan verliebt. Eine stumme Verliebte, die zweifellos hoffte, dass ihre Gesten für sie sprachen.

»Deinen Sohn kenne ich besser«, fuhr Savorgnan fort, ohne von Nouras Körpersprache Notiz zu nehmen. »Alpha habe ich oft getroffen. Er hat uns seine Hilfe angeboten. Wir … wir denken darüber nach.«

Leyli wollte lieber nicht genauer nachfragen. Savorgnan hatte die letzten Worte schleppend gesagt. Sie glaubte, ein Zögern herauszuhören, als wäre noch nicht klar, wie es weitergehen sollte, als würde man der Sache misstrauen. Das verstand sie instinktiv, ohne zu wissen, worum es ging. Alpha war ein ehrgeiziger und entschlossener junger Mann, anständig und zuverlässig, doch er allein entschied, wo die Grenze zwischen Gut und Böse verlief. Vielleicht, weil er es liebte, diese Grenze wie ein Seiltänzer auszutesten. Häufig auf intelligente Weise, aber manchmal auch mit Gewalt.

Stille breitete sich im Raum aus. Leyli nutzte die Pause, um sich in Zimmer 17 genauer umzusehen. Ausgedrückte Zigarettenkippen in einem Aschenbecher, leere Bierflaschen und offene Pizzakartons, ein paar Muscheln in einer Glasschale. Noch immer dampfte die Teekanne auf dem Nachttisch, und neben jedem Anwesenden stand eine Tasse. Ein blaues Armband zierte das Handgelenk des Gitarristen. Der Jugendliche trug ein rotes. Zahérine hatte keins, Savorgnan auch nicht. Dafür fiel Leyli der Ring an seinem Finger auf.

Ein Ehering.

Alle in diesem Zimmer, außer Noura und dem Teenager, waren über dreißig. Doch kein Gegenstand hier deutete auf die Anwesenheit eines Kindes hin.

»Und eure Familien?« fragte Leyli.

Savorgnan führte die Teetasse zum Mund.

»Wir versuchen alle, sie nachzuholen. Wir sind gerade erst angekommen, weißt du. Setz dich her und schau.«

Er zog ein Foto aus seiner Brieftasche. Es zeigte ihn neben einer strahlenden jungen Frau mit langem geglättetem Haar und zwei Kindern im Grundschulalter.

»Babila, meine Frau, ist Krankenschwester. Keyvann, mein Sohn, ist ganz verrückt nach Zügen. Er träumt davon, eines Tages Lokführer in einem TGV zu sein. Und Safy ist meine kleine Prinzessin. Sie möchte einen Friseursalon eröffnen, um alle Frauen hübscher zu machen.«

Noura erhob sich plötzlich. Sie schien Savorgnans liebevollen Blick auf seine Familie nicht zu ertragen. Sie holte den Besen aus dem Schrank, sah Leyli auffordernd an und ging mit klappernden Absätzen zur Tür, als wollte sie ihr zu verstehen geben, sie werde nicht dafür bezahlt, Fotos anzusehen, auf dem Bett zu sitzen und Tee zu trinken.

Ruben mischte sich mit sanften Worten ein.

»Wir haben Zeit, Noura. Alle Zeit der Welt. Unsere Herzen stauben schneller ein als die Möbel.«

Achselzuckend ging sie hinaus. Die Stimmung war auf einmal gedrückt. Leyli wandte sich an Savorgnan.

»Es ist gefährlich, sie nachzuholen, oder?«

Er lächelte und ergriff das Wort, als spräche er für alle vier Männer.

»Stell dir vor, Leyli, selbst wenn ich alle Papiere und eine Aufenthaltsgenehmigung bekomme und eine richtige Arbeit finde, weißt du, wie lange es dauert, seine Familie nachzuholen?«

Leyli antwortete nicht.

»Vielleicht ein ganzes Leben. Für einen Kanadier, einen Schweizer oder Japaner dauert es ein paar Tage, ein Visum zu erhalten, aber für eine afrikanische Familie reicht oft ein ganzes Leben nicht. Komm, Darius, erzähl deine Geschichte.«

Der Mann, der auf dem Bett saß, legte sein Buch beiseite. Er war etwa fünfzig Jahre alt.

»Ich begleite meine Brüder hier, aber ich bin kein Illegaler. Ich lebe nun seit rund sieben Jahren in Frankreich. Meine Frau und meine vier Kinder sind in Togo geblieben. Ich arbeite im Depot der Marseiller Verkehrsbetriebe und verdiene zwölfhundert Euro im Monat, den gesetzlichen Mindestlohn, der nötig ist, um eine Familienzusammenführung beantragen zu können. Aber es gibt noch eine zweite Bedingung: Man muss eine Wohnung mit mindestens zehn Quadratmetern pro Person, die Kinder inbegriffen, haben. Ich versuche nun schon seit Jahren, eine Wohnung mit wenigstens sechzig Quadratmetern zu finden, auch wenn mich das drei Viertel meines Gehalts kosten wird. Aber wer vermietet schon einem alleinstehenden Mindestlohnverdiener eine so große Wohnung?«

Savorgnan hatte den Nachttisch mit der Teekanne in die Mitte des Zimmers gezogen. Sie saßen alle auf den zwei Betten im Raum wie Studenten, die die Welt neu erfanden. Zahérine, der Älteste, fuhr fort:

»Die Franzosen sind clever. Sie sind nicht dagegen, dass unsere Frauen und Kinder herkommen, sie empfangen uns mit offenen Armen und lieben uns so sehr, dass sie uns nur unter den besten Bedingungen aufnehmen wollen. Und dann entscheidet so ein Kontrolleur, dass die Anzahl der Zimmer für die Familie nicht ausreicht, oder dass die Rohre zu alt sind, das Wasser in der Dusche zu kalt, der Dachboden zu feucht oder die Treppe zu steil ist.« Zahérines Augen funkelten hinter seiner Brille. »Ist das nicht geschickt ausgetüftelt, Leyli? Unseren Familien wird das Recht abgesprochen zusammenzuleben, und zwar unter dem Vorwand, dass sie mehr Komfort verdienen, als sie ihn je gekannt haben. Komfort, den sie sich nicht einmal erhoffen.«

Nach kurzem Schweigen fügte Savorgnan hinzu:

»Die Kontrolleure werden von den Stadtverwaltungen bestellt. Und welche Gemeinde möchte sich schon mit ausländischen Familien belasten, die nicht einmal wählen dürfen? Man schiebt sich gegenseitig den Schwarzen Peter zu … Sechsunddreißigtausend Gemeinden … Der französische Staat hat die Menschenrechte einfach in sechsunddreißigtausend Stücke zerteilt.«

Ruben beugte sich hinüber zum Nachttisch in der Mitte des Zimmers.

»Auf die Menschenrechte«, sagte er. »Und auf die, die noch an sie glauben.«

Aus seiner Tasche zog er eine kleine Flasche Licor 43 und bot den Männern ein Schlückchen an. Savorgnan lehnte ab, aber die anderen drei nickten.

»Meine Freunde«, sagte Ruben, »ich erhebe mein Glas auf das Einwanderungsland, das Frankreich einst war, auf das Land, das mich '71 aufgenommen hat, als ich vor Franco floh, genau wie meine polnischen Brüder 1848, meine armenischen Brüder 1915, meine russischen Brüder 1917 und meine portugiesischen, griechischen und kambodschanischen Brüder, die nach mir kamen. Auf das Land, das als erstes der Welt in seine Verfassung von 1793 die Verpflichtung aufgenommen hat, den unterdrückten Völkern der Erde Asyl zu gewähren.«

Er trank seine Tasse in einem Zug leer.

Zahérine tat es ihm nach, dann stand er auf und öffnete im Gehen seinen Hosenschlitz.

»Und ich werde nun auf die Erde dieses inzwischen so ungastlich gewordenen Landes pinkeln, das sogar seine französischsprachigen Brüder nicht mehr willkommen heißt, die es dennoch so sehr lieben. Dieses Land, das die dreihunderttausend Flüchtlinge, die in Frankreich überleben, wie Gesetzlose behandelt. Spanien, Italien und Deutschland kommen mit mehreren Millionen von uns zurecht. Dieses Land, das überaltert ist und es nicht mehr schafft, für die Rente und Pflege seiner betagten Mitmenschen aufzukommen. Dieses Land, in dem das Renteneintrittsalter auf siebzig Jahre hochgeschraubt werden soll, während direkt vor der Haustür die afrikanischen Länder nicht wissen, was aus ihren jungen Arbeitslosen werden soll.«

Zahérine verschwand in der Toilette. Savorgnan stellte seine Tasse ab und setzte den Diskurs fort. Er wandte sich direkt an Leyli, als hätte sie persönlich die Einwanderungsgesetze zu verantworten. Doch sie wagte nicht, etwas zu erwidern. Es kam selten, so selten vor, dass diese Fragen aufgeworfen wurden.

Sie lebte mit ihnen, aber sie sprach niemals darüber. Mit niemandem. Ausländische Arbeitnehmer wie sie waren ohnehin isoliert. Standen früh auf. Kamen spät heim. Irrten durch verlassene Büros. Igelten sich in der Stille der ersten und letzten Transportmittel ein. Hatten andere Sorgen, als zu philosophieren. Sie waren so weit entfernt von den Verdammten der Erde aus ihren Lieblingsromanen von Zola oder Steinbeck, die zusammenhielten, sich gewerkschaftlich organisierten und durch die Straßen marschierten, dachte Leyli. Heute bildeten die eingewanderten Arbeiter eine zerschlagene Internationale, die noch viel leichter auszubeuten war. All das ging Leyli durch den Kopf, aber sie wagte nicht, es auszusprechen. Sie hörte einfach nur zu.

»Wir sind nicht hergekommen, um den Franzosen ihren Reichtum zu stehlen«, erklärte Savorgnan gestenreich. »Und wir verlangen nicht einmal, dass sie ihn mit uns teilen. Wir sind nur gekommen, um es selbst zu etwas zu bringen, wir wollen arbeiten, essen und trinken, heiraten, Kinder kriegen. Wir wollen einfach nur frei sein. Wovor haben sie Angst? Dass alle Welt ins Land drängt, sobald sie die Tür einen Spaltbreit öffnen? Aber was glauben sie denn? Die Zeit der Flüchtlingsströme ist vorbei! Fast niemand mehr hat die finanziellen Mittel, um auszuwandern. Die Armen und die Ungebildeten müssen bleiben, wo sie sind. Gefangene ihrer Herkunft. Schlimmstenfalls geraten sie auf ihrer Flucht vor Krieg oder Hunger jenseits der Grenze in ein noch ärmeres Land.«

Whisley, der auf dem Bett in der Nähe des Fensters saß, untermalte auf seiner Gitarre leise Savorgnans nicht enden wollendes Klagelied.

»Die Kandidaten für den großen Aufbruch sind rar gesät, Leyli. Diejenigen, die einmal quer durch die ganze Welt reisen, sind keine ausgehungerten Horden, die sich auf den Weg machen. Es sind die Mutigen, die Ehrgeizigen, die Unbeschwerten, die Verzweifelten, die Ausgeschlossenen, die Verrückten, die Träumer. Sie sind frei. Fast nie sind es Frauen, selten Familienväter, aber immer häufiger Kinder.«

Savorgnan schwieg nun und senkte seinen tränenverschleierten Blick auf die Fotografie von Babila, Safy und Keyvann.

»Die Verrückten«, wiederholte er leise.

Zahérine kam von der Toilette zurück. Ruben nutzte die Gelegenheit, um den Rest seiner Flasche in die Tassen zu gießen. Diesmal wollten alle Männer etwas, auch Savorgnan. Der Teenager lag zusammengerollt auf dem Bett, so als interessierte ihn das Gespräch nicht, und sang in der Bambara-Sprache zu Whisleys Gitarre.

»Alle Länder der Welt haben Konventionen über die Rechte des Kindes unterzeichnet«, sagte Zahérine wieder an Leyli gewandt, »aber sobald es sich um illegal eingereiste Minderjährige handelt, um die man sich bis zu ihrer Volljährigkeit kümmern muss, was die öffentlichen Defizite möglicherweise noch vergrößert, setzt man sich einfach über diese Abkommen hinweg. Man arrangiert sich, indem man für diese Kinder eine Art Familie oder ein anderes Land sucht, die sie aufnehmen. Und wenn man niemanden findet, überlässt man sie ihrem Schicksal auf der Straße. Sie wird ihnen schon Lehrmeister genug sein. Oder man weist sogar Fünfzehnjährige aus, weil man vermutet, dass sie bei der Altersangabe gelogen haben.«

Langes Schweigen. Ruben zog wieder seine Flasche hervor, aber sie war schon leer. Die drei Beniner tranken den letzten Schluck aus ihren Tassen. Leyli nutzte die Gelegenheit, um sich zu erheben und zum Staubsauger zu greifen. Zahérine hielt sie zurück.

»Siehst du, Leyli, unsere einzige Macht besteht darin, dass sie nicht ohne uns auskommen.« Er wandte sich an Ruben. »Ich sage das nicht wegen dir, alter Narr, du bist nur ein ganz kleiner Ausbeuter, der sein Gewissen beruhigt, indem er mit uns trinkt. Dabei hast du nicht einmal einen Liter von deinem miesen spanischen Likör dabei, um mit uns anzustoßen.« Ruben lachte. »Ich sage das wegen des Homo megapolitas, dem strahlenden Bewohner der reichen Großstädte dieser Welt. Solche Menschen werden immer jemanden brauchen, der für die 3 Ds zuständig ist: *dirty, dangerous, dull,* wie die Amerikaner so schön sagen. Dreckig, gefährlich, uninteressant. Wir sind unersetzlich. Wer hat schon Lust, unsichtbar zu sein wie wir? Wir sind die Heinzelmännchen, die dafür sorgen, dass die Straßen der Großstädte sauber sind, die Mülltonnen leer und die Schaufenster blitzblank. Aber das geht nur, wenn wir, die Schädlinge, ohne die kein Ökosystem überlebt, bei Tagesanbruch wieder in unserem Bau verschwinden.«

Leyli machte einen Schritt Richtung Tür. Sie rückte ihr Tuch zurecht, ihre Schürze. Früher war sie mutig gewesen. Doch das war lange her. Ihr Vorrat war längst aufgebraucht.

Sie ging hinaus.

Ein paar Augenblicke später überdeckte das Geräusch des Staubsaugers Whisleys Gitarre. Leyli begegnete im Gang Noura, die Arme voller Laken. Die junge Mestizin hob nicht einmal den Kopf, so sehr war sie in die Musik aus ihren Kopfhörern versunken. Sie schien weder Leyli wahrzunehmen, noch den Staubsauger zu hören.

Leyli zog mit dem Gerät an ihr vorbei. Eine Bemerkung ging ihr nicht aus dem Kopf.

Die zerschlagene Internationale.

## 25

*12:03 Uhr*

Tidiane hatte es nicht geschafft, im Orangenbaum bis ganz oben zu klettern. Aber fast! Er konnte nicht einschätzen, wie viele Meter es waren, also orientierte er sich an den umliegenden Gebäuden Ares und Athene. Er war auf jeden Fall weiter als bis zum zweiten Stock gekommen. Rittlings saß er auf einem dicken Ast, als wollte er sich der Sonne nähern, auch wenn er sorgfältig darauf achtete, inmitten der schattigen Blätter zu bleiben. Schließlich war er nicht so dumm wie dieser blöde Ikarus, dessen Geschichte Mama ihm vorgelesen hatte.

Das Schwierigste war nicht gewesen, auf den Baum zu steigen, sondern sich nicht von Opa Moussa und Oma Marème dabei erwischen zu lassen. Er hatte genau die Zeit abgepasst, zu der sich seine Großeltern aufs Sofa setzten, um fernzusehen. Fast so, als hätte Alpha alles genau geplant. Alpha war schlau! Der Schlauste von allen.

Von seinem Beobachtungsposten aus hatte Tidiane die Avenue Pasteur und die Avenue Jean-Jaurès vollständig im Blick, auch die Universität, und in der Ferne sah er das Meer. Und wenn er zwischen seinen Beinen hinabschaute, erblickte er am Fuße des Orangenbaums Alphas Kopf.

*Du pfeifst, Tidy*, hatte ihm Alpha eingetrichtert. *Du pfeifst, wenn du mehr als ein Auto hier im Viertel parken siehst.*

Tidiane liebte es, wenn Alpha ihn Tidy nannte.

*Wenn du pfeifst, werde ich es hören.*

Tidiane erinnerte sich nicht mehr daran, ob er überhaupt pfeifen konnte.

Nach einer Ewigkeit – zumindest kam es ihm so vor – bemerkte er zwei Lieferwagen, die vom Kreisverkehr in die Avenue Pasteur einbogen. Als Erstes fiel ihm auf, dass die Transporter gleich aussahen, dann, dass sie langsamer wurden und schließlich, dass sie beide ein Blaulicht oben auf dem Dach hatten.

Die Bullen! Zwei Mannschaftswagen mit Bullen!

Glücklicherweise registrierte Tidiane das alles in Lichtgeschwindigkeit. Sie würden gut zwei Minuten brauchen, um zu parken, um die Gebäude Ares und Athene herumzugehen und in den Innenhof der Cité de l'Olympe zu gelangen. Er bemühte sich, nicht panisch zu werden. Er steckte sich die Finger in den Mund, so wie es Alpha ihm letzten Sommer beigebracht hatte, als sie im Hafen am Kai gesessen und die Mädchen in ihren kurzen Röcken hatten vorbeilaufen sehen. Tidiane pfiff. Die Mädchen drehten sich wütend um. Alpha hatte gelacht und Tidiane verschämt den Blick gesenkt, bis die Mädchen schließlich auch lachen mussten.

Ein langer, durchdringender Pfiff erklang, so laut, dass Tidiane den Eindruck hatte, sogar die Zweige des Orangenbaums würden erzittern.

Er hatte es geschafft!

Er sah nach unten.

Alpha hatte sich nicht von der Stelle gerührt.

Die Polizisten schwirrten in alle Richtungen aus. Ein eher kleiner, stämmiger Typ, der in seinem Lederblouson schwitzte, erteilte ihnen Befehle. Sie schienen zu sechst zu sein, aber vielleicht hatte Tidiane in der Aufregung auch nicht richtig gezählt. Sie gingen um die Gebäude herum. Wenn sie gleichzeitig von beiden Seiten des Hofes kämen, säße Alpha in der Klemme.

Hastig ließ Tidiane den Ast los, um noch einmal die Finger zum Pfiff zwischen seine Lippen zu schieben. Zu rasch. Er fühlte, wie seine Beine abrutschten und an der rauen Rinde des Orangenbaums entlangschabten. Er glaubte abzustürzen. Wie Ikarus war er der Sonne zu nah gekommen.

Reflexartig umschlang er mit beiden Armen den Ast und fand im letzten Moment das Gleichgewicht wieder, stemmte sich mit dem Rücken fest gegen den Stamm und verfluchte die wertvollen Sekunden, die er durch diese Aktion verloren hatte. Dann pfiff er noch lauter als beim ersten Mal, so dass alle Vögel im Viertel vor Neid erblassten.

Einige Nachbarn aus dem Block Poseidon traten hinaus auf ihre Balkone. Hatten seine Pfiffe oder das ungewohnte Treiben der Polizisten sie aufgescheucht?

Alpha rührte sich noch immer nicht.

Hatte er denn nichts gehört?

Hatte Tidiane vielleicht nicht laut genug gepfiffen?

Oder zu spät? Und Alpha hatte nicht begriffen, dass er geliefert war?

Stundenlang, nein, tagelang würden diese Fragen Tidiane beschäftigen.

Zu spät.

Es war vorbei.

Die Bullen kamen von allen Seiten des Innenhofs. Alpha lehnte allein am Stamm des Orangenbaums wie der, der als Erster beim Räuber-und-Gendarm-Spiel geschnappt wurde. Den niemand befreien würde.

Tidiane überlegte, ein drittes Mal zu pfeifen, aber er wusste, dass das nichts mehr ändern würde. Sein Bruder hatte die Bullen nun direkt im Blick. Wenn er pfiff, würden die Polizisten nach oben sehen, die Nachbarn sich zu ihm umdrehen und Opa und Oma könnten womöglich auch noch auf den Balkon rauskommen.

Tidiane spähte jetzt zum zweiten Stock des Wohnblocks Poseidon hinüber, dorthin, wo seine Hütte lag.

Er hatte keine Lust, dabei zuzusehen, wie Alpha verhaftet wurde. Und noch weniger Lust, dass Opa und Oma die Szene beobachteten.

Warum nahmen die Bullen überhaupt seinen großen Bruder fest?

Eine Drogengeschichte? Merkwürdig, Alpha hatte ihn doch stets davor gewarnt. Aber vielleicht verkaufte er das Zeug nur, ohne es selbst anzurühren.

Zwei Polizisten bedrohten Alpha mit gezogener Pistole, ein großer mit Lederjacke und ein Araber. Alpha rührte sich nicht. Er hob lediglich die Hände.

Das beruhigte Tidiane ein wenig.

Sie würden Alpha mitnehmen, ihn verhören und festsetzen. Sein großer Bruder war schlau. Morgen käme er wieder frei. Wenn er sich festnehmen ließ, dann hatte er sich nichts vorzuwerfen.

Während Alpha in Handschellen von den beiden Männern mit kugelsicheren Westen über den Hof abgeführt wurde, konnte Tidiane an nichts anderes mehr denken. Alpha hatte sich festnehmen lassen. Ganz bewusst.

Im nächsten Augenblick sagte er sich, dass das keinen Sinn ergab und er es sich nur ausdachte, um sich nicht eingestehen zu müssen, als Wachposten versagt zu haben. Bestimmt hatte er nicht richtig gepfiffen. Damit war er an seiner ersten großen Aufgabe, die sein Bruder ihm gestellt hatte, gescheitert.

Alpha stieg widerstandslos in einen der beiden Mannschaftswagen ein.

Die Vorhänge am Balkon von Opa Moussa und Oma Marème hatten sich nicht bewegt.

Tidiane fröstelte.

Er hatte einen dicken Kloß im Bauch, als er die beiden Fahrzeuge am Ende der Straße verschwinden sah. Und er verspürte den übermächtigen Wunsch zu weinen. Ein Drang, der stärker war als er. So, wie wenn man ganz dringend Pipi musste.

Er würde niemals Tidy sein. Nur Tidiane. Ein Baby.

Er würde nie so sein wie Alpha.

Wenn Alpha festgenommen worden war, dann nur, weil er es so gewollt hatte. Wie im Film. Er hatte einen Plan. Alpha war schlauer als alle Bullen zusammen. Alpha hatte ihm gesagt, dass er Geld verdienen würde, sehr viel Geld. Viel mehr als der verfluchte Schatz, den Mama versteckt hatte.

## 26

*14:52 Uhr*

Die Sonne ging über den Sandhügeln auf, und dank der Körnung des Fotos erinnerten die sanft geschwungenen Kurven an golden schimmernde Haut. Beim Anblick dieser vergänglichen Dünen in der Wüste konnte man sich einen schön geformten Rücken vorstellen, die Wölbung einer Brust, die Rundung eines Pos. Sicher hatte der anonyme Fotograf des Posters in der Frühstückshalle des Ibis-Hotels von Port-de-Bouc, dies so gewollt. Ein Schwarm Zugvögel erhob sich in den roten Himmel.

Nachdem Leyli die Reste von Croissants, zermatschter Butter und Konfitüre eingesammelt hatte, stand sie eine Weile vor dem

Bild. Reflexartig setzte sie ihre gelbe Sonnenbrille mit den runden Gläsern auf. Ein grinsender Smiley war auf jedes Glas gemalt.

Mit einem Mal wurde es dunkler im Raum. Sie hörte nicht, wie Ruben Liberos hinter ihr auf sie zukam.

»Eine Erinnerung an die nubische Wüste«, sagte der Hoteldirektor. »Alle Reisenden, die hier schlemmen, sind von der Sinnlichkeit der Dünen fasziniert, aber niemand bemerkt die Vögel am Himmel. Heilige Ibisse! Nur eine kleine private Anekdote, die mich zum Schmunzeln bringt ... Aber auch ein Hinweis auf die armen Ibisse – in der Antike von den Ägyptern verehrt, werden sie heute in Frankreich beschuldigt, eine lästige Vogelart zu sein: ein Nesträuber, der Brut und Küken tötet, insbesondere die der hübschen rosa Flamingos.«

»Stimmt das?«

»Sagt man zumindest ... In der Camargue, nicht weit von hier, bringen Naturschützer zum Erhalt unserer Kulturlandschaft Ibisse um, die sich in unseren Mooren anzusiedeln versuchen.«

Die beiden blieben nebeneinander stehen und betrachteten das Poster, dann wandte sich Ruben an Leyli.

»Meine unermüdliche Sultanin, könnten Sie morgen vielleicht früher anfangen? Gegen sechs Uhr? Ausnahmsweise. Noura hat um einen freien Vormittag gebeten.«

Leyli überlegte und schob sich ihre gelbe Smiley-Brille ins Haar.

»Ich muss Tidiane wecken, das Frühstück machen und ihn zur Schule bringen ...«

»Ich verstehe, meine Prinzessin, ich verstehe.«

Es war nicht Rubens Art, auf seinem Anliegen zu bestehen. Große Lust, Noura einen Gefallen zu tun, hatte Leyli nicht gerade, aber sie erinnerte sich an das Gespräch in Zimmer 17 und die zerschlagene Internationale.

»Ich kann es doch einrichten«, lenkte sie schließlich ein. »Tidianes Opa kann ihn sicher heute nach dem Abendessen abholen und bei ihm zu Hause schlafen lassen. Die Großeltern kümmern sich dann morgen früh um ihn. Ich schicke ihm eine SMS.«

»Dank...«, stammelte Ruben.

Der Rest blieb ihm im Hals stecken.

Leyli war blass geworden. Sie starrte auf ihr Handy.

»Alpha«, hauchte sie, »Alpha, mein Großer. Er ist gerade verhaftet worden. Vor ein paar Minuten. Vor der Wohnung seiner Großeltern. Mein Vater hat ihn in Handschellen gesehen, seinen Abtransport in einem Kastenwagen der Polizei und...«

Ruben legte Leyli die Hand auf die Schulter.

»Ruhig, ganz ruhig!«

Obwohl er den erschütterten Gesichtsausdruck seiner Angestellten sah, versuchte er zu spaßen:

»Er hat doch sicher nichts Schlimmes ausgefressen. Die Polizei wird ihn wieder laufen lassen. Und wenn er das Opfer eines Justizirrtums ist, dann bricht er eben aus. Habe ich Ihnen schon erzählt, meine besorgte Penelope, wie ich '74 aus dem Gefängnis von Bang Kwang in Bangkok ausgebrochen bin? Aufgrund einer unglaublichen Verwechslung...«

»Es reicht!«, schrie Leyli.

Tränen liefen über ihr Gesicht und hinterließen dunkle Spuren auf den Wangen.

»Seien Sie still, Ruben. Bitte, seien Sie still!«

Der Hotelmanager bat Leyli, sich zu setzen. So verharrten beide in langem Schweigen. Nur das hektische und laute Hin- und Herrennen von Noura war zu hören, und Leylis Schniefen in die Ibis-Papierservietten, die Ruben ihr reichte.

»Es tut mir so leid«, sagte der schließlich.

»Nein, mir tut es leid. Entschuldigen Sie, dass ich Sie angebrüllt habe. Sie sind der netteste Chef, den ich je hatte.«

»Das sagen meine Angestellten immer, bevor ich versuche, sie zu küssen.«

Leyli lächelte. Ruben war zwanzig Jahre älter als sie. Natürlich meinte er es nicht ernst. Zumindest redete sich Leyli das ein. Dazu war Ruben viel zu vornehm, er besaß die Eleganz des höflichen und schüchternen Gymnasiasten.

»Auch wenn sie mich nicht küssen wollten, so wurden sie dennoch selten böse. Sie fühlten sich eher geehrt und erleichtert, wenn sie feststellten, dass ich deshalb nicht beleidigt war. Fast automatisch wurde ich dann zu ihrem Vertrauten. Besonders der von verzweifelten Frauen! Wussten Sie, dass mich Marilyn ins Vertrauen gezogen hatte, als ich das Hotel Palomar in West Los Angeles leitete, ein paar Stunden vor ihrem Selbstmord? Genauso wie Jean Seberg … Dalida … und Romy Schneider …« Nach einer Pause fügte er hinzu: »Und Cleopatra.«

Jetzt musste Leyli doch lächeln. Ruben nahm ihre Hand.

»Leyli, ich schlage vor, wir überspringen diese Kuss-und-Weigerungs-Zeremonie. Sie sind mir doch nicht gram, wenn wir die dummen Vorspiele von Jungen und Mädchen auslassen, bevor sie wirklich Freunde werden? Erzählen Sie mir alles, was Sie auf dem Herzen haben. Wenn Sie wollen. Alle denken, Geschichtenerzählen sei meine Lieblingsbeschäftigung. Ganz falsch. Ich erzähle nämlich immer die gleichen. Am liebsten höre ich zu.«

Leyli drückte seine Hand und wartete, bis Nouras Schritte im Gang verhallten.

»Dann hören Sie mir zu, mein Vertrauter. Lauschen Sie, aber erzählen Sie es niemals weiter!«

## LEYLIS GESCHICHTE
*Viertes Kapitel*

Ich war allein. Allein und blind. Versteckt in einem stinkenden Zimmer in Agrigent, Sizilien. Alle meine Freunde und die Cousins aus Segu waren von den Carabinieri geschnappt worden und würden wieder nach Mali abgeschoben werden. Ich hatte die Wahl zwischen Verhungern und mich von der Polizei aufgreifen zu lassen, als sich plötzlich die Tür öffnete und mir jemand eine Hand reichte:

*Sie brauchen keine Angst mehr zu haben, Mademoiselle!*

Adil.

Er hieß Adil Zairi.

Alle Sätze, die er dann zu mir sagte, enthielten die Worte »zu hübsch«. Er sprach von mir. Zu hübsch, um zu sterben. Zu hübsch, um hier zu bleiben. Zu hübsch, als dass er gar nicht anders konnte, als sich in mich zu verlieben. Das wiederholte Adil sicher ein Dutzend Mal. Für ihn war es Liebe auf den ersten Blick. Im Laufe der folgenden Nächte fand er andere Vergleiche wie kleiner kranker Vogel, ausgesetztes Kätzchen oder gestrandete Meerjungfrau, doch immer wieder kam er zum Ausgangspunkt zurück. Zu meiner Schönheit.

Adil hatte es von Nachbarn erfahren. Er wohnte unten im Haus und hatte im Treppenhaus gehört, dass eine Frau mutterseelenallein und verlassen im dritten Stock hauste. Adil war daraufhin die Treppen hinaufgestiegen.

Dass ich blind war, hatte er natürlich nicht erwartet. Er begriff es erst, als meine ausdruckslosen Augen sich stets dahin wandten, woher seine Stimme kam. Ich glaube, dass auch ich mich sehr schnell in ihn verliebte. Nicht, weil er mir als der einzige Rettungsring in meiner Finsternis erschien. Im Gegenteil, ich war misstrauisch wie eine Tigerin und seinen Versprechen gegenüber unempfänglich, eine von jedem Geflüster aufgescheuchte Eule. Ich glaube eher, dass ich mich in ihn verliebt habe, weil er trotz allem charakterstark genug war, Witze zu reißen. Ich hätte Mitleid erwartet, aber er lag mir zu Füßen.

»Sind Sie wirklich blind?«, war eine seiner ersten Fragen. »Können Sie überhaupt nichts sehen?«

Als ich mit einem schüchternen »Ja« antwortete, brachte er ein Wort hervor, mit dem ich wirklich nicht gerechnet hatte.

*Uff.*

Ich schwöre, Ruben, genau das hat er gesagt.

*Uff.*

Mit seiner singenden Stimme fügte er dann seinem *Uff* hinzu: *Dann werden Sie niemals sehen, wie hässlich ich bin!*

Ich brach in Gelächter aus, aber er scherzte nicht. Nicht wirklich. Er wiederholte diesen Satz in den folgenden Monaten öfter. Er sei nicht schön, meinte er, und um mit der Frau seiner Träume schlafen zu können, müsse sie blind sein! Er ließ seine Finger über meine Schenkel, Brüste und meinen Rücken gleiten und wiederholte unablässig, wie perfekt mein Körper doch sei. Das gefiel mir. Ich liebte es, sein Gesicht zu streicheln, und fand es nicht hässlicher als andere, seinen Bauch nicht weicher als andere, sein Glied nicht weniger hart.

Doch eines Abends, ein paar Wochen nachdem wir uns kennengelernt hatten, sagte er: »Wenn du eines Tages wieder sehen kannst, wirst du mich verlassen.« Da dachte ich immer noch, dass er einen Scherz machte.

Adil war Franzose. Er arbeitete in einem Verein für Flüchtlingshilfe und reiste viel durch die Mittelmeerländer. Ich folgte ihm überallhin und wartete in Hotelzimmern auf ihn. Ich tat nichts anderes, als auf ihn zu warten, sei es in Beirut, Nicosia, Athen, Bari oder Tripolis. Er verließ mich morgens, nachdem er mich geliebt hatte und ohne das Frühstück anzurühren, das ich im Laufe des Tages verspeiste. Abends kam er zurück. Er sprach wenig. Sonderbarerweise war ich diejenige, die ihm von ihrem Tag erzählte, an dem eigentlich nichts passiert war. Ich erzählte ihm von den Städten, obwohl ich sie nicht sehen konnte, jedoch erahnte, und mir nach den Geräuschen von der Straße ein Bild machte.

Er sprach wenig und liebte mich sehr. Oder besser, er liebte mich oft. Frauen verwechseln das leicht. Die Männer nicht.

Eines Abends, als wir in einem Zimmer oberhalb des Hafens von Oran wohnten und er wortlos die Zeitung las, während ich derweil den Rufen der Obstverkäufer am Strand lauschte, sagte er plötzlich:

»Hör dir das mal an, Kätzchen.«

Adil las mir nie etwas vor. Er mochte es nicht. Das Vorlesen fehlte mir sehr. Oft dachte ich an meine Hütte und die Märchen und Sagen zurück. Im Geist wiederholte ich sie wieder und wieder. Ich wäre glücklich gewesen, hätte Adil mir in meiner Finsternis Geschichten vorgelesen wie mein Vater in Segu. Adil zog es vor, mit mir zu schlafen. Normal, ich war seine Frau. Hätten wir irgendwann ein Kind gehabt, so hätte er vielleicht seiner Tochter vorgelesen.

»Hör zu, Kätzchen!«

An besagtem Abend las er mir einen langen wissenschaftlichen Artikel vor, in dem die Rede von Operationen an der Hornhaut war, von Transplantationen, die das Augenlicht wiederbringen konnten. Dem Artikel zufolge wurden solche Operationen immer häufiger ausgeführt, im Norden wie im Süden der Mittelmeerländer. Wir haben dann anschließend untersuchen lassen, ob eine solche Operation mit meiner Blindheit vereinbar war, und sie war es. Ein praktisch problemloser Eingriff. Nur ein paar Tage Krankenhaus wären notwendig.

Ich konnte es nicht glauben. Es war eine Art Wunder, das ich mir nicht vorstellen konnte. Als würde man mir einen Zaubertrank anbieten, der mich unsterblich machte. Ich kuschelte mich an Adil. Allein die Tatsache, dass er mich über diese Möglichkeit aufklärte, wertete ich als den schönsten Liebesbeweis, den er mir je erbracht hatte.

»Hast du keine Angst mehr, dass ich dich verlasse, wenn ich wieder sehen kann?«, fragte ich und streichelte seine Brust, langsam, damit er verstand, wie gut ich jeden Quadratzentimeter seines Körpers kannte.

Er küsste mich.

»Ich habe dich von Anfang an belogen, mein Vöglein. Es war ein Trick, um dich zu verführen. In Wahrheit bin ich der Doppelgänger von Richard Gere!«

Ich lachte. Adil brachte mich oft zum Lachen. Ich ahnte nicht einmal, wie dieser Schauspieler aussah, nur im Radio hatte ich von ihm gehört. Meine Finger glitten weiterhin sanft über seinen Oberkörper. Ich glaube, ich kannte jedes einzelne Haar, und hätte er sich eines ausgerupft, wäre es mir sofort aufgefallen. Doch dann stellte ich die verflixte Frage:

»Was kostet so eine Operation?«

»Dreißigtausend Francs. Ein bisschen weniger in Marokko, wenn man in Dirham zahlt.«

Ein Vermögen! Mehrere Jahresgehälter! Und ich hatte in meinem ganzen Leben noch nie etwas verdient … Meine Finger umspannten Adils Glied. An diesem Abend hatte er keine Erektion.

»Vergiss es, Liebling!«, sagte ich verstört, »Besser, wir denken nicht mehr drüber nach.«

Wir haben nie mehr darüber gesprochen. In den folgenden Wochen verließ ich das Zimmer immer öfter, vor allem bei Einbruch der Nacht. Mit Adils Freunden und Kollegen aßen wir zu Abend oder aber wir tranken zu zweit ein Glas in der Bar am Strand und rauchten eine Zigarette. Eines Abends, ich glaube, es war in Sousse, hat mich Adil in die Arme genommen, als wir wieder in unserem Zimmer waren. Er roch stark nach Boukha, dem tunesischen Feigenschnaps. Das gefiel mir nicht. Ich trank so gut wie nie Hochprozentiges. Ich fühlte mich verloren, bedrückt und verletzlich, denn der Alkohol betäubte meine Sinne, mein Gehör, meinen Geruchssinn.

»Sami findet dich unglaublich schön.«

Sami war ein französisch-tunesischer Reeder mit mehreren Dutzend Angestellten. Er war witzig, reich und wahrscheinlich attraktiv.

»Er ...«

Adil drückte mich noch fester an sich, bevor er hinzufügte:

»Er hat mir zweitausend Dinar angeboten, wenn er mit dir schlafen darf.«

In dem Augenblicklich verstand ich nicht, dass Adil es ernst meinte, und lachte wie immer. Adil bestand nicht auf ein weiteres Gespräch darüber. Ich vergaß die Angelegenheit. Adil wartete ein paar Wochen und schnitt das Thema dann wieder an. Wir waren noch immer in Sousse. Adil hatte nun einen festen Posten in seinem Verein und arbeitete mit dem Konsulat an der Anerkennung von Flüchtlingen. Von seiner Arbeit redete er so gut wie nie.

»Sami hat mich deinetwegen wieder angesprochen. Er ist jetzt bereit, dir dreitausendfünfhundert Dinare zu zahlen.«

Ich saß auf dem Bett. Durch das Fenster hörte man das Kreischen der um die Schiffe kreisenden Möwen. Diesmal wusste ich, dass Adil nicht scherzte.

»Ich kann es dir nicht verübeln, wenn du diese Chance nicht nutzen willst«, stammelte Adil.

Wieder entging mir der Sinn seiner Worte. Er sollte es mir gleich ausführlicher erklären.

»Du könntest wieder sehen, Leyli! So einfach ist das. In ein paar Monaten vielleicht, oder in ein paar Jahren. Die Hornhauttransplantation kostet ein Vermögen, das wissen wir beide. Aber … Aber viele Männer würden ein Vermögen ausgeben, um mit dir zu schlafen.«

Ich weinte, Adil auch. Es war das erste Mal.

»Ich will, dass du glücklich bist«, wiederholte Adil immer wieder. »Ich möchte, dass du ein normales Leben führst.«

»Ich kann das nicht, Adil, ich kann es einfach nicht.«

Es folgte ein langes Schweigen.

»Dann tu es für mich, Leyli. Für uns. Ich möchte, dass du eines Tages mein Gesicht siehst. Ich möchte in deinen Augen lesen, dass du mich schön findest.«

Und ich habe es für Adil getan. Ich schwöre Ihnen, Ruben, dass ich es für Adil getan habe. Aus Liebe. In meinem Kopf ging alles drunter und drüber. Würde ich wieder sehen können, wäre ich für ihn keine Last mehr. Seine Liebe erschien mir überwältigend. Er würde mich mit anderen Männern schlafen lassen und seine Eifersucht unterdrücken, und das für mein Glück, nur für mein eigenes, egoistisches Glück. Wäre ich selbst bereit gewesen, ein solches Opfer zu bringen? Nein, sicher nicht. Nie hätte ich akzeptiert, dass Adil mit anderen Frauen schläft, selbst wenn sein Leben davon abhinge. Zumindest dachte ich es.

Am nächsten Tag habe ich mit Sami geschlafen. Es folgten drei weitere Male in derselben Woche. Dann hatte Sami wohl genug und schaute sich woanders um, doch Adil tröstete mich. Ich sei doch so wunderschön. Er würde andere zahlende Freunde, Kollegen oder Nachbarn finden.

Nie benützte er das Wort Freier.

Er fand Kunden.

Und sie zahlten.

Wie viel genau, das wusste ich nicht. In meinen Händen fühlte sich ein Schein wie der andere an, und meistens bezahlten Adils Freunde vorher bei ihm. Ich versuchte, die Summen im Kopf zu behalten. Zehn Mal tausend Dinare, zwanzig Mal fünfzig Francs, dreißig Mal hundert Dollar. Ich rechnete aus, wie lange ich wohl diese Hölle ertragen musste.

Adil war eifersüchtig. Stundenlang streichelte ich ihn und versuchte, ihn zu beruhigen. *Dein Körper fühlt sich fester an, Adil. Deine Nase ist feiner, deine Haut süßer.* Ich bestand darauf, dass er diese Zusammentreffen immer mit den gleichen Freunden organisierte. Ja, wir nannten es Zusammentreffen. Nur wenige Freunde, und nur solche, die gut zahlten, schlug ich Adil vor, aber in Wirklichkeit war es mir lieber, von Männern berührt zu werden, die ich schon kannte. Die Idee, mich Fremden hinzugeben, war mir zuwider. Ich musste eine fast unkontrollierbare Furcht bei jedem neuen Zusammentreffen überwinden, während ich die regelmäßigen Bekannten zu zähmen lernte.

Ich sprach wenig und ließ vor allem die Männer erzählen. Fast scheint mir, dass es das war, was sie im Endeffekt am liebsten mochten. Sich mir anzuvertrauen. Vielleicht mache ich mir auch Illusionen, vielleicht waren sie nur scharf auf meinen Po und meine Brüste, von denen ich ohnehin nicht glaubte, dass sie genauso anziehend waren wie die von Naomi Campbell oder Katoucha Niane, die einzigen in meiner Erinnerung.

Eines ist sicher, Ruben, auch wenn lange Gespräche eine Strategie waren, ihre Berührungen hinauszuzögern, so erzählten sie mir doch vorher und hinterher vertrauensvoll wie Babys aus ihrem Leben. Sie berichteten von ihren Frauen und ihren Kindern, gaben ihre Ängste preis und sprachen über ihre Einsamkeit.

Zu Anfang merkte ich mir jedes ihrer Worte, doch als sich alles in meinem Kopf zu vermischen begann, dachte ich über die Möglichkeit einer Gedächtnisstütze nach. Ich konnte nichts notieren und noch weniger nachlesen. So kam ich auf die Idee, Nadia um Hilfe zu bitten. Nadia war eine Bedienung im Hotel Hannibal, in dem unsere meisten Zusammentreffen stattfanden. Adil hatte ein großes Zimmer gemietet, das auf den Markt hinausging, damit ich den ganzen Tag lang in gewisser Weise am regen Treiben teilhaben konnte. So drückte Adil sich aus und küsste mich. Mit solchen Gesten bewies er seine unendliche Liebe zu mir. Trotz meines befleckten Körpers.

Ich bat Nadia, ein kleines Notizbuch zu kaufen, und diktierte ihr nach den Zusammentreffen die Beichten meiner Geliebten. Sie verrieten mir niemals ihre Nachnamen, aber ich kannte ihre Vornamen, die Namen ihrer Frauen und ihrer Kinder, kannte ihre Ängste, ihre Wünsche und ihre Träume. Nadia notierte alles und las es mir vor, wann immer ich wollte. Sie machte sich gern über Männer lustig, und sie zog ihre kleine, ein paar Monate alte Tochter alleine groß. Sie war die Einzige, die von meinem geheimen Büchlein wusste, das ich stets bei mir trug. Es wurde eine Art Zwang. Da ich nie erfahren würde, wie die Männer aussahen, mit denen ich schlief, wollte ich wenigstens sonst alles über sie wissen.

Dieses Notizbuch habe ich immer noch. In Aigues Douces, unter meiner Matratze. Seit Monaten habe ich es nicht mehr hervorgeholt. Ich weiß nicht, ob es richtig war, Ruben, Ihnen dieses

Geheimnis anzuvertrauen und Ihnen von meinen dunklen Jahren zu erzählen. Ich sehe Mitleid in Ihren Augen. Und dennoch, Ruben, was immer Sie auch darüber denken mögen, die Jahre, in denen ich blind war und zur Prosituierten wurde, waren noch nicht die schlimmsten.

# NACHT
# DER TINTE

# 27

*19:23 Uhr*

*Nachname: Maal*
*Vorname: Alpha*
*Geboren am 20. Mai 1999 in Oujda, Marokko.*

»Du bist groß für dein Alter«, kommentierte Petar und überflog nochmals das Blatt mit den Personalien des Jungen, der im Büro der Polizeiwache saß. »Aber offensichtlich hindert dich das nicht daran, Blödsinn zu machen.«

Ryan, der zu diesem Anlass eine tadellose dunkelblaue Uniform trug, stand neben dem Hauptkommissar. Bis jetzt hatte der Jugendliche keine Form von Widerstand geleistet, weder bei seiner Verhaftung noch während der Fahrt im Polizeiwagen und schon gar nicht, seit er von den beiden Ermittlern verhört wurde. Er zeigte sich weder kooperativ noch widerspenstig. Er war ebenso gehorsam wie ein Jugendlicher, dem die Eltern gehörig auf die Nerven gingen. Und so antwortete er nur einsilbig und mit einem ständigen Grinsen im Gesicht.

Petar und Ryan gingen vor Alpha auf und ab. Julo arbeitete in der gegenüberliegenden Ecke des Raums am Computer und wurde Zeuge der Szene. Er lauschte nicht gerade konzentriert den Monologen von Petar und Ryan, auf die hin Alpha artig nickte und hin und wieder mit einem »Ja« oder »Nein« antwortete, wenn irgendwelche Sätze mit einem Fragezeichen endeten. Kommissaranwärter Flores' Blick schwirrte wie ein flatternder

Schmetterling mal zu den beiden Ermittlern, mal zum Verdächtigten hinüber. Weshalb wurde der Jugendliche überhaupt verdächtigt? Er wusste es noch immer nicht. Dann schwirrte sein Blick von einem Poster mit rosa Flamingos am See von Vaccarès zu dem riesigen Bildschirm hinter den Polizisten an der Wand im Raum gegenüber, den man durch die gläserne Trennwand sehen konnte. Die Beamten dort hatten ihn als Ausgleich für ihre Überstunden eingeschaltet.

Fußball im Abendprogramm.

Astra Giurgiu gegen Olympique Marseille.

Julo erfuhr bei dieser Gelegenheit, dass die Mannschaft aus Marseille mit einem Rückspiel im zweiunddreißigsten Finale gegen die Mannschaft eines charmanten rumänischen, von Donauwasser umspülten Dorfs an der Grenze zu Bulgarien kämpfte. Zumindest half Fußball, Julos Erdkunde-Kenntnisse aufzufrischen. Wenn Alpha nicht nickte, verrenkte er sich den Hals in Richtung Bildschirm. Offenbar interessierte er sich mehr für den Spielstand als für die Standpauken der Ermittler.

Prävention hatte Petar es genannt, als würde er danach bezahlt, wie häufig er den Ausdruck täglich verwendete. Reine Prävention.

Erzähl doch, was du willst, Chef, dachte Julo und grinste innerlich. Der fast zwei Meter große Teenager wusste genau, dass die Polizei keine Beweise gegen ihn in der Hand hatte, sie hatten nicht mal einen Krümel Shit in seinen Taschen gefunden. Er war verpfiffen worden. Julo zweifelte an der Wirkung von Petars und Ryans wohlerprobter Nummer.

Der Hauptkommissar zog Statistiken heran. Es gab keinen Platz für Kleinstunternehmer im Milieu, die Konkurrenz ging unbarmherzig und radikal mit den Schlepperlehrlingen um, genauso wie mit Dealern. Er konnte ein ganzes Dutzend Jugendliche mit seinem Hintergrund aufzählen, gut aussehende, muskulöse Typen mit Schenkeln und Armen wie Baumstämme. Hatten sie aber erst mal eine 6-Millimeter-Kugel zwischen den Augen, war ihre Jahresmitgliedschaft im Fitnesszentrum hin, und erst recht ihre Mädchengeschichten.

Ryan machte auf moralisch und zitierte Priester, Imams und auch große Brüder herbei und erinnerte an die Hunderte in diesem Jahr im Mittelmeer ertrunkenen Familien. »Sie hätten dein Onkel, dein Cousin, deine Schwester oder dein Vater gewesen sein können.« Ryan ließ auch nicht die Berühmtheiten aus, deren Namen Julo nicht unbedingt kannte, und die wie Youssou N'Dour, sowie eine ganze Reihe Fußball-, Rap- und Raï-Stars, die Händler falscher Hoffnungen anklagten.

Petar hörte zu, nickte zustimmend und nahm diesen Faden wieder auf.

Der Elan seines Chefs erstaunte Julo. Petar hatte ihm gegenüber bisher kein so ausgeprägtes Mitgefühl an den Tag gelegt. Er wirkte, als wäre er in einem Spezialeinsatz, als wäre er ein Vertreter, der nicht locker ließ, einem dickköpfigen Kunden, der ja doch nichts kaufen würde, irgendeinen Schnickschnack aufzudrängen, nur weil das Gespräch aufgezeichnet wurde.

Eigenartig … Der Verdächtigte verbog sich schier auf seinem Stuhl, um das Geschehen auf dem Bildschirm weiter verfolgen zu können, sobald Ryan und Petar in Bewegung kamen. Vor allem Petar – etwa doppelt so breit wie Kommissar El Fassi – versperrte die Sicht.

»Alpha Maal! Hörst du mir überhaupt zu?«

Ja, er hörte zu, so wie ein Schüler die Standpauke des Schuldirektors über sich ergehen ließ, während er durchs Fenster den Mädchen auf dem Schulhof nachschaute.

*Alpha Maal.*

Dieser Name ging Julo immer wieder durch den Kopf. Etwas, das er nicht zu fassen bekam, verwirrte ihn seit ein paar Minuten. Es hatte etwas mit einer Sache zu tun, die er gesehen, gelesen oder gehört hatte, nur, sie wollte ihm nicht mehr einfallen.

Dann eben nicht. Julo beugte sich über seinen Computer. Auf dem Bildschirm waren eine riesige Muschel und das Gebäude der BCEAO in Cotonou zu sehen. Wenigstens hatte er das Geheimnis um den Zusammenhang zwischen den Muscheln von den Malediven und dem westafrikanischen Banksystem mit ein paar Klicks hergestellt, nachdem er auf das Revier zurückgekehrt war. Die Lösung des Rätsels hieß schlicht Kaurimuschel, auch wenn diese Information keine Antwort auf die Frage lieferte, warum Valioni sie in seiner Tasche gehabt hatte. Julo musste mehr darüber in Erfahrung bringen als das, was er bei Wikipedia gefunden hatte. Er hätte gern mit Petar darüber gesprochen, sah aber nicht, wie er diese sonderbare Schulstunde unterbrechen sollte, und wollte auch nicht auf die kleine Pause warten. Also surfte er weiter im Netz und fand recht schnell den Namen des besten Spezialisten für diese Fragen. Mohamed Toufik, Professor für zeitgenössische afrikanische Geschichte. Drei Bücher hatte er über die Kolonialisierung und Entkolonialisierung afrikanischer Länder geschrieben, und in einer zehn Seiten langen Liste waren seine Veröffentlichungen in Fachzeitschriften verzeichnet. Auf einer Facebook-Seite fand Julo sämtliche wissenschaftliche Referenzen und eine E-Mail-Adresse, um ihn zu kontaktieren. Geschichtsprofessoren spukten offenbar nicht mehr nur in Archiven herum! Wenig später schickte er eine E-Mail an Monsieur Toufik mit der Bitte um einen dringenden Termin in der Hoffnung, dieser Universitätsprofessor würde ebenso schnell antworten, wie er im Internet kommunizierte. Ein Professor dürfte weniger Zulauf haben als der Star einer Reality-Show.

Julo schreckte hoch, als ein schwerer Gegenstand auf den Tisch schlug. Petar hatte die gewichtige Akte mit den Aufzeichnungen aller Hinrichtungen und Vergeltungsanschläge seit Jahresanfang auf den Tisch geschmettert.

»Was machen wir jetzt, Alpha Maal?«, rief der Hauptkommissar. Was machst du, wenn wir dich jetzt laufen lassen? Beantworte diese einfache Frage! Wo finden wir dich das nächste Mal wieder? In der Leichenhalle? In einem Fischernetz im Mittelmeer?«

Julo fand, sein Vorgesetzter übertrieb es wirklich. Aber eine andere Frage quälte ihn. Es war zum Verrücktwerden. Er konnte sich einfach nicht erinnern.

Dieser Vorname: *Alpha.*

Dieser Name: *Maal.*

Würde Petar nur mal eine Sekunde mit dem Gebrüll aufhören, könnte er sein Gehirn vielleicht wieder zur Arbeit antreiben. Unmöglich, die Erinnerung aufleben zu lassen. Er war sich sicher, den Namen und Vornamen gelesen und auch gehört zu haben. Es musste gestern gewesen sein. Bestimmt. Ein kurzer Augenblick, zwei flüchtige Eindrücke.

Petar hielt endlich den Mund, und Julo atmete auf, doch schon in der folgenden Sekunde erschütterte lautes Getöse die Glasscheiben im Gang. Petar hatte den Raum genervt und türenschlagend verlassen.

Nach weniger als zehn Spielminuten hatten die Rumänen den Ball ins Tor von Olympique Marseille geschossen!

El Fassi war das scheinbar egal. Alpha jedoch schien bestürzt. Zum ersten Mal war Ruhe im Raum. Ryan reichte mit versöhnlicher Geste Alpha einen Becher.

»Wollen Sie einen Kaffee, Maal?«

Ohne dass er wusste, welcher Mechanismus das Phänomen auslöste, stellte Julo die Verbindung her. Plötzlich ging wie auf

Knopfdruck das Licht bei ihm an … Ohne den kleinen Hinweis hätte er stundenlang im Dunkeln getappt.

*MAAL.*

Ja, er hatte den Namen schon gelesen.

Wieder beugte sich Julo schnell über seinen Computer, klickte auf den Ordner *Valioni* und den Unterordner *Bambi13*. Noch ein Doppelklick und er öffnete die gespeicherte Liste aller Bamby/Bambis im Departement Bouches-du-Rhône. Zweihundertdreiunddreißig Namen, hundertzweiundneunzig, zog man die ab, die vom Alter her nicht passten. Er scrollte die Liste herunter. Gestern hatte er Stunden damit verbracht, die Namen mit passenden Bildern und Indizien zu verbinden … Die Arbeit war noch lange nicht abgeschlossen.

Bambi Lefebvre.

Bamby Lutz.

Bamby Maal.

Bingo, jubelte Julo innerlich. Eine der hundertzweiundneunzig Bambys in der Region Bouches-du-Rhône trug den gleichen Familiennamen wie dieser Jugendliche, der gerade von seinen Kollegen ausgequetscht wurde. Julo surfte mit Eifer im Netz, fand aber kein Foto von dieser Bamby Maal, dafür aber bei LinkedIn ein Geburtsdatum. 27. März 1995. Einundzwanzig Jahre … Das könnte passen!

Und wenn diese Bambi13 tatsächlich die gesuchte Mörderin war, gehörte sie zur Familie von Alpha Maal? Eine Verwandte? Eine Cousine? Vielleicht seine Schwester …? Der Kommissaranwärter versuchte, seine Aufregung zu unterdrücken. Das hatte noch gar nichts zu bedeuten. Es war nicht wahrscheinlicher, dass Bamby Maal diese Bambi13, war als alle anderen Bambys auf der Liste. Die Tatsache, dass ihr Bruder oder Cousin hier gerade verhört wurde, änderte auch nichts an der Sache …

Doch Julo glaubte nicht an Zufälle! Außerdem trieb ihn diese seltsame Intuition – ›Übung macht den Meister‹ hatte ihn Petar geneckt. Er hatte den Namen nicht rein zufällig gesucht, einen Namen unter hundertzweiundneunzig anderen. Irgendwie hatte er die Namen Alpha und Bamby in einen Zusammenhang gebracht – wie von seinem Unterbewusstsein diktiert –, als würde sich eine zweite Erinnerung hinter der ersten verbergen.

»Ryan«, bat Julo, »kannst du mir seine Akte geben?«

Der Polizist reichte ihm ein paar bedruckte Seiten mit den Personalien und einem kurzen Lebenslauf des Jugendlichen. Zum ersten Mal beachtete Alpha den Kommissaranwärter Flores und musterte ihn mit Besorgnis. Auch das bestätigte Julos Eingebung.

Die Jungs von der Brigade hatten ganze Arbeit geleistet, obwohl Alpha nicht vorbestraft war. Einen Abschluss besaß er nicht. Mit sechzehn Jahren hatte er die Schule verlassen und seither offiziell nicht gearbeitet. Keine vorläufige Festnahme. Allerdings tauchten andere Details in der Akte auf. Er war der mittlere von drei Geschwistern. Alpha hatte einen kleinen Bruder, Tidiane, zehn Jahre alt, und eine große Schwester, Bamby, einundzwanzig Jahre alt.

Seine Schwester… Das war es also! Kommissaranwärter Flores hob den Blick mit klopfendem Herzen. Alpha Maal sah ihn kalt und undurchdringlich an. Ohne Furcht diesmal, oder aber der Junge hatte schnell gelernt, sie zu verbergen. Julo zögerte, ihn direkt zu befragen. *Hast du ein Foto von deiner Schwester? Vielleicht sogar dabei? Weißt du, wo sie gestern Nacht war?*

Er hielt sich zurück.

Dafür war es noch zu früh. Darüber würde er zunächst mit Petar sprechen müssen. Er musste Fotos von Bamby Maal finden, um sie formell identifizieren zu können. Dann, wenn ihn sein

Instinkt nicht getäuscht hatte, konnte man den Jungen immer noch ins Gebet nehmen. Man durfte ihn nur nicht laufen lassen.

Als Petar wieder den Raum betrat, las Julo noch in der Akte Alpha Maal.

Erziehungsberechtigter: Leyli Maal.

Wohnhaft in Port-de-Bouc, Block H9, Aigues Douces.

Kein Vater?

Port-de-Bouc. Julos Herz pochte immer heftiger. Er konnte sich schwerlich einen weiteren Zufall vorstellen.

»Ich habe mich für dich ins Zeug gelegt, mein Junge«, wandte sich Petar an Alpha. »Wenn du dich beeilst, kannst du mit ein paar Kumpeln noch das Ende des Fußballspiels sehen. Leider gibt es keine Einzelzimmer, dafür aber einen Fernseher. Dein Wagen ist vorgefahren. Eine Nacht im Knast wird dir nicht schaden.«

Wenn Julo auch nicht in alle Geheimnisse der Justiz und der Polizei eingeweiht war, so schien ihm eine solche Einbuchtung ohne den leisesten Beweis völlig illegal zu sein. Niemand protestierte. Weder Ryan noch Alpha Maal.

Und er selbst auch nicht.

Es sah fast so aus, als hätte Alpha Maal alles getan, um sich festnehmen zu lassen.

Die Polizisten verließen den Raum, und Julo kümmerte sich nicht mehr um seinen Computer. Draußen dämmerte es. Sein Blick fiel auf das Poster mit dem See von Vaccarès, auf dem sich Hunderte Flamingos dicht gedrängt zwischen den Schilfrohren der Camargue tummelten, die Julo an eine Armee rosa Fans erinnerten, viel hübscher als die weiß-blauen, die echten, die lauten, in den Stadien. Julo ahnte, dass für ihn eine neue schlaflose Nacht anbrach. Das Poster machte ihm Lust, die stickige Hitze der Stadt zu verlassen.

Ein anderer Name drängte sich ihm ständig auf.

*Vogelzug.*

Zugvögel.

Vielleicht konnten die Stelzvögel ihm mehr erzählen als sein Chef.

Ein paar Minuten später, Julo wollte gerade seinen Computer runterfahren, blinkte es.

Eine neue Nachricht.

Mohamed Toufik. Der Spezialist für afrikanische Geschichte antwortete bereits.

*Treffen morgen früh. Im Al-Islâh-Zentrum.*

Das Al-Islâh-Zentrum? Die Koranschule einer Moschee?

Das würde Petar gefallen!

## 28

*19:30 Uhr*

Ganz pünktlich.

Diesmal kam Leyli nicht zu spät nach Hause. Sie hatte das *Ibis*-Hotel vor über zwei Stunden verlassen, aber noch keine Lust aufs Abendessen, auch nicht darauf, es zuzubereiten. Und dennoch hatte sie, als ihre Arbeit in Rubens Hotel beendet war, alles so gemacht wie immer. Als würden diese Handlungen ihren Sinn verlieren, wenn man sie nicht tagtäglich verrichtete. Den 22er Bus nehmen und bis zur Haltestelle Littoral fahren. Ein paar Sachen im Supermarkt einkaufen: Brot, Eier, frisches Gemüse und Salat; die Tür zum Hochhaus öffnen, die Treppen hinaufsteigen, die

Wohnungstür aufschließen. Ein Alltag, der langsam verstrich und aus Belanglosigkeiten bestand, je nachdem, wie es sich ergab.

Wie dieser Salat, der jetzt auf dem Tisch stand, zusammengewürfelt aus den Lebensmitteln, die in den Tiefen des Kühlschranks gelegen hatten. Für nichts und wieder nichts!

Weder sie selbst, noch Bamby oder Tidiane hatten ihre Teller angerührt.

Ein dicker Kloß steckte Leyli im Hals. Wieder und wieder zählte sie die drei Teller, die drei Gläser, die drei Gedecke. Eins weniger als gestern. Als wenn jemand gestorben wäre, dachte Leyli, als würde man neben dem leer gebliebenen Platz eines Ehemannes, Vaters, Bruders sitzen und essen. Nie fehlte er einem so wie in solchen Momenten.

Die Ruhe, die am Tisch herrschte, verstärkte noch dieses Gefühl: Grabesstille! Kein Stühlerücken, kein Gabelkratzen. Alpha ist doch nicht tot, zwang sich Leyli zu denken. Er ist morgen wieder da. Dennoch gelang es ihr nicht, eine schreckliche Vorahnung zu verscheuchen. Seit zwei Stunden musste sie immer wieder an dieses Buch denken, das sie in der Hütte in Segu vor ihrer Erblindung gelesen hatte, diesen Kriminalroman von Agatha Christie. *Und dann gabs keines mehr* – ein Krimi, in dem zehn Personen zu einem Abendessen eingeladen wurden und nacheinander verschwanden. Erst waren es zehn, dann neun, acht, sieben, sechs, fünf … bis nur noch einer übrig blieb.

Gestern waren sie noch zu viert gewesen. Heute nur noch zu dritt.

Die große Angst, sich eines Tages ganz allein am Tisch wiederzufinden, verfolgte Leyli. Auch wenn Bamby und Tidiane von Alphas Verhaftung wussten, wagte dennoch niemand, das Thema anzusprechen. Leyli hatte mehrfach auf der Polizeidienststelle angerufen, aber keine weiteren Informationen erhalten. Um 16 Uhr war es zu früh gewesen, die Akte Alpha Maal liege noch nicht vor. Um 17 Uhr war es zu spät, das Sekretariat werde gleich schließen. Sie hatte nicht protestiert. Zu früh, zu spät, nicht hier, nebenan, sie war es gewohnt, hin- und hergeschickt zu werden.

Bamby wusste bestimmt, was da im Gange war, und auch, was die Polizei Alpha vorwarf. Er vertraute sich immer gerne seiner großen Schwester an. Tidiane wusste vielleicht Bescheid, denn Alpha machte es großen Spaß, vor seinem kleinen Bruder anzugeben. Dennoch fragte Leyli die beiden nicht aus. Sie wollte sie nicht in Verlegenheit bringen, sie nicht in die Geschichte mit hineinziehen. Im Grunde genommen war es ihr lieber, nichts zu wissen. Alpha sollte nur zurückkommen.

Seit Alphas Geburt hatte sich Leyli stets gefragt, wohin ihn sein angeborener Hang zu Gewalt führen würde. Wenn Gewalt mit im Spiel war, musste man sich irgendwann für eine Seite entscheiden, für das Gute oder das Böse, und damit änderte sich auch der Blick auf die eigenen Eigenschaften. Entschlossenheit wurde zum Vorsatz, strategisches Denken zu Heimtücke, Einfallsreichtum zur Perversion. So viele kleine Bandenführer hätten perfekte und unerbittliche Generaldirektoren werden können. Und so viele profitsüchtige Dealer suchten genauso den Adrenalinkick wie ein furchtloser Feuerwehrmann. So viele Familienväter, die heute ruhig lebten, waren in ihrer Jugend auf der Suche nach Nervenkitzel gewesen. Alphas Vater war einer von dieser Sorte. Wenn Leyli auf Alpha achtgab, würde er seinen Weg machen.

Ihr müder Blick glitt über den Salat zu ihrer Brillensammlung im Korb, vom überquellenden Wäschekorb hin zu ihren Eulen. Zum Staub und der Unordnung. Wenn Schuster angeblich besonders schlecht besohlte Schuhe hatten und Lehrer die schlecht erzogensten Kinder, warum sollten dann nicht auch die

Wohnungen von Putzfrauen die unordentlichsten sein? Schließlich sah Leyli wieder auf ihre Kinder.

»Isst du nicht, Bamby?«

Leyli hatte die Stille durchbrochen. Es fühlte sich an, als hätte sie damit ein Zeichen gegeben, das allen erlaubte, nach einem langen Tischgebet wieder das Wort zu ergreifen.

»Mama«, fragte Tidiane, »darf ich die zweite Halbzeit des Fußballspiels mit Opa gucken, und auch noch die Verlängerung, wenn es dann noch nicht zu Ende ist?«

Danke, Tidy, dachte Leyli. Das hätte sie fast vergessen. Sie würde ja morgen früh für Noura einspringen. Sie musste um 4:30 Uhr aufstehen, um rechtzeitig um 6 Uhr im Hotel zu sein. Opa würde Tidiane nach dem Abendessen abholen.

»Wir werden sehen, Tidiane«, meinte sie vage.

Dann wiederholte sie:

»Isst du nicht, Bamby?«

»Ich gehe heute Abend noch weg. Mit Chérine zu KFC. Ich will nicht zweimal zu Abend essen. Es reicht schon …«

»Es reicht schon, dass du hier sein musst?«

»Bitte, Mama, nur die zweite Halbzeit …«

»Nein«, antwortete Leyli, ohne genau zu wissen, wem ihr Verbot galt.

Für Tidiane hätte ihre Strenge keinerlei Konsequenzen, da Opa Moussa ihn das Spiel sowieso gucken lassen würde, sobald sie ihnen den Rücken zukehrte.

»Gut, ich gehe jetzt, Mama.«

Bamby war aufgestanden. Heute war sie aufreizender angezogen als gestern. Sie trug einen kurzen Rock, keine Strümpfe, einen knappen Lederblouson und ein weißes, eng anliegendes Top. Darunter einen Wonderbra, den sie zum ersten Mal an ihrer Tochter sah.

»Schon?«

Bamby hatte nichts gegessen, nur ihr Glas ausgetrunken und ein bisschen das Weiße aus dem Baguette herausgezupft. Sie hüpfte nervös und aufgeregt von einem Bein aufs andere. Sie hatte es eilig.

Es war 19:52 Uhr.

Leyli rechnete aus, dass ihre Tochter nicht ganz eine halbe Stunde geblieben war. Das vorgeschriebene Minimum. Wie lange würde Leyli noch mit ihren Kindern gemeinsam zu Abend essen? Wie lange würde es noch dauern, bis auch Bamby eine gute Entschuldigung parat hatte?

Wie Alpha heute Abend.

Sie lächelte. Ihre Traurigkeit brachte sie auf böse Gedanken.

Wenigstens wirkte sich die Abwesenheit seines großen Bruders nicht auf Tidianes Appetit aus. Mit einem Mal hatte der Junge angefangen, sein Essen hinunterzuschlingen, und den Teller leer gemacht. Auch er will schnell weg, dachte Leyli verbittert. Noch vor dem Ende der ersten Halbzeit!

Bamby ging. Leyli stellte sich vor, wie sie die Stufen der Stockwerke eilig hinablief und ihre Ballerinas geschäftig durchs Treppenhaus klapperten …

Ein wuchtiges Dröhnen zerstörte die Idylle – die Hammerschläge einer Drum Machine, ehe Stomy Bugsys Stimme erklang.

*Va niquer ta race.*

*J'ai perdu ta trace.*

Kamila! Als hätte sie hinter ihrer Wohnungstür nur darauf gelauert, dass Bamby ging, um ihre Boxen aufzudrehen. Leyli seufzte. Sie rückte näher zu Tidiane, redete ein wenig lauter und sprach zwischen Käse und Nachtisch verschiedene Themen an: Schule, Freunde, noch mal Schule. Doch Tidianes Antworten waren wie bei einem Ja-Nein-Spiel recht einsilbig: »ein bisschen«, »gelegentlich«, »nicht schlecht«, »nicht so sehr«. Leyli blieb hartnäckig, tat so, als würde sie nicht merken, dass ihr Sohn immer wieder zur Uhr hinüberschielte und sich bestimmt ärgerte, weil seine Mutter während des Essens nie den Fernseher einschaltete.

19:56 Uhr

Noch ein paar Minuten, bis die Spieler aus der Umkleide kamen.

»Ganz ruhig, Tidy. Dir bleibt noch genug Zeit für den Nachtisch!«

Es war ausgemacht, dass Opa den Jungen nicht vor 20 Uhr abholte.

19:59 Uhr, und aus dem Stockwerk unter ihr dröhnten noch immer Bugsys Reime, als es an der Tür klopfte.

Leyli erschrak, wie jedes Mal.

Seit sie das Ibis-Hotel verlassen hatte, drehte sich alles in ihrem Kopf: Alphas Festnahme, dass sie morgen früh für Noura einspringen sollte, Tidiane, der an nichts anderes als das Fußballspiel denken konnte, Bamby, die auf Durchzug gestellt hatte. Als sie nach Hause gekommen war, hatte sie einfach die Einkäufe abgestellt, ihren Mantel aufs Sofa geworfen, die Brille in den Korb, ohne sich die Zeit zu nehmen, alles zu kontrollieren. Ohne, wie sonst, peinlich genau darauf zu achten, ob sie auch wirklich nichts übersehen hatte.

Wieder klopfte es.

Leyli versuchte, sich zusammenzureißen. Jedes Mal, wenn jemand in ihre Privatsphäre einzudringen versuchte, musste sie gegen diesen Kontrollzwang ankämpfen. Ihr Geheimnis, das ihrer Kinder, war in Gefahr. Es musste jedem, der hereinkam, sofort ins Auge springen.

# 29

*20:10 Uhr*

»Du bist … Du bist voller Harmonie, Faline.«

»Danke. Danke, Jean-Lou.«

Sie antwortete mit einem Lächeln auf sein Kompliment. Voller Harmonie? So wie die schlichte, aber gemütliche Einrichtung dieses Restaurants namens Reflets, einem der renommiertesten Lokale des Sternekochs Pierre Gagnaire? Oder wie die Farbkomposition auf ihrem Teller, auf dem sich ein Törtchen von Riesengarnelen, Pfifferlinge an Karottenjus, dazu Artischocken mit einer Pfeffervinaigrette und roter Grapefruit befanden?

Sie trug einen taillierten Lederblouson, ein Top von Poivre Blanc, einen kurzen geblümten Rock und dazu Ballerinas. Sie wirkte ganz natürlich. Weiblich. Was meinte er mit »voller Harmonie«? So wie der bis ins kleinste Detail kunstvoll arrangierte Teller vor ihr? So wie ihre blauen Federohrringe mit dem Vergissmeinnicht in ihrem Haar und dem Hauch Petrolblau in ihrem schwarzen Lidstrich harmonierten?

»Entschuldigen Sie, Jean-Lou, einen Augenblick bitte.«

Sie beugte sich über ihr Handy, das auf ihren Knien lag, um eine SMS zu schreiben. Ihre langen schwarzen Haare fielen in ihr dezentes Dekolleté, in welchem eine Süßwasserperle schaukelte – ein pastellfarbener Kontrast zu ihrer honigfarbenen Haut.

*Hallo, meine Süße*
*Hier ist es besser als bei KFC!*

*Danke! Ich halte dich auf dem Laufenden. Melde mich morgen früh.*

Sie erschauderte, bevor sie die Nachricht abschickte. Ohne ihre Freundin, ohne ihre andere Hälfte, ohne ihre Süße wäre das alles nicht möglich gewesen. Weder dieses Essen noch die Fotos auf ihrer Facebook-Seite. Wenn es ihr heute Abend gelingen würde, Jean-Lou in eines der Zimmer des Red-Corner-Hotels zu lotsen, dann nur dank ihrer Hilfe. Sie war ihre Verbündete, auch wenn Bamby ihr rein gar nichts über ihr wahres Motiv anvertraut hatte. Sie glaubte, sie wollte den Mann einfach nur abschleppen. Es war ohnehin besser, wenn sie nicht mehr wusste.

Sie richtete sich auf, konzentrierte sich wieder auf ihren Teller, und auf Jean-Lou. Der scheue Fünfzigjährige schien sich nicht zu trauen, die Harmonie dieser Vorspeise zu zerstören. Die Gabel in der Luft wirkte er wie versteinert, als wäre es schon Ehebruch, wenn er dieses Entrée nur anrührte. Als wäre probieren schon Betrug.

Seit sie hier waren, kannte Jean-Lou nur ein einziges Thema. Sein Sohn Jonathan. Seine Trisomie, seine Andersartigkeit, sein unschuldiges Wesen, den Sinn, den dieses Kind seinem Leben gab. Dann sprach er über den Verein *T21* und seinen Vorsitz dort. Über das schreckliche Dilemma der Eltern, ob sie ihr Kind behalten sollten oder nicht. Schließlich kam er wieder auf Faline zu sprechen, wobei er sich bemühte, sie nicht als Frau zu betrachten, sondern einfach als Mutter, die ein Kind unter ihrem Herzen trug, ein behindertes Kind, und nun vor einer quälenden Wahl stand, bei der er sie beraten, aber nicht über sie urteilen wollte.

Saßen sie an diesem Abend tatsächlich nur aus diesem einen Grund zusammen? Wegen der Geschichte, die sie sich ausgedacht hatte und an die Jean-Lou zu glauben schien? Zumindest hatte es den Anschein. Aber wenn dem so war, warum hatte er sie dann hierher eingeladen? Aus Mitleid? Sie rückte ihr Top zurecht, das ihr über die nackte Schulter zu rutschen drohte.

*Jean-Lou ist der Netteste von allen. Nadia zufolge ist er recht attraktiv: Sie mag seine sanften Augen und seine Lachfältchen. Wenn ich ihn bitten würde, mich nicht zu berühren, würde er es akzeptieren und trotzdem bezahlen, nur um mich zu betrachten.*

*Übrigens liebt er mich nur wenige Minuten lang, und den Rest der Zeit spricht er mit mir. Er ist geradezu besessen von der Geburt seines Kindes. Er hat Angst, vor allem, seit er weiß, dass es behindert ist.*

*Ich glaube, er will es nicht behalten.*

*Ich mag es nicht, wie er dieses Wort »behindert« ausspricht. Er sagt es mitleidig. Vielleicht wird er dieses Kind aus Mitleid behalten.*

*Vielleicht betrachtet er auch mich voller Mitleid. Vielleicht liebt er mich aus Mitleid.*

*Ich glaube, das ist es, was ich am meisten auf der Welt hasse. Mitleid.*

Ein Sommelier brachte die Weinkarte und richtete seine Empfehlungen ausschließlich an Jean-Lou, als wäre die Sprache unter Männern und Weinkennern Teil der Verführungsscharade. Jean-Lou stammelte: »Wundervoll.« Wahrscheinlich verstand er rein gar nichts von Weinen, setzte auch nie einen Fuß in ein Sternerestaurant, und noch weniger mit einer wunderschönen jungen Frau, die dreißig Jahre jünger war als er.

Jean-Lou gehörte nicht hierher. Genauso wenig wie sie.

Schließlich schwieg er und begann, mit der Gabel die roten Grapefruitstückchen aufzuspießen.

Auch wenn ihr der Kopf schwirrte, sie musste sich an den vorgesehenen Plan halten. Auch wenn sie Jean-Lou sympathisch fand, er ehrlich nervös wirkte und überhaupt nicht wie der Mistkerl, mit dem sie gerechnet hatte. Auf keinen Fall war er so eine üble Type wie dieser Francois Valioni. Bei ihm hatte sie leichtes Spiel gehabt. Sie musste sich einfach einreden, dass Jean-Lou seine Masche besser drauf hatte, das war alles.

Hatte er sie nicht zu diesem Dinner bei Kerzenschein eingeladen, das ihn sein halbes Monatsgehalt kosten dürfte? Jean-Lou war einfach nur heuchlerischer als die anderen. Die einzige Frage, mit der sie sich beschäftigen musste, war, wie sie es am besten anstellte, dass er ihr ins Netz ging. Sie hatte ihre Hand deutlich sichtbar auf der Tischdecke liegenlassen, aber nicht ein einziges Mal hatte er sie ergriffen, oder sich ihr auch nur genähert. Jean-Lou war schwieriger herumzukriegen. Die Sorte Mann, die erst beim zehnten Rendezvous versuchte, einen zu küssen. Der die Flucht ergriff, wenn man die Sache forcierte, obwohl er vor Sehnsucht nach dem Mädchen verging. Nur, sie konnte nicht bis zum zehnten Rendezvous warten. Sie hatte nur eine einzige Chance. Nur einen Abend. Heute Abend.

»Ich habe ein Geschenk für dich, Faline.«

Jean-Lou, der sich immer unwohler zu fühlen schien, hatte das kulinarische Kunstwerk auf seinem Teller zerstört. Sein parallel gelegtes Besteck signalisierte dem Kellner – der sich nicht genierte, Faline mit den Augen zu verschlingen –, dass er fertig war. Er zog eine kleine Schmuckschachtel aus seiner Tasche.

Sie lächelte aufrichtig, aber nicht wegen seiner Aufmerksamkeit. Sie lächelte, weil Jean-Lou sich endlich wie vorgesehen verhielt. Er würde ihr etwas Wertvolles schenken. Die Botschaft dahinter war klar, er wollte sie kaufen. Man konnte schließlich alles kaufen. Schönheit. Frauen. Liebe.

*Von all meinen Liebhabern ist Jean-Lou der großzügigste.*

*Er bringt mir oft Blumen mit. Das einzige Geschenk, das mir wirklich Freude macht.*

*Adil schenkt mir nie Blumen.*

*Manchmal denke ich, dass ich Jean-Lou vertrauen kann.*

»Mach es auf, Faline. Es ist nichts Großartiges. Ich habe es gestern am Flughafen gesehen. Ein Souvenir.«

Sie öffnete die Schachtel, faltete das Seidenpapier auseinander und fand das Schmuckstück. Überraschung... Jean-Lou hatte ihr einen kleinen gläsernen Anhänger geschenkt. Nicht mehr wert als fünf Euro! Das Mitbringsel eines kleinen Jungen.

Ein Schauer lief ihr über den Rücken. Dieser blöde Jean-Lou hatte sie mit seinem einzigen und kindlichen Geschenk gerührt. Genau so einen Mann wünschte sie sich, einen, der ihr auf der Kirmes ein Plüschtier schenkte, beim Bäcker einen Lutscher für sie stibitzte und einen rosa, mit Flitter beklebten, hässlichen Eiffelturm nur deshalb für sie kaufte, weil er Mitleid mit dem illegalen Straßenhändler hatte. Für einen kurzen Moment schoss ihr ein Gedanke durch den Kopf, den sie sofort energisch beiseiteschob.

Und wenn sie ihn laufen ließe?

Das Essen zog sich in die Länge.

*Rote Meerbarbe, Meerfenchel, Samtmuscheln und Kokotxa.*

Sie verstand nur jedes zweite Wort von dem, was der Kellner sagte, dessen Aussprache mustergültig blieb, auch wenn er sie mit seinen Blicken entkleidete.

*Geräucherter Bonito und Bauchfilet Ventresca vom hellen Thunfisch an purpurroter Creme.*

Also, jetzt sprach der Kellner wirklich ausländisch!

*Kalamansi-Sabayone, Zitroneninfusion an Kumbawa.*

Jean-Lou hatte fast nichts getrunken, Faline fast nichts gesagt. Er kam immer wieder auf seinen Verein zu sprechen, er übertrieb es schon fast. Der Militante, der Engagierte hatte etwas Priesterhaftes. Wenn sie sein Leben nicht gegoogelt hätte, könnte sie denken, er würde nur bluffen und hätte sich eine Kutte übergestreift, um sie leichter verführen zu können. Aber nein, er kämpfte tatsächlich das ganze Jahr um Aufmerksamkeit für das Down-Syndrom, steckte eine Wahnsinnsenergie in das Sammeln von Geldern, und das nicht nur am Tag des Spendenmarathons.

Ein Heiliger.

Wie brachte man einen Heiligen dazu, eine Sünde zu begehen? Und noch dazu eine Sünde der Fleischeslust.

## 30

*20:22 Uhr*

Julo ärgerte sich über seine eigene Dummheit. Er sah sich noch, wie er das Poster des Étang de Vaccarès bewundert und von den rosa Flamingos der Camargue geträumt hatte und davon, bei dieser Hitze die Stadt zu verlassen, um die Zugvögel zu bestaunen. Und eine halbe Stunde später saß er nun auf einer Bank im Naturpark mit herrlichem Blick auf den See. Der rosa Widerschein der Stelzvögel im Wasser erinnerte an ein impressionistisches Gemälde, aber Julo war schnell ernüchtert worden. Die Abenddämmerung und das stehende Gewässer zogen ganze Schwärme von Mücken an! Trotz der Hitze musste Julo seinen langärmeligen Hoodie mit Kapuze anziehen.

Dabei schien das Hauptanliegen der Insekten gar nicht einmal zu sein, ihm Blut abzusaugen, sondern sie waren eher wild darauf, im Internet zu surfen.

Sobald er sein Tablet hochgefahren hatte, fielen Mücken, Nachtfalter und Glühwürmchen über ihn her. Julo versuchte sie zu verscheuchen, aber sie kamen sofort wieder, sobald er aufhörte, mit den Armen in der Luft zu rudern, und sie umkreisten das fahle Licht seines Computers wie eine helle Lampe in der Nacht, nur dass sie sich hier nicht die Flügel verbrennen konnten, und die flache Oberfläche war für sie die ideale Landebahn.

Julo verfluchte den Erfinder des Touchscreens, der diesen mit Sicherheit in seinem klimatisierten Labor entworfen, dabei jedoch eine simple Sache übersehen hatte: Der Bildschirm konnte zwischen einem Finger und einem Fliegenbein nicht unterscheiden. Seit einer Stunde kämpfte Julo nun schon gegen Tausende schier unsichtbare und vorwitzige Feinde. Er versuchte, Sätze in sein Tablet zu tippen, und die Nachtschwärmer hatten offenbar ihre helle Freude daran, hier einen Buchstaben hinzuzufügen, dort einen zu löschen, mal eine Seite anzuklicken und zufällig durch Menüs zu scrollen.

Trotz allem versuchte Julo, die um ihn herumschwirrende Invasion zu ignorieren und sich auf seinen Fall zu konzentrieren. Petar hatte ihm soeben geantwortet, dass er morgen den Termin mit Mohamed Toufik, dem Professor für afrikanische Geschichte, in der Al-Islâh-Moschee gern wahrnehmen wolle, um mehr über die Kaurimuscheln von den Malediven zu erfahren, die man auf der Fassade der afrikanischen Banken verewigt hatte. Petar hatte nur der Form halber hinzugefügt – das war sicher seine Art, ihm zu danken –, er habe leider bis morgen früh nicht die Zeit, sich einen Bart wachsen zu lassen.

Als Julo die Antwort seines Chefs erhielt, war er gerade dabei, auf der Website von *Vogelzug* zu surfen. Dieser sonderbare, deutsch klingende Name erhielt endlich einen Sinn. Zugvögel waren die einzigen Wesen auf unserem Planten, die ihn grenzüberschreitend bereisen konnten. Der Verein *Vogelzug* hatte seine Ableger im gesamten Mittelmeerraum. Seine Aktivitäten waren zahlreich, von der Wohnungsvermittlung für Flüchtlinge über Jobbeschaffung, Rechtshilfe und Vorsorge bis hin zu seiner Tätigkeit als Interessenverband gegenüber offiziellen Stellen. *Vogelzug* beschäftigte Hunderte von Angestellten und galt als unumgänglicher Partner der Regierung. Übrigens sollte in zwei Tagen ein großes Symposium von *Frontex*, der europäischen Grenzbehörde, unter der Schirmherrschaft von *Vogelzug* in Marseille stattfinden. Julo versuchte, zwischen den Zeilen zu lesen, konnte aber nicht herausfinden, welche Funktion dieser Verein wirklich innehatte. War er eine praktische Rückendeckung für die Staaten, um die Sozialkosten ihrer Migrationspolitik zu dämpfen, oder war er ein unabhängiges und kämpferisches Element, ein Störenfried wie *Amnesty International* oder *Human Rights Watch?* Gerade las er den Abschnitt über den Präsidenten und Gründer des Vereins, Jourdain Blanc-Martin. Außer, dass er aus Port-de-Bouc stammte, nie woanders gelebt hatte und in Aigues Douces aufgewachsen war, stand nichts weiter in den fünf Zeilen seines Lebenslaufs. Der Präsident schien von Personenkult nichts zu halten.

Die Mücken hatten sich ein wenig beruhigt. Vielleicht hatten die Frösche die Hälfte von ihnen gefressen. Sie quakten so laut, dass sie die Stelzvögel aufschreckten. Kommissaranwärter Flores schloss die *Vogelzug*-Seite und wandte sich wieder Facebook und Bambi13 zu. Er scrollte die Seiten gemeinsam mit einem surrenden Maikäfer hinunter, der offenbar vom Bikini der hübschen Pseudostudentin fasziniert war.

War Bambi13 Bamby Maal? Bevor er das Kommissariat verlassen hatte, hatte er seine Zweifel mit dem Chef besprechen wollen: Ein Mädchen namens Bamby, die Schwester des Jungen, der als Schlepper anheuern wollte und den sie heute Mittag verhaftet hatten, wohnte in Port-de-Bouc, im Viertel Aigues Douces.

»Finden Sie nicht auch, dass wir es hier mit reichlich vielen Zufällen zu tun haben, Chef?«

»Das sehen wir morgen, Junge«, hatte Petar geantwortet und seine Lederjacke angezogen, um seine Friseurin zu treffen. »Es wird nicht schwierig sein, Fotos aufzutreiben und zu sehen, ob die Schwester unseres braun gebrannten Apollos deinem kleinen Liebling ähnlich sieht. Und wie ich dich kenne, wirst du damit die Nacht zubringen.«

»Nicht schwierig ...«, murmelte Julo unter dem Gequake der Frösche vor sich hin. »Nicht schwierig.«

Er hatte nirgends im Internet Fotos von Bamby Maal gefunden, und selbst wenn er morgen welche auftreiben würde, so blieb zweifelhaft, ob es sich wirklich um das gleiche Mädchen handelte, dessen unscharfes Bild sie von der Überwachungskamera kannten.

Auf der Facebook-Seite von Bambi13 sprang Julo von Bodrum nach Santo Domingo, von Ngapali nach Lanzarote, ohne zu wissen, wozu eigentlich, denn die schöne Unbekannte zeigte nie ihr Gesicht.

Weil er verliebt war, hätte Petar ihn geneckt.

Weil ihn ein Detail irritierte, verteidigte sich Julo.

Das Facebook-Profil von Bambi13 passte nicht zu der Gesellschaftsschicht, der Bamby Maal vermutlich angehörte. Das Viertel Aigues Douces galt als sozialer Brennpunkt. Leyli Maal war eine alleinerziehende Mutter, die, ihrem Sohn zufolge, von verschiedenen kleinen, befristeten Jobs lebte. Wie sollte sich dieses Vorstadt-Mädchen in eine militante Globetrotterin verwandelt haben, die von einem Luxushotel zum nächsten jettete? Im

Endeffekt bewies allein dieser simple Name »Bamby« rein gar nichts, überlegte Julo. Die wahre Mörderin hätte sich für dieses Pseudonym entscheiden können, damit ein anderes Mädchen in Port-de-Bouc verdächtigt wurde, zumal die Ermittler mit Sicherheit einen Zusammenhang herstellen würden. Übrigens, wenn er recht darüber nachdachte, stellte sich die Frage, warum die Mörderin ihren eigenen Vornahmen als Pseudonym gewählt und nur die Schreibweise geändert haben sollte? Das ergab doch keinen Sinn!

»Hübsches Mädchen, was?«, fragte Julo laut in den menschenleeren Park hinein, ohne zu wissen, an wen er sich da eigentlich richtete, an den Maikäfer, der immer noch in der Gegend herumflatterte, die Mücken, die den Fröschen entkommen waren, oder die rosa Flamingos, die gerade aus den Tropen hergeflogen waren?

*Maal. Alpha. Bamby. Leyli.* Julo Flores hatte diese Namen im Internet gesucht und herausgefunden, dass sie ganz typisch für die Fulbe waren. Jetzt erinnerte er sich auch, dass Waqnine – wieder ein sonderbarer Zufall – heute Morgen von dieser Ethnie im Zusammenhang mit den Blutgruppen gesprochen hatte.

Er zog die Liste mit den nicht möglichen Blutgruppen-Vererbungen aus der Tasche, breitete sie aus und rief sich die Worte des Hämatologen ins Gedächtnis: Im Gegensatz zu den anderen Völkern Afrikas waren die Fulbe mehrheitlich Träger der Blutgruppe A – wie vierzig Prozent der gesamten Menschheit. Also ein Drittel der Weltbevölkerung besaß die Blutgruppe A positiv. Man konnte vielleicht davon ausgehen, dass Bamby, Leyli und Alpha die Blutgruppe A hatten.

Das bringt uns auch nicht weiter, dachte Julo und ließ seinen Finger über die Zeilen gleiten. Noch nicht. Er war trotzdem überzeugt, dass all diese Indizien miteinander verquickt waren.

# 31

*20:55 Uhr*

Tidiane schlief nicht. Obwohl er früh ins Bett gegangen war.

In der ersten halben Stunde hatte Olympique Marseille zwei Tore kassiert. Und noch ein drittes vor dem Ende der ersten Halbzeit. Die rumänische Mannschaft schien kurzen Prozess machen zu wollen. Als Opa ihn zu Bett geschickt hatte, hatte er nicht darauf bestanden, noch ein wenig aufzubleiben, um das Spiel bis zum Ende zu sehen. Durch das Fenster des Zimmers, das früher Mamas Zimmer gewesen war, sah er die Schatten des Orangenbaums tanzen.

Tidiane konnte nicht einschlafen. Er dachte an Alpha, an seine Verhaftung, an die Sonne, die fast in greifbarer Nähe schien, als er nach ganz oben im Baum geklettert war. An die Polizisten. An seine Pfiffe, die sein großer Bruder nicht gehört hatte. An die Erwachsenen, die nicht vor ihm über Alpha sprechen wollten – seine Mama, Bamby, sein Opa und seine Oma –, die nicht auf seine Fragen antworteten und flüsterten, wenn sie von seinem Bruder sprachen, als hätte er die schlimmste Schandtat begangen. Tidiane mochte das Schweigen der Erwachsenen nicht. Er fühlte sich dann ausgeschlossen, wie ein Baby, das man beschützen musste, wie ein Kind, das man belog, um es zu schonen.

Es war heiß in der Wohnung. Zu heiß, um Schlaf zu finden, obwohl Opa das Fenster aufgelassen hatte. Draußen sah Tidiane die Flammen der kleinen parfümierten Fackeln, die sein Opa gegen die Mücken auf dem Balkon angezündet hatte. Sie blendeten ihn.

Er drehte sich auf die andere Seite, doch jetzt tanzten die Schatten auf den Bettlaken.

Tidiane versuchte nicht hinzusehen, aber noch eine andere Furcht hinderte ihn daran zu schlafen. Seit er wieder bei Opa Moussa und Oma Marème war, konnte er den Gedanken an diesen Mann nicht loswerden, der heute Abend in ihre Wohnung gekommen war. Dieser Mann hatte Mama auf die Wange geküsst, ein Typ mit einer gruseligen Stimme. Tidiane fand ihn grässlich! Er hatte Mama und diesen Mann allein lassen müssen, um zu Opa zu gehen, der ihn gerufen hatte. Mama nannte den Mann Guy, aber Tidiane hatte gute Lust, ihn Freddy zu nennen, wie in diesem Horrorfilm, den er nie gesehen hatte, aber von dem die Großen auf dem Schulhof sprachen. Nein, er mochte ihn wirklich nicht. Er sah ohnehin Mama nicht gern mit fremden Männern.

Er zwang sich, die Augen zu schließen, um das kalte schwarze Spiel der Schatten auf den Laken nicht mehr sehen zu müssen. Er hatte Opa Moussas Geschichte in Erinnerung behalten, jene von Mama, die in der Hütte am Fluss blind geworden war, weil sie immer in die Sonne gestarrt hatte. Aber dadurch war sie stärker, schöner und intelligenter geworden. Und als sie wieder sehen konnte, war sie deshalb die beste Mama der Welt geworden. Eine Mama, die alles spürte, alles ahnte und Gedanken lesen konnte. Blind zu werden war wie eine Prüfung, die man bestehen musste.

Tidiane rollte sich zusammen und presste die Augen so fest zu, dass er Falten auf der Stirn bekam, seine Lider kraus wurden und sich seine Wangen aufblähten. Auch er musste üben. Opa hatte ihm erzählt, wie Mama gelernt hatte, sich zu orientieren, indem sie den Geräuschen lauschte, ihr Gedächtnis trainierte und in ihrem Geist die Welt genauer sah als die Sehenden am helllichten Tag.

Er stand auf, die Augen noch immer geschlossen, und versuchte zu raten, wo sich der Schrank, die Tür und das Fenster des Zimmers befanden. Nach einigen Metern stieß er gegen eine Wand. Er öffnete kurz die Lider und schloss sie gleich wieder.

Er würde Opa und Oma um Rat fragen und jede Nacht üben, aber auch tagsüber. Und er wollte sich nicht nur zum Fußballspielen die Augen verbinden, sondern auch, um den Schulweg lediglich anhand der Geräusche zu finden, und um seine Freunde auf dem Schulhof an ihrem Lachen oder an ihrer Stimme zu erkennen.

Dann würde auch er feinfühliger werden. Schneller. Instinktiv reagieren.

Genau wie Zidane oder Barrada.

Mit vorgestreckten Armen versuchte er erneut, sich blind im Zimmer zurechtzufinden. Ein leichter Lufthauch verriet ihm, dass er sich dem Fenster näherte. Seine Beine zitterten ein wenig, aber er musste sich einfach zwingen, weiter ins Ungewisse zu laufen. Es war eigentlich leicht, man konnte anhand des Luftzugs im Gesicht ahnen, wo sich eine Öffnung befand. Es bestand keinerlei Risiko, das Fenster war hoch, nicht zu sehr, aber eben doch genug, um nicht hinauszufallen. Zumindest glaubte er das. Er musste sich an dieses Fenster erinnern, ohne die Augen zu öffnen, es sich irgendwie vorstellen und einfach weitergehen, immer weiter. Er musste so mutig werden wie seine Mama, damit er sie eines Tages, sollte sie in Gefahr sein, retten konnte.

Auch Alpha musste er retten und Bamby beschützen.

Die frische Luft strich über sein Gesicht. Doch sein Körper war in Schweiß gebadet, der ihm vom Nacken aus den Rücken hinunterlief. Der Abendwind war mild, zog ihn magisch an und tat ihm gut. Er musste zu ihm.

In diesem Augenblick hörte er die Eule. Die Eule, die sich im großen Orangenbaum verbarg.

Er öffnete die Augen noch immer nicht, sondern lauschte ihrem Ruf. Er wusste, dass sie eine Gefahr ankündigte. Er musste an Opas Geschichten und an die Sagen denken, die er so gern hörte, insbesondere die von der Göttin Athene. Er stellte sich vor, wie Mama sich verwandelte, genau wie ein Animagus in *Harry Potter*.

Er blieb kurz stehen.

Nun befand er sich wohl direkt vor dem Fenster und vor dem Orangenbaum.

Er hielt inne und sprach ganz leise.

In der Nacht sahen, hörten und verstanden Eulen alles.

»Da du alles gesehen hast, sag mir doch, ob Alpha aus dem Gefängnis kommt. Sag mir, warum er nicht weggelaufen ist … Sag mir, ob Mama sich in Freddy verliebt. Sag mir, ob ich eines Tages ein Mädchen finde, das so schön ist wie Bamby. Sag es mir, wenn du doch alles sehen kannst. Sag mir, wohin die Bälle rollen, wenn sie den Gully hinab in die Hölle fallen? Sag mir, wo Mamas Schatz versteckt ist. Ich schwöre dir, dass ich ihn nicht stehlen und auch nicht berühren werde. Ich möchte nur wissen, ob dieser Schatz, auf dem ein Fluch liegt, wirklich existiert. Damit ich auch ihn beschützen kann. Du kannst mir vertrauen, und zwar blind.«

## 32

*21:07 Uhr*

Leyli stand mit geschlossenen Augen unter der Dusche und ließ sich vom heißen Wasser wärmen. Im Badezimmer wütete der Schimmel, die Farbe blätterte ab, die Rohre waren rostzerfressen und undicht, doch das störte sie nicht. Hauptsache, das wohltemperierte Nass floss ebenso großzügig wie in dem Bad eines Luxushotels mit Marmorfliesen und Goldhähnen. Sie wäre gern stundenlang unter dem Wasserstrahl geblieben, aber Guy wartete auf sie. Nebenan, auf dem Sofa. Vor einer knappen Stunde hatte er an ihre Tür geklopft. Zwei Bierflaschen im Arm.

Kamilas Rap-Musik dröhnte lauter denn je durchs Haus. Im ersten Moment wollte Leyli Guy die Tür vor der Nase zuschlagen oder ihn zumindest abweisen.

Nicht jetzt, Guy. Später. Kommen Sie ein anderes Mal wieder.

Sonderbarerweise hatte sie das nicht gewagt, ihn stattdessen eintreten lassen, es jedoch sofort bereut.

Es gefiel ihr gar nicht, dass Tidiane Guy, und noch weniger, dass Guy Tidiane gesehen hatte. Lange hatte diese Begegnung nicht gedauert, denn schon kurz darauf hatte Opa Moussa seinen Enkel abgeholt, doch während dieser wenigen Minuten hatte sich Leyli Sorgen gemacht. Guy wirkte zwar nicht sonderlich klug, aber er hätte ihr Geheimnis, zumindest teilweise, erahnen können. Jedenfalls hatte er sich nichts anmerken lassen und Tidiane so begrüßt, als wäre es das Normalste von der Welt. Noch nie, dachte Leyli und zitterte bei dem Gedanken immer noch, war jemand der Wahrheit derart nah gekommen.

Warum? Irgendetwas an Guy faszinierte sie, aber was? Er war nicht gerade gut aussehend, abgesehen von seinen großen blauen, melancholischen Augen, die wirkten, als hätte eine Schneiderin sie auf einen dicken Plüschteddy genäht. Im Grunde war er nicht mal besonders witzig. Nachdem Tidiane sich verzogen hatte, fiel Guys Blick auf den kleinen, zwanzig Jahre alten, unförmigen Fernseher.

»Keine Bange, Sie brauchen ihn nicht einzuschalten. Es deprimiert mich, die Olympique Marseille anzufeuern. Wenn ich an die ganze vergeudete Zeit denke, in der ich im Fernsehen den

Europa-Cup verfolgt und gehofft habe, dass endlich mal eine französische Mannschaft ins Finale kommt …«

Er brach in Gelächter aus und fügte hinzu:

»Eigentlich wollte ich nur mal kurz in der Halbzeitpause hochkommen, aber ich dachte, das ist etwas knapp, um unsere Sache zu Ende zu bringen.«

Und wieder hatte er gelacht. Fast jeden seiner unvollständigen Sätze beendete er mit diesem blechernen Gewieher, das an ein überdrehtes mechanisches Spielzeug erinnerte.

»Ich mache Witze, Leyli, ehrlich. Sie sind ohnehin viel zu hübsch für mich.«

Diesmal blieb er ernst, und Leyli widersprach auch nicht. Er unterbrach das peinliche Schweigen, indem er Leyli die beiden Flaschen Bier unter die Nase hielt.

»Ich habe zwei mitgebracht, aber wenn Sie kein Bier wollen, bin ich auch nicht beleidigt. Dann opfere ich mich eben.«

Wieder dieses scheppernde Gewieher. Guy hätte bei Sitcoms als Lacher im Off ein Vermögen verdienen können. Leyli begnügte sich mit einem Lächeln und fragte sich, ob sie Tee aufsetzen sollte. Guy starrte noch immer auf das Durcheinander in der Wohnung, als wäre er bei seiner Suche nach einem Pferdewettbüro versehentlich in das Gässchen eines Souks geraten. Sein Blick wanderte über die Bücher, die bunten Eulen und das Bild an der Wand, das den Sonnenuntergang am Niger zeigte.

»Wahnsinn, Ihre Dekoration«, meinte er, als er mit dem Griff eines Profis die Flaschen öffnete.

Bevor er weitersprach, warf er noch einen Blick auf die afrikanischen Masken, die Dosen mit grünem Tee und die Tütchen mit Gewürzen.

»Aber wenn ich ehrlich sein soll … wissen Sie, dieser exotische Schnickschnack …«

Am Ende dieses Satzes blieb sein unsteter Blick an Leyli hängen. Mit offenem Mund musterte er ihre Babuschen, das Perlengeflecht in ihrem Haar und ihre ebenholzfarbene Haut.

Diesmal ersetzte ein Fluch das Ungesagte.

»Was bin ich doch für ein Idiot!«

Leyli lachte und konnte gar nicht wieder aufhören. Guy rührte sie mit seinem vom Alter faltig gewordenen Gesicht und dem leicht aufgeschwemmten Körper. Ein Rassist, außerdem sicher Alkoholiker. Und dennoch mochte sie ihn. Sogar ein wenig mehr als das. Sie fühlte sich seltsam zu ihm hingezogen. Nicht, dass es Liebe auf den ersten Blick gewesen wäre. Eher das Gegenteil, auch wenn sie es sich nicht erklären konnte. Irgendein uraltes Gefühl, von der Zeit abgeschliffen, abgegriffen und verbraucht, aber trotzdem vorhanden.

Leyli hatte Lust, ihn zu verführen. Und sich verführen zu lassen.

So einfach war das.

Sie stellte den Wasserkocher ab und, ohne weiter nachzudenken, lud sie Guy ein, es sich gemütlich zu machen, auf dem Balkon zu rauchen, den Fernseher einzuschalten oder nach einem Buch zu greifen. Sie wollte derweil duschen, weil sie nach einem Gemisch aus Patschuli und Chlor roch. Seit sie ihre Arbeit im Hotel Ibis beendet hatte, war sie noch nicht dazu gekommen, sich frisch zu machen. Guy war nun allein im Wohnzimmer, und sie verriegelte die Tür zum Bad hinter sich, zog sich aus und betrachtete ihren Körper in dem halb blinden, von schwarzen Punkten übersäten Spiegel.

Sie war weit schöner als dieser Spiegel! Schöner als dieses schimmelige Badezimmer, diese heruntergekommene Wohnung und dieses verwahrloste Viertel. Sie strich über ihre dunklen Brüste, die immer noch so fest wie damals waren, als die Männer sie noch mit Vergnügen gestreichelt und geküsst hatten. Dann glitt ihr Blick über ihre wohlgeformte Taille, den flachen Bauch, zumindest wirkte er flach, wenn man ihn nicht gerade auf der Suche nach unsichtbaren Fettpolstern abtastete.

Immer noch bildschön. Immer noch begehrenswert – wenn sie es wollte.

Endlich stieg Leyli aus der Dusche und gönnte sich noch ein paar Minuten, um ihre Haut mit Arganöl einzucremen, sich nochmals zu schminken und ihre bunten, dünn geflochteten Zöpfe sorgfältig zu einem scheinbar saloppen Knoten aufzutürmen. Ohne Unterwäsche anzuziehen schlüpfte sie in ein langes, schmal geschnittenes malisches Gewand aus in sich gemusterter blauer und lila Baumwolle, das ihre Körperformen umschmeichelte, ohne dasss sie sich abzeichneten. Fast wie eine Geschenkverpackung war es weder zu steif noch zu labbrig, sodass man die Konturen des Präsents erahnen konnte, das Vorstellungsvermögen jedoch die restliche Arbeit übernehmen musste. Der Stoff glitt über ihren dunklen Körper, machte einen kurzen Halt an ihren Brüsten und sank über ihre Taille, um an Hüften und Po erneut innezuhalten. Vorsichtig zupfte Leyli an dem Kleid, bis es wie ein Fischernetz auf die Waden hinabfiel.

Nochmals blickte sie in den Spiegel und bewunderte ihre wohlgeformte Gestalt, bevor sie vor sich hinmurmelte:

»Du magst keinen exotischen Schnickschnack? Das werden wir ja sehen.«

Leyli hatte ein Bier angenommen und die Flasche halb geleert. Sie saß auf dem Sofa und ihr war ein wenig schwindlig. Guy verschlang sie mit seinen Blicken. Etwas zu offensichtlich. Jetzt bedauerte sie die aufreizende Kleidung. Wie eine Katze hatte sie sich mit angezogenen Beinen und Armen zusammengerollt. In der Wohnung unter ihr war die Musik verstummt. Alles war still, als wäre Kamila ausgegangen. Leyli legte eine CD von Cesaria Evora in den Player.

Noch mehr exotischer Schnickschnack! Aber Guy sagte nichts dazu.

Er erzählte dies und das, während Leyli zerstreut lauschte. Ihre Gedanken schweiften ab, nur manchmal hörte sie ihrem Gast wirklich zu. Es fühlte sich sonderbar an, schön und begehrt zu sein. Ein Gefühl aus der Vergangenheit … Gleich zweimal hatte sie es heute gespürt, jetzt mit Guy und am Nachmittag im Ibis-Hotel mit Ruben. Sie konnte sogar ein drittes Erlebnis hinzufügen, wenn sie das zweideutige Lächeln von Patrick oder Patrice – wie war noch sein Name? – hinzunahm, den sie gestern im Büro von FOS-IMMO aufgesucht hatte.

Das Gesetz der Serie? Wie Pechsträhnen? Als kämen alle potenziellen Liebhaber gleichzeitig, ohne Ticket, ohne darauf zu warten, bis sie an der Reihe waren. Das Leben musste immer ausufernd sein, Glück und Unglück gleichzeitig liefern, lose oder im Paket. Und man musste alles selbst auspacken.

Am anderen Ende des Sofas versuchte Guy eine ungeschickte Annäherung und schien Ochs am Berg zu spielen. Sobald Leyli den Blick abwandte, rückte er fast unmerklich ein paar Millimeter näher. Es war wie das vorsichtige Kriechen eines Krokodils, eines Flusspferds oder eines Elefanten.

Hatte sich Guy ihr einen Zentimeter genähert, rückte Leyli fünf von ihm ab. Es war offensichtlich, dass Leyli keine Annäherung wünschte, nicht so schnell, nicht heute Abend, auch wenn es die ideale Gelegenheit war. Sie waren allein. Leyli hatte Guy die Lage erklärt: Alpha sei von der Polizei aufgegriffen worden,

Tidiane bei seinen Großeltern und Bamby übernachte irgendwo anders.

Dennoch brachte Guy sie zum Lachen. Das reichte fürs Erste und war schon eine ganze Menge.

Guy liebte Wortspiele, das sei seine Spezialität, hatte er gesagt. Er riss tausend Witzchen über die Anwohner des Viertels, über Araber, Italiener, Portugiesen und Polen, die hier seit vierzig Jahren die Bevölkerung der Arbeitslosen in die Höhe schnellen ließen.

Sie kicherte höflich.

… Französisch zu sprechen, wenn man in eine Bar kam, sei gar nicht mehr in, witzelte er.

Sie kicherte peinlich berührt.

Guy führte seine One-Man-Show fort und griff nach einem Buch im Regal mit Märchen und Sagen. Sein »One-Fan« schmunzelte. Leyli fühlte sich wohl und fasste Zutrauen. Mithilfe des Alkohols und nachdem Guy sein Feuerwerk abgeschossen hatte, wollte sie ihm gern mehr über sich selbst erzählen.

Guy hingegen war kein talentierter Erzähler. Doch das musste man ihm lassen: Er hatte das Zeug zu einem talentierten Zuhörer.

## LEYLIS GESCHICHTE
*Fünftes Kapitel*

Schockiere ich Sie, Guy, wenn ich Ihnen sage, dass ich eine Prostituierte war? Aber es ist das passende Wort, nicht wahr? Auch Adil und ich sprachen nicht von Freiern, sondern von Freunden und Begegnungen. Als ich Nadia die letzte Seite des Hefts diktierte, waren nur noch drei regelmäßig zahlende Freier übrig. Ob ich blind war und mit fremden Männern schlief, um die Augenoperation bezahlen zu können, ob ich aus Liebe zu Adil oder aus Furcht vor ihm so handelte, ändert nichts an der Tatsache.

Ich war eine Nutte.

Hoffentlich werden meine Kinder das nie erfahren. Und ich hoffe ebenfalls, dass niemand außer mir je dieses Heft lesen wird. Wo ich es versteckt habe, verrate ich Ihnen nicht, Guy. Das kommt gar nicht infrage. Sie wissen ohnehin schon genug. Viel mehr als jeder andere.

Am 25. Juli 1994 erfuhr ich, dass ich schwanger war. Es war der Tag der Republik in Tunesien und überall auf der Straße knallten Böller. Und plötzlich hatte ich die alberne Angst, dass mein Kind dadurch traumatisiert werden könnte, obwohl ich es gerade mal drei Wochen unter dem Herzen trug.

Ich wartete eine Weile, bevor ich Adil davon erzählte, und rechnete hin und her. Nicht, weil ich das Entbindungsdatum herausbekommen wollte, nein, ich zählte Geld. Die Anzahl der Begegnungen und die Geschenke der Freunde, denn sie bezahlten nicht nur in Dinar, Franc oder Dollar, sondern manchmal auch mit Uhren, Gold und Schmuck. Adil behielt alles ein.

Eines Abends – ich glaube, es war nach einem Monat –, wir hatten gerade miteinander geschlafen, wie beinahe jeden Abend, wagte ich den ersten Schritt. Ich hatte alles wieder und wieder ausgerechnet.

»Ich glaube, wir haben genügend Geld für die Augenoperation, Adil. Ich könnte endlich mit diesen Begegnungen Schluss machen. Einen Chirurgen finden. Weg von hier!«

Adil blieb geduldig. Er streichelte mit der üblichen Sanftheit meinen Körper, meine Beine, meinen noch flachen Bauch und erklärte, er wolle auf keinen Fall ein Risiko eingehen. Der beste

Arzt, das beste Krankenhaus seien gerade gut genug, und wir könnten gern noch ein paar Monate warten. Warum sich beeilen?

Und da erklärte ich ihm alles. Mit einem einzigen, klaren Satz.

»Ich habe es eilig, Adil. Ich möchte vor April operiert werden, in den nächsten sieben Monaten. Ich will … Ich will mein Baby bei der Geburt sehen.«

Adil sagte nichts. Ich spürte nur, wie sich sein ganzer Körper versteifte. Seine Hände hörten auf, mich zu streicheln. Sein Herz pochte wie wild …

Am nächsten Morgen schlug er mich zum ersten Mal. Am Vorabend war Adil wortlos eingeschlafen. Als er aufwachte, stellte er keine Fragen, auch nicht die, ob ich wisse, wer der Vater des Kindes sei – wie hätte ich es auch wissen sollen –, er hat mich nur geküsst, als wäre nichts geschehen, und gesagt: »François will dich heute Abend sehen.« Er schlug mich, als ich erwiderte, dass ich nicht hingehen würde. Eine Ohrfeige, die mich zu Boden warf.

Daraufhin weinte er, entschuldigte sich und flehte mich an:

»Glaubst du denn, für mich ist es einfach, Leyli? Zu wissen, dass du jeden Abend mit einem anderen Mann schläfst? Ich ertrage es für dich, Leyli. Nur für dich!«

Er redete nie über das Baby. Ich für meinen Teil dachte nur an mein Kind.

Er prügelte mich weiterhin, wenn ich es ablehnte, mit einem Freier zu schlafen. Ich hatte blaue Flecken. Im Gesicht, an den Armen. Natürlich bemerkten es meine Besucher sofort. Doch keiner verlor auch nur ein Wort darüber. Sogar Jean-Lou, der freundlichste von allen, schwieg. Auch er verschloss beide Augen, genau wie die anderen.

Bei einer anderen Gelegenheit schlug mich Adil mit seinen Stiefeln. Nur meinen Rücken konnte er erreichen, denn ich hatte mich auf den Küchenfliesen zusammengekauert, um meinen

Bauch zu schützen. Schon lange weinte er nicht mehr, nachdem er mich geschlagen hatte. Doch immer noch strich er mir zärtlich übers Haar.

»Wovon willst du denn leben, mein Liebling, wenn du die Begegnungen einstellst? Was kannst du denn anderes als lieben? Glaubst du wirklich, dass es leichter ist, den Männern ins Gesicht zu sehen, die dich für Liebe bezahlen, wenn du nicht mehr blind bist?«

»Ich erwarte ein Kind, Adil«, konnte ich nur unter Anstrengung sagen. »Ich erwarte ein Kind.«

»Na und, Leyli? Was ändert das? Hauptsache, unsere Freunde erfahren es nicht.«

Drei Monate vergingen. Adil schlug mich nicht mehr. Das war auch nicht nötig, denn ich war wieder fügsam. Ich fühlte, wie sich mein Bauch wölbte, und hoffte, alles würde sich von selbst regeln. Bald schon ließe sich meine Schwangerschaft nicht mehr verbergen, und niemand würde mit einem Mädchen schlafen wollen, das im siebten, achten oder neunten Monat schwanger war … Ich zählte die Wochen. Mein Baby würde mich retten.

Es war Nadia, die Hotelbedienung, die Frau, die meine Diktate aufschrieb, die mich eines Abends warnte. Bevor sie mit mir sprach, schloss sie die Tür zur Bar, um sicherzugehen, dass wir allein waren, abgesehen von ihrer nicht einmal ein Jahr alten Tochter, die mit einer Plastikgiraffe zu unseren Füßen spielte. Ich fand die Kleine zum Anbeißen und erinnere mich gut an ihren molligen Körper und ihre Löckchen. An diesem Tag, an dem Nadia meinen Bauch streichelte, bevor sie mir ein Geheimnis anvertraute, das mein ganzes Leben ändern sollte, hoffte ich, ein kleines Mädchen zur Welt zu bringen, das Nadias süßem Püppchen ähnelte.

»Adil will dich verlassen, Leyli. Er hat darüber mit Yan und François gesprochen und einen Platz auf der Fähre nach Marseille für Samstag gebucht. Er sucht zwei starke und bewaffnete Männer als Begleitschutz.« Sie lachte böse. »Es sieht so aus, als hätte er eine Menge zu schleppen. Ich habe nicht den Eindruck, dass er dir die Hälfte eurer Ersparnisse überlassen will.«

Alles brach zusammen.

Endlich begriff ich, was mein Gehirn schon lange wusste, und was ich nicht sehen wollte. Adil hatte mich jahrelang anschaffen lassen, um sich selbst zu bereichern. Die Geschichte mit der Augenoperation war nur ein Vorwand gewesen, um mich zu überzeugen und bei der Stange zu halten. Das Baby durchkreuzte seine Pläne. Also ergriff er die Flucht, bevor es zu spät war.

Ich vermute, Sie haben von Anfang an geahnt, wie die Geschichte ausgeht, und Sie haben wahrscheinlich eine Art wütendes Mitleid mit dem Trottel, der ich war.

Liebe macht blind. Bei mir brauchte sich Adil keine große Mühe zu geben, damit ich ihn liebte.

»Danke«, sagte ich zu Nadia.

»Wenn ich dir irgendwie helfen kann …«

Erinnere ich mich jetzt an diesen Tag, an dem meine ganze Welt zusammenbrach, so muss ich sagen, dass ich gar keine Beweise hatte. Ich war immer bereit, alles und jeden zu entschuldigen. Manchmal denke ich, dass Adil vielleicht gar nicht vorhatte, allein abzureisen und mich mittellos zurückzulassen, dass Nadia das alles nur erfunden hat. Doch dann war ich diejenige, die den Spieß umdrehte.

Am Freitagabend, dem Tag, bevor Adil abreisen sollte, lagen wir nebeneinander, und ich nahm ihn in meine Arme.

»Adil, ich will diese ganzen Freier nicht mehr. Ich möchte nur noch mit dir zusammen sein.«

Dieses Argument überraschte ihn, ebenso wie meine plötzliche Zärtlichkeit. Ich dachte, wenn er am nächsten Morgen wirklich wegfahren würde, konnte er mir meinen Wunsch nicht abschlagen. Damit schmeichelte ich dem stolzen Gockel: mich noch einmal zum Höhepunkt zu bringen! Das würde ihn bezwingen. Ich saß wie eine Amazone rittlings auf ihm, und als er sich unter mir nicht mehr rührte, sagte ich noch einmal: »Ich möchte nur noch mit dir schlafen, Adil. Diese Woche habe ich eine Entscheidung getroffen und eine Schiffsreise nach Marokko gebucht. In der Clinique du Soleil in Marrakesch ist ein Bett für mich reserviert.« Zumindest die Klinik hatte ich nicht erfunden. Die gab es wirklich. »Ich habe am Telefon mit einem Arzt gesprochen und er hat mir per Fax einen Kostenvoranschlag geschickt. Bei der Post hat man ihn mir vorgelesen und …«

Er unterbrach mich.

»Wie hast du das gemacht?«

Ich konnte ihm schlecht von Nadia erzählen, und dass sie mir geholfen hatte. Wenn er nachdachte, konnte er sich die Antwort selbst geben. Irgendwie ahnte ich, dass es ihm ohnehin egal war. Wie erwartet, fügte er dem nichts weiter hinzu und sagte nur:

»Darüber reden wir morgen.«

Mitten in der Nacht stand Adil auf. Ich schlief nicht. Schon seit Stunden wartete ich auf diesen Augenblick. Alles, was ich am Vorabend gesagt hatte, sollte ihn lediglich noch mehr zur Eile antreiben. Ich wollte den Fortgang der Dinge unter Kontrolle behalten.

Adil bewegte sich lautlos im Dunkeln, aber ich kannte jedes Geräusch im Haus auswendig. Draußen, in der Stadt und auf der Straße war ich verloren und hilflos, aber ich hatte gelernt, mich durch das Haus zu bewegen, als wäre ich nicht blind.

Ich lauschte.

Ich wusste, dass er das Geld und die Geschenke irgendwo in der Küche unter einer der Fliesen versteckt hatte. Auch wenn ich dutzendmal gehört hatte, wie er sie angehoben hatte, so wäre ich trotzdem nicht in der Lage gewesen, die richtige zu finden. Sie schloss perfekt mit den anderen ab, und ich konnte sie daher auch nicht ertasten. Deshalb musste ich ihn dazu bringen, die Beute aus dem Versteck zu holen. Erst dann wollte ich einschreiten.

Ich hörte, wie Adil seine Sachen in die große schwarze Adidas-Tasche packte, die wir zusammen gekauft hatten, und wie er sie wahrscheinlich mit Erinnerungsstücken und allem, was von Wert war, füllte. Langsam und selbstsicher. Vermutlich war er sogar stolz auf sich. Seit unserer ersten Begegnung war er einem perfekten Plan gefolgt. Wie erwartet, hatte ich ihm ein Vermögen von mehreren zehntausend Francs eingebacht. Dabei wusste ich nicht einmal, wer dieser Mann wirklich war. Wusste nicht, wie er aussah. Würde er mich verlassen, könnte ich ihn niemals wiedererkennen.

Ich stand auf.

Leise tastete ich mich vor. Nackt. Auch das gehörte zu meinem Plan, denn er sollte glauben, ich sei verwundbarer, als ich es tatsächlich war, trotz des Messers, das ich in der rechten Hand hielt. Es stammte von Nadia, und ich hatte es unter der Matratze versteckt. Ein alter Berberdolch, leicht rostig und mit einem Schaft aus Horn.

Ich kam in Adils Nähe. Er sagte kein Wort.

Ich tat so, als stäche ich in die Luft, und stolperte herum, benahm mich wie eine Verrückte, die versuchte, unsichtbare Geister zu erstechen.

Er brach in zynisches Gelächter aus und zog sich auf sichere Distanz zurück, um mir bei meiner lächerlichen Pantomime –

als wollte ich mit einem ungefährlichen Stachel Mücken aufspießen – zuzuschauen. Er ahnte nicht, dass ich bei jedem seiner Schritte wusste, wo er sich befand. Dass ich jeden Zentimeter dieses Raums berechnen konnte, immer genau seine und meine Position kannte. Mein inneres Radar war in der Lage, jede Entfernung mit der Genauigkeit einer Fledermaus abzuschätzen, und ich hatte sowohl die Höhe meines Arms als auch die seines Halses im Kopf. Stundenlang hatte ich geübt, unsichtbare Ziele zu durchbohren, mich dabei auf meine Beute gestürzt wie eine Wespe auf Orangen oder Äpfel.

Ich führte die scheinbar unkontrollierten Gesten eines Schlafwandlers noch ein wenig fort. Doch plötzlich sprang ich mit der Geschwindigkeit und der Präzision eines Fechtmeisters zwei Schritte vor. Zwei Meter. Der Berberdolch bohrte sich in Adils Gurgel, aber ich wusste nicht, ob ich die Halsschlagader getroffen hatte. Er brach lautlos zusammen.

Dann ging alles sehr schnell. Ich zog mich an, griff nach der Adidas-Tasche – sie war extrem schwer – und lief zu Nadia. Sie versteckte mich ein paar Stunden lang bei sich und half mir dann zum Hafen und zur Fähre nach Tanger.

War Adil tot?

Ich wusste und weiß es bis heute nicht.

Er war meine erste große Liebe.

Habe ich ihn tatsächlich umgebracht? Ich kann nicht einmal sagen, wie er aussah.

# 33

*21:29 Uhr*

Julo war vor seinem Bildschirm eingenickt, wozu sicher der Schwarm rosa Flamingos beigetragen hatte, der sich zu einem dieser paradiesischen Strände aufmachte, an denen Bambi13 so gerne posierte. Die Hitze und das abendliche Quaken der Frösche hatten ihn eingelullt. Im Traum ging er an einer Lagune entlang und auf eine schöne, gesichtslose Unbekannte zu, die ihren Kopf unter dem Arm trug, der mit Hilfe eines unscharfen Fotos und eines einfachen 3D-Druckers rekonstruiert worden war. Um ihren nackten Oberkörper flatterte im Passatwind das mit Eulen bedruckte Tuch.

Ein durchdringendes Alarmsignal ließ ihn hochfahren. Er stieß einen Fluch aus. Ein großes Pfauenauge oder ein Nachtfalter hatte sich gerade auf seinem Tablet niedergelassen!

Die wohlgeformte Rückenansicht von Bambi13, dahingegossen auf einem Badetuch, war verschwunden. Stattdessen erschien Werbung für ein Dating-Portal, hart an der Grenze zum Pornographischen, die von einem imposanten roten Kreuz gesperrt wurde. Da die kleinen Biester sich hartnäckig weigerten, ihn in Ruhe zu lassen, war es wohl besser, zu traditionellen Arbeitsmethoden zurückzukehren, die noch dazu den Vorteil hatten, dass er nicht wieder einschlafen würde.

Er drehte die Aufstellung mit den nicht möglichen Blutgruppenkombinationen, die Waqnine ihm gegeben hatte, um und griff nach einem Stift. Das schwache Mondlicht, dem sich die schwarzen, langfedrigen Kolben des Rohrschilfs entgegenreckten, reichte aus, um sie zu erhellen. Ihrer Lichtquelle beraubt, suchten die nachtaktiven Insekten auf der Stelle das Weite – wie Nerds, dachte Julo, wenn man den Laptop zuklappte, um ein Buch aufzuschlagen.

Er legte das Blatt auf die Rückseite des Tablets. Alles hängt zusammen, sagte er sich und griff damit wieder seine Überlegungen auf, über denen er eingenickt war. Je länger er über dem Puzzle brütete, desto mehr gelangte er zu der Überzeugung, dass es eine einzige Antwort auf alle Fragen gab.

Nervös schrieb er sie auf und begann mit den naheliegensten:

*Warum ist François Valioni umgebracht worden?*

*Was hat Valioni ein paar Stunden vor seinem Tod in Essaouira gemacht?*

*Welche Verbindung besteht zwischen dem Mord an ihm und* Vogelzug?

*Warum weigert sich Petar Velika, darüber zu sprechen?*

Kaum hatte er diese Zeile geschrieben, strich er sie auch gleich wieder kräftig durch. Aus Angst, diese Vermutung könnte durch Unachtsamkeit seinem Chef in die Finger geraten.

*Welche Verbindung besteht zwischen der Familie Maal, insbesondere Leyli, der Mutter, und Jourdain Blanc-Martin, dem Geschäftsführer von* Vogelzug, *der ebenfalls in Port-de-Bouc lebt und aus dem Viertel Aigues Douces stammt?*

Er fuhr mit Fragen fort, die in direktem Zusammenhang mit dem Mord standen.

*Aus welchem anderen Grund als zur Feststellung der Vaterschaft hätte der Mörder François Valioni Blut abnehmen sollen?*

*Warum hatte Valioni diese Muscheln in seiner Tasche?*

Die Tatsache, dass es sich um Kaurimuscheln handelte, machte es noch schwerer, das Geheimnis zu lüften.

*Was hat es mit den roten, grünen oder blauen Armbändern auf sich, die manche illegalen Einwanderer am Handgelenk tragen?*

Julo hatte inzwischen schon acht Fragen ohne Antwort zusammen, aber seine Intuition sagte ihm, dass sie alle ungeklärt bleiben würden, wenn man die letzten, die sich auf Bamby oder Bambi bezogen, nicht beantworten konnte.

*Ist Bamby Maal identisch mit Bambi13?*

*Warum hat sich ihr Bruder Alpha so widerstandslos verhaften lassen? Hat er diese Festnahme provoziert?*

*Wie kommt es, dass Bambi13 so problemlos durch die ganze Welt reist?*

*Warum hat Bambi13 vor der Überwachungskamera des Red-Corner-Hotels ihr Gesicht zum Teil enthüllt?*

*Hat Bambi13 François Valioni umgebracht?*

*Wird Bambi13 wieder morden?*

*Wann?*

*Wo?*

Er hob seinen Stift, schloss die Augen und ließ sich erneut vom Gequake der unsichtbaren Frösche in den Schlaf wiegen. Die Schönheit von Bambi13 faszinierte ihn. Das Schicksal von Bamby Maal weckte seine Neugier.

Handelte es sich um ein und dieselbe Frau?

Oder waren es zwei Frauen, gefangen im gleichen sozialen Räderwerk?

Zwei Frauen, oder sogar mehr?

# 34

*22:01 Uhr*

»Das war wirklich ein perfekter Abend, Faline.«

Der Kellner des Sterne-Restaurants hatte vor einer halben Stunde den Kaffee gebracht und dabei den Blick über die Schenkel von Faline gleiten lassen. Jean-Lou nahm sich Zeit, um seine Tasse zu leeren und von den kleinen Köstlichkeiten zu naschen, wie Soufflé mit Tahiti-Vanille, Zitrusfrüchte mit Süßholzwurzel, Passionsfrucht-Florentiner. Dabei erzählte er von den nicht enden wollenden Meetings, die ihn am nächsten Tag erwarteten. Es folgte ein Schweigen. Nach etwa einer Minute schaute er auf die Uhr, schob seinen Stuhl zurück und erhob sich.

*Das war wirklich ein perfekter Abend, Faline.*

Er hat nicht gefragt »Gehen wir?«, sagte sich Faline. Jean-Lou konnte, was den Ausgang des Abends betraf, nicht eindeutiger sein, das Präteritum »Es war ein perfekter Abend« ließ keinen Zweifel zu. Für ihn war er beendet.

Auch Faline stand auf, strich ihren Rock glatt, zog sich ihre Lederjacke über und blieb ihm gegenüber stehen. Galant ließ er ihr den Vortritt und vermied dabei aufmerksam jede Berührung. Während sie das Restaurant verließ, stellte sie sich vor, dass sein Blick auf ihrem Po, ihren Beinen und ihren wohlgerundeten Hüften ruhte.

Draußen zündete sie sich eine Zigarette an, während Jean-Lou am Tresen die Rechnung beglich. Im Schein der Straßenlaterne beobachtete sie ihn. Seine Hose war ein wenig zu kurz, das Hemd zerknautscht und fleckig, sein Haar schlecht frisiert.

*Jean–Lou ist der Ungeschickteste meiner Liebhaber.*

*Er streichelt zu grob, küsst schlecht und kommt zu schnell.*

*Er weiß es. Ich glaube, das macht ihn traurig. Manchmal weint er deshalb sogar.*

Während Faline den Rauch in die sternklare Nacht blies, versuchte sie in aller Ruhe, die Lage zu ermessen. Welche Strategie war nun angebracht?

Sie hatte begriffen, dass Jean-Lou nicht den ersten Schritt machen würde. Also musste sie ihn wohl oder übel wagen, und sie ahnte, dass er genau das erwartete. Damit er die Rolle des Guten spielen und ihr die der Bösen überlassen konnte. So könnte er voller Zuneigung ihre Schönheit und Attraktivität loben, ihr aber versichern, dass er seine Frau und seinen Sohn liebe, der übrigens in ihrem Alter sei. Er würde sich mit einem Kuss auf die Wange begnügen und heldenhaft davonschreiten. Vielleicht würde er im Hotelzimmer an sie denken und sich selbst befriedigen. Vielleicht würde er, wenn er wieder zu Hause war, mit ausufernder Begierde seine Frau beschlafen. Die Vorteile für ihn waren nicht zu verachten! Erotische Phantasien ohne Konsequenzen. Wollust pur für ein Essen im Sterne-Restaurant.

Sie zog ein letztes Mal an ihrer Zigarette und lehnte sich im Schatten der Gasse an die Ziegelmauer. Ihre Gefühle überschlugen sich, doch sie war vor allem enttäuscht. Das hatte nichts mit verletztem Stolz zu tun. Sie kannte ihre Anziehungskraft und wusste, dass sie mit einem einzigen Augenaufschlag einen Mann verführen konnte. Ein Abend wie dieser ließ daran keine Zweifel aufkommen. Trotzdem zog sich ihr Magen beim Gedanken an ihr

Versagen zusammen, und sie verspürte regelrecht Krämpfe. Ihr Plan funktionierte nicht. Sollte all das umsonst gewesen sein? Diese langwierige und haarkleine Vorbereitung, um auf halbem Weg aufzugeben?

Sie warf die Kippe weg.

Ja, die Enttäuschung quälte sie so sehr, dass sie am liebsten geweint hätte. Es war, als hätte sie eine Prüfung vermasselt, für die sie endlos gebüffelt hatte …

Und dennoch, eine kleine Flamme loderte noch.

Ein Fünkchen Hoffnung hatte sich in ihren schwärzesten Gedanken wieder entfacht, und es gab vielleicht etwas, woran sie seit Langem nicht mehr glaubte: ganz so, als würde Jean-Lou, wenn er sich nicht von ihr verführen ließe, nicht nur sein eigenes Leben retten, sondern auch das aller anderen Männer.

Sie drückte die Kippe mit ihrem Schuh aus und dachte über weniger noble Erklärungen nach. Vielleicht erwartete Jean-Lou bereits eine andere Geliebte im Radisson Blu. Es konnte ja auch sein, dass er sexuelle Probleme hatte – oder Männer vorzog … Egal, sie musste jetzt alles auf eine Karte setzen: Seine Hand nehmen oder beim Abschiedskuss seine Lippen streifen. Doch mit welchem Ergebnis? Denn auch wenn sie ihm einen Kuss abringen könnte, so wäre der Weg bis ins Red Corner noch weit. Für heute Nacht.

Sie war in ihre Gedanken versunken und sah Jean-Lou nicht aus dem Sterne-Restaurant kommen.

Sie hörte ihn auch nicht, als er sich näherte.

Sie bemerkte nur seinen Schatten. Sie waren allein in der dunklen Gasse.

Jean-Lou sagte kein einziges Wort. Er ließ ihr nicht einmal Zeit für irgendeine Geste. Er vergewisserte sich lediglich, dass niemand sie sehen konnte, und presste sich mit seinem ganzen

Gewicht an sie, verschlang förmlich ihren Mund. Seine rechte Hand legte sich auf ihren Busen und drückte ihn mit fast brutaler Gewalt. Seine linke Hand glitt über ihren nackten Schenkel, hielt kaum am Rocksaum inne und schob sich gierig in ihren String.

Sie hielt ihn nicht auf. Erwiderte seinen Kuss. Wiegte sich in seinen Armen und öffnete ein wenig die Schenkel, damit Jean-Lous Finger in sie eindringen konnte.

Sie fühlte sich wieder sicher. Sie hatte gewonnen.

Jean-Lou verdiente es zu sterben. Wie alle anderen.

## 35

*23:52 Uhr*

Gérard Couturier sprang wütend aus dem Bett.

Zu Anfang hatte er geglaubt, ein Nachbar habe im Radio den Sender France O oder RFO eingeschaltet, oder vielleicht war France Culture heute entgleist und übertrug afrikanischen Jazz. Aber nein, es war ganz offensichtlich, die Musik kam nicht aus dem Nebenzimmer. Man hörte zwar die Gitarren und afrikanischen Trommeln so laut, als würde ein Nachbar gegen die Wand hämmern, aber die Töne kamen von weiter her.

Gérard wagte sich auf den Gang hinaus.

Die Musik war nicht zu überhören, sie schien vom anderen Ende des Korridors zu kommen, sicher aus dem Frühstücksraum. Hohe Gitarrentöne begleiteten die Stimme eines Mädchens, das in einer ihm unbekannten Sprache sang. Er hörte Rufe, Tanzschritte und Applaus.

Ein Konzert?

Ein Mitternachtskonzert? In der Hotelhalle von Port-de-Bouc? Gérard Couturier traute seinen Ohren nicht.

Das Mädchen sang übrigens gut, aber darum ging es ja nicht. Er gähnte und kratzte seinen Bauch unter dem grasgrünen T-Shirt, der Farbe seiner Franchise-Gartenbau-Kette. Der Verkaufsdirektor erwartete ihn um acht Uhr am nächsten Morgen, und die Zahlen sahen nicht gut aus. Der Verkauf von Rasenmähern war um dreißig Prozent zurückgegangen. Klimaerwärmung, Trockenheit, verbranntes Gras in ganz Südfrankreich – damit wuchs der Rasen langsamer –, es war ein Teufelskreis …

Er zog seine Schuhe an, und ein paar Sekunden später stand er vor der Feuerschutztür des Frühstücksraums. Geschlossen. Er klopfte. Hundemüde. Kurz darauf erschien Ruben Liberos, der Hotelmanager.

Gérard platzte heraus:

»Was ist das hier für ein Radau?«

Der Direktor machte große Augen.

»Radau? Dieses Konzert? Radau? Kommen Sie herein, mein Freund, treten Sie näher … Das sind die Whendos, die beste Big Band des afrikanischen Kontinents. Ich habe sie 1994 getroffen, als sie zum Regierungsantritt meines Freundes Nelson Mandela gespielt haben. Wenn man siebenundzwanzig Jahre eine Zelle in Robben Island teilt, entstehen Freundschaften! Die Whendos sind Freunde Frankreichs. Als Mitterrand in La Baule seine Rede hielt, haben sie die *Marseillaise* gespielt. Es heißt, Jacques Chirac möchte, dass sie bei seiner Beerdigung auftreten, so steht es in seinem Testament …«

Gérard musterte fassungslos den Hoteldirektor. Gerade wollte er »Ich lass mich doch von Ihnen nicht zum Narren halten« brüllen, als sich die Tür wieder öffnete. Der Rasenmäher-Vertreter konnte kurz den Anblick eines Typen mit Dreadlocks erhaschen, der Gitarre spielte, und eines Riesen, der auf einer Djembé trommelte. Er schätzte, dass mindestens dreißig Leute in dem Raum waren.

Ein Mädchen kam heraus. Hochgewachsen, feingliedrig und stark geschminkt. Kurzer Rock und Lederjacke. Wunderschön. Gérard war sofort davon überzeugt, dass es sich um die Sängerin handelte, denn nun spielte die Musik ohne Stimmbegleitung.

»Gehst du schon, Noura?«, fragte der Hoteldirektor.

»Ich werde erwartet. Vor neun bin ich morgen nicht da. Hoffentlich schafft die Alte alles.«

Sie drückte ein Küsschen auf Rubens Wange und verschwand.

Der Direktor öffnete die Tür sperrangelweit.

»Kommen Sie doch herein, mein Freund.«

Gérard Couturier zögerte. Jazz war nicht sein Ding, und noch weniger afrikanische Musik. Aber er hatte dort, wo normalerweise die Schüsseln mit Cornflakes standen, große Rumflaschen erspäht. Doch jetzt versperrte ihm ein anderer Typ die Sicht. Noch ein Riese. Der begrüßte ihn mit einem freundschaftlichen Schlag auf den Rücken.

»Komm und trink mit uns, Bruder. Ich heiße Savorgnan. Hast du Kinder?«

Gérard nickte und fühlte sich noch mehr verunsichert.

»Mit deinem verrückten Beruf siehst du sie wohl nicht sehr oft. Meine Familie kommt morgen. Meine Frau Babila, mein Sohn Keyvann und meine Tochter Safy. Komm rein, das müssen wir feiern.«

Die Musik spielte erneut auf. Ein anderes Mädchen, ebenso hübsch wie das vorherige, griff zum Mikro. Ach egal, sollte sein Vorgesetzter Karl doch bleiben, wo der Pfeffer wuchs. Die Rasenmäher verkauften sich auch nicht schlechter, wenn er vor dem

Schlafengehen noch ein Gläschen trank. Morgen würde er bei TripAdvisor das Hotel mit fünf Sternen bewerten. Er kannte die Hälfte aller europäischen Ibis-Hotels, doch in keinem war er je so herzlich aufgenommen worden.

## 36

*23:56 Uhr*

Der Typ schnarchte so durchdringend im Etagenbett über ihm, dass aus seiner Matratze Staub auf die untere rieselte.

Alpha blickte auf die Uhr, wartete noch ein paar Minuten und erhob sich dann. Seine Brust reichte bis zur oberen Schlafstelle. Er schüttelte seinen Zellengenossen. Der Mann schreckte hoch, als würden die Gefängnismauern auf ihn herabstürzen.

Er riss die Augen auf und sah entgeistert in das Gesicht des schwarzen Riesen, der ihn betrachtete. Dieser Bengel schien noch nicht mal achtzehn Jahre alt zu sein.

»Was soll das?«, fragte der Häftling.

Er hatte zwar keine Waffe, aber seine Augen versprühten pures Gift.

»Ich brauche dich«, sagte Alpha.

Der Typ im oberen Bett blickte ihn derart finster an, seine Augen schienen sich in ein gefährliches Blasrohr zu verwandeln.

»Zum Teufel … Bist du noch zu retten? Deshalb weckst du mich? Wir werden dir schon noch beibringen, wo es langgeht, mein Junge. Es ist hier schon beschissen genug am Tag, und dann kommt so ein Blödmann daher und vermiest einem auch noch die Nacht …«

Der Mann ähnelte ein wenig dem amerikanischen Schauspieler Danny DeVito. Ein kleiner, nervöser Typ mit rundem Gesicht und Haaren, die nur an den Seiten wuchsen, als würden sie eher aus den Ohren sprießen als auf seiner Kopfhaut.

Alpha sprach ruhig und gelassen.

»Ich muss den Schatzmeister treffen.«

DeVito rieb sich die Schläfen. Und schon standen seine Haare wie elektrisiert ab.

»Den Schatzmeister? Sonst noch was? Ich hoffe, du hast ein enormes Strafregister. Wenn du nicht ordentlich lange im Knast sitzen musst, weil du einen Bullen umgebracht oder deine Tussi mit einer Machete zerlegt hast, wird es schwierig, weil die Zeit nicht reicht. So leicht kommt man nicht an ihn heran. Das kann Jahre dauern.«

»Ich komme morgen raus. Ich muss ihn vorher sprechen. Morgen in aller Frühe.«

»Vielleicht willst du auch noch ein Autogramm von Mesrine? Und warum nicht gleich einen flotten Dreier mit Bonnie und Clyde?«

Alpha schnellte vor, packte mit einer Hand DeVito beim Schlafanzugkragen und würgte ihn. Das Laken glitt zur Seite und gab den fetten Bauch seines Zellengenossen frei.

»Hast du nicht kapiert? Ich habe dem Schatzmeister einen Deal vorzuschlagen. Ich habe mich nur einbuchten lassen, um ihn zu treffen. Frag mich nicht warum, aber ich war sicher, dass die Bullen mir diese kleine Sonderbehandlung zukommen lassen würden. Also tust du das Nötige, damit ich morgen früh beim Hofgang einen Platz neben ihm habe.«

Alpha ließ DeVito los. Der hustete, zupfte seinen Schlafanzug zurecht und gähnte.

»Du nervst mich mit deinem Blödsinn. Du glaubst doch wohl

nicht, dass ich mich wegen so einem Quatsch mit dem Schatzmeister anlege.«

Alpha musste sich beherrschen, um dem Typen nicht die Gurgel zuzudrücken, bis sein runder Ballonkopf rot anlief. Der Mann würde ihm sonst was versprechen und sich mit der Hilfe eines anderen Häftlings rächen, sobald Alpha ihm den Rücken kehrte. Besser, er versuchte es mit Diplomatie.

»Hör mir gut zu, du Schlaumeier. Ich biete dem Schatzmeister das Geschäft des Jahrhunderts an. Wenn du nicht den Mittelsmann machst und alles deinetwegen in die Hose geht, kannst du was erleben, wenn er davon Wind bekommt. Weißt du, was mit Hitlers Generälen passiert ist, weil sie sich nicht getraut haben, ihn zu wecken, als die Amerikaner in der Normandie gelandet sind? Sie sind alle erschossen worden! Hundertachtzehn Generäle. Vielleicht wurden sie sogar geköpft. In dem Punkt sind sich die Historiker nicht einig.«

Alpha hatte sich mächtig ins Zeug gelegt, aber auch das schien DeVito nicht weiter zu beeindrucken.

»Nie von deinem Typen gehört, diesem Hitler. Und noch weniger, dass der amerikanische Stoff über die Normandie nach Frankreich kommt.«

Er war wirklich an den blödesten aller Häftlinge geraten!

Alpha legte beide Hände auf DeVitos Arme. Fast auf Schulterhöhe. Er konnte die Gliedmaßen mit Leichtigkeit umfassen. Er zögerte, ihn durchzuschütteln, und begnügte sich damit, ihn in bedrohliche Nähe seines Gesichts zu ziehen, bevor er ihm eine neue Geschichte auftischte.

»Ich will versuchen, dir auf andere Weise klarzumachen, dass du ganz schön viel riskierst. Also, in Japan hat vor einem knappen Jahr ein Ingenieur Sony ein neues Spiel angeboten, Pokemon GO. Die Sekretärin hat das Angebot nicht weitergeleitet, es ist verschwunden, und niemand hat es für nötig befunden, den Boss zu informieren, also hat der Ingenieur das Spiel an Nintendo verkauft. Sony hat 300 Milliarden auf einen Streich verloren, und rund hundert Angestellte haben Harakiri begangen.«

Offenbar fürchtete DeVito die Rache der Pokemon mehr als die der Waffen-SS. Alpha lockerte nach und nach den schraubstockartigen Griff um DeVitos Arme.

»Du nervst, Junge! Aber alles in allem geht mich das nichts an. Okay, ich richte es so ein, dass du mit dem Schatzmeister sprechen kannst. Jetzt aber gute Nacht. Zieh hübsch mein Laken hoch und pack mich gut ein, gib Papa einen Kuss auf die Stirn und hopp, ab in die Falle.«

## 37

*0:25 Uhr*

»Hallo? Sind Sie es, Chef? Schlafen Sie denn um diese Zeit nicht?«

Julo hatte überrascht zum Telefonhörer gegriffen. Petars Stimme brummte in der Leitung.

»Auch ich nehme Arbeit mit nach Hause, stell dir vor! Ich musste aus dem Ehebett steigen, weil mir ein Gedanke nicht mehr aus dem Kopf geht.«

»Nur einer? Da haben Sie aber Glück, Chef!«

»Werd nicht frech, mein Kleiner. Nie nach Mitternacht! Und noch dazu hast du mir diesen Floh ins Ohr gesetzt.«

»Wegen des Professors, der uns morgen früh in der Moschee einen Vortrag über die Kaurimuscheln hält?«

»Nein, wegen deiner Familie Maal. Wie du glaube ich auch nicht an eine solche Häufung von Zufällen. Gleich zwei Bambis auf der Lichtung ist eines zu viel!«

Julo dachte an sein Gespräch mit dem Chef, kurz nachdem man Alpha ins Gefängnis überführt hatte. *Bambi13. Bamby Maal.* Endlich reagierte sein Vorgesetzter.

»Tut mir leid, wenn ich Ihnen eine schlaflose Nacht bereite.«

»Das kannst du laut sagen! Morgen lasse ich mir Zeit, glaub mir! Nadège mag es gar nicht, wenn ich sie in der Früh und am Abend allein lasse. Du bist nicht der Erste, den ich heute Abend anrufe. Ich habe Kontakt mit ein paar Freunden aufgenommen, die sich gut in Informatik auskennen, und dachte, das Problem wäre in einem Viertelstündchen gelöst. Aber es gibt keine Fotos von Bamby Maal im Netz. Es gibt überhaupt kein einziges Bild von ihr.«

»Weiß ich doch. Ich habe ja auch schon gesucht, Chef.«

Julo bedauerte seine Unverfrorenheit sofort, doch Petar ging nicht weiter darauf ein. Es folgte ein Schweigen, und Julo fragte sich, ob sich der Hauptkommissar am Kopf kratzte, an seiner Wampe unter dem Pyjama oder, falls er keinen trug, zwischen den Schenkeln.

»Hast du einen besseren Vorschlag, mein Überflieger?«, meinte Velika schließlich.

Julo antwortete wie aus der Pistole geschossen, als hätte er nur auf diese Frage gewartet.

»Wir können ja ihre Mutter morgen früh befragen. Wir haben die Adresse von Leyli Maal in der Akte. Es reicht, sie vorzuladen und zu bitten, alle Fotoalben der Familie mitzubringen.«

Der Hauptkommissar legte eine noch längere Pause ein.

»Ernsthaft? Hast du die Akte genau durchgelesen?«

»Ja, warum?«

»Fällt dir da nicht ein kleines Hindernis auf?«

»Nichts, was man nicht umgehen könnte, Chef. Wir vertreten das Innenministerium, stimmt's? Wir haben einen langen Arm ... Es gibt immer eine Lösung!«

»Das sagst du so, Junge, dein Superplan wird eine richtige Seiltanznummer ... Und wie soll ich das der Polizeidirektion verklickern?«

»Sie haben noch die ganze Nacht, um sich zu überlegen, wie Sie die Leute überzeugen können. Das traue ich Ihnen glatt zu, Chef.«

Petar Velikas Stimme klang jetzt schleppender, als wäre ihm das Ausmaß der Scherereien erst jetzt klar geworden.

»Hm ... Der gleiche Name oder nicht – egal, ich muss dir das jetzt nicht lang und breit erklären, aber wir werden wahrscheinlich auf ein Gespräch mit Leyli Maal verzichten müssen. Um die Polizeidirektion zu überzeugen, brauchen wir einen oder zwei Morde mehr.«

»Da besteht keine Gefahr, Chef. Wachtmeister Taleb ist doch immer noch vor dem Eingang des Red-Corner-Hotels abgestellt, nicht wahr?«

»Ja, da hast du recht.«

## 38

*0:47 Uh*

Jean-Lou war noch nie in einem Red-Corner-Hotel gewesen. Aber er hatte davon gehört, wie alle Leute. Im Taxi überlegte er, wie albern es doch war, ein pseudoromantisches Hotel mitten in einem Gewerbegebiet zwischen Gartencenter, Baumarkt und einem riesigen Hypermarché zu errichten, dessen Horizont aus einer Ringautobahn, riesigen Betonparkplätzen und roten Ampeln anstelle aufgehender Sonnen bestand.

Dennoch war er Faline gefolgt, und die beiden verhielten sich wie ganz normale Kunden. Schweigend und Hand in Hand ließ er sich von ihr führen, zunächst durch die menschenleere automatisierte Hotelbar, dann die dämmerige Treppe hinauf. Er schob die Kreditkarte seiner Firma in den für eine elektronische Abbuchung vorgesehenen Schlitz an der Tür zum Raum *Karawanserei*, bevor er Faline hineinzog.

Die Zeit schien stillzustehen.

Leise Berber-Musik umfing sie. Er ging auf dem strohgelben Teppichboden voran, der so dick war, dass man sich fast wie in Treibsand gefangen fühlte. Das Zimmer hatte weder Wände noch eine Decke. Sie befanden sich in einem Zelt, einem riesigen Karawanenzelt, das geschickt in den Raum eingepasst worden war. Durch ein paar Öffnungen konnte man einen täuschend echten Sternenhimmel, ferne Dünen und eine Oase bestaunen – alles in Trompe-l'œil-Malerei. Durch raffiniert angebrachte Spiegel vervielfältigte sich das Bild der Teppiche, Kissen und Seidenstoffe im Zelt schier ins Unendliche. Neben den mit goldenen Kordeln gehaltenen Vorhängen am Eingang flackerte auf jeder Seite eine Fackel.

Das Dekor von *Tausendundeiner Nacht*.

Tausend Nächte für erotische Phantasien, dachte Jean-Lou, und nur eine, um sie in die Tat umzusetzen.

In einem diskret kaschierten Schrank befanden sich Kleidung und Accessoires für die Kunden. Gewänder, Schleier, Masken, Turbane, Gürtel und Fächer. Jean-Lou hatte sich auf den Kissen ausgestreckt. Er verspürte überhaupt keine Lust, sich als orientalischer Prinz zu verkleiden. Faline bestand nicht darauf, aber sie selbst wollte gern das Spiel spielen. Vor ein paar Minuten war sie im Badezimmer verschwunden und trat nun heraus … von Kopf bis Fuß eingewickelt in eine endlos lange malvenfarbene Stoffbahn, durchwirkt mit Purpur und Gold. Das eine Ende, zum Turban geschlungen, verhüllte ihr Gesicht, ließ aber ihren roten Mund und die schwarz geschminkten Augen frei. Der restliche Stoff war fest um Hals, Schultern, Brust, Taille und die Beine bis zu ihren nackten Füssen gebunden, die an die Schwanzflosse einer Meerjungfrau erinnerten.

Eine mumifizierte Prinzessin, die nur darauf wartete, von Jean-Lou wieder zum Leben erweckt zu werden.

Jean-Lou schloss für einige Sekunden die Augen, als wollte er sich davon überzeugen, dass er nicht träumte. In seinem Kopf ging alles drunter und drüber. Er hatte die Kontrolle verloren. Noch beim Verlassen des Sternerestaurants hatte er sich geschworen, dieser Abend würde lediglich mit einem Kuss, einem zärtlichen Abschiedskuss enden, und dann würde er gehen. Allerdings hatten dann seine Zunge und seine Hände das Regiment übernommen, und Faline hatte es zugelassen. Ein einziges »Nein«, und er hätte die Schlange in seinem Gehirn bändigen können, davon war er überzeugt, diese Schlange, die ihm einflüsterte, dass er den Geschmack ihres Mundes und das Gewicht ihres Busens in seinen Händen spüren, ihr feuchtes Geschlecht mit den Fingerspitzen ertasten müsse.

Das hätte eigentlich reichen sollen.

Mit Trippelschritten bewegte sich die Mumie auf ihn zu, wie ein Kegel, der ins Wanken geraten war.

Jean-Lou verfluchte sich selbst. Verfluchte die Schwäche des männlichen Geschlechts und diesen Mistkerl namens Gott, der mit seinen schöpferischen Engeln Männer so erschaffen hatte, dass sie beim Anblick eines gut gebauten Mädchens sofort eine Erektion bekamen. ER hatte ihnen dieses Virus ins Gehirn gepflanzt, das sie innerhalb einer Minute jede Erziehung und Moral vergessen ließ.

Natürlich war es nicht dabei geblieben.

Er hatte Faline vorgeschlagen, ihn in sein Zimmer im Radisson Blu zu begleiten, aber sie hatte eine andere Idee gehabt.

Eine viel bessere.

Mit dem einzigen unverhüllten Körperteil – ihrer rechten Hand – löste Faline den Turban aus ihrem Haar, das wie seidiger Regen herabfiel, während sie langsam die Stoffbahn abrollte und nach und nach Kinn, Hals und Schultern entblößte …

»Wickle mich aus!«, flüsterte sie.

Er ergriff das Ende der Stoffbahn, die sie ihm reichte. Er hatte verstanden. Es war an ihm, sie zu entkleiden, indem er an dem malvenfarbenen Tuch zog. Die Schöne drehte sich für ihn wie ein lüsterner Kreisel, bis die lange Stoffbahn fallen und sie ganz entblößen würde. Er zog zuerst langsam an dem Schleier, dann fester. Die Schöne drehte sich nicht mehr. Als reichte dieses Spiel nicht aus, schien sie es zusätzlich würzen zu wollen. Mit erfahrener Geste ergriff sie Jean-Lous Handgelenk und fesselte es mit der Stoffbahn an eine der Zeltstangen.

»Jetzt sind wir beide verbunden.«

Faline legte Jean-Lou das Ende des Schleiers wieder in die Hand, damit er trotz der Fessel, nur mit den Fingern, den Stoff weiter abrollen konnte. Sie richtete sich auf, und wirbelte wie ein Derwisch, drehte sich im gleichen Rhythmus wie Jean-Lou den Schleier Zentimeter für Zentimeter abwickelte, als wäre sein Arm ein langes seidenes Band. Aus hinter dem Zelt verborgenen Lautsprechern ertönte die orientalische Musik, die immer schneller wurde. Eine Playlist, dachte Jean-Lou, die so programmiert war, dass sie das Liebesspiel begleitete. In seinem Kopf drehte sich alles noch schneller, als Falines Taille kreiste.

Blandine würde nichts erfahren, hämmerte es in seinem Schädel, seine Finger ließen die Stoffbahn nicht los, umklammerten sie wie ein Seil, das ihn in der Tiefe eines Brunnens vor dem Ertrinken rettete, ein Seil, das ihm immer wieder aus der Hand zu gleiten drohte. Also zog er weiter daran, bis er an nichts anderes mehr dachte.

Die Stoffbahn entblößte nun Falines Brüste. Jean Lou befreite sie nach und nach aus dem eng geschnürten Korsett. Sobald sich der Stoff lockerte, sah er mit wachsender Erregung, wie ihr Busen anschwoll. Ihm war, als sähe er zwei schlüpfende Küken in einem Nest aus Honig, die sich, scheu zunächst, bei jeder Drehung Falines immer mehr aufplusterten.

Blandine würde nichts erfahren. Dieser Gedanke drängte sich in den Vordergrund.

Falines Bauch war schon zur Hälfte befreit. Die Vertiefung ihres Nabels lag in einer samtbraunen Ebene. Wieder beugte sich die Schöne über ihn.

»Du hältst mich immer noch, aber du wirst mir nicht entkommen.«

Sie ergriff einen Meter der Stoffbahn, der auf dem Boden lag wie die abgeworfene Haut einer Schlange, und knotete Jean-Lous andere Hand an die nächste Zeltstange, ließ aber weiterhin den Schleier in seinen Fingern.

»Weiter so, mein kleiner Prinz, ich möchte immer noch für dich tanzen.«

Mühsam und ungeschickt entblößte er sie mit den Fingerspitzen weiter. Er konnte kaum noch an dem langen Schleier ziehen, aber was machte das schon? Beim Klang der Violinen, die immer lauter aufspielten, rotierte Faline langsam und mit berechnender Gelassenheit. Die gelöste Stoffbahn verharrte kurz auf ihren Hüften, deren Wölbung wie dafür geschaffen schien, den zarten Seidengürtel aufzuhalten, bevor er weiter herabsank. Nur ihre Scham war noch bedeckt, und der malvenfarbene Schleier glitt bereits über die Rundung ihres Pos.

Noch nie war Jean-Lou derart erregt gewesen, und dennoch, er konnte sich nicht von seinem Schuldgefühl befreien.

Blandine würde es erfahren, sie würde es erraten.

Das schlechte Gewissen verdarb alles, und es würde ihn auch nicht loslassen, wenn er dieses wundervolle Wesen lieben würde. Sein mustergültiger Doppelgänger entwich aus seinem Körper, und vor seinen Augen erstand das Bild von Blandine, allein in ihrem Bett, verliebt und vertrauensvoll, die über Jonathan wachte. Es schob sich vor die märchenhaften Visionen, die vor ihm tanzten. Vielleicht würde er für den Rest seines Lebens Blandine nie mehr lieben können, ohne an diese Nacht zu denken.

Kaum merklich war Faline zurückgewichen. Der malvenfarbene Schleier straffte sich.

Oder vielleicht würde auch genau das Gegenteil eintreten, versuchte Jean-Lou sich einzureden und hoffte, seine falsche Moral unter einem Samtkissen zu ersticken. Das schlechte Gewissen würde bis morgen anhalten, bis zum Erwachen, denn es war ja im Grunde nichts anderes als die Angst, ertappt zu werden. Und sobald er morgen früh mit Blandine und Jonathan telefoniert hätte, würde der Himmel wieder aufklaren und diese Nacht lediglich ein zauberhafter Traum bleiben. Das schönste Gewächs in seinem geheimen Garten.

In genau diesem Augenblick schlossen sich die Vorhänge am Zelteingang. In den folgenden Sekunden sah Jean-Lou nur noch die beiden brennenden Fackeln und einen Schatten – oder waren es mehrere? Und ebenso plötzlich, wie die Vorhänge zugefallen waren, erloschen auch die beiden Fackeln.

Tiefste Dunkelheit.

»Faline? Faline? Bist du da?«

Keine Antwort. Ein neues Spiel? Eine Falle? Wollte man ihm etwas anhaben? Würde man ihn filmen und fotografieren, um seine Familie zu zerstören? Wer? Warum? Das ergab doch überhaupt keinen Sinn.

»Faline? Faline?«

Seine Gedanken überschlugen sich. Er versuchte, an dem Schleier zu ziehen, aber seine Hände waren zu eng gefesselt.

Wer konnte ihm denn Böses wollen? Er hatte Blandine noch nie betrogen. Zumindest nicht in den letzten zwanzig Jahren, seit er *Vogelzug* verlassen hatte, nicht seit Jonathans Geburt. Davor hatte er, wenn er mehrere Wochen unterwegs gewesen war, auf der anderen Seite des Mittelmeers hin und wieder Prostituierte aufgesucht. Aber das war schon so lange her.

Mit aller Macht versuchte Jean-Lou, sich von seinen Fesseln zu befreien.

*Ich dachte, Jean-Lou würde mir helfen.*

*Er wusste – auch ohne, dass ich davon sprach – beziehungsweise hatte verstanden, dass ich ein Baby unter dem Herzen trug.*

*Er musste Zweifel hegen. Vielleicht wäre er bereit, die Verantwortung zu übernehmen? Uns zu lieben? Wenigstens aus Mitleid?*

*So dachte ich ein paar Wochen lang, bevor seine Frau – die Frau, die er geheiratet hatte – schwanger wurde mit einem behinderten Kind.*

*Wie die anderen – nur noch feiger – hat er mich verlassen. Er hat uns verlassen. Mich und mein Baby.*

Jean-Lou konnte nicht ermessen, wie viel Zeit verstrichen war. Er sah nur in der Dunkelheit einen Schatten auf sich zukommen, ein Wesen, das nachts sehen konnte, eine Eule, eine Katze oder eine Fledermaus. Mit seinen hektischen Bewegungen hatte er die Fesseln etwas lockern können. Sich zu befreien war unmöglich, doch er konnte ein paar Zentimeter gewinnen und die Handgelenke bewegen und drehen. Er wartete. Gespannt.

Das Wesen war ganz in der Nähe.

Es stach in seinen Arm.

Plötzlich. Brutal. Jean-Lou überlegte nicht mehr. Mit aller Kraft zerrte er an seinen Fesseln, hob mit Anstrengung den Kopf und biss aufs Geratewohl zu – in die Hand, die die Nadel in seinen Unterarm stach.

Er hörte einen Schrei und schrie selbst auch, als das Wesen die Nadel herausriss und sich eilig zurückzog. Er hörte das Klirren von zerbrechendem Glas. Sofort dachte Jean-Lou an den Glasanhänger, den er Faline geschenkt hatte.

»Faline?«

In Gedanken sah er noch einmal die letzten Bilder, die er registriert hatte, bevor die Fackeln hinter dem Vorhang erloschen waren. Er hatte geglaubt, zwei Schatten zu sehen, aber möglicherweise lag das lediglich an den beiden Lichtquellen. Es konnte nur Faline sein, die ihn angegriffen hatte, doch sein Geist verweigerte sich dieser Vorstellung. Es konnte ja auch sein, dass ein Unbekannter ins Zimmer eingedrungen war. Ein eifersüchtiger Liebhaber. Womöglich hatte er Faline überfallen, ehe er ihn attackiert hatte.

Er wartete. Zwang sich, die Sekunden zu zählen, und kam zu dem Schluss, dass etwa sechs Minuten vergangen waren, seit er seinen Angreifer abgewehrt hatte. Langsam ließ der Geschmack von Blut in seinem Mund nach.

Doch dann verspürte er einen Schmerz, erst im rechten und eine Sekunde später im linken Handgelenk. Das Blut rann jetzt nicht mehr seine Kehle hinunter, sondern über seine Arme.

Sein Blut.

Der Mörder hatte sich diesmal lautlos herangeschlichen. Ein Schatten in der Nacht, ein scharfes Messer oder eine Rasierklinge hatte seine Adern an beiden Armen aufgeschlitzt.

»Faline? Faline? Ich flehe dich an!«

Niemand antwortete ihm. Ein paar Minuten später hörte er, wie sich die Tür zum Zimmer *Karawanserei* des Red-Corner-Hotels öffnete und wieder schloss.

Es war vorbei.

Er würde hier sterben.

Manche reuigen Männer beichteten auf ihrem Sterbebett ihr Doppel- oder Dreifachleben, ihr Dasein, das nur aus Lügen bestanden hatte, auch wenn sie nie ertappt worden waren. Er hingegen wurde gleich wegen seines ersten Vergehens zum Tode verurteilt. Was für eine Ironie!

Morgen früh würde wahrscheinlich eine Putzfrau oder das nächste Pärchen ihn in diesem Zimmer finden. Man würde sein Handy aus der Tasche nehmen und Blandine dann informieren. Sie würde es nicht glauben können, weder seinen Tod noch den Tatort, und auch nicht seine Untreue.

Man würde Fragen stellen, in sein Zimmer im Radisson Blu eindringen, um Indizien zu finden und seine Koffer zu durchsuchen. Dort würde man ein kleines Flugzeug entdecken, das Modell der A380. Man würde Blandine seine Sachen bringen, und sie würde Jonathan das Flugzeug schenken und erklären, dass Papa nun im Himmel sei.

Jonathan wäre nicht traurig. Der Anblick des Flugzeugs würde ein breites, unschuldiges Lächeln auf seine Lippen zaubern, und sein letzter Gedanke wäre, wie lieb Papa doch war, dass er ihm immer eine Überraschung von seinen Reisen mitbrachte. Dann würde er in den Garten rennen, sein Flugzeug durch die Luft schwenken und das Geräusch des Motors nachahmen, in den Himmel schauen und Papa suchen, um sich bei ihm zu bedanken.

Und dann würde er ihn sehr schnell vergessen.

# TAG
# DES WINDES

# 39

*7:03 Uhr*

Der Schatzmeister sah aus wie Ben Kingsley.

Sein Kopf war lang und kahl, er trug eine kleine Brille mit runden Gläsern, und beim Grinsen sah man seine vorstehenden Zähne, die an Klaviertasten erinnerten. Seine Stirn war von feinen Falten gezeichnet. Im Übrigen fand Alpha, dass alle Gefängnisinsassen irgendwelchen amerikanischen Schauspielern ähnelten. Er sah einen Bruce Willis aus der Toilette kommen, einen alten De Niro, der in einer Ecke des Hofs Selbstgespräche führte, einen Robert Downey Junior und einen Hugh Jackman, die während des morgendlichen Hofgangs ihre Bauchmuskulatur trainierten.

Ben, der Schatzmeister, kam näher, heftete sich an Alphas Fersen, dann gingen sie ein paar Meter nebeneinander windgeschützt an der Gefängnismauer entlang. Ohne Alpha eines Blicks zu würdigen, sagte der Schatzmeister nur zwei Worte:

»Ich höre.«

Alpha holte tief Luft, bevor er seine Idee darlegte. Die Worte mussten sitzen. Er wusste, dass sich der Schatzmeister – genau wie er – absichtlich hatte einsperren lassen, der eine für ein paar Stunden, der andere für ein paar Jahre. Genau wie in einem internationalen Unternehmen musste jemand vor Ort sein, der sich um die Firmeninterna kümmerte, während andere leitende Mitarbeiter in der Mandschurei oder in Arlit, im Herzen der Sahara, den »Außendienst« versahen. Manche, wie der Schatzmeister, hatten nichts dagegen einzusitzen, denn es war ja nur zeitweilig und noch dazu gut bezahlt. Alpha erklärte seinen Plan mit wenigen Worten, doch vor allem gab er die Zugangscodes preis, unter denen man das gesamte Dossier aus einer Dropbox abrufen konnte. Dort waren alle Details, der Finanzierungsplan, die Kontakte und Termine aufgeführt. Alles war durchdacht und berücksichtigt worden, alles genau ausgetüftelt. Alpha unterstrich, welch ein Gewinn, welch riesiger Gewinn zu erwarten sei, doch jetzt müsse schnell entschieden werden.

Im Gegensatz zu DeVito schien Ben, der Schatzmeister, sofort an der Sache interessiert. Er lächelte ihm wie ein gewiefter Banker zu. Fehlte nur noch der Handschlag.

»Ich gebe es weiter. Wir sehen uns das Ganze an.«

Alpha setzte noch eins drauf:

»Lasst euch nicht zu viel Zeit. Lange wird das Schiff nicht zur Verfügung stehen.«

Sofort bedauerte er seine Reaktion. Ben wandte sich bereits ab. Die ganze Unterhaltung hatte nicht einmal eine Minute gedauert. Der Schatzmeister behielt das letzte Wort:

»Bei uns ist es nicht üblich, herumzutrödeln. Die Informationen werden hier rasch weitergegeben. Deine ist schon auf dem Weg nach oben und in die richtigen Hände. Noch heute Morgen wird die Sache entschieden.«

## 40

*7:04 Uhr*

*Danke.* Dieses einfache, kaum ausgesprochene, eher gehauchte Wort hallte bis ins Unendliche in Jourdain Blanc-Martins Unterbewusstsein wider. Als er um exakt 7:00 Uhr an diesem Morgen seinen Computer hochgefahren hatte, war statt des üblichen Bildschirmhintergrunds – ein Bild seiner Jacht *Marité*, die vor der Halbinsel von Port-de-Bouc lag – das Foto seiner Mutter erschienen. Er brauchte einige Zeit, um zu verstehen, warum. Bis er sich daran erinnerte, dass er vor mehreren Monaten ihr Bild gespeichert hatte, damit er dieses wichtige Datum nicht vergaß.

Vor auf den Tag genau zehn Jahren war seine Mutter in seinen Armen im großen Bett ihres Hauses in Sausset-les-Pins, Avenue de la Côte-Bleue, gegenüber den Frioul-Inseln, friedlich entschlafen. Still und unauffällig, wie ein kleiner Stern, der am Firmament erlosch, wenn der Tag begann. Vielleicht war sie damals glücklicher gewesen denn je.

*Danke*, hatte sie gemurmelt, bevor sie die Augen schloss und in der ewigen Nacht verschwand.

*Danke, Jordy*.

Das waren die beiden letzten Worte seiner Mutter gewesen, dachte Blanc-Martin. Es war auch das letzte Mal gewesen, dass ihn jemand mit seinem richtigen Vornamen angesprochen hatte.

*Jordy*.

Seit seine Mutter gestorben war, nannte man ihn nur noch Jourdain. Seine sechshundert Angestellten, der fünfzehnköpfige Vorstand, seine drei Söhne wie auch seine Frau.

Zum dritten Mal leitete er die Anweisungen an seine Sekretärin weiter. Sie durfte nicht vergessen, einen Blumenkranz zum Friedhof Saint-Roch zu schicken und einen weiteren in die Kirche Saint-Cézaire, wo um 11 Uhr eine Messe für seine Mutter gelesen werden sollte.

Auch wenn er sich noch so sehr bemühte, erinnerte er sich nur vage an seine Jugend. Ein paar Bilder und die Geräusche auf der Avenue Canebière in Marseille, bei Demonstrationen, zu denen seine Mutter ihn als Dreikäsehoch geschleppt hatte. Er, das kleine Kind, lief unter den Flaggen der CGT-Gewerkschaft mit. Annette Blanc war eine politisch aktive Kämpferin, eine leidenschaftliche Mitstreiterin, getragen vom Sturm des allgemeinen Aufbegehrens für soziale Rechte. Eine Rote! Ebenso rot wie sein Vater, Bernard Martin, farblos war. Neutral. Unpolitisch. Nichtwähler. Er kämpfte für nichts, in jeder Hinsicht ein Nihilist, seit die Werften von Port-de-Bouc geschlossen worden waren. Jordy war zwischen dem Meer und den Wohnblocks von Aigues Douces aufgewachsen und hatte die Schulen Victor-Hugo und Frédéric-Mistral besucht. Bei den Elternsprechtagen, zu denen nur seine Mutter erschien, um sich zu beschweren, stellte sich heraus, dass sich keiner der Lehrer an den Jungen erinnerte. *Jordy? Jordy wie? Jordy Martin? Warten Sie …* Er war der Schüler, dessen Noten, die nicht einmal schlecht waren, von Lehrern kommentiert wurden, die sich kaum an den Klang seiner Stimme erinnerten.

Jourdain betrachtete lange das Portrait seiner Mutter, bevor er endlich eine Textdatei öffnete. Es war still in der Villa La Lavéra. Er hatte noch ein wenig Zeit, bis Safietou das Frühstück servierte. Ein wenig Konzentration würde reichen, um die grundsätzlichen Ideen für seine Rede zu notieren, die er am nächsten Tag zur Eröffnung des *Frontex*-Symposiums im Kongresspalast von Marseille halten musste. Die europäische Grenzschutz-Organisation hatte die riskante Strategie bevorzugt, die Vereine dieses Symposium eröffnen zu lassen, und hielt sich damit im Hintergrund des Geschehens. Er hatte jede Freiheit.

Blanc-Martin würde sie nicht enttäuschen …

Er ließ sich dennoch einen Augenblick ablenken, bevor er die ersten Worte tippte, und blickte zunächst zum Pool, dann zur Teakholz-Terrasse und schließlich auf den Hafen von Port-de-

Bouc, den er gern mit dem Gebiss eines Raubtiers verglich. Von seiner Villa aus war das Bild verblüffend: Das Ende der gebogenen Mole wirkte wie der Eckzahn einer Großkatze, während die in die Bucht hineinragenden Stege der Jachten im Norden und der Tanker im Süden wie blanke scharfe Zähne aussahen. An diesem Morgen kam Wind auf. Dennoch blieb Blanc-Martin sitzen und ließ sich nicht verleiten zu überprüfen, ob die *Escaillon*, die *Maribor* und die anderen Boote gut vertäut waren.

Seine klassische Einleitung sollte mit unumstrittenen Tatsachen aufwarten.

Damit schmeichelte er den örtlichen Organisationen und beruhigte die internationalen Besucher. Jourdain würde an die Ereignisse im Sommer 1947 erinnern, die weltweites Aufsehen erregt hatten. Die britischen Behörden hatten viertausendfünfhundert Juden, die der Shoah entkommen waren, von der *Exodus* auf drei Gefängnisschiffe verteilt, die vor Port-de-Bouc lagen und auf denen die Flüchtlinge drei Wochen lang unter unmenschlichen Bedingungen hausen mussten, was die ganze Welt schockiert hatte.

Doch Blanc-Martin würde sich nicht an dieser geschichtlichen Begebenheit aufhalten, sondern die Solidarität der Einwohner von Port-de-Bouc hervorheben. Auch seine Mutter hatte zu jenen Aktivisten gehört, die sich dem zögerlichen Verhalten der englischen und französischen Regierungen zum Trotz engagiert hatten. Vielleicht war das der Grund gewesen, weshalb er *Vogelzug* hier in Port-de-Bouc gegründet hatte – als Erinnerung an diesen Moment der Geschichte, der zum kollektiven Gedächtnis gehörte. Er würde dann von einer etwas naiven Moral erzählen, um den Politikern, die sich vor allem an Umfrageergebnissen orientierten, Honig ums Maul zu schmieren. Oft, würde er sagen und damit den Heldenmut der Bewohner von Port-de-Bouc unterstreichen, sind jene Männer und Frauen, die im Prinzip ihr Territorium nicht mit Migranten und Flüchtlingen teilen wollen, die Ersten, die helfen, wenn Fremde, nur wenige Meter vom Gelobten Land entfernt, eine hilfesuchende Hand ausstrecken. Als würde der augenscheinliche Rassismus der Anwohner nur ein Schild sein, um sich vor ihrer übermäßigen Großzügigkeit zu schützen. Eine nette Lektion in Sachen Menschlichkeit für den Beginn der Rede. Alle Anwesenden wären begeistert, vom Bürgermeister von Port-de Bouc bis hin zu den Repräsentanten aus der Türkei, Zypern und Ungarn.

Er musste schmunzeln, als er seine ersten Notizen noch einmal las, und hielt dann inne. Vielleicht war das Wort Rassismus nicht gut gewählt. Er suchte nach einem anderen, geeigneteren Ausdruck, um die Angst vor den Flüchtlingen zu umschreiben. Er hatte Mühe, sich zu konzentrieren. Heute Morgen, am zehnten Todestag seiner Mutter, tauchten andere Bilder aus der Vergangenheit auf.

Jordy Martin.

Im September 1971 hatte sich Jordy an der Universität von Aix-Marseille in Jura eingeschrieben. Der erste Kurs behandelte das Verfassungsrecht, und von den zweihundert Studenten stammte nicht eine Person aus Port-de-Bouc. Er hatte das Gefühl, sämtliche Kommilitonen kämen aus schicken, reichen Vierteln und Städten, aus Aix-en-Provence oder dem Süden von Marseille. Er fürchtete, er wäre durch seinen Namen wie auch seinen Heimatort geradezu verflucht und würde niemals zu den fünfzehn Studenten gehören, die fünf Jahre später mit einem internationalen Master oder einem Abschluss für die höhere Beamtenlaufbahn die Universität verlassen würden. Wenn Lehrer die Liste für die Kurseinschreibungen herumgehen ließen, unterzeichnete Jordy mit einem völlig unleserlichen Namen.

Aus Jordy wurde Jourdain.

Auf denselben Listen schrieb er die beiden Familiennamen seiner Eltern, die nie verheiratet gewesen waren, Annette Blanc und Bernard Martin, mit Bindestrich zusammen. Es reichte, diese beiden schlichten Nachnamen zu verbinden, damit der neue Doppelname nach einer Dynastie von Schlossbesitzern klang.

Ab besagtem Jahr 1971 und für alle, die er seitdem kennenlernte, war er nur noch Jourdain Blanc-Martin.

Jourdain interessierte sich für Familienrecht, insbesondere für die Rechte von Kindern, aber auch für die der Opfer von Kriegen und Naturkatastrophen und für die der illegalen Einwanderer. Er war davon überzeugt, dass man ebenso reich werden konnte wie in der normalen Geschäftswelt, wenn man sich im Rechtswesen auf den Bereich der menschlichen Misere konzentrierte. Ein paar Jahre später – er hatte seinen Master in Jura mit den Fachgebieten Menschen- und Bürgerrecht noch nicht in der Tasche – gründete er den Verein *Vogelzug*.

Blanc-Martin ließ seinen Blick noch einmal in die Ferne schweifen, ehe er sich wieder seinem Computer zuwandte. Nach seiner theatralischen Einleitung erwarteten die von *Frontex* geladenen Gäste sicher, dass er nun mit Nachdruck die Schlepper und die mit dieser Art Sklavenhandel verdienten Milliarden verurteilen und die Tausenden im Mittelmeer Ertrunkenen beklagen würde.

Aber diese abgedroschenen Phrasen wollte er ihnen nicht auftischen! Dafür brauchten sie ihn nicht. Die Tabellen, die den Symposiums-Teilnehmern in ihren Mappen überreicht werden würden, belegten die Tragödien bis zum Überdruss. Die Europäische Union hatte *Frontex* mit dem sonderbaren Privileg ausgestattet, das Ausmaß der Migrationsprobleme nicht nur zu ermessen, sondern auch zu regeln. Mit anderen Worten, *Frontex* berechnete das Risiko und somit auch das nötige Budget, das sich zwar in zehn Jahren versiebenfacht, im Endeffekt jedoch nur dazu gedient hatte, ein paar zusätzliche Flugzeuge oder Hubschrauber anzuschaffen. Jedenfalls würde er sich hüten, *Frontex* direkt anzugreifen, denn im Saal würden sich jede Menge Aktivisten befinden, die die Privatisierung und paramilitärische Ausrichtung der Organisation ohnehin kritisierten. Er zog es vor, sie mit einem Zitat von Stefan Zweig abzufertigen, das er schon häufig angebracht und das stets seine Wirkung erzielt hatte.

»In der Tat: nichts vielleicht macht den ungeheuren Rückfall sinnlicher, in den die Welt seit dem Ersten Weltkrieg geraten ist, als die Einschränkung der persönlichen Bewegungsfreiheit des Menschen und die Verminderung seiner Freiheitsrechte. Vor 1914 hatte die Erde allen Menschen gehört. Jeder ging, wohin er wollte und blieb, solange er wollte.«

In der Folge würde er daran erinnern, dass die Menschheit immer ohne Reisepässe gelebt hatte. Die Regierungen hatten dieses Papier anlässlich des Ersten Weltkriegs erfunden und versprochen, es abzuschaffen, sobald wieder Frieden herrsche. Im Völkerbund wurde lange über dieses Versprechen diskutiert, später in der UNO, doch in den sechziger Jahren geriet es schlicht in Vergessenheit. Die Bewegungsfreiheit der Menschen auf Erden, ein historisches, mehr als tausend Jahre altes Grundrecht, war innerhalb von fünfzig Jahren zu einer Utopie geworden, an die selbst die eingefleischtesten Idealisten nicht mehr glaubten.

Das war eine schallende Ohrfeige gegen gängige Vorurteile! Er würde noch eins draufsetzen, indem er daran erinnerte, dass sich die Anzahl der Migranten weltweit auf etwa drei Prozent der Gesamtbevölkerung belief, dreimal weniger als im 19. Jahrhundert! Ein Paradox in der globalisierten Gesellschaft, in der alles erheblich schneller und in größeren Entfernungen zirkulierte als in den beiden vergangenen Jahrhunderten: Geld, Information, Energie und Kultur. Alles, nur nicht die Menschen, zumindest der größte Teil der Menschheit nicht. Jetzt waren es die demokratischen Staaten, die Grenzmauern errichteten. Und das schien seit dem 11. September 2001 regelrecht ansteckend zu sein. Mauern dienten jetzt nicht nur dem Selbstschutz, sondern auch dazu, um auszusieben, zu filtern und festzulegen, welche Menschen willkommen waren und welche nicht. Keine einzige Grenze war teurer, militarisierter und tödlicher als die zwischen den Vereinigten Staaten von Amerika und Mexiko, dennoch verkehrten jährlich Millionen Autos zwischen Tijuana und San Diego.

Jourdain las seinen Text noch einmal durch und war begeistert. Er fühlte heute Morgen seine lyrische Ader und fragte sich sogar, ob er nicht noch weitergehen und schlicht die Aufhebung aller Grenzen fordern sollte. Keine Grenzen, keine illegalen Einwanderer. Problem gelöst! *Frontex* hätte keine Daseinsberechtigung mehr. Das hatte sich ja teilweise auch bereits bewahrheitet, insbesondere mit dem Fall der Berliner Mauer und dem Abkommen von Schengen. Je freier sich die Menschen bewegen konnten, desto weniger versuchten sie, sich anderswo niederzulassen.

Er hob den Blick. Nur er konnte sich eine derartige Provokation leisten. Mit *Vogelzug* hatte er ein Imperium geschaffen, das ebenso undurchsichtig war wie *Frontex*. Die illegalen Flüchtlingsströme brachten Geld, nicht nur den Hunderten Angestellten und dem Vorstand von *Vogelzug*, sondern auch seiner Familie. Und die lebte ausgezeichnet.

Am Horizont, hinter der Pointe de Carro, machte er die Buchten der Côte Bleue mit ihren bewaldeten Hügeln aus. Dort, in Sausset-les-Pins, stand das provenzalische Mas, das Haus, das er seinen Eltern 1995 geschenkt hatte. Ein großzügiges Anwesen auf einer Klippe, in dem allein das Badezimmer größer war als ihre ganze Wohnung in Aigues Douces. Seine Mutter hatte Mühe gehabt, sich an einen derartigen Luxus zu gewöhnen, doch ihr kleiner Jordy war ungemein stolz auf seine Karriere. Dieses übertriebene Geschenk abzulehnen, wäre der Missachtung seines Erfolgs gleichgekommen. Seine Mutter hatte nach dem Tod seines Vaters – er war beim Angeln auf dem Landungssteg einem Schlaganfall erlegen – neun Jahre lang allein dort gelebt.

Mit dem Tod seiner Eltern war auch der kleine Jordy gestorben.

Aus dem Nichts war er die Erfolgsleiter bis ganz nach oben geklettert. Sein Blick richtete sich auf die Reihe der Wohnblocks von Aigues Douces am Meer. Die Hochhäuser waren durch ein Straßengewirr mit unzähligen Sackgassen vom Rest der Stadt getrennt. Seine Kinder würden nie einen Aufstieg wie den seinen erfahren. Geoffrey sollte in einigen Monaten oder Jahren die Präsidentschaft des Vereins übernehmen. Jourdain richtete sich in seinem Sessel auf und betrachtete mit einer gewissen Verlegenheit die Sicherheitsumzäunung und die Höhe der Gartenmauern – die gleichen, mit denen die Anwesen seiner Söhne in Eguilles, Cabriès und Carry-le-Rouet abgeschottet waren. Seine Söhne waren *ganz oben* geboren worden. Und diese Barrikaden dienten dazu, auch *ganz oben* zu bleiben.

Jourdain schaute auf die Uhr. Er gab sich noch ein halbes Stündchen, um sein Werk voranzutreiben. Noch vieles war anzusprechen. Themen, deren Polemik abgemildert werden musste. Wurde die französische Gesellschaft durch die Ankunft von ein paar Hunderttausend Immigranten aus dem Gleichgewicht gebracht? Die vier Millionen Libanesen hatten in ihrem Miniterritorium, das sechs Mal so dicht besiedelt war wie Frankreich, anderthalb Millionen Syrer aufgenommen. Eine Katastrophe für die Staatswirtschaft? Alle Ökonomen waren sich einig: Der Zuzug erwerbstätiger Ausländer war eine Chance für die Wirtschaft, denn sie brachten mehr Geld, als sie kosteten. Solange sie eine Ausbildung hatten und noch nicht im Rentenalter waren.

Jourdain Blanc-Martin war gerade dabei, einem weiteren Klischee den Garaus zu machen, als das *Adagio for Strings* von Samuel Barber ihn unterbrach. Er zog sein Handy aus der Tasche.

»Hier Petar. Petar Velika.«

Jourdain schwante nichts Gutes. Der Hauptkommissar rief mit Sicherheit nicht um diese Uhrzeit an, um ihm mitzuteilen, dass er die Mörderin von François Valioni festgenommen hatte. Er erhob sich und beobachtete, wie die Boote im Hafen Port Renaissance heftig im Mistral schaukelten.

»Blanc-Martin?«

»Ja.«

»Ich mache es kurz. Wir … Wir haben eine neue Leiche … Jean-Lou Courtois. Genau der gleiche Tatbestand wie bei Valioni. Gefesselt, die Pulsadern aufgeschnitten. Wieder im Red Corner. Diesmal im Zimmer *Karawanserei*, aber …«

»Hatten Sie dort nicht Wachen aufgestellt?«, fragte Blanc-Martin erstaunt.

»Ja, selbstverständlich. Sie werden es nicht glauben, aber …«

»Wie dem auch immer sei«, unterbrach ihn der Präsident, dem die Erklärungen des Polizisten völlig egal waren, »Jean-Lou Courtois arbeitete bereits seit zwanzig Jahren nicht mehr für *Vogelzug*. Das dürfte als Grund ausreichen, um meinen Verein aus der Sache herauszuhalten. Ich verlasse mich auf Sie, Velika.«

## 41

*8:21 Uhr*

Das Fenster des Zimmers im dritten Stock des Red-Corner-Hotels, das Petar Velika hatte öffnen lassen, klapperte im Wind. Nach Ansicht des Hauptkommissars war dies die einzige Möglichkeit, sich nicht in die Wüste versetzt zu fühlen. Einen Augenblick lang blieb er dort stehen und blickte auf die Ringautobahn und das Gewerbegebiet, ehe er sich wieder dem Raum mit den Stoffbahnen an der Decke und den Mauern aus Sand zuwandte, wo ihn der Hoteldirektor Serge Tisserant, wie immer tadellos gekleidet und mit Krawatte, erwartete. Unter dem orientalischen Zelt, die Füße im dicken Teppichboden vergraben, wirkte er wie ein Kolonialbeamter, der den Beduinen klarmachen sollte, sie hätten zu verschwinden, weil man hier Erdöl gefunden habe.

»Sind alle Zimmer des Red Corner auf der ganzen Welt wirklich identisch?«, fragte Petar.

Tisserant nickte.

»Das würde ich gern mal sehen«, sagte der Hauptkommissar. »Wenn wir es mit einer Serienkillerin zu tun haben, die uns jeden Morgen irgendwo auf der Welt eine Leiche hinterlässt und dabei nur das Zimmer wechselt, so möchte ich mir wenigstens vorstellen können, wo sie ihr nächstes Opfer umbringt.«

Er sagte zu Kommissaranwärter Julo Flores, der auf einem bestickten Hocker saß und artig auf die Anweisungen seines Chefs wartete:

»Bereite mir schon mal eine detaillierte Zusammenfassung vor, während ich mir das Etablissement anschaue!«

Konsterniert sah Julo den Hauptkommissar davongehen. Petar hatte eine Hand auf die Schulter des Hoteldirektors gelegt und diskutierte mit ihm wie mit einem Immobilienmakler.

»Sagen Sie, Serge, gibt es an den Wänden im Zimmer *Rosa Lotus* erotische japanische Holzschnitte und Liebeskugeln in den Schubladen? Und findet man im Raum *Carioca* Stringtangas und anderen brasilianischen Schnickschnack? Führen Sie mich herum und zeigen Sie mir das alles!«

Petar kam eine halbe Stunde später allein zurück. In der Bar des Red-Corner-Hotels zog er einen Stuhl heran und setzte sich seinem Assistenten gegenüber, der eine Flasche Wasser und ein Glas vor sich auf den Tisch gestellt hatte.

»Nun?«

Julo fasste kurz die Lage zusammen. Immer neue Informationen trafen in Echtzeit ein. Das Opfer, Jean-Lou Courtois, schien ein braver Familienvater gewesen zu sein, in Vereinen engagiert und der Präsident einer Hilfsorganisation für die Eltern von Kindern mit Down-Syndrom. Die einzige Verbindung zu François Valioni war seine Vergangenheit bei *Vogelzug*, wo er, bis er kündigte, etwa zehn Jahre lang gearbeitet hatte. Petar Velika überging diese Tatsache.

»Ansonsten«, fuhr Julo fort, »ist der Tathergang der gleiche wie bei Valioni. Die Gerichtsmediziner schicken ihren ersten Bericht im Laufe des Vormittags. Man untersucht gerade die Aufzeichnungen der Überwachungskameras, um zu sehen, ob es sich um das gleiche Mädchen handelt.«

Diesmal leuchteten Petars Augen. Er drehte sich zum Polizisten Taleb um, der am Eingang des Red Corner döste. Die ganze

Nacht hatte er dort Wache geschoben. Für nichts und wieder nichts. Wie konnte man auch ahnen, dass die Mörderin einen Weg finden würde, ihr Opfer im Zimmer *Karawanserei* zu ermorden, ohne das Hotel durch die einzige Eingangstür zu betreten?

»Chef«, meldete sich Julo etwas lauter zu Wort, »der Tatort hat uns zwei neue interessante Indizien auch in Bezug auf den Mord an François Valioni beschert. Soll ich ins Detail gehen?«

»Ich höre.«

»Zunächst hat man Glassplitter auf dem Teppich gleich neben der Leiche von Courtois gefunden. Die Labortechniker sind der Ansicht, dass es sich um ein kleines, wertloses Schmuckstück handelt, aber sie konnten es noch nicht zusammensetzen.«

»Okay, sie werden uns ja anrufen, wenn sie mit ihrem Puzzlespiel durch sind. Und dein zweites Indiz?«

»Blut. Jean-Lou Courtois ist es gelungen, seine Mörderin zu beißen. Man hat Blut auf Kleidung, Lippen und an seinen Vorderzähnen gefunden. Mit seinem eigenen Blut vermischt. Das geht alles zur Gen-Datenbank, aber ich glaube nicht, dass uns die DNA sicher auf die Spur der Mörderin führt.«

»Ach ja? Worauf willst du hinaus, mein Schlauberger?«

»Auf ihre Blutgruppe. In weniger als fünf Minuten stand die fest.«

»Und?«

»AB. Eine der seltensten Blutgruppen. Die haben nur vier Prozent der Weltbevölkerung.«

»Na, wunderbar … Damit gibt es ja nur ein paar Millionen Verdächtige.«

Kommissaranwärter Flores schaute auf die Uhr, trank sein Glas aus, nahm die Flasche und wollte aufstehen.

»Ich will Sie ja nicht hetzen, Chef, aber wir haben in einer

Viertelstunde den Termin im Al-Islâh-Zentrum. Tut mir leid, aber diesmal reicht die Zeit wirklich nicht, Ihnen einen Kaffee aus dem Starbucks zu holen.«

»Mist«, schimpfte der Hauptkommissar. »Wie soll ich den ganzen Tag ohne meinen Kati Kati aus Äthiopien durchstehen?«

Julo erhob sich lächelnd und ging. Velika folgte ihm widerstrebend, offenbar war er nicht gerade begeistert, den Spezialisten für afrikanische Geschichte zu treffen und noch weniger, den Ort der Unterhaltung nicht selbst bestimmen zu können. Wenn sich jetzt sogar Universitätsprofessoren wie gefragte Stars benahmen … Als die beiden schweigend den Bürgersteig zu ihrem Renault Safrane englanggingen, nahm Julo die Gelegenheit wahr, seinem Chef eine letzte Information zu übermitteln.

»Das Handy von Jean-Lou Courtois ist bereits untersucht worden. Die Kontaktaufnahme erfolgte auf die gleiche Weise wie bei Valioni. Er hat sich monatelang über Facebook und Privatmails mit seiner mutmaßlichen Mörderin ausgetauscht. Sie hatte die Initiative ergriffen.«

»Doch wohl nicht das Mädchen mit dem Pseudonym Bambi13?«

»Nein. Diesmal nannte sich die Dame Faline95.«

»95? Das Departement Val d'Oise? Reichlich weit weg von Marseille!«

»Außer, '95 entspricht nicht dem Departement, sondern ihrem Geburtsjahr. Einundzwanzig Jahre. Das kann übereinstimmen.«

Petar blieb vor dem metallicblauen Renault Safrane stehen.

»Womit denn? Wieso denkst du, dass diese Faline95 etwas mit deinem kleinen Liebling Bambi13 zu tun hat?«

»Wissen Sie, wer Faline ist, Hauptkommissar?«

»Keine Ahnung … Eine Sängerin?«

»Nein. Ein Reh, Chef!«

Velika betrachtete Julo misstrauisch und wiederholte, als hätte er nicht richtig gehört:

»Ein Reh?«

»In der Geschichte *Bambi* ist Faline Bambis Freundin.«

»Ach du Schande!«

Der Hauptkommissar blieb eine Weile vor dem Polizeiwagen stehen und warf dann plötzlich seinem Assistenten den Autoschlüssel zu.

»Sherlock, du fährst! Jetzt können wir alle Register ziehen. Ich rufe Ryan an, damit er eine offizielle Fahndung nach Bamby Maal anleiert und prüft, ob ihr kleiner Bruder Alpha immer noch einsitzt. Vor allem soll er uns einen Termin mit Leyli, der Mutter unserer beiden Engelchen organisieren. Diesmal wird uns die Polizeidirektion den roten Teppich ausrollen.«

## 42

*8:27 Uhr*

»Mach die Augen auf, Tidiane!«

»Brauch ich nicht, Opa.«

Als Tidiane nach dem Kreisverkehr die Lider geschlossen hatte, war ihm gleich klar geworden, dass er für den restlichen Schulweg nichts zu sehen brauchte. Sein Gehirn hatte von klein auf alles gespeichert, ohne dass er sich dessen bewusst gewesen war. Da war beim Durchqueren des Parks das Knirschen seiner Schritte auf dem Kies, der Vogelgesang in den Olivenbäumen der Avenue Jean-Jaurès und der Duft nach Brot beim Bäcker an der

Ecke der Avenue Pasteur. An der Ampel warten! Auf die bremsenden Autos lauschen! Rübergehen!

»Mach die Augen auf, Tidiane!«

Tidiane wollte nicht, dass Opa Moussa ihn bei der Hand nahm. Er benötigte die eine, um seinen Ball festzuhalten, und die andere, um sich blind vorwärts zu tasten. Jedoch duldete er Opa Moussas Hand auf seiner Schulter, wenn sie über eine Straße gingen.

»Vorsicht an der Bordsteinkante, mein Schatz!«

Tidiane hob den Fuß. Es war gar nicht so kompliziert, sich im Finstern fortzubewegen, wenn man auf jedes Geräusch achtgab. In der Ferne vernahm er bereits die Rufe der Kinder auf dem Schulhof. Jetzt brauchten die beiden nur noch die Straße entlangzulaufen. Er hörte Opa an seiner Seite gehen und stellte sich vor, wie er die Arme ausgestreckt hielt, um ihn aufzufangen, falls er stürzte, genauso, wie man die ersten Schritte eines Babys begleitete.

Ein Baby.

Tidiane hatte keine große Lust, so von seinen Klassenkameraden gesehen zu werden. Sobald Großvater und Enkel etwa zehn Meter vom Schultor entfernt waren, öffnete er die Augen.

Er hatte es geschafft! Sie waren genau an der Nummer 12 angelangt, vor dem Haus mit dem Vogelkäfig auf dem Balkon.

Diesmal hielt Opa ihn am Handgelenk fest.

»Du kleiner Strolch! Ich hätte dir niemals diese Geschichte von der Sonne erzählen dürfen, die deine Mama blind gemacht hat.«

»Aber deshalb werde ich genauso stark wie sie, Opa Moussa. Ich werde so lange üben, bis ich alles wie ein Schäferhund riechen kann, bis ich wie eine Katze in der Dunkelheit sehe und wie eine Maus durch die Nacht huschen kann.«

Opa Moussa rückte den Hemdkragen seines Enkels zurecht.

»Und wozu soll dir das nützen?«

»Ich will Mamas Schatz finden. Ihn beschützen …«

Auf der anderen Seite der Mauer waren Schreie zu vernehmen. Ein Ball knallte gegen die Ziegelwand. Tidiane hielt den seinen ganz fest unter den Arm geklemmt. Jetzt hatte er es eilig, zu seinen Freunden zu kommen. Opa schaute ihn zärtlich an, ließ ihn aber immer noch nicht los.

»Ich war wie du, Tidiane, als ich in deinem Alter war. Auch ich hatte nur Geschichten über verborgene Schätze im Kopf.«

Tidiane blickte erstaunt zu ihm auf.

»Ach, hatte deine Mama auch einen Schatz?«

»Nein, nicht meine Mama, aber mein Großvater. Einen Schatz, den niemand beschützen konnte. Wenn man ihn uns nicht gestohlen hätte, dann wäre uns vielleicht all dieses Unglück erspart geblieben.«

Auf dem Schulhof ertönte lautes Gebrüll. Eine der Fußballmannschaften hatte ein Tor geschossen. Diesmal konnte Tidiane nicht anders und musste ganz schnell zum Eingang der Schule rennen.

Die Augen weit aufgerissen.

»Das erzählst du mir heute Abend, ja, Opa Moussa?«

## 43

*9:17 Uhr*

Noura baute sich vor Ruben auf.

»Verdoppelst du mein Gehalt?«

Der Direktor des Ibis-Hotels musterte die junge Afrikanerin mit großen Augen. Wie angekündigt, war sie erst um 9 Uhr gekommen. Sie sah müde aus, und mit den wirren, krausen Haaren erinnerte sie an eine Hexe auf der Suche nach ihrem Besen. Sie war eine Viertelstunde lang aufgeregt umhergeschwirrt, bevor sie wie eine Furie auf die Rezeption zugestürmt war.

»Nanu, meine Diva, was ist denn nicht in Ordnung?«

Noura war ein sonderbares Wesen. Sie schien mit Batterien zu funktionieren. Des Nachts sang und tanzte sie zum großen Vergnügen der illegalen Einwanderer. Am Tage flitzte sie mit ihren Kopfhörern durch die Gänge und Zimmer des Hotels wie ein Duracell-Hase. Heute Morgen hingen die schlaff um ihren Hals.

»Was nicht in Ordnung ist? Theoretisch sind wir zum Putzen zu zweit!«

Noura war zum einen sonderbar, zum anderen auch ... eifersüchtig. Zwar hatte sie sich beklagt, im Ibis-Hotel zu viel Arbeit zu haben, doch als Ruben Leyli angeheuert hatte, war sie auch nicht zufrieden gewesen und ertrug es nicht, dass diese Neue mehr Erfahrung hatte und ihre Arbeit einfach besser machte. Sie war energischer, wacher und schaffte mehr. Und um dem Ganzen die Krone aufzusetzen, war Leyli auch noch hübsch und fröhlich, die Art Frau, die, ohne es darauf anzulegen, Männerherzen höher schlagen ließ. Ein Sonnenschein.

»Mein liebes Kind, Leyli ist seit sechs Uhr auf dem Posten. Sie ist zu Fuß hergekommen und hat eine Stunde gebraucht, weil um diese Zeit noch keine Busse fahren. Sie musste jemanden finden, um auf ihren kleinen Sohn aufzupassen und ...«

»Ihr Privatleben geht mich nichts an. Wenn sie da ist, hat sie zu arbeiten, basta!«

Noura stieß einen tiefen Seufzer aus, und als wäre in ihrem Gehirn das Warnzeichen *Batterie fast leer* angegangen, stöpselte sie sich wieder die Kopfhörer in die Ohren, schnappte sich ihren Besen und ging.

Ruben fand Leyli in Zimmer 23, wo sie weinend auf dem Bett saß. Das abgezogene Bettzeug und die Handtücher zu ihren Füßen wirkten wie Taschentücher, die sie bereits kiloweise verbraucht hatte. Noch bevor Ruben auch nur ein Wort von sich gab, hob Leyli ihr Gesicht und sah ihn an.

»Man hat mich für 16 Uhr auf die Polizeiwache von Port-de-Bouc bestellt.«

»Warum?«

»Diesmal wegen Bamby. Sie … sie suchen sie …«

»Und Alpha?«

»Er hat mir eine SMS geschickt. Er ist aus dem Gefängnis entlassen worden. Heute Morgen, früher als vorgesehen.«

»Und Ihre Tochter Bamby? Wo ist sie?«

Wieder flossen Leylis Tränen, zunächst rannen sie eher langsam über ihre Wangen, dann kullerten sie wie Murmeln auf die blaue Plastikschürze, die ihre Schenkel bedeckte. Ruben wiederholte seine Frage nicht, fügte nur hinzu:

»Wenn Ihre Tochter Probleme hat, so kann ich ihr helfen.«

Leyli hatte ihm Fotos von ihren Kindern gezeigt. Bamby war hübsch, ebenso hübsch wie Noura.

Die Gestalt der beiden war feingliedrig, ihre Körper waren zum Tanzen, ihre Kurven zum Hüftschwingen wie geschaffen. Ihre langen Hälse verliehen der Stimme klangvolle Tiefe, die pfirsichzarten Lippen besaßen einen samtigen Hauch.

Ruben setzte sich neben Leyli.

»Sie müssen erst in sechs Stunden auf der Wache erscheinen. Wir haben Zeit … Möchten Sie einen Kaffee?«

Leyli nahm das Angebot gern an.

»Den Kaffee habe ich von der Insel Halmahera in Indonesien mitgebracht. Gleich drei Wagen voll! Den haben mir die Freiheitskämpfer geschenkt, weil ich sechsunddreißig Monate lang ihren von der gesamten Miliz in Djakarta gesuchten Anführer, Johan Teterissa, bei mir versteckt hatte.«

Leyli lächelte. Ruben erhob sich, um den Nektar der Molukken aus seinem Büro zu holen.

»Wenn ich wiederkomme«, sagte er und wandte sich nochmals um, »dann erzählen Sie mir mehr. Ihr Leben ist viel interessanter als meins.«

Leyli antwortete nicht, aber ihr Schweigen deutete an, dass sie nicht davon überzeugt war. Ruben blickte ihr in die Augen und konnte eine Spur Melancholie nicht verbergen.

»Zumindest denken Sie es sich nicht aus.«

## LEYLIS GESCHICHTE
### *Sechstes Kapitel*

Im September '94 traf ich in Tanger ein. Nadia hatte für mich einen Kontakt zur Caritas Marokko hergestellt, die sich um schwangere Frauen kümmerte. Viele Flüchtlingsfrauen aus der Saharazone waren bereits schwanger, bevor sie sich nach Europa einschifften. Die meisten, weil sie vergewaltigt worden waren, andere hatten sich absichtlich schwängern lassen, was ihnen die Gewissheit gab, dass kein Mann sie in den folgenden Monaten anrühren würde. Ein weiterer Vorteil bestand darin, dass diese Frauen bei einer Auflösung der Flüchtlingslager durch die marokkanischen oder algerischen Behörden von der Fürsorge übernommen wurden. Damit entgingen sie Durchsuchungen, Schlägen und weiteren Vergewaltigungen in den Gefängnissen der Wüstengrenzposten. Die Warteschlange für werdende Mütter bei

Caritas Marokko war lang, aber Blinde und Amputierte hatten das Glück, vorranging behandelt zu werden.

Ich erzählte meine Geschichte, doch vertraute ich niemandem an, was die Adidas-Tasche enthielt, die ich immer bei mir trug. Sie barg Geld, viel Geld, mein Geld. Aber nicht nur das. Von dem Rest, den ich auch mitgenommen hatte – Adils Anteil an der Beute –, werde ich zu niemandem sprechen, auch nicht zu Ihnen, Ruben. Ich kann nur sagen, dass ich ihn unmöglich ausgeben und auch nicht abstoßen konnte. So ist es nun einmal, Ruben. Es gibt keinen Schatz ohne Fluch.

Den Krankenschwestern von Caritas Marokko erzählte ich wieder und wieder, dass ich eine Hornhauttransplantation vornehmen lassen wollte, und dass ich Geld besaß, das meine Familie zu diesem Zweck gespart hatte. Vermutlich forschte die Caritas nach, ob meine Geschichte der Wahrheit entsprach. Ich erfuhr, dass Adil Zairi nicht der verliebte Mann war, für den ich ihn gehalten hatte. Er war bei den Flüchtlingsnetzwerken wohlbekannt, denn er spielte ein doppeltes Spiel bei seiner Hilfsorganisation und besserte sein Gehalt auf, indem er illegale Einwanderer durchschleuste. Andere Frauen waren ebenfalls in seinen Armen gelandet, und sie alle hatten als Prostituierte geendet, die er später verstieß, aber keine war so lange bei ihm geblieben wie ich. Bedeutete dies, dass er mich mehr geliebt hatte als die anderen? Oder war es nur, weil ich später als sie sein Spiel durchschaut hatte? Niemand wusste jedoch, was aus ihm geworden war, ob er noch lebte oder ob die Schieber seine Leiche in den Hafen von Sousse geworfen hatten.

Mir war das einerlei. Ich war nur von einem Gedanken besessen. Ich wollte vor der Entbindung mein Augenlicht zurückerlangen. *Ich wollte die Geburt meines Babys sehen.* Ich bettelte den Chirurgen an, der die Hornhaut transplantieren sollte. Ein Typ mit keifender und schriller Stimme, die wie das Kläffen eines verwöhnten Schoßhündchens klang. Ich weinte und schimpfte, doch mit wenigen Worten schaffte es der Arzt, mich zu besänftigen.

»Es ist für das Baby zu riskant.«

Er redete von örtlicher Betäubung, den möglichen Abstoßreaktionen, Infektionen und Blutungen.

Ich behielt davon nur einen Satz in Erinnerung:

*Es ist für das Baby zu riskant.*

Am 27. März 1995 habe ich in der Klinik Bouregreg in Rabat entbunden. Doktor Roquet war bereit, mich vier Wochen später zu operieren, ebenfalls in Rabat. Die Operation dauerte etwas mehr als eine Stunde, weniger als vierzig Minuten für jedes Auge. Sie können sich nicht vorstellen, wie ich den Arzt verwünscht habe, als ich das alles endlich begriff. Er hat mir nicht einmal eine Vollnarkose gegeben, und ich blieb nur knapp fünf Tage im Krankenhaus. Für zwei kleine Schnitte mit einem Skalpell verlangte er neunzigtausend Dirham!

»Zu gefährlich für das Baby«, hatte er gesagt!

Ich war diesem Doktor Roquet sehr gram. Seit der Geburt schlief mein Kind neben mir in einer Wiege, und ich wusste nicht einmal, wie es aussah. Ich stillte es, wickelte und badete es. Ich küsste es, und die Zartheit und der Geruch seiner Haut machten mich überglücklich, dabei kannte ich nicht einmal seine Hautfarbe.

Mit einer Sache sollte der Chirurg recht behalten, aber das verstand ich erst nach der Operation.

Das erste, was ich sah, als ich die Augen öffnete, war Bamby.

Danach hätte ich ebenso gut wieder blind werden können. Allein dieses unendlich schöne Bild reichte für den Rest meines Lebens.

Bamby, mein Schatz, mein hinreißendes Kind, mein kleines Wunder. Mein geliebtes Wesen.

Wenige Wochen später kehrte ich nach Segu zurück, um wieder mit meinen Eltern, Cousins und Nachbarn zusammenzuleben. Mit einem Teil des noch übrigen Geldes kaufte ich ein kleines Haus am Fluss.

Bamby wuchs heran. Eine zarte Wüstenrose. Mit ihrer hellen Mestizen-Haut wirkte sie zerbrechlicher als die anderen Jungen und Mädchen ihres Alters. Als fehlte ihr die ebenholzfarbene Rüstung. Das gelbe Wasser des Flusses widerte Bamby an, sie hasste es, wenn ihr Kleidchen mit Erde beschmiert war, sie hatte wahnsinnige Angst vor den Kamelen, die bisweilen durch den Ort zogen. Sie war das genaue Gegenteil von mir in dem Alter, ich war damals eher wie ein Junge gewesen.

Bamby liebte die Schule sofort. Um die fünfzig Schüler drängten sich im einzigen Klassenzimmer. Nur am Vormittag unterrichtete eine alte Lehrerin, die mehr Bambara als Französisch sprach. Doch im Umkreis von dreißig Kilometern gab es keine andere Schule.

Nach und nach keimte in mir eine verrückte Idee.

Wieder aufbrechen. Nach Europa. Und meine Tochter nachkommen lassen.

Ich war in Europa gewesen, in Marsala, Marseille und Almeria. Zwar hatte ich nichts von den Mittelmeerküsten gesehen, aber ich kannte sie trotzdem. In Segu erhielten wir Post und auch ein bisschen Geld von Cousinen, die in Montreuil bei Paris wohnten. Ich konnte mich noch dunkel an sie erinnern. Es waren nicht sehr schlaue kleine Mädchen gewesen, mit denen ich gespielt hatte, als wir Kinder gewesen waren. Nach dem, was sie berichteten, arbeiteten sie im Rathaus und verdienten monatlich mehrere Tausend Francs, (ich wagte kaum, die Summe in unsere CFA-Francs umzurechnen,) und sie gingen mit ihren Familien in Bibliotheken und Kinos.

Wenn sich diese dummen Mädels so gut zurechtgefunden hatten und ihren Kindern eine Zukunft bieten konnten, weshalb sollte ich es dann nicht auch versuchen? Schon einmal hatte ich es bis nach Europa geschafft, und damals war ich blind gewesen. Ein zweites Mal, und mit gesunden Augen, musste es mir erst recht gelingen. Ich hatte noch genügend Geld für die Reise. Bamby sollte bei meinen Eltern bleiben, und wenn alles klappte, wäre ich ein paar Wochen später in Europa. Ich brauchte nur eine Arbeit und würde Bamby nachholen können. In Frankreich hätte sie eine Zukunft. Meine Tochter war eine zu zarte Blume, um in der Wüste zu gedeihen. Dort wäre sie zum Kaktus geworden. Aber in Frankreich würde sie sich zu einer Rose, Iris oder Orchidee entwickeln.

Je mehr ich drüber nachdachte, umso mehr war ich von dem Plan überzeugt.

Ich musste es für Bamby versuchen. Zu bleiben hätte bedeutet, sie verdorren zu lassen. Das hätte ich mir nie verziehen. Solche Überlegungen müssen Ihnen seltsam erscheinen. Sie sind weit gereist und verstehen sicher, dass ich nicht die Einzige bin. Es gibt nicht nur in Afrika, sondern auf der ganzen Welt Tausende und Abertausende Frauen, die nicht aufgeben. Mütter, die wie ich diese Notwendigkeit sehen und bereit sind, das gleiche Opfer zu bringen und ihre Kinder zunächst zurücklassen, um ihnen später die Chance auf ein besseres Leben zu bieten. Nicht nur ein besseres Leben, sondern ein völlig anderes. Um ihnen zum zweiten Mal das Leben zu schenken.

Die Reise kostete dreitausend Francs. Sie begann in Timbuktu, führte durch die Wüste bis Nador, dann zu einem Camp im Wald von Gourougou – ein paar Kilometer von Melilla entfernt – der spanischen Exklave am Mittelmeer in Marokko. Damals hatten sie noch nicht so hohe Mauern gebaut, und es gab weniger spanisches Militär. Das zumindest sagten uns die Führer. Ceuta und Gibraltar waren undurchlässig, aber über Melilla konnte man Afrika noch verlassen. Einmal in Europa, war man gerettet.

Es mag unglaublich klingen, Ruben, aber meine Eltern haben nicht einmal versucht, mich von meinem Plan abzubringen. Sie wussten, dass ich dieses Risiko für alle einging. Und auch, dass ich ihnen aus Frankreich Geld schicken und sie eines Tages ebenfalls nachholen würde.

Ich möchte Ihnen die Einzelheiten unserer Reise ersparen, Ruben, aber die viertausend Kilometer durch die Wüste auf Sandpisten waren ungemein beschwerlich. Wir fuhren in kleinen Transportern, die die Dromedare ersetzten, zu zwölft unter eine Plane zusammengepfercht, und das bei Temperaturen von fünfzig Grad am Tage, die in der Nacht auf null Grad absanken. Das Wasser war rationiert. Benzinkanister waren in der Wüste vergraben, und wir mussten sie stundenlang suchen … Unendliche Wartezeiten auch in Gao, dem Tor zur Wüste, und schließlich der Aufbruch nach Kidal. Der Wagen hatte eine Panne, und wir mussten das Gebirgsmassiv Adrar des Ifoghas zu Fuß durchwandern. Manche von uns wurden zurückgelassen, weil sie entweder an Bauchkrämpfen oder Malaria litten. Wir sind zu fünfunddreißigst aufgebrochen, davon waren nur noch neunzehn übrig, als wir schließlich im algerischen Tinzaouten ankamen.

Tinza, Grenzstadt und Sammelpunkt, war voller Migranten aus der Subsahara, und hinzu kamen noch die Ausgewiesenen, die von der algerischen Polizei auf Lastern hierhergekarrt wurden. Und wieder mussten wir warten. Tagelang hockten wir zwischen den Lastern, neue Schlepper wollten bezahlt werden, und wir mussten uns vor den Militärhubschraubern verstecken, die über der Gegend kreisten. Und dann ging es so schnell wie möglich nach Tamanrasset, der Wüstenhauptstadt, wo wir ein paar Nächte unter einem richtigen Dach schlafen konnten. Der Wagen wurde gegen ein anderes klappriges Gefährt ausgetauscht, aber es hatte ein algerisches Nummernschild. Dazu kamen ständige Verhandlungen mit den Kontrollposten und immer erneute Zahlungen, um einen Ort verlassen zu dürfen. Auf der Weiterfahrt gab es weniger Patrouillen, und wir durchquerten über zweitausend Kilometer Wüste, immer nach Norden, ohne Stopp. Wir bekamen kaum etwas zu trinken und hatten nur wenig Zeit, uns zu erleichtern. Die Fahrer wechselten sich Tag und Nacht ab. Der blanke Horror! Nur die Stärksten überleben, Ruben. Wenn die Franzosen das nur verstehen könnten! Es waren vier Tage reine Folter, wir machten uns den Hals und den Rücken kaputt, schliefen in ungewaschener Kleidung, und der Wind blies uns den Geruch von Erbrochenem und Urin um die Nase, bis wir endlich Oujda in Marokko erreichten.

Wieder mussten wir warten, noch länger als in Tinza. Wieder mussten wir Fremden Geld geben und uns jede Nacht darauf vorbereiten, für den nächsten Aufbruch plötzlich aus dem Schlaf gerissen zu werden. Zu Fuß und in Begleitung von korrupten Militärs liefen wir Richtung Nador. Wir waren nur noch etwa fünfzehn Personen. Sechs Tage lang wanderten wir durch das Rifgebirge. Die Angst saß uns im Nacken, nicht nur die Angst, die Schlepper könnten uns an einer Felsschlucht erschießen, sondern auch die, von den Jeeps der marokkanischen Miliz überrascht zu werden. Dann wäre alles vorbei gewesen. Wir waren völlig erschöpft, nur unser Wahn hielt uns am Leben, und unsere wohl unsinnige Hoffnung wurde zu einem Delirium, bis wir endlich Gourougou erreichten, ein kleines, bewaldetes Hügelgebiet oberhalb von Melilla und dem Mittelmeer. Das Hotel der Illegalen, nennen es die Migranten. Ein Wald-Schlafsaal! Das Tor zum Paradies. Europa ist nur einen Kilometer entfernt, man muss lediglich eine drei Meter hohe Barriere überwinden. Die Flüchtlinge brauchen mehrere Tage, um den Vorstoß zu organisieren und Stangen oder Leitern anzufertigen. So dicht am Ziel darf man nicht versagen. Tausende von Migranten, fast alle aus der Subsahara, aus Niger, von der Elfenbeinküste, aus dem Kongo und Gabun warten auf ihre Chance. Sie warten auf den richtigen Augenblick. Eine wild entschlossene Armee.

Das Tor zum Paradies, Ruben! Ich sage die Wahrheit, aber dieses Paradies ist ein Teil der Hölle.

Im Wald waren auch Frauen, allerdings erheblich weniger als Männer. Diesmal war ich nicht blind, Ruben. Und ich habe gesehen, wie die Frauen sich vom Lager entfernten, um sich zu waschen oder auch nur, um sich zu erleichtern. Ich habe gesehen, wie die Männer ihnen folgten, und wenn sich die Frauen auszogen, zogen auch sie sich aus. Ich habe Frauen gesehen, die sich nicht wehrten, damit sie nicht geschlagen wurden, und wie sie erst ein Mann nahm, dann ein zweiter und ein dritter, alle ohne Kondom.

An einem Abend im Juni sahen die Männer, wie ich mich vom Lager entfernte. Sie kamen zu fünft.

Ich war mehr als einen Kilometer vom nächsten Zelt entfernt, als sie mich umringten. Wie ein Rudel Löwen, die eine Antilope umzingelten. Der erste, ein Ivorer, sprach mich auf Französisch an.

»Wir wollen dir nichts Böses. Wenn du dich nicht wehrst, geht alles gut.«

Die vier anderen knöpften bereits ihre Hosen auf.

»Du hast Glück«, sagte der Ivorer, »du hättest an Schlimmere geraten können. Wir sind Gentlemen.«

Er log nicht, Ruben. Während die anderen schon die Hosen heruntergelassen hatten, zog er eine Packung mit zehn Kondomen aus seiner Tasche.

## 44

*9:25 Uhr*

Die *Sebastopol*, eine dreißig Meter lange Jacht, gehörte einem ukrainischen Milliardär und hatte lange in Monaco vor Anker gelegen. Sie stand zum Verkauf, weil der Besitzer, ein Unternehmer, lieber in eine bulgarische Fußballmannschaft investieren wollte. Kaufpreis 2,5 Millionen Euro, stand in der Annonce auf *plaisance.fr*. Gavril Boukine erhielt siebzig Euro am Tag, um eine Stunde lang das Schiff mit Wasser abzuspritzen, den Motor laufen zu lassen, ein wenig den Rumpf und die Bullaugen zu säubern und die Jacht eventuellen Interessenten zu zeigen. Zusätzlich erhielt er eine Prämie von hundertfünfzig Euro, wenn er einen potenziellen Käufer aufs Meer hinausfuhr.

Er war überrascht, als sich an diesem Morgen zwei Besucher dem Schiff näherten. Ein schlecht rasierter schwarzer Riese in Jeans und fleckigem T-Shirt, einer zerknautschten Jacke und nachlässig zugeschnürten Turnschuhen in Begleitung eines Zwergs mit Krawatte und einwandfrei gekämmtem weißem Haar. Dick und Doof in der Black-and-White-Version.

Gavril ließ sie an Bord kommen und das Schiff besichtigen. Die beiden warfen kaum einen Blick in den Maschinenraum und in die Kühlkammer, hielten sich aber länger in dem gut achtzig Quadratmeter großen Raum unter Deck auf. Der schwarze Riese schien im Kopf alle möglichen Berechnungen anzustellen und richtete sich zu seiner vollen Größe auf, als wollte er die Höhe des Raums abschätzen und sehen, ob er sich den Kopf stoßen würde.

»Perfekt«, sagte der Schwarze schließlich, »könnten Sie uns kurz allein lassen?«

Gavril akzeptierte ohne Murren. Er stieg wieder an Deck, behielt jedoch Dick und Doof im Auge. Nicht, dass er sie ausspionieren wollte, er bekam ohnehin nur Gesprächsfetzen mit, aber seine Anweisungen waren klar: Keine Kunden allein auf der Jacht lassen, solange sie nicht bezahlt haben. Gavril konnte sich allerdings nicht vorstellen, was man hier klauen sollte, zumal der Besitzer das gesamte Mobiliar ausgeräumt hatte. Er hielt sich an der Reling fest und betrachtete die Wolkenhaufen, die am Himmel auseinandertrieben und an Geisterschiffe erinnerten. Wind kam auf und Gavril hoffte, die Besucher würden ihn nicht um eine Spritztour bitten.

»Zweieinhalb Millionen Euro, das ist eine beachtliche Summe.«

»Ein Investment«, berichtigte Alpha, »ein gutes Investment.«

Während sein Gegenüber überlegte, dachte Alpha an die Ereignisse seit heute Morgen. Der Schatzmeister hatte gute Arbeit geleistet. Vielleicht war es auch ihm zu verdanken, dass Alpha schon so früh das Gefängnis hatte verlassen können. Gleich nach seiner Freilassung hatte er das Taxi gesehen, das ihn auf der anderen Straßenseite erwartete. Es ging direkt zum Hafen in der Begleitung eines Mannes, der den gleichen Part wie der Schatzmeister innehatte, allerdings außerhalb der Mauern: Max-Olivier. Ein charmanter, ergrauter Fünfzigjähriger, genau der Typ, mit dem man es zu tun hatte, wenn man bei einer Bank einen Kredit aufnehmen wollte. Ein guter und mitfühlender Zuhörer, der die Bedürfnisse des Kunden im Auge behielt und ihm genau die Konsequenzen einer auf dreißig Jahre verteilten Schuldenlast auseinandersetzte. Ein verständnisvoller Mann, der jedoch – wenn man pleite war und auf der Straße saß – bestimmt nicht zögerte, einem zu sagen: »Davor hatte ich Sie ja gewarnt.«

Der Banker betrachtete den verstaubten Raum im Rumpf und die vielen Spinnweben an der Holzverkleidung mit Skepsis.

»Monsieur Maal, ich habe Ihren Finanzierungsplan genau studiert und, ganz ehrlich, ich habe da so meine Zweifel.«

Seine Stimme hallte in dem riesigen unmöblierten Raum wider. Alpha sprach daraufhin noch ein wenig lauter:

»Sie kennen wie ich die Tarife, zwischen drei- und fünftausend Euro pro Migrant, wenn man sie auf Schlauchbooten unterbringt, die jeden Moment untergehen können und von der europäischen Küstenwache leicht aufzuspüren sind. Nehmen wir fünfzig zusammengepferchte Flüchtlinge in einem Schlauchboot à dreitausend Euro, so ergibt das einen steuerfreien Gewinn von hunderfünfzigtausend Euro für ein regelrechtes Himmelfahrtskommando. Was ich vorschlage, ist ein anderes Wirtschaftsmodell.«

Der Banker pfiff durch die Zähne.

»Wenn es weiter nichts ist.«

»Sie wissen genau, wovon ich rede. Der Handel mit Migranten funktioniert wie jedes andere Geschäft und variiert je nach Angebot und Nachfrage. Je besser *Frontex* seinen Job macht, umso weniger Illegale können einreisen, und die Tarife schnellen in die Höhe. Ich erkläre Ihnen nichts Neues in Ihrer Branche, Max-

Olivier. Der Zoll macht die Schmuggler, nicht umgekehrt. Als die Regierung der USA den Alkohol verbot, machte sie die Verbrecher reich. Ohne Prohibition kein Al Capone.«

Alpha war ziemlich stolz auf seinen Vergleich, den er wochenlang vorbereitet hatte, doch der schien den Banker nicht weiter zu beeindrucken.

»Ich kenne das Business an den Grenzen, Maal. Stimmt, alle verdienen daran. Grenzer und Schlepper. Aber was mich interessiert, ist, wie Sie es anstellen wollen, dabei mehr zu verdienen als die anderen.«

Alpha atmete tief durch. Der riesige Raum im Schiffsbauch wirkte fast wie eine Kathedrale.

»Meine Idee ist ganz simpel. Wir bieten den Migranten drei Garantien. Sicherheit, Komfort und die größte Wahrscheinlichkeit, ans Ziel zu kommen. Alles, was die traditionellen Schlepper nicht versprechen können. Und für diese drei Garantien – davon bin ich überzeugt – werden viele Flüchtlinge gern mehr, sogar sehr viel mehr bezahlen.«

»Wie viel?«

»Zehntausend, fünfzehntausend Euro? Stellen Sie sich das doch mal vor. Wir schiffen die Leute im Schutz der Nacht und fern von indiskreten Blicken auf der Jacht ein. Sie gehen ins Unterdeck. Mit ein paar Verschönerungsarbeiten können wir hier zum Beispiel bequem um die fünfzig Betten aufstellen, dazu sollte es Toiletten, Duschen, Essen und Trinken geben. An Deck lassen wir ein paar Blondinen im Monokini herumspringen, bedient von einem Schwarzen, der auf einem Tablett Mojitos serviert, und wir lassen das Schiff von einem breitschultrigen Kapitän im Seemannsoutfit steuern, für den Fall, dass sich die Küstenwache zeigt. Das Risiko zu sinken oder durchsucht zu werden, ist gleich null. Das Schiff kann in jedem Jachthafen Europas anlegen, in Ajaccio, Saint-Tropez oder San Remo. Wir brauchen nur die Nacht abzuwarten, und die Migranten verschwinden heimlich einer nach dem anderen wie streunende Katzen. Total unauffällig.«

»Ein solcher Coup wird nicht lange geheim bleiben.«

»Da haben Sie recht. Aber rechnen Sie doch mal nach, Max-Olivier! Fünfzehntausend Euro multipliziert mit fünfzig Passagieren, das ergibt einen Gewinn von siebenhundertfünfzigtausend Euro pro Überfahrt. Mit drei Fahrten ist die Jacht amortisiert.«

»Fünfzehntausend Euro pro Passagier? Finden Sie denn Flüchtlinge, die das bezahlen?«

Alpha zeigte sich enthusiastisch. Der Banker hatte kein Gegenargument.

»Haben Sie das Dossier studiert?«, fragte er noch lauter. »Haben Sie gelesen, wozu die Leute bereit sind? Die Familien aus Mali, von der Elfenbeinküste und aus Ghana würden sich noch mehr Schulden aufhalsen, wenn man ihnen ein Ergebnis garantiert. Ich habe ein ganzes Verbindungsnetz auf beiden Seiten des Mittelmeers. Ich habe die Idee, ich habe die Leute, ich habe das Boot. Nur das Geld fehlt.«

Der Banker schwieg eine ganze Weile und sprach dann sehr leise, als wollte er Alphas Überschwang ein wenig dämpfen.

»Okay, es ist Ihre Idee. Es sind Ihre Netzwerke, aber wir finanzieren die ganze Geschichte, und Sie sind somit unser Angestellter. Ein Franchise-Geschäft, wenn Sie so wollen. Sie sind unabhängig, solange Sie den Kredit zurückzahlen.«

»Darauf können Sie sich verlassen«, prahlte Alpha, »und ich bezahle nicht mit Muscheln!«

Der Banker schenkte ihm ein eher zweideutiges Lächeln.

»Ehrlich, Maal, ich bin nicht sicher, ob ich Ihnen vertrauen kann. Sie sind zu selbstsicher. Mein Bauch sagt mir, dass Sie etwas verbergen, aber Ihr Dossier ist geprüft und angenommen worden. Bravo! Mein Part ist damit abgeschlossen. Ich unternehme alle notwendigen Schritte, damit Sie noch vor Ablauf dieser Woche der Besitzer dieser Jacht sind.«

Der Banker stieg wieder an Deck und verhandelte eine gute Viertelstunde mit dem Mann, der sich um die Besichtigungen und den Unterhalt der *Sebastopol* kümmerte. Der Typ hatte einen Ziegenbart und war fast kahlköpfig. Ihm fehlten zwei Zähne, und das eine Auge zuckte ohne Unterlass. Alpha stellte sich vor, dass er auf ein Holzbein und einen Haken wie Käpt'n Hook sparte.

Nachdem der Banker gegangen war, näherte sich Alpha dem zahnlosen Kapitän. Er warf einen Blick auf die Mattglasscheiben und das Schiebedach des Steuerhauses der *Sebastopol* und sagte:

»Jetzt, wo wir uns einig geworden sind, können wir ja eine kleine Probefahrt machen.«

## 45

*10:05 Uhr*

Sie saßen auf der Terrasse des Dar Zaki, gegenüber vom Al-Islâh-Zentrum, und Petar Velika schimpfte, denn es war fünf Minuten nach zehn, und noch immer tauchte der Universitätsprofessor nicht auf. Der Hauptkommissar suchte unter den Männern in Dschellabas, die das islamische Zentrum betraten oder verließen, einen Mann mit Aktenmappe, Brille und vielleicht sogar einem westlichen Anzug. Er konnte nicht einmal erraten, ob dieses Al-Islâh-Zentrum eine Moschee, eine Schule, eine andere Bildungsstätte oder alles in einem war.

Julo schien das nicht weiter zu interessieren, er schaute lediglich auf sein Handy. Man hätte ihn nach Chinatown beamen können, auch dort würde er sich nicht fremder fühlen und weiter im Internet surfen, als bestünde seine Umgebung nur aus virtuellen Bildern, die ihn nicht betrafen. Was die ganze Sache nicht besser machte: Ryan hatte soeben von der Wache aus angerufen. Bamby Maal sei nicht aufzufinden. Ihr Bruder sei bereits am frühen Morgen aus dem Gefängnis entlassen worden, noch bevor man den Entlassungsbefehl hatte widerrufen können, und nur die Mutter, Leyli Maal, hatte bestätigt, dass sie um 16 Uhr auf dem Revier von Port-le-Bouc erscheinen würde. Das war ja immerhin schon was. Ryan hatte sich eine Mordsarbeit gemacht, um alles zu organisieren und das Ministerium, die Polizeidirektion und den Richter Madelin – seit heute Morgen für diesen Fall zuständig – zu überzeugen. Petar hoffte jetzt, der Tag würde einigermaßen ruhig verlaufen, ohne neue Leichen oder Zeugen, die Julo aus seinem Hut zauberte, denn dann hätte er Termine verschieben müssen.

Petar schnipste gegen das Handy seines Assistenten.

»Hallo, hier Mekka! Was weißt du genau über diesen Professor?«

»Nichts! Ich habe nur seine Artikel gelesen. Mit drei Klicks versteht man sofort, dass er der beste Spezialist auf dem Gebiet ist...«

»Spezialist oder nicht, meinen ganzen Vormittag mit Warten zu verplempern, passt mir überhaupt nicht.«

Plötzlich tauchte ein Motorrad auf, das – gerade als Petar sich erhob – langsam den Bürgersteig entlangrollte und ihn beinahe angefahren hätte. Der Fahrer stellte den Motor ab, klappte den Ständer aus und nahm gleichzeitig den Helm ab. Der sportliche, dreißigjährige Mann strich sich durch das lange schwarze Haar und reichte ihm grinsend die Hand.

»Mohamed Toufik. Tut mir leid, dass ich mich verspätet habe, aber ich komme gerade von einem Seminar an der Uni, und um 11 Uhr geht es weiter mit arabischer Literatur aus der Zeit vor dem Koran.«

Petar betrachtete Toufik überrascht. Er war glattrasiert, und ein auffallend großer Diamant zierte sein rechtes Ohrläppchen. Es hätte Petar nicht weiter erstaunt, wenn er Spuren von Mascara entdeckt hätte.

»Sie sind also der große Spezialist in Sachen Kaurimuscheln«, meinte der Hauptkommissar ironisch.

»Nein, ich bin immer noch Student und arbeite an meiner Doktorarbeit. Es ist mein drittes Jahr, aber heutzutage muss man fünf Artikel jährlich, ein Buch auf Englisch, eins auf Französisch und ein drittes auf Arabisch veröffentlichen, wenn man promovieren will.«

Er brach in Gelächter aus. Weiße Zähne. Augen wie Omar Sharif. Backpfeifengesicht!

»Wenn Sie es eilig haben, umso besser, wir nämlich auch. Dann mal los, erzählen Sie uns alles über diese Kaurimuscheln.«

Mohamed Toufik verstand, dass er keine Zeit haben würde, einen Tee zu bestellen, eine Zigarette zu rauchen oder überhaupt zu fragen, was die Polizei eigentlich von ihm wollte. Julo legte, um die Stimmung zu retten, Mohamed Toufik die gleichen Muscheln vor, wie man sie in der Tasche von François Valioni gefunden hatte. Mohamed sah erst Petar, dann Julo, dann die Muscheln an und erging sich in einem langen Monolog. Brillant, präzise und pädagogisch. Selbst Petar Velika vergaß den Singsang des Muezzins und die Unterhaltungen auf Arabisch um ihn herum.

»Die Kaurimuscheln sind eine besondere Art von Mollusken, die fast ausschließlich auf den Malediven gefunden werden, weshalb sie zum einen rar und zum anderen leicht zu erkennen sind. Diese Muscheln wurden schon in der Frühzeit beim Handel zwischen den Völkern eingesetzt, bereits ab etwa 1000 vor Christus, um genau zu sein. Man kann sie als die älteste Währung der Welt betrachten. Da wir es eilig haben, überspringe ich zweitausend Jahre Geschichte, um direkt ins Jahr 1000 nach Christus zu kommen. Zu der Zeit begann der internationale Warenverkehr, insbesondere durch arabische Kaufleute zwischen Westafrika und Asien. Die Kaurimuscheln wurden zum hauptsächlichen Zahlungsmittel zwischen den Kontinenten. Sie waren fälschungssicher, leicht abzuwiegen und zu transportieren. Die ideale Währung. Sie florierte während des Sklavenhandels, und es heißt, dass Holländer, Franzosen und Engländer seinerzeit mehrere Milliarden Muscheln als Armbänder und Ketten oder in Körben mit mehr als zehntausend Stück transportiert haben.

Während der Kolonialisierung führten die Europäer nach und nach ihre eigenen Geldsysteme ein, wie wir sie auch heute noch kennen, aber die Muscheln blieben in Westafrika weiterhin in Gebrauch. Sie waren nicht nur die übliche Handelswährung, sondern auch ein Symbol der Fruchtbarkeit. Darüber hinaus benützt man sie auch heute noch für Weissagungen und schmückt damit Kleidung und rituelle Masken. Die Europäer betrachteten die Kaurimuscheln dann als ein Symbol der Auflehnung gegen die Kolonialisierung, bis plötzlich – zwischen 1890 und 1900 – Franzosen, Engländer und Portugiesen sie einstimmig schlicht verboten. Aufgrund eines simplen Gesetzes hatten die Kaurimuscheln von heute auf morgen keinen Wert mehr! Eine ganz schön radikale Art, den Ländern ein neues Sozialsystem aufzudrücken, finden Sie nicht? Eine ganze Gesellschaftsordnung brach zusammen. Alle waren betroffen, sowohl die Ärmsten, die bis dahin kleine Summen mit Kaurimuscheln hatten bezahlen können, als auch die Wohlhabendsten, die ihr Leben damit zugebracht hatten, Prestige und Reichtum zu erlangen, indem sie tonnenweise diese Muscheln anhäuften. Verkäufer, Händler und Handwerker, die daran gewöhnt waren, Tausende von Kaurimuscheln in Säcken, Amphoren und Töpfen zu wiegen und zu verstauen, konnten mit der neuen Währung nicht umgehen. Ab jetzt mussten Steuern, Abgaben und Strafen in Francs, Pfund oder Reales beglichen werden. Der europäische Kapitalismus triumphierte.«

»Werden die Kaurimuscheln heute gar nicht mehr als Währung verwendet?«, wollte Julo wissen.

Bevor Toufik antwortete, folgte er zwei Mädchen, die sich ins Al-Islâh-Zentrum begaben, mit Blicken. Wie zwei islamische Marylins ließen sie auf der Esplanade ihre Schleier und Dschellabas im Wind flattern.

»Nein. Seit hundert Jahren haben sie als Währung keinen Wert mehr. Aber die Gegner des globalisierten Markts haben sich anders organisiert. Noch nie war das Prinzip einer inoffiziellen Währung so aktuell wie heute.«

Diesmal horchte Petar auf.

»Erklären Sie mir das!«

»Gut, mit den weltweiten Migrationen, der in der ganzen Welt verstreuten Diaspora und dem Finanzhandel innerhalb der verschiedenen Völkergruppen begegnet man vermehrt informellen Arten von finanziellen Transaktionen. In den arabischen Ländern zum Beispiel bezeichnet man das als Hawala, in Indien als Hundi und auf den Philippinen als Padala … Ein bargeldloses Überweisungssystem ohne offizielle Banken, wobei die Kosten natürlich erheblich geringer sind. Diese Transfers machen offenbar die Hälfte aller Geldgeschäfte der Welt aus und sind quasi unkontrollierbar … Das System beruht ausschließlich auf Vertrauen, Ehre und ethnischer Solidarität zwischen den Beteiligten. Es gibt keine juristische Basis! Wie bei den Kaurimuscheln handelt es sich auch hier um einen modernen Avatar althergebrachter Praktiken, die in Afrika und Asien dazu dienten, die Gefahren von Goldtransporten zu verringern, ob auf dem Seeweg, Straßen oder Märkten.«

»Entschuldigen Sie«, warf Petar ein, »ich bin sicher genauso eine Obernull in finanziellen Dingen wie Ihre Vorfahren, die sich nicht von den Kaurimuscheln auf ein neues Währungssystem umstellen konnten, aber ich sehe keinen Zusammenhang zwischen Ihrer Hawala und unseren Muscheln.«

Toufik wog die Kaurimuscheln in seiner Hand.

»Das ist ganz einfach. Sie werden es gleich verstehen. Stellen Sie sich vor, eine Muschel ist – sagen wir – hundert Dollar wert. Aber sie hat diesen Wert lediglich innerhalb eines geschlossenen Systems, das nur Eingeweihten bekannt ist. Wenn Sie fünfhundert Dollar in Ihrer Tasche transportieren, besonders in Afrika, laufen Sie ernsthaft Gefahr, ausgeraubt und umgebracht zu werden. Aber wer wird Sie schon wegen ein paar Muscheln angreifen?«

Er ließ die beiden Polizisten über seine Ausführungen nachdenken und wandte den Blick nicht von den Kaurimuscheln ab, als wäre jede einzelne tatsächlich hundert Dollar wert. Dann erhob er sich.

»Ich muss los. Mein Seminar wartet.«

Die beiden Männer sahen ihm nach. Sobald Toufik durch die Tür des Al-Islâh-Zentrums trat, heftete sich eine ganze Gruppe verhüllter junger Mädchen mit Taschen oder Rucksäcken höchst aufgeregt an seine Fersen.

Auch Julo Flores stand nun auf.

»Ich hole Tee.«

»Kannst du mal fragen, ob sie auch Bier haben?«

Als der Kommissaranwärter mit einer dampfenden silbernen Teekanne und verzierten Gläsern zurückkam, rief sein Chef ihm zu:

»Ryan hat soeben angerufen. Sie sind mit ihrem Puzzlespiel endlich fertig und haben die Glasstückchen zusammengesetzt, die sie im Zimmer *Karawanserei* gefunden haben. Und was glaubst du, kam dabei heraus?«

»Ein Delphin? Eine Eule? Eine Kaurimuschel?«, zählte Julo auf.

»Ein Turm! Das Burj-Khalifa-Gebäude, das höchste der Welt. So was wird in den Shops am Flughafen von Dubai verkauft. Sie haben es überprüft.«

Julo dachte nach. Dieses Detail gesellte sich zu dem Modellflugzeug der A380 der Emirates Airlines, das sie im Koffer von Jean-Lou Courtois gefunden hatten. Noch ein Rätsel. Jean-Lou Courtois reiste, seit er *Vogelzug* verlassen hatte, nur noch wenig, um möglichst oft bei seinem behinderten Sohn sein zu können. Dennoch war Dubai ein Parameter, den man bei der Lösung ihres Falls mitberücksichtigen musste. Sich darüber den Kopf zu zerbrechen war schwieriger, als ein paar Glassplitter zusammenzusetzen.

Er blies auf seinen Tee und zögerte, seinem Chef davon anzubieten, verbrannte sich die Zunge, als er ihn probierte, und sagte:

»Ich habe auch eine neue Information.«

Petar sah neidisch auf die andere Straßenseite zu einem Hotelrestaurant hinüber, wo man sicherlich Alkohol ausschenkte.

»Abgesehen von den Routineermittlungen über Leyli Maal, ihre Arbeit, polizeiliches Führungszeugnis, Nachbarschaftsbefragung und dergleichen wollte ich ihre Blutgruppe wissen. Es war nicht schwer, sie herauszufinden. Es reichte, das einzige Labor in

Port-de-Bouc anzurufen. Leyli hat dort eine Akte. Und wie erwartet hat sie die Blutgruppe A positiv.«

»Ist das deine tolle Information? Vierzig Prozent der Weltbevölkerung haben dieselbe Blutgruppe!«

Julo versuchte nochmals, an dem glühend heißen Tee zu nippen, und zog dann die Aufstellung über die unmöglichen Blutgruppenverbindungen aus der Tasche, die ihm Professor Waqnine überlassen hatte.

»Es ist ein wenig komplizierter, Chef. Wir wissen, dass Leyli Maal die Blutgruppe A positiv hat und Faline95, die mutmaßliche Mörderin von Jean-Lou Courtois, die Blutgruppe AB. Stellen wir uns vor, die Mörderin wäre Leylis Tochter Bamby Maal. Dann also …«, mit dem Finger fuhr er über die entsprechende Linie in der Aufstellung, »kann der Vater nur die Blutgruppe AB oder B haben … Es ist absolut unmöglich, dass er die Blutgruppe Null oder A hat.«

Petar blickte mit der gleichen Verzweiflung auf die Liste wie ein Schüler der elften Klasse auf eine Trigonometrie-Tabelle.

»Tut mir leid, Junge, ich mag heute Morgen besonders blöde sein, aber ich verstehe nicht, worauf du hinauswillst.«

»Ich komme gleich zu meiner Hypothese, oder besser, ich komme auf meine Anfangstheorie zurück. Dieses Mädchen, nennen wir es Bambi13, Bamby Maal oder Faline95, sucht seinen Vater. Wenn der Typ, dem sie die Pulsadern aufschneidet, nachdem sie eine Blutprobe entnommen hat, Träger der Blutgruppe Null oder A ist, kann er nicht ihr Papa sein. Und da neunzig Prozent der Weltbevölkerung die Gruppen Null und A haben, schränkt das den Bereich der Möglichkeiten erheblich ein. Nehmen wir an, Bambi besitzt eine Liste mit drei oder vier potenziellen Vätern, so kann sie ihn entsprechend der Wahrscheinlichkeitsrechnung mit einer einfachen Blutprobe identifizieren.«

## 46

*11:03 Uhr*

»Fleur?«

Sie nickte lächelnd, ohne ihn darauf hinzuweisen, dass sie bereits seit einer halben Stunde auf ihn wartete. Yan Segalen schien aus dem Zuspätkommen eine Lebensphilosophie gemacht zu haben. Sie betrachtete ihn von Kopf bis Fuß, während er sich neben sie auf die Terrasse des Gordon's Cafés setzte. Khakifarbene Leinenhose, Buschjacke im gleichen Farbton, weißes Hemd mit Mao-Kragen – das komplette Programm: »Sorry, ich komme gerade von einer Safari.« Er musste ein Vermögen für dieses schicke Abenteurer-Outfit bezahlt haben. Yan musterte Fleur mit seinen Augen, so blau wie ein Tropenhimmel, fuhr sich durch das leicht ergraute Blondhaar, das perfekt zu seinem gepflegten Dreitagebart passte. Ein Mann um die fünfzig, ebenso dynamisch wie energisch und elegant, wenn auch das weite Hemd das Bäuchlein des Logistik-Direktors von *Vogelzug* mehr schlecht als recht verbarg, das aus seinem Motto »morgens Liegestütze, mittags Schlemmen im Restaurant« zu resultieren schien.

»Tut mir leid, Fleur, aber ich habe es eilig«, hatte Segalen die Stirn ihr zu sagen.

Sie antwortete nicht. In Wirklichkeit war die halbe Stunde Wartezeit auf den leitenden Angestellten, der mit ihr ein Bewerbungsgespräch führen sollte, schnell verstrichen. Sie war vor ihrem Perrier mit Zitrone halb eingenickt und hatte nur bisweilen den Blick gehoben, um das Treiben in der Rue Monot und auf der Place des Martyrs zu beobachten. Eine sehr kosmopolitische Atmosphäre, die sie mochte. Es war übrigens das Erste gewesen, was ihr bei ihrer Ankunft in Marseille aufgefallen war: das bunte Völkergemisch mit all seinen Dschellabas, Schleiern, Krawatten, Mützen, Baseball-Caps, Kinderwagen, Shorts, Tschadors, afrikanischen Tuniken, Pluderhosen, Saris, Kippas und Qipaos. Natürlich wusste sie, dass all diese Leute bei Einbruch der Nacht in ihre angestammten Viertel zurückkehrten, doch als sie auf der Avenue Canebière spazieren gegangen war, hatte sie dieses fröhliche Durcheinander so vieler ethnischer Gruppen sofort in den Bann gezogen.

»Ich sage Ihnen gleich«, fuhr Yan Segalen fort, »dass ich kein normales Bewerbungsgespräch mit Ihnen führen werde. Mir ist es völlig egal, weshalb Sie sich bei einer humanitären Organisation bewerben, ich will nur nicht, dass sie mir die übliche Story der Anhängerinnen von Schwester Emmanuelle herunterbeten. Beantworten Sie mir einfach die Frage, warum ich Sie einstellen soll. Warum ausgerechnet Sie?«

*Yan kommt immer zu spät.*

*Wenn er da ist, hat er es eilig.*

*Er zieht sich schnell aus. Er liebt es, wenn man seinen Körper berührt.*

*Er glaubt, dass auch ich es mag.*

*Nadia hat gesagt, dass er unvorstellbar gut aussieht.*

*Kann schon sein, aber ich kenne von ihm nur die Muskeln, die er anspannt, wenn er mich nehmen will.*

Fleur tat so, als würde sie nachdenken. Sie fand es interessant, dass Yan für sie die große Show abzog, und das alles für ein auf drei Monate begrenztes Anstellungsverhältnis! Mit Sicherheit würde sie in einem Lager Pakete packen müssen, die dann in die Krisenherde der Welt verschickt wurden. Wenn sich der Verantwortliche für Logistik persönlich mit ihr zu einem Gespräch treffen wollte, konnte sie daraus schließen, dass ihm das Foto auf ihrem Lebenslauf besonders gut gefallen hatte: der blonde Pony im Kontrast zu ihrem gebräunten Gesicht und der kesse Ausdruck ihrer grünen Augen hinter der kleinen Brille mit runden Gläsern.

Zu diesem Termin war sie in einer etwas zweideutigen Aufmachung erschienen: Sie trug ein artiges Blüschen, das jedoch weit genug aufgeknöpft war, um den Blick auf ihren Spitzenbüstenhalter freizugeben, wenn sie sich über ihr Glas Perrier beugte, dazu einen schlichten, gerade geschnittenen Rock, der bis über die Knie reichte, es sei denn, sie schlug die Beine übereinander, dann rutschte er nach oben.

»Ich bin motiviert«, meinte sie affektiert, »und ich fühle mich gern nützlich. Es gibt so viel Ungerechtigkeit auf der Welt …«

Nervös wirbelte sie mit dem Strohhalm die Zitronenscheibe in ihrem Glas herum. Yan packte sie urplötzlich bei der Hand.

»Stopp! Mademoiselle, das ist genau die Antwort, die ich nicht hören wollte.«

Als er sie wieder zurückzog, strichen seine Finger über ihr Handgelenk. Dann winkte er den Kellner heran. Ohne sie nach ihrer Meinung zu fragen, bestellte er zwei Gläser Weißwein, einen Château Musar, beugte sich über seine Aktentasche mit afrikanischen Motiven und zog zwei Blatt Papier hervor.

Sie erkannte ihren Lebenslauf. Yan konzentrierte sich ein paar Minuten lang auf die Liste ihrer frei erfundenen Referenzen, dann betrachtete er sie wieder. Diesmal glitt sein Blick nicht mehr über ihre Schenkel oder ihr Dekolleté, sondern er sah ihr in die Augen, als wollte er ihr Innerstes erforschen. Dieser Mann war ein Jäger. Der gefährlichste aller Jäger, einer, der die Frauen zu verstehen versuchte. Als wäre es eine absolute Notwendigkeit, ihre Seele zu entblößen, bevor er ihren Körper entkleidete. Sie fragte sich, ob er bei allen Frauen, die er verführen wollte, auf die gleiche Weise vorging, oder ob sein Instinkt ihm sagte, dass etwas mit dem Lebenslauf dieser bildschönen Gazelle nicht stimmte.

»Ich muss Sie enttäuschen, Fleur, aber Sie haben wirklich nicht den Look einer Mutter Teresa … und Lebensläufe von Mädchen wie Ihnen, mehrsprachig und überdiplomiert, erhalte ich täglich zehnfach. Es gehört schon ein wenig mehr dazu, mich zu überzeugen.«

Der Kellner brachte die beiden Gläser Château Musar. Yan reichte ihr das eine, nahm das andere und prostete ihr zu.

»Auf das Abenteuer, Fleur. Jetzt sind Sie dran. Zeigen Sie mir, was Sie wert sind.«

Gelangweilt sah er auf seine Armbanduhr.

»Sie haben fünf Minuten.«

Sie hob ihr Glas, um ihm nochmals zuzuprosten.

»Auf das Ungewisse, Yan. Auf interessante und nette Begegnungen! Ich glaube, das ist es, was mich bei humanitärer Arbeit am meisten anzieht. Begegnungen. Mit Frauen. Mit Männern, mit unterschiedlichen Menschen, die manchmal vielleicht verunsichernd, aber auch charismatisch sein können.«

Yan führte das Glas an seine Lippen und verschlang Fleur förmlich mit den Blicken.

»Schon besser, Fleur. Aber das ist doch alles nur Gerede. Ich brauche Fakten. Beweise. Taten.«

Er überflog nochmals ihren Lebenslauf und wollte ihn schon in seiner Aktentasche verschwinden lassen. Sie sprach plötzlich lauter.

»Yan! Warten sie! Geben Sie mir eine Chance! Was kann ich denn tun, außer Sie zu bitten, mir zu glauben? Ich habe mehr

Mumm, als es den Anschein hat. Ich bin kein Angsthase und bereit, Risiken einzugehen. Alle Risiken!«

Yan war bereits aufgestanden, als hätte er ihre Worte gar nicht gehört. Ein Jäger, dachte sie nochmals. Ein gefährlicher Jäger.

»Ich muss jetzt gehen, Fleur. Aber Sie haben gewonnen. Ich gebe Ihnen eine zweite Chance. Haben Sie Zeit für ein weiteres Gespräch?« Er machte sich nicht einmal die Mühe, in seinen Terminkalender zu schauen. »Heute Abend hier, ist Ihnen das recht?«

»Ja.«

Sie hatte seinem Blick standgehalten, diesmal ohne jede Zweideutigkeit. Als er »heute Abend« gesagt hatte, hatte seine Stimme tiefer geklungen, und sie hatte ihr »ja« unendlich in die Länge gezogen, bis es ihr fast die Kehle zugeschnürt hatte.

Sie schwiegen eine Weile. Plötzlich schien er es nicht mehr so eilig zu haben. Noch einmal musterte er sie, als ob er den Mechanismus finden wollte, mit dem er dieses dreißig Jahre jüngere, reizende Mädchen in sein Bett locken konnte. Er schien selbst überrascht, wie gut seine Waffe funktionierte, seine unschlagbare Waffe.

»Ich sage es Ihnen lieber gleich, Fleur. Ich werde den ganzen Tag lang an dieses zweite Gespräch denken, ja, wahrscheinlich sogar davon träumen, dass es eine – sagen wir – intimere Wendung nimmt.«

»Ich bin bereit. Ich gehe jedes Risiko ein. Das habe ich Ihnen ja gesagt.«

Sie hatte wie aus der Pistole geschossen geantwortet, und er fand, er könne seinen Vorteil jetzt noch weiter ausbauen.

»Ich will ganz aufrichtig sein, Fleur, damit es zwischen uns keine Missverständnisse gibt. Selbst wenn das persönliche Gespräch wunderbar verläuft, so bedeutet das noch lange nicht, dass ich Sie wirklich für diesen Posten einstellen werde. Das ist nicht meine Art ...«

Sie hob ihr Glas Château Musar, trank es aus und sah dem Verantwortlichen für Logistik frech ins Gesicht.

»Gehen Sie, Yan, sonst kommen Sie noch zu spät. Und ich sage Ihnen, auch wenn unser intimes Gespräch wunderbar verläuft, was ich Ihnen versprechen kann, so bin ich noch lange nicht sicher, dass ich den Posten wirklich annehme.«

Er brach in Gelächter aus. Besiegt.

Kurz darauf war er auch schon in der bunten Menge auf der Place des Martyrs verschwunden.

Sie wartete noch einen Augenblick und ging dann endlich an ihr Handy, das während des Gesprächs fast ununterbrochen in ihrer Handtasche vibriert hatte.

*Wie war dein Bewerbungsgespräch?*
*Mache einen Zwischenstopp. Muss aber sofort wieder los.*
*Pass gut auf dich auf, meine Süße!*
*Chérine*

Sie lächelte.

Die Unterhaltung mit Yan Segalen hatte nicht einmal fünfzehn Minuten gedauert. Ihn zu verführen, war ein Kinderspiel gewesen, geradezu eine simple Formalität im Vergleich zur langen Vorarbeit, die sie hatte leisten müssen, damit ihr Jean-Lou in die Arme gesunken war.

Yan Segalen war eine leichte Beute.

Zu leicht.

Ein Warnsignal blinkte in ihrem Gehirn. Das alles ging zu schnell, viel zu schnell, um Zeit zum Überlegen zu finden.

Ach, egal ...

Vielleicht war es besser so. Sie konnte nicht mehr warten, denn die Polizei war mit Sicherheit schon dabei, die verschiedenen Indizien zu einem Gesamtbild zusammenzufügen und vielleicht auch, ihre Netze auszuwerfen.

Bevor sie sich erhob, trank sie ihr Glas Perrier aus, um den Weingeschmack loszuwerden, zog ihren Rock über die Knie und rückte die Perücke gerade.

Heute Abend, heute Nacht, morgen früh noch, dann würde alles vorbei sein.

Für sie.

Und auch für Alpha.

## 47

*12:18 Uhr*

*Nein, nein! … Auf, auf! Ins große Nacheinander! …*
*Nicht denken, Leib, – ergib dich dem Gewander, –*
*Trink, meine Brust, den Wind, der aus sich dringt!*
*Das weht vom Meer, und in dem Wehn enthalten*
*Ist meine Seele … Salzige Gewalten! …*
*Zur Welle hin, aus der man lebend springt!*

Gavril beobachtete erstaunt den schwarzen Riesen, der Leonardo DiCaprio am Bug der *Sebastopol* spielte, hoch aufgerichtet dem Meer gegenüberstand und Gedichte rezitierte. Wollte er ihn beeindrucken? Übte er? Damit er für alles gerüstet war, wenn er erst mal die Mädchen in die Kajüte entführte?

*Der Wind erhebt sich! Leben: ich versuch es!*
*Riesige Luft im Blättern meines Buches …*
*und Wasser, dort zu Staub zersplittert sichs!*
*Ihr Seiten fliegt beglänzt aus meinem Schoße,*
*und Woge, du! Mit frohem Wellenstoße,*
*das Dach unter dem Klüverschwarm –, zerbrichs!*

Damit hatte er übrigens nicht Unrecht. Wind kam auf. Er würde so schnell wie möglich umkehren. Wenn Dick und Doof das Boot wirklich kaufen wollten, so hatten sie jetzt genug gesehen.

Der schwarze Riese konnte es seinem Kumpel mit dem Scheckheft bestätigen: Die *Sebastopol* schwamm!

Doch zunächst verspürte Gavril gute Lust, seine persönlichen Belange zu besprechen. Er schrie fast, um sich bei dem Getöse des Motors und der Wellen Gehör zu verschaffen.

»Ist das Aufsagen von Gedichten Bestandteil Ihrer zukünftigen Aufgaben an Bord?«

Alpha kam näher, die Hände tief in den Jackentaschen vergraben. Er lehnte sich an die Führerkabine.

»Nein, das mache ich nur aus Spaß.«

Aus Spaß?

Gavril schien darüber andere Vorstellungen zu haben. Der schwarze Riese hatte wohl an seinem zahnlosen Grinsen erkannt, dass er nicht überzeugt war, und Alpha erklärte es ihm:

»Ich habe etwas aus dem Gedicht *Friedhof am Meer* von Paul Valéry rezitiert. Das habe ich als kleiner Junge in der Schule gelernt. Finden Sie nicht auch, dass das Meer ein gigantischer Friedhof ist?«

Gavril zuckte mit den Achseln und begann die Geschwindigkeit des Boots zu drosseln. Nach und nach wurde der Motor leiser, tuckerte aber immer noch recht laut. Der Krach, den der

Wellenschlag am Schiffsrumpf verursachte, schien sich hingegen zu verdoppeln. Doch die *Sebastopol* schwankte kaum.

Gavril hüstelte, als wollte auch er jetzt ein Gedicht vortragen.

»Stimmt das, was Sie und Ihr Kumpel vorhin unter Deck gesagt haben? … Ich meine, die Sache mit den nackten Blondinen.«

Vor Überraschung verlor Alpha fast das Gleichgewicht und hielt sich am nächsten Rettungsring fest.

»Es ist ja nicht so, als wenn ich Sie belauscht hätte«, stotterte Gavril, »ich habe nur ein paar Fetzen mitbekommen. Die sind mir einfach zugeflogen, so wie man hin und wieder Gischt ins Gesicht bekommt, wenn Sie verstehen, was ich meine … Sie haben von Frauen im Monokini an Deck gesprochen, von dem Kellner mit Mojitos und dem Typen im Ringelpullover am Steuer. Wenn Sie das Boot dafür kaufen, bin ich mit von der Partie. Seit ich über das Mittelmeer schippere, fahre ich nur alte Knacker zwischen Olivenölfabriken, Restaurants und griechischen Tempeln hin und her. Ich bin diskret und wirklich ein guter Skipper. Ich könnte mir auch die Zähne machen lassen, wenn Sie meinen, das sähe dann für Ihre Kundschaft besser aus.«

Alpha ging auf ihn zu, die Hände wieder in den Taschen vergraben. Er hatte eine Mütze aufgesetzt, doch der Wind blies ihm kräftig ins Gesicht.

»Sie müssen ja nicht gleich antworten«, beharrte Gavril. »Seit fünfzehn Jahren stehe ich am Steuer von Jachten mit über dreißig Metern Länge, aber ich habe noch nie an Bord auch nur eine Titte zu Gesicht bekommen! Ich habe gehört, dass Sie den Raum unten ausbauen wollen, mit Betten und Duschen …« Er zwinkerte Alpha zu. »Und wenn Sie hier Luxusnutten verstecken oder Pornos drehen wollen, dann ist mir das auch recht. Ehrenwort eines Skippers, ich bin verschwiegen wie ein Grab! Wie ein Friedhof am Meer!«

Die *Sebastopol* hatte jetzt gestoppt. Gavril schien auf eine Antwort zu warten, bevor er den Motor wieder anwarf, um zu wenden und zum Hafen zurückzukehren.

»Ist noch Treibstoff da?«, fragte Alpha beunruhigt.

»Genug für eine Tour rund um den Erdball.«

Gavril wartete noch ein paar Sekunden, aber der schwarze Riese hatte sich wieder zum Meer gewandt, die Hände in den Taschen, die Mütze tief im Gesicht.

*Ja, Meer! Du großes, dein ist alles Wüten,*
*du Pantherfell, du Mantel, drin die Mythen*
*der Sonne Flimmern, tausende vielleicht –,*
*von Bläue trunken, unbeschränkte Schlange,*
*die sucht, wie sie ihr eignes Gleißen fange*
*in einem Aufruhr, der der Ruhe gleicht.*

Er macht sich über mich lustig, dachte Gavril. Genervt schwang er seinen Arm, als knallte er mit einer Peitsche.

»Na dann, mit Volldampf voraus nach Haus! In weniger als einer Stunde sind wir zurück. Sie werden gleich sehen, was die *Sebastopol* im Bauch hat!«

Er bückte sich ein paar Sekunden lang, um den Motor wieder anzulassen. Als er wieder aufblickte, war … die Mündung eines Revolvers auf ihn gerichtet.

Der Skipper schlotterte, stotterte und verzog das Gesicht so, dass man um seine letzten Zähne fürchten musste.

»Ich … ich hab doch nur Witze gemacht, was die Nutten angeht … Ich … ich habe rein gar nichts gehört …«

»Ganz ruhig, mein Freund! Wenn du cool weiterfährst, geht alles gut, und ich entführe nur dein Schiff.«

Der ruhige Ton des schwarzen Riesen, der vorhin Paul Valéry

zitiert hatte, verhieß trotzdem nichts Gutes. Dieser Typ schien glatt einem Film von Tarantino entsprungen zu sein! Gavril sah ihn fragend an und geriet immer mehr in Panik, als hätte er es mit einem Dschihadisten zu tun, der ihn im Cockpit seiner Boeing 747 bedrohte. Er schaute blöde aufs blanke Meer und stellte sich vor, plötzlich eine Insel auftauchen zu sehen, die er jetzt im Sturzflug anfliegen musste…

»Und… wo soll's hingehen?«

»Immer geradeaus. Auf die andere Seite des Mittelmeers.«

## 48

*16:01 Uhr*

Julo war ganz von ihrem Charme eingenommen.

Leyli Maal hatte ihm spontan gefallen, sobald sie auf der Wache von Port-de-Bouc vor den drei Polizisten erschienen war, wie eine etwas eingeschüchterte, jedoch von ihrem Talent und ihrem Erfahrungsschatz überzeugte Schauspielerin.

Das hatte nichts mit Liebe auf den ersten Blick zu tun, denn Leyli Maal hätte seine Mutter sein können, aber diese Frau strahlte unbeugsame Energie und Hartnäckigkeit aus, Resilienz – um es gelehrt zu sagen. Sie erinnerte ihn an eine Ameise, die ihren Weg unbeirrt fortsetzte, jedes Hindernis umging und Lasten trug, die schwerer wogen als sie selbst, aber dennoch, wenn auch auf Umwegen, ihr Ziel erreichte.

Eine Ameise, die darüber nicht vergessen hatte, sich hübsch zu machen. Sich mit Honig zu parfümieren und mit einem Primelblatt zu schmücken. Die roten Perlen in Leylis Haar, die orangene Tunika und der malvenfarbene Schimmer in ihren Augen wirkten wie Talismane, um das Grau-in-Grau ihres Lebens zu beschwören …

Sie befragten sie zu dritt. Petar, Julo und Hauptkommissar Toni Frediani, ein Ermittler, der das Milieu von Marseille gut kannte, insbesondere die Immigrations-Mafia. Richter Madelin hatte darauf bestanden, bei den Gesprächen anwesend zu sein. Seit heute Morgen die zweite Leiche entdeckt worden war, hatte sich der Fall Valioni-Courtois quasi zu einer Staatsaffäre entwickelt. Von allen Seiten kamen Initiativen, doch es dauerte ein paar Stunden, bis sich die Aufregung gelegt hatte, die Ministerien und die Polizeidirektion die Verantwortlichkeiten verteilt hatten.

Leyli saß den drei Polizisten gegenüber.

»Ich lebe hier völlig legal«, stellte sie als Erstes klar. »Ich habe eine Aufenthaltsgenehmigung für zehn Jahre, einen Arbeitsvertrag und …«

Petar unterbrach sie, ohne laut zu werden.

»Das ist uns nicht neu, Madame Maal. Das wissen wir.«

Julo bestätigte es. Er hatte Leylis Akte überflogen. Nach ihrer Ankunft in Frankreich war sie mehrere Jahre lang eine Illegale gewesen, hatte jedoch, auch ohne Papiere, stets gearbeitet und ihre Sozialabgaben bezahlt. (Julo hatte nie verstanden, wie illegale Einwanderer, die jeden Augenblick abgeschoben werden konnten, es dennoch schafften, ohne Papiere rechtmäßige Arbeitsverhältnisse einzugehen … Und dazu ihre Steuern zu zahlen.) Seit drei Jahren war sie nun legal hier. Soeben hatte sie einen unbefristeten Arbeitsvertrag unterzeichnet. Sie war ein Musterbeispiel für vorbildliche Integration.

»Haben Sie Fotos von Ihrer Tochter mitgebracht?«, fragte Hauptkommissar Velika.

Während Leyli in ihrer großen Umhängetasche die Bilder

suchte, ließ Julo die Gedanken schweifen. Er hatte die Facebook-Seite von Faline95 genau studiert. Wie die von Bambi13, zeigte auch sie eher aufreizende Fotos, aber keines von ihrem Gesicht. Im Gegensatz zu Bambi13 waren alle Bilder von Faline95 im Raum Marseille aufgenommen worden, am Strand von l'Estaque, gegenüber den Frioul-Inseln, in der Nähe der Calanques des Goudes und im städtischen Schwimmbad von Pointe-Rouge …

Sie hatte sich Jean-Lou Courtois und Valioni auf die gleiche Weise angenähert. Eine virtuelle Verführungsparade junger Mädchen, die wussten, wie gut sie aussahen. Abbildungen im Badeanzug, verheißungsvolle Schattenspiele auf den Kurven einer entblößten Silhouette und kleine Ausschnitte aus Fotos einer sexy Anatomie in Großaufnahme. Faline95 und Bambi13 waren eine so hübsch wie die andere. Junge Mestizinnen mit identischen Körpern.

Ebenso wie Julo hatte auch Petar eine gute Stunde vergeblich nach Unterschieden gesucht.

Alles deutete daraufhin, dass Bambi13 und Faline95 ein und dieselbe Person waren, doch mit Sicherheit konnte man es nicht sagen.

Die Aufnahmen waren ins Labor geschickt worden, doch Julo wusste nicht, ob die Kriminaltechniker anhand von unscharfen oder überbelichteten, mit einem Smartphone aufgenommenen Fotos herausbekommen konnten, ob es sich vielleicht um Zwillinge handelte. Reichten die Bilder für die Analyse eines Hautbilds? Und konnte man anhand solcher Aufnahmen überhaupt die genaue Breite eines Beckens, die Länge eines Schenkels oder die Form einer Brust bestimmen? Und selbst wenn es möglich war, wusste man nicht unbedingt, ob sie nicht mit Photoshop bearbeitet worden waren. Jeder konnte heutzutage Fotos verfremden.

Während Kommissaranwärter Flores in seine Gedanken versunken war, wanderten Bambys Fotos von Hand zu Hand. Im Gegensatz zu denen von Bambi13 und Faline95 zeigten die von Leyli Maal mitgebrachten Aufnahmen ein natürliches junges, kaum geschminktes Mädchen in Turnschuhen, Jeans und weitem Pulli. Petar und Toni studierten die Abbildungen eine Weile, bevor sie sie an Julo weiterreichten. Dieser hatte sich das unscharfe Porträt der Überwachungskameras des Red Corner genau eingeprägt: dieses halb von einem Kopftuch mit Eulenmuster verdeckte Gesicht! Diese Augen! Dieser Mund! Vom ersten Eindruck überwältigt, schien es ihm jetzt sonnenklar:

*Ja, das war sie.*

Bamby Maal musste das Mädchen sein, das von der Überwachungskamera gefilmt worden war. Der gleiche tiefgründige und expressive Blick, herausfordernd und doch unsäglich melancholisch. Ein Augenausdruck, in den man sich geradezu verlieben konnte.

*Ja, das war sie.*

Julo studierte eingehend die drei Fotos. Doch je länger er sie betrachtete, umso mehr Zweifel beschlichen ihn.

Wie sollte man sich einer Ähnlichkeit, und war sie noch so frappierend, wirklich sicher sein, wenn man nichts weiter als einen Augenausdruck beurteilen konnte? Nicht einmal die Form der Nase oder des Kopfs ließen sich auf dem verschwommenen Videobild erkennen. Vielleicht handelte es sich nur um eine Illusion oder eine Imitation, ein gekonntes Spiel mit Schminke, Licht und Schatten.

Petar ließ sich nichts anmerken, und Julo erinnerte sich, wie sein Chef stundenlang dieses unscharfe Foto mit denen aller Prostituierten der Stadt verglichenen hatte, ohne je eine Übereinstimmung gefunden zu haben.

War sein Chef zu der gleichen Schlussfolgerung gekommen? Das war sie, Bamby Maal! Davon war Julo zu achtzig, wenn nicht gar neunzig Prozent überzeugt … Aber das bedeutete immer noch nicht, dass man einen handfesten Beweis besaß. Und damit gab es auch keine Antwort auf die ursprüngliche Frage: Wie konnte ein Mädchen aus einem Problemviertel diese Bambi13 sein, die um die Welt jettete?

Petar ergriff das Wort. Er sprach leise und freundlich, als wollte er sich bei Leyli Maal für die Behelligung entschuldigen. Das sah ihm gar nicht ähnlich. Vielleicht war er von der Anwesenheit Toni Fredianis eingeschüchtert.

»Wenn Sie nichts dagegen haben, behalten wir die Fotos Ihrer Tochter. Wir haben versucht, sie auf dem Handy unter der Nummer zu erreichen, die Sie uns gegeben haben. Aber seit heute Morgen erfolglos. Madame Maal, wann haben Sie Bamby das letzte Mal gesehen?«

Leyli antwortete ohne zu zögern:

»Gestern Abend. Um 19:30 Uhr … Zwischen 19:30 und 20 Uhr, um genau zu sein.«

Eine derart präzise Angabe hatten die drei Ermittler nicht erwartet. Außerdem wurde durch diese Antwort der ganze Zeitablauf unlogisch.

Wenn Leyli log, dann mit beeindruckender Unverfrorenheit.

»Madame Maal«, fragte Petar, »wie können Sie sich da so sicher sein?«

»Meine Tochter und ich haben zusammen gegessen. Wir essen jeden Abend um halb acht. Herr Kommissar, kommen Sie zur Sache! Was wirft man meiner Tochter vor?«

Die Polizisten tauschten Blicke aus. Petar traf eine Entscheidung. Wortlos öffnete er die Akten Valioni und Courtois und schob sie zu Leyli hinüber. Sie enthielten vor allem die Fotos der beiden Tatorte und zeigten die verbluteten Leichen, sowie Portraits der beiden Opfer. Das war eine brutale Art, der Mutter klarzumachen, wessen ihre Tochter beschuldigt wurde.

Julo beobachtete jede Reaktion und jeden Gesichtsausdruck von Leyli, während sie die Fotos herausnahm und eines nach dem anderen studierte. Er sah, wie sie plötzlich wie versteinert wirkte, als sie mit zitternden Händen die Aktendeckel zuschlug. Da war weder ein Ausdruck der Überraschung noch des Ekels über die makabren Bilder. Leylis Gesicht war für den Bruchteil einer Sekunde wie gelähmt vor Entsetzen, dann hatte sie sich wieder gefangen.

Petar entschuldigte sich und nahm die Akten zurück.

»Es tut mir wirklich leid, dass wir Sie diesem Anblick aussetzen mussten, Madame. In der Tat haben wir noch keinen triftigen Grund zur Annahme, dass Ihre Tochter in diese Morde verwickelt ist.«

Während sich Petar in ebenso verschnörkelten wie ungewohnten Höflichkeitsfloskeln erging, ließ Julo noch einmal die vorangegangene Szene vor seinem geistigen Auge ablaufen. Leyli Maals Panikattacke hatte kaum eine Sekunde gedauert, und das zu einem ganz bestimmten Zeitpunkt, bevor sie sich wieder unter Kontrolle gehabt hatte: nicht, als sie die Fotos der Leichen oder die Portraits von François Valioni und Jean-Lou Courtois betrachtet hatte, sondern danach. Kurz danach.

Als sie die Namen der Opfer gelesen hatte!

Anscheinend hatte sie ihre Gesichter nicht wiedererkannt. Aber sie wusste, wer diese Männer waren.

Ob Petar das auch bemerkt hatte? Oder stufte er ihre Reaktion beim grausigen Anblick der Leichen als normal ein? Julo fühlte so etwas wie Genugtuung bei dem Gedanken, dass nur ihm dieses wichtige Detail aufgefallen war.

»Herr Kommissar«, sagte Leyli mit fester Stimme, »ich bin nicht von gestern. Wenn Sie nicht denken würden, dass meine Tochter etwas mit den Morden zu tun hat, hätten Sie mir nicht diese Fotos gezeigt. Aber Sie irren sich. Meine Tochter hat ein Alibi für die vergangene Nacht.«

Die Ermittler warfen sich wieder Blicke zu und warteten auf weitere Offenbarungen.

»Ehrlich gesagt weiß ich nicht, wo meine Tochter zwischen 20:30 Uhr und Mitternacht war. Sie hat mir gesagt, sie würde mit einer Freundin zu KFC gehen, aber dafür habe ich keinen Beweis. Allerding war sie ab Mitternacht im Ibis-Hotel im Gewerbegebiet Ecopolis. Dort arbeite ich.«

Petar kratzte sich am Kopf. Das Gespräch nahm eine Wendung, die ihm nicht geheuer war.

»Madame Maal, was machte Ihre Tochter denn mitten in der Nacht dort?«

»Sie hat gesungen.«

»Wie bitte?«

Leyli Maal zögerte, bevor sie weitersprach. Ihre Hände umklammerten den Riemen ihrer Tasche.

»Am einfachsten ist es … den Hotelmanager zu befragen. Ruben Liberos. Ich fürchte, Sie glauben einer Mutter nicht, die ihre Tochter verteidigt. Aber Monsieur Liberos wird Ihnen das alles bestätigen.«

Hauptkommissar Toni Frediani ergriff jetzt zum ersten Mal das Wort. Der Marseiller Dialekt machte seine Ironie noch deutlicher.

»Ich vermute, dass Ihre Tochter nicht mitten in der Nacht ganz allein und nur dem Hotelmanager ein Ständchen gebracht hat. Gibt es noch andere Zeugen für die Darbietung?«

»Ja«, bestätigte Leyli, »ein ganzes Dutzend. Vielleicht sogar noch mehr.«

Petar zog ein Taschentuch hervor und wischte sich über die Stirn. Dann notierte er die Anschrift des Hotels, stellte der Form halber noch ein paar Fragen und bedankte sich für Leylis Kommen.

Sie hatte sich kaum erhoben, als Julo aufsprang.

»Ich begleite Sie hinaus.«

Ohne sich noch einmal zu seinen beiden Kollegen umzuwenden, verließ er mit Leyli das Büro. Er machte die Tür hinter ihnen zu, und als sie allein im Gang standen, sagte er zu Leyli:

»Wenn Sie etwas brauchen sollten, egal was, dann rufen Sie mich an!« Er reichte ihr seine Visitenkarte. Julo verstand selbst nicht, warum er so handelte.

»Auch wenn Sie nur mit jemandem reden wollen. Über Ihre Kinder. Über die beiden ermordeten Männer. Oder … über den Verein, für den sie gearbeitet haben. *Vogelzug*.«

Leyli nahm die Karte, sah ihn lange an, als wollte sie abwägen, ob sie ihm vertrauen konnte, und ging dann wortlos davon.

Bevor sie die Wache verließ, setzte sie eine leuchtend rote Sonnenbrille mit einer scharlachroten Rose auf, deren Blätter und Dornen die Bügel zierten.

Sonderbare Frau …

Er sah ihr nach. Aufrecht und stolz trat sie aus dem Gebäude – genau so, wie sie gekommen war. Sie schien nicht mehr erschüttert zu sein als eine Mutter, deren Sohn vergessen hatte, seine Fahrkarte in der Straßenbahn zu entwerten. Julo verstand nun, warum er überzeugt war, dass Bamby Maal, Bambi13 und Faline95 ein und dieselbe Frau waren. Nicht nur wegen der vagen Ähnlichkeit mit der Videoaufnahme. Seine Intuition wurde durch diese Entschlossenheit, die sich in jeder Geste, in jedem Wort von Leyli Maal zeigte, bestätigt. Es war die gleiche Entschlossenheit, wie sie auch der mysteriösen Mörderin eigen war.

Der Überlebensinstinkt einer Person, die Schwerem entkommen war. Vielleicht sogar der Hölle. Alles perlte an ihr ab.

Kurz darauf begab sich Julo wieder ins Büro.

»Nun?«, fragte Toni leicht ungeduldig.

Julo fand gar nicht die Zeit zu antworten. Petar kam ihm zuvor. Offenbar hatte er gewartet, bis sie alle drei wieder zusammen waren, um Schlussfolgerungen zu ziehen.

»So, dann ist ja alles klar«, meinte Petar, »Leyli Maals Tochter ist die Täterin! Kein Zweifel. Die Ähnlichkeit zwischen den Fotos ihrer kleinen Bamby und unserer Mörderin ist frappierend. Und das Sahnehäubchen auf dem Kuchen ist, dass Leyli Maal die Namen der beiden Opfer kennt!«

Julo biss sich auf die Lippe. Petar hatte genau wie er den kurzen Moment der Panik bei Leyli bemerkt. Auch wenn Julo den zynischen Ton seines Chefs im Kontrast zu seiner Behutsamkeit gegenüber Leyli Maal widerwärtig fand, musste er doch anerkennen, dass er ein großartiger Ermittler war.

»Nur«, fuhr Velika fort, »mit ihrem Alibi sitzen wir ganz schön in der Tinte.«

Er schaute auf seine Armbanduhr.

»Wir haben gerade noch dreißig Minuten, um diesen Ruben Liberos im Ibis zu interviewen. Das Hotel ist kaum zwei Kilometer von hier entfernt.«

Julo, der immer noch an der Tür stand, erlaubte sich die Frage:

»Wenn Leyli Maal die Opfer kannte, welche Verbindung besteht zwischen ihr und *Vogelzug?*«

Toni Frediani spitzte die Ohren, als der Name *Vogelzug* fiel. Petar hatte sich bereits erhoben.

»Was willst du damit sagen?«

»Meine Güte, Chef, das ist doch klar. Leyli Maal war jahrelang ohne Papiere in Frankreich. Alles führt uns immer wieder auf die gleiche Spur, auf die der Unsichtbaren, der illegalen Einwanderer. Da sind diese komischen Armbänder, die sie tragen und von denen wir eins bei Valioni gefunden haben, dann die Muscheln, die als afrikanische Währung galten, Leylis Sohn Alpha, der Schlepper werden wollte. Und wir befinden uns in Port-de-Bouc, der Stadt, in der einer der wichtigsten Vereine für Flüchtlingshilfe gegründet wurde, für den François Valioni und Jean-Lou Courtois gearbeitet haben. Hier, oder auf halbem Weg zwischen dieser Wache und dem Ibis-Hotel, wohnt der oberste Chef von *Vogelzug*, Jourdain Blanc-Martin.«

Petar ging an seinem Assistenten vorbei und legte die Hand auf die Klinke.

»Das sehen wir später, Junge. Zuerst müssen wir herausfinden *wer*, dann kümmern wir uns um das *Warum*.«

Petar öffnete die Tür. Toni Frediani hatte den Schlagabtausch der beiden Kollegen aufmerksam und kommentarlos verfolgt.

»Meinen Sie nicht, wir sollten Jourdain Blanc-Martin einen Besuch abstatten?«

Doch Hauptkommissar Velika war bereits gegangen. Bevor Julo ihm folgte, sah er ihm hinterher, wie er vor ein paar Minuten Leyli nachgeschaut hatte. Er wusste jetzt, warum er dieser Frau seine Visitenkarte ohne das Wissen seines Chefs gegeben hatte. Weil Petar ihr nicht die richtigen Fragen gestellt hatte und nichts über ihre Vergangenheit hatte wissen wollen. Und wenn er es getan hätte, würde sie ihm wohl kaum geantwortet haben.

Leyli Maal hatte Angst vor ihm.

Julo folgte im Laufschritt seinem Vorgesetzten.

Irgendwie erwachte in ihm das geradezu abwegige, schizophrene Gefühl, dass Leyli, Bamby und vielleicht auch Alpha seine Hilfe brauchten.

## 49

*16:15 Uhr*

»Opa, Ooopa!«

Tidiane brüllte verzweifelt. Er stand am Fuß des Orangenbaums.

»Opa, Oooopa!«

Endlich erschien Opa Moussas ungekämmter Kopf am Fenster des zweiten Stocks, als hätte ihn ein schlechter Traum aus seinem Mittagsschläfchen gerissen.

»Was ist denn los, mein Schatz?«

»Mein Ball! Mein Marokko-Ball… Er ist weg! Da unten…«

Tidiane deutete auf einen Gully neben der Abflussrinne, die um den Hof der Cité de l'Olympe führte. Opa Moussa rieb sich die Augen.

»Wie hast du das denn hingekriegt?«

»Ich… Ich habe gespielt… Mit geschlossenen Augen, um zu üben… und ich habe ihn nicht fortrollen sehen.«

Opa Moussa seufzte.

»Warte, ich komme runter.«

Kurz darauf standen beide über den schwarzen, offenen Gully gebeugt da. Der Großvater fuhr zunächst mit der Hand in das finstere Loch, dann mit dem ganzen Arm, schließlich mit einem Stock, aber ohne Erfolg.

»Dein Ball ist in die Hölle gefallen, mein Schatz.«

»Dann gehen wir ihn holen!«

»Das ist nicht so einfach, Tidy. Was wir die Hölle nennen, ist

in Wirklichkeit der Untergrund der gesamten Cité. Das sind kilometerlange Gänge, Keller für jede Wohnung, Parkplätze und dann die Kanalisation, auch der Abwasserkanal.«

»Du hast gesagt, dass Mama heute Abend etwas zu tun hat und erst spät nach Hause kommt. Dann haben wir doch Zeit!«

»Morgen, Tidy. Morgen hast du keine Schule. Dein Ball wird sich bis dahin schon nicht in Luft auflösen. Wir brauchen eine Ausrüstung sowie Taschenlampen für dich und mich.«

»Ach was, Opa, jetzt kann ich im Dunkeln sehen wie Mama!«

Der Großvater fuhr durch das Haar seines Enkels. Er liebte Tidys überschwängliche Phantasie. Eine Phantasie, aus der er eine ungeheure Entschlossenheit zu schöpfen schien, mit der er die Weltmeisterschaft gewinnen, den Mond Endor befreien und auch die Zeit zurückdrehen wollte, um die Bisons der Indianer zu retten. Jener sorglose Mut, der bei kleinen zehnjährigen Jungen so rührend war.

»Und ich nehme einen Faden mit, wie Ariadne«, fügte Opa Moussa hinzu, »damit wir uns im Labyrinth der Hölle nicht verirren.«

»Ist Mamas Schatz auch in der Hölle versteckt?«

Opa schaute nochmals in das tiefe schwarze Loch, das den Fußball verschluckt hatte.

»Vielleicht …«

Tidiane richtete sich plötzlich auf und hüpfte in die Höhe.

»Und der Schatz deines Großvaters? Du hast mir heute Morgen gesagt, dass du mir davon erzählen wirst.«

»In Ordnung, Tidy, das mache ich.«

Sie gingen ein paar Schritte, nahmen unter dem Orangenbaum Platz und lehnten sich gegen den Stamm. Tidiane war begeistert. Der Wind jagte die Wolken derartig über den Himmel, dass sie, zu kleinen Flöckchen zerrissen, auseinanderstoben, doch im Hof der Cité de l'Olympe waren Opa Moussa und er windgeschützt. Einen Augenblick lang dachte Tidy, sein Großvater sei eingeschlafen, aber nein, er dachte nur nach, als würde er im Kopf die Geschichte seines eigenen Großvaters hochladen. Das dauerte. Er hatte wohl nicht mehr sehr viel Speicherkapazität in seinem Gedächtnis. Doch dann begann Opa Moussa zu erzählen. Ganz langsam. Opa zog die Geschichten gern in die Länge, genau wie Mama, damit Tidy mittendrin einschlief. Aber Tidiane schlief nie ein. Und erst recht jetzt nicht, wo er schon groß war.

»Mein Großvater hieß Gali. Er stellte Krüge her, Tontöpfe, die wie Vasen für riesengroße Blumen aussahen«, erklärte Opa Moussa. »Aber die Krüge deines Ur-Urgroßvaters dienten nicht für Blumen. Es waren Töpfe für Muscheln. Damals waren Muscheln das, was heute Geldstücke sind. In jeden Krug passten Tausende davon, und Gali wusste allein durch das Wiegen des Topfes sofort, ob auch nur eine einzige Muschel fehlte. Tosha, deine Ur-Urgroßmutter, war sehr klug. Sie zählte die Muscheln schneller als jeder andere. Es war ihr Beruf, Muscheln zu zählen, sie aufzuheben, zurückzugeben oder gegen etwas einzutauschen. Deine Ur-Urgroßeltern waren sehr reich, aber vor allem wurden sie von jedermann geachtet, denn niemals wäre es den beiden in den Sinn gekommen, auch nur eine Muschel zu stehlen. Im Gegenteil. Sie gaben auch den Armen von ihrem Reichtum ab. Doch eines Tages kam ein Mann und sagte, die Muscheln wären ab jetzt einfach nur noch Muscheln.«

Tidiane verstand diesen Teil der Geschichte nicht, und Opa Moussa versuchte ihm zu erklären, dass manche Männer die sonderbare Macht besaßen, zu entscheiden, ob eine Muschel viel oder gar nichts wert war, so wenig wie ein Sandkorn oder ein im Hof aufgelesener Kiesel.

»An jenem Tag verlor Gali alles«, fuhr Opa Moussa fort, »und er ging mit seiner Familie, einem Zelt und ein paar Kühen davon. Er wurde Viehzüchter und zog jahrelang mit seinen Kindern und Enkeln durch die Wüste, bis er sich am großen Fluss Niger, in Segu, niederließ. Dort bin ich geboren worden, und deine Mama auch.«

»Also gibt es keinen Schatz mehr?«, fragte Tidiane.

Opa Moussa machte es sich am Stamm des Orangenbaums noch ein wenig bequemer.

»Doch, natürlich. Hör mir zu, Tidy, und vergiss nie, was ich dir jetzt sagen werde. Du wirst den Schatz, den wahren Schatz, dort finden, wo unsere Wurzeln sind.«

## 50

*17:14 Uhr*

Das Schild an der Haltestelle Littoral bebte. Der Mistral gewann im Laufe des Tages immer mehr an Kraft. Als Leyli aus dem Bus stieg, blähte der Wind ihre Tunika. Als hätte sich Leyli für den Sturm gewappnet, trug sie in jeder Hand einen Beutel mit Einkäufen. Milch, Orangen, ein Hühnchen, Kartoffeln … Drei Kilo in jeder Hand, als wollte sie mit dem zusätzlichen Gewicht den Böen trotzen.

Schwerfällig schleppte sie sich den Bürgersteig entlang zu den Wohnblocks G und H in Aigues Douces, vorbei an den geschlossenen Geschäften mit heruntergelassenen Eisenrollos. Das hatte nichts mit der Überschwemmungsgefahr zu tun, viele Geschäfte waren in Konkurs gegangen und für immer geschlossen. Auf den grauen Rollos hatten Sprayer mit warmen Farben ihre naiven Bilder hinterlassen, die den Höhlenmalereien der Dogons am Kliff von Bandiagara im Süden von Mali ähnelten. Manche waren sogar recht gelungen. Gelungen war auch der von der Stadtverwaltung zwischen Meer und Wohnhäusern errichtete Spielplatz mit Springbrunnen, Klettergerüsten, Schaukeln, einem Mini-Boxring und einem Planschbecken, wo die lieben Kleinen gegenüber vom Meer gefahrlos herumtollen und stets von jedem Balkon der Wohnblocks aus überwacht werden konnten. Acht Hochhäuser mit acht Wohnungen auf jeder der acht Etagen.

Ein schöner Ort, um aufzuwachsen. Selbst wenn die Häuser vom Zahn der Zeit angefressen, die Sprechanlagen zerstört, die Briefkästen aufgebrochen waren. Welcher Bewohner wäre hier schon freiwillig ausgezogen?

Leyli bog um die Ecke des Gebäudekomplexes G14. Ein Windstoß blies ihr entgegen. Am Fuß der Gebäude spielte der Mistral eine Art hysterische Müllabfuhr und wirbelte Plastiktüten, Kartons, Styroporteile, Zigarettenkippen, Dosen und allen möglichen Unrat aus den überquellenden Mülltonnen durch die Luft. Eine Reinigung mit wildem Windgebläse statt einem Kärcher! Alles würde im Meer landen und morgen früh sähe der Beton des Viertels blitzsauber aus.

Mit ihren schweren Taschen ging Leyli gebeugt und mit gesenktem Kopf weiter.

Sie sah nicht den Mercedes C-Klasse, der in ein paar Metern Entfernung an der Bordsteinkante hielt, auch nicht den Mann, der ausstieg. Sie nahm nur das Blinken der Lichter wahr, als der Wagen verriegelt wurde, und dann erst den Herrn. Um die sechzig, groß, elegant. Er trug einen Anzug, der ebenso perfekt war wie seine Limousine. Die Art Persönlichkeit, die immer nur ein paar Monate vor den Wahlen ein solches Viertel aufsuchte. War er ein Abgeordneter? Ein hoher Beamter? Ein Unternehmer? Leyli hatte ihn noch nie gesehen.

»Leyli Maal?«

Offenbar kannte er sie.

»Jourdain Blanc-Martin.«

Leyli blieb stehen. Er ging auf sie zu, und mit einer Geste, die ebenso natürlich wirkte wie ein Händeschütteln, bot er ihr an, ihre beiden Taschen zu tragen. Sie sagte nicht Nein.

*Jourdain Blanc-Martin.*

Der Chef von *Vogelzug*. Der berühmte Sprössling aus dem Viertel. Natürlich wusste Leyli, wer er war.

»Ich habe viel von Ihnen gehört, Madame Maal.«

»Wahrhaftig!«

Ironie schwang in ihrer Antwort mit.

»Darf ich Sie bis zu Ihrem Hauseingang begleiten?«

»Sie können mir die Taschen sogar gerne bis in den siebenten Stock hinauftragen.«

Trotz ihrer schlagfertigen Antwort blieb sie vorsichtig. Jourdain Blanc-Martin hatte sie mit Sicherheit nicht zufällig angesprochen. Doch noch spielte er nicht mit offenen Karten. Er ging neben ihr her, charmant lächelnd und galant, aber sie war daran gewöhnt, hilfreichen Händen zu misstrauen.

Blanc-Martin hob den Blick zur Fassade des nächstgelegenen Hauses und betrachtete die auf den Balkonen an verbogenen Ständern hängende Wäsche und die im Wind zitternden Parabolantennen.

»Ich bin in diesem Viertel groß geworden«, sagte er, »und ich habe die Schulen Victor-Hugo und Frédéric-Mistral besucht. Hier hat sich in den letzten fünfzig Jahren nicht viel verändert.«

»Woher wissen Sie das?«, erwiderte Leyli gewollt unfreundlich. »Was verstehen Sie schon von den Leuten, die heute hier leben?«

Blanc-Martin schwieg lange und betrachtete diesmal das aufgewühlte Meer.

»Sie haben recht, Leyli. Ich wohne einen Kilometer von Aigues Douces entfernt und glaube, ich war zum letzten Mal hier, um meiner Mutter bei ihrem Umzug zu helfen, und das ist über zwanzig Jahre her. Ich habe ihre Wohnung im Block G12 ausgeräumt und sie in einer Villa auf den Hügeln von Sausset-les-Pins untergebracht. Damals habe ich alles für sie entschieden. Sie vermisste ihr Viertel sehr, auch wenn sie es nie zugegeben hat. Jede Art von materiellem Reichtum war ihr gleichgültig. Ein glückliches Gemüt war ihr einziger Luxus, Geld hat sie immer verachtet.«

Sie hielten gleichzeitig vor den Gitterbalkonen ihnen gegenüber an und drehten sich vom Wind ab. Gischt spritzte bis an ihre Rücken.

»Was wollen Sie von mir, Blanc-Martin?«

Der Präsident des Vereins schien erleichtert, dass Leyli den ersten Schritt wagte.

»Ich will Sie warnen, Ihnen helfen. Ich kenne Ihre Geschichte in allen Einzelheiten. Ich weiß auch, was Sie durchgemacht haben, welche Opfer Sie auf sich genommen haben, um hierherzukommen. Ihre Geschichte ist wie ein Krieg, Leyli.« Er machte eine Kunstpause, ohne die zugestellten Balkone aus den Augen zu lassen. »Und ich weiß auch von den Toten, die Sie hinter sich gelassen haben.«

Leyli sah ihn durchdringend an, doch sein Blick wich ihr aus. Am liebsten hätte sie ihm die Einkaufstaschen aus der Hand genommen und ihn stehen gelassen. Wenn jemand mit einer Warnung kam, steckte meistens eine Drohung dahinter.

»Ich brauche Ihre Hilfe nicht.«

Blanc-Martin sah sie noch immer nicht an, doch er schaute demonstrativ zum siebten Stock des Blocks H9 hinauf. Zu ihrem Balkon. Blanc-Martin wusste also, wo sie wohnte! Er fuhr mit seinem Monolog fort, und seine Stimme klang süßlich und doch ironisch. »Sie erzählen gern Ihre Geschichten, Leyli Maal. Wer könnte es Ihnen auch verübeln? Die sind wirklich außergewöhnlich. Spannend. Und was für ein Mut! Was für ein Vorbild! Wer kann schon angesichts eines solchen Schicksals gleichgültig bleiben?«

Leyli ging entschlossenen Schritts und wie vom Wind getragen zu ihrer Haustür im Block H9. Der Präsident von *Vogelzug* folgte ihr mit einem Meter Abstand, verlangsamt durch das Gewicht, das er trug. Leyli hielt Ausschau nach Guy auf seinem Balkon im sechsten Stock. Selbst Kamila wäre ihr jetzt willkommen gewesen. Niemand! Wegen des Mistrals hatten sich offenbar alle Leute in ihren Wohnungen verschanzt.

Als sie die Haustür erreicht hatte, wandte sie sich um. Der Mistral blies ihr ins Gesicht.

»Ich stelle die Frage noch einmal. Was wollen Sie von mir, Blanc-Martin?«

»Passen Sie auf Ihre Kinder auf!«

»Wie bitte?«

»Ich habe nichts gegen Sie persönlich, Leyli. Aber Sie müssen uns helfen, Ihre Tochter Bamby aufzuspüren. Ihre Tochter Bamby und Ihren Sohn Alpha.«

Leyli antwortete nicht und hoffte inständig, jemand würde aus dem Haus treten. Ihre Jacke bauschte sich im Wind auf. Doch Blanc-Martins Worte setzten ihr mehr zu als der Sturm. Sie streckte die Hände aus, um dem Präsidenten die Einkaufstaschen abzunehmen.

»Tut mir leid, ich habe es eilig, Blanc-Martin. Ich muss meinen kleinen Jungen abholen.«

»Verstehen Sie mich richtig, Leyli, Bamby und Alpha sind in Gefahr.«

»Meine Tochter hat mit diesen Morden nichts zu tun. Ebenso wenig wie mein Sohn ein Ganove ist. Außerdem sind Sie nicht von der Polizei! Ich verstehe überhaupt nicht, was Sie mir mit all dem sagen wollen.«

Sie entriss ihm die Taschen.

Blanc-Martin hielt sie am Handgelenk fest.

»Dann werde ich deutlicher. Ich kenne Ihr Geheimnis. Sie sind nicht die, die zu sein Sie vorgeben. Man glaubt Ihnen aufs Wort und man vertraut Ihnen. Man bewundert Sie, Leyli. Man bedauert Sie. Man liebt Sie. Sie blenden alle. Ihre Nachbarn. Ihre Chefs. Ihre Eltern. Ihre Kinder. Ihren Vermieter, Ihre Geldgeber. Bis hin zur Polizei … Wie sollen sie alle auch ahnen, dass Sie manipulieren?«

»Sie sind ja verrückt!«

»Nein, Leyli. Wir sind beide nicht verrückt. Das wissen Sie ebenso gut wie ich. Ihre Lügen sind wohldurchdacht, aber in den Köpfen Ihrer Kinder haben Sie Wahnsinn gesät.«

»Sie fantasieren!«

Leyli verzog sich so schnell sie konnte in das dunkle Treppenhaus und brachte sich in Sicherheit. Dennoch hörte sie Blanc-Martins letzten Satz:

»Denken Sie gut darüber nach, Leyli. Ein Wort von mir, und Sie verlieren alles, was Sie sich so mühsam aufgebaut haben.«

# 51

*17:17 Uhr*

»Meine Herren, machen Sie es sich bequem! Leider habe ich nur dieses bescheidene Sofa und lediglich die Getränke anzubieten, die dieser verhaltensgestörte Automat zuzubereiten versteht, der nach eigenem Gutdünken nur jeden zweiten Kaffee süßt.«

Hauptkommissar Petar Velika und Kommissaranwärter Julo Flores musterten erstaunt den Direktor des Ibis-Hotels von Port-de-Bouc. Sie setzten sich auf das knallrote Sofa in der Eingangshalle und waren schon jetzt von Ruben Liberos' Redefluss schier erschlagen.

»Sie erinnern mich an David Brown und Fred Yates, zwei Polizeiinspektoren aus Dunvoody im Norden von Atlanta, die Goldie verteidigen wollten. Das arme Mädchen, eine Afro-Amerikanerin, hatte sich in mein Motel geflüchtet, nachdem ein weißer Farmer ermordet worden war. Hotel Alamo. Zweihundert Typen mit weißen Kapuzen belagerten es und schwenkten Feuerkreuze. Ich schwor, dass ich die Nacht mit ihr verbracht hatte, und Brown und Yates konnten Goldie entlasten. Ich glaube sogar, dass Freddy, der jüngere der beiden Inspektoren, sich in sie verliebte und die beiden heute noch zusammenleben …«

Ruben Liberos betrachtete eine Weile Julo, als wäre er die Reinkarnation des amerikanischen Polizisten, dann zog er ein paar Münzen aus seiner Tasche und begab sich zum Getränkeautomaten.

Petar hatte sich unterdessen bereits die Mühe gemacht zu überprüfen, ob dieser sonderbare, als Tangotänzer verkleidete Mann nicht ein Verrückter war, der aus einer Anstalt ausgebrochen war, sondern tatsächlich der Manager dieses armseligen Hotels am Rande von Port-de-Bouc.

»Okay, Monsieur Liberos, wir haben es etwas eilig. Können Sie uns bestätigen, dass Bamby Maal, die Tochter Ihrer Angestellten, sich vorige Nacht gegen 24 Uhr in Ihrem Etablissement aufgehalten hat?«

»Das kann ich ausdrücklich bestätigen.«

Er ließ die Münzen in den Automaten gleiten und schlug heftig mit der flachen Hand auf ihn ein, bis ein Becher in das Ausgabefenster fiel.

»Entschuldigen Sie, Monsieur Liberos, aber was hatte sie hier um Mitternacht zu suchen? Die Mutter, Ihre Angestellte, Leyli Maal, hat uns versichert, dass Bamby … gesungen hat.«

»Herr Kommissar, kann ich auf Ihre Diskretion zählen?«

Petar brummte irgendetwas, das weder nach Ja noch nach Nein klang. Ruben fuhr fort.

»Sie sind ein Ehrenmann, Kommissar. Glauben Sie mir, ich erkenne sofort einen Soldaten, der nur dem Befehl seines Herzens folgt.«

Ruben näherte sich den beiden Ermittlern und erzählte mit wenigen wohl gewählten, schlichten Worten, dass er hin und wieder Ausländer ohne Papiere unterbringe und für sie – aber auch mit ihnen – musikalische Abende veranstalte, zu denen sich selbst die anderen Hotelgäste gesellten.

»Und Ihre Feste beginnen um Mitternacht?«, fragte Petar.

Ruben Liberos reichte ihm den Becher.

»Hier, Herr Kommissar. Ein Cappuccino. Glauben Sie meiner langjährigen Beziehung zu dieser kapriziösen Maschine, der

Cappuccino ist das einzige annehmbare Getränk, das sie herzustellen vermag.«

Petar ergriff den glühend heißen Plastikbecher, und Ruben fuhr fort:

»Unsere kleinen Feiern beginnen, sobald es dunkel wird. Um Ihnen die ganze Wahrheit nicht zu verheimlichen: Ich habe das große Glück, Noura, eine wahre Diva – ein charmantes junges Mädchen, das Sie wahrscheinlich vor oder hinter sich auftauchen sehen werden – im Haus zu haben. Mal schwingt sie den Besen, mal den Staubwedel. Ich brauche sie, um morgens die Gäste, die in aller Herrgottsfrühe aufstehen, vor ihrer Abreise mit Frühstück zu versorgen. Das bedeutet, dass uns das tirilierende Aschenputtel verlässt, sobald die Glocke zwölf geschlagen hat, und dann übernimmt Bamby. Ihre Stimme ist allerdings bei Weitem nicht so klangvoll wie die von Noura.« Er hatte sich zu den Ermittlern vorgebeugt und den letzten Satz geflüstert. »Aber das dürfen Sie ihrer Mama auf keinen Fall weitersagen.«

Julo konnte nicht umhin, sich umzudrehen ... Aschenputtel hatte sich vor ihrem nächsten Ball tatsächlich wieder an ihre Putzarbeit gemacht. Die hübsche Mestizin nutzte den Wind vor dem Eingang, um kräftig die Bettdecken auszuschütteln.

*Noura.*

Julo stellte sofort die Verbindung her, noch bevor er sich selbst zur Ordnung rufen konnte, auf keinen Fall irgendwelchen Zufällen zu viel Bedeutung beizumessen.

Noura sah Bamby verblüffend ähnlich! Die gleiche jugendliche Silhouette, der gleiche Hautton. Die gleiche Eleganz in Gesten und Haltungen, dabei die gewisse Arroganz der Mädchen, die sich beobachtet und begehrt fühlten.

Petar, noch immer fassungslos über die fantastischen Enthüllungen von Ruben Liberos, wandte sich nicht einmal um. Seine Finger krampften sich gefährlich um den bis zum Rand gefüllten Becher mit einer eher chemisch anmutenden Schaumhaube und Schokoladenkrümeln.

Nochmals begab sich Ruben Liberos zum Cappuccino-Automaten. Diesmal war Julo an der Reihe.

Petar schaute auf seine Armbanduhr und beschloss, zur Eile anzutreiben.

»In diesem Fall haben Sie sicher zahlreiche Zeugen, die Ihre Aussage bestätigen können, Monsieur Liberos.«

Ruben drosch wieder auf den Automaten ein, und ein zweiter Becher fiel herab.

»Nur wenige, Herr Kommissar, … nur sehr wenige … Gerade mal zwanzig, höchstens … Wissen Sie, 1988 habe ich hundertfünfzig Personen im Ibis-Hotel von Târgovişte versammelt, damit sie einen von Ceauşescus Securitate verfolgten Zigeuner-Geiger hören konnten. Ein unvergessliches Konzert und …«

»Zwanzig Zeugen, das ist perfekt«, unterbrach ihn Petar. »Wo und wie kann ich sie kontaktieren?«

Kommissaranwärter Flores feixte heimlich wegen Petars fast übermenschlicher Anstrengung, ruhig zu bleiben. Ruben Liberos reichte Julo den Zwilling des ersten Cappuccinos, ging dann zum Empfangsschalter und kam mit einem Stapel zusammengehefteter Blätter zurück.

»Hier, Kommissar, die eidesstattlichen Erklärungen aller Zeugen, die bestätigen, dass Bamby Maal zwischen Mitternacht und 6 Uhr morgens in meinem bescheidenen Auditorium gesungen hat. Dort finden Sie auch ihre Namen, Vornamen und Unterschriften. Neunzehn insgesamt.«

Petar warf einen diskreten Blick auf die Zettel.

»Ich darf wohl annehmen, dass Sie über die Adressen und

Telefonnummern dieser braven Bürger verfügen, irgendetwas, das uns ermöglicht, sie vorzuladen.«

Julo verdrehte sich laufend schier den Hals, um Noura zu beobachten, die weiter die Bettdecken lüftete. Sie versuchte offenbar, sich nichts von der urkomischen Nummer des Hoteldirektors entgehen zu lassen.

»Aber, Herr Kommissar, Sie glauben doch nicht im Ernst, dass ein Weltbürger, ein illegaler Einwanderer in Frankreich, der jeden Moment abgeschoben werden kann, freiwillig ein Polizeirevier betritt! Wenn Ihnen diese Papiere nicht reichen, verlangen Sie lieber ein Video oder eine Audio-Aufzeichnung als eidesstattliche Versicherung.«

Petar stellte seinen Cappuccino vor sich hin. Er hatte nicht einmal dran genippt. Allerdings begriff er, dass er sich hier stundenlang im Kreis drehen würde. Ruben Liberos gewann Zeit, indem er die beiden Ermittler in die Irre führte, und schien sich dabei köstlich zu amüsieren. Die klassische Guerilla-Taktik engagierter Kämpfer, die sich der Gesetzgebung gegenüber blind stellten.

»Wenn diese Erklärung nicht präzise genug ist, Herr Kommissar, so kann ich alle, die gestern anwesend waren, um die vollständige Liste der gespielten Stücke und die genaue Uhrzeit von Beginn und Ende des Konzerts bitten. Da es sich um einen Mordfall handelt, kann ich mir vorstellen, dass ...«

Petar Velika schien kurz vor der Explosion und wurde nun lauter.

»Das ist nicht nötig, Monsieur Liberos.«

»Ich hoffe nur, dass Sie nicht glauben, ich hätte die Erklärungen fingiert. Alle Zeugen sind in ihren Ländern Würdenträger oder Mitglieder der verfolgten Opposition, Richter, Lehrer, Ärzte.«

Der Hauptkommissar spürte, dass seine Geduld nur noch an einem dünnen Faden hing, und hatte große Mühe, höflich zu bleiben. Der Hoteldirektor würde weiter seinen Unsinn herunterleiern, bis man den Knopf zum Abstellen gefunden hatte. Jetzt ging es darum, wirklich Nägel mit Köpfen zu machen.

»Wir werden die Erklärungen überprüfen, das können Sie mir glauben, wie auch jeden Namen auf Ihrer Liste. Momentan ist das einzig Wichtige, Monsieur Liberos, herauszufinden, ob Mademoiselle Bamby Maal letzte Nacht tatsächlich in Port-de-Bouc war, wie Sie und ihre Mutter behaupten. Monsieur Liberos, wissen Sie überhaupt, wo der Mord geschehen ist, den man Bamby Maal zur Last legt?«

Julo hatte sich aufgerichtet. Auch er rührte den grässlichen Cappuccino nicht an. Ihm war, als hätte der Luftzug in seinem Rücken nachgelassen, was bedeutete, dass Noura ihre Arbeit unterbrochen hatte, um zuzuhören.

»Nein, ich habe keine Ahnung«, gestand Liberos. »Madame Maal hat mir nur gesagt, dass …«

»Der Mord an Jean-Lou Courtois – das ist der Name des Opfers – wurde im Zimmer *Karawanserei* in einem Red-Corner-Hotel begangen. Den Gerichtsmedizinern zufolge zwischen 5 und 6 Uhr morgens.«

»Ich … ich sehe, worauf Sie hinauswollen, Herr Kommissar«, stammelte der Hoteldirektor. »Das Red Corner von Port-de-Bouc – der Himmel bewahre mich davor, je ein solches Etablissement leiten zu müssen – ist nur zwei Kilometer von hier entfernt, zwanzig Minuten zu Fuß. Sie meinen, Bamby Maal hätte eine halbe Stunde lang verschwinden können und …«

»Ich meine gar nichts, Liberos.«

Im ganzen Hotel herrschte plötzlich Totenstille, bevor Hauptkommissar Velika weitersprach.

»Jean-Lou Courtois ist nicht in Port-de-Bouc ermordet worden. Ähnlich wie bei Ihrer Ibis-Kette sind die Red-Corner-Hotels weltweit identisch.«

Wieder legte Petar Velika eine Pause ein, und Ruben Liberos wandte sich zu der Karte um, auf der die Ibis-Hotels von Frankreich verzeichnet waren. Allein im Stadtgebiet von Marseille gab es ein gutes Dutzend. Der letzte Satz des Hauptkommissars zog ihm schier den Boden unter den Füßen weg und rüttelte an all seinen Gedanken und Überzeugungen. Sein Herz krampfte sich zusammen.

»Jean-Lou Courtois ist fünftausend Kilometer von hier entfernt im Red Corner von Dubai umgebracht worden.«

Ruben Liberos rollte ungläubig mit den Augen und brachte kein Wort mehr hervor. Der Hauptkommissar hüstelte und wirkte mit einem Mal mitgenommen. Von den Ereignissen erschöpft, wandte er sich an seinen Assistenten.

»Nenn ihm die Details, Julo.«

Kommissaranwärter Flores ergriff mit ruhiger Stimme das Wort.

»Jean-Lou Courtois befand sich für einen Kongress in Dubai, zusammen mit hochrangigen Vertretern des internationalen Vereins *SoliC@re*, für den er tätig war. Zwei Nächte verbrachte er im Hotel Radisson Blu gegenüber vom Hafen, am Deira Creek River. Am Tag seiner Ankunft hatte er im Duty-free-Shop am Flughafen Dubai Produkte von L'Occitane für seine Frau gekauft, ein Modellflugzeug für seinen Sohn und einen gläsernen Anhänger, der den Burj-Khalifa-Wolkenkratzer darstellt, und den er wahrscheinlich seiner Mörderin, einer gewissen Faline95, geschenkt hat. Mit ihr hat er am ersten Abend in der Halle des Radisson Blu ein Glas getrunken und am zweiten Abend in dem Sterne-Restaurant Reflets gespeist – einem der zehn weltweit von Pierre

Gagnaire geführten Spitzenlokale. Gegen Mitternacht haben die beiden das Restaurant verlassen und sind mit dem Taxi zum Red Corner gefahren. Der Taxichauffeur ist der Letzte, der Jean-Lou Courtois lebend gesehen hat, außer natürlich Faline95. Seit heute Morgen arbeiten wir eng mit der Polizei von Dubai zusammen, insbesondere mit der DCI, der Direktion für internationale Zusammenarbeit, in diesem Fall der französischen Vertretung in den Vereinten Arabischen Emiraten. Während wir im hiesigen Red Corner das Zimmer *Karawanserei* besichtigt haben, erhielten wir Fotos vom Tatort und die Ergebnisse der Blutuntersuchungen. Man versucht gerade, ein Phantombild der Frau anzufertigen. Wir wissen bereits, dass sie Mestizin ist, und erwarten weitere Informationen.«

Ruben Liberos erhob sich, ergriff die beiden vollen Cappuccino-Becher und warf sie in den nächsten Abfalleimer.

»Meine Herren Ermittler«, sagte er in einem eher vergnügten Ton, »ich hoffe, Sie haben es nicht allzu eilig. Auf der Stelle ersetze ich dieses ekelhafte Gebräu gegen eine Flasche Champagner eines besonderen Jahrgangs. Wenn der Tatort fünftausend Kilometer von meinem bescheidenen Etablissement entfernt ist, so dürfte unsere Freundin Bamby Maal definitiv entlastet sein.«

# NACHT
# DES SCHLAMMS

# 52

*19:30 Uhr*

Unter vier Augen, dachte Leyli. Ihr Familienleben beschränkte sich nun auf ein Abendessen nur mit Tidiane – unter vier Augen.

»Wann kommen Alpha und Bamby zurück?«

»Das weiß ich leider nicht, mein Schatz.«

Leyli log nicht. Seit heute Morgen hatte sie keine Nachricht mehr erhalten, weder von ihrem Sohn noch von ihrer Tochter. Sie hatte sie angerufen und lange auf den AB gesprochen und kurze SMS mit mehr Fragezeichen als Worten geschickt.

Keine Antwort.

Tidiane spielte mit seinen kalten Makkaroni, spießte Würstchenscheiben wie einen Kebab auf seine Gabel, tauchte sie in Ketchup und verzehrte sie ohne Appetit. Leyli versuchte, so gut es ging, die in ihrem Kopf tobenden Gedanken zu beruhigen, sie in irgendeine Ecke zu verbannen, wenigstens solange sie mit ihrem Sohn sprach und das Abendessen noch nicht vorüber war. Sie lächelte und fragte ihn, wie es in der Schule und in den Pausen gewesen sei und was seine Freunde so machten. Alle Kinder auf dieser Welt mussten jeden Abend ein richtiges Verhör über sich ergehen lassen, während die Erwachsenen rein gar nichts erzählten.

*Passen Sie auf Ihre Kinder auf!*

Heute Abend war sie unkonzentriert. Die Drohung von Jourdain Blanc-Martin geisterte ihr durch den Kopf.

*Ein Wort von mir, und Sie verlieren alles, was Sie sich so mühsam aufgebaut haben.«*

Bluffte Blanc-Martin?

*Sie müssen uns helfen, Ihre Tochter Bamby aufzuspüren.*

Blanc-Martin schien wie die drei Polizisten auf der Wache zu glauben, dass Bamby die beiden Männer im Red Corner umgebracht hatte. Lächerlich! Sie erinnerte sich, wie Bamby gestern Abend, ohne etwas gegessen zu haben, vom Tisch aufgestanden war und ihr eröffnet hatte, dass sie sich mit Chérine im KFC treffen würde. Genau zu dieser Stunde hatte die Mörderin von Jean-Lou Courtois mit ihm in einem berühmten Restaurant in Dubai gegessen. So hatte sie es in der Polizeiakte gelesen. Diese Frau konnte gar nicht Bamby sein, aber was war schon die Zeugenaussage einer Mutter wert? Was war Rubens falsche Aussage wert? Warum rief ihre Tochter sie nicht zurück? Im Normalfall verging nie ein Tag, ohne dass sie sich meldete. Düstere Vorahnungen beschlichen Leyli. Doch die musste sie jetzt vertreiben und sich um Tidy kümmern.

»Was ist denn los, mein Schatz?«

»Ich habe meinen Fußball verloren ... Alphas Ball.«

»Deinen Schmuseball?«

»Das ist kein Schmuseball«, schmollte Tidiane.

Leyli war auf sich selbst böse, wie konnte sie nur so ungeschickt sein? Tidiane würde sich von ihr lösen, wenn er größer wurde, genau wie Alpha und Bamby. Sie hatte alles falsch gemacht. Sie war überhaupt nicht in der Lage, eine gute Mutter zu sein.

»Er ist ... Der Ball ist in ein Loch gefallen, Mama.«

»Opa Moussa hilft dir sicher morgen, ihn zu suchen. Iss, mein Schatz, iss!«

Tidiane schlief endlich. Leyli hatte ihm die Geschichte vorgelesen, die er am liebsten hörte: die von den zwölf Heldentaten des Herakles. Bei der vierten begann er bereits, regelmäßig zu atmen, schloss bei der siebenten erstmalig die Augen, war bei der neunten, in der es um die Reise der Amazonen ging, wieder aufgewacht, hatte sich die Augen gerieben und mühsam bis zur elften durchgehalten, die vom Raub der goldenen Äpfel im Garten der Hesperiden erzählte, um dann in dem Moment einzuschlafen, als Herakles in der Hölle den Zerberus besiegte.

Leyli beobachtete ihren ruhig atmenden Jungen. Sie war erschöpft und von widersprüchlichen Gefühlen zerrissen. Die Bettdecke reichte nicht ganz bis zu Tidianes Pyjama-Oberteil, und sie fürchtete, er könne frieren, aber sie wollte ihn auch nicht wecken. Sie verließ den nun in Dunkelheit getauchten Raum.

Sobald sie allein war, schaute sie auf ihr Handy, aber immer noch war keine Nachricht eingegangen.

Es war, als würde sich ein Tropfen Säure in ihr Herz brennen! Genau wie ihr kleiner Sohn würde auch sie jetzt gern in den Schlaf eins Murmeltiers fallen und den auf ihr lastenden Druck vergessen. Sie ging zum Balkon. Dass Bamby und Alpha nichts von sich hören ließen, erinnerte sie unausweichlich an Blanc-Martins Drohungen. Sie fühlte sich ebenso hilflos wie jene Mütter, denen das Sozialamt ankündigte, dass sie keine Beihilfen mehr erhielten, wenn ihre Kinder nicht wieder in der Schule erscheinen würden. Nur schlimmer. Viel schlimmer!

Sie öffnete die Balkontür und nahm sich eine Zigarette.

Sie wollte Blanc-Martin vergessen. Sie wollte auch diese beiden Vornamen, François und Jean-Lou, aus ihrem Gedächtnis streichen. Die Familiennamen, die zu ihnen gehörten, hatte sie heute zum ersten Mal zur Kenntnis genommen: François Valioni und Jean-Lou Courtois. Zwei alte Freunde von Adil, zwei ehemalige *Freier*, auch wenn sie dieses Wort ungern gebrauchte. Beide waren in einem Hotelzimmer ermordet worden.

Das konnte doch nur ein Zufall sein, denn sie hatte noch nie jemandem von ihren ehemaligen Kunden erzählt. Doch, vielleicht Ruben und Guy, hatte aber, abgesehen von deren Vornamen, kein weiteres Detail erwähnt. Nur ihr rotes Heft, in das sie Nadia damals ihre Gedanken diktiert hatte, enthielt präzisere Angaben. Doch konnte man von Präzision sprechen, wenn es sich um die Berichte einer Blinden handelte? Niemand außer ihr selbst hatte die Eintragungen jemals gelesen. Seit Jahren war das Heft unter ihrem Bett versteckt.

Purer Zufall, wiederholte Leyli, um sich selbst zu überzeugen. Die Polizei kam nicht weiter, hatte weder Motiv noch Täter, obwohl sie in der Vergangenheit der Opfer nachforschte, um irgendein Indiz zu finden. Was hatte sie mit diesen Typen zu schaffen? Sicher leisteten sich alle Männer, die ihr halbes Leben in Hotels verbrachten, Prostituierte. Sie war eine von vielen gewesen. Nur ein paar Monate lang. Und das lag mehr als zwanzig Jahre zurück. In einem anderen Leben.

Sie zog ihr Feuerzeug hervor und war überrascht, wie gut die Flamme trotz des Windes hielt. Zwischen den Gebäuden von Aigues Douces hatte sich der Mistral gelegt und trieb sein Unwesen nur noch auf hoher See. Im Schein des Mondes, des Leuchtturms von Port-de-Bouc und der Straßenlaternen an den Kais sah das Meer wie ein riesengroßes schwarzes Laken aus, doch es wallte und bäumte sich auf, als würden alle Unterwasserkreaturen darunter gleichzeitig Liebe machen und sich dabei einen Spaß daraus machen, die großen Schiffe durchzuschütteln, die den Hafen von Fos-sur-Mer anliefen.

Der Rauch einer anderen Zigarette stieg ihr in die Nase und vermischte sich mit dem Geruch ihrer eigenen.

Das Aroma von mildem Tabak. Guy rauchte auf dem Balkon unter ihr.

Leyli beugte sich über die Brüstung.

»Ist schon Halbzeit?«

»Nicht einmal das. Ich hatte die Wahl zwischen der Weltmeisterschaft im Dartspiel oder dem Finale der Baseball-Frauen.«

Guys raue Stimme übertönte kaum den Lärm der Wellen. Wie meistens, wenn Leyli zu Hause war, trug sie auch heute eine Art Kaftan. Das Gewand war weit geschnitten, mit großzügigem Dekolleté, und reichte ihr nur bis zum Knie. Sie wusste nicht, ob Guy in diesem Halbdunkel erkennen konnte, wie wenig sie anhatte. Vielleicht sah er alles, vielleicht auch nichts. Es war ihr einerlei. Sie ließ sich von den letzten leichten Böen des Mistrals liebkosen.

»Was machen Sie denn dann?«

»Das gleiche wie Sie. Ich betrachte das Meer.« Guy schwieg eine Weile und ließ ihr die Muße, den Blick über das unendliche Panorama der See schweifen zu lassen. »Einen größeren Plasma-Bildschirm hat man noch nicht erfunden.«

Der Wind trug feine Gischt mit leichtem Jodgeruch vom Meer bis zu ihr. Leylis Haut unter dem Kaftan fühlte sich zart und feucht an. Leyli sehnte sich nach Zärtlichkeit.

»Man sieht von hier aus besser. Kommen Sie rauf!«

»Ich bringe Bier mit.«

»Lieber Wein. Viel Wein.«

Leyli sehnte sich nach Liebe.

Guy war wie sie. Vom Leben gebeutelt.

Sie küsste ihn, noch bevor er seine Jacke aufgehängt hatte. Sie ließ ihn seine Flasche abstellen, einen Coteaux-du-Libron. Sie kannte diesen Wein nicht. Bevor er sich über die Rebe, den Tanningehalt und die Farbe auslassen konnte, küsste sie ihn wieder.

»Komm!«

Sie bugsierte ihn zum Bett. Noch trug er seine Jeansjacke, einen Wollpullover mit Zopfmuster, darunter sicher ein Hemd und ein Unterhemd, dazu eine Cordhose, Strümpfe und Mustang-Stiefel. Wenn sie Strip-Poker gespielt hätten, hätte er die ganze Nacht lang verlieren können, ohne irgendwann nackt dazustehen. Leyli erlaubte Guy, sie unter ihrem Kaftan zu ertasten, seinen Mund über ihren Hals gleiten zu lassen. Er nahm ihre Brüste in die Hände, küsste ihre Schultern und streichelte ihren Bauch.

Sein Mittelfinger glitt in sie hinein, sein Mund presste sich auf ihren.

Gespannt. Gierig. Hastig.

»Zieh dich aus!«

Guy brauchte ewig, um die festgezurrten Knoten seiner Stiefel zu lösen. Erregt, genervt, wie ein Sechsjähriger, der vergessen hatte, wie man Schnürsenkel öffnete.

Leyli kauerte sich zusammen, die Knie an die Brust gepresst. Mit einem Blick vergewisserte sie sich, dass die Tür zu Tidianes Zimmer geschlossen, der Computer auf dem Regal ausgeschaltet war und sie nichts vergessen hatte. Dann sah sie wieder zärtlich zu Guy hinüber.

Endlich hatte er den ersten Stiefel besiegt und holte tief Luft, bevor er den zweiten anging. Vielleicht hatte er es gar nicht so eilig, sich auszuziehen. Vielleicht hatte er auch Angst, dass sie ihn betrachtete. Nackt. Ihre Haut vibrierte noch von den fast schmerzhaften Liebkosungen, seinen zu feuchten Küssen. Und doch wollte sie mehr. Seit Monaten hatte sie mit niemandem mehr geschlafen. Ohnehin äußerst selten in den letzten zehn Jahren.

Endlich hatte Guy seinen zweiten Stiefel bezwungen. Jetzt ging alles sehr schnell. Hose. Unterhose. Socken.

Von den meisten ihrer Ex-Liebhaber kannte Leyli nicht einmal das Gesicht … Bis heute Nachmittag. Vor den Augen Leylis tauchten jetzt die Köpfe von François Valioni und Jean-Lou Courtois plötzlich im Dekor des Zimmers wie Gespenster auf, die sich endlich von ihren Leichentüchern befreit hatten. Sie sahen so aus, wie Leyli sie sich damals vorgestellt hatte, als sie sich ihnen hingegeben hatte. François, attraktiv und sehr von sich überzeugt. Jean-Lou empfindsam und rührend.

Guy hatte sich nun der drei Lagen seiner Oberbekleidung entledigt. Jeans, Wolle und Baumwolle. Mit auf dem Bauch verschränkten Armen blieb er stehen, als wollte er sich dafür entschuldigen, die letzte Schicht nicht ausziehen zu können, die Fettschicht.

Dick. Unbeholfen.

*Ich möchte in deinen Augen lesen, dass du mich schön findest.*

Nach den Gesichtern von François und Jean-Lou waren es nun Adils Worte, die in ihrem Kopf herumspukten. Seine ersten Worte, damit sie seine üble, sentimentale Erpressung duldete, seinem widerwärtigen Wunsch nachgab.

Deshalb war sie zur Prostituierten geworden. Deshalb hatte sie ihn umgebracht.

Die Gesichter von Jean-Lou und François verschwanden, dafür erschienen ihr jetzt die Bilder der beiden Leichen. Ihre Erregung wich mit einem Mal Ekel. Ihre Sinne betrogen sie. Guys Körper war nicht begehrenswert. Sein langweiliges Gesicht weckte keinen Wunsch nach Umarmungen. Sein gebeugter Rücken und der schiefe Hals ließen keine Leidenschaft aufflammen. Aber er lächelte sie an. Entschuldigend. Schon bereit, sich wieder anzuziehen.

Leyli erhob sich, um zu versuchen, ihr Begehren zu retten oder zumindest das, was davon noch übrig war. Die Arme überkreuzt, ergriff sie mit beiden Händen den Saum des Kaftans und hob ihn zunächst bis zur Taille, über die Schultern, dann über ihr Haar und ließ ihn wie eine tote Haut auf das Bett sinken.

Jetzt stand sie nackt vor ihm. Sie wusste, dass sie noch begehrenswert war. Ihre Brüste waren zart wie Honig, ihre Taille über der leichten Wölbung des Bauchs schmal, und darunter begann ihr verbotener Wald. Eine für einen Mann wie ihn unerreichbare Frau.

Leyli sah Verlangen in Guys Augen, die unkontrollierbare Gier eines kleinen Jungen, und Bewunderung.

Sie fühlte sich schön wie nie zuvor. Die hellen Augen Guys funkelten und waren zugleich von Tränen erfüllt.

Und sie fand auch ihn schön.

Er nahm sie in seine Arme. Er hatte verstanden.

Sie waren zwei Personen, die vom Leben nicht verwöhnt waren. Nochmals überzeugte sie sich, dass Tidianes Tür geschlossen war, und murmelte dann ganz leise:

»Komm!«

Nur für ein paar Stunden, nicht einmal die ganze Nacht.

Aber vereint.

Leyli stand in eine Decke gewickelt auf dem Balkon und rauchte.

Guy lag im Bett und hatte sich das Laken bis zum Hals gezogen. Es war zu schnell gegangen, sozusagen ein Probelauf. Er war fahrig gewesen und hätte gern von vorn begonnen. Diesmal richtig. Um Leyli zu beweisen, dass er es besser konnte.

Leyli stand auf dem Balkon und weinte. Eigenartigerweise siezte er sie wieder, um sie zu trösten.

»Was fehlt Ihnen denn, Leyli? Sie sind hübsch. Sie haben drei hübsche Kinder. Bamby, Alpha, Tidiane. Sie kommen doch ganz gut zurecht.«

»Gut zurecht? Allem Anschein nach, ja. Doch das sieht nur so aus. Nein, o nein, wir sind keine hübsche Familie. Uns fehlt etwas ganz Wesentliches.«

»Ein Papa.«

Leyli kicherte.

»Nein, nein. Auf einen Papa, oder auch mehrere, können wir vier ganz gut verzichten.«

»Was fehlt Ihnen dann?«

Leylis Augen öffneten sich wie die Lamellen einer Jalousie, durch die ein Sonnenstrahl in ein dunkles Zimmer fiel und den Staub funkeln ließ wie Sterne.

»Sie sind sehr indiskret, mein Herr. Wir kennen uns kaum, und Sie glauben, ich würde Ihnen mein größtes Geheimnis anvertrauen?«

Er erwiderte nichts. Die Jalousie vor Leylis Augen hatte sich schon wieder geschlossen, ließ den Alkoven erneut im Dunkel versinken. Sie wandte sich zum Meer, stieß den Rauch aus, wie um die Wolken zu verdüstern.

»Es ist mehr als ein Geheimnis, mein überaus neugieriger Herr. Es ist ein Fluch. Ich bin eine schlechte Mutter. Meine drei Kinder sind verdammt. Meine einzige Hoffnung ist, dass eins von ihnen, wenigstens eins, von diesem Bann verschont bleibt.«

Sie schloss die Augen. Er fragte noch:

»Wer hat sie verflucht?«

Hinter der heruntergelassenen Jalousie ihrer Lider zuckten Blitze.

»Sie. Ich. Die ganze Welt. In dieser Angelegenheit ist niemand ohne Schuld.«

Mehr hatte Leyli nicht preisgegeben. Wieder lag sie neben Guy im Bett, nackt und zärtlich, doch wies sie ihn darauf hin, dass er nicht bleiben durfte. Zu groß war die Gefahr, dass ihr Sohn aufwachte und sie beide auf der Schlafcouch vorfand. Das sollte auf keinen Fall geschehen. Guy hatte es verstanden, doch wie jener orientalische Sultan, der bei Scheherazade um ein weiteres Märchen bettelte, damit die Nacht nicht endete, wollte Guy die Fortsetzung einer anderen Geschichte hören.

Leylis Geschichte.

Leyli schmiegte sich an ihn. Wahrscheinlich wog sie nicht mehr als halb so viel wie Guy. Sanft schob sie den Arm beiseite, den er ihr auf die Brust gelegt hatte, ebenso wie die Hand, die zwischen ihre Schenkel fahren wollte.

»Benimm dich … Wolltest du nicht die Fortsetzung meiner Geschichte hören?«

Wieder stießen ihr die Worte von Blanc-Martin in der Erinnerung sauer auf, als sie vor dem Treppenhaus gestanden hatten.

*Sie erzählen gern Ihre Geschichten, Leyli. Wer könnte es Ihnen verübeln?*

*Man glaubt Ihnen aufs Wort und man vertraut Ihnen.*

*Sie blenden alle.*

*Ihre Nachbarn. Ihre Chefs. Bis hin zur Polizei …*

*Wie sollen sie alle auch ahnen, dass Sie manipulieren.*

Sie drehte sich zu Guy um. Sie zitterte. Sein unschuldiges Lächeln gab ihr wieder etwas Mut.

»Ich habe nichts erfunden, weißt du. Du musst mir glauben. Es ist die Geschichte meines Lebens. Das Leben einer Illegalen. Du musst mir vertrauen und jede Einzelheit glauben. Alles, was ich erzähle, ist wahr.

## LEYLIS GESCHICHTE
*Siebtes Kapitel*

Ich war verdammt.

Umzingelt.

Selbst wenn ich geschrien, selbst wenn ich gebettelt hätte, niemand wäre mir zu Hilfe geeilt. Im Wald von Gourougou waren wir nur noch Tiere. Manchmal verließ eins die Herde, um zu sterben. Dann drängten sich die anderen noch dichter zusammen.

Der Ivorer kam immer näher und zeigte mir die Packung Kondome, als handelte es sich um Betäubungsmittel, damit ich nichts spürte, oder um einen Talisman, damit auch sie nichts spürten, sondern schnell vergaßen und bald das Gleiche einer anderen verirrten Antilope antaten.

Ich erinnerte mich an Sousse, an die Liebesnächte mit Unbekannten im Hotel Hannibal. Es war schließlich nicht das erste Mal, dass ich vergewaltigt wurde, Guy, aber es war das erste Mal, dass ich die Gesichter meiner Vergewaltiger sehen konnte.

Der Ivorer war einen Meter von mir entfernt. Sehr sicher schien er sich nicht zu fühlen.

»Wir geben dir Geld, wenn du willst.«

Die vier anderen mit ihren heruntergelassenen Hosen schienen erstaunt, man hatte sie nicht nach ihrer Meinung gefragt, und sie schienen ihr Geld dafür nicht zusammenlegen zu wollen. Ich konnte ihren Geruch nach Schweiß, den Geruch nach Angst, nach Scham und nach Ekel wahrnehmen. Sie ekelten sich ebenso vor sich selbst wie vor mir. Doch keiner hätte aufgegeben. Weicht ein Wolf zurück, so zerfleischen ihn die anderen.

»Nicht mir sollt ihr Geld geben«, antwortete ich dem Ivorer mit allem Hochmut, zu dem ich fähig war. Als wäre es undenkbar, dass dieses Schwein mich anrühren könnte. Mein herausfordernder Blick belustigte ihn.

»Wenn nicht dir, wem dann?«

»Virgile.«

Eine blitzschnelle Eingebung. Wahnsinn! Dieser Name war mir spontan eingefallen. Des Nachts hatte ich den Geschichten von Migranten gelauscht, vor allem denen der Nigerianerinnen, die rieten, sich einen Verlobten anzuschaffen, einen Beschützer. Am besten einen kräftigen, aggressiven. Da würde man in Ruhe gelassen. Man musste allerdings seine Sklavin sein, gehorsam und nützlich, Wäsche und Essen machen, Sex je nach Wunsch des Herrn, und die schweren Arbeiten übernehmen wie Wasser und Holz schleppen. Ich war zu stolz gewesen, um ihren Rat zu befolgen. Doch jetzt, umzingelt und voller Angst, hatte ich den Namen des Mannes genannt, vor dem sich alle im Lager fürchteten. Virgile war Liberianer. Ein Hüne. Tätowiert und skarifiziert. Von allen respektiert.

Die vier Vergewaltiger horchten auf. Der Ivorer musterte mich.

»Bist du mit ihm zusammen?«

»Frag ihn doch … Vielleicht macht er dir einen Preis.«

Die Männer zögerten und drohten mir: Wenn ich sie belügen würde, würde mich das teuer zu stehen kommen. Aber sie ließen mich in Ruhe. Sie beobachteten mich, als wir wieder im Lager waren. Ich hatte keine andere Wahl, als in das Zelt von Virgile zu schlüpfen.

Er schlief. Doch eine Sekunde später sprang er auf und hielt mir ein Messer an die Gurgel. Er war wie ein Raubtier.

»Was willst du?«

»Beschütze mich!«

Ich erklärte ihm alles. Er sah mich an. Ich war schön, das wusste ich, aber Virgile konnte alle Frauen haben, die er wollte.

»Ich habe schon eine Frau in Buchanan. Kinder …«

»Deine Frau kommt zu dir, wenn du es nach London geschafft hast. Mit der ganzen Familie. Ihr könnt dann noch mehr Kinder bekommen. Ich kümmere mich um dich, bis du auf der anderen Seite der Grenze von Melilla bist.«

Er nahm das Messer von meiner Gurgel. Ich verstand, dass er eine Frau wie mich gebrauchen konnte.

»Ich will hier nicht monatelang versauern.«

»Dann nutze die Gelegenheit, Virgile! Nutze sie, solange wir noch hier sind!«

Ich entledigte mich der schmutzigen Fetzen, die mir als Kleidung dienten, und legte mich auf ihn. Und wir liebten uns. Als er seinerseits auf mich rollte, habe ich beim Höhepunkt so laut gestöhnt, dass mich das ganze Lager hören konnte. Damit die Wölfe begriffen, zu wem ich gehörte. Ein für alle Mal.

Guy, ich hoffe, es schockiert dich nicht, wenn ich gestehe, dass ich nicht gespielt habe. Ich glaube, Virgile war der einzige Mann, den ich je geliebt habe. Auch wenn wir uns das nie gesagt haben, es keine Versprechen, keine echte Zärtlichkeit zwischen uns gab. Nur einen Pakt. Wir waren zwei verlorene Wesen, die das Leben nicht geschont hatte. Das verstehst du doch, nicht wahr, Guy? Virgile hatte in Liberia, während des blutigsten Bürgerkriegs in Westafrika, gegen die Truppen von Präsident Taylor gekämpft. Auf ihn war ein Kopfgeld ausgesetzt. Virgile war ein echter politischer Flüchtling. Sollte er es bis nach England schaffen, so schwebte ihm etwas Konkretes vor. Er wollte Sicherheitsmann werden, zunächst in Lagerhäusern, dann in Nachtclubs. *Virgile the Vigil*, das hörte sich ganz nach einem Namen aus einem Marvel-Comic an. Doch sein heimlicher Traum war es, Bodyguard einer Berühmtheit zu werden. Er sammelte ihre Fotos wie ein Jugendlicher und hatte sie in seine Jacke eingenäht: Madonna, Kylie Minogue, Paula Abdul, Julia Roberts … Virgile hatte das Charisma und die Kraft dazu, er würde es schaffen. Ich glaube, ich war stolz darauf, seine Mätresse zu sein. Die anderen Anführer im Lager hielten sich oft mehrere Frauen und vermieteten sie mal für eine Stunde, mal für eine Nacht. Virgile hat nie von mir verlangt, mich zu prostituieren. Auch wenn ich dergleichen ja bereits zur Genüge kannte.

So lebten wir vier Monate in Gourougou – oder besser überlebten. Ständig mussten wir vor der marokkanischen Polizei fliehen, die regelmäßig das Lager in Brand setzte, und wir bereiteten uns ohne Unterlass auf die große Offensive vor. Am 3. Oktober 1998 war es soweit. Mehrere hundert Flüchtlinge stürmten die Bretterzäune von Melilla. Wie Zombies, die aus ihren Gräbern krochen und die Lebenden überrollten. Eine Armee von Vagabunden, die eine Burg einnehmen wollte. Man goss zwar kein siedendes Öl auf uns, aber sehr viel anders war es nicht.

Die Streitkräfte und die Polizei verfügten über die Technologie, wir waren nur durch unsere Anzahl überlegen.

Fast alle würden gefasst werden, aber einige konnten vielleicht die Absperrung überwinden. Die anderen würden es in ein paar Monaten erneut versuchen. Noch zahlreicher. Es kamen immer mehr Flüchtlinge hinzu als die wenigen, die es über die Grenze von Melilla schafften.

Virgile und ich hatten uns nichts versprochen. Wir hatten nicht einmal gehofft, gemeinsam rüberzukommen. Doch dass es keiner von uns schaffen würde, daran wollten wir überhaupt nicht denken. Sollten wir plötzlich durch den Zaun getrennt sein, würden wir nicht einmal mehr Zeit finden, uns zu verabschieden.

Wir rannten Hand in Hand los, nur ein paar Meter, dann suchte jeder seinen eigenen Weg.

An diesem Tag hat niemand gesiegt.

Die marokkanische Polizei war gewarnt worden oder misstrauisch. Auf jeden Fall hatte sie mehr Patrouillen eingesetzt. Niemand von uns kam näher als zehn Meter an die Zäune heran. Hunde, Jeeps und bewaffnete Soldaten, zu jeder Zeit bereit, abzudrücken, versperrten den Übergang. Die Stärksten unserer Bettlerarmee hatten Rammböcke herangeschleppt, um eine Bresche zu schlagen. Sie warfen ihre Stämme vor Wut schäumend weg. Sie schrien und verfluchten die Miliz auf Hausa, Igbo und in allen möglichen anderen Sprachen. Dann zogen sie sich zurück und spuckten auf den Boden.

Virgile war unter ihnen.

Ich sah, wie drei Polizisten ihre Pistolen zogen und schossen. Gut zwanzig Kugeln. An diesem Tag wurden fünf Flüchtlinge umgebracht. Kaltblütig.

Virgile war unter ihnen.

Ich habe nie verstanden, warum.

Um ein Exempel zu statuieren? Wollten sie nur die Stärksten loswerden und die anderen verschonen?

Wegen des Kopfgelds, das auf Virgile ausgesetzt war?

Um sich zu rächen? Adil war nicht tot. Adil hatte mich wiedergefunden. Adil hatte Virgile aus Eifersucht töten lassen. Ja, Guy, so dumm das klingen mag, daran habe ich gedacht. Ich lebe immer noch in der Angst, das Phantom von Adil könne mich verfolgen und ich müsse mein Augenlicht mit dem Leben bezahlen.

Als wir wieder im Lager waren, hatte ich keinen Beschützer mehr, und die Wölfe waren wieder da. Wölfe, die man nicht einmal verängstigte, wenn man am Feuer schlief. Sie hatten nur ein paar Wochen gewartet. Diesmal ließ ich sie einfach kommen. Wenn sie nah genug waren, hob ich mein Kleid und zeigte ihnen meinen nackten Bauch.

Meinen bereits runden Bauch, in dem Virgiles Baby heranwuchs.

Niemand würde wagen, mich anzurühren, das wusste ich. Ein Imam kam von Zeit zu Zeit, freitags, nach Gourougou, und gab uns ein wenig Geld, Spenden von gläubigen Moslems aus den Moscheen der Umgebung. Das gehörte zu den Grundsätzen des Korans, an die der Imam als Gegenleistung für seine Wohltätigkeit stets erinnerte. Die illegalen Flüchtlinge sollten sich in Frömmigkeit und Menschlichkeit üben, sich um Kranke und Schwache kümmern und um jene, die neues Leben in sich trugen.

An einem Freitag, als sich der Kreis der Wölfe trotz der Furcht vor Allah wieder einmal um mich schloss, ging ich mit dem Imam fort. Die letzten Monate meiner Schwangerschaft verbrachte ich in einer Krankenstation an der algerischen Grenze. Ich war krank. Verbraucht. Erschöpft. Das Baby raubte mir die letzte Kraft.

Es wurde in Oujda geboren.

Es war schwarz und schon sehr groß. Dynamisch und kräftig. Ein Herakles, der mit seinen Händen eine ihm in die Wiege geworfene Schlange hätte erwürgen können.

Ich wusste, dass er so stark wie sein Vater werden würde, den er nie kennenlernen sollte.

Ich nannte ihn Alpha.

# 53

*20:32 Uhr*

»Gibt es WLAN auf dem Schiff?«

Alpha hatte die Tokarev TT-33 in seinen Gürtel gesteckt. Seine Arme, Fäuste und seine Statur reichten aus, damit Gavril gar nicht erst auf die Idee kam, den Helden zu spielen. Alpha ließ ihn nicht aus den Augen, auch wenn der Skipper der *Sebastopol* verstanden zu haben schien, dass der Riese zwar sein Schiff entführte, ihn jedoch nicht abknallen und über Bord werfen würde. Zumindest nicht sofort. Gavril bekam wieder Farbe im Gesicht und fühlte sich etwas sicherer.

»WLAN? Wozu? Wenn ihr den Kahn in einen schwimmenden Puff verwandelt habt, wollt ihr dann Pornos runterladen? Wie die Lkw-Fahrer in ihren Kabinen?«

»Habe ich hier Handyempfang?«

»Glatt bis zum Mond. Selbst wenn wir bis zu den Osterinseln oder abertausende Meilen um den Erdball schippern würden, jederzeit!«

In diesem Punkt hatte Gavril recht. Alpha klammerte sich an sein Handy, als wäre es auf diesem Schiff nützlicher als ein Beiboot oder ein Rettungsring. Heute hatten Millionen junger Migranten kein Zuhause mehr und wussten nicht, wo sie die nächste Nacht verbringen oder wo sie in einem Monat sein würden, weder in welcher Stadt noch in welchen Hafen. Sie hatten keine Ahnung, wo ihre auseinandergerissene Familie steckte, aber sie alle hatten eine Adresse …

Eine Adresse mit @-Zeichen! Und so hinterließen sie eine Spur.

Alpha hob den Blick zu den Sternen: Großer Bär, Vega und Andromeda. Sie waren wie kleine Sterne. Im Netz.

Alpha suchte einen Namen in seinen Kontakten und klickte auf *Brazza*.

»Savorgnan? Alpha hier.«

Er presste das Handy an sein Ohr, konnte aber kaum etwas verstehen. Hier der Krach des Schiffsmotors und der Wellen, am anderen Ende Musik, Gelächter und Rufe.

»Hörst du mich, Savorgnan?«

»Warte, ich geh weiter weg ...«

Alpha ließ Gavril nicht aus den Augen und bedeutete ihm, die Geschwindigkeit der *Sebastopol* zu drosseln. Nun konnte man fast wieder sein eigenes Wort verstehen.

»Ich bin auf dem Weg, Savorgnan. Alles klappt wie am Schnürchen. Ich überquere gerade das Mittelmeer und komme morgen auf der anderen Seite an. Sobald ich dort bin, brauche ich die Hilfe deiner Freunde.«

»Alpha ...« Savorgnan schwieg eine Weile, und Alpha glaubte schon, er hätte aufgelegt. »Der Krieg ist vorbei.«

»Was?«

»Babila, Safy und Keyvann haben es geschafft. Sie haben einen Platz bekommen. Gestern sind sie an Bord gegangen. Vielleicht triffst du sie unterwegs. Morgen früh kommen sie in Lampedusa an.«

»Was ändert das?«

»Das ändert alles, Alpha! Ich werde sie abholen. Auch wenn es schwer wird, wir halten durch! Babila, die fürsorglichste und unermüdlichste aller Krankenschwestern wird hier in einem Klinikum bestimmt bald unersetzlich sein. Keyvann nehme ich zum Bahnhof Saint-Charles mit, damit er Züge bestaunen kann.

Und meine kleine Safy wird hier aufwachsen und eines Tages die Hübscheste von allen sein, so hübsch, dass die Marseillerinnen, die später in ihren Beauty-Salon kommen, vor Neid erblassen. Und dann fahren wir bis Pra-Loup in die Berge, um Schnee zu sehen. Ich werde ein ganzes Jahr wie ein Verrückter arbeiten und alle nach Disneyland mitnehmen. Ich möchte mit Babila noch ein Kind bekommen, das ein echter Franzose sein wird, wie auch unsere Enkel, und niemand wird ihnen ihre Identität streitig machen können. Dann, am Nationalfeiertag, am 14. Juli, schauen wir uns das Feuerwerk an und kochen für unsere französischen Freunde Teigtaschen mit Kuhbohnen und Hühnchen mit Erdnüssen.«

Savorgnan schien betrunken zu sein. Er sprach sehr laut.

»Lass mich nicht hängen, Savorgnan! Wir sind im Krieg! Wir müssen an unsere Brüder denken.«

»Nein, Alpha, tut mir leid. Ich muss an meine Familie denken. Ich bin für sie verantwortlich. Sie ist endlich frei, und ich bin bereit, sie gebührend zu empfangen. Ich will nicht das Risiko eingehen, eingesperrt zu werden, wie all die anderen, die auch versucht haben herzukommen. Wir werden endlich zusammen sein.«

Gavril am Steuer grinste blöde. Der Motor tuckerte nur noch ganz leise. Die Scheinwerfer der *Sebastopol* pulsierten in der Nacht wie die Warnblinkanlage eines Autos am Straßenrand.

»Wir sind im Krieg, Savorgnan«, wiederholte Alpha, »und wir müssen ihn gewinnen.«

Im Hintergrund des Mannes aus Benin sang eine Frauenstimme. Andere begleiteten sie. Applaus.

»Es ist nicht mehr mein Krieg, Alpha. Glückliche Menschen führen keinen Krieg.«

# 54

*20:54 Uhr*

Die meisten Männer, die am Gordon's Café in der Rue Monot vorbeikamen, drehten sich nach ihr um. Manche musterten sie diskret, andere weniger. Da waren die Jungen in Begleitung eines Mädchens, die nur kurz und verschämt einen Blick zu ihr hinüberwarfen, aber auch die plumpen Annäherungsversuche von Kerlen, die immer in Rudeln aufrissen.

Bamby machte nur eine verächtliche Miene. Sie schlug die Beine unter dem kurzen Rock übereinander und zog ihre Jacke fester über ihre tief ausgeschnittene Bluse. Sie hoffte, Yan würde endlich eintreffen. Diesmal war sie über seine Verspätung verärgert. Sie fragte sich, ob ihre Kleidung, die aufreizender war als zur Mittagszeit, eine gute Idee gewesen war. Sie hätte in einer Burka kommen können, das hätte den Appetit des Logistik-Chefs von *Vogelzug* auch nicht gezügelt.

*Ein zweites Bewerbungsgespräch, das eine … intimere Wendung nimmt.*

Was für ein scheinheiliges Monster Yan Segalen doch war!!

*Damit es zwischen uns keine Missverständnisse gibt: Das bedeutet noch lange nicht, dass ich Sie für diesen Posten einstellen werde.*

Der Arme musste dazu noch sein Gewissen beruhigen, sich gegen den Vorwurf des Machtmissbrauchs wappnen und gleichzeitig sein Ego streicheln. Sie schläft mit mir, weil sie mich will, nicht wegen des Jobs. Bamby hatte gerade eine SMS an Chérine geschickt, als Yan vor ihr auftauchte.

Er war nicht aus der Rue Monot oder von der Place des Martyrs gekommen, wie sie es erwartet hatte, sondern aus dem libanesischen Restaurant Em Sherif, genau gegenüber vom Gordon's.

»Tut mir leid, dass ich so spät komme, meine Schöne. Ich habe Mezze bestellt, damit Sie mir verzeihen. Der Chef des Em Sherif macht die besten der Stadt.«

Bamby war beruhigt. Im Grunde passte ihr die Verspätung von Yan. Sie musste Zeit gewinnen, viel mehr Zeit! Es sollte so spät wie möglich in dieser Nacht geschehen. Sie musste diesen Augenblick so lange wie möglich hinauszögern, bis sie nicht mehr zurückkonnte, bis Yan keine Lust mehr auf Spielchen hatte und sich auf sie stürzen würde. Es war notwendig, dass nur sie die Zeitabläufe kontrollierte! Ein gutes libanesisches Restaurant war die Garantie für eine Speisenfolge mit fünfzehn Gerichten. Sie würde zeigen, wie sehr sie dieses Essen liebte und auch den letzten Teller Hummus oder Auberginenpüree leer machen. Später am Abend würde sie Yan Segalen bitten, sie zurückzubegleiten. Der perfekte Plan!

»Perfekt, Yan«, sagte sie und klimperte mit den Wimpern, als wollte sie ihm applaudieren, und fügte hinzu, »Sie sind der Beste.«

Sie erhob sich, sah zum libanesischen Restaurant auf der anderen Straßenseite hinüber und zögerte, bevor sie die vielen Fußgänger auf dem Bürgersteig und den dichten Autoverkehr auf der Chaussee zu durchqueren wagte. Wirklich wohl fühlte sie sich in ihren Schuhen mit den hohen Absätzen und dem engen Rock nicht. Sie spürte, wie Yans Blick ihren Rücken hinunterglitt, auf ihrem Po verweilte und dann über ihre Beine strich, ein Blick, so klebrig und eklig wie der Schweiß, der über seinen Körper rann.

Sie hatte gewonnen! Yan Segalen würde ihr diese Nacht folgen, wohin sie ihn auch führte. Aber nicht ins Red Corner! Das war selbstredend zu riskant. Die Eingänge aller Häuser dieser Hotelkette dürften in der ganzen Welt ebenso gut bewacht sein wie die des Pentagon, und selbst wenn sie es nicht waren, musste Yan von den Morden an François Valioni und Jean-Lou Courtois gehört haben.

»Kommen Sie?«

Yan hatte ihre Hand genommen, und sie glaubte, er wolle sie über die Straße führen. Im Gegenteil, der Logistik-Verantwortliche zog sie zum Eingang des Gordon's Café.

»Gehen wir nicht in das Em Sherif? Sie haben doch soeben bestellt.«

»Zunächst, Fleur, habe ich ein Zimmer im Gordon's bestellt. Die Executive Suite mit Panoramablick auf die Stadt.«

Sie musste sich beherrschen, um ihre Hand nicht aus der von Segalen zu reißen.

»Und die Mezze?«, fragte Bamby unsicher.

Sofort begriff sie, wie dumm ihr Einwurf war. Yan hatte alles vorbereitet.

»Der Chef ist ein Freund von mir. In einer halben Stunde liefert er alles aufs Zimmer. Der Champagner ist allerdings sicher schon dort.«

Bamby folgte ihm.

Das Tempo kontrollieren? Nichts lief wie geplant. Alles drohte ihr zu entgleiten … Der Abend hatte kaum begonnen. In ein paar Minuten würde sie allein mit Yan in der Suite sein. Ohne jeden Plan. Alles war zu einfach gewesen und zu schnell gegangen. Sie war nicht vorsichtig genug gewesen. Nicht gut genug vorbereitet. Sie war ein zu großes Risiko eingegangen, obwohl ihr die Polizei auf den Fersen war.

Die Leuchtziffer *VIII* des Fahrstuhls blinkte auf der vergoldeten Platte in der Wandverkleidung aus Marmor.

*VII, VI, V, IV.*

Der Lift brauchte nur ein paar Sekunden, um nach unten zu fahren.

*III, II, I.*

Ebenso wenige Sekunden, um dann bis zum achten Stock und zur Suite mit Panoramablick und dem Champagner hinaufzufahren.

Nur ein paar Sekunden, um zu überlegen.

Sie musste improvisieren.

Segalen würde sie ja wohl nicht vergewaltigen.

Sie riskierte nichts.

Yan Segalen auch nicht.

Im schlimmsten Fall würde dieses Monster mit dem Leben davonkommen.

## 55

*21:15 Uhr*

Julo beobachtete den Funkenregen, der die Nacht erhellte. Er stob gen Himmel, um dann auf den Rand des betonierten Kais herabzufallen. Abgesehen von den Flammenfontänen sah er nur die Schatten der drei Arbeiter mit ihren Schweißbrennern, den stählernen Schiffsrumpf auf dem Trockendock sowie die Hafenkräne. Nachtschwärmer konnten jeden Abend der Woche durch einen anderen Hafen schlendern und die dort liegenden Schiffe bewundern, montags die Fischerboote, dienstags Jachten, mittwochs Fähren und donnerstags Kriegsschiffe. Heute Abend war es der Frachthafen, der es Julo angetan hatte. Wahrscheinlich, weil niemand außer ihm Lust zu haben schien, hier zwischen den qualmenden und feuerspeienden Schloten der Raffinerien zu flanieren, die nach Öl und Gas stanken. Wahrscheinlich auch, weil er der kichernden Jugendlichen am Strand überdrüssig war und ihm die rechte Laune fehlte, grazile Silhouetten im Badeanzug zu betrachten. Auf seinem Laptop hatte er die Fotos von Bambi13 und Faline 95 auf der Startseite gegen eine Insellandschaft ausgetauscht.

*Lampedusa.*

Eine italienische Insel, die näher an der tunesischen Küste lag als an der von Sizilien.

Er hatte wie zufällig diese neun Buchstaben in den Suchlauf getippt und Fotos angeklickt.

LAMPEDUSA.

Die Gegensätze hatten ihn erschüttert. Vor seinen Augen lief eine Bildfolge ab, die eine der großen Tragödien der Welt widerspiegelte, türkise Gewässer und schwarze Haut, Buchten mit klarem Wasser und Leichen, braune Körper zuhauf an den sichelförmigen Stränden oder auf unsicheren Booten. Zusammengepferchte Menschenmengen, die einen im Paradies, die anderen in der Hölle.

Um Bamby und Faline würde er sich später wieder kümmern. Seit heute Morgen und der Entdeckung des Mordes im Red Corner von Dubai, waren seine Überzeugungen ins Wanken geraten. Alles sprach gegen Bamby Maal, wie zum Beispiel die nahezu identischen Aufnahmen der Blutbäder. Und dennoch, es war praktisch unmöglich, dass sie dieses Verbrechen fünftausend Kilometer von hier entfernt begangen haben konnte.

*Warten wir es ab*, hatte Petar gegrummelt, *die DNA wird uns Aufschluss geben.*

Julo hatte die Website mit den Fotos geschlossen und begnügte sich damit, die neuesten Nachrichten im Netz zu lesen. LAMPEDUSA. Touristenangebote für Europäer wechselten sich mit der Berichterstattung über die Dramen ab.

*95 Hotels auf Lampedusa. Profitieren Sie von unseren Sonderangeboten! Booking.com.*
*Schiffbruch am 3. Oktober 2013 in Lampedusa – Wikipedia*
*Lampedusa, Stadtbesichtigung – bis zu 55 Prozent Rabatt www.routard.com*
*Lampedusa, die tödliche Pforte nach Europa – BFM-TV.*

Mehr als dreitausend Ertrunkene in Küstennähe seit 2002! Das waren doppelt so viele Opfer wie beim Untergang der *Titanic* und halb so viele Menschen wie Inselbewohner.

Auf den Kais schleuderte die leichte Brise die Funken der Schweißbrenner in die Höhe, die Flämmchen flogen ein paar Augenblicke durch die Luft und verglühten dann in den Wellen. Sterne, vergänglicher noch als Seifenblasen. Julo hatte anlässlich einer Klassenreise nach Berlin den Checkpoint Charlie besichtigt: Die Verrückten, die damals hatten sterben müssen, nur weil sie auf die andere Seite der Mauer wollten, von Osten nach Westen, waren jetzt Helden, Widerstandskämpfer und Märtyrer! Diejenigen, die heute versuchten, eine Grenze von Süden nach Norden zu überwinden, waren im besten Fall Gesetzesbrecher, im schlimmsten Fall Terroristen, obwohl sie von der gleichen westlichen Welt, der gleichen Demokratie angezogen waren.

Eine Frage der schieren Anzahl? Der Art und Weise? Der Hautfarbe? Der Religion?

Oder war der Weltenkompass aus dem Lot geraten?

*Ihr Tod ist eine Liebeserklärung.*

Julo stützte den Kopf in die Hände. Er hatte diesen Satz auf der Website von *Vogelzug* gelesen.

*Ihr Tod ist eine Liebeserklärung.*

Und dazu gab es Fotos von Migranten, die dicht gedrängt in Schlauchbooten hockten, ein paar Kilometer von den Küsten entfernt.

*Vogelzug.*

Der Verein aus Port-de-Bouc, für den Valioni und Courtois gearbeitet hatten. Julo klickte sich eher wahllos durch das Labyrinth der Website, die in zwölf Sprachen Erklärungen zu dem Phänomen der Migrationsbewegung gab. Er suchte nach einem dieser sonderbaren farbigen Armbänder oder nach einer dieser Muscheln in irgendeiner Hand. Er hoffte, wie durch ein Wunder fündig zu werden, einen Zusammenhang, irgendeine Verbindung aufzutun.

Er surfte minutenlang, fand aber nichts. Er teilte den Bildschirm in zwei Fenster und kehrte auf die Facebook-Seiten von Bambi13 und Faline95 zurück, um sie nochmals zu vergleichen. Wenn dieses Mädchen nicht Bamby Maal war, so musste es jemand sein, der versuchte, Bamby auszutricksen, also eine Person, die sie kannte …

Das Handy vibrierte in seiner Tasche.

Eine Nachricht.

*Petar.*

Julo zögerte, sie zu lesen. Die beiden hatten sich auf dem Rückweg vom Ibis-Hotel gestritten, denn Julo hatte erneut darauf bestanden, Jourdain Blanc-Martin vorzuladen, was Petar ablehnte. Kategorisch. Sie waren laut geworden, und Petar hatte das Autoradio aufgedreht. Renaud sang: »Nicht der Mann erobert das Meer, sondern das Meer holt sich den Mann.«

*Sobald der Wind weht …*

Sie waren den Strand nicht weit von Aigues Douces entlanggefahren. Kinder badeten dort, Petar hatte ihnen mit angewiderter Miene zugeschaut und gesagt:

»Das Meer ist zum Kotzen, die Migranten gehen drin kaputt.«

Schweigend waren sie weitergefahren, vom Carrefour zum Multiplex-Kino, wo Jack Sparrow immer noch hochmütig ins Leere starrte, dann am Starbucks und dem Red Corner vorbei. Es dürfte gegen 17:00 Uhr gewesen sein. Etwa ein Dutzend Autos standen auf dem Parkplatz vor dem roten Hotel mit dem Pyramiden-Dach. Offenbar waren die Zimmer dort zwischen 15 und 19 Uhr besser belegt als in der Nacht.

Julo stellte fest, dass kein Polizist vor dem Hotel Wache hielt.

»Na und?«, hatte Petar gereizt gesagt. »Wir können schlecht Wachen vor jedem Red-Corner-Hotel der Welt aufstellen. Es gibt immer noch Grenzen beim Prinzip der Vorsorge, mein kleines Genie.«

»Nicht alle, das will ich gern einsehen«, hatte Julo beharrt, »aber wenigstens vor dem in Port-de-Bouc …«

»Was ist denn an diesem Hotel so besonders? Dort ist niemand umgebracht worden.«

Julo hatte nichts erwidert. Er war verdutzt. Die Logik seines Chefs leuchtete ihm nicht ein.

Einen Augenblick lang hatte er das verrückte Gefühl, Petar Velika und er arbeiteten zwar am gleichen Fall, ermittelten jedoch in parallelen Welten mit zwei verschiedenen Lösungsansätzen für das gleiche Verbrechen, als gäbe es nicht nur eine, sondere mehrere Wahrheiten.

Es hatte eine Weile gedauert, bevor sie erneut miteinander sprachen, als müsste jeder erst zu sich selbst finden und sich wieder bewusst werden, dass sie nebeneinander im Renault Safrane saßen, Julo am Steuer und Petar hingeflegelt auf dem Beifahrersitz, sie gemeinsam den Kanal de Caronte überquerten und dabei die herrliche Aussicht auf das Viertel mit den pastellfarbenen Häusern der Ile de Martigues genossen.

Ein paar Stunden später schickte ihm Petar diese SMS.

Welchen Bock hatte er wohl diesmal geschossen?

Neugierig las Julo dennoch die Nachricht auf seinem Handy.

*Wir haben das Mädchen.*
*Dein Herzchen Bamby.*
*Sie sitzt in der Falle.*

## 56

*21:17 Uhr*

*You feel like an alien in this world*
*You alone know your own loneliness.*

Noura sang jetzt seit über einer Stunde. Diesmal war die Feuerschutztür zum Frühstückssaal des Ibis-Hotels nicht geschlossen, und alle Gäste konnten der Vorstellung beiwohnen. Noura interpretierte mit ihrer einschmeichelnden dunklen Stimme das Repertoire von Angélique Kidjo, der Diva aus Benin. *Idje-Idje, We We, Batonga.*

Ihr Repertoire umfasste ein Gemisch aus Sprachen und Musikrichtungen: Gospel und Englisch, Zouk und Französisch, Reggae und Fon, Rumba und Bambara, Sega und Mina. Noura mischte alles, improvisierte jede Strophe, wiederholte endlos Refrains, während Darius versuchte, mit der Djembé den Rhythmus zu halten. Whisley spielte hingebungsvoll lange Gitarrensoli, zu denen Noura suggestiv die Hüften schwang. Um die dreißig Zuschauer klatschten, sangen, wiegten sich im Takt oder tanzten. Glücklich und vergnügt wie noch nie.

Das Konzert hatte auch unbekannte Gäste geweckt und angezogen, und der alte Zahérine erzählte ihnen jetzt von der bevorstehenden Ankunft seiner Cousins aus Djougou, die er seit zwanzig Jahren nicht mehr gesehen hatte. Whisley hatte zwischen die Saiten seiner zweiten Gitarre ein Foto seiner Verlobten Naïa gesteckt, die mit dem gleichen Boot kommen würde. Auch sie war eine Diva. Ihretwegen hatte er Gitarre spielen gelernt. Noura würde vor Neid erblassen, aber er würde sie dazu bringen, im Duett zu singen. Das würde eine Riesennummer werden! Darius war der einzige der Beniner-Gruppe mit rechtmäßigen Papieren. Er hatte einen abgetragenen grauen Anzug angezogen und erklärte, er werde seinen Onkel Rami, das ehemalige Oberhaupt des Dorfs Dogbo-Tota, und seine Frau Fatima sofort bei ihrer Ankunft in Empfang nehmen.

Ruben Liberos servierte Softdrinks und Champagner. Einen ganz besonderen Champagner, den ihm der Enkel des Zaren Nikolaus – im Exil in Épernay – aus Dankbarkeit für die Ausführung eines undurchsichtigen Geheimauftrags geschenkt hatte … Doch niemand interessierte sich für Rubens Geschichten. Savorgnan legte eine Hand auf die Schulter des Hoteldirektors und zog ihn beiseite, um mit ihm anzustoßen.

»Danke, Ruben! Danke!«

»Ich bin glücklich. Glücklich für euch. In ein paar Tagen oder Wochen seid ihr alle wieder vereint.«

»Und du, mein Bruder? Hast du keine Familie?«

Liberos leerte sein Glas Champagner. Zu schnell. Noura bewegte ihre biegsamen Glieder aufreizender denn je, verschlang dabei Savorgnan mit ihren Blicken und sang immer wieder:

*I feel like an alien in this world*

»Nein… Aber sei meinetwegen nicht traurig, ich habe es selbst so gewollt. Ich bin ein rollender Stein, und nichts kann auf einem rollenden Stein wachsen, vor allem, wenn er gegen den Lauf der Welt rollt.«

Ruben schenkte Savorgnan und sich selbst Champagner nach.

»Trinken wir auf eure Familien, mein Bruder! Auf eure auseinandergerissenen und bald wiedervereinten Familien! Als ich Kind war, haben mich meine Eltern in ein Internat nach Salamanca geschickt, mehr als fünfzig Kilometer von zu Hause entfernt, und ich habe sie nur an Weihnachten, Ostern und im Sommer gesehen. Ich habe sie deshalb gehasst. Meine eigenen Eltern hatten mich verbannt. Wären sie noch am Leben, würde ich ihnen dankbar die Hände küssen. Ohne sie wäre ich in meinem Dorf versauert, wie die anderen Kinder meines Alters. Ich hätte Schweine gezüchtet und Kinder aufgezogen, die nach meinem Tod immer noch Schweine züchten würden. Heute, meine Brüder, habt ihr verstanden, dass die Welt ein Dorf ist. Also, geht eurer Wege, hierhin, dorthin, sammelt den Nektar aller Pflanzen der Welt. Und seid ihr erst alle beisammen, wird es ein großer Festtag sein.«

Wieder leerten sie ihre Gläser.

»Ich zahle dir den Champagner zurück«, rief Savorgnan, »wenn ich erst den Prix Goncourt bekommen habe.«

Ruben sah ihm ernst in die Augen und überging mit einer abwehrenden Handbewegung das Angebot.

»Wie viel hast du für deine Familie bezahlt?«

»Nicht viel.«

»Was bedeutet das?«

»Drei Millionen CFA-Francs. Etwas weniger als fünftausend Euro pro Passagier.«

Ruben warf einen Blick auf die tanzende Menge. Männer und Frauen, die nicht einmal zehn Euro in der Tasche hatten, nicht einmal hundert auf der Bank.

»Wir schlagen uns durch«, sagte Savorgnan. »Manchmal legt ein ganzes Dorf zusammen. Manche Leute verschulden sich auf Lebenszeit bei einem Finanzmakler.«

»Und du?«

»Ich habe einen Kredit mit einer Laufzeit von dreißig Jahren aufgenommen. In weniger als zehn Jahren haben wir alles zurückgezahlt, ich mit meinen Lesungen und Autorenrechten und Babila mit ihrem Gehalt als Krankenschwester. Wir haben Sparen gelernt. Dann bezahlen wir die Ausbildung von Keyvann bei der Bahn und kaufen einen Beauty-Salon für Safy. Manche bezahlen noch viel mehr als wir, weißt du. Babila, Keyvann und Safy haben nur die grünen Armbänder.«

Ruben hob erstaunt den Blick. Der Champagner begann, ihm die Sinne zu vernebeln. Whisley und Darius nutzten die Pause, die Noura einlegte, zu einer schwungvollen Darbietung von Gitarre und Djembé.

»Unsere Kontaktmänner bieten Armbänder in drei verschiedenen Farben an«, erklärte Savorgnan. »Je nachdem, wie viel man für die Überfahrt bezahlt. Die gleichen Armbänder aus Plastik wie in den All-inclusive-Hotelclubs, die man nicht austauschen oder fälschen kann. Man behält sie solange am Handgelenk, bis alles vorüber ist, dann schneidet man sie auf und wirft sie weg. Ein grünes Armband kostet fünftausend Euro, ein blaues siebentausend und ein rotes zehntausend.«

Ruben setzte sein Glas ungeschickt auf dem Tresen ab, so dass es umkippte und herunterfiel.

»Warum sollte man zehntausend Euro bezahlen, nur um auf die andere Seite des Mittelmeers zu kommen?«

»Je nach der Farbe des Armbands sitzt du entweder mit anderen zusammengepfercht im Schiffsrumpf oder an Deck. Du hast einen Platz dicht bei den Maschinen oder an einem Bullauge. Du bekommst zu trinken oder nicht. Du wirst trotz schlechter Wetterlage oder mangelnder Plätze eingeschifft oder eben nicht. Schockiert dich das, Ruben?« Savorgnan lachte laut auf, auch er hatte zu viel getrunken. »Mich auch, aber dann habe ich nachgedacht. Alles funktioniert überall in der Welt auf die gleiche Weise, nicht wahr? Egal, um welches Transportmittel es sich handelt! Businessclass oder Touristenklasse. Entweder man wird wie Vieh behandelt oder wie Könige. Warum sollten illegale Einwanderer nicht die gleiche Wahl haben?«

Der Hoteldirektor hatte Mühe, sich zu bücken, um sein Glas aufzuheben.

»Verschiedenfarbige Armbänder, um die Passagiere zu unterscheiden«, murmelte er. »Irre Erfindung!«

»Du sagst es! Die Millionen Migranten, die Amerika bevölkert haben, sind auch auf den Schiffen unterschiedlich behandelt worden. Da waren diejenigen, die ein Vermögen bezahlt haben, um im unglaublichen Luxus der schwimmenden Städte zu schwelgen, während die anderen zu Hunderten wie Hunde auf engstem Raum in den Zwischendecks krepierten.«

Savorgnan zog Ruben auf die improvisierte Tanzfläche. Noura sang jetzt die Popschlager der Fulbe-Sängerin Inna Modja.

*We're gonna take some time for celebration*
*From Rio de Janeiro to San Diego*
*Let's go to Bamako.*

»Ich will dir ein Geheimnis verraten«, flüsterte Savorgnan Ruben ins Ohr. »Ich habe meinen Kontaktmann nicht wegen der Armbänder gewählt, sondern wegen der Kaurimuscheln.«

»Kaurimuscheln?«, wunderte sich Ruben.

»Ja, wir zahlen mit Muscheln«, wisperte der Beniner.

Seine Augen glänzten ebenso wie Nouras.

»Das sind seltene Mollusken«, erläuterte Savorgnan, »ganz besondere Muscheln. Unter Schleppern ist eine Kaurimuschel hundert Euro wert. Das lässt sich leicht ausrechnen: Die Überfahrt meiner Familie kostet hundertfünfzig Kaurimuscheln. Bei jeder Etappe, bei jedem Zwischenhändler und an jeder Grenze gibt sie ein paar davon her. Ich wollte nicht, dass Babila, Keyvann und Safy mit fünfzehntausend Euro – in ihr Kleiderfutter eingenäht – ganz Afrika durchqueren. Die Kaurimuscheln sind außerhalb dieses Netzwerks absolut nichts wert.«

»Schlau«, fand Ruben, »sehr schlau.«

Noura sang weiter, noch verheißungsvoller, noch verführerischer und ließ Savorgnan nicht aus den Augen.

*Sydney, Tokyo, Paris, Bamako again*
*Let's go to Bamako Oh Oh Oh*

Die Hotelgäste erschienen in Schlafanzügen an der feuerfesten Tür. Eine Mutter, ein Vater und zwei Kinder. Zerzaust und aus dem Schlaf geschreckt. Den Eltern reichte man ein Glas Punsch, den Kindern Fruchtsaft, und dazu gab es Krapfen und Samosas. Überrascht nahmen sie die Einladung an, als wären sie im Ibis-Hotel eingeschlafen und auf einem ganz anderen Kontinent erwacht.

Ruben entfernte sich von Savorgnan und ging auf Noura zu, die sich in Trance gesungen hatte.

»Sing!«, murmelte er ihr ins Ohr. »Sing die ganze Nacht, meine Schöne, deine Rivalin kommt heute Abend nicht.«

## 57

*21:19 Uhr*

Als Bamby die Tür zur Executive Suite des Gordon's Café aufstieß, hatte sie den Eindruck, dass dort bereits jemand auf sie wartete. Sie zögerte einzutreten. Yan schob sie – die Hand auf ihrer Taille – mit sicherem Griff hinein.

Sie hatte keine Wahl.

Musste weitergehen.

Es war niemand im Zimmer… aber jemand war hier gewesen. Zwei Nachttischlampen beleuchteten die Wände mit orangenem Licht. Dezente Jazzmusik erfüllte den Raum. Rosenblätter lagen auf dem Bett verstreut. Für ein einfaches Bewerbungsgespräch hatte sich Yan mächtig ins Zeug gelegt!

Die Tür zum Badezimmer stand offen. Absichtlich. Hinter der beschlagenen Glasscheibe stieg Dampf aus einem Jacuzzi, den ein unsichtbarer Zimmerservice für eine bestimmte, von Yan vorgegebene Stunde vorbereitet hatte. Zwei Kelche standen auf dem Rand der brodelnden Wanne. In einem hohen Sektkühler wartete bereits die Flasche Champagner.

Yan stellte seine Tasche auf ein Tischchen neben dem Eingang, legte seine Safarijacke ab und näherte sich Bamby, um sie zu küssen. Sie wich ihm aus und spielte das unschuldige Dummchen.

»Oh, mein Gott, Yan… ich wusste ja nicht, dass für das Vorstellungsgespräch auch ein Schwimmwettbewerb vorgesehen war.«

Zeit gewinnen, das war Bambys einziger Gedanke. Abstand halten, damit er sie nicht küssen konnte. Yan dazu bringen, sich aufs Bett zu legen, ohne dass er sie berührte. Eine Lösung finden, ihn außer Gefecht zu setzen. Das Tuch in ihrer Tasche? Sein Gürtel? Nur hatte der Verantwortliche für Logistik von *Vogelzug* ein Drehbuch erdacht, an das er sich akribisch zu halten schien. Ein Szenario, in dessen erstem Akt sich beide auszogen, bevor das Wasser im Jacuzzi kalt und der Champagner warm wurde.

»Sie hätten mich vorwarnen sollen, Yan, dann hätte ich einen Badeanzug mitgebracht.«

*Nicht nötig, meine Schöne,* antworteten Yans Augen, die auf ihren Busen schielten. Yan Segalen musterte sie geradezu unverschämt. Sein vulgärer Blick stand im krassen Gegensatz zur romantischen Inszenierung dieses Zimmers. Die dunkle und die helle Seite der gleichen Gier.

Er wollte sie besitzen.

Yan ging ins Badezimmer und begann sich ohne jede Scham seiner Kleidung zu entledigen. Dann beugte er sich über ein schwimmendes Thermometer in der Wanne, nicht nur, um die Wassertemperatur zu kontrollieren, sondern auch, um Bamby zu bedeuten, dass sie nicht herumtrödeln und sein perfektes Timing stören sollte.

*Ein zu perfektes Timing!* Irgendetwas stimmte nicht mit dieser romantischen Szenerie, davon war Bamby plötzlich überzeugt. Yan Segalens Verhalten war nicht natürlich, diese Eile, sich auszuziehen, ebenso seine Schweigsamkeit, obwohl er sonst eher geschwätzig war, verhießen nichts Gutes. Bei einem anderen als Yan hätte sie es als Scheu ausgelegt. Aber bei ihm …

»Kommst du?«

Sein weißes Leinenhemd hatte er an einen Handtuchhalter gehängt. Er stand mit nacktem Oberkörper da und wartete auf sie.

Offenbar war er, trotz seines leichten Übergewichts, von seiner Anziehungskraft überzeugt. Er gehörte zu jenen Männern, die sich mit Schönheit von Geburt an gesegnet fühlten und glaubten, dass zunehmendes Alter ihrem Charme nichts anhaben könne. Die Art von Männern, die immer jüngere Frauen jagten, ihnen jedoch nicht das gleiche Recht wie sich selbst einräumten.

Bamby setzte sich aufs Bett und spielte zerstreut mit den blutroten Blättern.

Hatte Yan sie enttarnt?

In den letzten Tagen waren zwei Angestellte oder Ex-Angestellte des Vereins *Vogelzug* ermordet worden. Von einer Frau. Ihr seit Wochen vorbereitetes Annäherungsmanöver bei Yan glich in keiner Weise dem, das sie bei François und Jean-Lou angewendet hatte. Selbst wenn sie auf eine echte Stellenanzeige geantwortet und Yan letztlich derjenige gewesen war, der mit ihr Kontakt aufgenommen hatte, so war es dennoch logisch, dass er sich vor einer jungen hübschen Frau in Acht nahm … einer hübschen jungen Frau, die sich darüber hinaus zu leicht verführen ließ.

*Yan ist hinterlistig. Er ist der Schlaueste von allen.*

*Er liebt Frauen, wie ein Jäger das Wild liebt.*

*Man könnte glauben, dass er sich für sie interessiert, aber er studiert sie lediglich.*

*Ich dachte, er hört mir zu und versteht mich. In Wirklichkeit beobachtet er mich nur.*

*Liegt auf der Lauer.*

*Konzentriert. Sogar fasziniert.*

*Um sicher zu sein, genau ins Herz zu treffen – aber erst wenn er es entscheidet.*

»Kommst du?«, wiederholte Yan. »Jetzt ist es ein bisschen zu spät, die Schüchterne zu spielen.«

»Und wenn der Zimmerservice die Mezze bringt?«

»Dann ziehen wir einen Bademantel über.«

Bamby erhob sich.

Zeit gewinnen! Wenigstens ein kleines bisschen. Alles ging zu schnell, konnte unversehens eine andere Wendung nehmen, das spürte sie. Um Yans Vertrauen zu gewinnen, knöpfte sie ihre Bluse auf, warf sie aufs Bett und entledigte sich der High Heels. Sie näherte sich ihm barfuß, den üppigen Busen noch in ihrem BH verborgen. Sie löste ihr weizenfarbenes Haar, das wie ein Wasserfall über ihre braunen Schultern floss.

Sie musste wieder die Oberhand gewinnen, sein Misstrauen beruhigen.

Sie stand ein paar Zentimeter von Yan entfernt im Badezimmer, als es klopfte.

»Restaurant Em Sherif«, rief eine Männerstimme. »Zweimal Mezze für Monsieur Segalen.«

»Stellen Sie alles aufs Bett«, rief Yan zurück.

Bamby hörte, wie jemand die Tür öffnete und dann wieder schloss. Yan schickte sich an, das Badezimmer zu verlassen.

Sie hielt ihn zurück.

Instinktiv.

Nichts an dieser Szene schien normal. Ein zu theatralischer Auftritt.

Sie legte ihre Hände auf Yans Oberkörper.

»Lass«, flüsterte sie, »ich möchte, dass er sich vorstellt, was wir gerade machen.«

Yan hielt in seiner überraschten Abwehrbewegung inne, als er Bambys Busen an seiner Brust spürte. Sie ließ ihre Hand über die Wölbung zwischen den Beinen unter seiner Leinenhose gleiten und begann, seinen Gürtel zu öffnen.

Dann ging alles sehr schnell.

Mit aller Kraft riss sie an der Gürtelschnalle und zog mit einem Ruck das Lederband aus der Hose, die, schon geöffnet, zu Boden fiel. Bamby sprang zurück, ohne den Gürtel aus der Hand zu geben. Yan, der wegen der heruntergelassenen Hose keine Bewegungsfreiheit hatte und nicht laufen konnte, brüllte durch die Suite:

»Achtung, sie kommt!«

Bamby rannte in den Salon. Ein kräftiger Mann mit dem Gesicht eines Bullen und breiter als der Schrank am Eingang erwartete sie bereits mit einem Schlagstock in der Hand.

Eine Falle. Eine wohl geplante Falle. Yan hatte tatsächlich ihr Spiel aufgedeckt.

Der Mann, der sie aufhalten sollte, nahm sich Zeit, als er Bamby aus dem Bad rennen sah. Eine halb nackte Barbie, die auf ihn zustürmte! Er lächelte. Ein hübsches kleines Püppchen, das er mit größtem Vergnügen bei der Taille packen und ordentlich festhalten würde, während sie in seinen kraftvollen, tätowierten Armen strampelte.

Noch ehe er reagieren konnte, traf ihn die Gürtelschnalle an der Schläfe. Bamby rannte ohne anzuhalten weiter, die Behelfsschleuder mit der Stahlschnalle in der Hand. Der Schlagstock fiel auf den Teppichboden, der Kleiderschrank von einem Polizisten aufs Bett. Bamby legte die Hand auf die Türklinke, sah sich halb nackt im Flurspiegel, ergriff im letzten Moment reflexartig ihre Tasche, Yans Jacke und seine Aktenmappe auf dem Tischchen und sauste den Hotelgang entlang, während der Mann mit dem Schlagstock »dieses Luder« brüllte. Yan stolperte wie ein Pinguin aus dem Bad, lächerlich mit seiner Hose auf Knöchelhöhe.

*VIII, VII, VI, V, IV, III, II, I.*

Im Fahrstuhl zog Bamby zitternd Yans Buschjacke über, rannte dann durch die Eingangshalle des Gordon's Café und sprintete die Rue Monot entlang bis zur Place des Martyrs. Alle drehten sich nach ihr um. Sie hatte nicht die Zeit, die Jacke zu schließen. Bei jedem Schritt bebte ihr Busen, sie lief immer schneller und ihr Rock rutschte immer höher.

Verschleierte Frauen musterten sie entsetzt und bedeckten die Augen ihrer Kinder.

Sie schlängelte sich zwischen den Fußgängern und zwei Kinderwagen hindurch und hastete zum Boulevard am Ufer. Drei Polizisten, die vor dem Schmuckgeschäft Mouzannar Wache hielten, zögerten, ihren Posten zu verlassen und sie anzuhalten.

Weiterrennen!

Der Beton auf dem Bürgersteig scheuerte ihre nackten Füße wund. Hinter den nagelneuen Bauten tauchten die Ruinen der bombardierten Häuser auf. Sie presste Yans Aktenmappe verzweifelt an sich, um ihre Blöße zu bedecken.

In Panik überquerte sie die Rue 1.

*Lassen Sie mich durch!*

Vier Reihen Autos bremsten scharf. Die Fahrerin eines weißen Peugeot 504 rief ihr Beleidigungen nach. Ein junger Ferrari-458-Fahrer pfiff ihr hinterher. Bamby verlangsamte ihren Lauf nicht. Sie raste jetzt über die breite Uferpromenade, das Meer zu ihrer Rechten, die Autoschlangen zu ihrer Linken.

Ein paar Jogger kamen ihr entgegen. Vier Männer mit Schnauzbärten, die auf einer Bank etwas tranken, schauten ihr lachend nach. Bamby bahnte sich ihren Weg durch Menschenmengen, rannte bis zur Erschöpfung weiter, schaute voller Angst auf die Autos und hoffte, der nächste haltende Wagen wäre ein Taxi. Bloß kein Polizeiauto!

Erst nach einem Dauerlauf von weiteren dreihundert Metern stoppte sie, völlig außer Atem. Ihre Handtasche schaukelte noch an ihrer Schulter. Das Leder von Yans Mappe war schweißnass.

Ihr Rock war so hochgerutscht, dass darunter der weiße Slip hervorblitzte. Mit einem letzten Anflug von Scham zog sie den Rock herunter. Sie warf die blonde Perücke auf den Asphalt. Jetzt fiel das eigene Haar über ihr Gesicht. Sie strich es nach hinten, um durch die Kontaktlinsen, die ihr in den Augen brannten, den unendlichen Wagenfluss zu begutachten. Ein gelb-weißer Mercedes kam auf der rechten Spur näher und war nur noch hundert Meter von ihr entfernt. Endlich! Bamby stellte sich mitten auf die Chaussee. Das Taxi bremste scharf.

Bevor der Fahrer reagieren konnte, war sie schon hinten eingestiegen.

»Sprechen Sie Französisch?«

»Ein wenig…«

»Fahren Sie so schnell wie möglich!«

Sie schaute auf die Zeder in der am Autoradio befestigten Flagge.

»Zum Flughafen Beirut«, fügte sie hinzu. »Ich muss in einer Viertelstunde dort sein!«

## 58

*21:24 Uhr*

Jourdain Blanc-Martin diskutierte gerade mit Agnese De Castro, einer charmanten katalanischen Witwe, die an der Mittelmeerküste, von Barcelona bis Pisa, rund ein Dutzend leerstehender Wohnungen besaß, die sie zur Hälfte an reiche Flüchtlinge vermieten wollte. Plötzlich erklang das *Adagio for Strings* von Samuel Barber in Blanc-Martins linker Hosentasche. Dieses Adagio –

gespielt vom New York Philharmonic Orchestra unter der Leitung von Leonard Bernstein – war die Melodie, die er für eingehende Anrufe auf seinem privaten Handy gespeichert hatte. Nur er konnte diese Version von der anderen, der klassischen, unterscheiden, die er für sein Firmenhandy in der rechten Hosentasche gewählt hatte.

Er entschuldigte sich bei den Anwesenden. Seine Partner konnten ebenso gut wie er selbst den besten Preis für diese Zweitwohnsitze aushandeln, die nur wenige Wochen pro Jahr genutzt wurden. Wenn es um das Sharing-Economy-Prinzip und das Aufbessern von Einkünften ging, war es für das Ego weit aufwertender, solche Wohnungen direkt an betuchte Flüchtlinge statt über Airbnb zu vermieten.

Er verließ den holzgetäfelten Sitzungsraum im Schloss Calissanne, wo die ehrbaren Spender umso höhere Schecks ausstellten, je besser die Qualität der Weine war. Er schritt über die leeren Parkwege und ging endlich an sein Handy.

Es war Max-Olivier. Sein Banker.

»Ich bin in einer Versammlung, Max-O.«

»Was Offizielles?«

»Ja. Offiziell. Aber du kannst sprechen. Ich bin gerade allein.«

»Wir haben ein Problem mit der *Kenitra*. Sie sollte um 21 Uhr in Saidia ablegen, mit fünfunddreißig roten Armbändern an Bord. Alles war okay, und jetzt ist der Motor hin. Ein gutes Schiff, das schon seit sieben Jahren vollgepackt bis oben hin auf dem Mittelmeer kreuzt.«

»Wo bist du?«

»Am Hafen von Saidia. Der Skipper hat mich gerade angerufen.«

»Haben wir dort ein anders Schiff liegen?«

»Kein einziges! Die roten Armbänder meckern. Außerdem ist

für die nächsten Wochen Sturm angesagt. Schon heute Abend sieht es auf See nicht so gut aus.«

»Lass sie warten, wir haben keine andere Möglichkeit.«

»Jourdain, die proben hier einen Aufstand! Stell dir vor, sie reden!«

Jourdain stellte es sich vor. Auch wenn er wusste, dass niemand die Sache bis zu ihm zurückverfolgen konnte. Nur selten hörte jemand auf die verrückten Gerüchte, denen zufolge der Big Boss von *Vogelzug* seinen Reichtum mit Migrantenhandel gescheffelt hatte.

»Wann ist das letzte Boot abgefahren?«

»Vor einer Stunde. Die *Al Berkane*. Proppenvoll, mit hundertfünfzig Kunden an Bord. Wir müssen uns beeilen, bevor der angekündigte Sturm aufzieht.«

Jourdain setzte sich auf den Rand eines Brunnens, gegenüber einer hübschen Statue der jagenden Diana, von drei Rehen umringt. Er nahm sich Zeit zu überlegen, ehe er antwortete:

»Wie viele grüne Armbänder haben wir unter den hundertfünfzig Passagieren an Bord der *Al Berkane?*«

»Um die dreißig, würde ich sagen.«

Das hörte Jourdain gern. Sein Banker war tüchtig. Ebenso tüchtig wie dessen Alter Ego, der Schatzmeister, hinter Gittern. So sollte es auch sein. Immerhin wurden sie sehr gut dafür entlohnt, die von Jourdain aufgestellten goldenen Regeln haarklein zu befolgen. Zum Beispiel durften in einer Migrantenladung grüne Armbänder nie in der Überzahl sein.

»Okay, du sprichst mit dem Skipper der *Al Berkane*. Der lädt die dreißig grünen Armbänder in ein Beiboot, fährt zurück nach Saidia und verlädt die roten Armbänder.«

Jourdain nahm das peinliche Schweigen am anderen Ende zur Kenntnis.

»Bei dem Wellengang und auf hoher See, bleiben die keine zehn Minuten auf dem Kahn.«

Diana streichelte eines der Rehe und blickte auf die Baumwipfel. Jourdain wurde scharf:

»Was schlägst du dann vor? Glaubst du im Ernst, du könntest die dreißig Low-Cost-Migranten im Hafen von Saidia wieder von Bord lassen, ohne dass sie Zeter und Mordio schreien und die marokkanische Polizei alarmieren? Mitten auf See ist das diskreter. Das haben wir doch schon tausendfach durchgezogen. Der Skipper braucht nur irgendeine dumme Ausrede zu erfinden, Motorpanne, Zollfahnder in Sicht, Aggressionen an Bord, was auch immer. Ihr macht mir dreißig Plätze frei. Und wenn die grünen Armbänder aufmüpfig werden, dann werden die blauen und roten Armbänder sie schon selbst über Bord werfen.«

Max-Olivier seufzte. Jourdain beharrte:

»Wir zwingen niemanden, das Mittelmeer zu überqueren, oder? Würden wir ihnen keine Boote stellen, würden sie es trotzdem und nur mit einem Rettungsring versuchen, stimmt's, Max-O?«

»Schon gut, Jourdain. Erspar mir deinen Vortrag. Der Skipper der *Al Berkane* ist wie ein treuer Soldat. Der fackelt nicht lange.«

»Die grünen Armbänder kennen das Risiko«, fuhr Jourdain fort. »Jeder ist für sich selbst verantwortlich. Auch wir gehen Risiken ein. Wenn sie Glück haben, werden sie von einer Patrouille gerettet, wenn nicht, dann ist es eine Lektion für die anderen. Die Migranten tauschen sich aus, und sie werden verstehen, dass es sicherer ist, für die Überfahrt mehr zu bezahlen. Sag mir Bescheid, wenn die Sache erledigt ist!«

»Okay.«

Max-O hatte noch nicht aufgelegt, als wollte er noch etwas anderes loswerden. Es hatte nichts mit den dreißig Migranten zu tun, die man in einer Nussschale auf dem Mittelmeer aussetzen würde, mit mehr Chancen unterzugehen, als zu überleben. Ertrunkene gab es dort jeden Monat ein gutes Dutzend. Wenn er sich nicht um die Überfahrten kümmerte, täten es andere – Amateure mit weit höheren Verlusten an Menschenleben.

»Ist noch etwas, Max-O?«

»Dieser Junge gestern. Alpha Maal, der Fünfsterne-Überfahrten anbieten will.«

»Ja, was ist mit dem?«

»Seit gestern haben wir nichts mehr von ihm gehört.«

»Verdammt! Ich hatte dir doch gesagt, du sollst auf ihn aufpassen! Sieh zu, dass du ihn wiederfindest. Und das vor morgen früh!«

Jourdain beendete das Gespräch. Besorgt.

Er hatte die Geschichte mit dem Austausch der Passagiere bereits vergessen. Das Ganze würde schnell über die Bühne gehen, und der Verlust von dreißig Mal fünftausend Euro, abzüglich der zweitausend Kaurimuscheln war nicht der Rede wert. Seine Gedanken konzentrierten sich auf diese Familie Maal. Leyli, die Mutter, würde nichts unternehmen. Er hatte sie in der Hand, denn er kannte ihr Geheimnis. Außerdem hielt er für den kommenden Morgen eine Überraschung für sie parat. Den SMS zufolge, die ihm Yan Segalen und dann Petar Velika geschickt hatten, war Bamby in die Falle getappt. Wurde ja auch Zeit! Jetzt musste nur noch dieser kleine Lump eingefangen werden.

Er warf einen letzten Blick auf die Steinstatuen, steckte sein Handy in die linke Tasche und ging wieder auf die Lichter des Sitzungsraums von Schloss Calissanne zu. Der Wein dort war vorzüglich und die Gesellschaft charmant.

# TAG
# DES STEINS

# 59

*5:47 Uhr*

*Sofort herkommen!*

Als Julo diese SMS von Petar erhielt, hatte er noch keine vier Stunden geschlafen. Keine weitere Erklärung, nur dieser Befehl.

*Sofort herkommen!*

Dass es dringend war, daran bestand kein Zweifel. Julo begann, sich an die ruppige Art seines Chefs zu gewöhnen. Eine halbe Stunde später betrat er das Revier. Flüchtig rasiert und frisiert, schlecht angezogen. Er traf ein paar Kollegen, die durch die Gänge irrten, ebenso in Form wie Nachtschwärmer nach einer Rave-Party.

Petar jedoch schien hellwach zu sein. Er empfing seinen Assistenten mit einem ganz neuen Lächeln, das er sich wahrscheinlich nur für besondere Gelegenheiten aufhob.

»Tut mir leid, dich so früh aus den Federn gescheucht zu haben, Junge, aber wir haben Neuigkeiten.«

Julo rieb sich die Augen. Petar drehte seinen Computer zu ihm um, aber der Kommissaranwärter war zu weit entfernt und zu verschlafen, als dass er auch nur ein Wort auf dem Bildschirm hätte entziffern können.

»Unsere Mörderin hat wieder zugeschlagen«, verkündete Petar. »Zumindest hat sie es versucht.«

»Wen?«, fragte Julo knapp.

»Yan Segalen. Das ist der Logistik-Chef bei *Vogelzug*.«

*Vogelzug*, schon wieder … Der Hauptkommissar erläuterte:

»Yan Segalen hat einen Posten in Beirut. Auch er stand in Kontakt mit einem Mädchen, das zu hübsch und – sagen wir mal – zu schnell zu allem bereit war. Er wurde misstrauisch. Für das Rendezvous schlug er ihr einen von ihm ausgewählten Ort vor. Gleichzeitig hat er einen Sicherheitsbeamten von *Vogelzug* mitgenommen, um das Mädchen zu überführen. Er hätte besser dran getan, uns vorher anzurufen. Im Gegensatz zu Valioni und Courtois ist der Mann mit dem Leben davongekommen, aber die Mörderin ist auf der Flucht.«

»Hat Segalen sie identifiziert? Handelt es sich wirklich um Bamby? Bamby Maal?«

Petar grinste ironisch. Offenbar hatte er noch nicht sein ganzes Wissen preisgegeben und genoss es sichtlich, mit seinem Assistenten, dessen Neuronen ausnahmsweise langsamer waren als seine, Katz und Maus zu spielen.

»Machst du dir Sorgen um dein kleines Liebchen? Geduld, auch im Libanon geht gerade erst die Sonne auf. Wir wecken die dortige Polizei und überprüfen die Sache. Laut Yan Segalen war das Mädchen gut gebaut, hatte blondes Haar, grüne Augen und dunkle Haut … Wenn sie eine Perücke und Kontaktlinsen trug und etwas Schminke, dann kann sie es durchaus gewesen sein. Zu Bamby gesellte sich zunächst Faline und nun Fleur oder Blume, das ist ihr neuer Name, und ja, auch ich bin in der Lage, fünf Buchstaben bei Wiki einzugeben und weiß nun, dass Blume, das Stinktier, ebenfalls eine Freundin von Bambi ist. Die Beschreibung, die uns Yan Segalen von ihr gegeben hat, passt ins Bild. Aber auch die von manchen anderen Mädchen …«

Julo war nicht in der Lage, seine Gedanken zu ordnen. Sein Kopf rauchte. Ganz offensichtlich war er kein Morgentyp. Kaffeegeruch breitete sich im Büro aus und Julo hörte, wie das Wasser durch die Maschine lief. Bei seiner Ankunft hatte er Ryan bei der

Zubereitung gesehen. Nun komm endlich auf den Punkt, Velika, bettelte Julo in Gedanken, mach hin, alter Freund!

Petar musste mehrere Liter Kaffee getrunken haben, denn er war aufgekratzt wie noch nie und schien begeistert, die Denkansätze seines Assistenten mit einem Frage- und Antwortspiel im Keim zu ersticken.

»Mein kleiner Schlauberger, während du unbedingt Stunden damit vertun musstest, über *Vogelzug* und Blanc-Martin zu recherchieren – protestiere nicht! –, habe ich den Browserverlauf in deinem Computer kontrolliert und Nachforschungen über dieses Mädchen angestellt … Und nicht nur die Fotos im Bikini gescrollt. Nach den Aussagen von Leyli Maal und diesem Verrückten, Ruben Liberos, und seinen unsichtbaren Zeugen, hatten wir ein kleines Problem, uns die Anwesenheit von Bamby Maal vor zwei Tagen in Dubai zu erklären. Beirut ist da schon naheliegender, zumal wir von unserer geheimnisvollen singenden Studentin seit gestern früh absolut nichts mehr gehört haben, sprich, seit sich die Polizei etwas mehr für sie interessiert.«

Ohne erklären zu können warum – Petar war nicht zynischer als sonst –, mochte Julo die Art, wie sich sein Vorgesetzter ausdrückte, gar nicht. Er versuchte sich zu konzentrieren, auch wenn er vom lauten Brummen der Kaffeemaschine und dem Rauschen des Radios zwischen Nachrichten und Musik stark abgelenkt war.

»Wir erhalten die DNA-Analyse im Laufe des Vormittags«, warf Julo schlaff ein, »das Blut der Mörderin, das wir im Red Corner von Dubai gefunden haben, wird uns Aufschluss geben.«

»Wach endlich auf, zum Teufel! Die Frau ist auf der Flucht. Sie hat zwei brave Familienväter verbluten lassen und es bei einem dritten Opfer versucht. Mit Sicherheit hat sie in Beirut ein Flugzeug genommen. Aber wir sind ihr auf der Spur, und seit gestern

Abend nehmen wir alle Flüge und Passagierlisten unter die Lupe. Gleich bei ihrer Ankunft verhaften wir sie und warten nicht erst auf die Ergebnisse aus dem Labor.«

Julo hatte das ungute Gefühl, einer Treibjagd beizuwohnen. Einer Hatz. Es war der Augenblick, in dem bei einer Ermittlung alles rasend schnell vonstattenging. Wahrscheinlich demonstrierte Petar hier seine besondere Stärke: Er dachte nicht mehr nach, sondern schlug zu. Es ging ihm auch nicht um ein Motiv oder eine Erklärung, warum diese junge Frau die Männer umgebracht hatte. Man musste einfach nur verhindern, dass sie weiter mordete. Am besten, man konnte sie neutralisieren und dann vergessen.

»Meine Hypothese ist ...«, fuhr Petar jetzt ruhiger fort, »dass sie vielleicht nicht im Alleingang gehandelt hat. Und an diesem Punkt brauche ich die Hilfe deines scharfen Geistes.«

Wieder versuchte Julo, sich zu konzentrieren.

»Mit Ryan und Toni haben wir seit gestern Abend ganze Arbeit geleistet. Toni hat uns eine interessante Nachbarschaftsbefragung über Bamby Maal beschafft. Man sollte meinen, die besonders hübschen Gazellen tauchen im Rudel auf. Wir haben drei Kandidatinnen, die sich prächtig als Double eignen.«

Der letzte Nebel in Julos Gehirn löste sich auf.

Wieder einmal schien Petar ein besserer Ermittler zu sein als er selbst, da er pragmatischer und instinktiver vorging. Während er selbst sich stundenlang den Kopf über unlösbare Rätsel zerbrach, kam der Hauptkommissar voran.

»Der ersten Schönen sind wir gemeinsam im Hotel Ibis begegnet. Sie heißt Noura Benhadda. Eine hübsche Mestizin, die anscheinend wie eine Göttin singt. Sie ist legal hier und verdient ihren Lebensunterhalt als Reinigungskraft. Wir können sie in Betracht ziehen, allein wegen ihres Aussehens und der Tatsache, dass die Mutter von Bamby im gleichen Hotel arbeitet wie sie.«

Nichts Neues, dachte Julo.

»Die zweite, die Toni ausgekundschaftet hat, ist eine gewisse Kamila Saadi, eine Studienkollegin von Bamby Maal. Die beiden waren gute Freundinnen, bis sie sich zerstritten haben. Sie wohnt in der Wohnung unter Leyli Maal. Toni zufolge hält sie, was das Aussehen angeht, einem Vergleich mit Bamby nicht stand, aber wie du selbst sagst, kann man mit Photoshop wahre Wunder für Facebook vollbringen … Man braucht nicht Halle Berry zu sein, um einen verheirateten fünfzigjährigen Mann in ein Red Corner zu locken.«

Falsche Spur, dachte Julo instinktiv.

»Die dritte im Bunde wird dich mehr interessieren. In den Kontakten von Bamby Maal haben wir eine gewisse Chérine Meunier gefunden. Sie ist zwei Jahre älter als Bamby, und die beiden haben sich bei einem Zumba-Kurs in der Tanzschule Isadora in Marseille kennengelernt. Zwei tropische Lianen, eine so feingliedrig wie die andere. Sie scheinen einander sehr verbunden zu sein, auch wenn sie sich nicht häufig sehen. Chérine Meunier ist Stewardess bei der Royal Air Maroc.«

Diesmal horchte Julo auf. Bambys Freundin, eine Stewardess! Das war das fehlende Glied in seiner Gedankenkette. Ein Mädchen, das überall in der Welt Fotos machen konnte. Zweifellos war das die Erklärung für die Bilderserie von Bambi13 auf Facebook. Ein Rätsel weniger …

Doch auch eine neue Frage schlich sich ein: War Chérine Meunier die Mörderin, die die Identität ihrer Freundin angenommen hatte, oder einfach nur ihre Komplizin? Zum ersten Mal seit Julos Ankunft schwieg Petar. Auch die Kaffeemaschine gab keinen Mucks mehr von sich.

Ein Jingle im Radio kündigte die nächsten Nachrichten an, als Ryan im Büro auftauchte.

»Julo und Petar. Zwei Kaffee!«

Kommissaranwärter Flores antwortete nicht. Mit einem Mal vergaß er alles um sich herum. Nicht nur Petar, der sich langsam erhob, um seine Tasse in Empfang zu nehmen, sondern auch den Journalisten im Radio, ebenso wie Ryan, der wiederholte:

*Julo und Petar. Zwei Kaffee!*

Endlich konnte er sich die Szene, wegen der er sich seit drei Tagen das Gehirn zermarterte, wieder ins Gedächtnis rufen. Kein Bild, kein Gefühl, sondern ein Satz! Ein einfacher Satz, den er gehört, gefiltert und irgendwo im Durcheinander seines Unterbewusstseins gespeichert hatte, und der die ganze Zeit nur darauf gewartet hatte, endlich eingeordnet zu werden.

*Bamby und Alpha. Zwei Kaffee!*

Julo wusste genau, wo er diesen Satz gehört hatte, im Starbucks in der Nähe des Red Corner. An einem bestimmten Datum und zu einer bestimmten Uhrzeit. Vor drei Tagen! Und nur ein paar Minuten, nachdem man die Leiche von François Valioni gefunden hatte.

Wie ein Schlafwandler griff Julo nach der heißen Tasse, die Ryan ihm reichte.

*Bamby und Alpha.*

Diese beiden Vornamen in einem Satz.

Jeder Zweifel war ausgeschlossen. Er hatte also weniger als hundert Meter vom Tatort entfernt neben Bamby und Alpha Maal im Starbucks gesessen.

Wieder überschlugen sich seine Gedanken. Sobald ein Indiz Bamby Maal entlastete, tauchte sofort ein neues auf, das sie anklagte. Es war wie ein Puzzle, dessen Teile sich einfach nicht einfügen ließen. Aus diesem Grund hatte er an jenem Abend wahrscheinlich absichtlich die Identifizierung des Mädchens hintangestellt, um sich auf *Vogelzug* zu konzentrieren, auf diesen Verein, der sich wie ein Krake in jede Verästelung der Ermittlungen gewunden hatte.

Als Julo endlich wieder aus seinen Gedanken in die Gegenwart zurückkehrte und seinem Chef von diesem eigenartigen Zufall erzählen wollte, stellte er fest, dass alle im Büro schwiegen. Nach der Durchsage der Fußballergebnisse und der desolaten Arbeitslosenzahlen sprach der Journalist im Radio jetzt über ein weiteres und leider häufiges Drama auf dem Mittelmeer.

Es war vor der Küste der kleinen Inselgruppe Islas Chafarinas passiert, nur wenige Kilometer von Marokko entfernt.

Ein Behelfsboot auf tobender See.

Ein SOS, das die spanische Küstenwache zu spät erreicht hatte. Viel zu spät.

Man habe fünfzehn Ertrunkene geborgen, zehn weitere Leichen seien im Schlick versunken.

Und jetzt der Wetterbericht.

## 60

*6:11 Uhr*

Leyli zündete sich auf dem Balkon eine Zigarette an. Die Sonne ging inkognito hinter einem dichten Wolkenvorhang auf, hinter dem selbst die Horizontlinie verschwunden war. Der Rauch, den Leyli ausstieß, schwebte vor ihrer Nase wie eine winzige Schmutzwolke, die kein Windhauch fortblies. Auf See waren weder Wellen noch Schaumkronen zu sehen. Nur kalter Nebel, feucht und salzig, hüllte alles ein. Selbst das Meer wollte scheinbar nicht aufwachen.

Vom siebten Stock ihrer Wohnung in Aigues Douces konnte Leyli ein paar Schatten auf der Straße wahrnehmen. Sie erkannte Guy mit aufgestelltem Kragen und tief ins Gesicht gezogener Mütze.

Sie folgte ihm mit den Augen, sah ihn den Parkplatz überqueren und dann die Avenue Mistral entlanglaufen, bis er andere schemenhafte Gestalten einholte, die an der Haltestelle der Buslinie 22, Richtung Martigues-Figuerolles warteten. Der Bus, den auch sie in ein paar Minuten nehmen würde.

Vielleicht würden sie eines Tages gemeinsam diese Strecke fahren, morgens gemeinsam aus dem gleichen Bett aufstehen, nacheinander die gleiche Dusche benutzen, am gleichen Tisch frühstücken, die Tür gemeinsam hinter sich zuschließen und die Treppe hinuntersteigen, nebeneinander bis zur Bushaltestelle gehen, schweigend warten, sich küssen, wenn Guy dann an der Haltestelle Caravelle ausstieg, während sie noch fünf Stationen weiterfuhr. Leyli beobachtete immer mit Melancholie die Familien, die sich an den Haltestellen der öffentlichen Verkehrsmittel oder auf dem Parkplatz einer Schule zärtlich voneinander verabschiedeten, um sich abends wieder freudig zu begrüßen.

*Vielleicht eines Tages*. Aber nicht heute. Guy war um zwei Uhr morgens in seine Wohnung zurückgekehrt, denn Leyli hatte ihm erklärt, dass er die Nacht nicht bei ihr verbringen könne, weil sie Tidiane zur Schule bringen müsse. Das hatte er durchaus verstanden. Auch er musste früh zu seiner Arbeit. Es war eine kurze Nacht gewesen, aber ein langer Tag stand bevor.

Sie sah, wie Guy mit einem guten Dutzend anderer Arbeiter, zwei Kinderwagen und ein paar Schülern in den Bus Nummer 22 stieg und verschwand.

Leyli war spät dran. Sie konnte diesen Zustand der lähmenden Müdigkeit nicht ablegen, der sie an manchen Morgen befiel, wenn sich ihre Gedanken im Kreis drehten. Wieder schaute sie auf ihr Handy. Immer noch keine Nachricht von Bamby, auch keine von Alpha, obwohl sie ihnen gleich nachdem sie aufgestanden war eine SMS geschickt hatte. Sie hatte Angst. Ständig musste sie über die Drohungen von Jourdain Blanc-Martin nachdenken. Sie wusste instinktiv, dass sie nichts als ein kleiner, leicht zu opfernder Spielstein in seinem wie ein Gesellschaftsspiel aufgebauten Imperium war. Wem konnte sie noch vertrauen? Mit den Fingern der linken Hand ertastete sie in ihrer Tasche die Visitenkarte, die ihr der junge Polizist gestern auf der Wache zugesteckt hatte. Er schien wenigstens ehrlich zu sein. Er wirkte wie ein Pädagoge am Anfang seiner Laufbahn. Noch nicht so desillusioniert wie seine Kollegen: dieser Typ, der einer Bulldogge ähnelte, und der andere mit seinem Marseiller Akzent.

Sie drückte ihre Zigarette aus. Jetzt aber los! In einer Stunde musste sie ihren Dienst im Hotel antreten. Es wäre wirklich die Höhe, wenn sie zu spät käme, denn noch nie hatte sie sich mit solcher Ungeduld zu einem Job begeben. Sie freute sich schon jetzt auf die übertriebenen Geschichten von Ruben, auf die Gespräche mit Savorgnan und mit den anderen Flüchtlingen in den geheimen Zimmern.

Sie nahm die Strickjacke vom Stuhl im Wohnzimmer und zog sie über. Auf der Anrichte lief der Fernseher. Sie sah den Sprecher die Nachrichten ansagen, doch sie hatte den Ton so leise gestellt, dass das brüllende Gelächter aus Kamilas Sender *Fun Radio* alles übertönte. Leyli wollte das Gerät ausschalten, denn was interessierte sie der morgendliche Straßenverkehr? Hinter dem Sprecher lief ein Film über die Staus ab. Am unteren Rand des Bildschirms zeigte ein Textband die neuesten Nachrichten, die sich mit derselben Beständigkeit wiederholten, wie die Welt sich drehte. Leyli las zufällig einen Satz, bevor er verschwand und durch einen anderen ersetzt wurde.

*Neues Drama im Mittelmeer. Sechsundzwanzig Migranten aus Benin vor der marokkanischen Küste ertrunken.*

Weitere Nachrichten folgten. Für manche Menschen drehte sich die Welt jetzt nicht mehr.

Ruben saß im großen Frühstücksraum des Ibis-Hotels allein an einem Tisch. Wie ein dort vergessener Gast. Sich selbst überlassen. Als wartete er darauf, weggeräumt zu werden.

Als Leyli eintrat, sah sie seinen abwesenden Blick, die geröteten Augen, die zitternden Hände. Der Hoteldirektor schien um Jahre gealtert. Noura hockte weiter entfernt an einem anderen Tisch, unbeweglich, ihr Handy umklammernd.

Alles war still. Ein paar Hotelgäste standen am Empfangsschalter, um zu bezahlen, geduldeten sich eine Weile und gingen dann einfach. Wortlos. Es war, als würde man einem Trauerzug begegnen: Plötzlich erstarb jedes Gespräch, und leisen Schritts wechselte man auf die andere Straßenseite. Andere Reisende, die vergeblich darauf gewartet hatten, dass sich Noura oder Ruben erhoben, nahmen schweigend Croissants, Cornflakes und ihren Espresso in Pappbechern mit. Sie wagten nicht einmal, ihr Frühstück an Ort und Stelle zu verzehren. Hungrig und peinlich berührt. Sie flüchteten mit leerem Magen und vollen Händen. Vielleicht hatten sie ein schlechtes Gewissen wegen ihres kleinen Mundraubs. Nach und nach verschwanden die letzten Gäste.

Leyli ging auf Ruben zu. Sie konnte das Textband auf ihrem Fernseher nicht vergessen.

*Neues Drama im Mittelmeer. Sechsundzwanzig Migranten aus Benin vor der marokkanischen Küste ertrunken.*

Während ihrer Fahrt zum Hotel hatte Leyli sich einzureden versucht, dass es unwahrscheinlich war, diese Nachricht könne Savorgnan, Zahérine oder die anderen Bewohner der geheimen Zimmer betreffen. Benin war ein Land mit zehn Millionen Einwohnern, und es gab Tausende von Flüchtlingen, eine über ganz Europa verteilte Diaspora. Warum das Schlimmste befürchten? Welcher krankhafte Egozentrismus ließ uns immer in Ängsten schweben, Nahestehende könnten betroffen sein, wenn in den Nachrichten von einer entsetzlichen Tragödie berichtet wurde?

Sobald Leyli das Hotel betreten und Ruben sie nicht am Eingang begrüßt hatte, war ihr alles klar geworden. Sie setzte sich ihm gegenüber. Der Hotelmanager schien nicht in der Lage, auch nur ein einziges Wort von sich zu geben. Und sie wollte ihn nicht drängen. Ihr Blick schweifte durch den Raum in der Hoffnung, Savorgnan, Zahérine oder Whisley auftauchen zu sehen … Noura kam zu ihr. Sie legte schweigend ihr Handy auf den Tisch, rief die Mailbox auf und klickte eine Audio-Datei an. Trotz des Lautsprechers war der Ton schlecht und kaum zu hören, ständig durch Rauschen gestört. Die Stimme klang dünn und atemlos. Längere Pausen unterbrachen die Sätze. Es war, als betete jemand. Zu spät und ohne Hoffnung.

*Rami … Ich bin Rami … der ehemalige Chef des Dorfs Dogbo-Tota … Gebt diese Nachricht weiter … Sie haben uns in einem*

*Armeekrankenhaus untergebracht … Isla de Isabel Segunda … glaube ich …*

*Unser Boot ist gekentert … kurz nachdem wir eingeschifft hatten … Das Schiff* Al Berkane *hat uns im Beiboot ausgesetzt … wir hielten uns nicht einmal fünf Minuten … die Wellen waren zu hoch … wir konnten noch telefonieren … haben sofort einen Notruf abgesetzt … wir konnten die Küste sehen … das sind die Islas Chafarinas, hat Keyvann gerufen … das Kind kannte die Weltkarte auswendig … ein spanischer Militärstützpunkt … Hoffnung … wir haben gerufen … geschrien … manche haben sich am gekenterten Boot festgehalten … andere hatten nichts zum Festhalten … oder hielten sich aneinander fest … bevor uns die Wellen auseinandertrieben …*

*Die Spanier sagen, dass sie schnell da gewesen sind … so schnell wie möglich … Lo más rápido …… rápido … rápido … Sie wiederholen es immer wieder … Auch sie sind entsetzt … Sie haben uns gezählt, als sie uns in ihre Fregatte zogen … Uno … dos … tres … cuatro … Sie gaben uns Nummern … Sie schrien … Cuántos? Cuántos? … Mit Scheinwerfern haben sie das Meer abgesucht … Ich war Nummer 5 … Fatima, meine Frau, die Nummer 8 … Cuántos? Cuántos? Sie schrien immer lauter … Treinta y cinco, habe ich geantwortet … Nach Fatima haben sie noch einen Jungen aus dem Wasser gefischt … Nummer 9 … Er war der Letzte … Sie haben weitergesucht, noch eine Stunde … dann gaben sie auf …*

*Neun Schiffbrüchige von fünfunddreißig sind gerettet … Ich glaube, sie haben getan, was sie konnten … Für mich ist es leicht, ihnen zu danken … Sie haben mich und meine Frau gerettet … Für euch sind sie auf ewig verdammt … Sie sind wieder raus aufs Meer … als die See sich beruhigt hatte … sobald die Sonne aufging … haben nach Leichen gesucht … Manche waren schon an die Küste gespült worden … die schien am Morgen noch näher … kaum einen Kilometer entfernt … Ich weiß, es ist grausam, euch das zu sagen … verzeiht mir … ich rede zu viel … um den Moment hinauszuzögern … Namen zu nennen … Wir kannten uns alle … Wir kamen aus der gleichen Gegend … Wir lebten seit drei Monaten zusammen, um gemeinsam rüberzukommen … eine zusammengeschweißte Gemeinschaft … bis zum Schluss, das müsst ihr mir glauben, wir haben uns … alle zusammen … an den gleichen Traum geklammert … das Meer hat ausgesiebt … nicht die spanische Armee … Das Meer …*

Alles Weitere war nicht mehr verständlich. Abgehackt. Wie Kugeln, die aus einer Pistole kamen. Man konnte Schluchzen vernehmen und ein paar kaum verständliche Worte auf Spanisch und Fon. Doch dann übernahm eine Frauenstimme und gab weitere Informationen. Eine ruhige und zarte Stimme. Sicher die von Fatima.

*Meine Freunde. Meine lieben Freunde. Werdet ihr mir eines Tages vergeben, die Überbringerin der Todesnachricht gewesen zu sein?*

Dann zählte sie langsam sechsundzwanzig Vornamen auf. Die Namen der Ertrunkenen. Um unheilvolle Verwechslungen zu vermeiden, artikulierte sie besonders deutlich.

Mehrmals zuckte Leyli zusammen. Jedes Mal grub sich der Schmerz tiefer in ihr Herz.

*Caimile und Ifrah.*
Zwei von Zahérines Cousins.

*Naïa.*
Whisleys Verlobte.

*Babila, Keyvann und Safy.*
Savorgnans Frau und seine Kinder.

»Wo sind sie?«, fragte Leyli Ruben leise. »Wo sind Savorgnan, Zahérine, Darius und Whisley?«

»Ich weiß es nicht.«

Fatima zählte weitere Vornamen auf und hielt inne. Nach der Nennung des letzten Opfers verstummte Fatima ganz, ohne ein »Gott schütze euch« hinzuzufügen. Im Hintergrund hörte man ein paar spanische Worte. Wahrscheinlich die der Soldaten.

*Uno ... dos ... tres ... cuatro ...*

Ob sie die Toten oder die Lebenden zählten, blieb unklar.

Leyli reichte Noura das Handy zurück. Noch nie war der Augenausdruck des jungen Mädchens so finster gewesen. Leyli hatte während der letzten Tage in ihrem Blick Eifersucht, Begehren und Wut gesehen. Doch jetzt war dort nur noch blanker Hass zu lesen.

»Sing!«, flüsterte Leyli, »Sing, Noura! Sing für sie!«

Noura zögerte, doch dann begann sie etwas halbherzig, ganz leise und zart, eine beruhigende Melodie zu summen und ging zu einem tröstlichen Wiegenlied über, in einer Sprache, die Leyli nicht kannte.

Es schien Stunden zu dauern.

Und es hätte Stunden dauern können.

Nouras weiche Stimme trocknete Rubens Tränen. Ein paar verspätete Gäste blieben stehen und lauschten. Es war wie Magie.

Leylis Handy zerstörte sie.

Schrilles Klingeln. Leyli zog es eilig hervor.

Alpha? Bamby? Vielleicht Savorgnan?

Noura, die seit einer Weile mit geschlossenen Lidern sang, öffnete die Augen und bedachte Leyli mit vernichtenden Blicken. Aber das war ihr egal. Eine unbekannte Nummer stand auf dem Display. Sie nahm ab.

»Madame Maal?«, kreischte eine weibliche Stimme hysterisch. »Madame Maal, kommen Sie schnell!«

Leyli kannte diese Stimme, konnte sie jedoch in diesem Moment nicht zuordnen.

»Madame Maal, ich bin es, Kamila. Die Nachbarin unter Ihnen. Die sind gerade dabei, bei Ihnen alles kurz und klein zu schlagen. Sie haben mit den Schultern die Tür aufgestemmt, ich bin hochgelaufen, um nach dem Rechten zu sehen, aber sie waren zu zweit und bewaffnet. Ich … Ich wollte nicht die Polizei verständigen, habe mich nur in meiner Wohnung eingeschlossen … Ich glaube, sie gehen gerade wieder … Ich habe Angst, Madame Maal … Kommen Sie schnell … Ich habe Angst …«

Kamila war so laut, dass auch Ruben jedes Wort verstehen konnte.

Er erhob sich sofort.

»Ich begleite Sie, Leyli. Gehen wir!«

Als Leyli und Ruben in Aigues Douces ankamen, waren die beiden Männer bereits verschwunden. Das Viertel wirkte nicht unruhiger als sonst, die Briefkästen nicht lädierter und das Treppenhaus nicht verwüsteter.

Kamila erwartete sie bereits.

»Sie sind wieder weg. Kaum fünf Minuten sind sie geblieben. Was sind das für …«

Wahrscheinlich wollte sie gerade eine Unmenge an Schimpfworten von sich geben, aber bei Rubens Anblick war sie offenbar von seinem Auftreten beeindruckt. Er trug einen langen Mantel, einen schwarzen Stetson aus Filz, und wie Leyli versteckte er seine geröteten Augen hinter einer Sonnenbrille.

Kamila bekam es mit der Angst zu tun. Nach diesen beiden brutalen Einbrechern kam jetzt anscheinend der Tatortreiniger.

»Ich bin nicht in Ihre Wohnung gegangen, Madame Maal. Das schwöre ich Ihnen. Sie haben mich auf der Treppe aufgehalten, und ich konnte nicht sehen, was sie gemacht haben.«

Ohne zu antworten stiegen Leyli und Ruben die Treppe zum siebten Stock hinauf und betraten die Wohnung. Leyli sah auf den ersten Blick, dass die beiden Männer nichts entwendet hatten. Was sollte man auch bei ihr, abgesehen von Fernseher und Computer, großartig stehlen? Die hatten die Einbrecher nicht angerührt. Aber alles war durchwühlt worden, als hätten Riesenhände die Räume umgegraben. Die Eulensammlung, die Bücher und die Brillen waren auf dem Boden verstreut. Die Männer hatten die Matratzen umgedreht und die Kleidung der Kinder aus den Koffern gezerrt, die nun überall herumlag …

»Ich … ich glaube, mir ist nichts gestohlen worden.«

Zwar waren ein paar Eulen aus Gips zerbrochen, aber die meisten Gegenstände waren heil geblieben, als hätten die Besucher sich nicht die Mühe machen wollen, sie zu zertrampeln. Die Wohnung wirkte, als wäre ein kräftiger Sturm hindurchgefegt.

»Das ist eine Drohung«, sagte Leyli, »nichts als eine Drohung.«

Sie dachte wieder an Blanc-Martin und seine Erpressung. Sie konnte sich vorstellen, dass er der Auftraggeber dieses »Besuchs« war. Um ihr Angst zu machen. Um ihr deutlich zu zeigen, dass er ungeduldig wurde. Dass sie es sagen musste, wenn Alpha oder Bamby mit ihr Kontakt aufnahmen.

Ihm? Oder der Polizei?

Waren sie alle Komplizen?

Ruben nahm auf dem Sofa Platz und lud sie ein, sich neben ihn zu setzen.

»Was haben sie gesucht, Leyli?«, fragte er mit sanfter Stimme.

Leyli war ihm dankbar, dass er jetzt nicht irgendeine Anekdote über den Einbruch in einer Wohnung in Burma oder Polynesien erfand, sondern ihr einfach zuhörte.

»Meine Kinder. Sie suchen meine großen Kinder.«

»Die Männer sind gegangen, Leyli. Es ist vorbei. Sie sind weg.«

Leyli schwieg lange. Dann hob sie eine Eule auf, die ihr vor die Füße gerollt war. Eine Eule aus Glas, die sonderbarerweise bei ihrem Sturz nicht in tausend Stücke zersprungen war.

»Sie werden wiederkommen. Nicht sofort, aber sie kommen wieder.«

»Warum?«

Leyli lächelte, hob eine holzgeschnitzte Eule auf und stellte sie neben die aus Glas.

»Jetzt drängt nichts mehr, Ruben. Wollen Sie das Ende meiner Geschichte hören?«

## LEYLIS GESCHICHTE
### *Letztes Kapitel*

Alpha war gerade geboren. Seinen Vater, Virgile, hatte man umgebracht, als er versucht hatte, die Stacheldrahtbarriere von Melilla zu überwinden. Mein Traum, nach Europa zu fliehen, endete in einem Fiasko. Ich hatte Geschichten von Frauen gehört, die sich trotz allem mit ihren Babys auf den Weg über die Grenze machten und dann dem Wahnsinn verfielen, wenn sie die kleinen Körper ihrer in der Wüste oder während der Überfahrt verstorbenen Säuglinge an sich drückten.

Ich bin nach Segu zurückgekehrt. Auch weil ich Bamby wiedersehen und Alpha seinen Großeltern vorstellen wollte. Ich war erschöpft, Ruben. Ich hatte zwei Fluchtversuche überlebt, dem Tod ins Auge gesehen und es fast bis nach Europa geschafft. Die Kraft, es nochmals zu versuchen, hatte ich nicht mehr. Aber es war nicht leicht, den Traum aufzugeben.

Die Rückkehr nach Segu kam einem Misserfolg gleich. Auch wenn meine Eltern zartfühlend reagierten, auch wenn Bamby vergnügt mit ihren Cousins spielte, auch wenn die Nachbarn mich aufmunterten.

Mein Vater hatte mir früher zu viele Geschichten und Legenden erzählt, als dass ich meinen Kindern hätte weismachen können, der Fluss Niger sei ein Ozean, auf dessen anderer Seite es nichts gebe, und dass Radios, Bücher und Fernseher lügen würden. Verstehen Sie, Ruben? Natürlich verstehen Sie. Ich musste einfach Mittel und Wege finden, meinen Kindern ein anderes Leben zu bieten. Am besten legale Mittel. Ich dachte an das Lied von Jean-Jacques Goldman: *Flieg mich hinfort, flieg mich hinfort …*

Ich glaube, ich war attraktiver als die anderen Frauen und auch intelligenter. Ich liebte Bücher. Manchen Männern gefiel das, denen aus der Stadt, den ehrgeizigen, denen, die nicht hierbleiben und denen, die erfolgreich sein würden. Ich habe Wa'il während der Präsidentschaftswahlen 2002 kennengelernt. Wa'il unterstützte in Segu die Kampagne der Partei von Ibrahim Boubacar Keïta, und er war überzeugt, dass IBK eines Tages Präsident werden würde. Gleichzeitig studierte er Jura und schrieb an seiner Doktorarbeit über Demokratie. Wa'il stammte aus einer weit wohlhabenderen Familie als ich. Er trug eine kleine Brille auf der Nase, westliche Kleidung und stets ein Buch über Philosophie oder Wirtschaft in der Tasche. Er nannte mich seine kleine Prinzessin oder seine Simone, wenn er sich mit Sartre, seine Colette, wenn er sich mit Senghor, und Winnie, wenn er sich mit Mandela beschäftigte.

Das gefiel mir.

Auch wenn er zum Stadtrat von Segu gewählt worden war, verbrachte er viel Zeit in Bamako. In der Partei. Er wollte Abgeordneter werden. Ich sollte ihm mit meiner Tochter folgen. Er wollte, dass ich studierte. Er mochte Bamby sehr. Sie war ziemlich groß für ihr Alter. In drei oder vier Jahren hätte man sie im Mädchengymnasium von Bamako einschulen können. Und wir hätten uns eine Wohnung im Hippodrom-Viertel gesucht.

Aber ich sollte Alpha zurücklassen. Das war seine Bedingung. Den kleinen Raufbold, das Enfant terrible. Wa'il mochte meinen Sohn nicht sonderlich. Ihm zufolge war er die Frucht einer Vergewaltigung. Je mehr ich das Gegenteil behauptete, umso ärgerlicher wurde Wa'il. Er hasste es, wenn ich über meine Beziehung zu Virgile sprach. Auch wenn Wa'il ein ziemlich eingebildeter Karrierist war, so verstand er doch, dass Virgile von allen Männern, die mich damals beschützt hatten, der einzige gewesen war, dem ich alles gegeben hatte. Für Wa'il empfand ich Bewunderung, aber keinerlei Leidenschaft. Unsere Beziehung basierte auf Vernunft.

Ich wurde schwanger, als Wa'il das vierte Jahr an seiner Doktorarbeit schrieb. Wir lebten zwischen Segu und Bamako, und ich kam so oft wie möglich zu ihm. Gleichzeitig arbeitete ich ein wenig für das Bürgerzentrum und sortierte Zeitungen. Tidiane wurde 2006 geboren. Wir hatten große Hoffnungen. Wa'ils Doktorarbeit sollte bald fertig sein, und er würde bald einen Posten an der Universität erhalten und später Abgeordneter werden. Seine Eltern wollten ihm bald genügend Geld geben, um eine Wohnung zu kaufen.

Immer hieß es bald, bald, bald, Ruben. Mit einem »bald« baut man in Bamako ein ganzes Leben auf. Afrika ist der Kontinent des Wortes *bald*. Doch in Afrika, wie überall auf der Welt, haben es die Menschen eilig. Eines schönen Tages erklärte mir Wa'il, er habe ein Stipendium von einem franko-kanadischen Institut für internationale Zusammenarbeit erhalten und würde seine Doktorarbeit in Quebec beenden. Eine Chance, die er nutzen musste, eine einmalige Chance! Wa'il schloss mich zitternd in die Arme. Es sei ja nur für ein paar Monate. Kanada, Kanada, Kanada! Immer wieder nannte er den Namen dieses Landes, wie ein zum Aufbruch bereiter Forschungsreisender. Er wollte mich bald nachholen. Bald.

Ich glaube nicht, dass ich besonders auf das eingehen muss, was dann folgte, Ruben. In den ersten Wochen tauschten wir uns stundenlang über die sozialen Netzwerke aus. Er hatte Heimweh nach Bamby und seinem Baby Tidy. Er fror und ihm wurde schwindlig, wenn er angesichts des Stroms Saint-Laurent vom Niger träumte. Dann wurde unser Austausch unregelmäßiger, doch Wa'il blieb weiterhin erreichbar. Ich schaute häufig auf seine Facebook-Seite und sah die von ihm geposteten Fotos, konsultierte auch die Facebook-Seiten seiner Freunde. Malier und Quebec-Afrikaner, fast alle Studenten wie er selbst. Es gab Fotos, auf denen er offenbar nicht mehr fror, von Abenden, an denen er trank, von Nächten, in denen er tanzte. Tidys erste Worte oder Bambys Schulbesuch interessierten ihn immer weniger. Auf seinen Facebook-Fotos erschienen stets die gleichen Gesichter, die Bilder der gleichen Mädchen. Wa'il schaffte sich eine neue Familie. Aber dann gab es nur noch Fotos von einer einzigen Frau, die auf seinen Knien saß oder die Arme um seinen Hals schlang. Sie hieß Grace und war Anthropologie-Studentin. Wa'il postete keine Fotos mehr von ihr auf seiner Facebook-Seite, aber sie postete welche, die aussagekräftig genug waren. Auch die Kommentare ließen keinen Zweifel zu. Wa'il und Grace waren ein Paar. Eines Abends wagte ich es, bei Facebook eine Freundschaftsanfrage an sie zu schicken.

Leyli Maal möchte deine Freundin sein.

Sie akzeptierte. Ich begriff, dass sie nicht einmal ahnte, wer ich war, überhaupt nichts von meiner Existenz wusste. Erst da wurde mir klar, warum Wa'il Tidy niemals auf seiner Seite erwähnte.

Noch am selben Abend postete ich beiden meine Glückwünsche und ein Foto von mir mit Tidy auf dem Arm. Sie haben nie geantwortet, aber ich vermute, dass sie die Nacht hindurch diskutiert haben. Grace muss ihm eine ordentliche Eifersuchtsszene gemacht haben, und ich weiß nicht, was Wa'il ihr zu seiner Verteidigung gesagt hat, doch offenbar hat er bei dem Streit gewonnen. Am nächsten Tag war ich von der Liste ihrer Facebook-Freunde gelöscht.

Wochenlang, monatelang besuchte ich danach weiterhin ihre Facebook-Seiten. Das tue ich manchmal immer noch, Ruben, als würde ich am Unglück Gefallen finden. Die beiden haben geheiratet, leben in Montreal und haben ein Kind, zwei Jahre jünger als Tidiane. Alles läuft gut. Wenn ich eines Tages Wa'il wiedersehe, sollte ich ihm danken. Überrascht Sie das, Ruben? Dann will ich es Ihnen erklären.

An einem Abend im November bin ich wieder auf ihre Facebook-Seite gegangen. Es war ein Tag nach Halloween. Ihr kleiner Nathan feierte seinen dritten Geburtstag mit kanadischen Freunden, weißen und schwarzen, doch die Hautfarbe schien weniger wichtig zu sein als das Orange der Halloween-Kürbisse und Laternen, die Verkleidungen der Kinder in den Einfamilienhäusern, der Bonbonregen, die Vergnügungsparks in der Umgebung und der Abend, den sie dann bei McDonald's ausklingen ließen. Die glücklichen Eltern haben ein ganzes Fotoalbum von diesem unvergesslichen Tag gepostet. Ein paar Monate zuvor hatten wir Tidianes Geburtstag gefeiert, aber außer meinem Lächeln konnte ich ihm nichts schenken. Soviel Lächeln, wie sich mein Kind nur wünschte. Lächeln ja, aber auch die schlimmste Scham, die man sich vorstellen konnte.

Ich wusste, dass ich mit Tidy, Alpha und Bamby niemals illegal in Europa einwandern konnte. Der Traum war ausgeträumt. Also habe ich einen neuen Plan ausgetüftelt. Ich verkaufte einige Schmuckstücke von Adils Beute, obwohl ich mir geschworen hatte, diesen verfluchten Schatz niemals mehr anzurühren, aber er erlaubte der ganzen Familie, meinen drei Kindern und meinen Eltern, nach Marokko zu ziehen. Nach Rabat. Entfernte Cousins hatten hier ein Restaurant und suchten Personal. Mit einer offiziellen Arbeitserlaubnis konnten wir uns dort niederlassen. Marokko war zwar nicht Europa, aber ein erster Schritt. Meine Mutter litt unter ihrem kranken Rücken, mein Vater an Arthrose, und sein Beruf als Töpfer brachte fast nichts mehr ein. Also konnte ich die beiden überzeugen, dass auch für sie Rabat ein Eldorado sein würde, mit Ärzten, Krankenhäusern und echten Gehältern.

Das stimmte. Rabat war ein Eldorado, auch wenn ich meinen Eltern den Rest verschwieg. Um sie nicht in Angst und Schrecken zu versetzen, hatte ich ihnen lieber nichts von meinem wirklichen Projekt erzählt. Denn im Grunde, Ruben, Ihnen kann ich es gestehen – hatte ich nie den Plan aufgegeben, nach Europa auszuwandern, nach Frankreich, und das auf legalem Weg.

Die Cousins, die dieses Restaurant in Rabat, in der Kasbah der Oudayas betrieben, besaßen ein weiteres in Marrakesch, ein drittes in Essaouira und noch eines in Marseille. Ich werde Ihnen noch etwas verraten, Ruben, ich bin wahrscheinlich die schlechteste Köchin von ganz Westafrika, was meine Mutter schier zur Verzweiflung trieb.

Man sagt zwar, dass Blinde ihre verbliebenen vier Sinne weiterentwickeln, aber auf mich traf das nicht zu. Ich hasse Gerüche. Stundenlang Gemüse kleinschneiden und Gewürze zerstoßen, der Anblick von blutigem Fleisch, ob halal oder nicht, widert mich an, und ich ziehe es tausendmal vor, nachts allein mit Kopfhörern Supermärkte, größer als Fußballfelder, zu putzen, als unter der Fuchtel eines Chefs in einer Küche zu arbeiten. Und dennoch habe ich mich beworben. Im Magot Berbère in Marseille.

Sie brauchten niemanden, und schon gar nicht mich. Also schlug ich ihnen vor, mein Anstellungsverhältnis selbst zu subventionieren. Um es klarer auszudrücken, Ruben, ich wollte mir mein eigenes Gehalt zahlen. Noch ein letztes Mal nahm ich etwas von dem verfluchten Schatz und schickte dem Cousin in Marseille illegal fünfzehntausend Euro, um mein auf ein Jahr befristetes Arbeitsverhältnis zu finanzieren, während er mir ein offizielles Gehalt zahlen würde. Er brauchte nur eine hübsche Einladung für das Konsulat aufzusetzen und zu betonen, dass man am ganzen südlichen Flusslauf des Nigers und schon gar nicht in Frankreich eine Kraft auftun könne, die ein Fakou-Ouï oder ein Yassa-Hühnchen besser zubereite als ich, und dass er mich und niemanden anderes für diesen Job haben wolle. Zwölf Monate lang.

»Und was passiert nach Ablauf der zwölf Monate?«, fragte der Cousin. »Ich kann dich dann nicht mehr bezahlen, und dein Arbeitsvisum ist abgelaufen. Du musst nach Marokko zurück. Wenn du bleibst, bist du eine Illegale.«

»Ich komme zurecht, Cousin, und werde schon Mittel und Wege finden.«

Ich kannte meine Rechte. Die Bedingungen für eine Einbürgerung waren relativ simpel. Ich hatte oft genug das Formular des Départements Bouches-du-Rhône studiert: Man musste *drei Jahre in Frankreich gelebt haben, Arbeitsverhältnisse über vierundzwanzig Monate, davon eine achtmonatige, fortlaufende Anstellung innerhalb des letzten Jahres* vorweisen. Das waren die Voraussetzungen. Drei Jahre lang musste ich durchhalten. Drei Jahre, in denen ich nicht erwischt werden durfte. Drei Jahre, in denen ich irgendwie Arbeit finden, alle Steuern bezahlen und nachweisen musste, dass ich über eine Wohnung verfügte. Das mag völlig grotesk klingen, Ruben, aber so sehen die Spielregeln aus. Die Illegalen sammeln Arbeitsverhältnisse wie Treuepunkte.

Arbeit zu finden ist nicht schwer, wenn man Frondienst akzeptiert.

Drei Jahre lang muss man Erniedrigungen ertragen, Betrug, Erpressung und Sklavenarbeit. Aber ich hielt mich wacker, solange ich Monat für Monat meine Arbeitsstunden aufstocken konnte. Ich habe sogar ohne Bezahlung für das begehrte Stück Papier gearbeitet. Ich verstand schließlich, weshalb der Staat uns, die Unsichtbaren, in Ruhe lässt. Wir zahlen unsere Beiträge, sind Teil der Konsumgesellschaft und nehmen alle Bürgerpflichten auf uns, ohne die geringsten Rechte zu fordern.

Drei Jahre lang!

Drei Jahre, ohne meine Kinder zu sehen!

Ich lebte im Verborgenen. Ich strich jeden überstandenen Tag im Kalender, Ruben. Ich zählte die Monate bis zum sechsunddreißigsten, bis ich endlich eine legale Einwanderin werden durfte.

Legal!

Ab dann würde alles sehr viel einfacher werden. Ich könnte meine Kinder – entsprechend der Gesetzgebung zur Familienzusammenführung – endlich nachkommen lassen.

Legal!

Legal, Ruben. Hören Sie? Legal!

Ich fühlte mich nicht mehr gejagt. Wir hatten, ohne zu schummeln, gewonnen.

Nichts und niemand konnte uns mehr trennen.

## 61

*9:42 Uhr*

Bamby, die im Flugzeug auf einem Fensterplatz saß, presste die Buschjacke an ihre Brust. Das Kleidungsstück war ihr viel zu groß und ließ sich nicht zuknöpfen. So sehr Bamby sich auch bemühte, der khakifarbene Stoff der Jacke öffnete sich einfach bei jeder Bewegung. Geduldig hielt sie sie immer wieder zu. Zum einen aus Schamgefühl, aber auch, um sich zu wärmen, denn sie zitterte vor Kälte. Die klimatisierte Luft im Flieger biss in ihre Haut. Aber es konnte auch daran liegen, dass der Druck endlich von ihr abfiel.

Sie hatte es geschafft!

Mit Ach und Krach, aber sie hatte es geschafft und gleich den ersten Flieger genommen. Sie besaß einen gefälschten Pass und hatte sich weder wegen der Papiere noch wegen der Tickets Sorgen gemacht. Chérine hatte ihr bisher immer aus der Klemme helfen können. Bamby war in dem Hotel untergekommen, in dem Zimmer für das Flugpersonal der Royal Air Maroc reserviert waren, keine zweihundert Meter vom Beiruter Flughafen entfernt. Von dort aus hatte sie die Tickets gebucht und auf den Abflug gewartet, allerdings ohne sich umziehen zu können. Sie hatte gezittert, bis der Flieger endlich abhob, denn alle Flughäfen waren voller Überwachungskameras, und sie musste den Angestellten, die nur dafür bezahlt wurden, die Passagiere zu begaffen, sicher aufgefallen sein.

Bamby drückte ihr Gesicht an die Scheibe. Der Airbus überflog gerade einen Archipel, den sie nicht identifizieren konnte. Vermutlich die griechischen Inseln. Auf dem Sitz neben ihr stand ein wohl zehn Monate altes Baby wacklig auf den Knien seines Vaters und amüsierte sich königlich, während es zig Kniebeugen machte und dabei Bamby aus den Augenwinkeln hin und wieder einen verschmitzten Blick zuwarf. Mama schlief auf dem Gangplatz.

Für einen Moment schloss Bamby die Augen. Sie hatte Zeit gewonnen. Nicht viel, aber wenigstens ein bisschen. Wenn Yan Segalen die Polizei verständigt hatte, würden die Beamten sie problemlos auf den Bildern der Überwachungskameras erkennen, jeden ihrer Schritte verfolgen und herausbekommen, in welchem Flugzeug sie saß, obwohl sie unter falschem Namen eingecheckt hatte. Dann brauchte die Polizei nur noch die Ankunft des Fliegers abzuwarten und hatte sogar mehrere Stunden Zeit, alles vorzubereiten.

Ja, je länger Bamby darüber nachdachte, desto klarer wurde es ihr: Ihre Flucht würde wahrscheinlich mit der Landung enden. Sich in dieses Flugzeug einzusperren, war die dümmste Entscheidung gewesen! Aber welche andere Möglichkeit hätte es denn gegeben? Keine! Also musste sie die letzten Minuten in Freiheit so gut wie möglich nutzen.

Sie klappte den kleinen Tisch vor sich herunter und holte aus der Ledermappe zu ihren Füßen einen Laptop heraus. Es war der von Yan Segalen, den sie noch eingesteckt hatte, als sie aus der Executive Suite in Gordon's Café geflohen war.

Als sie ihn einschaltete, war sie überrascht, dass der Computer nicht durch ein Passwort geschützt war. Ein chaotischer Desktop wurde angezeigt: Dutzende verstreute Icons und diverse Dateiverknüpfungen poppten auf. Bamby klickte zunächst die Excel-Dateien an. Sie scrollte ellenlange Tabellen hinunter, entschlüsselte die Namen oben in der Zeile, den Bestimmungsort in den Spalten und die Summen in den Zellen. Jede Tabelle beinhaltete mehrere identisch gestaltete Blätter, die sich lediglich in der Monatsangabe unterschieden. Plötzlich überkam sie eine Hitzewallung, die im Kontrast zu ihrer Gänsehaut stand. Wenn die Polizei sie festnahm, hätte sie eine nützliche Trumpfkarte: die Geheimkonten von *Vogelzug* …, auch wenn das nicht die Art von Rache war, von der sie geträumt hatte.

Durch das Flugzeugfenster konnte man unter den Wolkenflocken eine Insel erkennen, die größer war als die anderen, mit winzigen Häfen und spitzen Bergen … Das muss Kreta sein, dachte Bamby. Von hier oben betrachtet, sah es fast aus, als wäre es Australien. Das Baby neben ihr amüsierte sich gerade damit, seinen vollgesabberten Nuckel in Papas Mund zu schieben.

Ihr blieben noch ein paar Minuten, um ihre Lage zu analysieren. Jetzt überkam sie wieder ein Frösteln. Mechanisch scrollte sie noch einmal durch die Namen und Zahlen, diesmal aber ohne sie überhaupt anzuschauen. Yan Segalen spazierte mit diesem Laptop durch die Gegend, ohne ein Passwort zu haben. Was stellte sie sich vor? Dass sie *Vogelzug* durch das simple Öffnen einer Datei zu Fall bringen könnte? Diese Typen waren Profis!

Und Yan Segalen misstrauischer als eine Hyäne. Das hieß, dieser Computer enthielt nichts Belastendes. Oder zumindest nichts, was sie allein herausfinden könnte.

Und sie war allein. Von der Welt abgeschnitten, in zehntausend Metern Höhe, ohne Internet. Zwischen der Landung des Flugzeugs auf dem Rollfeld und dem Eintreffen der Polizei würden ihr nur wenige Minuten bleiben, um jemanden um Hilfe zu bitten.

Wen sollte sie anrufen? Chérine? Alpha? Mama?

Wahllos klickte Bamby auf die Icons, wobei sie sich in erster Linie auf die PDF- und Jpeg-Dateien konzentrierte. Sie hatte sich vom Desktop in die Unterverzeichnisse geklickt, wählte dort ältere Dateien aus, die schon seit Jahren nicht mehr geöffnet worden waren. Sie blieb an einem Foto von Oktober 2011 hängen, das Yan Segalen mit einem Cocktail in der Hand in Begleitung eines schlanken Mannes auf einer sonnigen Terrasse zeigte. Einer von jener Sorte, die mit dem Alter immer attraktiver wurden und mit grauen Haaren sexy aussahen.

Bamby lief ein Schauer über den Rücken. Wieder presste sie ihre Stirn ans Fenster, als wollte sie ihr Gehirn abkühlen.

*Jourdain Blanc-Martin.*

Als er noch jünger gewesen war.

Bamby war dem Präsidenten von *Vogelzug* nie begegnet, aber es genügte, seinen Namen in Google einzugeben, um sein Gesicht überall in den sozialen Netzwerken zu finden. Chérine fand ihn sehr männlich. Arme Chérine ... Der Schweiß auf Bambys Stirn hinterließ feuchte Abdrücke auf dem ovalen Fenster. Ihre Gedanken wanderten zu Alpha. Ihr kleiner Bruder schipperte irgendwo unter ihr auf dem blauen Meer, das sie gerade überflog. Dieses unüberwindbare Meer, das ein Flugzeug in weniger als zwei Stunden einfach überquerte. Zwei Sitze weiter schlummerte inzwischen das Baby im Schoß seiner Mama, und Papa hielt ihre Hand.

Aus reiner Neugier grub Bamby noch tiefer in Segalens Archiven, denn inzwischen war sie sich sicher, dass Yan keine verräterischen Spuren hinterlassen hatte. Dafür war dieser Dreckskerl einfach zu gut organisiert. Beim Sichten der Fotoalben der Jahre 2007 und 2003 entdeckte sie mehrfach François Valioni, wie er im Anzug vor dem *Vogelzug*-Logo posierte, mit Krawatte bei Konferenzen am runden Tisch saß oder in Pluderhose Hütten in afrikanischen Dörfern besichtigte. Jean-Lou tauchte auf keinem der Fotos auf. Waren sie gelöscht worden?

Sie ging noch weiter zurück. 1994. Ein Name, die simple Abkürzung für eine IMG-Datei, sprang ihr plötzlich ins Auge, elektrisierte sie förmlich. Ihr Zeigefinger blieb auf der *Enter*-Taste hängen.

*Adil Zairi.*

Sie beugte sich vor, wobei die Safarijacke wieder aufsprang, was sie in dem Moment ignorierte. Ebenso wie den Blick des Vaters neben ihr, der, während er die Hand seiner schlummernden Frau sanft streichelte, sehnsüchtig auf ihre mit Spitze besetzten BH-Körbchen schielte. Wie ein Skifahrer im Frühling, der den ewigen Schnee herbeisehnte.

*Adil Zairi.*

Wie oft hatte sie diesen Namen schon gehört. Vor allem den Vornamen. Es waren nur vier, von Nadia in ihrer runden Schrift niedergeschriebene Buchstaben. Der Name einer sagenhaften, Unheil bringenden Kreatur, eines bösen Geistes aus einem Märchen oder eines gesichtslosen Monsters. Und doch existierte Adil Zairi. Er hatte vor zwanzig Jahren für *Vogelzug* gearbeitet. Yan Segalen, ebenso wie Jourdain Blanc-Martin, François Valioni, Jean-Lou Courtois und alle anderen Angestellten, die 1996 schon für den Verein tätig gewesen waren, sie alle kannten ihn. Lauwarme Schweißtropfen perlten über ihre Schläfen, liefen oben von ihrem Hals hinab zur Kehle, bevor sie durch die Klimaanlange zu eisigen Tränen gefroren. Bamby schlotterte, so kalt war ihr, während ihr Zeigefinger noch immer ein paar Zentimeter über der Tastatur schwebte. Ein gesichtsloses Monster, wiederholte sie tonlos. Weder sie noch Mama hatten je gewusst, wie Adil aussah.

Bevor sie auf die Fotodatei klickte, schaute Bamby ein letztes Mal aus dem Fenster. Sie überflogen gerade die Küste Tunesiens. Ein schmaler Streifen weißer und schwarzer Häuser sah aus wie eine Naht, die Wüste und Meer zusammenhielt.

Dann öffnete sie die Datei.

## 62

*9:44 Uhr*

Leyli erhob sich und sammelte die herumliegenden Sonnenbrillen sowie die auf dem Boden verstreuten Eulen aus Plastik, Stoff, Holz, Wolle oder Glas wieder auf. Sie stellte sie ordentlich zurück ins Regal. Obwohl sie wusste, wie albern das war, denn die ganze Wohnung glich einem Schlachtfeld. Sie musste ohnehin alles saubermachen, sortieren, wegwerfen oder reparieren.

Ruben saß noch immer auf dem Schlafsofa.

»Setzen Sie sich zu mir, Leyli. Erzählen Sie mir, wie es weitergeht.«

»Sie geht nicht mehr weiter, Ruben. Die Geschichte ist hier zu Ende.«

Dennoch nahm sie wieder neben ihm Platz. Der Hoteldirektor legte eine Hand auf ihre Schulter. Die Sonnenbrille hatte er in die Jackentasche gesteckt. In seinen Augen spiegelte sich eine unendliche Traurigkeit wider, die er für gewöhnlich hinter seinen unglaubwürdigen Erzählungen zu verbergen suchte. Doch heute Morgen hatte er keine Lust mehr auf dieses Versteckspiel. Höchstens Lust auf ein anderes Spiel, bei dem die Masken fielen. Manchmal auch die Panzer oder Tarnungen.

Ruben übte einen leichten Druck auf Leylis Schulter aus, damit sie sich dichter an ihn schmiegte. Sie spürte, wie sein Gesicht sich dem ihren näherte, registrierte seinen Atem, der nach Rauch roch. Sein undefinierbares Parfum.

Er sah sie unendlich zärtlich an.

»Nein, Ruben.«

Leyli stieß ihn sanft zurück.

»Nein, Ruben«, wiederholte sie.

Sie las im erschöpften Gesicht ihres Chefs, dass er nicht weitergehen würde, dass er die Art Mann war, die sich darauf verstand, jemanden insgeheim zu lieben.

»Ich habe mit einem anderen Mann geschlafen, Ruben. Erst vor ein paar Stunden. Hier.«

»Liebst du ihn?«

Er duzte sie zum ersten Mal. In diesem Augenblick erschien das ganz natürlich.

»Ich weiß nicht … Bist du eifersüchtig?«

Ruben antwortete nicht. Stattdessen fragte er sie:

»Hast du schon einmal einen Mann geliebt?«

»Ich weiß nicht.«

Der Hotelmanager zog sie enger an sich heran.

»Aber natürlich, Leyli, du hast schon einmal geliebt. Ich rede nicht von Virgile, Alphas Vater, das war eine rein körperliche, vom Adrenalin der Todesangst befeuerte Beziehung. Ich spreche von Adil … deinem Retter. Du hast ihn geliebt, sehr sogar, und hast aus Liebe zu ihm alles hingenommen.«

»Bevor ich ihn umgebracht habe.«

Ruben lächelte.

»Was erst recht beweist, dass du ihn geliebt hast.«

Er zögerte, ehe er fortfuhr, sein Blick glitt über die verwüstete Wohnung, die zerwühlten Laken und die heruntergefallenen Bücher mit den umgeknickten Seiten, die an Vögel mit gestutzten Flügeln erinnerten.

»Erinnere dich, Leyli! Du hattest mir doch von dem Heft erzählt, das du hier versteckt hast. Das Heft, in das Nadia, diese alleinerziehende Mutter, alles schrieb, was du ihr diktiert hast. Du hast mir gestanden, dass du es versteckt hast. Hier unter der Matratze.«

Leyli fand diese Bemerkung seltsam. Ruben schien es zu bemerken und erklärte:

»Du hast nicht nachgesehen. Vielleicht war es dieses Heft, das die Männer gesucht haben, als sie deine Wohnung verwüsteten.«

Sie standen auf.

Möglicherweise hatte Ruben recht. Leyli schob ihre Hand unter die Matratze und suchte, suchte, suchte.

Nichts. Kein Heft!

Panisch drehte sie jedes Kissen um, entfernte die Decke und das Laken, warf alles auf den Boden.

Da war kein Heft! Egal, wie lange sie auch suchte …

Leyli hatte keine Zeit, sich zu fragen, wer es gestohlen haben könnte, denn statt des Heftes fand sie auf dem Lattenrost einen Umschlag. Mit spitzen Fingern ergriff sie ihn. Blieb stehen. Ruben war zurückgetreten, um ihre Intimsphäre zu wahren, aber noch nah genug, um nicht doch in Versuchung zu geraten, über ihre Schulter hinweg mitzulesen.

Der Brief war an sie adressiert.

Für Leyli
Guy

*Liebe Leyli,*
*ich schreibe dir diesen Brief in aller Eile, während du gerade duschst. Ich werde ihn nachher unter die Matratze schieben, ehe du aus dem Bad kommst. Irgendwann wirst du ihn schon finden. Alles passiert irgendwann. Es ist leichter, Gegenständen zu vertrauen als Menschen.*
*Danke, Leyli.*
*Danke, dass du mich mit offenen Armen aufgenommen hast. Danke, dass du mich so akzeptiert hast, wie ich bin. Man muss schon ein sehr guter Mensch sein, Leyli, um den zu lieben, der ich geworden bin. Wie der Kleine Prinz schon damals auf seinem Stern sagte, muss man mit dem Herzen sehen. Schade, dass du mich vor zwanzig Jahren nicht hast sehen können. Als mich das Leben noch nicht gezeichnet hatte. Als ich noch fünfundzwanzig Kilo weniger wog. Und ich im Übrigen auch noch eine schöne Stimme hatte.*
*Ich höre dich schon, meine mutige und fatalistische Leyli. So ist das Leben, da sind die ewig gleichen Morgen, die Fabrik, der Verschleiß.*
*O nein, Leyli, o nein … Einige altern gut, andere altern reich oder schön. Und wieder andere verlieren nach und nach alles, Tröpfchen für Tröpfchen, wie aus einem unsichtbaren Leck, bis am Schluss ein*

*Herz aus Stein zurückbleibt. So war es nicht bei mir, Leyli. Ich habe alles auf einen Schlag verloren.*
*Eines Morgens, völlig unerwartet, war alles weg. Und ich blieb allein zurück.*
*Es war eine Frau, Leyli, eine Frau, die mein Leben gestohlen hat. Eine Frau, die ich aufgelesen hatte, eine Frau, die ohne mich in einem dunklen Loch krepiert und von den Ratten aufgefressen worden wäre. Eine Frau, die ich noch dazu geliebt habe. Genau diese Frau hat mich hintergangen. Begreifst du allmählich, Leyli?*
*Es war nicht das Asbest auf der Werft, das meine Luftröhre verätzt hat, bis meine Stimme wie ein rostiger Geigenbogen klang, der über Metallsaiten kratzt, nein, es war eine Frau, die mir ein Messer in die Kehle gerammt hat.*
*Erinnerst du dich, Leyli?*
*Es war weder die Wirtschaftskrise, die Arbeitslosigkeit noch gab es irgendwelche anderen Gründe, die mich arm gemacht haben, nein, es war eine Frau, die mir den Schatz gestohlen hat, den ich geduldig zusammengetragen hatte.*
*Man könnte meinen, ich sei derjenige gewesen, der blind gewesen ist.*
*Ich weiß, Leyli, dieser Brief kommt dir sicher sehr lang dafür vor, dass er hier, in aller Eile, auf der Bettkante verfasst wurde. Aber kannst du dir vorstellen, wie viele Jahre ich schon über ihn nachgrüble? Wie lange ich gebraucht habe, um dich überhaupt wiederzufinden, mich dir zu nähern, ohne dass du Verdacht schöpfst? Obwohl mir diese kleine Schlampe Nadia damals, vor zwanzig Jahren, nichts sagen wollte. Ich habe sie fast zu Tode geprügelt, aber sie hat dich nicht verraten. Das hat mich meinen Job bei Vogelzug gekostet, denn damit hatte ich mir die Finger schmutzig gemacht. Das war jedoch nicht weiter schlimm, und ich habe meine eigene kleine Firma aufgezogen und manchmal noch für sie als Subunter-*

*nehmer gearbeitet. Gute Schieber sind wie gute Handwerker, sie werden immer gebraucht.*
*Doch im Grunde meines Herzens war mir das alles egal. Das Einzige, was mir wichtig war – und das wird dich überraschen, Leyli –, war, an meiner Wette festzuhalten. Die Wette, die ich an jenem Tag mit mir selbst abgeschlossen hatte, an dem ich akzeptiert habe, dass du dich anderen Männern hingibst. Erinnerst du dich? Erinnerst du dich daran, was ich damals zu dir sagte? »Tu es für mich. Für uns.« Und wie ein Idiot habe ich noch hinzugefügt: »Ich möchte, dass du eines Tages mein Gesicht siehst. Ich möchte in deinen Augen lesen, dass du mich schön findest.«*
*Ich sagte das, um dir Mut zu machen, während ich vor Angst verging. Weißt du, was ich dir an jenem ersten Abend gesagt habe, als ich dich aus diesem stinkenden Zimmer in Agrigent befreite, war kein Scherz: »Wenn du eines Tages wieder sehen kannst, wirst du mich verlassen.« Du warst so viel schöner als ich. Ich war hin- und hergerissen zwischen dem Wunsch, dass du wieder sehen kannst, und der Angst, dass du mich dann verlassen würdest. Schlimmer noch, Leyli, die Angst, in deinen Augen die Enttäuschung zu sehen, möglicherweise sogar Verachtung oder gar Abscheu. Wenn das nicht Liebe ist, was ist es deiner Ansicht nach dann?*
*Um dich bloß nicht zu verlieren, habe ich dir weiter andere Männer vorgestellt und unseren Schatz vor dir versteckt. Und du? Du glaubtest, was dir diese kleine Schlampe Nadia erzählte, hast auf sie und die anderen gehört, die behaupteten, Adil Zairi sei ein elender Menschenschmuggler, ein kleiner Zuhälter. Ein Monster. So hast du mich also die ganzen Jahre über gesehen. Als Monster. So hast du mich dargestellt, in diesem Zimmer, auf diesem Bett, als du mir unsere Geschichte erzähltest. Siehst du, du hattest unrecht. Ich habe, ohne mit der Wimper zu zucken, deine Version der Ereignisse*

*hingenommen. Ich verlangte lediglich eine lächerlich anmutende winzige Revanche.*
*Die einzige Revanche, die mir wichtig war.*
*In deinen Augen zu lesen, dass du mich schön findest.*
*Ich habe gewonnen, Leyli. Ich habe meine Wette gewonnen. Ich habe genau das in deinen Augen gelesen, bevor wir uns liebten. Du hast mich das erste Mal angesehen und den Mann geliebt, den du sahst, und zwar so sehr, dass du dich ihm hingegeben hast.*
*Das ist meine Rache, Leyli. Meine süße Rache. Meine ach so stolze, meine unabhängige, meine widerspenstige Leyli, du hast dich aus freien Stücken deinem Folterknecht hingegeben. Und du hast es genossen.*
*Die grausamste aller Vergewaltigungen.*
*Wie gern hätte ich dir im Moment des Höhepunktes auf diesem Bett mein großes Geheimnis gebeichtet, anstatt es dir nun zu schreiben. Nächtelang habe ich mir diesen Augenblick ausgemalt, wenn ich dir nach dem Orgasmus alles enthüllt hätte. Und dann hätte ich dich im Morgengrauen erwürgt. Oder vielleicht erstochen. Erst gestern Abend, als ich Tidiane gesehen habe, habe ich meine Pläne geändert. Diesmal warst du nicht schnell genug, oder vielleicht hast du mir auch schon zu sehr vertraut.*
*Durch deinen Sohn wurde mir in diesem Moment alles klar. Auch, was es mit Alpha und Bamby auf sich hat. Ich habe dein Geheimnis durchschaut. Ich habe begriffen, wo du den Rest meines Schatzes versteckt hast.*
*Ich beende jetzt meinen Brief, Leyli, und schiebe ihn unter deine Matratze. Wahrscheinlich werden wir wieder miteinander schlafen. Und dann wirst du mich irgendwann zum Teufel jagen. In ein paar Stunden, wenn du mich durch das Fenster oder vom Balkon aus siehst, auf dem du immer rauchst, wirst du mir mit deinem Blick folgen und dir vielleicht ausmalen, welches Leben wir beide*

*zusammen führen könnten. Du wirst mir dabei zusehen, wie ich in den Bus steige, und denken, dass ich brav zur Arbeit fahre.*
*Ohne zu argwöhnen, dass ich auf dem Weg bin, mir das zurückzuholen, was du mir gestohlen hast.*
*Dass ich auf dem Weg zu deinem Sohn bin.*
*Ich umarme und küsse dich ein letztes Mal.*

Adil

Der Brief entglitt Leylis Händen und wirbelte kurz durch die Luft, ehe er langsam auf den Boden hinabsegelte. Ruben nahm sie in seine Arme, ohne dass es in irgendeiner Weise zweideutig gewesen wäre. Leyli zitterte am ganzen Körper.

»Wovon spricht er, Leyli? Dein Sohn ist in Gefahr. Was hat er erraten, Leyli? Was ist das für ein Geheimnis?«

Und da wusste Leyli, dass sie Ruben vertrauen konnte. Allein schon, um Tidiane zu retten, musste sie Ruben alles offenbaren.

## 63

*9:47 Uhr*

Der Rumpf der *Sebastopol* stieß an die Kaimauer, ohne dass Alpha auch nur den Damm erkennen konnte. Über dem Hafen lag nasskalter Nebel, durch den nur gelegentlich der schwache Lichtschein des Leuchtturms drang. Er warf seinen Strahl auf einen seltsam anmutenden Wald aus Masten, die aus dem Dunst herausragten, sowie auf ein paar helle Umrisse, schlaffe Fahnen und die verblichenen Fassaden von Häusern mit geschlossenen Fensterläden.

Die orangenen Fender minderten den Aufprall. Mit sicherer Hand warf Gavril ein Tau hinüber, ohne seinen einzigen Passagier dafür um Hilfe zu bitten. Alpha riss ungläubig die Augen auf. Er konnte kaum fassen, dass er soeben mit im Schnitt mehr als fünfundzwanzig Knoten das Mittelmeer überquert hatte. Die ganze Nacht hatte er gegen das Wiegenlied der Wellen sowie das rhythmische Schlingern der Jacht ankämpfen müssen. Trotzdem war er, die Tokarev TT-33 fest in der Hand, immer wieder für ein paar Sekunden oder gar Minuten eingenickt. Gavril hatte sich ruhig verhalten und war am Ruder geblieben. Unerschütterlich stand er die ganze Zeit über am Steuer. Als er über die Hälfte der Strecke zurückgelegt hatte, wollte er dann auch nicht mehr umkehren. Die Polizei einzuschalten hätte ihm nur Scherereien eingebracht, während er sich mit diesem schwarzen Riesen und vor allem mit dessen Freund, dem Zwerg mit Krawatte, der das Schiff kaufen wollte, sicher einig werden würde.

»Endstation«, verkündete Gavril und pfiff dabei durch seine letzten ihm verbliebenen Zähne, so dass er wie ein alter Dampfer klang.

Alpha hatte seine unter der Trainingsjacke verborgene Waffe noch immer auf den Kapitän gerichtet. Als Gavril ihm die Hand reichte, glaubte Alpha, es handele sich um die übliche Geste eines Seemanns, der einem Passagier beim Ausstieg an Land helfen wollte. Er verstand erst, was Gavril bezweckte, als er das Stück Papier in seiner Hand spürte. Eine aus einem Notizbuch herausgerissene Seite, auf die der Kapitän seinen Namen und seine Telefonnummer notiert hatte.

»Denken Sie bei künftigen Überfahrten an mich. Sie haben ja gesehen, ich kann die ganze Nacht durchfahren, ohne ein Auge zuzumachen, genauso pflichtbewusst auf dem Posten wie ein Barkeeper am Tresen seines Clubs.«

Gavril zwinkerte Alpha zu und sah dem jungen Mann hinterher, als dieser sich auf dem Kai entfernte. Alpha ging ein paar Meter, las erneut den Zettel, den er in der Hand hielt, zuckte dann mit den Achseln, knüllte das Stück Papier zu einem kleinen Ball zusammen und schnippte es ins Hafenbecken. Er ging noch ein paar Schritte, während er sich die Waffe unter den Gürtel schob.

Im Nebel kamen vier dunkle Gestalten auf ihn zu. Sie gingen stumm nebeneinander her – wie in einem Western. Man hörte lediglich das Geräusch ihrer Schritte.

Wie geplant, wurde Alpha schon erwartet.

Es steht fifty-fifty, dachte der junge Fulbe.

Entweder waren sie gekommen, um ihm die Hand zu reichen …

Oder um ihn zu töten.

## 64

*9:49 Uhr*

Leyli erhob sich, nahm Ruben bei der Hand und zog ihn zum Kinderzimmer. Als sie sich zu ihm umdrehte, merkte sie gar nicht, dass sie ihn wieder siezte.

»Sehen Sie, Ruben«, meinte sie, während sie die auf dem Boden herumliegenden Fußballtrikots und -shorts von Tidiane einsammelte und auf die doppelt so großen T-Shirts von Alpha sowie Bambys Unterwäsche deutete.

Sie zeigte noch auf ein Paar alte Sneaker, das vermutlich Alpha gehörte, auf Tidianes Ball, der unter dem Bett feststeckte, auf die Poster, Bücher und CDs. Auf all die Spuren, die auf das Leben ihrer drei Kinder hier verwiesen, die in diesem winzigen Raum untergebracht waren. Die ungebetenen Gäste hatten hier nur die Betten und Kleiderschränke zertrümmert.

»Sehen Sie, Ruben. Eine Familie. Eine nette, kleine, ganz legal vereinte Familie. Man könnte meinen, dies sei das Ende der Geschichte.«

Mit Tränen in den Augen sah sie Ruben an.

»Aber das ist nicht das Ende der Geschichte. Nicht einmal der Anfang.«

Ruben schwieg in dem Bewusstsein, dass Leylis Geständnis alles ins Wanken brächte.

»Hören Sie, Ruben. Hören Sie gut zu.« Leyli schwieg beklemmend lange. »Meine Kinder haben hier nie gelebt!«

Ein Trikot von Olympique Marseille glitt zu Boden. Ihre Augen wanderten durch das zu voll gestellte Zimmer.

»All das hier ist eine Inszenierung, Ruben. Die Betten, das Spielzeug, die Kleidung. Eine Lüge. Ich lebe allein, Ruben. Allein, verstehen Sie? Mir ist es nie gelungen, meine Kinder nachzuholen. Ich habe versagt, Ruben, verstehen Sie? Ich habe versagt!«

Leylis Arme ruderten durch die Luft, als wollte sie Geister einfangen. Die Geister ihrer Kinder, die dieses zu volle, und dennoch leere Zimmer heimsuchten. Von der Wimperntusche geschwärzte Tränen rannen über Leylis Wangen.

»Es war, als würde ich gegen eine unsichtbare, unüberwindliche Wand aus Glas laufen. So ist die Welt nun mal, Ruben, so ist die Welt für die einfachen Leute, die auf der falschen Seite der Erdkugel geboren wurden. Man kann alles sehen, alles hören, dafür gibt es genügend Bildschirme, Parabolantennen, Wellen und Satelliten. Alles ist mit allem verbunden, alles scheint so nah, dass man glaubt, es berühren, es besitzen zu können. Aber nein, man streckt die Hand aus und man stößt sich, man will küssen und berührt mit den Lippen lediglich eine gläserne Mauer. Ein Trugbild der Wirklichkeit. Das ist grausamer, als wenn man überhaupt nichts erfahren würde. Eine virtuelle Familie. Verbunden und dennoch getrennt. Die Welt ist zum gläsernen Palast geworden, Ruben. Für manche öffnen sich die Türen automatisch, ohne dass man etwas tun muss, so wie in den Kaufhäusern. Und die anderen bleiben hinter den Schaufenstern zurück. Dazu verurteilt, auszuschwärmen, um zu jagen oder zu betteln. Ich habe Tidiane seit fünf Jahren keinen Kuss mehr gegeben, Ruben. Habe ihn nicht mehr an meine Brust drücken und seinen Herzschlag spüren können. Habe ihn nicht abends vor dem Einschlafen zugedeckt. Nicht seinen Schweiß abgewischt, wenn er aus der Schule oder vom Sport kam. Alpha war zwölf, als ich ihn zurückließ. Seitdem konnte er alle Dummheiten anstellen, die er wollte. Er war zwölf, als ich ihn das letzte Mal ohrfeigte. Damals war ich einen Kopf größer als er, heute ist er drei Köpfe größer als ich. Glaube ich zumindest. Nur Bamby ist letztes Jahr hier gewesen, mit einem Studentenvisum, das allerdings nur ein Jahr gültig war. Dann musste sie wieder zurück. Sie haben verstanden, Ruben, und versucht, mir zu helfen, als Sie der Polizei sagten, dass Bamby letzte Nacht im Hotel Ibis gesungen habe.«

Sie starrte auf den umgestürzten Esstisch, die verstreuten Teller und Bestecke. »Aber Bamby hat gestern Abend nicht hier gegessen, genauso wenig wie an den anderen Abenden. Genauso wenig wie Tidiane und Alpha. Ich lebe allein, Ruben. Allein wie eine Hündin, die Nahrung für ihre Kinder beschaffen wollte, sich dabei verlaufen hat und nicht wieder zurückgekommen ist. Ich lebe allein, was bedeutet, dass Bamby kein Alibi hat. Kein Alibi für den Mord an Jean-Lou Courtois im Red-Corner-Hotel in Dubai, und genauso wenig für den Mord an Francois Valioni im Red Corner in Rabat.«

## 65

*9:51 Uhr*

Der Airbus A320 überflog das Atlasgebirge. Die Wolken hingen an den Bergkämmen des Djebel Amour, so dass die Passagiere die Aussicht auf die bewaldeten Gipfel, die Weiden an den Hängen und die riesigen Obstgärten im Wadi genießen konnten. Das fantastische Panorama ließ Bamby jedoch völlig kalt. Den Laptop von Yan Segalen noch immer auf dem Schoß, konnte sie ihren Blick nicht von dem Foto lösen, das Adil Zairi zeigte. *Geändert am 19. 4. 1994*. Eine alte, vergessene Datei. Das banale Portrait eines eleganten Mannes, der vor den Festungsmauern der Medina von Sousse posierte. Nichts Kompromittierendes.

Als sie die Datei öffnete, hatte Bamby jedoch einen Aufschrei unterdrücken müssen, der ihr im Hals stecken geblieben war.

Sie kannte Adil!

Mama hatte ihn nicht erstochen. Adil hatte überlebt. Und Adil hatte sie wiedergefunden. Adil schlich um sie herum.

In ihrer Nähe. In Mamas Nähe.

Bamby beugte sich vor, um sich jedes noch so kleine Detail

einzuprägen. Seit 1994 hatte Adil zugenommen, schütteres Haar bekommen, seine eng sitzende Jeans und das rosa Leinenhemd gegen einen labbrigen Trainingsanzug getauscht. Außerdem hatte er seine auf dem Foto noch zur Schau gestellte unglaubliche Selbstsicherheit eingebüßt. Dennoch, Bamby war sich sicher. Sie hatte ihn sofort wiedererkannt! Er war ihr mehrfach in Aigues Douces im Treppenhaus über den Weg gelaufen, als sie für ein Jahr an der Universität Aix-Marseille Psychologie studiert hatte. Er hatte ein Stockwerk unter ihnen gewohnt. Ein unauffälliger Nachbar, an dessen Namen sie sich nicht mal erinnerte. Thierry? Henri? Er lebte zurückgezogen, war nicht sonderlich gesprächig, außer wenn es darum ging, gegen die Araber, den kommunistischen Bürgermeister und die Kleinkriminellen zu wettern. Ein harmloser Typ, würde man sagen. Ein bisschen blöd vielleicht, aber sicher nicht bösartig.

Bamby schloss für einen Moment die Augen, um sich besser erinnern zu können, zum Beispiel an das Namensschild auf seinem Briefkasten oder an ein Paket für ihn auf dem Treppenabsatz. Guy! Sein Vorname war Guy, jetzt fiel es ihr wieder ein. *Guy Lerat*. Wie bezeichnend: Le rat – die Ratte! Der Mistkerl hatte sich sogar ein Pseudonym ausgesucht, das auf die Gosse anspielte. Er war überhaupt nicht blöd …, aber sehr hinterhältig. Worauf war er aus? Was führte er im Schilde? Was wollte er?

Eine Stewardess kam mit dem Getränkewagen durch den schmalen Gang im Flugzeug. Die Unruhe der Passagiere weckte das Baby auf, das zwei Sitze weiter im Schoß seiner Mutter gelegen und geschlafen hatte. Sein Vater schnappte sich das Kind, während er bei der freundlich lächelnden Flugbegleiterin eine Cola bestellte.

»Für mich nichts, danke«, murmelte Bamby.

Saure Übelkeit stieg in ihr auf. Bamby stellte sich Mama allein in ihrer Wohnung vor. Adil Zairi nur zwanzig Stufen unter ihr. Und sie saß hier, eingesperrt in diesen Flieger, und war machtlos! Noch über eine halbe Flugstunde lag vor ihr, eine halbe Stunde, ehe sie ihre Mutter warnen, eine halbe Stunde, in der einfach alles passieren konnte. Selbst wenn Adil schon seit mehreren Monaten unter dem Namen Guy Lerat in Aigues Douces wohnte, ohne weiter aufzufallen, ließ ihr eine dumpfe Vorahnung nun keine Ruhe mehr.

Mama … allein … Sie hatte ihre Mutter vorgestern Abend zu früh verlassen, war einfach aufgestanden und hatte behauptet, sie würde mit Chérine zu KFC gehen. Ohne ihren Teller auch nur anzurühren. Ohne wirklich am Essen teilzunehmen. Dabei war das Abendessen alles, was ihnen geblieben war. Ein heiliges Ritual. Das einzige kleine, alltägliche Glück normaler Familien, an dem Mama eisern festhielt. Ihre Art, den Mächten die Stirn zu bieten, die ihre Lieben in alle Ecken der Welt verstreut hatten. Das Abendessen als Fixpunkt, wie bei jeder anderen Familie auch. Nach einem Tag, den jeder für sich mit seinen eigenen Erlebnissen und Emotionen durchlebt hatte, versammelte man sich vor Einbruch der Nacht um einen Tisch und erzählte sich alles. Überall das gleiche Bedürfnis, abends gemeinsam einen Kokon zu weben, ob die Familienmitglieder nun den Tag in den Straßen eines Dorfs oder in einer riesigen Metropole verbracht hatten, und selbst wenn sie in der ganzen Welt verstreut waren.

Abendessen um 19:30 Uhr!

Egal, wohin Bamby mit Chérine auch reiste, egal, in welchem Winkel Marokkos Alpha herumgammelte, und egal, welches Essen Oma Marème für Tidiane in der Cité de l'Olympe in Rabat auch zubereitet hatte, um 19:30 Uhr saß jeder von ihnen vor seinem Laptop, schaltete die Webcam ein und verband sich via Konferenzschaltung über Skype mit den anderen. Für eine Stunde. Einmal am Tag. Eine Stunde, um miteinander über alles oder nichts zu sprechen. Eine Stunde, in der sie gemeinsam aßen.

Dieses Essen zu verpassen, hieß, Mama zu töten.

Dann, zwischen 20:15 Uhr und 20:30 Uhr, durften alle ohne Eile wieder aufstehen, die Verbindung beenden oder das Geschirr abräumen. Nur Tidiane blieb. Er trug den Laptop in sein Zimmer und stellte ihn auf seinen Nachttisch, damit Mama ihm eine Geschichte erzählte. Eine möglichst lange. Meistens schlief Tidy ein, noch bevor sie zu Ende war. Und es waren Oma Marème oder Opa Moussa, die schließlich den Computer ausschalteten und den Jungen zudeckten.

Eine kleine Hand zog an Bambys Jacke. Baby war es zu langweilig! Papa entschuldigte sich. Er hatte seine Cola in einem Zug leer getrunken, da das Kind das Getränk sonst vielleicht umgestoßen hätte. Junge oder Mädchen? Bamby konnte es nicht sagen. Apfelgrüner Strampler, pausbäckiges Gesicht, große dunkle Augen, stoppeliges Haar und ein unschuldiges, zu Herzen gehendes Lächeln. Bamby wandte den Blick ab. In ihrem Magen rumorte weiter der bittere Gallensaft. Ein Schraubstock drückte ihr die Lunge ab.

Mama, allein im Hochhauskomplex Aigues Douces in Port-de-Bouc. Adil, ihr Folterknecht, ihr Peiniger, ihr schwarzer Engel hatte überlebt, hatte sie verfolgt und aufgespürt.

Und jetzt?

Alles, was Bamby von Adil Zairi wusste, war das, was Mama aufgeschrieben hatte. In ihrem roten Heft. War Adil Zairi womöglich auf der Suche nach diesem Heft? Wollte er es stehlen und hatte sich deshalb ein Stockwerk tiefer einquartiert? Versuchte er unter irgendeinem Vorwand bei ihr einzudringen?

Pech für dich, du Ratte, zischte Bamby innerlich. Da warst du nicht schnell genug!

Bamby beugte sich vor, wobei sie mit der linken Hand die Buschjacke zuhielt, und kramte einen Moment lang in der am Boden stehenden Tasche. Sie zog ein knallrotes Heft daraus hervor, dessen Farbe dem Baby besser zu gefallen schien als die Bilderbücher auf Papas Klapptisch.

Bamby hatte das Heft vor rund einem Jahr zufällig eines Abends beim Hochheben der Matratze entdeckt, als sie in der winzigen Wohnung auf der Suche nach einem Versteck für ihr Dope gewesen war. Mama arbeitete zu diesem Zeitpunkt als Reinigungskraft in einer Bank. Bamby las bis zum frühen Morgen. Vor jener Nacht kannte sie nur ein paar Details aus dem Leben ihrer Mutter. Das, was Opa Moussa gelegentlich erzählte: Wie Mama als junges Mädchen in Mali blind geworden war, eine fast schon legendäre Geschichte, die sehr lange zurücklag und von der nur noch ein paar Erinnerungsstücke geblieben waren – ihre Brillen- und ihre Eulensammlung.

Die Lektüre dieses Heftes hatte sie aufgewühlt. Nun endlich verstand Bamby den Zorn, den sie seit ihrer Kindheit empfand. Dieses Heft lieferte die Erklärung. Wie ein übel riechender Gegenstand, der in einem Rohr feststeckte und es verstopfte, ohne dass man wusste, woher der Gestank kam. Dieses Heft zu finden, es zu lesen und zu behalten, hatte sämtliche Blockaden beseitigt. Mit einem Mal waren alle Schleusen gebrochen, die ihren Hass unterdrückt hatten.

Die Stimme des Piloten ließ sie hochfahren. Der Airbus setzte zum Landeanflug auf Rabat an. *Rabat*, wiederholte Bamby im Geiste. Dort, wo alles begonnen hatte.

Ungewollt spazierte sie in Gedanken durch die marokkanische

Hauptstadt, schlenderte die weißen Gassen entlang, durch die sie so oft gelaufen war, wurde in den westlichen Vierteln langsamer, die sie als Teenager stets fasziniert hatten, schlängelte sich vorbei an den Aushängeschildern durch die Einkaufspassagen, die Bars, in denen Alkohol verkauft wurde, an den Restaurants und Hotels vorbei, bis sie schließlich stehen blieb. Vor dem Red Corner von Rabat. Eine kurze Pause, um mit der Überwachungskamera zu flirten, dann betrat sie das Zimmer *Scheherazade*, und sie sah sich auf dem Leichnam von François Valioni liegen, dann verließ sie den Raum rasch, ging im Laufschritt die Treppen hinab und kam, außer Atem, vor dem Starbucks gleich daneben an. Der Laden, wo Bamby diesem jungen Polizisten begegnet war und Alpha getroffen hatte, wo sie ihren Schwur geleistet, ihre Dreiecke aus Ebenholz zu ihrem schwarzen Stern übereinandergelegt hatten.

Wo sie einander geschworen hatten, bis zum Äußersten zu gehen. Egal, was kommen würde.

Bamby musste auf halber Strecke aufgeben. Bamby hatte es nicht geschafft.

Yan Segalen war davongekommen. Adil Zairi lief frei herum.

*Rabat*, wiederholte Bamby noch einmal ganz leise, wobei sie jede Silbe einzeln betonte. Ra-bat.

Dort, wo alles begonnen hatte. Dort, wo alles enden würde?

Wenn die Polizei sie schon erwartete, zehntausend Meter unter ihr, hätte sie endgültig versagt.

# 66

*9:53 Uhr*

Der Flug Beirut – Rabat würde pünktlich landen. Halle B, Gate 14.

Im internationalen Flughafen von Rabat-Salé standen rund dreißig Polizisten mit geschulterten Gewehren, die Augen auf die Anzeigetafel gerichtet, als rechneten sie jederzeit mit schlechten Nachrichten: einer Flugverspätung, einer Geiselnahme oder einer Entführung des Airbus nach Bamako, Dubai oder Marseille.

Eine etwas übertriebene Befürchtung, dachte Julo, während er seine lauernden Kollegen beobachtete. Bamby Maal befand sich ohne Komplizen und unbewaffnet an Bord des Flugzeugs. Da waren sich die libanesischen Polizisten, die sich mehrfach die Bänder der Überwachungskameras angesehen hatten, absolut sicher, selbst wenn sie unter falschem Namen reiste. Das hinderte die marokkanische Polizei aber nicht daran, mit einem Großaufgebot anzurücken. Mehrere Dutzend Männer, um eine Zwanzigjährige festzunehmen!

Julo hielt sich etwas abseits, nahe dem Duty-free-Bereich auf. Petar diskutierte gerade mit einem marokkanischen Kommandanten. Sein Chef liebte es, die örtlichen Beamten zu belehren, zumal er hier keine Weisungsbefugnis hatte. Da Velika nichts anderes übrigblieb, als mit ihnen zusammenzuarbeiten, ließ er die marokkanischen Kollegen dafür aber deutlich spüren, wer über die Experten in Sachen Technik, sensible Daten und forensischer Laboratorien verfügte.

Aber letztlich, dachte Julo, war das ja auch die offizielle Funktion seines Chefs.

*Attaché de sécurité intérieure*, abgekürzt ASI – Beauftragter für innere Sicherheitsangelegenheiten. Er hingegen war lediglich Petars Assistent.

Die inneren Sicherheitsangelegenheiten Frankreichs waren in Marokko und hier in Rabat durch drei Personen vertreten: Hauptkommissar Petar Velika, Kommissaranwärter Julo Flores und Oberkommissar Ryan El Fassi. Dazu kamen noch drei weitere Kollegen in Tanger, Casablanca und Marrakesch.

Soweit Julo wusste, war die *Direction de la coopération internationale*, kurz DCI, Direktion für internationale Zusammenarbeit, Ende 2000 gegründet worden und setzte sich aus mehreren hundert Kollegen von Polizei und Gendarmerie zusammen, die weltweit rund hundert Botschaften zugeteilt waren. Ihre Hauptaufgabe war es, sich mit Bedrohungen Frankreichs jeglicher Art auseinanderzusetzen, als da wären: Terrorismus, Cyberkriminalität, Schmuggel im weitesten Sinne, egal ob es sich dabei um Drogen, Waffen oder illegale Einwanderer handelte. Zu diesen großen klassischen Belastungsproben für das Innenministerium kam selbstverständlich noch der Schutz französischer, im Ausland lebender Staatsbürger hinzu. Der Mord an François Valioni betraf die DCI von Rabat sozusagen dreifach, handelte es sich doch um einen französischen Staatsbürger, der im Herzen der marokkanischen Hauptstadt ermordet worden war und beruflich mit Mittelmeermigranten zu tun hatte.

Zusammenarbeit war das große Schlagwort. Zusammenarbeit mit den anderen DCIs von Dubai und Beirut, aber vor allem mit den lokalen Behörden. Petar war sehr wohl gezwungen, sich zumindest anzupassen, selbst wenn er die Polizisten hier in Rabat für unterbezahlte Beamte mit wenig Engagement und ohne das nötige Know-how hielt. Und er musste, unter Berücksichtigung lokaler Empfindlichkeiten, den Hauptanteil der Arbeit leisten.

Besorgt registrierten die Passagiere am Flughafen das ungewöhnlich große Polizeiaufgebot. Die Angst vor einem Anschlag war fast immer präsent. Petar spielte die Situation durch sein lautes Lachen herunter und damit, den marokkanischen Kollegen kameradschaftlich auf die Schulter zu klopfen.

Julo beobachtete das Geschehen aus einer gewissen Entfernung. Sein Blick verlor sich in den glänzenden Markenschildern der Duty-free-Läden, die in jedem Flughafen der Welt die gleichen waren.

Wenn er an die Ermittlungen zurückdachte, war es dieser Eindruck, der ihn einfach nicht losließ. Die gleichen Örtlichkeiten oder Geschäfte, überall auf der Welt, austauschbar. Marken ohne Grenzen, ohne Nationalität, Starbucks, L'Occitane, Red Corner und unzählige andere … Das ging sogar so weit, dass in den Flugzeugen die gleichen Filme gezeigt wurden, weltweit im Radio die gleiche Musik gespielt wurde und Fußballfans aus aller Herren Länder sich für die gleichen Mannschaften begeisterten. Kinder aus der Subsahara trugen die Unicef-Trikots des FC Barcelona und marokkanische Kinder waren Fans der Clubs von Marseille oder Manchester United …

Julo versuchte, die seit drei Tagen laufenden Ermittlungen noch einmal Revue passieren zu lassen. In weniger als einer halben Stunde würde Bamby Maal beim Verlassen des Flugzeugs verhaftet. Er wurde das unangenehme Gefühl nicht los, dass sie etwas Wesentliches übersehen hatten.

In Gedanken ging er kurz die ersten Eindrücke durch: das Red Corner in Rabat, den Starbucks-Shop, in dem ihm wahrscheinlich, und ohne dass er es bemerkt hätte, Bamby und Alpha Maal über den Weg gelaufen waren, und schließlich die Cité de l'Olympe im Norden Rabats, wo sie Alpha an der Ecke Avenue Pasteur und Jean-Jaurès festgenommen hatten. Wie die großen Marken trugen gelegentlich auch Straßen universell bekannte Namen. Zumindest in den ehemaligen französischen Kolonien und Protektoraten. In Gedanken setzte er den Spaziergang fort und landete bei seiner Begegnung mit Professor Waqnine, dem Hämatologen, den er im Park des Klinikums Avicenne, dem Universitätskrankenhaus von Rabat, getroffen hatte. Es trug den Namen des berühmtesten muslimischen Mediziners in der Geschichte des Islams. Von dort ging es weiter zum Al-Islâh-Zentrum, einem angesehenen Institut für Bildung und französische Sprache, das ein paar Kilometer entfernt von Rabat lag und den gleichen Namen trug wie die größte Moschee im Süden Frankreichs, in Marseille: El Islâh. Die Ermittlungen waren ein gutes Stück vorangekommen, als er gestern gemeinsam mit Petar und in Zusammenarbeit mit Toni Frediani, dem Leiter des Kommissariats von Port-de-Bouc, Leyli Maal vernommen hatte. Ryan hatte die bürokratischen und logistischen Details geregelt und so konnten sie morgens, in weniger als zweieinhalb Stunden, direkt von Rabat nach Marseille fliegen und am späten Nachmittag schon den Rückflug antreten. Doch zuvor hatten sie noch einen kurzen Abstecher zum Ibis-Hotel gemacht, um der verrückten Zeugenaussage von Ruben Liberos zu lauschen. Am Abend war er am riesigen Seehafen von Rabat-Salé spazieren gegangen und hatte über den Fall nachgedacht. Wie auch schon am Vorabend, als er im Zoologischen Garten von Rabat und am berühmten See mit den rosa Flamingos gewesen war. Und am ersten Abend war er, ehe er am Strand von Salé gelandet war, durch die Avenuen 11-Janvier und 2-Mars geirrt. Später hatte er erfahren, dass diese Daten auf den Tag der Unabhängigkeitserklärung Marokkos im Jahr 1944 und auf das Ende des Protektorats im Jahr 1956 verwiesen. Kurz, auf den Nationalfeiertag, wie Ryan präzisiert hatte, als er Petar zu erklären versuchte, dass Marokko nie eine französische Kolonie gewesen war. Nur ein Protektorat mit einem einfachen Abkommen zum Schutz und zur Zusammenarbeit.

Nach und nach verteilten sich die Polizisten. Das Flugzeug befand sich bereits im Anflug und die Anspannung stieg. Wollte das Einsatzkommando auch noch die Landebahn besetzen, weil die Männer fürchteten, Bamby Maal könne über das Rollfeld flüchten?

Julo fühlte sich bei dieser Hetzjagd immer unwohler. Er hatte inzwischen Leyli Maals Weg rekonstruiert, ihre Ankunft im Problemviertel Aigues Douces in Port-de-Bouc – ohne ihre beiden Söhne Alpha und Tidiane, die in Marokko geblieben waren, während ihre Tochter Bamby zwischen beiden Ländern pendelte. Petar hatte gegenüber den marokkanischen Kollegen von Intrigen gesprochen, von drei geschickt geplanten Morden, auch wenn der dritte vereitelt worden war, von einem raffiniert und sorgfältig durchdachten Komplott, das die Täterin unter drei verschiedenen Identitäten ausgeführt hatte.

Julo jedoch konnte nicht umhin, genau das Gegenteil zu denken: Familie Maal hatte sich lediglich zur Wehr gesetzt, mit ihren Mitteln, gegen viel gefährlichere, besser organisierte Intriganten, die absolut unantastbar waren. Er hatte nicht den geringsten Beweis, aber jedes Mal, wenn er auf das Thema zu sprechen kam, hatte Petar nur ironische Bemerkungen parat, über Bambys schöne Augen, die seinem jungen und viel zu romantisch veranlagten Kollegen den Kopf verdreht hätten, ebenso wie die ihrer Mutter Leyli, die in ihrer Rolle der Mutter Courage vielleicht noch gefährlicher sei und sich trotz aller Widrigkeiten ihres Lebens wie eine exotische Blume präsentiere. Die einzelnen Begebenheiten, eigentlich alle Elemente gaben seinem Chef augenscheinlich recht, weshalb Julo zum Schweigen verdammt war.

Er erinnerte sich, wie er auf dem Flur des Kommissariats in Port-de-Bouc Leyli Maal seine Visitenkarte überreicht hatte.

*Wenn Sie etwas brauchen sollten, egal was, dann rufen Sie mich an!*

Eine erbärmliche und lächerliche Eigeninitiative, die nur dazu diente, sein Gewissen zu beruhigen. Aber was hätte er ihr sonst anbieten können?

## 67

*9:58 Uhr*

Leyli war zum Rauchen auf den Balkon gegangen. Noch nie hatte sie im Laufe eines Tages so viele Zigaretten konsumiert, dabei war es erst seit ein paar Stunden hell. Das Meer vor den Wohnblocks von Aigues Douces lag wieder ruhig da. In der Ferne, nahe der Hafeneinfahrt von Port-Saint-Louis-du-Rhône, zog ein Containerschiff im Zeitlupentempo vorbei, als wäre die Last der Ladung zu schwer, und hinterließ eine weithin sichtbare weiße Linie, die an die Schleimspur einer Schnecke erinnerte.

Ruben war ihr auf den Balkon gefolgt. Obwohl es nicht kalt war, hatte er seinen langen Mantel angezogen und den Hut aufgesetzt. Leyli kam plötzlich der Gedanke, dass Ruben sicher plante, Port-de-Bouc zu verlassen, dass er wohl so war: Wenn er keine Geschichten mehr erzählte, bereitete er seine Abreise vor. Ruben folgte mit den Blicken dem Containerschiff, das kaum merklich vorankam.

»Warum?«, fragte er leise. »Warum diese ganze Inszenierung, Leyli?«

Badetücher, Kindershorts und Sportsocken hingen an dem Wäscheständer, der auf dem Balkon stand.

»Weil ich nicht ins Raster passe. So einfach ist das, Ruben.«

Sie zog an ihrer Zigarette.

»Um meine Kinder nachkommen lassen zu können, muss ich eine größere Wohnung nachweisen. Zehn Quadratmeter pro Person. Minimum vierzig Quadratmeter. So schreibt es das Gesetz vor. Man braucht einen Mindestlohn und eine anständige Unterkunft. Seit drei Jahren, seit ich offiziell als Flüchtling anerkannt bin, versuche ich, eine solche Wohnung zu bekommen. Am Anfang dachte ich, es handele sich um eine reine Formalität.«

Sie lachte nervös auf. Ruben fixierte noch immer die bunten Würfel auf dem Containerschiff.

»Aber ich passe einfach nicht ins Raster, Ruben. Ich bin alleinstehend und verdiene nur einen Hungerlohn. Die Behörden bieten mir bestenfalls Einzimmerwohnungen an. ›Verstehen Sie doch, Madame Maal, die Zwei-, Drei- oder Vierzimmerwohnungen sind Familien vorbehalten.‹ Genauso dumm wie es sich anhört, ist es auch, Ruben. Ohne die Kinder kann ich keinen Anspruch auf eine größere Wohnung geltend machen. Und ohne größere Wohnung kann ich meine Kinder nicht nachkommen lassen.« Wieder lachte sie auf, diesmal ernüchtert. »Derjenige, der sich das ausgedacht hat, ist ein Genie. Das Ganze ist geradezu ein Zaubertrick, fast wie das Möbiusband. Die Behörden können auf diese Weise dafür sorgen, dass die Bittsteller endlos umherirren, Schalter A, Schalter B, Schalter C, zum Wohnungsamt, zur Gemeinde, zur Stadtverwaltung, zur Einwanderungsbehörde. Kein Behördengang ohne Formulare, denn jedes Amt hängt an seinen Formularen, denkt nur an die Kästchen, die auszufüllen sind.«

Leyli nahm wieder einen tiefen Zug von ihrer Zigarette. Auch wenn man ihrem Gesicht die Erschöpfung und Übermüdung ansah, funkelten ihre Augen doch noch immer.

»Die Idee kam mir vor drei Monaten, als ich einen neuen Antrag für meinen Vermieter, die FOS-IMMO, ausfüllen musste. Eine ganz simple Idee.« Sie machte eine Kunstpause. »Ich tat einfach so, als wären meine Kinder schon da.«

Ruben sah nicht länger dem Containerschiff nach, sondern drehte sich zu Leyli um. Seine Augen blinzelten im Schatten der Hutkrempe, denn die Sonne entsandte, noch schüchtern, ihre ersten Strahlen. In Leylis Haar steckte eine Sonnenbrille in Schmetterlingsform, doch sie setzte das gelb-schwarze Gestell nicht auf.

»Damit meine Kinder nachkommen können, ist laut Gesetz eine ausreichend große Wohnung vorgeschrieben. Also warum sollte man mir eine größere Wohnung verweigern, wenn meine Kinder schon längst da wären? Ich habe einfach ihr Kommen ein paar Monate vorgezogen und meine Wohnung so eingerichtet, als würden meine drei Kinder dort mit mir wohnen. Ich habe die Betten am Fenster gelüftet, meine Tür offen stehen lassen und lautstark Rap und Techno gehört. Ich habe meinen Arbeitgebern von meinen Problemen bei der Kinderbetreuung erzählt, aber vor allem habe ich Fotos gemacht. Fotos, die unser unzumutbares Zusammenleben dokumentierten. Für die FOS-IMMO habe ich extra eine Mappe zusammengestellt, und ich habe wirklich alles getan, um den für meinen Antrag zuständigen Angestellten zu erweichen. Patrice oder Patrick, wie hieß er doch gleich …? Egal, aber ich glaube, ich habe ihn überzeugt. Er wird wohl meinen Antrag ganz oben auf seinen Stapel legen, so dass mein Ersuchen um eine größere Wohnung in den nächsten drei Monaten rascher vorankommen wird als in den letzten drei Jahren. Man muss einfach nur bluffen, Ruben. Warum sollte Patrice bei der Einwanderungsbehörde oder der Stadtverwaltung überprüfen, ob meine Kinder tatsächlich schon in Frankreich sind? Schalter A kommuniziert nicht mit Schalter B, denn warum müsste ich sonst immer anstehen? Ich war gewieft genug, um bei einem Überraschungsbesuch der Angestellten der FOS-IMMO oder der Stadtverwaltung nicht aufzufliegen. Die kommen ja gelegentlich. Nicht zum Saubermachen, Ruben, sondern um uns auszuweisen. Doch sie haben sich nie die Mühe gemacht, bis in meine Etage hinaufzuklettern.«

Ihre Augen funkelten ein letztes Mal, dann trübte sich ihr Blick und zwei schimmernde Tränen hingen in ihren Wimpern. Die Sonne kam wieder hinter einer Wolke zum Vorschein und Leyli ließ die Schmetterlingsbrille auf ihre Nase plumpsen.

»Der Plan war perfekt, Ruben. In ein paar Wochen hätte Patrice mir verkündet, dass er eine Dreizimmerwohnung für mich aufgetrieben hat. Ich hätte unterzeichnet und wäre umgezogen. Und niemand auf der Welt hätte mich jemals wieder aus der Wohnung gekriegt. Dann bräuchte ich nur noch dem Kontrolleur der Stadtverwaltung meine Tür zu öffnen, und der hätte aufgrund meiner Wohnverhältnisse die Familienzusammenführung nur befürworten können.«

Leyli hatte ihre Hand auf den Balkonsims gelegt. Ruben legte seine Hand auf die ihre.

»Sprich nicht, als wäre es eine verpasste Chance, Leyli! Wenn der Plan perfekt ist, spricht man eher von der Zukunft, die einen erwartet. Sprich nicht im Imperfekt über einen perfekten Plan, Leyli. Verwende das Futur, denn es wird klappen.«

Leyli drehte sich abrupt zu ihm um. Sie schob die Sonnenbrille hoch. Ihre Augen waren vom Weinen gerötet und brannten lichterloh wie zwei glühende Kohlenstückchen.

»Was soll da noch klappen, Ruben? Können Sie mir das sagen? Ich habe seit fast zwei Tagen weder etwas von Bamby noch von Alpha gehört. Seit gut einer Stunde versuche ich ununterbrochen meinen Vater oder meine Mutter anzurufen, ohne dass irgendjemand ans Telefon geht. Also warte ich hier auf sie, und erzähle dir mein Leben, während …«

Sie blickte hinein in die Wohnung und sah mit Entsetzen auf Adils Brief, der noch immer auf dem Tisch im Wohnzimmer lag.

*Du wirst mir dabei zusehen, wie ich in den Bus steige, und denken, dass ich brav zur Arbeit fahre.*

*Ohne zu argwöhnen, dass ich auf dem Weg bin, mir das zurückzuholen, was du mir gestohlen hast.*

*Dass ich auf dem Weg zu deinem Sohn bin.*

Ruben legte die Hand auf ihre Schulter.

»Wo ist Tidiane?«, fragte er nur.

»Bei meinen Eltern. In der Cité de l'Olympe. In Rabat. Ich habe keine andere Möglichkeit, sie zu kontaktieren. Ich kenne nur die Telefonnummer meiner Eltern. Wir rufen uns jeden Tag an, sie regeln alles, sie ziehen Tidiane groß, seit ich weggegangen bin … und sie … sie antworten nicht! Es ist zehn Uhr morgens und Samstag, aber sie gehen nicht ans Telefon.«

Ruben versuchte durch sanftes Streicheln, die zitternde Leyli zu beruhigen.

»Du hast keinen Grund, dir Sorgen zu machen, dein Sohn ist in Sicherheit. Er ist auf der anderen Seite des Mittelmeers und …«

Leyli wich zurück. Ihr Kopf schwankte, die Bügel der Brille verfingen sich in ihrem Haar, ehe sie, wie ein zu schwerer Schmetterling, sieben Stockwerke hinabstürzte und zu Bruch ging. Leyli sah ihr nicht einmal hinterher. Die Sonne, die sich jetzt auf Wellenkämmen, Autodächern und Mülltonnendeckel spiegelte, sollte sie ruhig wieder in ihr dunkles Verließ zurückbefördern, sie forderte sie heraus, indem sie aufs Meer starrte, so weit ihr Blick reichte.

»Sie wissen ganz genau, dass er das nicht ist!«, schrie sie. »Adil Zairi hat Aigues Douces heute Morgen bei Tagesanbruch verlassen. Wenn er von Marseille direkt nach Rabat geflogen ist, könnte er jetzt schon dort sein. Er wird sie finden, Ruben. Er wird sie finden und ich kann ihn nicht daran hindern.«

## 68

*10:04 Uhr*

Ungeachtet der Turbulenzen, die der Airbus bei der Landung in Rabat durchflog, konzentrierte sich Bamby auf das rote Heft. Sie hatte es bestimmt schon x-mal gelesen, kannte die Beschreibungen jeder einzelnen Begegnung zwischen ihrer Mutter und diesen Männern, Fremden, über die sie nun dennoch fast alles wusste, bis hin zu jeder ihrer Stimmungsschwankungen, jedem Geheimnis und jeder Charakterschwäche.

Das Baby hatte auch Lust zu lesen. Mit seinen gerade mal zehn

Monaten zog es an Bambys Jacke, damit sie ihm die Geschichte vorlas, obwohl sie ohne Bilder war.

Das Baby mochte sie.

Papa auch, vor allem dann, wenn die Jacke über ihre Schulter hinabglitt und man sah, dass Bamby darunter nur einen Balconette-BH trug, der so weiß war wie ihre Haut dunkel.

Mama mochte das weniger.

»Lass Madame in Ruhe, meine Süße.«

Also ein Mädchen, dachte Bamby, während sie die Jacke schloss. Und schon an Büchern interessiert! Das Baby maulte, wechselte aber zur Mutter hinüber. Der Vater vertiefte sich wieder in sein Magazin, während Bamby sich schon den Riesenschrecken der beiden Eltern ausmalte, wenn sie sahen, wie Bamby – von bewaffneten Polizisten umzingelt – in Handschellen abgeführt und durch die Ankunftshalle des Flughafens gezerrt werden würde. Und wenn man ihnen erklärte, sie hätten im Flugzeug neben einer Mörderin gesessen und ihre Kleine hätte diese Serienkillerin sogar berührt.

Denn inzwischen war sich Bamby sicher, dass die Polizei sie bei ihrer Ankunft schon erwartete. Mit ihrer unbedachten Entscheidung, sich in den Flieger nach Rabat zu setzen, hatte sie sich in die Höhle des Löwen gewagt.

Der Airbus setzte seinen Sinkflug fort. Auf ihren ersten Flügen mit Chérine hatte sie bei jedem Start und jeder Landung entsetzliche Ohrenschmerzen bekommen, die so heftig gewesen waren, dass sie am liebsten ihren Kopf gegen das Klapptischchen geschlagen hätte. Inzwischen spürte sie nichts mehr. Ihr Trommelfell hatte sich daran gewöhnt. Ja, selbst der schlimmste Schmerz konnte zur Gewohnheit werden! Erst verfluchte man ihn, dann akzeptierte man ihn und vergaß ihn schließlich. Als sie noch klein gewesen und mal hingefallen war oder eine Grippe gehabt hatte, erkundigte sich ihre Mutter immer, ob ihr etwas wehtue, und Bamby antwortete stets: »Nur, wenn ich daran denke.« Und es stimmte! Als Kind hatte es genügt, dass sie sich ein Buch genommen hatte, und schon waren die Kopfschmerzen oder eine schlecht verheilte Wunde vergessen.

Das Heft auf ihrem Schoß hatte auf einen Schlag alle Wunden wieder aufgerissen. Es kam ihr fast so vor, als sprächen die Zeilen zu ihr: mit der Stimme ihrer Mutter, die sich mit ihrer eigenen vermischte, weil sie das Geschriebene so häufig im Kopf wiederholt hatte.

*Er hat eine sanfte Stimme und er redet gerne. Aber vor allem hört er sich gerne reden.*

*Seine Frau heißt Solène. Er hat eine einjährige Tochter. Mélanie.*

*Er hat eine kleine Narbe in Form eines Kommas unterhalb der linken Brustwarze.*

Dieses Heft stammte aus der Zeit ihrer Geburt. Der Empfängnis, um genau zu sein.

Eine Vergewaltigung!

Mehrere Vergewaltigungen täglich, über Monate hinweg. Bis Mama schwanger geworden war. Und auch, nachdem sie schon schwanger gewesen war. Und einer dieser im Heft beschriebenen Männer mit ihren ach so vertraulichen Beichten und intimen Geständnissen war ihr Vater.

François. Jean-Lou. Yan.

Einer dieser Dreckskerle war definitiv ihr Vater. Sie hatte dieses Heft von vorn bis hinten gelesen, aber es war ihr weder gelungen, sich an den Schmerz zu gewöhnen, noch hatte sie ihn akzeptieren wollen, geschweige denn, ihn vergessen können. Sie hatte lange nachgedacht. Um diesen Urschmerz zu besiegen, der ihr den Magen umdrehte, hatten sich ihr drei Schritte aufgedrängt.

Sie musste diese Männer wiederfinden.

Sie dazu bringen, zu gestehen.

Sie dafür bezahlen lassen.

Baby, die süße Kleine, weinte nebenan. Mit ihren winzigen Patschhändchen hielt sie sich die Ohren zu. Sie hatte noch nicht gelernt, Schmerz zu ertragen. Ihre Mutter wiegte sie verzweifelt in den Armen, während der Vater ihr Händchen hielt. *Das wirst du noch lernen, meine süße Kleine*, murmelte Bamby in Gedanken. *Sobald du kein Kind mehr bist, wirst du lernen, schweigend zu leiden. Und du wirst lernen, dass das einzig wahre Mittel gegen Leid Rache ist.*

Vor knapp einem Jahr, nach der Lektüre dieses Heftes, hatte sie Fotokopien davon an Alpha geschickt. Ihrem Bruder war aufgefallen, dass alle Freier ihrer Mutter in Beziehung zu *Vogelzug* gestanden hatten, dem Verein, für den ihr Peiniger Adil gearbeitet hatte. Alpha hatte sich schlau gemacht. Der Verein genoss einen guten Ruf, beschäftigte Hunderte von Angestellten und rund ums Mittelmeer Tausende von Freiwilligen, aber trotzdem zählten auch ein paar miese Trittbrettfahrer dazu, die sich im sicheren Schutz der Firma bereicherten. Zu ihnen gehörten Adil Zairi sowie ein paar seiner Freunde, die mehr oder weniger korrupt waren und mehr oder weniger Dreck am Stecken hatten. Es handelte sich um groß angelegte Schmuggelgeschäfte, in die Komplizen – wenn oft auch nur passiv – in den Ministerien, im Auswärtigen Amt, bei der Justiz und der Polizei verwickelt waren. Beamte, die beide Augen zudrückten. Wer würde schon eine Untersuchungskommission einrichten, nur wegen ein paar Leichen von in der Wüste ausgesetzten Flüchtlingen? Oder wegen ein paar ermordeter Migranten im Wald? Oder wegen ein paar im Mittelmeer Ertrunkener? Es waren Tote ohne Papiere. Ohne Identität. Manchen hatte man die Fingerkuppen verbrannt, um keine Spuren zu hinterlassen. Soll noch einer sagen, es gäbe nicht das perfekte Verbrechen, hatte Alpha geknurrt. Dafür brauchte es nicht mal einen machiavellistischen Plan, es genügte, Unsichtbare zu töten.

Bamby und Alpha hatten sich eines Abends in der Cité de l'Olympe einen Eid geschworen.

Sie, um die Ehre ihrer Mutter zu rächen.

Er, um die Ehre seiner Geschwister zu rächen.

Sie hatten ihre beiden Anhänger übereinandergelegt, die zwei Dreiecke aus Ebenholz, die den schwarzen Stern der Rache bildeten. Ein Stern, der an den auf der marokkanischen Flagge erinnerte.

Jeder von ihnen trug sein Dreieck um den Hals. Bis zum letzten Atemzug. Sprach Bamby von Rache, so vermied Alpha dieses Wort eher. Er redete lieber von Gerechtigkeit. ›Die Schlepper sind untereinander gut vernetzt‹, sagte er, ›wie die Tentakel eines gigantischen Kraken.‹ Man müsse dem Untier direkt den Kopf abschlagen, damit die Tentakel nicht weiterwuchsen. Zu zweit sei das machbar. Zwei völlig Unbekannte, vor denen sich keiner in Acht nahm, so wie bei Frodo und Sam gegenüber Sauron.

Bamby sollte ablenken …, während Alpha dem Monster den Kopf abschlagen würde.

Durch das kleine runde Fenster erkannte Bamby die Atlantikküste. Der Airbus überflog die Mündung des Bou-Regreg, der die benachbarten Städte Rabat und Salé voneinander trennte. Der riesige Strand, den sie so oft entlanggeschlendert war, sah wie ein winziger Sandkasten aus, der unter dem Friedhof Laalou eingeklemmt war. Sie schloss für einen Moment die Augen. Es war nicht sonderlich schwer gewesen, François, Jean-Lou und Yan ausfindig zu machen, obwohl Bamby weder ihre Nachnamen noch äußere Merkmale gekannt hatte. In Mamas Heft waren ihre Gewohnheiten, ihre Familien, ihre Leidenschaften ausreichend beschrieben. Ebenso ihr psychologisches Profil, der Aspekt, dem Mama die größte Aufmerksamkeit gewidmet hatte und der Bamby am nützlichsten gewesen war, um ihnen Fallen zu stellen. Um sich drei falsche Identitäten auszudenken, die genau auf diese Männer zugeschnitten waren. Bambi13, die militante, schamlose Studentin. Faline95, die mädchenhafte, verschüchterte werdende Mutter. Fleur, die entschlossene Praktikantin.

Bamby sollte die Aufmerksamkeit auf sich lenken, so lautete Alphas Plan. Er hatte ihr falsche Papiere besorgt. Chérine, ihre Freundin und Stewardess bei der Royal Air Maroc, hatte ihr bei den Flugzeugtickets geholfen, aber vor allem bei den Fotos auf ihrer Facebook-Seite, Fotos, die Chérine überall auf der Welt aufgenommen, aber für sie leicht retuschiert hatte. Mehr wollte Chérine gar nicht wissen. Bamby hatte sie nur gebeten, ihr zu helfen, bei der Suche nach ihrem Vater die Spreu vom Weizen zu trennen und den Richtigen zu finden.

Sie hatte ihr gegenüber nie von der Möglichkeit gesprochen, sie zu töten.

Wann war ihr dieser Gedanke gekommen? Wann war ihr Ekel so groß geworden, dass der Tod dieser Schweine ihr als einziger Ausweg erschienen war? Beim Lesen des Heftes, als Mama noch gedacht hatte, dass einer von ihnen ihr helfen, sie lieben, sie retten würde? Alle hatten sie im Stich gelassen! Nicht einer, nicht einmal Jean-Lou, hatte versucht, diese kleine blinde Frau aus Adils Fängen zu befreien. Alle hatten weitergemacht, sich an ihrem Körper bereichert, bis zum Schluss. Völlig ungestraft, da Leyli sie ja niemals würde identifizieren können.

Oder war die Verurteilung zum Tode erst später in ihr aufgekeimt, als François Valioni versucht hatte, mit ihr, einem Mädchen im Alter seiner Tochter, zu schlafen? Sie hätte seine Tochter sein können, war es vielleicht sogar.

Oder hatte Bamby instinktiv getötet? Als die Blutprobe aus Valionis Arm ergab, dass er nicht ihr Vater war? Als sie diesen Tropfen Blut aus dem Handgelenk des nackten Mannes sickern sah, der mit verbundenen Augen gefesselt dalag? Dieser Dreckskerl, der weiter vergewaltigte, der weiter Flüchtlinge sterben ließ, ein Tentakel der Krake, der wieder nachwachsen würde, wenn man ihn abtrennte. Also, warum sich diese Gelegenheit entgehen lassen?

Bamby solle die Aufmerksamkeit auf sich lenken, hatte Alpha gesagt. Ihr kleiner Bruder konnte stolz auf sie sein.

Sie hatte François Valioni getötet und war dann in der Dunkelheit entkommen. In der Nacht darauf hatte sie gehofft, Jean-Lou Courtois sei ihr Vater, um ihn verschonen zu können. Bis er sie in der dunklen Straße gegen die Mauer gedrängt hatte, als sie aus dem Chez Gagnaire gekommen waren.

Auch er hatte ihre Mutter im Stich gelassen.

Auch ihm hatte sie Blut abgenommen.

Auch er war nicht ihr Vater.

Und er verdiente es ebenso wenig zu überleben, auch wenn er die Organisation, die Krake, schon lange verlassen hatte.

Reflexartig tastete Bamby ihre Tasche ab. Das Blutentnahme-Kit war noch immer da. Damit konnte man in weniger als sechs Minuten eine Blutgruppe bestimmen. Sie hatte es für Yan Segalen mitgenommen, aber nicht mehr die Zeit gehabt, es zu benutzen. Konnte Yan ihr Vater sein? Ein ansprechender, schneller, entschlossener und gewiefter Mann. *Nein*, ihre innere Stimme sagte ihr, dass er es nicht war. Ebenso wenig wie die anderen.

Durch das kleine runde Fenster erblickte man die roten Steine des Hassan-Turms, das unvollendete Minarett der Großen Moschee von Rabat. Fast wirkte die Esplanade mit dem Mausoleum wie eine Landebahn mit einem Kontrollturm aus dem Mittelalter. In wenigen Minuten würde der Airbus etwas weiter nördlich landen. Das Baby hatte aufgehört zu weinen und nuckelte mit tränenverschleiertem Blick an seinem Schnuller. Der Vater hatte seine Zeitschrift beiseitegelegt und räumte die Bilderbücher weg.

Die Polzisten warteten sicher bereits am Flugzeug auf sie.

Auch wenn sie ihre Mission nicht zu Ende gebracht hatte, so hatte sie doch wenigstens die Aufmerksamkeit auf sich gelenkt. Und ihr Opfer würde zumindest dabei helfen, dass Alpha durch die Maschen schlüpfen konnte. Langsam beugte sie sich hinab, um in die Innenfächer ihrer Leinentasche zu greifen, ohne sich dabei um die lüsternen Blicke ihres Nachbarn zu scheren oder um die erzürnten seiner Frau. Nachdem sie gefunden hatte, was sie suchte, warf Bamby den Kopf nach hinten, streckte ihren Hals und legte das Dreieck aus Ebenholz an einem einfachen Lederband um ihre nackte Kehle.

Die Geste einer Kämpferin.

Der Airbus steuerte nach einer scharfen Kurve direkt auf die Landebahn zu. Bamby stürzte sich auf ihr Handy. Sie hatte zwar noch immer nicht 4G, aber wenigstens eine Verbindung zum Netz! Ohne auf die Sicherheitshinweise zu achten, die jeglichen Gebrauch von elektronischen Geräten untersagten, drückte sie auf den ersten ihrer Kontakte.

*Mama.*

Es schien ihr, als hätte ihre Mutter, noch bevor das erste Klingeln verklungen war, bereits abgehoben.

»Bamby, bist du es?«

# 69

*10:05 Uhr*

Vier Gestalten marschierten über den Damm auf Alpha zu, der stehen geblieben war. Dichter Nebel lag über dem Hafen, als würde ein unterseeisches Feuer das Meereswasser aufkochen lassen, um Boote und Schiffe darin zu sieden, bis dichter Dampf aufstieg, der sich an den Bootshäusern am Kai verfing, wo sein Schiff angelegt hatte.

Alphas Beine zitterten. Er redete sich ein, dass es keine Angst war, sondern eine normale Reaktion darauf, einen Tag und eine Nacht auf dem Schiff verbracht zu haben. Zum ersten Mal in seinem Leben stand er in seinen Sneakern nicht auf afrikanischem Boden. Nicht er, sondern Frankreich schwankte unter seinen Füßen!

Jenseits des Nebels – dort, wo der Kanal begann – konnte er die Umrisse von Fort de Bouc erkennen. Die dicken Mauern der Zitadelle aus weißem Stein erinnerten ihn an die der Kasbah der Oudayas in Rabat, erbaut an der Mündung des Bou-Regreg, um das Meer zu überwachen. Oder sogar an die weniger beeindruckende Kasbah von Tanger, oberhalb der Medina, wo er vor vierundzwanzig Stunden an Bord der *Sebastopol* gegangen war.

Nun waren auch die vier Gestalten ein paar Meter vor ihm zum Stehen gekommen, umhüllt von den letzten Nebelschwaden, wie in einem Kokon gefangene Insekten.

Polizisten? Handlanger, die der Banker oder der Schatzmeister herbestellt hatten?

Die *Sebastopol* fiel auf, vielleicht hatte man ihn ausfindig gemacht. Er bemühte sich um einen festen Stand. Fast schon abergläubisch berührte er den Kolben der Tokarev, die in seinem Gürtel steckte. Die vier Männer im Nebel wirkten wie erstarrt. Sie lächelten ihm nicht zu. Keine freundliche Geste. Kein einziges Wort.

Kalt wie Stein. Stumm wie der Tod. Weiß wie der Schmerz.

Alpha nahm die Hand von seinem Revolver. Dass die Besucher nicht reagierten und reglos dastanden, beruhigte ihn sofort. Er hob die Hände in die Luft, näherte sich den vier Männern und schloss den größten von ihnen in seine Arme.

»Danke, dass du gekommen bist, mein Bruder.«

Savorgnan erwiderte nichts. Alpha wandte sich den drei anderen zu und nahm sich bei jedem von ihnen Zeit für eine lange, stille Umarmung. Zahérine, der Philosoph und Agraringenieur. Whisley, der Gitarrist. Darius, der Djembé-Spieler. Savorgnan war es also gelungen, drei weitere Illegale davon zu überzeugen, zwei Tage vor ihm, von Marokko nach Frankreich überzusetzen.

Doch vielleicht hatte auch das Schicksal für sie entschieden. Alpha hatte die SMS erhalten, kurz bevor er in Port-de-Bouc angelegt hatte. Die Nachricht von dem Drama, das sich vor der marokkanischen Küste abgespielt hatte. Von dem Beiboot, das die Schlepper auf hoher See ausgesetzt hatten. Die Liste mit den Vornamen der Ertrunkenen. *Bahila, Keyvann, Safy, Caimile, Ifrah, Naia* …, deren Körper vielleicht schon im Mittelmeer getrieben hatten, als er Savorgnan in der Nacht anrief, während er und seine Freunde tanzten und ihre baldige Ankunft feierten.

*Glückliche Menschen führen keinen Krieg*, hatte Savorgnan gemeint, ehe er auflegte.

Heute Morgen stand er nun vor ihm.

Die stummen Umarmungen, kraftvoll und schmerzlich zugleich, wollten kein Ende nehmen. Alpha zögerte, das Schweigen zu brechen, ihnen sein Beileid auszusprechen, das er in dürren Worten nicht auszudrücken vermochte. Doch irgendwie musste er ihnen doch seinen Beistand vermitteln. Er wollte gerade beginnen, als Zahérine ihn zurückhielt.

»Savorgnan hat mich überzeugt herzukommen. Ebenso Whisley und Darius. Lass uns endlich beginnen. Wir werden später noch Zeit haben, unsere Liebsten zu beweinen. Heute ist es an der Zeit, die anderen zu retten.«

Sie gingen in Richtung der Bars und Restaurants im Hafen Port Renaissance. Und sobald man sich von den Kais entfernte, löste sich auch der Nebel auf. Einige der Stammgäste auf den Aussichtsterrassen sahen von ihren Zeitschriften auf oder setzten ihre Kaffeetassen ab, als die fünf vorbeigingen.

Alpha und seine vier Kameraden hielten an der Ecke Rue Papin an. Über ihnen lagen mehrere Villen, je prächtiger und besser mit Zäunen und Mauern geschützt, desto schöner wurde das Küstenpanorama, das sich bis zur Camargue erstreckte.

Bevor sie sich für eine Richtung entschieden, konsultierte Alpha sein Handy. Seine Mutter hatte ihn erneut angerufen, was sie seit gestern im Viertelstundenrhythmus tat. Sie wohnte hier, nur wenige Schritte entfernt, hinter den Fenstern eines der Wohnblocks direkt am Meer, die wie Wachtürme aussahen. Sie lebte hier, seit er zwölf war, fast so alt wie Tidy jetzt. Und schon oft, seit vielen Monaten, hatte sie ihnen versprochen, sie hierher nachkommen zu lassen. Zuletzt vor einer Woche: *Ich habe eine Idee, alles ist in ein paar Wochen geregelt, und ich bekomme Visa für euch.*

Er steckte das Handy in seine Tasche. Besser, seine Mutter

wusste nichts von seiner Überfahrt und dass er ganz in ihrer Nähe war. Vielleicht würde er nicht mehr zurückkommen.

Er war nicht wegen ihr hierhergekommen. Nicht bloß wegen ihr. Er hatte einen Eid geschworen. Er warf einen letzten Blick hinüber zur Spitze der Wohntürme, dann zog er langsam ein einfaches Lederband heraus, an dem ein schwarzes Dreieck hing. Er legte es sich um den Hals.

Die Geste eines Kämpfers.

»Nun, dann lasst uns gehen.«

Alle sahen ihn an, warteten nur darauf, dass er den ersten Schritt tat, um ihm zu folgen.

»Seid ihr bereit?«

Die vier Beniner nickten.

»Seid ihr bewaffnet?«, wollte Alpha noch wissen.

Nach einem kurzen Schweigen antwortete ihm Zahérine.

»Ich gehe mit, Alpha, ich folge dir. Aber mit nackten Händen, nackten Füßen, nacktem Herzen, sonst nichts. Diejenigen, die uns unser Liebstes genommen haben, haben kein Blut an den Händen, keine Pulverrückstände auf ihrer Haut, keine Waffen in ihrer Faust. Also sollen sie auf die gleiche Weise sterben, ohne dass wir uns besudeln.«

Alpha verbarg seine Unruhe. War Zahérine und den drei anderen Verrückten überhaupt klar, in welche Gefahr sie sich begaben? Alpha brauchte entschlossene Männer, Soldaten, keine vom Schmerz des Lebens Verwundeten, die blind vor Rache danach trachteten, sich abschlachten zu lassen. Zwei bewaffnete Männer bewachten die Villa Lavéra von Jourdain Blanc-Martin. Tag und Nacht. Profis. Bewaffnet und darauf gedrillt, zu töten.

Sie waren zu fünft. Aber er fühlte sich allein, als Einzelkämpfer. Zahérine und Darius waren zu alt. Whisley zu schwach. Nur Savorgnan könnte ihm vielleicht helfen.

Alpha sah ihn direkt an.

»Und du, Savorgnan? Was meinst du?«

Unendliche Trauer spiegelte sich im Blick des Mannes aus Benin. Abgrundtiefe Leere. Als ob ihm sein Leben schon nicht mehr gehörte.

»Unglückliche Männer müssen Krieg führen, Alpha. So ist es nun mal. Damit die anderen in Frieden leben können.«

## 70

*10:07 Uhr*

»Bamby, bist du es? Bamby, wo bist du?«

Leyli schrie ins Telefon. Eine weit entfernte und etwas gedämpft klingende Stimme antwortete ihr.

»Ich habe nicht viel Zeit, Mama … Ich kann nicht lauter sprechen … Ich sitze im Flugzeug …«

»Im Flugzeug? In welchem Flugzeug?«

»Wir sind fast da, Mama. Ich werde gleich in Rabat landen.«

Leyli stieß einen überraschten Schrei aus, fing sich aber sofort wieder.

*Rabat?* Hatte sie richtig gehört?

Plötzlich erhellte sich ihr Blick. Ruben, der direkt neben ihr stand, versuchte, dem Auf und Ab ihrer Gemütsregungen zu folgen.

»Das ist ein Wunder, Bamby! Mach schnell! Sobald du gelandet bist, musst du sofort los, zu uns, in die Cité de l'Olympe. Tidy ist in Gefahr. Du muss unbedingt …«

»Mama, hör mir gut zu! Du! Du bist in Gefahr!«

Jetzt war es Bamby, die schrie. Sicher hatten alle im Flugzeug sie gehört. Leyli ließ sie sprechen, und rasch erklärte ihre Tochter, sie habe das rote Heft gefunden und dann Adil Zairi auf einem Foto wiedererkannt … Ihren Nachbarn … Guy …

»Ich weiß«, unterbrach sie Leyli schroff. »Das weiß ich doch schon alles. Aber Adil Zairi ist nicht mehr hier. Er … Du darfst keine Zeit verlieren, Bamby, du musst Tidy unbedingt vor ihm finden!«

Am anderen Ende der Leitung versagte Bamby die Stimme.

»Das ist unmöglich, Mama. Sie werden mich nicht gehen lassen. Man wird mich am Zoll festnehmen, ich komme nicht mehr aus dem Flughafengebäude.«

Leyli klammerte sich am Balkonsims fest. Ruben stützte sie, für einen Moment dachte er, sie werde ohnmächtig.

»Erklär es ihnen! Sag ihnen, sie sollen einen Wagen in die Cité de l'Olympe schicken, das sind nur ein paar Kilometer.«

»Sie werden mir nicht zuhören, Mama. Ich … ich werde wegen … Mordes gesucht … Sie werden mich mitnehmen. Ich würde Stunden brauchen, um sie zu überzeugen.«

Ihre Tochter sprach wieder sehr leise, flüsterte beinahe. Vielleicht näherte sich gerade eine Stewardess oder ihre Sitznachbarn hatten sich beschwert. Leyli nutzte diese kurze Pause, um eine Karte aus ihrer Tasche zu ziehen. Die letzte, die ihr blieb.

»Setz dich mit einem Polizisten in Verbindung. Nur mit einem einzigen. Nutz die letzten Minuten, die du noch hast. Er heißt Julo Flores. Ich schicke dir seine Telefonnummer und seine E-Mail-Adresse. Übermittle ihm alles, was du weißt.«

»Warum sollten wir ausgerechnet ihm vertrauen?«

»Wir haben keine Wahl, Bamby. Uns bleibt nichts anderes übrig!«

Ein plötzlicher Ruck hinderte Bamby daran, eine weitere Frage zu stellen. Sie wurde nach vorne geschleudert. Der Sicherheitsgurt schnitt ihr in den Magen. Das Flugzeug war soeben gelandet! Ihre Mutter hatte aufgelegt.

Eine Stewardess ging durch den Gang und forderte die Passagiere auf, sitzen zu bleiben, solange das Flugzeug noch über die Landebahn rollte.

Hoffentlich ließ es sich möglichst lange Zeit!

Bamby zog an ihrem Gurt und legte wieder Yan Segalens Laptop auf ihre Knie. Die schwarzen Balken zeigten ihr eine perfekte 4G Verbindung an. Sie öffnete ihren Posteingang genau in dem Moment, als ihre Mutter ihr die Mailadresse des Polizisten schickte. Hastig tippte sie juloflores@gmail.com ein und hängte dann in Windeseile alles an, was sie hatte: Fotos, Dokumente, Tabellen, wobei sie systematisch zu große Dateien aussortierte. Sie drückte auf *Senden* und fluchte. Die Mail war nicht rausgegangen! Ein Warnhinweis erschien: *Wollen Sie diese Nachricht wirklich ohne Betreff verschicken?* Kurz vor einem Nervenzusammenbruch tippte sie statt einer Nachricht einfach nur drei Buchstaben ein.

SOS.

Dann verschickte sie ihre Mail. Und diesmal ging sie raus.

Wieder durchsuchte sie nach dem Zufallsprinzip die Ordner, vor allem nach Fotos, besonders solche, auf denen man Valioni, Segalen, Jourdain Blanc-Martin, Zairi und Unbekannte sah, Unbekannte, die aussahen wie Honoratioren, Unbekannte, die aussahen wie Polizisten.

Herunterladen, kopieren, senden.

SOS.

SOS.

SOS.

Das Flugzeug blieb stehen. Plötzlich standen alle Passagiere auf. Auch Mama, mit Baby auf dem Arm, weshalb man ihr den Vortritt ließ, gefolgt von Papa. Bamby war allein.

Nur ein paar Sekunden.

Sie war die Letzte.

SOS.

SOS.

Sie sollte die Aufmerksamkeit auf sich lenken, hatte Alpha von ihr verlangt. Übermittle ihm alles, was du hast, hatte ihre Mutter verlangt.

Sie gehorchte.

Ohne zu wissen, wozu es gut sein sollte.

## 71

*10:10 Uhr*

Tidiane kam aus der Bäckerei zurück, rannte zwischen den Olivenbäumen der Avenue Pasteur hin und her, dribbelte und spielte einem imaginären Fußballer seinen unsichtbaren Ball zu. Opa Moussa hatte ihm versprochen, mit ihm in die Unterwelt hinabzusteigen. Sie mussten unbedingt seinen Schmuseball, den Marokko-Africa-Cup-2015-Ball, seinen Glücksbringer wiederfinden, der gestern in das schwarze Loch gefallen war, als Tidiane versucht hatte, mit geschlossenen Augen ein paar Elfmeter zu schießen.

Tidiane erreichte ganz außer Atem den Hof. Er lehnte sich an den Stamm des Orangenbaums und blickte hinauf zu seiner Hütte und dem Seil, das von der Hütte zum Fenster im zweiten

Stock reichte. Manchmal, wenn das Wetter besonders gut war, frühstückte er sein Müsli dort oben im Häuschen, Opa und Oma gegenüber. Aber heute Morgen war das Küchenfenster geschlossen. Abgesehen davon hatte Tidiane nicht viel Zeit, denn er musste unbedingt seinen Ball für das Training heute Nachmittag wiederfinden.

Tidiane warf die Eingangstür des Hauses Poseidon hinter sich ins Schloss und lief in Windeseile die beiden Stockwerke hoch. Sein Rekord lag bei 7 Sekunden 08 … Fast jeden Monat verbesserte er ihn, aber Oma Marème sagte, das sei normal, weil er schließlich noch im Wachstum sei.

Mit den Fingerspitzen berührte er die Tür zur Wohnung und stoppte seine Zeit mit der Armbanduhr. 9 Sekunden 02. Tidiane verzog das Gesicht und hielt sich zugute, dass er das Brot und die Zeitung für Opa Moussa mitgebracht hatte, seinen Rekord hatte er indessen mit leeren Händen und an einem Sonntag aufgestellt. Er überlegte, ob er nicht pro Tag einen anderen Rekord als Maßstab nehmen sollte, je nach Schulstunden und dem damit variierenden Gewicht seines Ranzens. Oder vielleicht könnte er sogar die Kategorie Behindertensport einführen, wenn er blind spielte? So, jetzt aber Schluss mit der Träumerei! Er musste sich an den Tisch setzen, schnell sein Müsli essen und dann mit Opa Moussa in die Hölle hinabsteigen. Tidiane hatte es sehr eilig, aber nicht nur, um seinen Ball wiederzufinden. Er drehte den Türknauf und trat ein.

»Ich bin's!«

Keine Antwort. Nicht einmal *Maroc Nostalgie* ertönte aus dem Radio. Das war der Sender, den Oma Marème den lieben langen Tag hörte. Er ging durch den Flur und sah seine Großeltern auf dem Sofa sitzen. Das taten sie doch sonst nie! Nicht beide gleichzeitig. Oma lief nicht mehr sehr viel herum, und meistens mit einem Krückstock, aber sie setzte sich im Allgemeinen nur zum Essen hin, und auch dann … Nicht einmal der Fernseher lief. Was war hier los?

»Lauf weg, Tidy!«

Opa Moussa hatte laut gerufen und so Tidianes Gedanken und seine vielen unbeantworteten Fragen unterbrochen. Dann sah Tidiane plötzlich einen Mann im Wohnzimmer. Und der schlug seinem Großvater hart ins Gesicht. Etwas Blut sickerte aus dem Mund des alten Mannes. Tidiane war wie gelähmt. Er erkannte den Mann wieder, der Opa geschlagen hatte.

*Freddy.*

Der Mann war vorgestern zu Mama gekommen, ehe Tidiane schlafen gegangen war. Der Mann, der Mama geküsst hatte, der Mann mit der schrecklichen Stimme, der Mann, der Guy hieß, aber den er Freddy nannte. Freddy hatte zwar keine Krallen anstelle von Fingernägeln, aber er hielt ein langes Messer in der Hand.

Opa hustete und spuckte, doch er fand die Kraft, noch einmal zu rufen:

»Lauf weg, mein Kleiner!«

Tidiane zögerte. Die Wohnungstür hinter ihm stand offen, er brauchte nur loszurennen, die Treppe hinunter, denn er war bestimmt schneller als dieses fette Monster. Übrigens machte Freddy keinerlei Anstalten, ihn einzufangen. Er zog nur so sehr an Omas langen grauen Zöpfen, dass er ihr den Hals verdrehte. Außerdem hielt er ihr das Messer an die Kehle.

»Lauf …«, versuchte seine Großmutter zu sagen.

Die Spitze des langen silbernen Messers stach bereits in Omas Hals.

»Nein!«, brüllte Tidiane.

Er stürzte vor wie ein Rammbock. Freddy durfte seinen Großeltern nichts antun. Tidiane war noch nicht so stark wie Alpha, aber er war schnell und er …

Mit einer für seine Fettleibigkeit erstaunlichen Geschwindigkeit hatte Freddy Oma losgelassen, war um das Sofa herumgelaufen und fing Tidiane ein. Er ließ ihn eine Weile mit den Beinen in der Luft zappeln, bevor er ihn wie einen alten Mantel auf den Teppich warf. Tidiane fühlte einen heftigen Schmerz im Knöchel. Freddy ging zur Wohnungstür und schloss sie leise, kam zurück und baute sich hinter dem Sofa und Oma auf. Er streichelte Omas graue Zöpfe, bevor er sich mit seiner Stimme aus dem Jenseits an Tidiane und Opa Moussa richtete:

»Du bist schneller als ich, mein Kleiner. Und dein Großvater ist vielleicht in der Lage, wie ein Zwanzigjähriger zu rennen. Aber wenn einer von euch beiden auch nur eine falsche Bewegung macht, dann werde ich diesen hübschen Berberdolch an unserer guten Marème ausprobieren. Wollt ihr wissen, wer mir den geschenkt hat?«

Er machte eine Pause und wandte sich an Tidiane.

»Den habe ich von deiner Mutter! Das war in gewisser Weise ihr Abschiedsgeschenk. Ich habe ihn all die Jahre sorgfältig aufgehoben.«

Er legte die Hand auf seinen Hals. Unter seinem Bart war eine große Narbe zu erkennen, vermutlich klang deshalb seine Stimme wie das Zischen einer Schlange.

»Es hat lange gedauert, bis ich euch wiederfinden konnte. Leute mit dem Namen Maal gibt es wie Sand am Meer … Aber ich habe noch ein paar Freunde bei der Polizei. Zuerst sah ich dich auf dem Computer deiner Mama. Dann hatte dein großer Bruder Alpha die blendende Idee, sich hier festnehmen zu lassen, und ich stellte den Zusammenhang her. Aber ich habe mich noch gar nicht vorgestellt. Ich bin ein alter Freund deiner Mama,

Adil. Adil Zairi. Und auch ihr neuer Freund, Guy. Siehst du, ich bin deiner Mutter sehr nahe.«

Tidiane massierte seinen Knöchel und kroch über den orangenen Teppich mit den geometrischen Mustern. Er wollte weg. Ein paar Zentimeter Raum gewinnen, Raute um Raute. Freddy oder Adil oder Guy – Monster hatten immer mehrere Namen, einen für jeden Alptraum – betrachtete eingehend Tidianes Hemd. Sein Lieblingshemd, das von Abdelaziz Barrada.

»Magst du den Fußballclub Olympique Marseille, Tidy? Ich darf dich doch Tidy nennen?«

Tidiane kauerte sich zusammen. Freddy kam immer näher.

»Dann werden wir sicher Freunde. Ich bin auch ein großer Fan. Du magst diese Mannschaft, weil deine Mama in der Nähe von Marseille wohnt, stimmt's? Allein der Name Olympique Marseille lässt dich schon träumen. Tor! Das Stadion Vélodrome … Deine Mama hat dir immer versprochen, dass sie dich nachholen würde. Ich verstehe dich gut.« Er musterte Tidiane von oben bis unten und grinste ihm auf beängstigende Weise zu.

»Aber sag mal ehrlich, Tidy, findest du Barrada wirklich so gut?«

Tidiane antwortete nicht. Sein Trikot war viel zu groß. Er konnte seine angezogenen Knie drin verstecken, die Beine, die Turnschuhe. Am liebsten wäre er ganz verschwunden.

»Oder magst du ihn nur, weil er der einzige Spieler ist, der das Trikot von Marseille und von Marokko trägt?«

Freddy hockte sich hin, auf Höhe Tidianes. Er legte eine Hand auf dessen Schulter und warf immer wieder einen Blick auf Opa und Oma, um sie zu überwachen.

»Weißt du, du brauchst keine Angst vor mir zu haben. Wie gesagt bin ich ein Freund deiner Mama. Ein alter Freund. Ich war heute Nacht noch mit ihr zusammen.« Er wandte sich um und lächelte wie ein Vampir den Großeltern zu. »Sie lässt dich ganz lieb grüßen. Jetzt hast du wohl alles verstanden, Tidy? Sie erzählt dir sonst was, zum Beispiel wenn sie sagt, dass du bald zu ihr kommen kannst und sie dich in ihre Arme nehmen wird, dann nur, damit du nicht traurig bist. Und auch du willst ja nicht, dass deine Mama leidet, nicht wahr?«

Tidiane schüttelte den Kopf.

Nein … Nein …

Plötzlich sprach Freddy schneller, fast fröhlich.

»Ach, ich hätte da eine Idee, die deiner Mama Freude machen würde. Wir schicken ihr ein Foto. Ein Selfie. Von uns beiden. Bist du einverstanden?«

Er verrenkte sich, um das Handy aus seiner Tasche zu ziehen, ging ein paar Schritte zurück und stellte sich hinter Tidiane. So konnte er gleichzeitig Opa und Oma auf dem Sofa im Auge behalten. Opa Moussa schien empört, richtete sich auf und schüttelte drohend die Faust.

»Wenn Sie das tun …«

»Alles in Ordnung, Moussa. Keine Bange!«

Freddy hielt das Objektiv des Handys mit der linken Hand direkt vor ihre beiden Gesichter. Anfänglich regte er sich ein wenig wegen des Lichts auf, das durch das Fenster im Hintergrund hereinschien, doch dann hob er langsam die rechte Hand und das lange Messer, hielt es erst an Tidianes Bauch, dann an seine Brust und schließlich an seinen Hals. Die Stahlklinge ruhte nun an der Gurgel des kleinen Jungen.

Tidiane versuchte, sein Zittern zu unterdrücken und seine Beine und den Rücken gerade zu halten, doch sein Herz schien kein Blut mehr durch seinen Körper zu pumpen. Hände, Arme und Gesicht waren ebenso weiß wie sein Trikot. Opa biss sich auf die Lippe, bis Blut lief, aber er konnte nichts tun. Es war, als säße er auf einer Mine, die bei der leisesten Bewegung eine nicht mehr rückgängig zu machende Katastrophe heraufbeschwören würde. Oma weinte und sah Adil Zairi flehend an.

»Also«, sagte Freddy und drehte das Handy so, dass ihre beiden Gesichter sowie der Dolch auf dem Display zu sehen waren. Das würde eine Überraschung für Tidianes Mama werden! Ein Foto mit ihrem treuen Freund, ihrem geliebten Sohn und diesem hübschen Dolch, der so einige Erinnerungen wachrufen dürfte.

Er wartete noch ein paar lange Sekunden, konzentrierte sich, streckte den linken Arm mit dem Handy aus, umschlang mit dem rechten Tidiane wie eine Boa constrictor und legte die scharfe Stahlspitze des Messers an die Halsschlagader des Jungen.

Tidiane starrte mit weit geöffneten Augen auf das schwarz glänzende Display, beobachtete dabei das Gesicht des Monsters, das dicht an seinem klebte, und die kalte Klinge, die wie eine Silberkette an seinem Hals lag. Er war überzeugt, dass Freddy ihn im gleichen Moment erdolchen würde, wie er das Foto machte, damit man ihn zwar noch lebendig, aber mit herausschießendem Blut auf dem Bild sehen konnte. Und Freddy würde dieses Foto direkt an Mama schicken. So machten es die ganz bösartigen Typen.

Freddy wartete immer noch, doch dann sagte es Klick, und das Foto war im Kasten. Jetzt nahm er den Dolch von der Gurgel des Jungen und tippte etwas in sein Handy. Sicher schickte er gerade das Bild ab.

»So, fertig… Deine Mama wird sich sehr freuen!«

Oma Marème weinte noch heftiger. Opa Moussa hielt sie in seinen Armen. Tidianes Herz klopfte nun wie wild, als müsste es jetzt umso mehr pumpen, da es zuvor fast stehen geblieben war.

»Wo wir gerade von deiner Mama sprechen«, sagte Freddy und erhob sich. »Sie hat sich von mir vor zwanzig Jahren eine Tasche ausgeliehen. Eine schwarze Adidas-Tasche. Ich hing sehr an ihr. Auch deshalb bin ich hergekommen. Vermutlich wisst ihr, wo sie ist?«

Niemand antwortete. Adil wanderte mit schweren Schritten auf dem orangenen Teppich herum.

»Ich bitte euch, die schöne Leyli wird sie ja wohl nicht weggeworfen haben. Hier ist nicht gerade Versailles. Eine Adidas-Tasche … Ihr gebt sie mir, und wir trennen uns im Guten.«

Tidiane sah Opa an, der seinen Blick abwandte und ins Leere schweifen ließ, als fürchtete er, ein wichtiges Indiz zu verraten, wenn er zu lange in nur eine Richtung, auf einen Teil der Wand oder eine Schranktür starrte. Freddy lief im Kreis und wurde immer nervöser.

»Seid doch vernünftig! Ich will schließlich nur holen, was mir gehört.«

Freddy drehte weiter seine immer enger werdenden Kreise im Wohnzimmer und näherte sich gefährlich Oma Marème – wie ein Raubvogel, der sich gleich auf seine Beute stürzen würde. Das Messer hielt er immer noch, aber Tidiane sah, wie sich Freddys Hand plötzlich um den Schaft krampfte, als wollte er überraschend zuschlagen.

»Nun? Ich warte!«

Vielleicht würde er den Dolch nur neben Oma in die Lehne des Sofas stoßen. Oder aber er …

»Ich frage euch jetzt zum letzten Mal.«

Freddys Daumen und Zeigefinger waren fast weiß, so fest umklammerte er die Waffe.

»Ich weiß es! Ich weiß, wo die Tasche ist!«

Tidiane hatte fast geschrien.

Opa wollte schon aufstehen und energisch protestieren, aber Freddy stieß ihn unsanft mit dem Ellenbogen zurück aufs Sofa und drehte sich zu dem Jungen um.

»Ich weiß, wo Mama den Schatz versteckt hat.«

Freddys Augen leuchteten. Der Kleine hatte den Zusammenhang zwischen Adidas-Tasche und Schatz hergestellt! Dann wusste das Kind tatsächlich Bescheid.

»Er … er ist nicht hier«, stammelte Tidiane.

Freddy runzelte die Stirn, packte den Dolch noch fester und deutete damit an, dass er kein Ablenkungsmanöver dulden würde. Und Tidiane fügte schnell hinzu.

»Er ist … da unten … im Keller … in der Hölle.«

## 72

*10:12 Uhr*

Durch die großen Glasfenster des Flughafens beobachtete Julo, wie sich die Polizisten rund um den Airbus verteilten, der circa fünfzig Meter vor dem Terminal zum Stehen gekommen war. Die Männer bildeten einen fast perfekten Kreis, den sie nach und nach enger zogen. Die ersten Passagiere verließen die Maschine und wurden noch auf dem Rollfeld angehalten, durchsucht und kontrolliert, wobei sie von dem Polizeiaufgebot nicht sonderlich überrascht zu sein schienen.

Petar wartete wütend ein paar Meter entfernt. Das Handy in der Hand, presste er seine Nase an die Scheibe – wie ein bestrafter Lausbub. Man hatte ihm den Zugang verwehrt, er musste warten, bis die marokkanische Polizei Bamby Maal festgenommen hatte. Erst dann durfte er ein Verhör unter der Doppelspitze DCI und marokkanische Behörden organisieren.

Julo vergewisserte sich, dass er allein war und kein Beamter ihm über die Schulter sehen und mitlesen konnte. Sein Blick richtete sich dann wieder auf sein Tablet, und er öffnete eine Datei nach der anderen, die ihm vor drei Minuten als Anhang einer Mail mitgeschickt worden waren.

bambymaal@hotmail.com.

*SOS.*

Die junge Frau, eingesperrt in dem Flugzeug auf der Landebahn, das von rund dreißig Polizisten umstellt war, sandte ihm einen verzweifelten Hilferuf!

Ihm, einem Mitglied des Kommandos zu ihrer Festnahme. Was hatte dieser surreal anmutende Appell zu bedeuten?

Dass ein Countdown in Gang gesetzt worden war? Dass man die junge Frau festnahm, um sie zum Schweigen zu bringen und sie sich mit der Preisgabe ihrer Geheimnisse zu schützen versuchte?

Bereit, beim geringsten Geräusch herumzufahren, behielt Julo die Halle im Blick, während er gleichzeitig die ersten der ihm gesendeten Dateien öffnete. Ellenlange Tabellen, deren Titel keine Zweifel daran ließen, dass sie alle von Yan Segalens persönlichem Laptop stammten. Die Polizisten von der DCI in Beirut hatten erklärt, Bamby sei mit der Aktentasche und der Jacke des Logistikers von *Vogelzug* geflohen.

Julo sah sich die einzelnen Blätter der Tabellen genauer an: Er war auf die Schnelle nicht in der Lage, diese Unmengen an Daten einzuordnen. Handelte es sich um banale Zahlenkolonnen oder numerisches Dynamit? Er hatte nicht die geringste Ahnung! Und er besaß weder die Zeit noch die Sachkenntnis, das zu überprüfen. Vor allem war er davon überzeugt, dass es Dringenderes gab. Wenn Bamby ihm diese Unterlagen mailte, dann, weil sie eine unmissverständliche Botschaft enthielten, die ihm sofort ins Auge springen würde.

Kommissaranwärter Flores beschloss, sich auf die Fotos zu konzentrieren. Wahllos klickte er sich durch die vielen Aufnahmen. Auf fast allen war Yan Segalen zu sehen. Yan Segalen in Begleitung von François Valioni in Afrika, in Marseille, in Rabat. Yan mit Männern, die er nicht kannte, die er aber auf der *Vogelzug*-Website gesehen hatte: Yan neben Jourdain Blanc-Martin, auf dem Podium eines Konferenzsaales oder am Eingang eines Flüchtlingslagers posierend. Nichts Besonderes. Nichts Verfängliches.

Julo Flores machte auf gut Glück weiter, verzweifelt auf der Suche nach irgendeiner nützlichen Information. Bamby hatte einfach gedankenlos alles geschickt, was ihr in die Finger gekommen war. Wie jemand, der auf seiner Flucht an einem Strand landete und seine Verfolger nur noch mit Sand bewerfen konnte. Noch ein oder zwei Fotos, dann würde er die Suche beenden und zu Petar hinübergehen. Später konnte er immer noch entscheiden, ob er diese Dateien behalten wollte, sie dem Untersuchungsrichter übermitteln oder mit seinem Vorge…

Plötzlich erstarrte Julo. Seine Augen blieben an einer harmlosen Aufnahme hängen.

Auf dem Foto war ein Jeep in der Wüste zu sehen. Vier verschwitzte Insassen waren aus dem Fahrzeug gestiegen und posierten vor einem unbekannten Fotografen. Julo erkannte die Männer, die entweder gerade tranken oder Wasserflaschen umgehen ließen: Von rechts nach links standen dort Yan Segalen, Jourdain Blanc-Martin, ein glatzköpfiger Typ, der an Ben Kingsley erinnerte, und… Petar Velika!

Instinktiv schaute Julo auf. Sein Chef musterte die letzten Passagiere, die aus dem Flieger kamen. Noch immer keine Spur von Bamby Maal! Die Polizisten erklommen die Gangways vorne und hinten am Flugzeug. Das Mädchen saß in der Falle.

Julo versuchte, sich seine Aufregung nicht anmerken zu lassen. Diese Aufnahme bestätigte, was er von Anfang an vermutet hatte: Petar kannte die Führungsriege von *Vogelzug* persönlich! Sicher, nichts deutete darauf hin, dass er mit ihnen Geschäfte machte, aber die Aufnahme bewies, dass sein Chef dem Fall nicht unbefangen gegenüberstand. Wenigstens spielte er ein doppeltes Spiel und schützte seine Freunde oder zumindest Verbündeten. Er würde sicher kein Aufhebens machen oder besonderen Diensteifer an den Tag legen.

Julo massierte sich die Schläfen, blies in seine Hände und überflog ein letztes Mal die fünf erhaltenen Nachrichten.

*SOS.*

*SOS.*

Julo war niemandem verpflichtet. Er würde Richter Madelin die ganzen Dateien überlassen, ohne sie seinem Chef zu zeigen. Alle Daten mussten durchforstet werden. Sicher war, dass Bamby Maal festgenommen und wegen Doppelmordes verurteilt werden würde. Das Material half ihr nicht, auf mildernde Umstände zu plädieren, da es sich um vorsätzliche Verbrechen handelte, aber vielleicht wäre es ihr ein Trost, nicht als Einzige auf der Anklagebank zu sitzen.

*SOS.*

*SOS.*

*SOS.*

Was konnte er sonst noch für sie tun?

Niemand war mehr draußen vor dem Flugzeug zu sehen, als hätte man es dort einfach im Stich gelassen. Die letzten Polizisten befanden sich alle im Inneren der Maschine. Hatte Bamby versucht, sich zu verstecken? Er erwischte sich dabei, dass er hoffte, sie hätte sich, wie durch Zauberei, in Luft aufgelöst, sich unter einem Sitz versteckt, oder dass es ihr gelungen wäre, sich zu verkleiden und mit der Identität eines anderen Passagiers den Flieger zu verlassen. Fast glaubte er schon daran, als er plötzlich oben auf der Gangway, an der hinteren Tür, zunächst einen, dann einen weiteren Polizisten herauskommen sah, gefolgt von einem kleinen Trupp, in dessen Mitte sich Bamby Maal in Handschellen befand.

Es war vorbei.

Niedergeschlagen, fassungslos und irgendwie überrascht, dass es den dreißig Polizisten so einfach gelungen war, sie festzunehmen, wartete er noch ein wenig, ehe er resigniert zu Petar hinüberging.

Genau in dem Augenblick brummte es in seiner Hosentasche. Ein kurzes Signal, das ihm anzeigte, dass er eine neue E-Mail bekommen hatte.

Die letzte Flaschenpost von dieser ungewöhnlichen Rächerin?

Er blickte auf sein Handy, las leylimaal@gmail.com und glaubte, Bamby hätte ihm einen Abschiedsgruß geschickt …, ehe er bemerkte, dass er den Vornamen nicht richtig gelesen hatte.

leylimaal@gmail.com.

An die Nachricht ohne Betreff war ein Foto angehängt.

Julo lief es eiskalt über den Rücken. Hypnotisiert starrte er auf ein Horrorszenario. Ein Kind blickte mit weit aufgerissenen Augen, eine Messerklinge am Hals, in die Kamera. Grinsend stand sein Peiniger hinter ihm.

Ein schlechter Scherz? Julo versuchte, blitzschnell jedes Detail zu analysieren. Er erkannte den Orangenbaum, den man durchs Fenster sah, und die ockerfarbenen Gebäude im Hintergrund. Das Foto war zweifelsfrei in der Cité de l'Olympe im Norden

Rabats aufgenommen worden, dort, wo sie vorgestern Alpha Maal festgenommen hatten.

Das zehnjährige Kind konnte niemand anderes sein als der kleine Bruder … Tidiane.

Den Mann mit dem Dolch dagegen konnte er nicht identifizieren, aber er hatte ihn vor ein paar Minuten auf den ältesten Fotos in Begleitung von Yan Segalen und Jourdain Blanc-Martin gesehen. Damals war er jünger, schlanker gewesen und hatte noch keinen Bart getragen.

Als Begleittext hatte Leyli Maal unter das Foto nur geschrieben:

*Er hat meinen Sohn.*
*Retten Sie ihn.*

## 73

*10:26 Uhr*

Freddy hatte sich die Zeit genommen, lange Pflaster über Opas und Omas Mund zu kleben, sie an Händen und Füßen zu fesseln und die Enden der Kordel fest um ein Heizungsrohr zu knoten. Dann hatte er seine Lederjacke angezogen und die Hand, die den Dolch hielt, darunter versteckt. Währenddessen saß Tidiane auf einem Stuhl und massierte sein Fußgelenk, doch diese Geste diente vor allem dazu, seine Gedanken auf das kleinstmögliche Unheil zu konzentrieren. Freddy beugte sich zu ihm hinab.

»So, und wir zwei gehen jetzt in den Keller. Wenn wir unterwegs jemanden treffen und du etwas sagst, steche ich dich ab.

Solltest du Schlauberger versuchen, im Treppenhaus zu entwischen, kümmere ich mich um deine Großeltern. Hast du mich verstanden?«

Sie liefen die beiden Stockwerke des Hauses Poseidon hinunter, ohne einer Menschenseele zu begegnen. Im Erdgeschoss angekommen, deutete Tidiane auf eine weiße Eisentür mit verrosteten Angeln, auf die ein Möchtegern-Streetart-Künstler über die ganze Breite mit roter Farbe *Hell's door* gesprüht hatte.

Freddy zog einen Schlüsselbund aus seiner Tasche, den er aus Opa Moussas Diele mitgenommen hatte. Den Anweisungen von Tidiane folgend, drehte er den Schlüssel mit der Nummer 29 im Schloss herum und stieß die schwere Tür auf.

»Geh vor!«

Tidiane war noch nie in die Hölle hinabgestiegen. Opa hatte es ihm immer verboten, denn ihm zufolge war sie das Versteck von Schmugglern, Dealern und Drogenabhängigen, aber er erinnerte sich auch an die letzten Worte von Opa Moussa, als sie sich über den schwarzen Gully gebeugt hatten, um seinen Ball zu retten: *Das sind kilometerlange Gänge, Keller für jede Wohnung, Parkplätze und dann die Kanalisation, auch der Abwasserkanal.*

Er schaltete das Licht ein. Ein paar Glühbirnen erleuchteten die enge und steile Kellertreppe. Alle zwei Meter eine, registrierte Tidiane. Vorsichtig setzte er einen Fuß auf die erste Stufe. Er hatte sich immer vorgestellt, dass Mamas Schatz hier irgendwo in der Hölle versteckt wäre.

War die Schatztruhe, nach der Freddy suchte, vielleicht die Adidas-Tasche? Wie sollte er sie in den kilometerlangen Gängen finden? Lange würde er Freddy nicht an der Nase herumführen können. Und wenn sie wie durch ein Wunder den Schatz finden würden, wäre es noch schlimmer. Dann brauchte Freddy ihn nicht mehr und würde ihm den Dolch ins Herz stoßen, dann wieder nach oben gehen, um auch Oma und Opa zu beseitigen.

»Was führst du im Schilde?«, krächzte Freddy. »Los, beeil dich!«

Tidiane spürte die Dolchspitze in seinem Rücken. Eher ein Kitzeln oder die Berührung einer Katzenkralle. Er wollte ruhig bleiben, so wie Alpha es ihm beigebracht hatte, und nicht in Panik ausbrechen.

Wie vor einem Freistoß. Den Kopf leer machen. Sich Zeit lassen. Langsam durchatmen.

Opa hatte ihm von dem Schatz seines Großvaters erzählt, den Amphoren voller Muscheln, die jetzt nichts mehr wert waren. Suchte Freddy auch die? Opa hatte noch etwas anderes gesagt, als Tidiane ihn gefragt hatte, ob dieser Schatz noch existiere, aber er hatte die Antwort nicht verstanden. Irgendetwas Wichtiges, das er nicht vergessen durfte. Was war es nur?

»Nun geh schon, verdammt nochmal!«

Tidiane nahm eine weitere Stufe nach unten.

Sich langsam vorwärtsbewegen, hatte Alpha ihn gelehrt. Nur zwei Schritte Anlauf nehmen, nicht mehr. In die falsche Richtung schauen, um abzulenken.

»Ich ... ich hab Angst«, stammelte Tidiane. »Hier gibt's anscheinend Ratten ... und auch Spritzen, hat Opa gesagt. Manchmal sogar Leichen.«

Während er sprach, schloss Tidiane die Augen, um sich wieder an die Dunkelheit zu gewöhnen. Besonders vorsichtig stieg er die nächste Stufe hinab. Freddy brach in Gelächter aus, das von den Betonwänden des Treppenhauses widerhallte. Mindestens ein Dutzend Stufen waren noch zu überwinden, um den Keller zu erreichen. Freddys Lachen endete mit einem heiseren Hustenanfall. Tidiane spürte wieder den Dolch im Rücken.

»Okay, kleiner Schlauberger, jetzt mach …«

Die Zeitschaltuhr war abgelaufen und das Licht erlosch, bevor er seinen Satz beendet hatte. Sobald die Treppe im Dunkeln lag, ging Tidiane vorsichtig die Stufen hinab und gewann einen Meter Vorsprung. Freddy rührte sich nicht vom Fleck. Sein Fluchen übertönte das Geräusch von Tidianes Schritten.

*Gib mir deine Kraft, Mama!*, betete Tidiane. *Leih mir deine Eulenaugen!* Noch ein Schritt, noch eine Stufe, fast zwei Meter Vorsprung.

Er hörte die schweren Tritte Freddys, der sich zum kleinen roten Lichtpunkt der Zeitschaltuhr hinauftastete.

Eilig zog Tidiane ein Taschentuch hervor, umwickelte seine Faust, machte in der Finsternis einen schwärzeren Schatten an der Mauer aus und schlug zu. Der Stoff milderte den Schmerz an seiner Hand, als das Glas zerbrach und die Glühbirne an der Wand zerbrach.

Los, weiter!, befahl sich Tidiane, alle Glühbirnen und Notlichter auf dem Weg zerschlagen! Weil er geübt hatte, konnte er in der Dunkelheit sehen, zumindest besser als Freddy.

Kaum eine Sekunde, nachdem Freddy die Zeitschaltuhr wieder betätigt hatte, war auch die nächste Glühbirne zerschmettert. Das Monster mit dem Messer konnte gerade noch die kleine Gestalt am Treppenabsatz erkennen, bevor die letzten Stufen in der Dunkelheit versanken. Freddy heulte vor Wut auf. Tidiane hörte die Tür zur Hölle zuschlagen.

Natürlich war er um Opa und Oma besorgt. *Solltest du versuchen zu verschwinden, kümmere ich mich um deine Großeltern*, hatte Freddy gedroht. Vor allem aber war Freddy an seiner Adidas-Tasche interessiert, wettete Tidiane, nur deshalb war er überhaupt hergekommen, und sicher dachte er, dass der kleine Junge in diesem Labyrinth wie eine Ratte in der Falle sitze. Freddy brauchte nur nach oben zu gehen, irgendeine Lampe zu holen, wieder herunterzukommen und ihn aufzuspüren.

Tidiane versuchte, sich so schnell wie möglich im Gang voranzutasten, legte seine Hand auf die kalte, feuchte und klebrige Mauer, wo er das Elektrokabel fühlte, und folgte ihm. Sein Fußgelenk tat weh, und er spürte leichte elektrische Schläge in den Fingerspitzen. Aber er musste weiter, immer weiter und alle Glühbirnen zerschlagen, die er auf dem Weg fand.

Auch wenn es hier, ebenso wenig wie in einer Grotte, keinen zweiten Ausgang gab.

Genau das dachte Freddy sicher.

Er würde eine Lampe finden, wieder herunterkommen und sich ihn schnappen.

## 74

*10:31 Uhr*

»Ich muss mit Ihnen reden, Petar.«

Der Hauptkommissar beobachtete, wie die Polizisten aus Rabat Bamby Maal umringten, während sie die Gangway des Airbus herunterstieg. Eine würdige Eskorte für einen Hollywoodstar oder zumindest für ein marokkanisches Starlet der Atlas-Filmstudios.

»Beeil dich!«, entgegnete Velika. »Sobald das Mädchen einen Fuß in die Flughafenhalle setzt, bin ich am Zug. Ich will mich von den Bullen mit Schnauzer und Schirmmütze nicht austricksen lassen. Die brauchten sich das Mädchen nur noch zu schnappen, nachdem die DCI die gesamte Vorarbeit geleistet hat.«

»Nicht hier, Chef. Unter vier Augen ...«

Petar blickte sich ungläubig in der Halle um. Die nächsten Polizisten standen in dreißig Metern Entfernung.

»Bitte, Chef, nur eine Minute. Es ist eine Frage von Leben und Tod.«

Julo warf einen Blick zu den Toiletten ihnen gegenüber. Die Halle B war von den Polizeiwachen der Gates 10 bis 16 abgesperrt worden. Deshalb durfte sich wohl kaum jemand in den WC-Räumen aufhalten. Petars Blick schweifte noch einmal zu den Polizisten und ihrer Gefangenen, bevor er einwilligte:

»Na gut, Junge, ich komme mit. Aber hoffentlich versuchst du nicht wieder, ein gutes Wort für deine Liebste einzulegen. Ich fürchte, dass ihre Lage diesmal aussichtslos ist. Wenn du um ihre Hand anhalten willst, musst du wohl gut dreißig Jahre warten.«

Trotz allem folgte er seinem Assistenten zu den Toiletten. Als Julo die Tür hinter ihnen schloss, ging Petar auf ein Pissoir zu.

»Wo ich schon mal hier bin … Na los, sag, was du so Dringendes auf dem Herzen hast!«

Hauptkommissar Velika konzentrierte sich ganz auf seine Hose, die er gerade aufknöpfte, und hörte seinem Assistenten nur mit einem Ohr zu.

»Worauf wartest du noch?«, beharrte Petar.

Schließlich wandte er sich um. Erschüttert starrte er Julo an und hob instinktiv die Hände, die bis dahin seinen Urinstrahl gelenkt hatten.

Sein Assistent bedrohte ihn mit einer Sig Sauer.

»Was … was machst du da??«

»Tut mir leid, Chef. Ich glaube zwar nicht, dass Sie ein Schwein sind, aber ich denke vor allem, dass Sie sich durch diesen ganzen Schlamassel manövrieren, so gut Sie können.«

»Ich verstehe kein Wort von deinem Unsinn, du kleiner Arsch! Waffe runter! Und …«

»Sie wollen keinen Ärger und drücken bei den Geschichten mit den Flüchtlingen beide Augen zu, um Ihren Platz an der Sonne zu behalten.«

Petar ließ die Arme sinken, schloss seine Hose und ging beherzt einen Schritt auf den Kommissaranwärter zu.

»Jetzt reicht's aber mit deinem Quatsch!«

»Stopp, Chef! Oder ich schieße Ihnen das Knie kaputt.«

Hauptkommissar Velika blieb stehen. Er las Furchtlosigkeit in den Augen seines Assistenten. Dieser kleine Knallkopf wich tatsächlich nicht von seinen Überzeugungen ab.

»Was hast du vor?«

»Wir werden sehen ... Zumindest retten, was noch zu retten ist. Die Zeit drängt, aber Ihnen kann ich nicht trauen. Ich möchte nicht, dass die Geschichte der Familie Maal in einer Tragödie endet. Zumindest will ich das unschuldigste Kind unter den Geschwistern retten. Deshalb nehme ich Ihnen jetzt die Waffe und die Handschellen ab und kette Sie an die Rohrleitung, Chef. Spielen Sie nicht den Helden, das steht Ihnen sowieso nicht! Ich brauche nur fünf Minuten Vorsprung, danach können Sie Ihre kleinen Freunde von der königlich-marokkanischen Garde zusammentrommeln, um Sie zu befreien.«

»Das wird dich deinen Job kosten, Junge. Warum ... Warum das alles?«

Julo sah seinem Vorgesetzten tief in die Augen und gab eine unwiderlegbare Wahrheit zum Besten:

»Manchmal muss man sich eben für eine Seite entscheiden.«

Keine drei Minuten später tauchte Julo in der Halle B auf, die verlassen dalag.

Panisch schaute der Kommissaranwärter auf die leere Landebahn.

Er sprintete los, hastete die Rolltreppe hinauf, rannte an der Gepäckausgabe entlang, deren Laufbänder stillstanden. Ein diensthabender Zollbeamter betrachtete ihn ungerührt, als würde er hier die Ruhe nach einem heftigen Ansturm genießen wollen.

»Das Mädchen, verdammt! Die junge Frau im Airbus aus Beirut! Wo ist sie?«

Der Zollbeamte zuckte mit den Schultern und antwortete desinteressiert:

»Die haben sie mitgenommen. Die Wagen standen vor Ausgang 2, aber jetzt dürften sie weg sein. Sie wird zum Hauptkommissariat von Rabat gebracht.«

Julo ließ den Zollbeamten ohne Dank stehen und rannte Richtung Ausgang durch die Halle, sprang über die Absperrungen, um sich unnötige Umwege zu ersparen, nahm die letzte Kurve so eng wie möglich und schlitterte, ohne sein Tempo zu verringern, über die gebohnerten Fliesen. Durch die Glastür von Ausgang 2 sah er Polizisten und Blaulicht, weiter entfernt Busse und Taxis.

Er musste sie erreichen, bevor sie abfuhren. Er war so schnell, dass sich die automatischen Türen nicht sofort öffneten, und musste scharf bremsen, um nicht hineinzurennen. In dieser kurzen Pause konnte er durchatmen. Als er aus der klimatisierten Halle trat, schlug ihm drückende Hitze entgegen.

Ein Polizeitransporter mit getönten Scheiben stand direkt vor dem Ausgang. Unmöglich herauszufinden, ob Bamby im Inneren saß. Julo baute sich vor einem jungen arroganten Polizeioffizier der marokkanischen Garde auf, der eine tressenverzierte Jacke trug und dessen Mütze so tief ins Gesicht gezogen war, dass er unter dem Schirm kaum hervorsehen konnte und sich deshalb den Hals verrenkte wie eine Giraffe.

»Julo Flores. Ich gehöre zur DCI.«

Der Offizier der marokkanischen Garde betrachtete skeptisch den jungen verschwitzten Polizisten mit seinem zerknitterten, offenen Hemd und dem struppigen Haar. Doch die anderen Polizisten auf dem Bürgersteig bestätigten Julos Aussage. Sie kannten ihn.

»Ich habe Anweisungen vom französischen Innenministerium«, brachte Julo selbstsicher hervor. »Ich muss die Verdächtige vernehmen.«

Mit einem Handzeichen deutete Kommandant Giraffe an, dass der Polizeitransporter gleich losfahren würde, und gab Julo zu verstehen, dass er zu warten habe, bis er an die Reihe komme. Diese Franzosen sollten bloß nicht glauben, sie hätten noch das Sagen oder würden das Gesetz im Land vertreten. Man lebte schließlich nicht mehr in einem Protektorat. Monsieur Giraffe war in der Lage, das alles mit einer einzigen Handbewegung und seiner verächtlichen Miene auszudrücken.

»Hauptkommissar Velika schickt mich …«

Der Name seines Vorgesetzten löste eine gewisse Anspannung aus. Danke, Petar! Denn der besaß das großartige Talent, die Leute zu ärgern … Sie nahmen sich vor ihm in Acht.

»Er …« Julo suchte verzweifelt nach einer plausiblen Geschichte. Er wusste nur, dass er hoch pokern musste, wenn er eine Chance haben wollte. »Wir haben in den sozialen Netzwerken Hinweise gefunden … Ein Attentat in Marseille … Heute …« Seine Worte reihten sich wie von selbst und glaubwürdig aneinander. »Heute beginnt das *Frontex*-Symposium. Achtundzwanzig europäische Minister, ebenso viele aus Afrika … Verdammt und zugenäht, in weniger als acht Stunden geht es los, und dieses Mädchen ist der Schlüssel zu der Geschichte.«

Kommandant Giraffe drehte den Kopf und strapazierte dabei

seine Halswirbel unter der steifen Schirmmütze aufs Extremste. Immer noch zögerte er, aber Julo wusste, dass er gewonnen hatte. Der Mann hatte nichts zu verlieren, wenn er den Franzosen ein paar Minuten mit diesem Mädchen sprechen ließ.

Aber wenn er ablehnte …

Stattdessen öffnete Monsieur Giraffe die Tür des Polizeitransporters.

»Los, steigen Sie ein …«

Diesmal war es Julo, der eine herablassende Haltung einnahm. Nochmals danke, Petar! Er musterte die etwa zehn marokkanischen Beamten herausfordernd, als ob sie alle irgendeinen Islamisten-Cousin hätten, und sah Kommandant Giraffe in die Augen.

»Was sie mir zu sagen hat, ist absolut vertraulich, das muss ich Ihnen ja wohl nicht näher erklären.«

Er ließ ostentativ den Schlüssel seines Dienstwagens, der hundert Meter entfernt geparkt war, um den Zeigefinder kreisen. Ein letztes Mal zögerte Monsieur Giraffe. Julo versuchte, nichts zu überstürzen, auch wenn er fürchtete, jeden Augenblick Petar oder einen marokkanischen Zollbeamten, der die Hilferufe gehört hatte, in der Halle auftauchen zu sehen. Kommandant Giraffe tippte zum Zeichen seines Einverständnisses leicht an den Schirm seiner Mütze und bedeutete den anderen, die Insassin aus dem Polizeitransporter zum Renault der DCI zu begleiten.

»Wer sind Sie?«

»Kommissaranwärter Julo Flores. Senken Sie den Blick, tun Sie so, als würden Sie zögern, wenn ich mit Ihnen spreche. Antworten Sie mit kurzen Sätzen. Sie beobachten uns.«

»Was spielen Sie hier?«

Bamby Maal saß neben Julo auf dem Beifahrersitz, die Buschjacke halb über ihrer braunen Haut geöffnet, das lange Haar in Unordnung. Schön wie eine Hexe. Der Ausdruck ihrer Augen, schwarz wie kaltes Lavagestein, schwankte zwischen Wut und Verzweiflung, verriet aber auch einen Hauch von Energie, vor allem aber tiefste Hoffnungslosigkeit.

Julo fand sie in Wirklichkeit noch hübscher als auf den Fotos. Allein für dieses Gespräch unter vier Augen nahm er es in Kauf, entlassen und vor ein Sondergericht gestellt zu werden.

»Ihr kleiner Bruder ist in Gefahr. Cité de l'Olympe. Sie müssen mir helfen.«

Bamby erschrak. Auch wenn sie den Tränen nahe war, bedachte sie Julo mit vernichtenden Blicken. Diskret verriegelte er die Türen und steckte den Zündschlüssel ins Schloss des Renault Safrane.

»So, und jetzt sprechen Sie zu mir mit sanfter Stimme, so wie ein Navi, und bringen uns zur Cité de l'Olympe, dann in die Wohnung Ihrer Großeltern.«

»Sie schauen nicht mehr her«, sagte Bamby leise. »Fahren Sie geradeaus bis zum Ende der Straße, dann scharf nach rechts.«

Der Wagen schoss davon, bevor auch nur einer der Polizisten auf dem Bürgersteig hätte reagieren können.

Julo trat das Gaspedal durch. Bamby wurde nach hinten geschleudert und die Buschjacke sprang auf.

»Konzentrieren Sie sich, zum Teufel!«, brüllte sie.

Von Sanftheit in ihrer Stimme konnte nicht die Rede sein. Julo dachte lieber nicht daran, dass die Frau neben ihm eine Doppelmörderin war. Er riss das Steuer nach rechts.

»Jetzt links, dann wieder rechts. Das ist der kürzeste Weg. In der Gegend werden sie uns nicht verfolgen.«

Julo gehorchte. Selbst Petar behandelte ihn mit mehr Respekt, wenn er fuhr.

»Geben Sie mir eine Waffe!«

»Was?«

Julo sah das Meer am Ende der Avenue Hassan-II. In weniger als drei Minuten würden sie die Cité de l'Olympe erreichen. Er bog abrupt rechts ab und nutzte die Gelegenheit, um einen schnellen Blick auf seine kämpferische Beifahrerin zu werfen. Er war definitiv und geradezu krankhaft verrückt nach dieser Frau.

Sie machte ihn fertig.

»Mein lieber Monsieur Adonis, auch ich kann in Ihren Ausschnitt schielen. Sie haben zwei Waffen. Geben Sie mir eine davon!«

## 75

*10:37 Uhr*

Mit der vorsichtshalber mit einem Taschentuch umwickelten Faust hatte Tidiane die Glühbirnen im Gang zerschlagen – sämtliche Lichter an den Wänden der Hölle – eines nach dem anderen. Dabei hatte er sich geschnitten und blutete, aber das war ihm einerlei. Er konnte zwar in der Dunkelheit nicht die Flecken auf seinem weißen Taschentuch sehen, aber er spürte die klebrige Flüssigkeit.

Nicht schlimm. Er fühlte nicht den geringsten Schmerz. Er lief weiter durch die finsteren Gänge und orientierte sich dabei an den winzigen hellgrauen Flecken. Seine Augen gewöhnten sich an die Dunkelheit, immerhin hatte er lange genug geübt. Er erkannte die Rahmen der geschlossenen Kellertüren und erahnte die Seitengänge, die hinten am Ende abgingen und etwas heller waren. Er kam immer schneller vorwärts. Umsonst.

Er drehte sich im Kreis.

Wenige Sekunden, nachdem Freddy die Treppe wieder hinaufgestiegen war und die Tür hinter sich geschlossen hatte, fand Tidiane seinen Marokko-Afrika-Cup-2015-Ball wieder. Er war in die Mitte eines Ganges gerollt. Tidiane hatte ihn dort als Orientierungspunkt zurückgelassen und war dann weitergelaufen, um einen anderen Ausgang zu finden. Er war allen Fluren gefolgt, nach rechts oder links abgebogen, hatte keinen ausgelassen ... und war wieder bei seinem Ball gelandet.

Das bestätigte auf grausame Weise seine Befürchtung. Er drehte sich im Kreis! Es gab keinen anderen Ausgang.

Diesmal hob er seinen ledernen Schmuseball auf.

Er befand sich am Ende des ersten Gangs, der zur Treppe führte, als er plötzlich das Licht sah.

Freddy!

Tidiane drückte sich an die Wand. In dieser Finsternis konnte Freddy ihn nicht sehen, aber Tidiane erkannte genau die Fackel des Monsters mit dem Dolch, eine von denen, die Opa Moussa auf den Balkon stellte, um die Mücken zu verscheuchen. Die Flammen tanzten vor Freddys Gesicht, so wie in den Filmen über das Mittelalter, in denen die Henker einen Gefangenen aus dem Kerker holten, um ihn zu foltern. Freddy ging bedächtig voran und beleuchtete jeden Winkel auf seinem Weg. Er hatte sich offenbar einen Plan des Kellers genauer angesehen. Sicher wusste er, dass es hier kein Entrinnen gab. Sein Opfer konnte so schnell rennen, wie es wollte, er würde es dennoch aufspüren.

Mit oder ohne den Schatz.

Alle Gittertüren der Hölle waren mit Vorhängeschlössern abgesperrt. Tidiane war schon mehrmals die Gänge entlanggelaufen, hatte erfolglos die Klinken heruntergedrückt und jede Tür aufzustoßen versucht.

Keine Spur von einer Tasche!

Vorsichtig schlich er vorwärts, während die Fackel näherkam. Es war sein Glück, dass er sie schon aus der Ferne sehen konnte und wusste, wo Freddy war, so dass er immer einen gebührenden Vorsprung behalten konnte.

Aber wie lange noch? Bis Freddy schneller lief? Bis er auf Tidys Schritte lauschte? Bis er einen anderen Gang wählte und sie sich begegnen würden? Die ganze Geschichte war von vornherein verloren!

Tidiane drückte den Ball an sich. Seine einzige Waffe. Aber was wollte er damit anfangen? Tidiane bog in einen anderen dunklen Gang ein und lief so leise wie möglich weiter, ständig mit der Angst im Bauch, plötzlich die Fackel vor sich zu sehen oder eine Hand auf seiner Schulter zu spüren.

Ein Ruf erschreckte ihn. Er kam aus der Mauer rechts, oder von der Decke? Der Ruf einer Eule, hätte Tidiane geschworen.

Er machte noch ein paar Schritte und schlug plötzlich der Länge nach hin.

Um sich nicht das Gesicht aufzuschlagen, hatte er im letzten Moment seinen Ball losgelassen, der ein paar Meter weiter rollte. Tidiane schrie nicht auf, denn der Lehmboden milderte seinen Sturz. Ihm war, als sei er in völliger Stille zu Boden gegangen. Sein Fuß hatte sich irgendwo verfangen, als hätte man ihm ein Bein gestellt. Er hockte sich hin, wischte den Staub beiseite und begriff.

Eine Wurzel!

Er tastete sie ab und verarbeitete die Informationen, die seine Fingerspitzen ihm übermittelten. Die Wurzel zog sich durch den Gang und dann an der Wand entlang, Richtung Decke. Tidiane dachte wieder an den Ruf der Eule, den er soeben gehört hatte.

Der Orangenbaum! Natürlich, der musste es sein! Die Hölle nahm den gesamten Raum unterhalb des Hofs der Cité de l'Olympe ein. Beim Bau der Keller hatte man den Baum sicher ausgespart, doch im Lauf der Zeit waren seine Wurzeln in einige Abteile eingedrungen. Tidiane kannte den Hof in- und auswendig und wusste daher, dass es zwischen dem Stamm und dem Asphalt keine Öffnung gab, durch die man hätte hinabsteigen können, es gab lediglich die Gullys, die jedoch für einen Durchgang zu eng waren. Aber vielleicht hatten die Wurzeln ja einen Hohlraum unter dem Baum geschaffen, wie das Wasser in einer Grotte, irgendeinen kleinen Winkel, in dem man sich verstecken konnte.

Auf allen Vieren kroch er voran und stellte fest, dass zwischen dem Wurzelgeflecht einige Ziegel locker waren und ein Versteck am Ansatz der Mauer boten. Vom Gang aus war es nicht zu erkennen, aber es war doch groß genug, um sich hineinzuzwängen. Der Fackelschein am Ende des Gangs war nicht mehr zu sehen. Tidiane robbte weiter, bis er ganz und gar in dem engen, länglichen Raum verschwunden war. Er kauerte sich zusammen. Zum ersten Mal fühlte er sich in Sicherheit. Sein Herzschlag beruhigte sich langsam. Seine Gedanken schienen sich ordnen zu wollen, wenn sie auch noch immer wie die Flügel eines in Panik geratenen Schmetterlings wild umherflatterten.

Vielleicht würde Freddy ja an dem Versteck vorbeilaufen, ohne es zu entdecken, so wie er selbst es getan hätte, wäre er nicht über die Wurzel gestolpert. Vielleicht könnte er dem Monster doch entkommen? Vielleicht … Opa Moussas Stimme drang plötzlich in seine Überlegungen, die gerade etwas durcheinandergeraten waren. So, als würde man beim Aufräumen ein Blatt Papier wiederfinden, ertönte plötzlich Opa Moussas Stimme in seinem Gedankenchaos.

Jedes einzelne Wort war plötzlich wieder da, dieser Ratschlag von Opa Moussa, den er auf keinen Fall vergessen durfte.

*Du wirst den Schatz, den wahren Schatz, dort finden, wo unsere Wurzeln sind.*

Und wenn Opa Moussa dieses Wort absichtlich gewählt hatte? *Wurzel.* Als handelte es sich um ein Geheimnis, mit dem er seinen Enkel nicht belasten wollte. Ein zweideutiger Satz, den er irgendwann verstehen würde, genau im richtigen Augenblick. Tidiane tastete seine Umgebung in der Finsternis ab. Vor ihm verengte sich die schlauchartige Öffnung so sehr, dass er den Arm nicht mehr hineinschieben konnte. Er versuchte es dennoch, bis er sich die Schulter an den scharfkantigen Ziegeln aufschürfte. Plötzlich machte sein Herz einen Satz und schlug wieder heftig in seiner Brust. Ebenso heftig stieß er sich den Kopf an der Höhlendecke.

Er hatte einen Gegenstand ertastet!

Kalt. Weich. Eine Tasche! Aus Leder oder Plastik.

So langsam und so leise wie nur irgend möglich, versuchte er, sie zu sich heranzuziehen. Die Tasche war schwer und steckte fest, als läge sie bereits seit Jahren unberührt dort. Millimeter um Millimeter hievte er sie heraus. Als er sie endlich mit beiden Händen packen konnte, drehte er sich, so gut er konnte, auf die Seite, schürfte sich dabei an den spitzen Ziegeln den Rücken auf und zerriss sein Barrada-T-Shirt, doch er hielt die Tasche so fest wie ein Hund einen geklauten Knochen.

Die Tasche war verschlossen.

Tidiane zögerte lange, lauschte in die Finsternis und zog seine Füße so tief in die Höhle, dass man sie vom Gang aus nicht sehen konnte.

Von Freddy war nichts zu hören …

Vorsichtig drückte Tidiane auf den kleinen Knopf an seiner Armbanduhr. Ein dünner Lichtstrahl erhellte sein Versteck. Er musste die Uhr dicht an die Tasche halten, um etwas erkennen zu können. Zentimeterweise untersuchte er sie und fand schließlich drei kleine blaue Blätter mit waagerechten Streifen. Natürlich kannte er dieses Logo, er hatte es auf den Trikots der Fußballmannschaft von Olympique Marseille gesehen: *Adidas!*

Allein dem Gewicht nach zu urteilen, konnte die Tasche gut und gerne Hunderte von Goldstücken enthalten.

Tidiane lauschte wieder eine Weile in die Stille, die ihm wie eine Ewigkeit erschien. Dann versuchte er, den Reißverschluss zu öffnen.

Das ging problemlos und verursachte kein Geräusch, doch er hatte das Gefühl, dass der Widerhall seines Herzschlags so laut zu hören war wie der eines Ungeborenen bei der Ultraschalluntersuchung. Er musste sich nur Zeit lassen. Er zog den Verschluss sorgfältig bis zum Ende auf. Das war der erste Schritt, Tidiane atmete auf.

Er senkte den Kopf und schob seine Uhr in die Tasche, um den Schatz mit seinem Mini-Laser zu untersuchen. Das schwache Licht erhellte nur wenige Zentimeter, und so war es unmöglich, den Inhalt in seiner Gesamtheit zu erkennen. Doch er wagte es nicht, mit den Händen hineinzufahren, um die Beute ganz zu erforschen, wie es Piraten taten, die eine Schatzkiste öffneten und die Goldstücke durch die Finger rinnen ließen. Zu gefährlich, zu laut. Dabei hatte er gute Lust dazu.

Der winzige Lichtstrahl offenbarte hier eine Goldkette, Ringe und Armbänder, dort funkelnde Schmuckstücke mit Diamanten und Steinen, die ihm wertvoll erschienen, ebenso wie Uhren, silberne Schreibstifte und Lederbörsen. Tidiane schob die Hand mit der Armbanduhr tiefer in die funkelnde Beute und sah goldene Brillen und Jackenknöpfe, kleine Gegenstände aus Elfenbein, die nach Talismanen aussahen, Feuerzeuge und noch kleinere Gegenstände.

Tidiane merkte, wie ihm plötzlich übel wurde. Goldzähne! Er erinnerte sich an seinen Geschichtsunterricht über den Zweiten Weltkrieg bei Madame Obadia, die erzählt hatte, dass Juden, Zigeuner und Behinderte unter falschen Duschen vergast worden waren, denen die Nazis zuvor alle Wertgegenstände abgenommen hatten, mit dem Versprechen, man würde sie ihnen später zurückgeben.

Er betrachtete den Schatz fasziniert, aber auch angeekelt. Hatten diese Gegenstände früher Menschen gehört, die man umgebracht hatte? War deshalb Mamas Schatz verflucht? Er hätte ihn gern in der dunklen Höhle näher betrachtet und genauer untersucht.

Plötzlich leuchtete der Schatz in Tidianes Grotte auf, als hätte der Himmel seinen geheimen Wunsch erhört.

In der Höhle, in der sich Tidiane zusammengekauert hatte, funkelten Hunderte von Gegenständen mit einem Mal hell auf.

Im nächsten Augenblick spürte Tidiane Hitze hinter sich, extreme Hitze, als hätte man unter seinen Füßen ein Feuer entfacht. So, als wäre am Eingang zu dem Glutofen, in dem er feststeckte, ein Höllenfeuer ausgebrochen.

# 76

*10:38 Uhr*

»Erklären Sie mir das, Velika!«

Jourdain Blanc-Martin wartete nicht auf Petars Entschuldigungen, er bedauerte lediglich, dass er zweitausend Kilometer von Rabat und dem Leiter der DCI entfernt war. Mit Freuden hätte er dem Bullen einen Kinnhaken versetzt, aber der würde ihn ohnehin nur einstecken, sich auf die Lippen beißen und um Verzeihung bitten.

»Wie haben Sie diese Leistung nur zustande gebracht, das erklären Sie mir bitte! Yan Segalen stellt der Frau eine Falle, ich serviere sie Ihnen auf dem Silbertablett, Sie stellen dreißig Polizisten am Flughafen Rabat auf, und trotzdem sind Sie nicht in der Lage, sie zu schnappen.«

»Ich konnte nicht ahnen, dass mein Assist…«

»Jetzt hören Sie mir mal gut zu, Velika«, unterbrach ihn Blanc-Martin. »Ich mache meinen Job und halte meinen Teil der Abmachungen ein. Ich habe das Geschäft mit den Illegalen besser im Griff als *Frontex* oder die Botschaften. Ich erspare Ihnen einigen Ärger und erwarte als Gegenleistung nur, dass man mich in Ruhe lässt! Okay? Vergessen Sie nicht, dass Sie ohne mich nie Ihren Platz an der Sonne ergattert hätten, Velika. Wenn Sie ihn behalten wollen, spüren Sie dieses Mädchen auf, und das ein bisschen plötzlich, egal wie. Wir müssen mit dieser Familie Maal aufräumen, verstehen Sie das? Sie kümmern sich um die Kinder und ich mich um die Mutter, ist denn das so kompliziert?«

»Nein«, gab Petar Velika zu.

Jourdain Blanc-Martin beendete das Gespräch. Er brauchte heute Morgen Ruhe. Gelassenheit. Das *Frontex*-Symposium sollte am Abend beginnen. Er musste noch an seiner Rede feilen und sich darauf vorbereiten, vor gut fünfzig Ministern und Staatschefs zu sprechen. Er hatte keine Zeit, sich mit Organisatorischem zu beschäftigen, und auch nicht mit diesem Adil Zairi, der plötzlich aus dem Nichts aufgetaucht war, um an seiner Stelle klar Schiff zu machen, oder um die Gruppe von Beninern, die letzte Nacht ertrunken waren, was ohnehin niemanden kümmerte. Letztendlich lieferte ihr Tod den Stoff für die sehr zu Herzen gehende Einleitung seiner Rede am heutigen Abend. Aus Erfahrung wusste er, dass frische Leichen die Hauptzutat des Rezepts für humanitäres Mitleid waren.

Barfuß lief er über die bereits warmen Teakholzdielen der Terrasse. Er würde genug Zeit zum Nachdenken haben, während er seine morgendlichen Runden im Pool schwamm, doch zuvor musste er noch das Übel Maal bei der Wurzel packen. Mit einem Schritt trat er zur Sprechanlage und rief:

»Ibra und Bastoun, ich brauche euch. Kommt hoch.«

Die beiden Bodyguards warteten reglos und mit vor den muskulösen Oberkörpern verschränkten Armen am Eingang der sonnenüberfluteten Veranda zwischen Pool und Liegestühlen. Sie wirkten wie geduldige und wachsame Bademeister. Blanc-Martin vergewisserte sich, dass Safietou gerade nicht in der Nähe war, um das Frühstück abzuräumen, und ging auf die Männer zu. Mit einem Blick durch die Terrassentür wies er auf die hohen Wohnsilos am Meer.

»Ihr dürft heute einen kleinen Ausflug machen. Es dauert nicht lange, dann kommt ihr sofort zurück! Macht noch mal einen

Abstecher nach Aigues Douces, Gebäude H9, siebenter Stock. Aber diesmal nicht, um die Wohnung auf den Kopf zu stellen.«

Ibras und Bastouns Gesichter blieben ausdruckslos, und Blanc-Martin ging einen Schritt auf sie zu, zog den Knoten seines Bademantels enger, versicherte sich nochmals, dass sie wirklich allein waren und zischte:

»Bringt sie um!«

## 77

*10:41 Uhr*

Alpha hielt nichts von Wundern oder Amuletten und auch nichts von Aberglauben, der nur dazu diente, die Leichtgläubigkeit irgendwelcher Trottel auszunutzen. Das hinderte ihn jedoch nicht, das Dreieck aus Ebenholz um den Hals zu tragen, es hin und wieder zu berühren und an Bamby zu denken, als könnte ihn dieser Talisman mit seiner Schwester verbinden und ihre Kräfte vereinen.

Seit langen Minuten warteten die fünf Männer an der Kreuzung Rue Papin und Rue Gambetta in einem Bushäuschen und beobachteten den Eingang der Villa La Lavéra.

Alpha glaubte nur an das Zusammenspiel von Kraft und Klugheit. Es hatte ihm erlaubt, den ersten Teil seines Plans in Marokko auszuführen. Dort kannte er jede Örtlichkeit, die Gewohnheiten der Polizei, die Schlepper und die Netzwerke der illegalen Einwanderer und hatte so jede Etappe meistern können. Aber hier in Frankreich konnte er nur seinem Instinkt vertrauen.

Hatte er sich zunächst vorgestellt, einfach am Tor der Villa La

Lavéra zu klingeln, die Bodyguards durch einen Überraschungseffekt zu überwältigen und in die Villa einzudringen, so stellte sich heraus, dass ein solches Vorhaben komplizierter war, als es den Anschein hatte. Savorgnan, Zahérine und die beiden anderen Beniner waren nicht bewaffnet, das ganze Grundstück voller Überwachungskameras, und es war klar, dass sich die Wachleute nicht überraschen lassen würden. Jeder Versuch, das Grundstück zu betreten, musste mit einem Fiasko enden. Alles – von der Flucht bis zur Überfahrt – wäre umsonst gewesen.

Es sei denn, ein Wunder würde geschehen!

Von ihrem Beobachtungsposten aus, der ein paar Meter von der Villa entfernt war, sah Alpha, wie sich das Tor öffnete … und offen blieb! Zwei Bodyguards spazierten heraus. Sie kamen in aller Ruhe zu Fuß, als wollten sie Zigaretten kaufen oder sich ein Bier auf der Terrasse eines Cafés gönnen. Er folgte ihnen mit seinem Blick, bis die Rue Gabriel Péri eine Kurve Richtung Aigues Douces beschrieb. Wollten sie am Meer joggen? Vielleicht einen Sprung ins Wasser wagen? Oder hatten sie einen Termin mit irgendeinem kleinen Gangster?

Jetzt!, dachte sich Alpha und gab mit einem Handzeichen den vier Beninern ein Signal. Sie drückten sich an der Mauer entlang zum Tor und schlichen zum Hauseingang. Sicher wurden sie von den Überwachungskameras gefilmt, aber die Wachposten waren nicht mehr da, um sie zu entdecken. Leise öffnete Alpha die Tür zur Villa. Sobald die Männer im Haus waren, trat eine Frau mit Schürze, Häubchen und Wischlappen aus dem gegenüberliegenden Raum.

Alpha reagierte schnell. Mit einem Satz war er bei Safietou, hielt ihr ohne Gewaltanwendung und bevor sie anfangen konnte zu schreien, mit seiner Riesenpranke den Mund zu und flüsterte ihr ins Ohr:

»Leise! … Wir sind geladene Gäste.«

Verängstigt musterte sie mit weit aufgerissenen Augen einen nach dem anderen die fünf gelassenen und schweigsamen Eindringlinge, die ebenso schwarz waren wie sie.

»Wir sind Freunde des Hauses und kennen uns seit Ewigkeiten. Wo ist dein Chef?«

Safietou antwortete nicht. Alpha wiederholte den Satz auf Bambara.

»Min kɔrɔn i patɔrɔn?«

Sie schien erstaunt, stand aber noch immer unter Schock und brachte kein Wort heraus, doch sie richtete ihren Blick nach oben und zur Terrasse. Alpha nahm langsam die Hand von ihrem Mund, während Safietou nun auf die Pistole in seinem Gürtel starrte.

»Wir wollen ihn überraschen. Du wirst doch Jourdain diese Freude nicht verderben wollen?«

Dann stiegen die fünf Männer lautlos die Treppe hinauf.

## 78

*10:44 Uhr*

Tidiane spürte zunächst, wie sich der harte Griff um seine Knöchel noch verstärkte und sein Bauch über den Boden schleifte. Seine Haut riss auf, und die kantigen Ziegel schürften seine Arme und Beine auf, so dass er vor Schmerzen hätte schreien können.

Er versuchte, sich irgendwo – an der schweren Tasche, sogar am Staub in der Höhle – festzuhalten, aber gegen die Kraft, mit der er aus seinem Loch gezogen wurde, kam er nicht an. Und dann schlug er auf den nackten Beton im Gang.

Die Hölle schien zu brennen! Flammen leckten über die grauen Mauern und verzerrten gespenstisch jeden Schatten. Vor allem den von Freddy, der die Fackel zwischen Wand und Rohrleitung geklemmt hatte. Das Feuer tanzte im Tunnel. Die Hitze erwärmte die Luft im sonst kühlen Keller.

Mit einer Hand stieß Freddy Tidiane gegen die Mauer, mit der anderen riss er ihm die schwarze Adidas-Tasche aus der Hand.

»Du kleiner Schlauberger, Tidy. Ich hatte recht, auf dich zu vertrauen.«

Er betrachtete einen Augenblick lang die Vertiefung in der Mauer, gleich unter den Wurzeln des Orangenbaums.

»Wenn du deinen Fußball nicht vergessen hättest, wäre ich nicht einmal auf den Gedanken gekommen, hier anzuhalten.«

Der Marokko-Afrika-Cup-2015-Ball war zu ihnen gerollt. Tidiane betrachtete ihn entsetzt und hob dann denn Blick wieder zu Freddy.

»Ich bin kein Dieb, weißt du, ich hole mir nur zurück, was deine Mama sich von mir geliehen hat.« Er hob die Tasche an. »Übrigens ist sie fast genauso schwer wie damals, deine Mama hat sich anscheinend kaum bedient.«

Tidiane versuchte sich aufzurichten, aber Freddy drückte seinen Oberkörper mit dem Fuß gegen die Mauer.

»Ich habe mir schon gedacht, dass sie das Geld ausgeben, aber die Wertgegenstände nicht anrühren würde. Deine Mutter war schon immer etwas abergläubisch.« Er öffnete die Tasche und untersuchte ihren Inhalt mit einem hämischen Grinsen. »Hast du auch schon reingeschaut, du neugieriger Schlingel? Dann verstehst du auch, warum ich diesen Schatz wiederhaben wollte. Nicht einmal wegen seines Werts, auch wenn da ein ganz schönes Vermögen drinsteckt, das ich jahrelang zusammengetragen habe, sondern wegen der Geister, denen die Sachen gehört haben. Unsichtbare, die schon vor Ewigkeiten verschwunden sind und die niemals irgendjemanden beschuldigen können. Der Wüstenwind hat ihre Asche schon längst davongetragen. Später wirst du noch lernen, mein Kleiner, dass manche Gegenstände geschwätziger sind als Menschen … Ein Ring, eine Kette oder ein anderes Schmuckstück kann über lange Zeit etwas über den Ehemann erzählen, der es verschenkt hat, oder über die Mutter, die es getragen hat. Gegenstände kann man nicht töten, verstehst du? Man kann sie nur verstecken. Oder verkaufen. Am besten sehr weit weg von dem Ort, an dem man sie gefunden hat.«

Freddy ließ die Tasche auf den Boden fallen, ein dumpfes Geräusch hallte im Gemäuer wider, während Staub wie eine funkelnde Sternenwolke aufwirbelte. Adil wandte sich erneut an Tidiane. In der Hand hielt er wieder das Messer.

»Aber vielleicht wirst auch du reden, Tidy. Du besitzt keinen wertvollen Gegenstand, den ich gern als Erinnerung behalten würde und der eines Tages deine Geschichte erzählen könnte.«

Freddy schwang das Messer im Dunst. Tidiane dachte, das Monster würde zufällig in die Staubwolke stechen, wie ein Verrückter, der Glühwürmchen jagte, aber Freddy beugte sich herab und zerstach mit einem Hieb den Marokko-Afrika-Cup-2015-Ball. Tidianes Glücksbringer ging auf der Stelle mit dem beängstigenden Zischen einer Schlange die Luft aus.

Tidiane packte eine ungeheure Wut und setzte eine Kraft frei, die ihm bisher gefehlt hatte. Er sprang auf und machte einen Satz in Richtung Treppe, die er am Ende des Gangs erspähte. Er würde der Schnellere sein, sich retten und später rächen.

Freddys Arm umschlang seine Taille. Er hatte Tidianes Reaktion vorausgesehen und ihn ebenso schnell festgehalten, wie man ein Baby auffing, das gerade Laufen lernte.

Freddys starker Arm glitt höher, umklammerte seine Brust und presste ihn nun so heftig an sich, dass Tidiane kaum noch Luft bekam. Er spürte den Atem des Monsters an seiner Wange und nahm den Geruch nach Schweiß und Alkohol wahr. Und er sah den Dolch in Freddys rechter Hand aufblitzen.

»Tut mir leid, Tidy, aber ich kann dich die Geschichte nicht erzählen lassen. Und vor allem habe ich deiner Mutter etwas versprochen. Ich habe lange nach einem Weg gesucht, damit sie genauso leidet, wie ich gelitten habe. Ihr das Leben zu nehmen, ergäbe keinen Sinn, weder für sie noch für mich … Aber ihrem Sohn das Leben zu nehmen …«

Der Dolch näherte sich seinem Hals, Tidiane wehrte sich nicht mehr, das Monster war zu stark. Die Flamme der Fackel spiegelte sich in der Klinge.

»Waffe runter!«

Die Staubwolke hatte sich fast aufgelöst. Am Fuß der Treppe, die durch die geöffnete Kellertür schwach erhellt wurde, stand eine Gestalt, die ihren Revolver auf Adil richtete.

Ein Bulle, dachte Adil.

»Lassen Sie sofort die Waffe fallen«, wiederholte die Gestalt. Ihre Stimme bebte. Ein junger Kerl, noch keine dreißig, der noch nie auf jemanden geschossen hatte, analysierte Adil die Lage.

War das seine Chance?

Statt den Griff um das Messer zu lockern, drückte Adil Zairi dessen Spitze an Tidianes Gurgel, dicht an die Hauptschlagader.

»Wenn Sie schießen, bringe ich ihn um«, rief Adil. »Also schieben Sie Ihre Knarre zu mir herüber.«

Der Bulle zögerte … Adil hatte gewonnen! Er würde den Jungen nicht in Gefahr bringen. Eine zehnjährige Geisel war wie eine Lebensversicherung.

»Ich habe nichts zu verlieren«, beharrte Adil. »Wenn Sie mir nicht Ihre Waffe geben, ersteche ich das Kind. Und es wäre nicht das erste Mal, dass ich …«

Adil wurde ungeduldig, sein Gesicht verzog sich zu einer sadistischen Grimasse, die im flackernden Licht geradezu teuflisch wirkte.

»Okay, okay«, antwortete der junge Polizist.

Er bückte sich, hob beschwichtigend die Hand und warf die Pistole so auf den Boden, dass sie auf Adil zuglitt.

Aber nicht weit genug.

Die Waffe lag nun etwa fünfzehn Meter vom Polizisten, aber rund zwanzig von Zairi entfernt.

Na fein, dachte dieser und umklammerte den Messergriff. Der junge Bulle wollte ihn wohl reinlegen! Wahrscheinlich hoffte er, schneller zu sein als Adil, der durch den Jungen gehandicapt war. Dieser Cowboy ohne Erfahrung vergaß dabei, dass man nicht nur Feuerwaffen mehrfach einsetzen konnte.

Adil hatte sich entschieden. Er würde zunächst zum Schein aufgeben, dann aber doch überraschend zustechen und das Messer ins Herz des Jungen stoßen. Und dann sofort, mit derselben blutverschmierten Klinge, den Bullen kalt machen, der ja mit Sicherheit versuchen würde, sich auf ihn zu stürzen, um ihn daran zu hindern. Aus einer Entfernung von nur ein paar Metern, also praktisch in Reichweite, konnte er ihn dann nicht verfehlen.

Adil atmete tief durch. Er fühlte, wie sich das Kind in seinen

Armen steif machte. Er sollte die Sache besser schnell zu Ende bringen, den Kleinen nicht länger quälen!

Er lockerte seinen Griff, als wäre er bereit, Tidiane gehenzulassen, ließ ihn sogar einen Schritt zur Seite treten und verbarg das Messer hinter seinem Bein, drehte sich dann mit einem Ruck um, hob den Arm mit ungeheurer Geschwindigkeit und ließ den Dolch durch die Luft sausen, um ihn direkt ins Herz des Kindes zu bohren.

Eine Explosion schallte durch das Gemäuer und ihr Echo hallte an den Mauern der Hölle wider.

Adils letzter Gedanke in dem Augenblick, als die Kugel durch seine Lunge drang, galt der Pistole am Boden, und er fragte sich, wie der Schuss sich hatte lösen können. Als er in den Staub sank, nahm er einen zweiten Schatten hinter dem Polizisten wahr. Ein zarter, eher weiblicher Schatten. Aber so eiskalt, unerbittlich und entschlossen, dass er meinte, von seinem eigenen Spiegelbild erschossen worden zu sein.

»Tidy!«

»Bamby!«

Während der Junge sich in die Arme seiner Schwester warf, saß Kommissaranwärter Julo Flores auf der untersten Treppenstufe. Verloren. Zufrieden. Stolz. Überwältigt. Unfähig, in diesem Durcheinander von Gefühlen Ordnung zu schaffen. Bestimmt würde er entlassen werden. Er hatte das Leben eines zehnjährigen Jungen gerettet. Aber er war auch zum Komplizen eines Mordes geworden, des dritten, den das Mädchen in den vergangenen drei Tagen begangen hatte. Ein Mädchen, das er nun der Polizei ausliefern musste.

Er zog sein Handy aus der Tasche.

»Kommissariat Rabat? Geben Sie mir einen Beamten, irgendeinen!«

Bamby Maal wandte sich zu ihm um. Er las weder einen Vorwurf in ihren tränennassen Augen noch Angst oder Bedauern. Im Gegenteil, er erkannte darin genau das, was ihn so sehr faszinierte, seit er diesem Blick zum ersten Mal auf dem Foto der Überwachungskamera begegnet war: Herausforderung.

Doch auch einfach nur Dankbarkeit.

Bamby Maal ging auf Julo Flores zu, nachdem sie einen langen Kuss auf Tidianes Stirn gedrückt und ihn vorsichtig auf einer der Stufen abgesetzt hatte. Die Beamten im Kommissariat sprachen Arabisch. Julo nahm das Handy vom Ohr.

»Bitte«, sagte Bamby. »Ich werde nachher mitkommen. Das verspreche ich. Aber geben Sie mir noch ein paar Minuten!«

Sie schwieg eine Weile und fügte dann hinzu:

»Sechs Minuten, um genau zu sein.«

## 79

*10:50 Uhr*

*Bringt sie um*, hatte der Boss gesagt. Diesmal konnte der Auftrag nicht klarer sein.

Ibra und Bastoun blieben eine Weile an der Ecke stehen, um eine Zigarette zu rauchen und die Umgebung rund um Aigues Douces zu beobachten. Nur wenige Passanten kamen schweigend und mit gesenkten Köpfen vorbei. Die Wohnblocks waren nicht mit Überwachungskameras ausgestattet, es gab keine elektrischen Türschlösser in den Eingangsbereichen, keine Zeugen, nicht einmal Dealer oder Schmieresteher in den Treppenhäusern. Nur Geschäfte mit heruntergezogenen Eisenrollläden, Parkplätze mit scheinbar herrenlosen Autos und leere Balkone, von denen man springen konnte, ohne die Nachbarn zu belästigen. Ein offener, fast unbewohnt wirkender Hochhauskomplex, in den man leicht gelangen, straflos töten und ungesehen wieder daraus verschwinden konnte.

Ibra zündete Bastouns Zigarette an seiner eigenen an. Ihre Blicke wanderten zum Block H9, und sie brauchten nicht lange zu suchen. Auf den etwa sechzig Balkonen – vollgestellt mit Tischen, Stühlen, Fahrrädern, Brettern, Bettwäsche und Pflanzen – gab es nur einen, auf dem jemand stand. Den von Leyli Maal. Sie schaute über das Geländer auf das Meer hinaus, wie ein Häftling den Himmel durch eine vergitterte Zellenluke betrachtete.

Oder wie ein Gefangener, der auf seinen Henker wartete, dachte Ibra. Neben Leyli Maal stand ein eigenartiger Typ mit Hut. Ein alter Mann. Groß und mager, der wie ein Beichtvater wirkte, wie jemand, der den letzten Willen ausführte. Der hatte dann eben Pech gehabt.

Ibra und Bastoun zogen noch drei- oder viermal an ihren Zigaretten und traten dann die Kippen aus, bevor sie sich im Gleichschritt zum Gebäude H9 begaben.

Leyli Maal rauchte.

Eine letzte Zigarette. Die der zum Tode Verurteilten.

# 80

*10:51 Uhr*

Jourdain Blanc-Martin hatte sie nicht kommen hören.

Alpha, Savorgnan, Zahérine, Whisley und Darius waren lautlos und vorsichtig die Treppen der Villa La Lavéra hinaufgestiegen, obwohl Safietou ihnen versichert hatte, dass ihr Chef wie jeden Morgen auf der Terrasse im fünften Stock, mit Aussicht über die ganze Stadt, ganz allein war. Niemand war da, der ihn hätte stören können.

Als sie die Glastür aufschoben, hörte Jourdain Blanc-Martin sie immer noch nicht. Das einzige Geräusch, das auf der offenen Veranda vor der großen Terrasse zu vernehmen war, kam vom brodelnden Jacuzzi neben dem riesigen Pool, in dem Blanc-Martin gerade schwamm.

Der Präsident legte seine Bahnen in perfektem Kraulstil zurück.

Die fünf Männer näherten sich, und jetzt konnte Blanc-Martin sie nicht mehr übersehen. Sofort schwamm er zum Beckenrand und nahm seine Schwimmbrille ab. Gelassen überspielte er seine Überraschung.

»Alpha Maal? Ich dachte, Sie wären noch in Marokko. Gut gemacht, sehr gut sogar. Sie haben hinter meinem Rücken das Mittelmeer überquert, auf der *Sebastopol* vermute ich, jener Jacht, die zu allem Überfluss mit meinem Geld angemietet wurde. Dabei spukte mir eigentlich nur Ihre Schwester im Kopf herum. Hut ab, so viel Mumm hätte ich Ihnen gar nicht zugetraut.«

Als würde dieses Kompliment reichen, setzte Blanc-Martin seine Schwimmbrille wieder auf und kraulte zum anderen Ende des Beckens. Savorgnan legte seine Hand auf Alphas Schulter.

»Halte dich im Hintergrund, Bruder!«

Schweigend gingen die vier Beniner auf das Becken zu und verteilten sich an den vier Seiten des Pools. Blanc-Martin schwamm zur Eisenleiter. Nur über sie konnte er den Pool verlassen, um sich seinen Bademantel, der auf einem Liegestuhl lag, anzuziehen. Sobald er die Sprosse ergriff, um sich aus dem Wasser zu ziehen, trat Savorgnan wortlos mit aller Macht auf seine Hand. Blanc-Martin brüllte.

»Sie sind doch krank! Was erwarten Sie eigentlich von mir?«

Er schaute sich um. Die vier hochgewachsenen Männer standen unbeweglich an ihren Plätzen und formten eine perfekte Raute. Sie überwachten das Rechteck des Pools, in dem Blanc-Martin nicht stehen konnte. Der Präsident schwamm zur anderen Seite. Sobald er die Hand auf den Beckenrand legen wollte, musterte ihn der dort postierte Afrikaner mit Verachtung und hob den Fuß in seinem alten, zerlöcherten Turnschuh, um Blanc-Martins Finger zu zerquetschen.

Lächerlich!, dachte dieser. Schließlich kraulte er jeden Morgen eine halbe Stunde lang, die Männer würden dieses Spielchens noch vor ihm überdrüssig werden. Er ließ sich ein wenig treiben und schwamm wieder in eine andere Richtung, auf die Seite, an der der Jüngste stand. Kraushaarig und mit verträumten Augen, Typ Künstler mit melancholischem Blick. Ebenso wenig wie die anderen ließ er Blanc-Martin den Beckenrand berühren.

Blanc-Martin versuchte, sich nichts anmerken zu lassen, aber unwillkürlich machte er sich Gedanken und fragte sich, wann Ibra und Bastoun endlich auftauchen würden. Er würde sich auf keinen Fall erniedrigen und die Kerle anflehen oder hilfesuchend seine Hand ausstrecken, worauf sie ohnehin nicht reagieren würden. Seine Arme und Beine zeigten Ermüdungserscheinungen. Jetzt fiel ihm auf, dass er sich im Allgemeinen nach jeder Bahn am Beckenrand festhielt, ehe er weiterschwamm, und auch wenn er immer in Bewegung blieb, war er nie ohne Pausen ausgekommen.

Wie lange konnte man so im Wasser bleiben, bis man unterging? Eine Stunde? Zwei? Weniger? Er schwamm bereits seit etwa zwanzig Minuten und spürte das Bedürfnis, sich auszuruhen, einen Fuß aufzusetzen oder sich irgendwo festzuhalten. Er betrachtete einen nach dem anderen die vier Afrikaner, dann diesen Jungen, Alpha, den sie nicht an ihrem mörderischen Spiel teilnehmen ließen, als wäre er zu jung dafür. Diese neuerliche Schlussfolgerung machte ihm Angst. Blanc-Martin hörte wieder auf zu schwimmen, hatte jedoch Mühe, den Kopf über Wasser zu halten, als er fragte:

»Was wollen Sie überhaupt?«

Er erhielt keine Antwort. Darüber hinaus sahen ihn die vier Afrikaner nur dann an, wenn sich Blanc-Martin in die Nähe des Beckenrands wagte. Sonst schauten sie über die Terrasse hinweg auf das Mittelmeer, als suchten sie dort Gespenster.

»Hauptsache, es macht Ihnen Spaß«, zischte Blanc-Martin.

Im Endeffekt beruhigte ihn das Schweigen der fünf Eindringlinge. Sie würden keine Waffe auf ihn richten, sie warteten einfach nur. Aber worauf? Er fühlte sich der Erschöpfung nahe, doch Blanc-Martin hatte noch eine Art Rettungsring im Pool. In der Mitte trieb die große aufblasbare Insel, mit der die Kinder beim Geburtstagsfest seiner Enkel vor drei Tagen gespielt hatten. Die Schatzinsel der Minipiraten!

Jourdain wollte nicht länger warten, denn es wurde immer mühsamer, an der Oberfläche zu bleiben, ohne jede Möglichkeit, sich irgendwo abzustützen. Er schenkte den vier schwarzen »Bademeistern« ein höhnisches Lächeln und schwamm mit wenigen Zügen zum rettenden Ufer der Plastikinsel, an der er stundenlang in Ruhe warten konnte, bis sich die Männer langweilten … und bis Ibra und Bastoun eintrafen, um sie zu erschießen!

Doch die Hände von Blanc-Martin fassten ins Leere. Die Insel war nur eine Illusion gewesen. Ein unerreichbares Ufer, ein geplatzter Traum. Jetzt erinnerte er sich wieder, dass die kleinen Lümmel die Bonbonspieße als Harpunen benutzt hatten und die Animateure die Kinder nach zwanzig Minuten Schatzsuche aus dem Wasser hatten fischen müssen, weil das Spiel zu gefährlich geworden war.

Doch Blanc-Martin gab nicht auf. Er hoffte, dass noch genug Luft in der Plastikinsel war, um sich kurz festhalten und durchatmen zu können. Da sie immer noch an der Wasseroberfläche trieb, das Stück rettende Plastikerde tatsächlich vorhanden war, konnte es, wenigstens für einen Augenblick, als Stütze dienen. Mehr verlangte er ja gar nicht.

Die Insel ging bei seinem Gewicht jedoch sofort unter, ohne ihm den geringsten Halt zu bieten. Doch Jourdain blieb hartnäckig, versuchte, sich an die luftleeren Palmen zu klammern, an den weichen Strand und griff in die Falten der Plastikplane, in denen glitzernde Gegenstände klebten. Er hielt sie fest, aber als er die Hand öffnete, musste er feststellen, dass es sich um die von den sechsjährigen Piraten vergessenen Goldstücke aus Schokolade handelte, die sich im Wasser aufgelöst hatten. Eine widerliche braune Brühe rann ihm durch die Finger, als handelte es sich um klebrige, stinkende Exkremente.

Jourdain Blanc-Martin hielt noch minutenlang aus. Dann verlor er jedes Zeitgefühl. Jetzt zählte nur noch, sich irgendwie über der tödlichen Wasserlinie zu halten, die ihm erst bis zum Hals, dann bis zum Kinn und immer öfter bis zum Mund reichte, und unter die er auf keinen Fall sinken durfte.

Dutzende Male versuchte er, sich dem Beckenrand zu nähern, wenn er seine Kräfte schwinden sah oder die Kälte seine Bewegungen lähmte, doch jedes Mal zermalmte ihm ein Fuß, eine Schuhsohle die Finger.

Er schrie, er brüllte, er flehte und wartete auf die Rückkehr von Bastoun und Ibra, oder dass Safietou erschien, dass sein Telefon klingelte, dass Geoffrey oder ein anderer seiner Söhne auftauchte. Er dachte an Aigues Douces – wo blieben bloß Bastoun und Ibra? –, erinnerte sich an seine Kindheit am Mittelmeer, an die Paraden auf der Canebière, die er auf dem Arm seiner Mutter erlebt hatte, an den *Frontex*-Kongress heute Abend, den er nicht mehr eröffnen würde. Er hoffte, dass zumindest einer der fünf Männer sprechen, ihn verwünschen, ihn beleidigen oder ihm danken würde – warum nicht? –, denn immerhin war es sein Verdienst, dass Tausende Afrikaner in Europa leben und dort Kinder bekommen konnten, kleine farbige Europäer, eine ganze Nachkommenschaft von Mestizen, die ohne ihn nie existiert hätte.

Ein letztes Mal quälte er sich an die Wasseroberfläche, indem er seine Schenkel und den Rücken anspannte, hob den Kopf, um hinter der Terrasse, in der Ferne, einen Blick auf das Mittelmeer zu erhaschen. Jourdain redete sich ein, einen schönen Tod zu sterben. Die wahren Entdecker, die Siedler auf neuen Kontinenten, die Magellans dieser Welt waren fast alle ertrunken.

Das war sein letzter Gedanke.

Er war beruhigt.

Völlig erschöpft und am Ende seiner Kräfte sank er hinab.

# 81

*10:53 Uhr*

Vier Minuten waren vergangen.

Den Kopf an die Schulter des jungen Polizisten gelegt, wartete Bamby. Seine Hand hingegen lag auf ihrer nackten Taille unter der Buschjacke. Sie hatte ihn gewähren lassen, denn sie wusste, dies würde für Jahre die letzte liebevolle Geste sein, die sie erfuhr, bevor sie als alte Frau irgendwann wieder aus dem Gefängnis käme – in ferner Zukunft, wenn ihr Körper, von dem die Männer heute träumten, nicht mehr attraktiv wäre.

Die beiden waren allein und hockten auf der untersten Treppenstufe zur Hölle. Tidiane war nach oben gegangen, um Opa Moussa und Oma Marème zu befreien. Und auch, um sich trösten zu lassen. Bamby hatte ihn fortgeschickt, denn Adils Leiche in ihrer Blutlache war für ihn nicht gerade die beste Gesellschaft.

*Fünf Minuten.*

Es war ein glücklicher, ein perfekter Augenblick. Dieser Polizist war zärtlich. Sie hätte ihn lieben können. Vielleicht käme er sie von Zeit zu Zeit besuchen, bevor er einem netten Mädchen ins Netz ging, das frei war. Julos Finger waren warm, ihr war, als passten sich seine Liebkosungen ihrem Herzschlag an, als könnte er ihm vielleicht sogar zuvorzukommen und ihn beruhigen. Sie hätte hier einschlafen können, an ihn geschmiegt, besänftigt.

*Sechs Minuten.*

Ohne sich vom Fleck zu rühren oder auch nur den Kopf zu heben, griff Bamby mit einer langsamen, teilnahmslosen Geste nach dem Blutentnahme-Kit und dem Wattebausch, den sie mit Adils Blut getränkt und anschließend auf das Reagenzmittel in der Testschachtel gelegt hatte. Nun wartete sie das Ergebnis ab.

*AB+*

*Eine Wahrscheinlichkeit von neun zu zehn!*

Das bedeutete, dass der Tote zu neunzig Prozent ihr Vater gewesen sein könnte.

Dieser Mann, den sie umgebracht hatte.

Sie drängte sich noch dichter an Julo. Seine Wärme umhüllte sie. Sie fühlte sich leer. Aber auch unbefleckt. Befreit.

Ihre Suche war zu Ende.

## 82

*10:57 Uhr*

Ibra und Bastoun standen zwischen den Autos auf dem Parkplatz hinter dem Hochhaus in Aigues Douces und betrachteten den dritten Balkon im siebten Stock – den von Leyli Maal. Leer. Bis auf ein paar Kleidungsstücke auf dem Wäscheständer.

Sie hatten ihre Arbeit so gut wie möglich gemacht und sich dabei strikt an die Anweisungen ihres Chefs gehalten, diesbezüglich konnte man ihnen nichts vorwerfen.

*Bringt sie um!*

Disziplinierte Soldaten, die sich keine Fragen stellten. Bastoun biss sich auf die Lippe, bis sie blutete. Ibra kickte nervös Kieselsteine über den Parkplatz. Sie wechselten kein Wort miteinander.

War es denn ihre Schuld, dass es auf einmal im Treppenhaus des Gebäudes H9 vor Polizisten nur so gewimmelt hatte?

Man hatte sie auf frischer Tat ertappt, die Sig Sauer im Anschlag. Der Boss würde ausrasten, wenn er davon erführe. Plötzlich waren sie von Polizisten umzingelt gewesen, und was hätten sie beide anderes tun können, als ihre Waffen auf den Boden zu legen, die Hände zu heben und dann vorzustrecken, um sich Handschellen anlegen zu lassen? Vor allem hielten sie am besten die Klappe.

Bevor sie in den Polizeitransporter stiegen, warfen Ibra und Bastoun einen diskreten Blick in Richtung Port Renaissance und zur Villa La Lavéra hinüber. Zumindest in diesem Punkt konnte der Boss ihnen bestimmt nichts vorwerfen: Sie schwiegen!

Beide waren davon überzeugt, dass ihr Chef sich noch mehr über ihr Versagen ärgern würde, wenn sie ausgepackt hätten … und daraufhin die Bullen bei ihm aufgetaucht wären.

Polizeihauptkommissar Toni Frediani ließ den Transporter zum Revier in Port-de-Bouc abfahren und griff nach seinem Handy.

Innerhalb von drei Sekunden war die Verbindung zur anderen Seite des Mittelmeers hergestellt. Petar brauchte drei weitere Sekunden, um den Anruf entgegenzunehmen.

»Velika? Frediani hier. Danke, mein Freund! Die Truppe ist gerade noch rechtzeitig eingetroffen. Aber das nächste Mal lässt du uns ein wenig mehr Spielraum!«

»Beklagen Sie sich nicht. Ich habe lange gezögert, Sie überhaupt anzurufen.«

Toni Frediani brach in Gelächter aus.

»Daran zweifle ich nicht, Petar. Ich habe dich ja nur einmal gesehen und hätte dich eher auf der Seite der Jäger vermutet als bei den Zugvögeln. Wie kommt es, dass du deine Meinung geändert hast?«

Petar antwortete nicht. Toni Frediani rief sich ihr Treffen vom Vortag im Revier von Port-de-Bouc und die kurze Vernehmung von Leyli Maal noch einmal in Erinnerung. Eine erstaunliche Frau, energisch und sexy, ganz anders als die typischen überkandidelten Weiber aus der Hafengegend.

»Vielleicht wegen Leylis schöner Augen?«, feixte Toni.

»Nicht einmal das! Siehst du, ich bin noch blöder als mein Assistent.«

Hauptkommissar Frediani lachte immer noch herzhaft, wurde dann jedoch ernst.

»Du gehst ein ganz schönes Risiko ein, mein Freund. Um mich dazu zu bringen, die ganze Brigade aufmarschieren zu lassen, hast du gesagt, der Tipp käme direkt von Jourdain Blanc-Martin. Die Polizeiaufsichtsbehörde wird dich fragen, wie du an diese Information gekommen bist. Seit Jahren versuchen wir schon, dieses Schwein zu überführen!«

Am anderen Ende der Welt, irgendwo in der heißen Sonne Marokkos, nahm sich Petar Velika Zeit für die Antwort. Er sah diesen jungen Verrückten, Julo, vor sich, der verschwunden war, nachdem er ihn mit Handschellen an die Heizung gekettet hatte. Um dann durch die Flughafenhalle zu sprinten und das schönste Mädchen der Welt und den kleinen Bruder zu retten. Verdammt, wie gern hätte er selbst diese Rolle gespielt! Dann sah er wieder Nadège vor sich, seine Friseurin mit dem schneeweißen Haar. Heute Abend würde er sie ins Wa Tanjia ausführen, das Restaurant mit der besten Tajine von Rabat. Er würde ihr alles erzählen und las bereits die Bewunderung in ihrem Blick. Wenigstens einmal!

»Bist du noch am Apparat, Petar? Nun sag schon, was hat dich dazu gebracht, diese hübsche Puppe zu retten?«

Immer noch Schweigen am anderen Ende. Dann endlich ließ Polizeihauptkommissar Velika eine unwiderlegbare Wahrheit vom Stapel:

»Manchmal muss man sich eben für eine Seite entscheiden.«

## 83

*19:30 Uhr*

*Ein paar Abende später*

Leyli aß allein vor dem schwarzen Bildschirm ihres Computers zu Abend, als ein kleines blaues Rechteck aufblinkte.

*Sie haben eine neue Nachricht.*

Erstaunt klickte sie die E-Mail an.

patrick-pellegrin@yahoo.fr.

Sie runzelte verwundert die Stirn, denn sie wusste nicht, wer der Absender war. Sie kannte keinen Patrick… Ein Versehen? Sie öffnete trotzdem die Nachricht, so wie man einen Brief aufriss, ohne zu wissen, ob er tatsächlich für einen selbst war.

*Liebe Leyli,*
*ich schreibe Ihnen von meiner privaten Mailadresse aus, weil ich nicht bis morgen warten wollte, Ihnen die gute Nachricht zu überbringen. Ich habe gewonnen! Ich habe mich redlich geschlagen, aber lassen wir die komplexen Umstände beiseite, auf jeden Fall wurde Ihre Akte als Erste behandelt.*

*Ihre Bewerbung für eine neue Wohnung ist angenommen worden! In Aigues Douces, Haus D7, eine Dreizimmerwohnung, 78 Quadratmeter, Blick aufs Meer, aber im dritten Stock. Sie werden also leider ein wenig von dem Panorama einbüßen. Die Wohnung ist sofort beziehbar. Ich habe den Gebäudeplan studiert und festgestellt, dass die neue Wohnung nur zweihundertfünfzig Meter von der alten entfernt liegt. Sieben Stockwerke runter und drei rauf.*

*Ich freue mich für Sie, Leyli. Für Sie und Ihre Familie. Das offizielle Schreiben der FOS-IMMO übermittle ich Ihnen morgen früh.*

*Herzlichst*

*Patrick*

Die böse Ironie dieses Zufalls entrang Leyli ein Lächeln.

*Sofort beziehbar.*

Das wird leider noch ein Weilchen dauern, Patrick, dachte sie.

Bambys Rechtsanwalt zufolge erwartete sie eine Strafe zwischen zwanzig Jahren und lebenslang. Was die Tötung von Adil Zairi betraf, konnte man auf Notwehr plädieren, doch das war bei den beiden anderen vorsätzlichen Morden nicht möglich.

Alpha würde früher aus dem Gefängnis entlassen, selbst wenn man auch ihm den Mord an Jourdain Blanc-Martin zur Last legte. Der Skandal um *Vogelzug* machte seit einer Woche Schlagzeilen im Blatt *La Provence* und hatte einen Krieg zwischen den Firmenanwälten und den Verteidigern der Menschenrechte entfacht, doch deshalb sah Alpha auch nicht mehr von Frankreich als den Asphalt im Hof der Haftanstalt Les Baumettes, bis er nach Marokko ausgeliefert werden würde.

Tidiane hatte man in ein Kinderheim gesteckt, in Mohammedia, siebzig Kilometer von Rabat entfernt. Opa Moussa und Oma Marème wussten nicht, wann sie ihn wieder abholen konnten.

Alles war soweit in Ordnung, sie hatten mit ihm sprechen dürfen, aber Kontakt über die sozialen Netzwerke war verboten. Die Ärzte wollten ihn für weitere psychiatrische Untersuchungen noch länger dabehalten, und vor allem lehnten sie es strikt ab, den Jungen ausreisen zu lassen. Der Prozess der Familienzusammenführung war so lange gestoppt, bis das Knäuel der diversen Rechtsfragen von der marokkanischen und der französischen Justiz entwirrt worden war. Das konnte Monate dauern. Wenn nicht Jahre, wie Ruben prophezeite, der sonst eher optimistisch war.

Ruben rief sie hin und wieder an. Er hatte im Ibis von Port-de-Bouc gekündigt, kurz bevor sein Entlassungsschreiben, unterzeichnet vom Direktor der Accor-Gruppe, eintraf. Ruben befand sich irgendwo am Andamanischen Meer, auf den Nikobaren, einem indischen Archipel. Hier lebten die Menschen ohne jede Bekleidung und durften sich nicht einmal ein Handy umhängen.

Leylis Bildschirm erlosch wieder.

Sie würde warten, solange es nötig war, und ihr Abendbrot alleine essen. Sie wollte sich gerade eine neue Tasse Tee nachschenken, als das blaue Rechteck wieder blinkte.

Patrick-pellegrin@yahoo.fr.

Schon wieder er …

*Liebe Leyli,*

*Sie werden mich vielleicht für aufdringlich halten, vielleicht sogar für unverschämt, aber mir ist gerade, nachdem ich Ihnen die letzte Nachricht geschrieben habe, eine Idee gekommen.*

*Um ganz ehrlich zu sein, ich habe diese Idee schon länger, aber nicht gewagt, mit Ihnen darüber zu sprechen. Nun nehme ich meinen ganzen Mut zusammen und springe ins kalte Wasser. Wären*

*Sie vielleicht bereit, Leyli, mit mir die gute Nachricht zu feiern? Vielleicht … heute Abend? Ich würde Sie liebend gern zum Essen einladen – oder einfach auf ein Glas?*

Leyli las wiederholt die schüchternen Worte des Angestellten der FOS-IMMO. Sie wirkten aufrichtig, ebenso aufrichtig, wie Patrick nett, ehrlich und von ihr hingerissen zu sein schien – und vielleicht war er ja sogar Junggeselle. Sie erhob sich, um nachzudenken, nahm sich die Zeit, eine weitere Zigarette zu rauchen und aufs Meer zu schauen. Die Wellen überspülten den Damm bis zum Fundament der Hochhäuser. Kinder badeten dort, wo es verboten war: oberhalb der Pipeline Méditerranée-Rhône. Schiffe legten ab. Am Horizont imitierten die Wolken den Verlauf eines Gebirges.

Leyli blieb lange auf dem Balkon. In diesem Augenblick kam ihr ein dümmlicher Gedanke in den Sinn, den alle Menschen hatten, wenn sie an einer Küste standen. Das, was Menschen immer gedacht haben und immer denken werden:

Kein Meer ist unüberwindbar.

Was für eine heimtückische Illusion!

Leyli rauchte ihre Zigarette zu Ende und ging zum Tisch zurück, setzte sich vor ihr Gedeck mit Teller, Glas und Serviette. Allein. Wieder betrachtete sie den leeren Bildschirm und antwortete schließlich auf die E-Mail.

*Lieber Patrick,*
*ich danke Ihnen von ganzem Herzen, aber ich bin nicht frei. Weder heute Abend noch an irgendeinem anderen Abend. Ich esse mit meinen Kindern zu Abend. Sie brauchen mich, und ich weiß, dass Sie das verstehen. Mit dem bisschen Liebe, das mir noch*

*bleibt, muss ich sparsam umgehen und sie mir für meine Kinder aufheben.*
*Mit herzlichen Grüßen*
*Leyli*

Sie klickte auf *Senden*. Die Nachricht flog in irgendeine parallele Welt ohne Grenzen. Und der Bildschirm vor ihr wurde wieder schwarz.

*Danksagung*

Ein großes Dankeschön an Pierre Perret und sein wunderschönes Lied *Lily*, das mich zum Titel dieses Romans und zum Vornamen meiner Protagonistin inspiriert hat.

## *Zitatnachweise*

Das Zitat auf Seite 5 stammt aus dem Lied *La prière* von George Brassens, Text von Francis Jammes.

Das zweite Zitat auf Seite 5 stammt aus dem Lied *Imagine* von John Lennon.

Das Zitat auf Seite 213 stammt aus dem Lied *L'Impasse* von Coralie Clémant.

Das Zitat auf Seite 276 stammt aus *Die Welt von Gestern* von Stefan Zweig. Erschienen im Fischer Verlag, Frankfurt am Main 2003.

Die Zitate auf Seiten 316–319 stammen aus *Der Friedhof am Meer* von Paul Valéry. Übersetzt von Rainer Maria Rilke, 7. Band Sämtliche Werke, Insel Verlag Frankfurt 1997.

Das Zitat auf Seite 376 stammt aus dem Lied *Idjé – Idjé* von Angélique Kidjo.

Die Zitate auf Seiten 380–381 stammen aus dem Lied *Let's go to bamako* von Inna Modja.